Lindsey Davis

Zwielicht in Corduba

Lindsey Davis

Zwielicht in Corduba

Aus dem Englischen von
Susanne Aeckerle

Eichborn.

In Erinnerung an
Edith Pargeter

Originaltitel: Twilight in Corduba

Die Deutsche Bibliothek — CIP-Einheitsaufnahme

Davis, Lindsey :
Zwielicht in Corduba : Roman / Lindsey Davis. [Aus dem Engl. von Susanne Aeckerle]. – Frankfurt am Main : Eichborn, 1999
ISBN 3-8218-0519-6

Umschlagillustration: Colin Hadley
Lektorat: Doris Engelke, Helga Herborth
Satz: Fuldaer Verlagsanstalt GmbH, Fulda
Druck und Bindung: Werner Söderström OY, Finnland
ISBN 3-8218-0519-6

Verlagsverzeichnis schickt gern:
Eichborn Verlag, Kaiserstraße 66, D-60329 Frankfurt am Main
www.eichborn.de

Römer in und außerhalb Roms

M. Didius Falco	ein besorgter werdender Vater und Held
Helena Justina	eine durch und durch vernünftige werdende Mutter und Heldin
D. Camillus Verus	ihr Vater, ebenfalls recht vernünftig, für einen Senator
Julia Justa	ihre Mutter, so vernünftig, wie man es erwarten kann
A. Camillus Aelianus	übellaunig, selbstgerecht und auf nichts Gutes aus
Q. Camillus Justinus	zu sanftmütig und gut, um auf der Bildfläche zu erscheinen
Falcos Mama	die vielleicht Brühe in den falschen Mund löffelt
Claudius Laeta	Obersekretär, auf Höheres aus
Anacrites	Oberspion und das Niederste vom Niederen
Momus	ein »Aufseher« und Mann, der Spione ausspioniert
Calisthenus	ein Architekt, der auf etwas Häßliches tritt
Quinctius Attractus	ein Senator mit großen Ambitionen in Baetica
T. Quinctius Quadratus	sein Sohn, ein Aufsteiger, der nicht aus Baetica wegkommt
L. Petronius Longus	ein treuer und nützlicher Freund
Helva	ein kurzsichtiger Türsteher, der auch mal wegsieht
Valentinus	ein gewitzter ungeladener Gast auf dem Weg nach draußen

Perella	eine reife Tänzerin mit ungeahnten Talenten
Stertius	ein Transportunternehmer mit ausgefallenen Ideen
Der Prokonsul von Baetica	der in nichts verwickelt werden will
Cornelius	Exquästor von Baetica, der die Szene hastig verläßt
Gn. Drusillus Placidus	ein Prokurator mit einem seltsamen Hang zur Rechtschaffenheit
Nux	ein Hund, der viel herumkommt

Baeticaner außerhalb und innerhalb von Baetica

Licinius Rufius	alt genug, um zu wissen, daß es nie genug Profit geben kann?
Claudia Adorata	seine Frau, die nichts mitgekriegt hat
Rufius Constans	sein Enkel, ein junger Hoffnungsträger mit einem Geheimnis
Claudia Rufina	ein ernstes Mädchen mit vielversprechender Zukunft
Annaeus Maximus	ein führendes Gemeindemitglied, das in die falsche Richtung führt?
Seine drei Söhne	bekannt als Großmaul, Knallkopp und Frettchen (was alles sagt!)
Aelia Annaea	eine Witwe mit attraktiven Besitztümern
Cyzacus senior	ein Flußschiffer, der in trüben Gewässern schippert?
Cyzacus junior	ein verkrachter Poet, der auf dem falschen Floß herumstakt?

Gorax	ein pensionierter Gladiator mit einer Vorliebe für Hühner
Norbanus	ein Negotiator, der zwielichtige Verträge abschließt?
Selia	eine außerordentlich schlüpfrige Tänzerin
Zwei Musiker	deren musikalische Fähigkeiten nicht ausschlaggebend sind
Marius Optatus	ein vergrätzter Pächter
Marmarides	ein Fahrer mit einer vielverlangten Rarität
Cornix	eine schlechte Erinnerung
Der Schreiber des Quästors	der das Büro führt
Die Schreiber des Prokonsuls	die viel trinken (und das Büro führen)
Tänzler	ein sehr alter Ackergaul

TEIL EINS

ROM

Am Abend des 31. März 73 n. Chr.

Cordubaner jeden Ranges versuchten, mindestens so römisch zu sein wie die Römer selbst. Es gibt keine Anzeichen für ein »nationales Bewußtsein« bei Männern wie dem älteren Seneca, obwohl vermutlich eine gewisse Sympathie zwischen den Söhnen Spaniens herrschte, wenn sie sich in Rom begegneten ...

Robert C. Knapp, Roman Corduba

I

Vergiftet wurde niemand beim Festessen der Gesellschaft der Olivenölhersteller von Baetica – was, im nachhinein betrachtet, recht überraschend war.

Hätte ich gewußt, daß Anacrites, der Oberspion, anwesend sein würde, dann hätte ich eine kleine Phiole mit Krötenblut mitgebracht und in meiner Serviette versteckt bereitgehalten. Allerdings mußte der Mann sich so viele Feinde gemacht haben, daß er bestimmt täglich Gegengifte schluckte, falls eine arme Seele, die er zu töten versucht hatte, die Chance nutzte und ihm Aconitessenz in den Wein träufelte. Vorzugsweise ich, wenn möglich. Das war Rom mir schuldig.

Der Wein war vielleicht nicht so vollmundig wie ein Falerner, aber es war das Beste, was die Gilde der hispanischen Weinimporteure zu bieten hatte, und er war zu gut, um ihn mit tödlichen Tropfen zu verderben, außer man hegte einen *wirklich* ernsthaften Groll gegen jemanden. Viele der Anwesenden mochten Mordgedanken haben, aber ich war neu hier, mußte mich erst mal zurechtfinden und herausbekommen, wer mit wem ein Hühnchen zu rupfen hatte. Vielleicht hätte ich aber doch mißtrauischer sein sollen. Die Hälfte der Gäste arbeitete in der Regierung, die anderen hatten mit Handel zu tun. Das roch nach nichts Gutem.

Ich war an diesem Abend auf alles mögliche vorbereitet. Der erste – wenn auch angenehme – Schock war, daß mir der Sklave am Eingang zur Begrüßung einen Becher ausgezeichneten Rotwein aus Barcino reichte. Der Abend war Baetica gewidmet, der reichen, heißen Schatzkammer im südlichen Spanien. Ich persönlich finde die Weine aus dieser Provinz seltsam enttäuschend: weiß und dünn. Aber offenbar waren die Leute aus Baetica vernünftig. Kaum verließen sie ihre Heimat, tranken sie Tarraconenser – den berühmten Laeitana aus dem Nordwesten von Barcino, von den Hängen der Pyrenäen, wo der Wein in den langen, heißen Sommermonaten reift, es im Winter aber genügend Regen gibt.

Ich selbst war nie in Barcino, hatte weder eine Ahnung, was Barcino für mich bereithielt, noch war ich daran interessiert, es herauszufinden. Wer braucht schon die düsteren Prophezeiungen von Wahrsagern? Das Leben hält auch so genug Unannehmlichkeiten bereit.

Dankbar nippte ich an dem lieblich schmeckenden Wein. Ich war als Gast eines Ministerialbeamten namens Claudius Laeta hier, war ihm hinein gefolgt und tappte höflich in seinem Troß mit, während ich mir klarzuwerden versuchte, was ich eigentlich von ihm hielt. Sein Alter war schwer zu schätzen, irgendwo zwischen vierzig und sechzig. Er hatte volles Haar (eine stumpfe, braune Matte, kurz, gerade, nicht sonderlich aufregend geschnitten). Sein Körper war durchtrainiert, seine Augen scharf, sein Verhalten wachsam. Er trug eine weitgeschnittene Tunika mit schmaler Goldborte unter der schlichten weißen Toga des Palastbeamten. An seiner Hand blitzte der breite Goldring der Ritterschaft, was bewies, daß irgendein Kaiser viel von ihm hielt. Mehr, als die Obrigkeit von mir zu halten schien.

Ich hatte ihn während einer offiziellen Untersuchung für Vespasian kennengelernt, unseren bärbeißigen, rigorosen neuen Kaiser. Laeta war mir wie die Art aalglatter Sekretär vorgekommen, ein Meister in der Kunst, tüchtig zu wirken, während er die Drecksarbeit Leuten wie mir überließ. Jetzt hatte er sich meiner angenommen – nicht, daß ich es darauf angelegt hätte, aber ich betrachtete ihn als einen möglichen Verbündeten gegen jene im Palast, die sich meinem gesellschaftlichen Aufstieg widersetzten. Ich würde ihn noch nicht mal mein Pferd halten lassen, während ich mich bückte, um mir die Schnürsenkel zuzubinden, aber das galt für alle Beamten. Er wollte etwas von mir; ich wartete darauf, daß er mir sagte, was es war.

Laeta hatte es ganz bis nach oben geschafft: Ein kaiserlicher Exsklave, geboren und ausgebildet im Palast der Cäsaren von den kultivierten, gebildeten, skrupellosen Orientalen, die lange das Römische Reich verwaltet hatten. Heutzutage bildeten sie einen diskreten Zirkel hinter den Kulissen, aber ich nahm nicht an, daß sich an ihren Methoden viel geändert hatte seit der Zeit, als sie noch offen auftraten. Laeta selbst mußte es irgendwie geschafft haben, Nero zu überleben, hatte offenbar den Kopf tief genug gehalten, um nicht als Neros Mann zu gelten, als Vespasian die Macht übernahm. Jetzt trug er den Titel Obersekretär, aber es war deutlich zu erkennen, daß er mehr sein wollte als nur derjenige, der dem Kaiser die Schriftrollen reichte. Er war ehrgeizig und suchte nach einem Bereich, in dem er sich voll entfalten konnte. Ob er größere Bestechungssummen annahm, mußte ich erst noch herausfinden. Er schien ein Mann zu sein, der seine Stellung und ihre Möglichkeiten zu sehr genoß, um sich mit sowas abzugeben. Ein Organisator. Ein Mann langfristiger Pläne. Das Reich war bankrott und schwer angeschlagen, aber unter Vespasian herrschte eine neue Stimmung von Aufbruch und Wiederaufbau. Palastbeamte konnten sich Geltung verschaffen und wurden anerkannt.

Ich wünschte, das könnte ich auch von mir sagen.

»Der heutige Abend sollte sich als nützlich für Sie erweisen, Falco«, meinte Laeta, als wir im alten Palast eine Reihe nur noch wenig benutzter Räume betraten. Meine Gastgeber bewiesen einen seltsamen Geschmack bei der Wahl ihres Treffpunktes. Vielleicht hatten sie die spinnwebverhangenen kaiserlichen Kellergewölbe billig mieten können. Der Kaiser würde gern seine persönlichen Repräsentationsräume vermieten, um an ein paar Nebeneinnahmen zu kommen.

Wir befanden uns tief unter dem Palatin, in staubigen Sälen mit düsterer Geschichte, wo Tiberius und Caligula einst rebellische Männer gefoltert und legendäre Orgien gefeiert hatten. Ich fragte mich, ob es wohl immer noch geheime Gruppen gab, die diese Ereignisse nachstellten. Dann begann ich über meine Gastgeber nachzudenken. In den Räumen gab es keine obszönen Fresken, aber das verblichene Dekor und die verschüchterten, katzbuckelnden Faktoten, die im Schatten der Torbogen herumlungerten, gehörten alten, düsteren Zeiten an. Jeder, der es für eine Ehre hielt, hier zu speisen, konnte keine sehr hohe Meinung vom öffentlichen Leben haben.

Mir war nur wichtig, ob heute abend hier mit Laeta aufzukreuzen mir etwas nützen würde. Ich stand kurz davor, zum ersten Mal Vater zu werden und brauchte dringend gesellschaftliche Anerkennung. Um in angemessenem Stil den Bürger spielen zu können, brauchte ich außerdem sehr viel mehr Geld.

Als der Beamte mich hineinführte, lächelte ich und gab vor, seinen Versprechungen zu glauben. Insgeheim hatte ich nur wenig Hoffnung, durch die hier geknüpften Kontakte etwas zu gewinnen, aber ich fühlte mich verpflichtet, die Farce mitzumachen. Wir lebten in einer Stadt der Beziehungen. Als Privatermittler und kaiserlicher Agent war ich mir dessen mehr bewußt als die meisten. Jeden Morgen waren die Straßen voll mitleiderregender Gestalten, die in mottenzerfressenen Togen durch die Stadt eilten, um angeblich wichtigen Männern ihre Aufwartung zu machen. Und laut Laeta würde dieses Essen der Gesellschaft der Olivenölhersteller von Baetica *mir* erlauben, mich unter die mächtigen kaiserlichen Freigelassenen zu mischen, die die eigentliche Regierungsarbeit leisteten (oder sich einbildeten, das zu tun).

Laeta hatte gesagt, ich sei die perfekte Ergänzung für seine Mannschaft – meine Aufgabe dabei war unklar geblieben. Er hatte mich irgendwie davon überzeugt, daß die mächtigen Löwen der Bürokratie von ihren Freßnäpfen aufschauen und in mir sofort einen loyalen Staatsdiener erkennen würden, der auf der Erfolgsleiter einen Schubs nach oben verdiente. Ich wollte ihm glauben. Doch in meinen Ohren klangen noch die spöttischen Worte meiner Freundin nach; Helena Justina war überzeugt davon, daß mein Vertrauen in Laeta naiv war. Zum Glück sind Eßgelage in Rom Männersache, also war Helena mit einem Becher stark verdünnten Weins und einem Käsebrötchen zu Hause geblieben. Jeden etwaigen Schwindel mußte ich selbst aufdecken.

Eines an der baetischen Gesellschaft ließ allerdings nichts zu wünschen übrig: das Essen, aufgetragen auf geborgten augusteischen Vorlegeplatten und eingebettet zwischen die üppigen Goldverzierungen der von Nero übriggebliebenen Servierschalen, war hervorragend. Pfeffrige kalte Vorspeisen lachten uns bereits von den niedrigen Tischen entgegen; Fleischgerichte in zweierlei Saucen wurden auf kunstvollen Holzkohlerechauds warmgehalten. Offenbar wurden viele Gäste erwartet. Gruppen von Speiseliegen rahmten in diversen Räumen niedrige Tische ein, auf denen dieses luxuriöse Mahl serviert werden sollte.

»Ein bißchen mehr als die traditionellen neun Essensgäste!« prahlte Laeta stolz. Dieses war eindeutig sein Lieblingsclub.

»Erzählen Sie mir etwas über die Gesellschaft.«

»Nun, sie wurde von einem der Pompejis gegründet ...« Laeta hatte uns einen Platz an einem Tisch gesichert, wo die Auswahl aufgeschnittenen baetischen Schinkens besonders verlockend aussah. Er nickte den anderen Speisenden in der Runde zu: weiteren Beamten in höherer Stellung. (Sie gluckten zusammen wie die Kellerasseln.) Genau wie Laeta signalisierten sie ungeduldig dem Sklaven, mit dem Servieren zu beginnen, obwohl noch längst nicht alle Gäste einen Platz gefunden hatten. Laeta stellte mich vor. »Marcus Didius Falco – ein interessanter junger Mann. Falco war für unsere Freunde vom Geheimdienst an verschiedenen Unruheherden im Ausland tätig.« Ich spürte etwas in der Luft – nicht feindselig, aber auffallend. Zweifellos interne Eifersucht. Zwischen dem Korrespondenzsekretariat und der Spionage herrschte wenig Sympathie. Ich merkte, wie man mich prüfend und mit Interesse musterte – kein angenehmes Gefühl.

Laeta erwähnte die Namen seiner Freunde, die ich mir gar nicht erst merkte. Sie waren nur Schriftrollenschubser und Stilusschwinger. Ich wollte Männer vom Status der bedeutenden kaiserlichen Minister der Vergangenheit kennenlernen – Narcissus oder Pallas, die jene Posten innehatten, auf die Laeta offenbar scharf war.

Das Gespräch drehte sich weiter um nichtige Dinge. Dank meiner nur aus höflicher Neugier gestellten Frage mußte ich eine längere Diskussion über die Frage ertragen, ob die Gesellschaft von Pompejus dem Großen gegründet worden war (den der Senat mit der Statthalterschaft über *beide* spanische Provinzen geehrt hatte) oder von Pompejus, dem Rivalen Julius Cäsars (der Baetica zu seiner persönlichen Ausgangsbasis gemacht hatte).

»Und wer gehört zur Gesellschaft?« murmelte ich, um das Ganze zu beschleunigen. »Sie unterstützen doch bestimmt nicht mehr die Pompejis?« Nicht, seit die Pompejis mit einem nachhallenden Rums in Ungnade gefallen waren. »Ich nehme an, wir sind zur Förderung des Handels mit Spanien hier?«

»Jupiter schütze uns!« meinte einer der hochtrabenden Politikmacher schaudernd. »Wir sind hier, um einen gemütlichen Abend mit Freunden zu erleben!«

»Ach so.« Tat mir leid, daß ich ins Fettnäpfchen getreten war. (Allerdings nicht allzu sehr. Ich trete mit Vergnügen in Fettnäpfchen.)

»Vergessen Sie den Namen der Gesellschaft«, lächelte Laeta jovial. »Das ist nur ein historisches Versehen. Alte Kontakte ermöglichen es uns, für unsere Gastmahle die größten Köstlichkeiten dieser Provinz zu bekommen – aber das ursprüngliche Bestreben war nur, in Rom einen legitimen Treffpunkt für gleichgesinnte Männer zu finden.«

Auch ich lächelte. Ich wußte, was er damit sagen wollte. Er meinte Männer mit gleichen politischen Anschauungen.

Ein *Hauch* von Gefahr umgab diese Gruppe. In großen Gruppen zu speisen – oder sich privat, für welchen Zweck auch immer, zu treffen – war verboten. Rom hatte organisierte Gruppen stets mißbilligt. Nur Gilden bestimmter Kaufleute oder Handwerker war es erlaubt, sich für regelmäßige Festmahle ihren Frauen zu entziehen. Und selbst sie mußten sich einen seriösen Anstrich geben und behaupten, hauptsächlich ginge es darum, Beiträge für ihren Beisetzungsfonds einzusammeln.

»Also brauche ich nicht damit zu rechnen, hier wichtige Exporteure spanischen Olivenöls kennenzulernen?«

»O nein!« Laeta tat ganz schockiert. Jemand machte eine leise Bemerkung. Er zuckte zusammen und sagte dann zu mir: »Nun ja, manchmal drängt sich eine entschlossene Gruppe baetischer Geschäftsleute rein. Einige sind heute abend hier.«

»Wie gedankenlos!« bemerkte ein anderer Schriftrollenschubser mitfühlend. »Jemand sollte der gesellschaftlichen Elite in Corduba und Gades erklären, daß die Gesellschaft baetischer Olivenölhersteller bestens ohne Mitglieder auskommt, die tatsächlich aus Südspanien stammen!«

Meine Frage war reinste Bosheit gewesen. Unter den Snobs von Rom – und freigelassene Sklaven sind natürlich die größten Snobs überhaupt – herrschte starke Antipathie gegen aufdringliche Provinzler. Die Spanier waren schon viel länger in der Kelten-Fraktion als die Gallier oder die Britannier und hatten daher ihre Vorgehensweisen verfeinert. Seit sie vor sechzig oder siebzig Jahren in die römische Gesellschaft aufgenommen worden waren, überschwemmten sie den Senat, sicherten sich die bestdotierten Stellen in der Ritterschaft, forderten die Literaturszene mit ganzen Horden von Dichtern und Rhetorikern heraus, und jetzt schienen auch ihre Handelsmagnaten überall herumzuwieseln.

»Der verdammte Quinctius muß mal wieder sein gesamtes Klientel vorführen!« brummelte einer der Schreiber, und die Münder der anderen verzogen sich in zustimmender Verachtung.

Ich bin ein höflicher Mensch. Um die Stimmung zu heben, meinte ich: »Ihr Öl scheint von bester Qualität zu sein.« Worauf ich meinen Finger in den Brunnenkressesalat tauchte und ihn ableckte. Das Öl schmeckte nach Wärme und Sonnenschein.

»Pures Gold!« Laeta klang respektvoller, als ich es von einem Freigelassenen bei einem Gespräch über Handelsgeschäfte erwartet hätte. Vielleicht war das ein Hinweis auf den neuen Realismus unter Vespasian. (Der Kaiser kam aus einer Familie, die dem mittleren Rang, der Ritterschaft, angehörte, und wußte *genau*, warum Bedarfsgüter wichtig für Rom waren.)

»Sehr gut – sowohl im Essen als auch für die Lampen.« Die Räume wurden durch verschiedenste Hänge- und Stehlampen erleuchtet, die alle in stetiger Helligkeit und natürlich geruchlos brannten. »Die Oliven sind ebenfalls nicht übel.« Ich nahm mir eine von der Garnierung und griff gleich noch einmal zu.

»Didius Falco ist berühmt für seine politischen Analysen«, bemerkte Laeta, zu den anderen gewandt. Das war mir neu. Wenn ich für irgendwas berühmt bin, dann höchstens dafür, Trickbetrüger in die Enge zu treiben und Verbrecher mit einem gezielten Fußtritt in die Eier lahmzulegen. Und dafür, daß ich eine Senatorentochter aus ihrem Heim und den Fängen ihrer liebevollen Verwandten geraubt hatte. Eine Tat, die mich in den Augen mancher Leute selbst zum Kriminellen macht.

Während ich überlegte, ob ich hier auf etwas gestoßen war, das mir Laetas Einladung eingetragen hatte, plauderte ich weiter über das »pure Gold«: »Mir ist klar, daß Ihre ehrenwerte Gesellschaft nicht nach irgendeinem beliebigen Produkt benannt worden ist, sondern nach einer Grundsubstanz kultivierten Lebens. Olivenöl ist für jeden Koch die wichtigste Zutat. Es erleuchtet die vornehmsten Villen und öffentlichen Gebäude. Die Armee konsumiert es in großen Mengen. Olivenöl ist die Ausgangsbasis für Parfums und Arzneien. Es gibt kein Badehaus und kein Gymnasium, das ohne ölhaltige Produkte auskommt ...«

»Und es ist ein unfehlbares Verhütungsmittel!« fügte einer der fröhlicheren Stilusschwinger hinzu.

Ich lachte und sagte, es wäre schön gewesen, wenn ich das vor sieben Monaten gewußt hätte.

Nachdenklich wandte ich dann meine Aufmerksamkeit dem Essen zu. Das schien den anderen nur recht zu sein. Sie wollten, daß Außenseiter den Mund hielten, während sie das große Wort führten. Die Unterhaltung wurde zu dem üblichen Kauderwelsch mit kryptischen Anspielungen auf ihre Arbeit.

Die letzte Bemerkung hatte mich zum Grinsen gebracht. Unwillkürlich stellte ich mir vor, wie Helena, wenn ich ihr vom Vorschlag des Stilusschwingers erzählte, nur spöttisch bemerken würde, das höre sich an, als ginge man mit einem marinierten Rettich ins Bett. Trotzdem war Olivenöl mit Sicherheit leichter zu bekommen als das illegale Alaunwachs, das wir hatten benutzen wollen, um die Gründung einer Familie zu verhindern. (Illegal, weil man, wenn man sich für eine junge Dame aus der falschen Gesellschaftsschicht erwärmte, nicht mit ihr sprechen und sie schon gar nicht ins Bett zerren durfte – und wenn der Schwarm aus der eigenen Schicht kam, hatte man zu heiraten und Soldaten zu produzieren.) Olivenöl war nicht billig, aber es gab genug davon in Rom.

Das ganze Essen stand unter einem passenden spanischen Motto. Das hieß, wir bekamen äußerst Schmackhaftes vorgesetzt, doch alle Rezepte kamen aus der gleichen Provinz: Kalte Artischocken in Garum, der Fischsoße von der baetischen Küste; heiße Eier in gesalzener Fischsoße mit Kapern; eine in Fischsoße und Rosmarin gekochte Geflügelfarce. Die Endivien wurden pur serviert, nur mit gehackten Zwiebeln garniert – obwohl ein Silberschälchen mit Sie-haben-es-erraten dazu gereicht wurde. Ich beging den Fehler, zu erwähnen, daß meine schwangere Freundin ganz verrückt nach diesem alles überlagernden Garum war, worauf die gütigen Beamten sofort einigen Sklaven befahlen, mir eine ungeöffnete Amphore als Mitbringsel zu überreichen. Jene von

Ihnen, die eine bescheidene Küche führen, haben vielleicht noch nicht bemerkt, daß Fischsoße in riesigen birnenförmigen Gefäßen importiert wird – von denen eines für den Rest des Abends zu meinem persönlichen Gepäck wurde. Zum Glück liehen mir meine extravaganten Gastgeber zwei Sklaven, die das schwere Ding tragen sollten.

Neben dem köstlichen geräucherten Schinken, für den Baetica berühmt ist, bestanden die Hauptgerichte überwiegend aus Fisch: weniger Sardinen, über die wir alle witzeln, sondern Austern und riesige Muscheln, dazu all der Fisch, der an den Küsten des Atlantiks und des Mare Internum gefangen wird – Dorade, Makrele, Thunfisch, Meeraal und Stör. Wenn im Topf noch Platz für eine Handvoll Garnelen war, hatte der Koch auch sie noch hineingeworfen. Es gab Fleisch, meiner Vermutung nach von feurigen spanischen Pferden, und eine große Auswahl an Gemüse. Schon bald war ich pappsatt und erschöpft – aber meine Karriere war noch keinen Fingerbreit vorangekommen.

Da es ein Club war, bewegten sich die Leute zwischen den einzelnen Gängen ungezwungen von Tisch zu Tisch. Ich wartete, bis Laeta sich abgewandt hatte, dann schlüpfte auch ich davon (nachdem ich den Sklaven befohlen hatte, mir mit der Garum-Amphore zu folgen), als wolle ich mich ebenfalls ein wenig umsehen. Laeta bedachte mich mit einem zustimmenden Blick; er meinte, ich wolle mich zu einer der Grüppchen setzen, in denen über Politik gekungelt wurde.

In Wirklichkeit wollte ich mich heimlich zu einem Ausgang schleichen und heimgehen. Doch als ich meine Träger und das Garum in einen Durchgang führte, stieß ich mit jemand zusammen. Der Neuankömmling war eine Frau; die einzige weit und breit. Natürlich blieb ich sofort stehen, befahl den Sklaven, die Amphore abzustellen, zupfte meine Festgirlande zurecht und lächelte sie an.

II

Sie war in einen bodenlangen Umhang gehüllt. Ich mag es, wenn Frauen gut verpackt sind. Es läßt sich herrlich darüber spekulieren, was sie verbergen und warum sie es für sich behalten wollen.

Diese verlor ihr Geheimnis, als sie mit mir zusammenstieß. Ihr langer Umhang glitt zu Boden und enthüllte, daß sie als die Jägerin Diana verkleidet war. Allerdings war der Ausdruck »Kleidung« nur bedingt anwendbar. Sie trug ein nur auf einer Schulter befestigtes kurzes goldfarbenes Kostümchen. In einer Hand hielt sie einen großen Beutel, aus dem ein Tamburin hervorlugte, unter den Arm hatte sie einen Köcher und einen lächerlichen Spielzeugbogen geklemmt.

»Die jungfräuliche Jägerin!« begrüßte ich sie fröhlich. »Sie müssen für die Unterhaltung zuständig sein.«

»Und Sie sind wohl der Possenreißer!« schnappte sie. Ich bückte mich und hob ihren Umhang auf, was mir erlaubte, ihre wohlgeformten Beine zu betrachten. »Gerade die richtige Haltung für einen schmerzhaften Tritt!« fügte sie spitz hinzu. Ich kam schnellstens wieder hoch.

Auch so gab es genug zum Anschauen. Normalerweise hätte sie mir bis an die Schulter gereicht, trug aber hohe Korkabsätze unter ihren geflochtenen Jagdsandalen. Selbst ihre Zehennägel waren wie Alabaster poliert. Ihre glatte, extrem dunkle Haut war ein Wunder der Haarentfernungskunst. Man mußte ihr jedes einzeln ausgezupft und mit Bimsstein abgerieben haben – allein der Gedanke daran ließ mich schaudern. Ebensoviel Aufmerksamkeit hatte ihrem Schminken gegolten: die Wangen betont durch purpurfarbene Wischer von zermahlenem Weinstein, die Augenbrauen perfekte, halbfingerbreite Bögen, die Lider mit Safran bestäubt, die Wimpern mit Lampenruß geschwärzt. Am einen Oberarm trug sie einen Reif aus Elfenbein, am anderen eine silberne Schlange. Die Wirkung war absolut professionell. Sie war niemandes teure Maitresse (keine Gemmen oder Filigranarbeiten), und da Frauen nicht eingeladen waren, war sie auch niemandes Gast.

Sie mußte eine Tänzerin sein. Ihr Körper war gut gepolstert, aber muskulös. Ihre schimmernde Mähne, so schwarz, daß sie bläuliche Glanzlichter hatte, war zu einem einfachen Zopf zusammengedreht, den man für dramatische Effekte rasch lösen konnte. Ihren Händen sah man die Übung mit den Kastagnetten deutlich an.

»Mein Fehler«, gab ich vor, mich zu entschuldigen. »Mir war eine spanische Tänzerin versprochen worden. Ich hatte gehofft, Sie seien ein unartiges Mädchen aus Gades.«

»Tja, ich bin aber ein artiges Mädchen aus Hispalis«, gab sie zurück und wollte sich an mir vorbeidrängen. Sie sprach in abgehacktem, recht geschliffenem Latein. Hätte der Abend nicht unter dem baetischen Motto gestanden, wäre es schwer gewesen, die Herkunft dieser Diana zu erraten.

Dank meiner dicken Amphore blockierte ich den halben Durchgang. Wenn sie sich vorbeidrückte, würden wir uns erfreulich nahekommen. Ich bemerkte ihren Blick, der mir klarmachte, daß sie mir bei einer falschen Bewegung die Nase abbeißen würde.

»Mein Name ist Falco.«

»Gut, dann gehen Sie mir aus dem Weg, Falco.«

Entweder hatte ich meinen Charme eingebüßt, oder sie hatte einen Eid geleistet, sich von gutaussehenden Männern mit einnehmendem Lächeln fernzuhalten. Oder machte ihr mein großer Krug mit fermentierten Fischinnereien angst?

Ein älterer Mann mit einer Kithara trat aus einem Raum auf der anderen Seite des Flures. Sein Haar war graumeliert, und sein scharf geschnittenes Gesicht hatte eine dunkle, mauretanische

Färbung. Er kümmerte sich nicht um mich. Die Frau erwiderte sein Nicken und ging ihm nach. Ich beschloß, dazubleiben und mir ihren Auftritt anzusehen.

»Tut mir leid, das sind private Gemächer!« fauchte sie und knallte mir die Tür vor der Nase zu.

»Völliger Blödsinn! Die baetische Gesellschaft hat Mauscheleien in dunklen Ecken noch nie geduldet. Wir gestatten hier keine privaten Festivitäten …«

Es war Laeta. Ich hatte zu lange herumgebummelt, und er war mir gefolgt. Mitzubekommen, was das Mädchen sagte, verwandelte ihn in einen allwissenden Beamten übelster Sorte. Ich war zurückgewichen, um meine edle Etruskernase nicht gebrochen zu bekommen, aber er drängte sich an mir vorbei, wild entschlossen, ihr nachzustürmen. Seine anmaßende Art hielt mich fast davon ab, ihm zu folgen, doch er hatte mich erneut in seinen Dunstkreis hineingezogen. Die geduldigen Sklaven lehnten die Amphore gegen den Türrahmen, und wir segelten in den Salon, in dem das unverschämte Mädchen seinen Tanz vorführen sollte.

Kaum hatte ich meinen Blick über die Liegen wandern lassen, erkannte ich, daß Laeta mich belogen hatte. Statt der hochrangigen Weltherrscher, die er mir vorgegaukelt hatte, ließ dieser auserlesene Speiseclub auch Gäste zu, die ich bereits kannte – darunter zwei, die zu vermeiden ich freiwillig Rom zu Fuß durchquert hätte.

Sie hatten es sich auf zwei Liegen nebeneinander bequem gemacht, was in sich schon Grund zur Beunruhigung war. Der eine war Camillus Aelianus, der Bruder meiner Freundin, ein ungehobelter, übellauniger junger Mann, der mich nicht ausstehen konnte. Der andere war Anacrites, der Oberspion. Auch Anacrites verabscheute mich – vor allem, weil er wußte, daß ich im selben Feld bessere Arbeit leistete als er. Seine Eifersucht hatte beinahe tödliche Folgen gehabt, und wenn ich je die Gelegenheit dazu bekäme, würde ich ihn mit großer Wonne auf einem Leuchtturm an einen

Pfahl binden, dann ein großes Signalfeuer unter ihm aufschichten und es anzünden.

Vielleicht hätte ich gehen sollen. Doch aus reiner Dickköpfigkeit marschierte ich hinter Laeta her.

Anacrites wirkte unangenehm berührt. Da wir ja als Kollegen im Staatsdienst galten, schien er sich zur Höflichkeit verpflichtet zu fühlen und winkte mich zu einem freien Platz neben ihm. Statt mich zu setzen, ließ ich von den Sklaven meine Amphore zur Ruhe betten, den schlanken Hals auf dem Ellbogenpolster. Anacrites verabscheute alles Exzentrische. Genau wie Helenas Bruder. Auf der Liege nebenan kochte der illustre Camillus Aelianus jetzt vor Wut.

Das war schon besser. Ich schnappte mir einen Becher Wein von einem hilfreichen Bediensteten und bekam im Handumdrehen strahlende Laune. Dann strafte ich beide Männer mit Mißachtung und ging quer durch den Raum zu Laeta, der mich zu sich rief, da er mich jemandem vorstellen wollte.

III

Um zu Laeta zu kommen, mußte ich mich durch eine Mischung seltsamer Gäste schlängeln. Ich hatte gehofft, heute abend kein berufliches Interesse entwickeln zu müssen, aber die unklaren Motive des Obersekretärs für meine Einladung hatten mich wachsam bleiben lassen. Außerdem nahm ich diese Gesellschaft ganz automatisch unter die Lupe. Während Laeta mich zunächst zum harten Kern der hier regelmäßig Essenden und Trinkenden geführt hatte, wirkten diese Männer fast wie Fremde, die sich nur zufällig auf freien Liegen zusammen niedergelassen hatten und jetzt das Beste aus dem Abend machen mußten. Ich spürte leises Unbehagen.

Allerdings konnte ich mich täuschen. In der Welt der Ermittler sind Fehler alltäglich.

Dieser Salon war von vornherein als Eßzimmer entworfen worden – unter den neun strengen, zueinander passenden, schwergewichtigen Liegen war das schwarzweiße Mosaik schlicht, wies aber in der Mitte des Fußbodens ein komplexeres geometrisches Muster auf. Laeta und ich durchquerten jetzt diesen Bereich, wo noch die niedrigen Serviertische standen, später aber die Tänzerin auftreten würde. Wir gingen auf einen Mann zu, der wie ein bedeutender Gastgeber das Kopfende einnahm. Er sah aus, als meinte er, den ganzen Raum zu beherrschen.

»Falco, darf ich Ihnen eines unserer eifrigsten Mitglieder vorstellen – Quinctius Attractus!«

Der Name sagte mir etwas. Das war der Mann, über den sich die anderen beschwert hatten, weil er eine Gruppe echter Baeticaner mitgebracht hatte.

Er schnaubte, schien verärgert, weil Laeta ihn störte. Der Mann war ein massiger Senator von über sechzig mit schweren Armen und dicken Fingern – nicht direkt ein Fettwanst, aber er lebte offensichtlich gut. Die Überreste seiner einstigen Haarpracht waren schwarz und lockig und seine Haut wettergegerbt, als hielte er sich an altmodische Gewohnheiten und inspizierte seine ausgedehnten Weinberge, weil er sich einreden wollte, daß er dem Land nah wie vor eng verbunden sei.

Vielleicht stammten seine Nebeneinkünfte ja auch aus Olivenhainen.

Ich brauchte mich eindeutig nicht um Konversation zu bemühen, denn der Senator zeigte kein Interesse an mir. Laeta übernahm die Gesprächsführung: »Haben Sie heute abend mal wieder eine Ihrer kleinen Gruppen mitgebracht?«

»Scheint mir ein angemessener Ort, meine Besucher zu unterhalten!« schnauzte Quinctius. Im Prinzip hatte der Mann recht, aber seine Art war unsympathisch.

»Dann wollen wir hoffen, daß Sie alle Gewinn daraus ziehen!« erwiderte Laeta lächelnd mit der heiteren Überheblichkeit des Beamten, der eine bösartige Anspielung macht.

Da ich den Hintergrund dieses Schlagabtausches nicht verstand, mußte ich sehen, wo ich etwas zu meiner eigenen Unterhaltung fand. Als ich hereingekommen war, hatte Anacrites ausgesehen, als würde er sich gut amüsieren. Doch als ich jetzt in seine Richtung schaute, sah ich, daß er ganz steif und still auf seiner Liege lag. Seine merkwürdigen hellgrauen Augen waren verschleiert, sein Gesichtsausdruck undeutbar. Der fröhliche Festgast mit glatt zurückgekämmtem Haar und makelloser Tunika war jetzt angespannt wie eine Jungfrau, die sich zum Treffen mit ihrem ersten Schäfer hinausschleicht. Meine Anwesenheit hatte ihm offensichtlich den Spaß verdorben. Und so wie er schaute – und gleichzeitig so tat, als bemerke er nichts –, gefiel es ihm nicht, daß Laeta mit Quinctius Attractus sprach.

Rasch ließ ich meinen Blick über die auf drei Seiten verteilte Gruppe der Speiseliegen wandern. Die baetischen Eindringlinge zu entdecken, deren Invasion Laetas Kollegen so verärgert hatte, fiel nicht schwer. Man erkannte sie an ihrer typisch spanischen Gestalt – breiter Körper mit kurzen Beinen. Zwei saßen je rechts und links von Quinctius auf den Ehrenplätzen, zwei weitere seitlich zu seiner Rechten. Sie trugen die gleichen Borten an ihren Tuniken und Ausgehsandalen mit zähen Sohlen aus Espartogras. Wie gut sie einander kannten, ließ sich nicht sagen. Sie sprachen Latein, was zu dem teuren Material ihrer Kleidung paßte, aber wenn sie nach Rom gekommen waren, um Olivenöl zu verkaufen, wirkten sie eher zurückhaltend, zeigten nicht die entspannte Selbstsicherheit, mit der man Käufer einwickelte.

»Warum stellen Sie uns nicht Ihren baetischen Freunden vor?« fragte Laeta den Senator. Quinctius sah aus, als hätte er Laeta am liebsten geraten, schnurstracks in die Unterwelt zu verschwinden, aber da wir bei diesem Essen ja alle Blutsbrüder sein sollten, mußte er der Aufforderung nachkommen.

Die zwei Besucher zur rechten Seite, die rasch und eher abschätzig als Cyzacus und Norbanus vorgestellt wurden, hatten in einer vertraulichen Unterhaltung die Köpfe zusammengesteckt. Obwohl sie uns zunickten, waren sie zu weit weg, um ein Gespräch zu beginnen. Die uns näher Sitzenden auf den Ehrenplätzen neben Quinctius hatten geschwiegen, während Laeta sprach. Sie hatten gehört, wie Laeta und der Senator sich gegenseitig mit liebenswürdigen Unfreundlichkeiten zu überbieten suchten, aber ihre Neugier verborgen. Dem Obersekretär des Kaisers vorgestellt zu werden, schien sie mehr zu beeindrucken als die anderen beiden. Vielleicht dachten sie, daß Vespasian nun jederzeit auftauchen könnte, um zu sehen, ob Laeta die morgige Audienzliste fertig hatte.

»Annaeus Maximus und Licinius Rufius.« Brüsk nannte Quinctius Attractus ihre Namen. Er mochte zwar der Patron dieser Gruppe sein, aber sein Interesse an ihnen klang nicht eben väterlich. Etwas freundlicher fügte er jedoch hinzu: »Zwei der wichtigsten Ölhersteller aus Corduba.«

»*Annaeus*!« warf Laeta sofort ein. Er wandte sich an den Jüngeren der beiden, einen breitschultrigen, kompetent aussehenden Mann von etwa fünfzig Jahren. »Heißt das, Sie sind ein Verwandter von Seneca?«

Der Baeticaner bestätigte es mit einer Kopfbewegung, die aber von keiner großen Begeisterung sprach. Das konnte daran liegen, daß Seneca, Neros einflußreicher Tutor, seine berühmte Karriere mit einem erzwungenen Selbstmord hatte beenden müssen, nachdem Nero seines Einflusses überdrüssig geworden war. Jugendliche Undankbarkeit im höchsten Extrem.

Laeta war zu taktvoll, das Thema weiter zu verfolgen. Statt dessen wandte er sich an den anderen Mann. »Und was bringt Sie nach Rom, mein Herr?«

Offenbar kein Öl. »Ich führe meinen jungen Enkel ins öffentliche Leben ein«, erwiderte Licinius Rufius. Er war eine Generation älter als sein Gefährte, sah aber immer noch so scharf aus wie ein Militärnagel.

»Eine Reise in die Goldene Stadt!« flötete Laeta in dick aufgetragener Unaufrichtigkeit, täuschte Bewunderung für diese kosmopolitische Initiative vor. Ich hätte mich am liebsten unter den nächsten Tisch geduckt und losgelacht. »Welchen besseren Start könnte er haben? Und, weilt der glückliche junge Mann heute unter uns?«

»Nein, er ist mit einem Freund unterwegs«, unterbrach der römische Senator mit kaum verhohlener Ungeduld. »Sie sollten sich besser einen Platz suchen, Laeta. Die Musikanten stimmen bereits ihre Instrumente. Einige von uns haben dafür bezahlt, und wir möchten für unser Geld auch etwas bekommen!«

Laeta schien zufrieden mit sich. Er hatte den Senator deutlich verärgert. Während wir uns den Weg durch den Raum bahnten und die Sklaven die Serviertische wegtrugen, um Platz zu schaffen, zischelte Laeta mir zu: »Unerträglicher Mann! Er macht sich in einem Maße wichtig, das allmählich unakzeptabel wird. Vielleicht werde ich Sie um Ihre Unterstützung bitten, Falco, wenn ich ihn zur Ordnung rufen muß ...«

Da konnte er lange bitten. Mitgliedern von Freßclubs auf die Finger zu klopfen gehörte nicht zu meinen Aufgaben.

Mein Gastgeber war noch nicht damit fertig, Aufsteigern einen Nasenstüber zu verpassen. »Anacrites! Und wer unter unseren illustren Mitgliedern hat *Ihre* Aufmerksamkeit verdient?«

»Ja, für mich ist es ein Arbeitsessen.« Anacrites hatte eine sanfte, kultivierte Stimme, der ebensowenig zu trauen war wie einem Teller überreifer Feigen. Schon beim ersten Wort stieg mir die Galle hoch. »Ich bin hier, um Sie zu beobachten, Laeta!« Der Gerechtigkeit halber mußte man sagen, daß er keine Angst hatte, die Sekretariate zu verärgern. Er konnte auch, wenn nötig, rasch mit dem Dolch zustoßen.

Ihre Fehde lag offen zutage – der legitime Administrator, der sich der Manipulation und Arglist bediente, und der Tyrann der Sicherheitskräfte, der Erpressung, Einschüchterung und Heimlichtuerei benutzte. Sie wurden von demselben Motiv angetrieben: beide wollten König des Misthaufens sein. Bisher gab es keinen großen Unterschied zwischen einem von Laeta verfaßten, gut formulierten, vernichtenden Bericht auf erstklassigem Papyrus und einer in das Ohr des Kaisers geflüsterten falschen Anschuldigung des Spions. Aber eines Tages mußte dieser Konflikt offen ausbrechen.

»Ich erzittere!« Laeta beleidigte Anacrites, indem er ihm mit Sarkasmus begegnete. »Kennen Sie Didius Falco?«

»Selbstverständlich.«

»Das sollte er wohl«, grummelte ich. Jetzt war ich an der Reihe, den Spion zu attackieren: »Anacrites mag zwar desorganisiert sein, aber selbst er vergißt es nicht, wenn er einen Agenten in feindliches Gebiet schickt und dann die örtliche Regierung informiert. Ich verdanke diesem Mann eine Menge, Laeta. Ohne meine Findigkeit wäre es ihm gelungen, mich als Fraß für alle Krähen von Petra in der nabatäischen Wüste an einen Felsen ketten zu lassen. Und ich glaube nicht, daß die grausamen Nabatäer sich damit aufhalten, einen unwillkommenen Besucher vorher zu töten.«

»Falco übertreibt«, meinte Anacrites mit einem süffisanten Lächeln. »Es war ein bedauerliches Versehen.«

»Oder ein taktischer Schachzug«, erwiderte ich kühl.

»Falls es mein Fehler war, entschuldige ich mich.«

»Lassen Sie nur«, sagte ich zu ihm. »Zum einen lügen Sie, und zum anderen ist es ein Vergnügen, Sie weiterhin zu hassen.«

»Falco ist ein wunderbarer Agent«, sagte Anacrites zu Laeta. »Er weiß fast alles, was man über schwierige Auslandsmissionen wissen muß – und er hat das alles von mir gelernt.«

»So ist es«, stimmte ich milde zu. »Kampanien vor zwei Jahren. Sie haben mir all die Fehler und Stümpereien beigebracht. All die Möglichkeiten, örtliche Empfindlichkeiten zu verletzen, Beweise zu zertrampeln und ohne Ergebnis nach Hause zu kommen. Sie haben mir das vorgemacht – und dann zog ich los und habe den Auftrag vernünftig erledigt. Der Kaiser dankt mir noch heute dafür, daß ich in jenem Sommer gelernt habe, Ihre Fehler zu vermeiden!«

Laeta mischte sich ein: »Ich bin sicher, daß wir alle von Ihrer gemeinsamen Vergangenheit profitieren!« Damit ließ er Anacrites wissen, daß ich jetzt für ihn arbeitete. »Das Unterhaltungsprogramm beginnt«, meinte er dann lächelnd in meine Richtung. Der allgemeine Lärm im Raum hatte sich beim Anblick der Tänzerin gelegt, die sich auf ihren Auftritt vorbereitete. Laeta klopfte mir auf die Schulter – eine Geste, die mich schrecklich nervte, aber ich achtete darauf, daß Anacrites das nicht mitbekam. »Bleiben Sie und genießen Sie es, Falco. Ich würde zu gegebener Zeit dann gerne Ihre Meinung hören …« Es war offensichtlich, daß er nicht über die Musiker sprach. Er wollte Anacrites den Eindruck vermitteln, daß hier etwas vorging. Was mir durchaus recht war.

Es gab nur noch zwei freie, sich gegenüber stehende Liegen an der Schmalseite des Raumes. Ich hatte bereits eine ausgewählt, aber jemand kam mir zuvor. Ein Mann, den ich schwer einschätzen konnte – ein Bursche in unauffälliger, haferfarbener Tunika, etwa in meinem Alter. Er ließ sich auf die Liege fallen, als habe er schon vorher da gelegen, und lehnte sich dann auf den Ellbogen, die muskulösen Beine bequem ausgestreckt. Am Oberarm hatte er eine alte Narbe, und seine dicken Fußsohlen wiesen darauf hin, daß er viel unterwegs war. Er sprach mit niemandem, wirkte aber durchaus umgänglich, wie er sich so die Trauben in den Mund fallen ließ und das Mädchen angrinste, das sich für seinen Auftritt bereit machte.

Ich griff nach einem Weinbecher, um mich für das Kommende zu stärken, und nahm auf der letzten verbliebenen Liege Platz – derjenigen neben Anacrites, die bereits teilweise von meiner Garum-Amphore besetzt war.

IV

Zwei Musiker traten auf, beide mit der tiefschwarzen Haut der Nordafrikaner. Der eine spielte Kithara, und das ziemlich schlecht. Der andere war jünger und hatte bedrohlicher wirkende, schrägstehende Augen. Er entlockte seiner Handtrommel schnelle, komplexe Rhythmen, während das Mädchen aus Hispalis sich daran machte, uns mit dem traditionellen Zigeunertanz zu erfreuen. Ich schenkte Anacrites ein freundliches Lächeln, um ihn zu ärgern, während wir uns darauf vorbereiteten, über die Geschmeidigkeit ihrer Hüften zu staunen. »Diana scheint eine heiße Nummer zu sein. Haben Sie sie schon vorher gesehen?«

»Ich glaube nicht ... Und, womit hat sich unser Falco denn in letzter Zeit so beschäftigt?« Ich kann Leute nicht ausstehen, die mich so gönnerhaft behandeln.

»Staatsgeheimnis.« Ich hatte den Winter damit verbracht, Vorladungen für eine Reihe schmieriger Winkeladvokaten zu überbringen und außerdem als unbezahlter Träger im Auktionshaus meines Vaters gearbeitet. Aber es machte Spaß, so zu tun, als unterhielte der Palast ein von Claudius Laeta geführtes, rivalisierendes Spionagenetz, über das Anacrites keine Kontrolle hatte.

»Falco, falls Sie für Laeta arbeiten, rate ich Ihnen, sich in acht zu nehmen!«

Ich ließ ihn mein amüsiertes Grinsen sehen und wandte mich dann wieder der Tänzerin zu. Sie führte uns mit ihrem goldenen Pfeil und Bogen ein paar aufreizende Stellungen vor: auf der Zehenspitze stehend, das eine Bein nach hinten, während sie scheinbar auf Gäste zielte, damit sie sich zurücklehnen und ihren halbentblößten Busen vorführen konnte. Da wir uns hier in Rom befanden, löste sie damit keinen Aufruhr aus. Zumindest nicht, solange kein angesehener Ritter nach Hause ging und seiner mißtrauischen Frau das dürftige griechische Kostüm in aller Ausführlichkeit beschrieb.

»Ich habe mich mit dem jungen Camillus unterhalten.« Anacrites hatte sich herübergebeugt, um mir ins Ohr zu flüstern. Ich riß die Hand hoch und kratzte mich, als sei irgendwelches Ungeziefer auf mir gelandet. Dabei hätte ich ihm um ein Haar ein blaues Auge verpaßt. Er schnellte auf seiner Liege zurück.

»Aelianus? Das muß Ihre Geduld schwer auf die Probe gestellt haben«, sagte ich. Auf Anacrites' anderer Seite achtete Helenas wütender Bruder darauf, meinem Blick auszuweichen.

»Er scheint ein vielversprechender junger Mann zu sein. Ganz offensichtlich hat er nichts für Sie übrig, Falco.«

»Aelianus wird schon noch erwachsen werden.« Der Spion hätte inzwischen wissen müssen, daß ich so nicht zu ködern war.

»Ist er nicht Ihr Schwager oder sowas?« Das klang ebenso nebenbei wie beleidigend.

»Oder sowas«, stimmte ich ruhig zu. »Was tut er hier? Erzählen Sie mir nicht, er hätte hier hohe Staatsbeamte erwartet und sich eine Pfründe erschleichen wollen?«

»Nun, er ist gerade aus Baetica zurück!« Anacrites drückte sich gerne geheimnisvoll aus.

Mir mißfiel der Gedanke, daß Helenas feindseliges Miststück von einem Bruder hier mit dem Spion klüngelte. Vielleicht sah ich Gespenster, aber das Ganze roch danach, als würden hier Komplotte gegen mich geschmiedet.

Das Mädchen aus Hispalis war jetzt mitten in ihrer Darbietung, und die Gespräche verstummten. Sie war recht gut, aber nicht außergewöhnlich. Tänzerinnen sind ein blühender Exportartikel aus dem südlichen Spanien und scheinen ihre Ausbildung alle in der gleichen Tanzschule zu erhalten, einer, deren Lehrer in Pension geschickt werden sollte. Dieses Frauenzimmer hier konnte mit den Augen rollen und mit verschiedenen Teilen ihrer Anatomie wackeln. Sie warf sich auf den Boden, als wolle sie den gesamten Mosaikboden mit ihrem wild wehenden Haar aufwischen. Wenn man erst mal eins von diesen knackigen Mädels hintenüber gebeugt mit stürmisch klappernden Kastagnetten gesehen hat, schweift die Aufmerksamkeit in der Regel ab.

Ich sah mich um. Die im Raum Versammelten waren sehr unterschiedlich. Die beiden Weltverdrossenen aus Baetica auf den gegenüberstehenden Liegen schienen von den Bemühungen des Mädchens ebenso unbeeindruckt wie ich und unterhielten sich immer noch leise. Quinctius Attractus, der angeblich für die Vorführung bezahlt hatte, lehnte selbstgefällig lächelnd zwischen seinen beiden vornehmeren Gästen. Die beiden schauten höflich zu, obwohl vor allem der Ältere so aussah, als verbäte ihm sein Sinn für Ästhetik normalerweise das Betrachten eines solchen Auftritts. Alle vier Baeticaner schauten so höflich, daß es erzwungen sein mußte, und ich fragte mich, warum *sie* meinten, diese Veranstaltung geschehe ihnen zu Ehren. Anacrites, der sich aus vermeintlicher Staatsraison in alles einmischte, schien sich ganz zu Hause zu fühlen, obwohl ich mir nicht vorstellen konnte, daß Quinctius Attractus ihn eingeladen hatte, sich dieser Gruppe anzuschließen. Dann war da noch Aelianus, zu jung, um selbst ein Clubmitglied zu sein. Wer hatte ihn mitgebracht? Und wer war der Mann in der haferfarbenen Tunika auf der gegenüberstehenden Liege, der sich so gesellig gab, aber tatsächlich mit niemandem sprach?

Ich stieß Anacrites an. »Wer ist der Kerl?«

Er zuckte die Schultern. »Vermutlich einer, der sich hier eingeschmuggelt hat.«

Zum Abschluß ihres Tanzes schoß die Tänzerin nun wirklich einen Pfeil ab. Er traf den jungen Aelianus, der aufquietschte, als sei er heftiger getroffen worden, als ihr Spielzeugbogen vermuten ließ. Danach schoß sie einen ganzen Schauer von Pfeilen ab; die meisten trafen, und ich machte mir in Gedanken eine Notiz, wen ich zu befragen hätte, falls später jemand an einer langsamen Vergiftung starb. Als sie sich zu einer kurzen Pause zurückzog, deutete sie mit einem Blick voll lüsternen Versprechens an, daß Camillus Aelianus seinen hübschen Pfeil als Souvenir behalten könne.

Ich richtete mich auf, ging um Anacrites herum, setzte mich auf Aelianus' Liege und zwang so das ungehobelte Bürschchen, mich zu begrüßen. »Ach, Sie sind auch hier, Falco!« sagte er rüde. Er war ein stämmiger, wenn auch untrainierter junger Mann mit glattem, schlaff herabhängendem Haar und permanent höhnischem Grinsen. Er hatte einen jüngeren Bruder, der sowohl besser aussah als auch wesentlich sympathischer war. Ich hätte lieber Justinus heute abend hier getroffen.

Ich befingerte den Pfeil, als sei Aelianus ein Schuljunge mit einem illegalen Spielzeug. »Das ist ein gefährliches Erinnerungsstück. Passen Sie auf, daß Ihre Eltern es nicht in Ihrem Schlafzimmer finden. Geschenke von Künstlerinnen können mißverstanden werden.« Ich drohte ihm gern damit, ihn so anzuschwärzen, wie er es ständig mit mir versuchte. Ich hatte noch nie einen Ruf besessen, aber er würde sich bald für die Wahl in den Senat aufstellen lassen und hatte etwas zu verlieren.

Aelianus brach den Pfeil entzwei. Eine unhöfliche Geste, da das Mädchen aus Hispalis immer noch im Raum war und mit ihren Musikern sprach. »Sie ist nichts Besonderes.« Er klang nüchtern und gelangweilt. »Verläßt sich auf ihren anzüglichen Blick und ihr knappes Kostümchen. Ihre Technik ist sehr bescheiden.«

»Ach ja?« Ich kenne eine Schlangentänzerin, die sagt, daß die Leute nur auf das Kostüm achten oder das Fehlen desselben. »Sie sind also ein Kenner spanischer Choreographie?«

»Das ist jeder, der in dieser Provinz Dienst getan hat«, sagte er mit gleichgültigem Schulterzucken.

Ich lächelte. Ihm mußte klar sein, daß seine jugendliche Erfahrung im friedlichen Baetica einen kaiserlichen Agenten nicht beeindrucken konnte, der darauf spezialisiert war, in den unruhigsten Grenzgebieten des Reiches zu operieren. Wenn nötig, war ich sogar das Risiko eingegangen, diese Grenzen zu überschreiten. »Und, wie hat es Ihnen in Hispanien gefallen?«

»Ganz gut.« Er wollte sich nicht mit mir unterhalten.

»Und jetzt stellen Sie Ihr Expertenwissen der Gesellschaft baetischer Olivenölhersteller zur Verfügung! Kennen Sie die Männer neben Quinctius Attractus?«

»Flüchtig. Ich war in Corduba mit den Annaeus-Jungs befreundet.«

»Wie steht es mit dem Enkel von Licinius Rufius? Er ist momentan hier in Rom.«

»Mag schon sein.« Aelianus hatte keinesfalls vor, mit mir über seine Freunde zu sprechen. Er konnte es kaum erwarten, mich loszuwerden.

»Ich hörte, der Junge sei heute abend in der Stadt unterwegs – ich hätte gedacht, daß Sie dabei wären.«

»Statt dessen bin ich hier! Wenn es Ihnen nichts ausmacht, Falco, möchte ich der Tänzerin zusehen.«

»Nettes Mädchen«, log ich. »Ich hatte ein interessantes Gespräch mit ihr.«

Der Schuß ging nach hinten los: »Natürlich. Sie kommen zu Hause sicherlich zu kurz«, meinte Aelianus unfreundlich. »Bei dem Zustand meiner Schwester.« Wie Helena und ich lebten, war unsere eigene Angelegenheit. Ich hätte ihm erzählen können, daß das Teilen des Bettes mit einem noch für mehrere Monate ungeborenen Nachkömmling unser gesundes Liebesleben nicht beeinträchtigte, eher eine größere Herausforderung darstellte. »Und jetzt hintergehen Sie Helena und machen sich an Tänzerinnen ran. Wenn ihr das jemand erzählt, wird sie vielleicht eine Fehlgeburt haben.«

»Wird sie nicht!« schnappte ich.

Ich hatte gerade sechs Monate damit verbracht, beruhigend auf Helena einzuwirken (die tatsächlich schon einmal eine Fehlgeburt hatte, obwohl ihr Bruder davon vermutlich nichts wußte). Sie zu überzeugen, daß bei der Geburt alles gutgehen und sie es überleben würde, war Schwerstarbeit. Sie war voller Angst, und ich war auch nicht gerade glücklich.

»Vielleicht verläßt sie Sie!« spekulierte er eifrig. Das war immer eine Möglichkeit gewesen.

»Wie ich sehe, liegt Ihnen Helenas Wohlergehen wirklich am Herzen.«

»Oh, Sie beide zusammen zu sehen macht mich glücklich. Ich denke, wenn ich mich für den Senat aufstellen lasse, werde ich meinen Wahlkampf darauf aufbauen, daß ich Ihre Beziehung anprangere – ich werde als Mann von derart traditioneller Redlichkeit auftreten, daß ich sogar meine eigene Schwester kritisiere ...«

»Damit werden Sie keinen Erfolg haben«, behauptete ich. Doch ich konnte mich irren. Rom hat schon immer etwas für aufgeblasene Wichtigtuer übrig gehabt.

Aelianus lachte. »Nein, Sie haben vermutlich recht. Mein Vater würde sich weigern, den Wahlkampf zu finanzieren.« Camillus Verus, Vater meiner Liebsten und dieses giftspritzenden jungen Frettchens, wirkte stets wie ein gutmütiger alter Schluffen, aber Aelianus hatte offenbar kapiert, wie sehr ihr gemeinsamer Vater Helena liebte und verstand, daß ich es ebenfalls tat. Mochte der Senator unsere Beziehung auch noch so bedauern, er wußte, daß er sich damit abfinden mußte. Außerdem hatte ich die leise Vermutung, daß er sich auf sein Enkelkind ziemlich freute.

»Jupiter, Sie müssen sich ja ins Fäustchen lachen, Falco!« Die Bitterkeit von Helenas Bruder war noch schlimmer, als ich gedacht hatte. »Sie sind aus dem Nichts aufgetaucht und haben sich die einzige Tochter einer Patrizierfamilie geschnappt ...«

»Blödsinn. Ihre Schwester war froh, den Käfig verlassen zu können. Sie hatte die Rettung bitter nötig. Helena Justina hatte ihre Pflicht getan und einen Senator geheiratet, aber was geschah? Pertinax war ein Schwein, ein Verräter, der sie vernachlässigte und mißhandelte. Ihr ging es so schlecht, daß sie sich scheiden ließ. Ist es das, was Sie wollen? Jetzt ist sie mit mir zusammen, und sie ist glücklich.«

»Es ist ungesetzlich!«

»Eine reine Formsache.«

»Man könnte Sie beide des Ehebruchs anklagen.«

»Wir betrachten uns als verheiratet.«

»Versuchen Sie das mal dem Zensor zu erzählen.«

»Das würde ich sofort tun. Doch niemand wird uns vor den Zensor bringen. Ihr Vater weiß, daß Helena ihre Wahl getroffen hat und mit einem Mann zusammenlebt, der sie anbetet. Es gibt keinen moralischen Einspruch, den der Senator geltend machen kann.«

Auf der anderen Seite des Raumes schüttelte das Tanzmädchen mit den beschränkten Kenntnissen ihr hüftlanges Haar aus. Darin schien sie sehr gut zu sein. Ich merkte, daß sie unseren Streit beobachtet hatte. Das gab mir ein ungutes Gefühl.

Um die Auseinandersetzung zu beenden, stand ich auf und wollte zu meiner eigenen Liege zurück. »Sagen Sie, Camillus Aelianus, was bringt Sie eigentlich in die ehrenwerte Gesellschaft baetischer Olivenölhersteller?«

Der wütende junge Mann hatte sich soweit beruhigt, daß er prahlen konnte: »Freunde in hoher Position. Und wie sind Sie reingekommen, Falco?«

»Noch viel bessere Freunde in wesentlich höherer Position«, gab ich vernichtend zurück.

Wieder neben Anacrites zu sitzen war fast eine Erleichterung. Bevor er versucht hatte, mich umbringen zu lassen, hatten wir miteinander gearbeitet. Er war verschlagen, aber genau wie ich verfügte er über einige Lebenserfahrung. Er trank gern einen guten Wein, hatte seinen Friseur unter Kontrolle und war dafür bekannt, daß er hin und wieder einen Witz über das Establishment losließ. Mit einem Kaiser, der Kosten sparen wollte und gegen übermäßige Sicherheitsmaßnahmen war, mußte sich Anacrites unwohl fühlen. Zum einen wollte er mich so weit wie möglich aus dem Weg haben. Er hatte versucht, mich anzuschwärzen, und er hatte vorgehabt, mich von einem unberechenbaren ausländischen Potentaten hinrichten zu lassen. Doch selbst jetzt wußte ich, woran ich mit ihm war. Zumindest so weit, wie das bei einem Spion möglich ist.

»Was ist los, Falco? Will mein junger Freund aus der noblen Familie sich an Ihnen rächen?«

Ich sagte, sein junger Freund sei kurz davor, was auf die Nase zu bekommen. Anacrites und ich verfielen wieder in unsere gewohnte Feindseligkeit.

Ich schaute nach oben und richtete meinen Blick auf die Lampe. Sie brannte mit der klaren, geruchlosen Flamme guten baetischen Öls, war aus glitzernder Bronze und hatte die Form eines fliegenden Phallus. Entweder schwankte dieses obszöne Gefäß mehr als es sollte, oder der gesamte Raum war in Bewegung ... Ich beschloß, daß ich genug von dem roten Barcino hatte. Im gleichen Moment, wie das so oft geschieht, goß mir ein Sklave den Becher weder voll. Ich seufzte und stellte mich auf eine lange Nacht ein.

Später muß ich noch mehr getrunken haben, obwohl ich es nicht genau sagen könnte. Deshalb geschah nichts Interessantes – zumindest mir nicht. Andere genossen zweifellos Risiken und Intrigen. Jemand traf vermutlich eine Verabredung mit der Tänzerin aus Hispalis. Es schien die Art von Fest zu sein, auf der traditionelle Bräuche gewürdigt wurden.

Ich ging, als noch alles in vollem Schwunge war. Niemand war erkennbar umgekippt, und zu diesem Zeitpunkt war auch mit Sicherheit noch niemand tot. Alles, was ich von dieser letzten Stunde noch weiß, sind ein paar schwierige Augenblicke, als ich versuchte, meine Amphore zu schultern. Sie war halb so groß wie ich und für einen Mann in meiner Verfassung viel zu schwer. Der junge Bursche in der haferfarbenen Tunika von der Liege gegenüber hatte ebenfalls nach seinem Umhang gegriffen. Er schien relativ nüchtern und machte den hilfreichen Vorschlag, ich solle ein paar Sklaven auftreiben, die das klobige Gefäß an einer Tragestange für mich heimtrugen. Augenblicklich erkannte ich die Logik darin. Wir lachten. Ich war viel zu betrunken, ihn nach seinem Namen zu fragen, aber er wirkte freundlich und intelligent. Daß er ganz alleine bei diesem Essen gewesen war, überraschte mich.

Irgendwie mußten meine Füße den Weg vom Palatin zum Aventin gefunden haben. Die Wohnung, in der ich seit einigen Jahren wohnte, lag im sechsten Stock eines heruntergekommenen Mietshauses. Die Sklaven weigerten sich, mit nach oben zu kommen. Ich ließ die Amphore unten, versteckte sie unter einem Haufen dreckiger Togen in Lenias Wäscherei im Erdgeschoß. Es war eine dieser Nächte, in denen mein linker Fuß in die eine Richtung losging und beim Zurückkommen den rechten traf. Ich kann mich nicht erinnern, wie ich sie dazu brachte, mir zu gehorchen und mir die Treppe hoch zu helfen.

Irgendwann erwachte ich aus beunruhigender Schwärze und hörte die fernen Schreie von den Marktständen und das gelegentliche Klingeln von Geschirrglocken. Ich merkte, daß die Aktivitäten unten auf den Straßen mich schon seit einiger Zeit im Schlaf gestört hatten. Es war der erste Tag im April und das Straßenleben bereits hektisch. Wachhunde bellten Hühner an. Hähne krähten aus lauter Spaß an der Freude. Der Tag hatte begonnen – schon vor ein paar Stunden. Auf dem Dach über mir gurrte nervtötend eine Taube. Das Licht fiel mit schmerzhafter mittäglicher Intensität vom Balkon herein.

Automatisch kroch der Gedanke an Frühstück in meinen Kopf – und zog sich schnellstens wieder zurück.

Mir ging es entsetzlich schlecht. Als ich mich vorsichtig auf der durchhängenden Leseliege aufrichtete, auf die ich mich letzte Nacht hatte fallen lassen, machte ein Blick durch die Wohnung alles noch schlimmer. Es hatte keinen Zweck, Helena zu rufen oder mich auch nur bei ihr zu entschuldigen. Sie war nicht da.

Ich befand mich in der falschen Wohnung.

Unbegreiflich, wie ich das fertiggebracht hatte – aber der pochende Schmerz in meinem Kopf machte es nur allzu plausibel. Das hier war unsere alte Wohnung. Wir wohnten nicht mehr hier.

Helena Justina würde in unserem neuen Heim sein, wo sie die ganze Nacht auf mich gewartet hatte. Vorausgesetzt, sie hatte mich nicht bereits wegen meines nächtlichen Wegbleibens verlassen. Eine Tatsache, aus der jede vernünftige Frau geschlossen hätte, daß ich die Nacht mit einem anderen Mädchen verbracht hatte.

V

Es gab eine dunkle Wohnung im ersten Stock auf der schattigen Seite der Brunnenpromenade. Auf den ersten Blick wirkte die schattige Seite besser erhalten, was aber nur daran lag, daß die Sonne den Verfall, der diese Häuser wie eine modrige Kruste überzog, nicht beschien. An den Fensterläden blätterte die Farbe ab. Die Türen hingen schief. Viele Bewohner verließ der Mut, und sie hörten auf, Miete zu zahlen. Oft starben sie in ihrem Elend, bevor die muskelbepackten Geldeintreiber des Vermieters die Miete aus ihnen herausprügeln konnten.

Alle, die hier wohnten, wollten eigentlich nur weg: Der Korbflechter mit dem Laden im Erdgeschoß wollte sich nach Kampanien zurückziehen, die Mieter der oberen Stockwerke zogen so schnell ein und aus, daß es viel über die Wohnlichkeit ihrer Behausungen aussagte (das heißt, sie war nicht existent), während Helena und ich als Untermieter des Korbflechters davon träumten, in eine schicke Villa zu entfliehen, wo es fließendes Wasser gab, Pinien um das Gelände und luftige Kolonnaden, in denen man sich kultiviert über philosophische Themen unterhalten konnte … Alles wäre besser als diese winzigen drei Zimmer, deren Treppenabsatz wir uns auch noch mit den spuckenden und fluchenden Bewohnern der oberen Stockwerke teilen mußten.

Die Eingangstür war abgelaugt und geschliffen und wartete darauf, frisch gestrichen zu werden. Drinnen mußte ich mich durch einen mit Paketen vollgestellten Flur zwängen. Das erste davon abgehende Zimmer hatte kahle Wände und war leer. Im zweiten sah es genauso aus, abgesehen von einem unglaublich obszönen Fresko, das die Wand direkt gegenüber der Tür schmückte. Helena verbrachte Stunden damit, die lüstern ineinander verschlungenen Paare und derben Satyre in schreiend hyazinthroten Umhängen mühsam abzukratzen, die, die Panflöte in der Hand, hinter Lorbeerbüschen lauerten und glubschäugig dem schamlosen Treiben zusahen. Sie kam nur langsam voran, und heute lagen alle feuchten Schwämme und Schaber verlassen in einer Ecke. Ich konnte mir denken, warum.

Langsam ging ich weiter den Gang hinunter. Hinten gaben die wieder festgenagelten Bodenbretter unter meinen Füßen nicht nach. Ich hatte Tage damit verbracht, sie eben zu bekommen. An den Wänden hing eine Reihe kleiner griechischer Reliefplatten mit olympischen Motiven, die Helena ausgesucht hatte. Eine Nische schien auf die beiden Hausgötter zu warten. Vor dem letzten Zimmer lag eine rotweiß gestreifte Matte, die ich vorher noch nicht gesehen hatte. Darauf schlief ein schmuddliger Hund, der sich erhob und angewidert davonstolzierte, als ich mich näherte.

»Hallo, Nux.«

Nux furzte leise und machte dann eine Drehung, um, milde erstaunt, ihr Hinterteil zu beschnüffeln.

Ich klopfte leise an den Türrahmen und öffnete die Tür. Ein Teil von mir hoffte, daß die Bewohnerin einen Spaziergang unternommen hatte.

Es gab kein Entkommen. Sie war da. Ich hätte es wissen müssen. Ich hatte ihr befohlen, den Wachhund mitzunehmen, wenn sie ohne mich ausging. Sie neigte nicht dazu, meinen Anweisungen zu folgen, hatte aber in der Zwischenzeit den Hund liebgewonnen.

»Hallo, Braunauge. Sind das hier die Räume, in denen Falco wohnt?«

»Offensichtlich nicht.«

»Erzähl mir nicht, daß er abgehauen ist, um Gladiator zu werden. Was für ein Schwein.«

»Der Mann ist erwachsen. Er kann tun, was er will.« Nicht, wenn er seine sieben Sinne beisammen hatte.

Falcos neues Büro war eingerichtet wie ein Schlafzimmer. Ermittlungsarbeit ist ein schmutziges Geschäft, und die Klienten wollen von der Umgebung schockiert sein. Außerdem weiß jeder, daß ein Ermittler die Hälfte seiner Zeit seinem Buchhalter Anweisungen gibt, wie er die Klienten übers Ohr hauen kann, und jeden freien Moment nutzt, um seine Sekretärin zu verführen.

Falcos Sekretärin lag gegen ein hübsches, muschelförmiges Kopfteil gelehnt und las einen griechischen Roman. Sie war gleichzeitig Falcos Buchhalterin, was ihr desillusioniertes Verhalten erklärte. Ich versuchte nicht, sie zu verführen. Der Gesichtsausdruck dieser großen, begabten jungen Frau traf mich wie ein plötzlicher Schluck schneegekühlten Weins. Sie war in Weiß gehüllt und hatte ihr glänzendes schwarzes Haar seitlich locker mit Elfenbeinkämmen hochgesteckt. Auf einem kleinen Tischchen neben ihr lagen neben einer Schüssel mit Feigen und der Kurzschriftkopie des gestrigen *Tagesanzeigers* alle Geräte, die man zur Maniküre braucht. Mit diesen Dingen vertrieb sie sich die Zeit, während sie auf die Rückkehr ihres Herrn wartete. So blieb ihr reichlich Gelegenheit, sich schneidende Bemerkungen auszudenken.

»Wie fühlst du dich?« fragte ich mit einem zärtlichen Blick auf ihren gewölbten Bauch.

»Wütend.« Sie genoß es, direkt zu sein.

»Das ist schlecht für das Baby.«

»Laß das Baby da raus. Ich hoffe, ich kann das Baby vor der Erkenntnis bewahren, daß sein Vater ein degenerierter Herumtreiber ist, dessen Respekt vor seinem häuslichen Leben ebenso minimal ist wie seine Höflichkeit mir gegenüber.«

»Gut gesprochen, Demosthenes! ... Helena, mein Herz, du bist wirklich wütend!«

»Ja, und das ist schlecht für dich.«

»Ich kann es dir erklären.«

»Spar dir die Mühe, Falco.«

»Ich habe versucht, mir etwas Geistreiches und Witziges einfallen zu lassen. Willst du es hören?«

»Nein. Mir reichen deine Protestschreie, wenn eine Gruppe von Soldaten dich abführt.«

»Ich hab einen dämlichen Fehler gemacht, Herzchen. Hab zuviel getrunken und bin im falschen Haus gelandet.«

»Geistreich«, meinte sie mit mattem Lächeln. »Aber nur witzig, weil es vollkommen lächerlich ist ... Wessen Haus?« Mißtrauen ist schwer zu überwinden.

»Unseres. Auf der anderen Straßenseite. Was dachtest du denn?« Ich nickte in die Richtung meiner alten Wohnung.

Helena war mit vielem, was ich tat, nicht einverstanden, doch sie glaubte fest daran, daß ich ihr stets die Wahrheit sagte. Was ich auch tat. Sie war viel zu gescheit, als daß man sie hätte täuschen können. Plötzlich erleichtert ließ sie den Kopf in die Hände sinken und brach in Tränen aus. Es war ungewollt, aber die schlimmste Strafe, die sie sich für mich hätte ausdenken können.

Traurig begriff ich, daß ich immer noch halb betrunken war und eine schauerliche Fahne haben mußte. Als ich mir über das Kinn fuhr, war es voller Stoppeln. Dann durchquerte ich den Raum, nahm meinen armen aus dem Leim gegangenen Liebling in die Arme und nützte die Gelegenheit, mich neben sie aufs Bett gleiten zu lassen.

Ich hatte die Gelegenheit, Helena trösten zu dürfen, gerade noch rechtzeitig genutzt. Ich mußte dringend in die Horizontale. Die Ausschweifungen der letzten Nacht hätten mich sonst umkippen lassen.

Eine Stunde später lagen wir immer noch da, zu einem tröstlichen Knäuel vereint. Helena hatte mich im Arm gehalten und an die Decke gestarrt. Ich schlief nicht, erholte mich nur allmählich.

»Ich liebe dich«, gurgelte ich schließlich, um sie von den düsteren Gedanken abzulenken, die sie im Bann hielten.

»Du weißt immer genau, wann romantische Phrasen angebracht sind!« Sie packte mich an meinem stoppeligen Kinn und schaute mir in die verschwiemelten Augen. Dabei wurde selbst sie, die normalerweise so mutig war, leicht blaß. »Dein gutes Aussehen hat aber reichlich gelitten, Falco.«

»Du bist eine sehr mitfühlende Frau.«

»Ich bin eine Idiotin!« meinte sie stirnrunzelnd. Helena Justina wußte, daß sie ihr Herz an einen unzulänglichen, zwielichtigen Burschen gehängt hatte, der ihr nur Kummer bereiten würde. Sie hatte sich eingeredet, daß sie die Herausforderung genoß. Ihr Einfluß hatte mich bereits positiv verändert, obwohl es mir gelang, das zu verbergen. »Verdammt noch mal, Marcus, ich dachte, du hättest dich von der Erregung deiner Orgie mitreißen lassen und lägest im Schoß eines Tanzmädchens.«

Ich grinste. Wenn ich Helena genug bedeutete, daß sie sich aufregte, gab es noch Hoffnung. »Auf dem Fest war tatsächlich eine Tänzerin, aber ich hatte nichts mit ihr zu tun. Sie trat als Diana auf, in äußerst knapper Kostümierung. War hauptsächlich damit beschäftigt, sich zurückzulehnen, damit man bis tief hinunter ...«

»Auf seinen Eßteller sehen konnte, wenn man vernünftig war!«

»Genau«, versicherte ich meiner Geliebten.

Sie schloß mich fest in die Arme. Versehentlich entschlüpfte mir ein gewaltiger Rülpser. »Dann dachte ich, man hätte dir aufgelauert, und du lägest blutend in der Gosse.«

»Nur gut, daß das nicht passiert ist. Ich habe mich nämlich mit einer kostbaren Ladung erstklassigen Liquamens abgequält, das ich auf dem Fest für meine Geliebte abgestaubt hatte, deren Schwangerschaft ihr einen unstillbaren Appetit auf die teuerste aller Soßen beschert hat.«

»Mein unfehlbar guter Geschmack! Als Bestechung reicht das aus«, entschied sie. Immer fair.

»Es ist eine ganze Amphore voll.«

»Das ist die richtige Art, Reue zu zeigen!«

»Ich mußte mir zwei Sklaven ausborgen, um das Ding nach Hause zu kriegen.«

»Mein Held. Es ist also aus Baetica?«

»Laut Etikett stammt das Zeug aus Gades.«

»Du bist sicher, daß es kein billiges altes Muria ist?«

»Sehe ich aus wie ein zweitklassiger Thunfischverkäufer? Nur beste Makrelen, ehrlich.« Ich hatte das Garum nicht probiert, aber die Prahlerei schien ungefährlich. Aus der hervorragenden Qualität des gestrigen Essens konnte man schließen, daß die Würzsoße ausgezeichnet sein würde. »Mir wird also vergeben?«

»Daß du nicht weißt, wo du wohnst?« witzelte sie.

»Ja, ist mir äußerst peinlich.«

Helena Justina lächelte. »Ich fürchte, du hast noch mehr Peinlichkeiten vor dir. Verstehst du, Marcus, mein Liebling – ich war so besorgt über dein Ausbleiben, daß ich beim ersten Morgenlicht zu Petronius Longus gestürzt bin.« Petronius, mein bester Freund, neigte angesichts meiner Eskapaden durchaus zum Sarkasmus. Er arbeitete als Ermittlungsbeamter bei den Vigiles, der städtischen Wache. Helena gurrte: »Ich war verzweifelt, Marcus. Ich bestand darauf, daß er die Vigiles überall nach dir suchen läßt …«

Helena nahm die sittsame Pose eines Mädchens an, das vorhat, die Sache in vollen Zügen zu genießen. Sie wußte, daß ich dazu verdammt war, auf sehr öffentliche Weise zu leiden. Sie brauchte nichts weiter zu sagen. Jeder auf dem Aventin würde inzwischen wissen, daß ich letzte Nacht verschwunden war. Und egal welche Lügen ich über meine betrunkene Rückkehr erzählen mochte, die wahre Geschichte würde unweigerlich ans Licht kommen.

VI

Zum Glück war Petronius offenbar damit beschäftigt, echte Verbrecher zu jagen. Er hatte keine Zeit, um nach mir zu suchen.

Ich verbrachte den Morgen mit einfachen häuslichen Betätigungen. Wie schlafen. Um ein Kopfschmerzmittel bitten. Der selbstlosen Frau, die sich entschieden hatte, ihr Leben mit mir zu teilen, meine Aufmerksamkeit zu schenken.

Dann wurden wir gestört. Wir hörten einen lautstark schnaufenden Mann auf unserer Außentreppe. Wir ignorierten den Krach, bis er zu uns hereinstürmte. Es war Claudius Laeta. Er schien etwas Zeremonielleres zu erwarten als den stummen Blick, den er von uns beiden erhielt.

Ich war gebadet, rasiert, massiert, gekämmt, in eine saubere Tunika gekleidet, belebt durch mehrere Becher kalten Wassers und zusätzlich gestärkt durch ein einfaches Mahl in Ei angebratener Gurken. Ich saß wie ein anständiger Hausherr an meinem eigenen Tisch, unterhielt mich mit meiner eigenen Frau und überließ ihr höflich die Themenwahl. Das Gespräch war anspruchslos, weil Helena den Mund voller Mostkuchen hatte. Sie hatte ihn am Morgen für sich gekauft, da sie halbwegs erwartete, ich würde irgendwann mit einer peinlichen Geschichte wieder auftauchen. Mir war nichts davon angeboten worden.

Und so saßen wir da, schicklich und friedvoll nach dem Mittagessen, als ein Mann mit einem Auftrag, den ich weder wollte noch schätzte, in unser Heim gestürmt kam: für einen Privatermittler ein ganz normales Ereignis. Ich begrüßte ihn resigniert. Zum Glück hatten wir unseren provisorischen Tisch nicht in dem Zimmer mit den obszönen Fresken aufgestellt. Ich ließ mir Zeit damit, einen weiteren Hocker aus einem Abstellkämmerchen zu holen. Ich ahnte, daß alles, was Laeta mir zu sagen hatte, bedrückend sein würde.

Laeta setzte sich. Hier, in einer heruntergekommenen Gasse auf dem turbulenten Aventin, war der hohe Beamte nicht gerade in seinem Element. Außerdem schnappte er nach Luft wie ein gestrandeter Karpfen. Ich hatte niemandem meine neue Adresse gegeben. Alles, was nach Ärger roch, sollte lieber bei der alten nach mir suchen. Er mußte die sechs Stockwerke zu meiner Behausung auf der gegenüberliegenden Straßenseite hinaufgestürmt und dann wieder hinuntergestolpert sein, bevor Lenia, die Wäschereibesitzerin, (die ohne Mitgefühl zugesehen hatte, wie er hinaufgegangen war) sich bequemte, ihm mitzuteilen, daß ich auf der anderen Straßenseite über dem Korbladen eine weitere Wohnung besaß. Er hatte sich mit Flüchen an dem Ochsentreiber abreagiert, der ihn auf der Brunnenpromenade über den Haufen gefahren hatte.

»Vielleicht kann Marcus Didius Ihnen bei einer Anzeige gegen den Ochsentreiber behilflich sein?« murmelte Helena mit dem verfeinerten Patrizierspott, dem Laeta in seinem momentanen Zustand nicht gewachsen war.

Ich stellte sie formell vor: »Helena Justina, Tochter von Camillus Verus, dem Senator. Er ist ein Freund von Vespasian, wie Sie wahrscheinlich wissen.«

»Ihre Frau?« fragte Laeta mit zittriger Stimme, alarmiert über den Standesunterschied und bemüht, nicht überrascht zu klingen.

Wir lächelten ihn an.

»Was gibt es für ein Problem?« fragte ich sanft. Es mußte ein Problem geben, sonst hätte sich dieser hohe Beamte nicht hierher geschleppt, vor allem nicht ohne Eskorte.

Laeta warf einen entnervten Blick auf Helena, was bedeutete, ich sollte sehen, daß ich sie los wurde. Nicht einfach. Selbst wenn ich es gewollt hätte. Ganz unmöglich, da sie zwei Monate vor der Geburt stand und das schamlos ausnutzte: stöhnend ließ sie sich in ihren

Korbsessel sinken, die müden Füße auf ihre Fußbank gestützt. Sie legte ihre Stola um sich, lächelte Laeta erneut an – und widmete sich dann wieder den Resten ihres Kuchens. Laeta war zu wenig weltgewandt, um vorzuschlagen, er und ich sollten uns in eine Weinschenke verziehen, also richtete Helena sich darauf ein zuzuhören.

Während sie sich die schlanken Finger ableckte, sah ich, daß ihre verschmitzten braunen Augen den Obersekretär musterten. Er schwitzte stark, zum Teil wegen des Aufstiegs zu meiner alten Bruchbude und zum Teil wegen der quälenden Verlegenheit, die er hier empfand. Ich war gespannt, was Helena von ihm hielt. Ja, ich fragte mich, was ich eigentlich selbst von ihm hielt.

»Haben Sie den gestrigen Abend genossen, Falco?«

»Sehr.« Jahre des Umgangs mit schwierigen Klienten hatten mich gelehrt, glatt und überzeugend zu lügen. Ich schien hier einen möglichen Klienten vor mir zu haben. Allerdings hatte ich schon Leute abgewiesen, die wichtiger waren als er.

»Gut, gut ... Ich brauche Ihre Hilfe«, gestand er.

Ich hob die Augenbraue, als sei mir diese abwegige Idee nie gekommen. »Was kann ich für Sie tun?«

Diesmal wandte sich Laeta direkt an Helena. »Vielleicht haben Sie eine Webarbeit, der Sie sich gerne widmen möchten?« Er war hartnäckig, aber gescheit genug, es wie einen Witz klingen zu lassen, falls sie immer noch nicht bereit war nachzugeben.

»Leider nicht.« Sie deutete auf den leeren Raum. »Wir warten immer noch darauf, daß der Webstuhl geliefert wird.«

Ich grinste. Helena Justina hatte mir nie die traditionellen Attribute einer guten römischen Ehefrau versprochen: ein zurückgezogenes Leben, unterwürfiges Auftreten, Gehorsam gegenüber ihren männlichen Verwandten, eine dicke, fette Mitgift – ganz zu schweigen von selbstgewebten Tuniken. Alles, was ich bekam, waren Bett und spöttisches Geplänkel. Trotzdem war ich davon überzeugt, daß ich es besser getroffen hatte als die alten Republikaner.

Laeta hörte mit seinem Gezappel auf. Er richtete den Blick fest auf mich, als wolle er so meine exzentrische Gefährtin unsichtbar machen. »Ich brauche Unterstützung von jemandem, der total verläßlich ist.«

Das kam mir bekannt vor. »Sie wollen damit sagen, daß die Aufgabe gefährlich ist!«

»Die Sache könnte Ihnen eine hohe Belohnung einbringen, Falco.«

»Die alte Leier! Ist es ein Auftrag offizieller Natur?«

»Ja.«

»Offiziell wie ›eine Sache unter Freunden‹, offiziell wie ›eine hochstehende Persönlichkeit, deren Namen ich nicht nennen kann, möchte dies‹ oder offiziell wie ›die hochstehende Persönlichkeit darf nie davon erfahren, und wenn Sie in Schwierigkeiten geraten, werde ich Sie nicht kennen‹?«

»Sind Sie immer so zynisch?«

»Ich habe schon öfters für den Palast gearbeitet.«

Helena warf ein: »Marcus Didius hat im öffentlichen Dienst sein Leben riskiert. Seine Belohnung war zögerliche Bezahlung, dazu der verweigerte gesellschaftliche Aufstieg, obwohl man ihm den vorher versprochen hatte.«

»Nun ja, zu Ihrer bisherigen Honorierung kann ich nichts sagen, Marcus Didius.« Laeta kannte sich damit aus, anderen Dienststellen die Schuld zuzuschieben. Ein Naturtalent. »Mein eigenes Sekretariat hat einen untadligen Ruf.«

»Wie erfreulich!« höhnte ich. »Doch meine Begeisterung für die saubereren Gewohnheiten Ihres Büros heißt nicht, daß ich den Auftrag annehme.«

»Ich habe Ihnen noch nicht gesagt, worum es sich handelt«, meinte er.

»Bei Jupiter, nein, das haben Sie nicht! Ich platze vor Neugier.«

»Sie sind ironisch.«

»Ich bin grob, Laeta.«

»Tja, es tut mir leid, daß Sie diese Haltung einnehmen, Falco.«

In dem Gesagten schwang leises Bedauern darüber mit, daß er mich mit einer Einladung zu dem Fest der Ölhersteller beehrt hatte. Ich ging darüber hinweg. »Man hatte mir gesagt, Sie seien ein guter Agent.«

»Gut heißt wählerisch.«

»Also lehnen Sie meinen Auftrag ab?«

»Ich warte darauf, zu hören, was es ist.«

»Ah!« Sein Gesicht zeigte große Erleichterung. »Ich kann Ihnen versprechen, daß ich persönlich die Verantwortung für Ihre Bezahlung übernehmen werde. Über welche Summe reden wir dabei übrigens?«

»Ich lege die Bedingungen fest, wenn ich den Auftrag annehme – und ich nehme ihn nur an, wenn ich weiß, was es ist.«

Es gab kein Entkommen. Er schaute unbehaglich und rückte dann damit heraus: »Ein Teilnehmer unseres gestrigen Essens wurde übel zugerichtet auf der Straße gefunden.«

»Dann müssen Sie einen Arzt rufen und die zuständige Kohorte der Wache informieren!«

Ich wich Helenas Blick aus, mir war klar, daß sie sich wieder Sorgen um mich machte. Wenn ich gewußt hätte, daß sich das Gespräch um Zusammengeschlagene drehen würde, hätte ich Laeta sofort vor die Tür gezerrt.

Er verzog den Mund. »Das ist nichts für die Wache.«

»Was ist an diesem nächtlichen Überfall denn so besonderes? Heimkehrende Nachtschwärmer werden ständig überfallen.«

»Er lebt im Palast. Also war er nicht auf dem Heimweg.«

»Ist das von Bedeutung? Wer ist der Mann?«

Ich hätte selbst auf die Antwort kommen müssen, schon allein des hohen Status meines Besuchers und seiner starken Erregung wegen. Und doch traf es mich ganz unerwartet, als Laeta mit einer gewissen Großspurigkeit antwortete: »Anacrites, der Oberspion!«

VII

»*Anacrites*?« Ich lachte kurz auf, wenn auch nicht über das Mißgeschick, das dem Spion widerfahren war. »Dann sollte Ihre erste Frage lauten, ob ich es nicht gewesen bin!«

»Das hatte ich in Erwägung gezogen«, schoß Laeta zurück.

»Die nächste Frage sollte lauten, ob es etwas mit seiner Arbeit zu tun hat. Vielleicht bin ich, ohne daß Sie davon wissen, bereits in die Sache verwickelt.«

»Ich war der Meinung, daß Sie nicht mehr bereit seien, für ihn zu arbeiten, nachdem er Sie bei Ihrer Syrienreise in Schwierigkeiten gebracht hat.«

Ich ging nicht darauf ein. »Wie ist es passiert?«

»Er muß aus irgendeinem Grund ausgegangen sein.«

»Anacrites war nicht auf dem Heimweg? Er lebt tatsächlich im Palast?«

»Das ist verständlich, Falco. Er ist ein freier Mann, aber er hat eine hohe Stellung. Da sind Sicherheitsrisiken zu bedenken.« Laeta hatte offenbar intensiv über den Luxus nachgedacht, den Anacrites für sich in Anspruch nahm: hier kochte wieder die Eifersucht zwischen den beiden Dienststellen hoch. »Soviel ich weiß, hat er in eine große Villa bei Baiae investiert, doch die ist nur für den Urlaub – den er selten nimmt – und zweifellos für seinen späteren Ruhestand ...«

Laetas offensichtlich gründliche Kenntnis des Privatlebens seines Rivalen faszinierte mich – genauso wie der Gedanke, daß Anacrites sich eine Villa im ultraschicken Baiae leisten konnte. »Wie schwer ist er verletzt?« warf ich ein.

»Es heißt, daß er möglicherweise nicht überlebt.«

»Wer sagt das?«

»Offenbar wurde er von einem Anwohner entdeckt und gerettet. Der Mann hat heute morgen einen Sklaven zum Palatin geschickt.«

»Und wie hat er Anacrites identifiziert?«

»Das weiß ich nicht.«

»Wer hat Anacrites' Zustand überprüft? Sie waren nicht bei ihm?«

»Nein!« Laeta schien überrascht.

Ich hielt mich zurück. Das Ganze sah nach einem fürchterlichen Durcheinander aus. »Ist er immer noch bei diesem wohltätigen Bürger?« Laetas Schweigen bestätigte das. »Also gut. Sie glauben, daß Anacrites von einem oder mehreren Leuten, über die er Ermittlungen anstellte, zusammengeschlagen und möglicherweise ermordet wurde. In der Verwaltung bricht Panik aus. Sie, als Leiter des Korrespondenzbüros – einer völlig anderen Abteilung – werden in die Sache verwickelt.« Oder er hatte sich selbst eingemischt, was wahrscheinlicher war. »Und doch wird der Oberspion den ganzen Tag, wahrscheinlich ohne ärztliche Versorgung, an einem Ort gelassen, wo entweder er oder der hilfreiche Bürger erneut überfallen werden können. Und in der Zwischenzeit hat sich niemand von offizieller Seite die Mühe gemacht herauszufinden, wie schwer Anacrites verletzt ist oder ob er etwas über das Geschehene sagen kann?«

Laeta machte keine Anstalten, diese Dummheit zu entschuldigen. Er legte die Fingerspitzen beider Hände aneinander. »So ausgedrückt«, sagte er mit der Haltung eines wichtigen Beamten, der bei einer Pfuscherei ertappt worden ist, »klingt es, als sollten Sie und ich uns schnellstens dorthin begeben, Falco.«

Ich warf Helena einen Blick zu. Sie zuckte resigniert die Schultern. Helena wußte, daß ich Anacrites nicht ausstehen konnte, aber sie wußte auch, daß ein Verwundeter Hilfe von jemand Vernünftigem braucht. Eines Tages könnte das Blut, das in die Gosse fließt, meines sein.

Ich hatte noch eine Frage: »Anacrites beschäftigt einen ganzen

Stall voll von Agenten. Warum sind die nicht gebeten worden, sich darum zu kümmern?« Laetas Blick wurde unstet, also sprach ich den eigentlichen Grund an: »Weiß der Kaiser, was passiert ist?«

»Er weiß es.« Ich war mir nicht sicher, ob ich dem Sekretär glauben sollte oder nicht.

Zumindest eine Adresse hatte Laeta mitgebracht. Sie gehörte zu einer mittelgroßen Wohnung am südlichen Ende des Esquilin – einem ehemals verrufenen Bezirk, der jetzt verschönt worden war. Ein berühmter Friedhof mit einst üblem Leumund war in fünf oder sechs öffentliche Gärten umgewandelt worden. Sie waren immer noch ein geeigneter Ort für Straßenprostitution und Raubüberfälle, daher waren die Straßen übersät mit zerbrochenen Weinkrügen, und die Anwohner hielten die Köpfe gesenkt, vermieden Blickkontakt. In der Nähe der Aquädukte boten einige gepflegte Privathäuser dem mutig die Stirn. Im ersten Stock eines vierstöckigen Mietshauses, eine sauber gefegte, von den üblichen Lorbeerbäumen bewachte Treppe hinauf, lebte ein pedantischer, unverheirateter Architekt namens Calisthenus. Er hatte den ganzen Tag zu Hause verbringen müssen, weil er das Opfer einer Straßenschlägerei nicht allein lassen wollte, das sich plötzlich erholen und mit der Sammlung kampanischer Kameen seines Retters verschwinden konnte.

Laeta weigerte sich übertrieben vorsichtig, seinen Namen zu nennen. Ich übernahm das Reden: »Mein Name ist Didius Falco.« Ich war geübt darin, meiner Stimme in solchen Situationen Autorität zu verleihen; kein Grund, näher zu erklären, welchen Posten ich bekleidete. »Wir sind gekommen, um den Verletzten abzuholen, den Sie so freundlich aufgenommen haben – falls der Mann noch lebt.«

»Schon, aber er ist immer noch bewußtlos.« Calisthenus fand offenbar, daß er unsere offizielle Aufmerksamkeit verdiente. Ich verbarg meine Abneigung. Er war eine dünne, bleiche Trauerweide und sprach mit müdem Ton. Er tat so, als beschäftigten ihn große Ideen und er sei ein bedeutender Tempelentwerfer. In Wahrheit baute er wahrscheinlich kleine Ladenzeilen.

»Wie haben Sie ihn gefunden?«

»Das ließ sich nicht vermeiden. Er blockierte meinen Hauseingang.«

»Haben Sie in der vergangenen Nacht irgendwelchen Lärm gehört?«

»Keinen übermäßigen. Die Gegend hier ist ziemlich laut. Man gewöhnt sich daran, trotz des Krachs zu schlafen.« Und jeden Ärger zu ignorieren, solange er nicht die eigene Schwelle blockierte.

Wir wurden zu einem kleinen Kämmerchen geführt, in dem normalerweise ein Sklave nächtigte. Anacrites lag auf einer schmalen Pritsche, bewacht von dem Sklaven, der auf einem Hocker saß und verärgert schaute, weil seine Decke mit Blut besudelt wurde. Der Spion war in der Tat bewußtlos. Er sah so elend aus, daß ich ihn für einen Augenblick kaum wiedererkannt hätte.

Ich sprach ihn mit seinem Namen an; keine Reaktion.

Ein Tuch lag in einer Schüssel mit kaltem Wasser. Ich wischte ihm das Gesicht damit ab. Alle Farbe war aus ihm gewichen, und seine Haut fühlte sich eisigfeucht an. Der Pulsschlag an seinem Hals war kaum zu spüren. Anacrites war sehr weit weg, vermutlich auf einer Reise, von der es keine Wiederkehr gab.

Ich hob den Umhang an, der ihn bedeckte, wahrscheinlich sein eigener. Er trug immer noch die rötliche Tunika des gestrigen Abends, die rundherum mit gesteppten Borten in dunklen Beerenfarben gesäumt war. Anacrites' Kleidung war stets von guter Qualität, er vermied schreiende Farben. Er verstand es, Bequemlichkeit mit Unaufdringlichkeit zu verbinden.

Auf der Tunika waren keine Blutflecken zu sehen. Ich fand weder Stichwunden noch Spuren von Schlägen, obwohl beide Oberarme identische Blutergüsse aufwiesen, als sei er mit Gewalt festgehalten worden. Neben dem Schienbein fand sich ein kleiner

Schnitt, neu und etwa einen Finger lang, darunter ein getrocknetes Blutrinnsal, dünn und gerade wie ein toter Wurm. Ernsthafte Wunden, die seinen miserablen Zustand erklärten, konnte ich nicht entdecken, bis ich ein weiteres Tuch zurückschlug. Es bedeckte seinen Scheitel und war an einer Stelle wie eine Art Kompresse gegen seinen Schädel gedrückt.

Vorsichtig nahm ich es herunter. Das erklärte alles. Jemand mit schlechten Manieren hatte Anacrites als Stößel in einem sehr rauhen Mörser verwendet und ihn fast skalpiert. Durch das Gewirr von Haaren und Blut konnte ich bis auf den Knochen sehen. Die Schädeldecke des Spions war auf eine Weise bearbeitet worden, die wahrscheinlich sein Gehirn in Mitleidenschaft gezogen hatte.

Calisthenus, der schlaffe Architekt, war wieder im Türrahmen erschienen. Er hielt Anacrites' Gürtel in der Hand, den ich vom gestrigen Abend her kannte. »Er wurde nicht beraubt. Hier ist ein Geldbeutel.« Ich hörte es klappern. Laeta griff nach dem Gürtel und durchsuchte den Geldbeutel, in dem er nur Wechselgeld in normaler Menge fand. Ich machte mir gar nicht erst die Mühe. Wenn er hoffte, hier auf Hinweise zu stoßen, hatte Laeta noch nie mit Spionen zu tun gehabt. Anacrites würde nie Papiere bei sich tragen, noch nicht mal ein Bild seiner Freundin, falls es eine gab. Selbst wenn er eine Notiztafel bei sich hatte, war er zu geheimniskrämerisch, auch nur eine Einkaufsliste aufzuschreiben.

»Woher wußten Sie, daß er zum Palast gehört, Calisthenus?«

Calisthenus reichte mir ein Knochentäfelchen, wie es viele Beamte bei sich haben, um Wirten einen kostenlosen Becher Wein zu entlocken. Darauf war ein falscher Name eingeritzt, den ich Anacrites hatte benutzen hören, dazu die Angabe, er sei Palastsekretär. Auch diese falsche Identität kannte ich, genau wie offenbar derjenige, der im Palast die Nachricht des Architekten entgegengenommen hatte.

»Hatte er sonst noch etwas bei sich?«

»Nein.«

Ich hob das leblose linke Handgelenk des Oberspions an und spreizte seine kalten Finger. »Was ist mit seinem Siegelring?« Ich wußte, daß er einen besaß, den er zum Stempeln von Pässen und anderen Dokumenten benutzte. Es war ein großer ovaler Chalzedon, auf dem zwei Elefanten mit verschlungenen Rüsseln eingraviert waren. Wieder schüttelte Calisthenus den Kopf. »Sind Sie sicher?« Er wurde ungehalten, wie es nur ein Architekt kann (all die überzogenen Kostenvoranschläge und die Kunden, die erwarten, daß das Haus genau so aussieht, wie sie es gewünscht haben ...) »Nichts für ungut, Calisthenus, aber Sie könnten ja gedacht haben, daß der Ring alle Kosten, die Ihnen durch die Versorgung des Opfers entstanden sind, deckt.«

»Ich kann Ihnen versichern ...«

»Schon gut. Beruhigen Sie sich. Sie haben einen wichtigen Staatsdiener gerettet. Falls Ihnen dadurch Unkosten entstehen, schicken Sie die Rechnung an den Palast. Wenn der Ring noch auftaucht, sollte er sofort zurückgebracht werden. Und wenn Ihr Diener jetzt eine Sänfte besorgen könnte, wird mein Kollege den armen Burschen wegbringen.«

Laeta sah etwas beleidigt aus, weil ich ihn zum Hilfspersonal degradiert hatte, aber während wir zusahen, wie Anacrites in den gemieteten Tragestuhl geladen wurde, für eine Reise, die gut seine letzte sein konnte, machte ich ihm klar, daß ich, wenn man mich schon bäte, mich des Problems anzunehmen, am besten sofort anfinge. »Was soll denn nun geschehen, Laeta? Wollen Sie, daß ich denjenigen finde, der ihm eins übergebraten hat?«

»Nun ja, das könnte interessant sein, Falco.« Laeta klang so, als sei die Festnahme des Verbrechers seine geringste Sorge. Ich fragte mich, ob es klug war, ihn mit dem verwundeten Spion zum Palatin zurückzuschicken. »Was meinen Sie, mit welchen Ermittlungen Anacrites beschäftigt war?«

»Fragen Sie den Kaiser«, riet ich ihm.

»Vespasian weiß nichts von irgendwelchen größeren Unternehmungen.« Sollte das heißen, daß man den Kaiser absichtlich im dunklen ließ – oder nur, daß der Geheimdienst keine Arbeit hatte? Kein Wunder, daß Anacrites immer zu fürchten schien, die Zwangspensionierung lauere hinter der nächsten Ecke.

»Haben Sie es bei Titus versucht?« Der älteste Sohn des Kaisers teilte sich die Regierungsgeschäfte mit seinem Vater. Er liebte jede Art von Geheimnissen.

»Titus Cäsar hat nichts hinzuzufügen. Er war es jedoch, der vorschlug, daß ich Sie mit einbeziehe.«

»Titus weiß genau, daß ich mit sowas nichts zu tun haben will!« erwiderte ich gereizt. »Wie gesagt, befragen Sie Anacrites' Stab. Wenn er an etwas dran war, wird er Agenten ausgeschickt haben.«

Laeta runzelte die Stirn. »Ich habe es versucht, Falco. Es gelingt mir nicht, auch nur einen der von ihm benutzten Agenten ausfindig zu machen. Er war sehr verschwiegen. Seine Art, Aufzeichnungen zu führen, war, milde ausgedrückt, exzentrisch. All die Angestellten seines Büros scheinen nur niedrigrangige Laufburschen und Boten zu sein.«

Ich lachte. »Keiner, der für Anacrites arbeitet, hat irgendeine Form von Klasse!«

»Sie meinen, er war nicht fähig, gute Leute auszuwählen?« Laeta schien erfreut, das zu hören.

Plötzlich spürte ich, wie mir im Namen des verdammten Spions die Wut hochstieg. »Nein, ich meine, daß man ihm nie genug Geld gegeben hat, um für Qualität zu bezahlen!« Damit stellte sich die Frage, wie er zu seiner Villa in Baiae gekommen war, aber Laeta schien diesen Widerspruch nicht zu bemerken. Ich beruhigte mich. »Klar war er geheimniskrämerisch; das erfordert der Beruf. Olympus! Wir reden über ihn, als sei er tot, aber das stimmt nicht, zumindest noch nicht ...«

»Nein, allerdings nicht!« murmelte Laeta. Die Sänftenträger starrten wie gewöhnlich unbewegt vor sich. Wir wußten beide, daß sie uns belauschten. »Titus Cäsar meint, wir sollten dafür sorgen, daß nichts von diesem Überfall bekannt wird.« Guter alter Titus. Berühmt für sein Flair – besonders, meiner Erfahrung nach, wenn es ums Vertuschen ging. Dabei hatte ich ihm schon verschiedentlich geholfen.

Ich sah Laeta eindringlich an. »Das hier könnte etwas mit dem Essen gestern abend zu tun haben.«

Widerstrebend gab er zu: »Der Gedanke ist mir auch schon gekommen.«

»Warum haben Sie mich eigentlich eingeladen? Ich hatte das Gefühl, daß Sie mit mir etwas besprechen wollten?« Er verzog die Lippen. »Warum waren Sie so erpicht darauf, daß ich diesen Senator kennenlerne?«

»Nur weil ich ganz allgemein den Eindruck hatte, daß sich Quinctius Attractus ein bißchen zu sehr aufspielt.«

»Könnte Anacrites Nachforschungen über Attractus angestellt haben?«

»Aus welchem Grund?« Laeta wollte noch nicht mal zugeben, daß Anacrites das Verhalten des Mannes ebenfalls aufgefallen sein könnte.

»Spione brauchen keine legitimen Gründe. Deswegen sind sie ja so gefährlich.«

»Tja, jemand hat diesen hier sehr viel weniger gefährlich gemacht, Falco.«

»Vielleicht«, schlug ich gehässig vor, »sollte ich fragen, ob *Sie* schlecht mit ihm ausgekommen sind.« Da darauf mit keiner vernünftigen Antwort zu rechnen war, wandte ich meine Aufmerksamkeit wieder dem Spion zu.

Ich überlegte, ob es nicht besser gewesen wäre, Anacrites diskret im Haus von Calisthenus zu lassen, den Architekten für die Pflege des kranken Mannes zu bezahlen und Schweigen zu bewahren. Aber wenn hier wirklich ein gefährlicher Verbrecher am Werk war, wäre der Palast sicherer. Oder sollte es zumindest sein. Anacrites war womöglich auch das Opfer einer schlichten Palastintrige geworden. Ich schickte ihn nach Hause, damit man sich um ihn kümmerte – welch häßlicher, zweideutiger Begriff. Vielleicht schickte ich ihn damit in sein endgültiges Verderben.

Plötzlich spürte ich, wie Trotz in mir aufstieg. Offensichtlich wollte man mich hier für dumm verkaufen. Laeta haßte den Spion, und seine Motive mir gegenüber waren zwiespältig. Ich traute Laeta nicht mehr als Anacrites, aber was auch immer hier vorging, Anacrites steckte in dicksten Schwierigkeiten. Ich hatte ihn oder das, was er verkörperte, nie leiden können, doch ich wußte, wie er arbeitete: knietief im gleichen Morast wie ich.

»Laeta, Titus hat recht. Über die Sache muß Stillschweigen bewahrt werden, bis wir wissen, was passiert ist. Und Sie wissen, wie rasch sich Gerüchte im Palast verbreiten. Die beste Lösung wäre, Anacrites irgendwo hinzubringen, wo er in Frieden sterben kann, falls er beschließt, das zu tun. Dann können wir immer noch überlegen, ob wir es im *Tagesanzeiger* veröffentlichen oder nicht. Überlassen Sie das mir. Ich bringe ihn zum Tempel des Äskulap auf der Tiberinsel, verpflichte die Leute dort zur Geheimhaltung, aber gebe ihnen Ihren Namen, damit man Sie über die weiteren Entwicklungen informiert.«

Laeta dachte angestrengt darüber nach, ließ sich schließlich auf meinen Plan ein. Ich sagte, ich wolle noch ein paar Dinge überprüfen und winkte ihn weg.

Dann untersuchte ich den Eingang, in dem man Anacrites gefunden hatte. Es war leicht zu sehen, wo und wie er verletzt worden war. Etwas unter Brusthöhe entdeckte ich einen häßlichen Klumpen blutverklebtes Haar an der Hauswand. Der Spion mußte sich aus irgendeinem Grund gebückt haben, obwohl er keine Spuren eines Schlages aufwies, der ihn hätte zusammensacken lassen. Ich schaute mich weiter um, fand aber nichts von Bedeutung.

Der verwundete Mann hatte lange genug in dem Tragestuhl gesessen. Ich befahl den Trägern, mit mir zu kommen, führte sie zur Tiberinsel, wo ich Anacrites heraushievte und sie entließ. Statt den kranken Mann bei den verwahrlosten, ausgestoßenen Sklaven zu lassen, die hier ärztlich versorgt wurden, mietete ich einen weiteren Stuhl. Diesen führte ich weiter westlich am Flußufer entlang in den Schatten des Aventin. Dann brachte ich den bewußtlosen Spion in eine Privatwohnung, wo ich sicher sein konnte, daß er gut behandelt wurde.

Er mochte immer noch an der Wunde der letzten Nacht sterben, aber niemand würde ihn mit anderen Mitteln in den Hades befördern.

VIII

Obwohl ich mich auf einer barmherzigen Mission befand, wurde ich nicht gerade freundlich empfangen. Ich hatte Anacrites drei Treppen hochgeschleppt. Selbst als Bewußtloser machte er Ärger, ließ mich unter seinem Gewicht zusammensinken und verfing sich mit seinen leblosen Händen im Geländer. Endlich oben angekommen, fehlte mir der Atem, ihn zu verfluchen. Mit der Schulter stieß ich die Tür auf, die einmal rot gewesen und jetzt zu einem faden Rosa verblichen war.

Ein wütendes altes Weib schrie mir entgegen. »Wer ist das? Zerr ihn nicht hier rein. Dies ist eine friedliche Gegend!«

»Hallo, Mutter.«

Der Mann, der ihr Gesellschaft leistete, war weniger barsch und dafür witziger. »Jupiter, es ist Falco! Der kleine verirrte Junge, der ein Schild um den Hals braucht, damit er heimfindet, das heißt, wenn er nüchtern genug ist, es zu lesen ...«

»Halt die Klappe, Petro. Ich heb mir hier gleich 'nen Bruch. Hilf mir, ihn irgendwo hinzulegen.«

»Du brauchst gar nichts zu sagen!« kreischte meine Mutter. »Einer deiner Freunde steckt in der Klemme, und du erwartest, daß ich mich um ihn kümmere. Es ist Zeit, daß du erwachsen wirst, Marcus. Ich bin eine alte Frau. Ich brauche meine Ruhe.«

»Du bist eine alte Frau, der ein bißchen Aufregung nur gut tun kann. Das hier ist genau das richtige. Der Mann ist kein Betrunkener, der unter einen Karren gefallen ist, Mama. Er ist ein Beamter, der fast umgebracht wurde, und bis wir den Grund dafür herausgefunden haben, müssen wir ihn verstecken. Ich würde ihn mit nach Hause nehmen, aber es könnte sein, daß man dort nach ihm sucht.«

»Ihn mit nach Hause nehmen? Du kannst doch das arme Mädchen, mit dem du zusammenlebst, nicht auch noch damit belasten!« Ich zwinkerte dem bewußtlosen Anacrites zu. Er hatte gerade einen Unterschlupf gefunden. Den besten in Rom.

Petronius Longus, mein großer, grinsender Freund, hatte Mandeln knabbernd in der Küche meiner Mutter gehockt und Mama mit dem inzwischen berühmten Abschluß meiner Festnacht ergötzt. Als er meine Bürde erblickte, wurde er ernst, und nachdem er mir geholfen hatte, Anacrites auf ein Bett zu hieven und die Wunde am Kopf des Spions gesehen hatte, trat ein grimmiger Ausdruck in Petros Gesicht. Ich dachte, er würde etwas sagen, aber er preßte nur die Lippen zusammen.

Mama stand mit verschränkten Armen an der Tür. Sie war eine kleine, nach wie vor energiegeladene Frau, die ihr Leben damit verbracht hatte, Menschen aufzupäppeln, die es nicht verdienten. Blicke aus Augen so schwarz wie Oliven flackerten über den Spion hinweg und schossen Blitze ab, die funkelten wie Signalfackeln bei der Ankündigung einer internationalen Katastrophe. »Na, der wird kaum Ärger machen. Er wird nicht lange hier sein!«

»Tu dein Bestes für den armen Kerl, Mama.«

»Kenne ich ihn nicht?« murmelte Petronius mir leise zu.

»Sprich lauter!« schnappte Mama. »Ich bin nicht taub, und ich bin keine Idiotin.«

Petronius fürchtete sich vor meiner Mutter. Gehorsam erwiderte er: »Das ist Anacrites, der Oberspion.«

»Für mich sieht er aus wie ein angeschimmelter, vergessener Kloß vom Vortag«, höhnte sie.

Ich schüttelte den Kopf. »Er ist ein Spion. Das ist sein natürliches Aussehen.«

»Na gut, aber du erwartest hoffentlich nicht, daß ich Wunder vollbringe und ihn rette.«

»Mama, erspar uns deine übertriebene plebejische Fröhlichkeit!«

»Wer wird für die Beisetzung bezahlen?«

»Der Palast. Laß ihn einfach nur hierbleiben und sterben. Gönn ihm ein bißchen Ruhe vor denjenigen, die ihn verfolgen.«

»Na gut, das kann ich machen«, stimmte sie mürrisch zu.

Ich stamme aus einer großen, nichtsnutzigen Familie, die nur selten etwas aus purer Menschenfreundlichkeit tut. Aber wenn sie sich einmal dazu herabläßt, sollte jeder vernünftige, seiner Sinne mächtige Mensch lieber mit Volldampf in die andere Richtung verschwinden. Anacrites hierzulassen bereitete mir ein grimmiges Vergnügen. Ich hoffte, er würde wieder zu sich kommen und sich Mamas endlose Belehrungen anhören müssen – und ich hoffte, ich könnte dabei sein.

Petronius Longus und ich kannten uns seit unserem achtzehnten Lebensjahr. Ich merkte, daß er sich bezähmte wie eine nervöse Braut. Sobald wir konnten, riefen wir Mama ein hastiges Lebwohl zu und verdrückten uns wie die ungezogenen Schuljungs, die sie immer noch in uns sah. Die Beschimpfungen, die sie uns nachrief, verfolgten uns durchs ganze Treppenhaus.

Petronius wußte, daß ich bemerkt hatte, wie er darauf brannte, mir etwas mitzuteilen. In seiner üblichen aufreizenden Art behielt er es so lange wie möglich für sich. Ich biß die Zähne zusammen, obwohl ich ihn am liebsten in die Auslage des Kupferschmieds auf der anderen Straßenseite geschubst hätte, weil er mich so auf die Folter spannte.

»Falco, alle reden von einer Leiche, die heute morgen von der Zweiten Kohorte gefunden wurde.« Petro diente in der Vierten Kohorte der Vigiles, die den Aventin unter sich hatte. Die Zweite war für den Esquilin zuständig.

»Wessen Leiche?«

»Sah wie ein Überfall auf offener Straße aus; passierte letzte Nacht. Der Kopf des Mannes wurde brutal eingeschlagen.«

»Vielleicht gegen eine Mauer gerammt?«

Petro nickte. »Gut möglich.«

»Hast du Freunde in der Zweiten?«

»Ich dachte mir, daß du das fragen würdest«, erwiderte Petro. Wir waren bereits auf dem langen Rückweg zum Esquilin.

Das Wachlokal der Zweiten Kohorte liegt auf dem Weg zur Porta Tiburtina, nahe des alten Walls mit dem Julian-Aquädukt und inmitten der Gärten des Pallentian und der Lamia- und Maia-Gärten. Haufenweise Büsche und Sträucher – ein beliebter Tummelplatz ältlicher, abgetakelter Huren und von Leuten, die Liebestränke und falsche Zaubersprüche an den Mann (und die Frau) zu bringen versuchen. Wir hüllten uns fester in unsere Umhänge, schritten rasch aus und palaverten laut über die Wagenrennen, um uns Mut zu machen.

Die Zweite Kohorte war für den Dritten und Fünften Bezirk zuständig: zum Teil die üblichen, heruntergekommenen Mietskasernen, aber auch einige große Villen mit schwierigen Besitzern, die der Meinung waren, die Vigiles wären nur dazu da, sie zu beschützen. Zum Patrouillenbereich der Zweiten gehörten steile Hügel, verwilderte Gärten, ein großer Teil des Palastes (Neros Goldenes Haus) und eine prestigeträchtige Staatsbaustelle (Vespasians neues, riesiges Amphitheater). Das Gebiet war kein Zuckerschlecken für die Wachen, aber sie ertrugen es wie Stoiker. Die Ermittlungsmannschaft war eine Gruppe lässiger Faulenzer, die wir auf einer Bank beim Ausrechnen ihrer Überstundengelder für die Nachtschicht vorfanden. Sie hatten genug Zeit, uns von ihrem interessanten Mordfall zu erzählen, aber große Energie, ihn aufzuklären, legten sie nicht an den Tag.

»Io! Der war übel zusammengeschlagen!«

»Voll über den Brägen?« Petro hatte das Reden übernommen.

»Aufgeplatzt wie 'ne Nußschale.«

»Wißt ihr, wer er ist?«

»Hat ein bißchen was Mysteriöses. Wollt ihr ihn euch anschauen?«

»Vielleicht.« Wenn es irgendwie ging, ersparte Petronius sich solche Anblicke lieber. »Könnt ihr uns zeigen, wo er überfallen worden ist?«

»Klar! Aber kommt mit rein und schaut euch erst mal den Glückspilz an ...«

Wir wollten beide nicht. Blut ist schlimm genug. Verspritztes Hirn meiden wir.

Zum Glück erwies sich die zweite Kohorte als eine Mannschaft mit Zartgefühl. Während sie darauf warteten, daß jemand Anspruch auf das Opfer erhob, hatten sie die Leiche in einem Leintuch zwischen zwei Pfählen aufgehängt, in dem Schuppen, in dem normalerweise ihr Feuerwehrwagen untergebracht war. Die Pumpe war auf die Straße gezogen worden, wo sie gerade von einer großen Gruppe älterer Männer und kleiner Jungs bewundert wurde. Die Leiche lag im Dämmerlicht. Man hatte sie sorgfältig zurechtgelegt und den Kopf in einen Eimer gesteckt, damit nichts durchleckte. Das Ganze vermittelte den Eindruck ehrfurchtsvoller Stille.

Angenehm war es nicht, mir die Leiche anzusehen. Ich mag keine Innenschau. Das Leben ist schlimm genug, ohne daß man sich auch noch damit abquälen muß, düstere Parallelen zu ziehen.

Ich hatte den Mann schon mal gesehen, ihn sogar kennengelernt und kurz mit ihm geredet – vielleicht *zu* kurz. Er war der freundliche Bursche vom gestrigen Festmahl, der in der haferfarbenen Tunika, der still und zurückhaltend der von Attractus engagierten Tänzerin zugesehen hatte. Als er mir später half, ein paar Sklaven aufzutreiben, die meine Amphore mit der Fischsoße heimtragen sollten, hatten wir gemeinsam über einen Witz gelacht, an den ich mich aber nicht mehr erinnern kann.

Das Opfer war in meinem Alter und ähnelte mir auch in Körperbau und Gewicht. Bevor ihm irgendein Ganove den Schädel eingeschlagen hatte, war er ein intelligenter und freundlicher Mann gewesen; ich hatte den Eindruck gehabt, daß er in der gleichen Welt lebte wie ich. Obwohl Anacrites behauptet hatte, ihn nicht zu kennen, fragte ich mich, ob das nicht eine Lüge war. Ein ungutes Gefühl sagte mir, daß sich seine Anwesenheit bei dem Essen noch als wichtig herausstellen sollte. Er hatte den Palatin zur gleichen Zeit verlassen wie ich. Kurz darauf mußte er umgebracht worden sein. Wer auch immer ihn überfallen hatte, konnte uns beiden vom Palast gefolgt sein. Er machte sich allein auf den Heimweg. Ich war von zwei stämmigen Sklaven mit einer Amphore begleitet worden.

Mich wollte das nagende Gefühl nicht loslassen, daß ich, wäre ich ebenfalls unbegleitet gewesen, gut die Leiche im Schuppen der Feuerwehrmänner hätte abgeben können.

IX

Petronius und ich untersuchten die Leiche oberflächlich und vermieden allzu genaue Blicke auf die Kopfwunde. Wieder fanden wir keine weiteren auffälligen Verwundungen. Aber ein Blutfleck auf dem Leintuch, in dem die Leiche hing, ließ mich sein rechtes Bein anheben. In der Kniekehle fand ich ein Stück aufgeritzte Haut – nicht viel mehr als ein Kratzer, obwohl er offenbar stark geblutet hatte.

»Petro, was hältst du davon?«

»Ist irgendwo hängengeblieben?«

»Ich weiß nicht ... Anacrites hatte auch einen Schnitt am Bein.«

»Du siehst Gespenster, Falco. Das hat nichts zu bedeuten.«

»Du bist der Experte!« Das versetzte ihn immer in Unruhe.

Die Zweite Kohorte hatte festgestellt, daß der Name des Toten Valentinus war. Dazu waren nur ein paar Fragen in der Nachbarschaft nötig gewesen. Er besaß eine Wohnung auf dem Esquilin, nicht mehr als zehn Schritte von der Stelle entfernt, wo er zu Tode geprügelt worden war.

Der Nachbar, der die Leiche identifizierte, berichtete der Zweiten, daß Valentinus allein gelebt hatte. Sein Beruf war nicht bekannt. Er war zu verschiedenen Uhrzeiten ausgegangen und hatte recht oft Besucher unterschiedlichster Art empfangen. Er ging in die Thermen, mied aber die Tempel. Mit seinen Nachbarn hatte er nie Schwierigkeiten gehabt. Valentinus schien kein ausschweifendes Leben geführt zu haben und war nie von den Vigiles verhaftet worden. Bis zu der Nacht seines Todes hatte er stets gut auf sich aufgepaßt.

Die Männer der Zweiten führten uns zu seiner Wohnung, die sie bereits durchsucht hatten. Sie bestand aus zwei Zimmern im vierten Stock einer düsteren Mietskaserne. Die Räume waren spärlich möbliert, aber ordentlich und sauber. Im hinteren Zimmer sahen wir sein Bett, zwei auf einer Bank abgelegte Tuniken, seine Ersatzstiefel und ein paar wenig aufschlußreiche persönliche Dinge. Im Vorderzimmer stand ein Tisch, des weiteren fanden wir seine rotglasierte Eßschale, seinen mit einem fröhlichen Spruch versehenen Weinbecher, seinen Stilus und die mit Schnur zusammengebundenen Notiztafeln (bar jeder nützlichen Information) und einen Haken mit seinem Umhang und Hut. Beide Zimmer bekamen Licht durch hoch oben angebrachte Fenster, zu hoch, um hinaus sehen zu können.

Petronius und ich sahen uns mit ernster Miene um, während die Mitglieder der Zweiten Kohorte sich bemühten, ihren Mißmut darüber zu verbergen, daß wir ihre Arbeit überprüften. Wir fanden nichts Bemerkenswertes, nichts, das uns mehr über den Mann oder seinen Beruf verriet. Trotzdem kam mir die Art seiner Unterkunft auf traurige Weise bekannt vor.

Beim Verlassen der Wohnung blieb ich stehen. Das Licht unserer Laternen fiel zufällig auf den Pfosten der Eingangstür. Dort hatte jemand vor Jahren ein sauberes Piktogramm eines einzelnen Auges angebracht. Ich kannte das verblichene Symbol. Es ist ein Zeichen, das Privatermittler benutzen.

Petro und ich sahen uns an. Mit nun geschärfter Aufmerksamkeit nahm ich mir noch einmal das unauffällig wirkende Türschloß vor. Der sauber gearbeitete, mit einem Löwenkopf verzierte Schlüssel, den die Zweite bei der Leiche gefunden hatte, verriet mir, daß Valentinus sich nicht mit einem der üblichen Bolzenschlösser begnügt hatte, sondern ein kompliziertes eisernes Drehschloß anbringen ließ, das ohne den dazugehörigen Schlüssel schwer zu knacken oder aufzubrechen war. Dann entdeckte Petro eine Handbreit über dem Boden zwei winzige Metallstifte, einer an der Tür selbst befestigt, der andere am Rahmen. Ein klassischer

Trick: zwischen die beiden Stifte war ein menschliches Haar gespannt worden. Es war zerrissen, vermutlich, als die Zweite zum ersten Mal hier gewesen war.

»Nichts für ungut, Jungs, aber wir sollten die Sache besser noch mal überdenken«, sagte Petro mit unschuldiger Miene.

Er und ich gingen in die Wohnung zurück. Ruhig und sorgfältig durchsuchten wir die Zimmer erneut, als sei Valentinus ein Kumpel von uns gewesen. Diesmal sah die Zweite uns fasziniert zu, während wir alles auseinandernahmen.

Unter dem Bett fanden wir ein am Bettrahmen festgebundenes Schwert, das rasch herausgezogen werden konnte. Obwohl die Fenster eigentlich außer Reichweite waren, konnte man den Tisch unter das eine und die hochgestellte Bank unter das andere schieben, hinausgreifen und entdecken, daß jemand zwei sehr nützliche Haken an den Außenwänden angebracht hatte. An dem einen hing eine Amphore mit gutem Rotwein aus Setinum zum Wärmen in der Sonne. Neben dem anderen, viel schmaleren Fenster, durch das sich nur ein sehr schlanker Mann hätte zwängen können, war ein ordentlich aufgerolltes, haltbares Seil befestigt, das lang genug war, um das Balkondach in dem darunterliegenden Stockwerk zu erreichen. Unter den meisten Fußbodenbrettern war nichts Interessantes verborgen, obwohl wir auf einige Briefe von seiner Familie stießen (Eltern und ein Vetter, die ein paar Meilen außerhalb Roms lebten). Geld fanden wir nicht. Genau wie ich besaß Valentinus wahrscheinlich ein Bankfach im Forum, dessen Zugangsnummer sicher in seinem Kopf verwahrt war.

Ein Dielenbrett im Schlafzimmer hatte sogar Nägel mit falschen Köpfen. Es ließ sich ganz leicht heben, wenn man an einem Knebel zog, die Finger darunter zwängte und gegen einen dort angebrachten Hebel drückte, der zur Seite glitt. Unter dem Brett war ein kleiner, verschlossener Holzkasten eingebaut. Schließlich fand ich den Schlüssel, versteckt in einer Aushöhlung unter dem Sitz des Schemels aus dem Vorderzimmer. In seinem

Geheimversteck hatte der Tote zusätzliche, knappe Notizen über seine Arbeit verwahrt. Er war jemand gewesen, der ordentlich und regelmäßig Buch führte. Das wußten wir bereits: Valentinus' Hut war mit einem doppelten Futter ausgestattet. Darin hatte Petro Abrechnungszettel von der Sorte gefunden, wie ich sie nur zu gut kannte.

Einige Aufträge des toten Mannes, die er wahrscheinlich aus purer Not angenommen hatte, glichen den ermüdenden Affären, denen auch ich mich oft für private Auftraggeber widmen mußte. Der Rest war anders. Valentinus war mehr als ein Privatermittler gewesen – er war ein Spion. Seine Abrechnung enthielt viele Beschattungsstunden. Und obwohl keine Namen der Beschatteten angegeben waren, erschienen die letzten Einträge seiner Abrechnungen alle unter dem Decknamen »Corduba«. Corduba ist die Hauptstadt der römischen Provinz Baetica.

Wir meinten zu wissen, wer hierfür sein Auftraggeber gewesen war. Eine der Abrechnungen aus seinem Hut war bereits zur Zahlung freigestempelt worden. Der Stempel war ein großes Oval, darauf zwei Elefanten mit verschlungenen Rüsseln: Anacrites' Chalzedon-Siegel.

X

Petronius ließ mich auf dem Forum zurück. Jetzt blieb alles Weitere mir überlassen. Und mit der mir eigenen Pflichtbesessenheit und Energie machte ich mich sofort an die Arbeit und ging nach Hause ins Bett.

Am nächsten Tag, solange ich noch von einer gewissen Antriebskraft beflügelt war, ging ich zurück zum Forum, hinauf durch den Kryptoportikus, wo die arroganten Prätorianer mich gut genug kannten, um mich nach ein paar Drohungen und Späßen einzulassen, und dann in den alten Palast. Ich brauchte Claudius Laeta nicht, damit er mir sagte, wen ich befragen sollte oder wer mir den Weg ebnen könnte. Ich hatte meine eigenen Kontakte. Die waren vermutlich nicht verläßlicher als der verschlagene Obersekretär, aber aus reiner Sentimentalität hing ich an ihnen. Man traut halt eher Männern, die man schon einige Zeit kennt, selbst wenn man den Verdacht hat, daß sie lügen, betrügen und stehlen.

Momus war Sklavenaufseher. Er sah so gesund aus wie ein Stück verdorbenes Rindfleisch und so gefährlich wie ein ausgebrochener Gladiator auf der Flucht. Seine roten Augen tränten, sein Körper war zernarbt und sein Gesicht von einem faszinierenden Grau, so als sei er seit einem Jahrzehnt nicht mehr an die Luft gekommen. Seinen Posten als Aufseher nahm er nicht sonderlich ernst und überließ die Rituale des Sklavenmarktes lieber anderen – die Unterbringung, das Auspeitschen und das Einsacken von Bestechungsgeldern.

Momus hatte jetzt eine etwas nebulöse Stellung im Palast inne. In Wahrheit war er ein weiterer Spion. Er arbeitete nicht für Anacrites, für den er wenig übrig hatte. Aber in einer Bürokratie braucht jeder einen anderen, der über ihn bei seinen Vorgesetzten berichtet. Anacrites war der Prätorianergarde angeschlossen, arbeitete aber direkt für den Kaiser, also wurde er von Vespasian selbst beurteilt, wenn es um Rügen oder Belohnungen ging. Anacrites und ich waren uns beide sicher, daß Momus der Spitzel war, der dem Kaiser mitteilte, was er von der Arbeit des Oberspions zu halten hatte. Das bedeutete, Anacrites verachtete und verabscheute ihn, aber es machte Momus zu meinem Freund.

Ich erzählte ihm, daß der Oberspion schwer verletzt sei. Es hatte geheimgehalten werden sollen, doch Momus wußte es bereits. Ich nahm an, er hatte auch gehört, daß man Anacrites angeblich im Tempel des Äskulap auf der Tiberinsel versteckt hielt – aber vielleicht hatte er noch nicht herausgefunden, daß das Opfer sich in Wirklichkeit bei Mama auf dem Aventin befand.

»Irgendwas Eigentümliches geht hier vor, Momus.«

»Das ist doch nichts Neues, Falco.«

»Dieser Angriff hat offensichtlich was mit Geheimdienstarbeit zu tun. Doch niemand weiß, in welcher Sache Anacrites ermittelte. Ich versuche, seine Agenten aufzuspüren oder zumindest Aufzeichnungen darüber, an was er gearbeitet hat.«

»Da haben Sie ja was zu tun.« Momus genoß es, mich zu entmutigen. »Anacrites ist wie eine athenische Wahlmaschine.«

»Das ist mir zu hoch.«

»Sie wissen schon, dieses Gerät, um Wahlbetrug zu verhindern. Als sie noch offene Krüge benutzten, verschwanden ganze Hände voll von Stimmzetteln. Jetzt müssen die Wahlberechtigten kleine Bällchen oben in einen geschlossenen Kasten werfen. Die rollen dann innen durch, und unten kommt das Wahlresultat heraus. Kein Betrug – und auch kein Spaß. Typisch für die verdammten Griechen.«

»Was hat das mit Anacrites zu tun?«

»Die Leute stopfen Informationen in sein Hirn, und wenn er in der richtigen Stimmung ist, furzt er einen Bericht aus. Dazwischen ist alles fest verschlossen.«

»Tja, wie es aussieht, wird der Nächste, dem er einen Bericht zufurzen kann, Charon der Fährmann sein.«

»Ach, der arme alte Charon!« höhnte Momus mit dem erfreuten Gesichtsausdruck eines Mannes, der sich gerade überlegt, daß er sich, sobald Anacrites die altersschwache Barke zum Hades bestiegen hatte, sofort um den freigewordenen Posten bewerben sollte. Manche Staatsangestellte sind geradezu begeistert, wenn sie vom vorzeitigen Ableben eines Kollegen hören.

»Charon hat momentan eine Menge zu tun«, bemerkte ich. »Schurken schlagen überall auf dem Esquilin die Köpfe von Spionen ein. Auch den eines netten Burschen, der Beschattungen durchführte.«

»Kenne ich ihn, Falco?«

»Valentinus.«

Momus schnaubte angewidert. »O Jupiter! Tot? Das ist ja entsetzlich. Valentinus, der auf dem Esquilin wohnte? O nein! Der Mann war Klasse, Falco. Er war wohl der beste Schnüffler, den Anacrites je hatte.«

»Tja, aber er steht nicht auf der Liste seiner Angestellten.«

»Der war vernünftiger. Blieb Freiberufler. Selbständig. Ich habe ihn auch manchmal benutzt.«

»Wofür?«

»Oh ... um entlaufene Sklaven aufzuspüren«, sagte der angebliche Aufseher vage. Vermutlich würde das, wofür Momus Valentinus benutzt hatte, meinen Magen zum Flattern bringen. Ich wollte es lieber nicht wissen.

»War er gut?«

»Der Beste. Zuverlässig, schnell, angenehm im Umgang und genau.«

Ich seufzte. Der Mann klang mehr und mehr wie jemand, mit dem ich gern einen getrunken hätte. Ich hätte mich gestern abend beim Essen mit Valentinus anfreunden sollen. Wenn wir wie Saufkumpane gemeinsam aus dem Palast getorkelt wären, wäre der Abend vielleicht anders für ihn ausgegangen. Gemeinsam hätten wir die Angreifer bestimmt abgewehrt. Es hätte sein Leben retten können.

Momus musterte mich. Er merkte, daß ich interessiert war. »Werden Sie versuchen, die Sache aufzuklären, Falco?«

»Das sieht mir nach einer sehr trüben Brühe aus. Meinen Sie, ich hätte eine Chance?«

»Nein. Sie sind ein Leichtgewicht.«

»Danke, Momus.«

»Gern geschehen.«

»Seien Sie vorsichtig mit Ihren Beleidigungen. Könnte sein, daß ich Sie vom Gegenteil überzeuge.«

»Und Jungfrauen bleiben keusch!«

Ich seufzte. »Haben Sie von irgendwelchen schmutzigen Angelegenheiten in Baetica gehört?«

»Nein. In Baetica ist alles eitel Sonnenschein und Fischsoße.«

»Wissen Sie dann vielleicht irgendwas über die Gesellschaft der Olivenölhersteller?«

»Dieser Haufen alter Knacker, die sich im Keller des Palastes treffen und Pläne zur Weltverbesserung schmieden?«

»Von Pläneschmieden war gestern abend nicht viel zu merken, nur von Fresserei. Oh, und die meisten gaben sich alle Mühe, eine Gruppe echter Baeticaner zu übersehen.«

»Typisch!« grinste Momus. »Sie geben sich als große Spanienliebhaber, aber ihre Liebe gilt nur dem iberischen Wein und Essen.« Ich schloß daraus, daß die Gesellschaft offiziell als harmlos eingestuft wurde. Wie gewöhnlich wußte Momus mehr darüber, als es ein Sklavenaufseher sollte. »Anacrites hat sich in ihren Club wählen lassen, damit er ein Auge auf sie haben konnte.«

»Wegen möglicher politischer Intrigen?«

»Blödsinn! Der war nur daran interessiert, sich an ihren wohlgefüllten Fleischtöpfen zu delektieren.«

»Na ja, sie wirkten auch nicht gerade wie abenteuerlustige Anarchisten.«

»Natürlich nicht«, meinte Momus höhnisch. »Ich hab noch nicht bemerkt, daß die Welt verbessert worden ist. Sie etwa?«

Viel mehr konnte Momus mir über Anacrites oder Valentinus nicht erzählen – oder wollte es zumindest nicht. Doch dank seines Amts wußte er, wer für die Organisation des gestrigen Essens zuständig gewesen war. Und da ich schon mal im Palast war, suchte ich diesen Mann auf und sprach mit ihm.

Der Gute hieß Helva und gab sich schwermütig. Wie die meisten Palastsklaven sah er orientalisch aus und vermittelte den Eindruck, alles mißzuverstehen, was aber vermutlich Absicht war. Er hatte seinen festen Aufgabenbereich, versuchte aber, sich besser zu stellen, indem er sich bei Höhergestellten einschleimte. Die Mitglieder der Baetischen Gesellschaft betrachteten ihn offenbar als Schwächling, den man anschnauzen und ausnutzen konnte.

»Helva, wer ist für die Organisation dieses exklusiven Clubs zuständig?«

»Ein informelles Komitee.« Nicht sonderlich hilfreich. Mit einem Blick hatte er erkannt, daß *mein* Status kein Anschleimen wert war.

»Und wer gehört zu diesem Komitee?«

»Wer immer sich herabließ aufzutauchen, wenn ich darauf bestand, daß jemand mir Anweisungen gab.«

»Ein paar Namen würden mir weiterhelfen«, schlug ich freundlich vor.

»Ach, Laeta und seine Stellvertreter, dann Quinctius Attractus ...«

»Ist das der übergewichtige Senator, der gerne hof hält?«

»Ihn verbinden Geschäftsinteressen mit Baetica, und er ist einer der großen Macher in der Gesellschaft.«

»Stammt er aus Spanien?«

»Nicht im geringsten. Aus einer alten Patrizierfamilie.«

»Das hätte ich mir denken können. Sehe ich das richtig, daß

die eigentliche Verbindung zwischen der Gesellschaft und Hispanien erloschen ist und die Mitglieder es lieber sehen, wenn Besucher aus der Provinz nicht zu ihren Treffen kommen?«

»Die meisten. Attractus ist da hellsichtiger.«

»Sie meinen, er betrachtet die Gesellschaft als Plattform zu eitler Selbstdarstellung und versucht, Besucher aus Spanien davon zu überzeugen, daß er für sie in Rom Wunder wirken kann? Ist das der Grund, warum er einen eigenen Raum mit Beschlag belegt?«

»Nur inoffiziell. Andere Mitglieder verärgern ihn durch ihr Hereinplatzen.«

»Die halten ihn also für ein Ärgernis, nicht wahr?«

Ich vermutete, daß Attractus und vielleicht auch seine baetischen Freunde unter Beobachtung von Anacrites und seinem Agenten standen. Hatte Anacrites den Verdacht gehabt, daß sie etwas planten? Hatten Attractus oder die Baeticaner ihn deshalb aus dem Weg räumen wollen? Sollten sie wirklich die Angreifer gewesen sein, waren sie sehr leichtsinnig. Ihnen mußte doch klar sein, daß man Fragen stellen würde. Oder war Attractus so arrogant, daß er meinte, mit den Überfällen durchkommen zu können?

Da ich darüber noch genauer nachdenken mußte, kam ich auf meine ursprüngliche Frage zurück. »Wer ist sonst noch für die Organisation zuständig?«

»Anacrites.«

»*Anacrites*? Den hätte ich mir nie als Festplaner vorstellen können! Welche Rolle spielte er dabei?«

»Denken Sie doch nach, Falco! Er ist ein Spion. Was meinen Sie, welche Rolle er hat? Er genießt es, über die Gäste anderer Mitglieder herzuziehen. ›*Wenn Sie wüßten, was ich weiß, würden Sie den Umgang mit soundso meiden …*‹ Alles nur Andeutungen, natürlich. Den Grund nennt er nie.«

»Ein Meister vager Anschuldigungen!«

»Und wenn ich ihn mal verärgere, nimmt er sich die Abrechnungen des vorherigen Festes vor und beschuldigt mich, sie manipuliert zu haben. Die restliche Zeit tut er nichts oder so wenig wie möglich.«

»Hatte er für gestern irgendwelche speziellen Wünsche?«

»Nein. Nur daß er einen Platz für sich und seinen Gast in dem Privatraum haben wollte.«

»Warum?«

»Aus dem üblichen Grund: um Attractus zu ärgern.«

»Und der Gast des Spions war Valentinus?«

»Nein, ein Senatorensohn«, erwiderte Helva. »Der junge Mann, der gerade aus Corduba zurückgekommen ist.«

»*Aelianus*?« Helenas Bruder! Tja, das erklärte, wie Aelianus sich hatte einschleichen können – er hatte sich an den Tunikazipfel des Oberspions gehängt. Ein beunruhigender Gedanke.

»Ich kenne die Familie – mir war nur nicht klar, daß Anacrites und Aelianus auf so gutem Fuß stehen.«

»Das tun sie wahrscheinlich auch nicht«, bemerkte Helva spöttisch. »Ich nehme an, sie dachten, sie könnten voneinander profitieren – und wenn Sie Anacrites kennen, können Sie sich ausmalen, in welche Richtung dieser Profit fließen sollte!«

Damit war eine Frage immer noch nicht beantwortet. »Sie wußten, wen ich meinte, als ich Valentinus erwähnte. Mit wem ist er gestern abend gekommen?«

»Mit niemandem.« Helva warf mir einen abschätzenden Blick zu. Er wollte herausfinden, wie viel ich wußte. Und ich brauchte jetzt nur noch herauszufinden, welch dubiose Dinge es zu wissen *gab*, dann konnte ich ihn richtig unter Druck setzen. Wenn mir das nicht gelang, würde mir mit Sicherheit etwas Wichtiges entgehen.

»Also, war Valentinus ein offizielles Mitglied der Gesellschaft?« Helva mußte klar sein, daß ich das überprüfen konnte. Widerstrebend schüttelte er den Kopf. »Wieviel Geld hat er Ihnen zugesteckt, damit Sie ihn hineinlassen?«

»Das ist eine häßliche Unterstellung. Ich bin ein angesehener Staatsdiener ...«

Ich nannte ihm die Summe, die ich ihm geboten hätte, und Helva erklärte mir in seiner schwermütigen Weise, ich sei ein mieser Geizkragen, der das ganze Bestechungswesen in Verruf bringen würde.

Worauf ich beschloß, an sein Mitgefühl zu appellieren, so er denn eines besaß. »Ich nehme an, Sie haben es noch nicht gehört – Anacrites ist schwer verwundet worden.«

»Ja, ich hörte, es sei ein großes Geheimnis.«

Dann erzählte ich ihm, daß Valentinus tot sei. Diesmal sackte sein Gesicht herab. Alle Sklaven haben ein Gespür für ernsthafte Schwierigkeiten. »Die Sache ist also wirklich schlimm, Helva. Besser, Sie machen den Mund auf, bevor die Garde Sie sich vorknöpft. Hatte Valentinus Sie schon öfter bezahlt, um Zutritt zu den Essen zu bekommen?«

»Ein oder zwei Mal. Er wußte sich zu benehmen, konnte sich anpassen. Außerdem hatte ich gesehen, wie Anacrites ihm zunickte, also nahm ich an, daß ich nichts riskierte.«

»Wie hat er sich denn einen Platz in dem Privatraum gesichert?«

»Pure Geschicklichkeit«, sagte Helva bewundernd. »Er hat sich an einen der Baeticaner gehängt, als die ankamen, und ist plaudernd mit ihm reingeschlendert.« Den Trick kannte ich. Ein paar Minuten Plauderei über das Wetter kann einem Zugang zu vielen Privatfesten verschaffen. »Quinctius Attractus war offiziell nicht befugt, den Raum für sich zu reservieren. Wenn es freie Plätze gab, konnte jeder sie einnehmen.«

»Also protestierte er nicht gegen Valentinus' Anwesenheit?«

»Konnte er nicht. Genau so wenig, wie er sich über die von Anacrites beschweren konnte. Die beiden mischten sich unter seine Gäste, und er mußte sich damit abfinden. Außerdem ist Attractus nicht sonderlich aufmerksam. Er war wahrscheinlich so damit beschäftigt, sich über Anacrites aufzuregen, daß er Valentinus gar nicht bemerkt hat.«

Ich fragte mich, ob der engstirnige Senator mich bemerkt hatte.

Dann befragte ich Helva wegen des Unterhaltungsprogramms. »Wer hatte die Musiker bestellt?«

»Das war ich.«

»Ist das so üblich? Suchen Sie die selber aus?«

»Meistens. Die Mitglieder sind nur am Essen und am Wein interessiert.«

»Engagieren Sie jedes Mal eine spanische Tänzerin?«

»Das scheint angebracht. Sie ist im übrigen keine echte Spanierin.« So unecht wie die meisten »thrakischen« Gladiatoren, »ägyptischen« Wahrsager und »syrischen« Flötenspieler. Ganz davon abgesehen, daß der meiste »spanische Schinken«, den man auf dem Markt kauft, vorher als fröhliches Schwein in der Erde von Latium herumgewühlt hat.

»Sie? Ist es immer dieselbe?«

»Sie ist nicht schlecht, Falco. Es beruhigt die Mitglieder, wenn sie die Tänzerin wiedererkennen. Sie sehen ihr sowieso kaum zu, interessieren sich nur fürs Essen und Trinken.«

»Attractus prahlte damit, daß er für sie bezahlt hat. Ist das üblich?«

»Das tut er immer. Ist als großzügige Geste gedacht – na ja, damit zeigt er, daß er reich ist, und sie tritt natürlich zuerst dort auf, wo er speist. Die anderen Mitglieder überlassen sie ihm gern, und seine Gäste sind beeindruckt.«

Er sagte mir, der Name des Mädchens sei Perella. Eine halbe Stunde später machte ich mich darauf gefaßt, dem makellosen Körper gegenüberzutreten, den ich zuletzt in einem Jagdkostüm gesehen hatte.

Doch mir stand eine Überraschung bevor. Ich erwartete die umwerfende Diana mit dem blauschwarzen Haar zu treffen, die sich mir gegenüber so rüde benommen hatte. Zu meiner Überraschung war Perella, die angeblich regelmäßig als Tänzerin bei der Gesellschaft der Olivenölhersteller von Baetica auftrat, eine kleine, stämmige, selbstsichere Blondine.

XI

»Blondine« war ein sehr schmeichelhafter Ausdruck. Ihr Haar war so strohig wie Maultierfutter und hatte etwa auch die gleiche Farbe. Es sah aus, als würde es einmal im Monat frisiert und dann mit immer mehr Haarnadeln festgesteckt, falls es sich irgendwo löste. Man konnte verstehen, warum Teile dieser phantastischen Frisur gerne einen Ausbruch in die Freiheit gewagt hätten. Die hochaufgetürmte Konstruktion sah aus, als hätte die Dame darin drei weiße Mäuse plus ihrer Mitgift untergebracht.

Weiter unten wurde das Ganze etwas ansehnlicher. Ich will nicht behaupten, daß die Person umwerfend war, aber sie war sauber und ordentlich. Als keusche ätherische Mondgöttin wäre sie eine Katastrophe, doch als Begleiterin in einer Weinschenke konnte man sicher seinen Spaß mit ihr haben. Sie war in einem Alter, wo man sich darauf verlassen konnte, daß sie ein gerüttelt Maß an Erfahrung besaß – in fast allem.

»Oh! Bin ich hier richtig? Ich suche nach Perella. Sind Sie Ihre Freundin?«

»Ich bin es selbst!« Also war Perella definitiv die falsche Tänzerin. Sie schenkte mir ein Lächeln, das sie für einnehmend hielt, womit sie zwar falsch lag, aber das machte nichts. »Darf ich fragen, wonach Sie Ausschau halten, Zenturio?«

»Nach keuscher Unterhaltung, Herzchen.« Sie war nicht so dumm, mir zu glauben. Dazu besaß sie einen zu ausgereiften Erfahrungshorizont. »Mein Name ist Falco.« Das sagte ihr offenbar nichts. Tja, manchmal ist es besser, wenn einem der eigene Ruf nicht vorauseilt. Leumund kann sehr ungehobelt sein. »Ich nehme an, daß Sie gerne Referenzen hätten. Kennen Sie Thalia, die Schlangentänzerin von Neros Zirkus?«

»Nie von ihr gehört.« Passé, mein erhofftes Entree in die Welt der Terpsichore!

»Wenn Sie sie kennen würden, dann würde sie sich für mich verbürgen.«

»Als was?« fragte die Tänzerin anzüglich.

»Als einen ehrbaren Mann in einer wichtigen Mission, der Ihnen ein paar einfache Fragen stellen möchte.«

»Und die wären?«

»Warum so ein knackiges Ding wie Sie nicht beim Essen der Gesellschaft baetischer Ölhersteller vor zwei Tagen getanzt hat?«

»Wieso fragen Sie?« höhnte Perella. »Hatten Sie gehofft, mich dort zu sehen – oder haben die nur die Reichen und Gutaussehenden reingelassen?«

»Ich war dort.«

»Wie oft hab ich denen schon gesagt, sie hätten eine miserable Einlaßpolitik!«

»Werden Sie nicht gemein! Aber abgesehen davon, Sie sind doch sonst immer da. Was war mit Ihnen an dem Abend?«

Mein direktes Vorgehen machte sie zugänglicher. »Fragen Sie mich nicht«, vertraute sie mir in vergnügtem Ton an. »Ich bekam nur die Nachricht, daß ich nicht gebraucht würde, also blieb ich zu Hause und legte die Füße hoch.«

»Von wem kam die Nachricht?«

»Von Helva, nehme ich an.«

»Nein. Helva glaubt immer noch, daß Sie aufgetreten sind. Er war derjenige, der mich zu Ihnen geschickt hat.«

Perella richtete sich mit wütendem Blick auf. »Dann hat mich jemand verschaukelt!«

Mir kam der Gedanke, daß Helva vielleicht selbst beschlossen hatte, eine bessere Tänzerin zu engagieren, und sich davor fürchtete, es Perella zu sagen – aber dann hätte er mich wohl kaum hergeschickt. »Wer hat Ihnen die Nachricht gebracht, Perella? Können Sie ihn mir beschreiben?«

»Keine Ahnung. Ich habe nicht auf ihn geachtet.« Ich wartete, während sie ihr Gedächtnis durchforschte, offenbar ein langsamer Prozeß – aber vielleicht überlegte sie auch bloß, ob sie mir die Wahrheit sagen sollte. Für eine Tänzerin sah sie zu alt aus, hatte rauhe Haut und knochige Glieder. Von nahem betrachtet sind solche Frauen nie so gelackt, wie sie in ihren Kostümen wirken. »Dunkelhäutiger Bursche«, sagte sie schließlich. »Hatte schon einige Jahre auf dem Buckel.« Klang wie einer von Dianas zahmen Musikern.

»Hatten Sie ihn schon mal gesehen?«

»Nicht, daß ich mich erinnern könnte.«

»Und was genau hat er gesagt?«

»Daß es Helva leid täte, aber die verdammten baetischen Freßsäcke hätten sich gegen die Musik entschieden.«

»Gab er einen Grund an?«

»Keinen. Ich dachte, entweder hätte der neue Kaiser es ihnen verboten, die Räume zu ihrem Spaßvergnügen zu benutzen oder ihnen sei das Geld ausgegangen und sie konnten mein Honorar nicht zusammenkratzen.«

»Für mich sahen die recht betucht aus.«

»Aber geizig!« erwiderte Perella vehement. »Die meisten jammern die ganze Zeit, wie viel diese Essen sie kosten. Am liebsten würden sie auf jede Unterhaltung verzichten. Da ist so ein Protzer, der bezahlt ...«

»Quinctius Attractus?«

»Genau der. Gewöhnlich bezahlt er, aber es braucht drei oder vier Anläufe, um das Geld aus ihm herauszuholen, und er zahlt nie das kleinste Trinkgeld!«

»Er könnte also beschließen, eine eigene Tänzerin zu engagieren, wenn er wollte?«

»Ja, das könnte der Drecksack«, stimmte Perella säuerlich zu.

»Würde er sich die Mühe machen, Helva zu informieren?«

»Nein. Dazu ist er sich zu fein. Er hat keine Ahnung von Organisation. Es käme ihm gar nicht in den Sinn.«

»Und würde es dem Mädchen gelingen, an Helva vorbeizukommen, ohne daß er merkt, daß nicht Sie es sind?«

»Helva ist so kurzsichtig, daß man direkt vor seiner Nase stehen muß, bevor er einen erkennt. Jede, die mit einem Tamburin rasseln kann, könnte glatt an ihm vorbeisegeln.«

Also war es eine abgekartete Sache gewesen. Es überraschte mich nicht, daß das sogenannte »artige Mädchen aus Hispalis« nicht so artig war, wie sie vorgegeben hatte. Meiner Erfahrung nach sind artige Mädchen das nie.

Perella konnte mir sonst nichts mehr erzählen, und ich stand bloß vor einem weiteren Rätsel: unbekannte Künstler hatten sich Zugang verschafft und den Platz der üblichen Tänzerin eingenommen. Sie wußten genug, um sich Helvas Namens für ihr Täuschungsmanöver zu bedienen. Wußten es oder waren darüber informiert worden. Hatte Attractus selbst sie engagiert, oder nahm er es einfach hin, daß Helva sie aufgetrieben hatte? Und warum? Ich könnte den Senator fragen, aber irgendwie ahnte ich schon, daß es fast aussichtslos war, die liebliche Diana und ihre beiden dunkelhäutigen Musiker zu finden.

Sie konnten von Anacrites geschickt, aber auch von einem Außenstehenden eingeschleust worden sein (vielleicht von einem eifersüchtigen Möchtegernmitglied des Speiseclubs?). Oder sie waren aus eigenen Stücken gekommen. Möglicherweise hatten sie überhaupt nichts mit den Angriffen auf Anacrites und Valentinus zu tun. Angesichts der Umstände erschienen sie zwar verdächtig, aber vielleicht waren es einfach aufstrebende Künstler, denen es nicht gelungen war, Helva zu überreden, sie vortanzen zu lassen, und die daraufhin selbst die Initiative ergriffen hatten.

Ich sagte Perella, sie sei von einer äußerst raffinierten Rivalin ausgetrickst worden, die noch dazu vermutlich mehr als spanischen Tanz im Sinn hatte. Perella steckte ein paar weitere Haarnadeln in ihre Vogelscheuchenfrisur und warf mir einen unergründlichen Blick zu. Sie drohte, sich das Mädchen aus Hispalis »vorzuknöpfen«. Und sie klang so, als meinte sie es ernst. Ich gab ihr meine Adresse, falls sie Erfolg haben sollte.

»Übrigens, Perella, seien Sie auf der Hut, wenn Sie diesem Mädchen begegnen. Sieht so aus, als sei sie in einen Mord verwickelt – und in einen häßlichen Überfall auf den Oberspion.«

Perella wurde bleich. »Anacrites?«

Während sie mich fassungslos anstarrte, fügte ich hinzu: »Am besten gehen Sie ihr aus dem Weg. Sie zu finden ist die Aufgabe eines Agenten – und eines guten dazu.«

»Und Sie meinen, Sie sind dazu in der Lage, Falco?« fragte Perella trocken.

Ich schenkte ihr mein breitestes Lächeln.

Da ich keine Lust auf eine Unterhaltung mit Laeta hatte, verschwand ich aus dem Palast, erledigte ein paar häusliche Angelegenheiten und ging dann zum Mittagessen zu Helena nach Hause. Gebratene Anchovis in einer einfachen Weinsoße. Anspruchslos, aber schmackhaft.

Helena sagte mir, während des Vormittags sei eine Nachricht für mich gekommen. Von Petronius. Er hatte etwas herausgefunden, das uns weiterhelfen konnte. Direkt nach dem Essen ging ich zu ihm, begleitet von Helena, der die Bewegung guttun würde, und auch von Nux, wobei ich insgeheim hoffte, das strubbelige Hundetier, das begeistert um uns herumsprang, würde unterwegs verloren gehen. Petro war zu Hause, hatte dienstfrei. Helena zog sich mit seiner Frau zurück, und Nux und ich fanden meinen alten Kumpel im Hof bei einer Tischlerarbeit.

»Das hier ist für dich, Falco. Ich hoffe, du bist mir dankbar.«

»Was ist das – ein kleiner Sarg oder ein großer Kasten für Broschen?«

»Stell dich doch nicht so dämlich an. Das wird eine Wiege.« Nux hüpfte gleich hinein, um sie auszuprobieren. Petronius scheuchte sie wieder raus.

»Dann wird es bestimmt eine gute«, meinte ich lächelnd. Und so würde es auch sein. Petro tischlerte gern und hatte eine Begabung dafür. Methodisch und praktisch, wie er war, hatte er einen tiefen Respekt für Holz. Er fertigte ein Bett an, in dem das kräftige Ungeborene, das mir bereits jede Nacht in die Rippen trat, gut aufgehoben sein würde. Die Wiege hatte stabile Kufen, einen Knauf zum Befestigen einer Rassel und einen Himmel über dem Kopfende. Ich war gerührt.

»Na ja, aber merk dir, sie ist für das Baby. Sollte Helena Justina dich wegen deines miesen Benehmens verlassen, dann bist du auch die Wiege los.«

»Das bezweifle ich«, erwiderte ich spöttisch. »Wenn sie sich absetzt, läßt sie das Baby bei mir.« Petronius schaute so entgeistert, daß mich der Teufel ritt und ich ihn noch mehr vor den Kopf stieß: »Helena mag Kinder nur, wenn sie alt genug für eine vernünftige Unterhaltung sind. Die Abmachung lautet, daß sie meinen Nachwuchs austrägt und zur Welt bringt, aber nur unter der Bedingung, daß ich sie vor der Hebamme beschütze und das Kind dann selbst großziehe, bis es alt genug ist, seine Wirtshausrechnungen zu bezahlen.«

Petronius sah mich durchdringend an und stieß dann ein schwaches Lachen aus. »Du Verrückter! Ich dachte, es sei dein Ernst ...« Er verlor das Interesse, was es mir ersparte, ihn darüber aufzuklären, daß ich durchaus meinte, was ich gesagt hatte – und Helena auch. »Hör zu, Falco, ich hab da ein Beweisstück für dich gefunden. Die Zweite scheint ihren Ruf aufpolieren zu wollen, nachdem sie all das Zeug in Valentinus' Wohnung übersehen hatte. Sie waren heute morgen noch mal am Tatort und haben alles auf Händen und Knien abgesucht.«

Ich stimmte in sein leises Lachen über seine glücklosen Kollegen ein, die sich bestimmt aufgeschürfte Knie und Rükkenschmerzen geholt hatten. »Haben sie was gefunden?«

»Könnte sein. Sie wollen wissen, ob wir das hier für wichtig halten.«

Petronius Longus legte einen kleinen Gegenstand auf die Werkbank. Ich blies den Straßenstaub weg und seufzte leise. Das hier war aufschlußreich genug, die Angreifer zu identifizieren: ein kleiner goldener Pfeil, niedlich wie ein Spielzeug, aber gefährlich scharf. Der rostfarbene Fleck an der Pfeilspitze war vermutlich Blut. Eingedenk der kleinen Beinwunden, die ich sowohl bei Anacrites als auch bei Valentinus festgestellt hatte, schätzte ich, daß beide Opfer hinterrücks durch einen Schuß in die Wade überrascht worden waren. Der von dem Spielzeugpfeil verursachte Schmerz war heftig genug, daß sie sich bückten, um nach der Ursache zu sehen. In dem Moment wurden sie von hinten gepackt und mit aller Gewalt wie ein Rammbock gegen die nächste Wand gedonnert.

Helena Justina war unbemerkt zu uns getreten. »O je!« rief sie und hatte sofort einen ihrer typischen abwegigen Einfälle. »Ich nehme an, das hier gehört deiner mysteriösen spanischen Tänzerin. Hat man es etwa gerade an einer kompromittierenden Stelle am Tatort gefunden?«

Finster bestätigten wir es.

»Ach, laß nur, Marcus«, stichelte Helena dann freundlich. »Kopf hoch, Liebster! Du wirst bestimmt eine Menge Spaß haben – es sieht so aus, als ob jemand dich gegen eine bildschöne Spionin einsetzt!«

Natürlich erwiderte ich, für Klischees sei ich nicht in Stimmung – obwohl ich zugeben muß, daß mein Herz einen beklommenen Hüpfer machte.

XII

Das Mädchen aus Hispalis zu befragen war vollkommen aussichtslos. Ich wußte noch nicht mal ihren Namen oder einen möglichen Decknamen. Wenn sie klug war, hatte sie Rom verlassen. Grinsend versprach mir Petronius Longus, ihre Beschreibung in seine Liste gesuchter Verdächtiger aufzunehmen. Er bot mir an, sie persönlich einem Verhör zu unterziehen. Ich wußte, was das bedeutete.

Ich sagte ihm, er solle sich nicht bemühen, ich würde ihr ihre Geheimnisse schon selbst entlocken. Petronius, der glaubte, daß Männer mit schwangeren Frauen automatisch auf außerhäusliche Abenteuer aus sind, zwinkerte weise und versprach mir, mich sofort zu informieren, wenn ihm die schöne Diana über den Weg lief. Worauf Helena kühl verkündete, sie würde jetzt nach Hause gehen.

Ich ging Quinctius Attractus besuchen.

Wenn ein Senator in einen Fall verwickelt ist, fange ich immer ganz oben an. Damit meine ich nicht, daß ich mir viel Erhellendes davon versprach. Ganz im Gegenteil. Ein Mitglied des geehrten römischen Patriziats zu befragen würde höchstwahrscheinlich nur zu der Art von Chaos führen, das nach Meinung mancher Philosophen den äußersten Rand des ewig wirbelnden Universums darstellt: ein Strudel grenzenloser und unergründlicher Dunkelheit. Kurz gesagt, politische Ignoranz, kommerzieller Betrug und offenkundige Lügen.

Selbst die Provinzler unter Ihnen werden daraus schließen, daß M. Didius Falco, der unerschrockene Ermittler, Senatoren nicht zum ersten Mal Fragen stellt.

Und Sie werden auch folgendes erkannt haben: Ich ging

Quinctius Attractus besuchen, um jede Form von wirbelndem Strudel flugs aus dem Weg zu räumen.

Nachdem es mir gelungen war, den Pförtner mit meinem Rang zu beeindrucken – also gut, nachdem ich ihm einen halben Denarius zugesteckt hatte –, wurde mir gestattet, aus dem scharfen Aprilwind, der durch die Straßen fegte, ins Haus zu treten. Attractus lebte in einer imposanten Villa, die sich unter Kunstwerken bog, die älteren und höher entwickelten Kulturen als der unseren entrissen waren. Ägyptische Türkise und Emaillearbeiten machten thrakischem Gold und etruskischer Bronze den Platz streitig. Pentillischer Marmor füllte die Flure. Daneben unermeßliche Schätze aus Porphyrgestein und Alabaster. An Regale, die sich unter unzähligen Vasen und Gefäßen bogen, waren unaufgehängte Schmucktafeln und phantastische alte Rüstungen gelehnt, zweifellos die Kriegsbeute vieler berühmter Schlachtfelder.

Quinctius Attractus ließ sich herab, in seinem Vestibül mit mir zu sprechen. Ich hatte noch das robuste, wettergegerbte ländliche Aussehen von vor zwei Tagen im Kopf; heute gab er sich ganz urban – der Staatsmann, der sich der alten römischen Tradition nach die unsichtbare Klammer auf die Nase setzt, ehe er in seinem Heim einen Ungewaschenen empfängt.

Von einem Gespräch unter vier Augen konnte keine Rede sein. In jedem Torbogen lauerte ein Togazupfer, der es kaum erwarten konnte, herauszuschießen und eine Falte zu glätten. Der Senator war in vollem Putz. Seine Stiefellitzen hatten exakt die gleiche Länge. Die schütteren Locken glänzten und waren steif vor Pomade. Verschob sich einer seiner Ringe etwas seitwärts, glitt sofort ein geschmeidiger Sklave herbei, um ihn wieder geradezurücken. Jedesmal, wenn der Senator drei Schritte gegangen war, mußten seine in Purpur eingefaßten Gewänder auf seinen breiten Schultern und fetten Armen wieder geordnet werden.

War mir dieses Getue schon bei seinem Eintreten zuwider, erfaßte mich geradezu Ekel, als er zu reden begann. Der Senator hatte nur Herablassung und leeres Geschwätz zu bieten. Er war der Typ Mann, der sich gerne zurücklehnt, den Blick über den Kopf seines Gesprächspartners schweifen läßt und Schwachsinn von sich gibt. Attractus erinnerte mich an einen Anwalt, der gerade einen Fall verloren hat, auf das Forum hinaustritt und weiß, daß er sich irgendwie herausreden muß. Ich sagte, ich sei gekommen, um über das Essen der Ölhersteller zu sprechen – und er wirkte nicht überrascht.

»Die Gesellschaft – oh, die ist nur eine Zusammenkunft von Freunden.«

»Einige dieser Freunde hatten hinterher ziemlich häßliche Unglücksfälle, Senator.«

»Wirklich? Nun, Anacrites wird für uns alle bürgen.«

»Wohl kaum. Anacrites wurde schwer verletzt.«

»Ach ja?« Einer seiner übereifrigen Kammerdiener hielt es für nötig, herbeizueilen und eine Franse am Ärmel der reich bestickten Tunika zu glätten.

»Er wurde in der Nacht des Festbanketts angegriffen. Möglicherweise wird er es nicht überleben.«

»Ich bin entsetzt.« Dabei überprüfte der Senator den Fall seiner Toga und sah aus, als hätte er gerade von einem unbedeutenden Geplänkel irgendwelcher Bewohner ferner Gegenden gehört. Dann merkte er, daß ich ihn beobachtete, verzog die fleischigen Wangen und gab eine der Situation angemessene senatorische Platitüde von sich: »Schrecklich. Ein guter Mann.«

Ich schluckte es und versuchte, den aalglatten Senator irgendwie festzunageln: »Wußten Sie, daß es sich bei Anacrites um den Oberspion handelte?«

»Aber gewiß. Selbstverständlich. Man kann einen Mann wie ihn nicht bei privaten Anlässen dulden, ohne daß allen bekannt ist, welche Stellung er hat. Die Männer wären sonst verunsichert, würden nicht wissen, wann sie frei reden können. Unhaltbarer Zustand.«

»Ach? Dann wird wohl in der Gesellschaft baetischer Olivenölhersteller oft über heikle Themen gesprochen?« Er war starr über meine Unverschämtheit. Ich war noch nicht fertig: »Wollen Sie damit sagen, daß der Leiter des Geheimdienstes offen eingeladen wurde, um ihn zu bestechen? Ich würde darauf wetten, daß Sie Anacrites Zutritt verschafft haben, ohne ihm den kleinsten Obolus abzuverlangen!« Ein nettes Leben für einen geselligen Spion.

»Wie offiziell ist diese Befragung?« wollte Attractus plötzlich wissen. Ich kannte diese Sorte. Er hatte angenommen, sein Rang würde ihm Immunität verschaffen. Jetzt stellte ich ungebührliche Fragen, und er wollte es einfach nicht fassen. »Sie sagen, Sie seien vom Palast – haben Sie so etwas wie eine Legitimation?«

»Die brauche ich nicht. Mein Auftrag wurde mir von höchster Stelle erteilt. Vernünftige Leute sollten zur Zusammenarbeit bereit sein.«

Genauso plötzlich änderte er sein Verhalten wieder: »Dann fragen Sie!« dröhnte er und glaubte immer noch nicht, daß ich es wagen würde.

»Vielen Dank.« Ich hielt mich im Zaum. »Senator, bei der letzten Versammlung der Gesellschaft der Olivenölhersteller von Baetica speisten Sie in einem Privatraum mit einer gemischten Gruppe, einschließlich mehrerer Baeticaner. Ich muß die Identität Ihrer Besucher feststellen.« Unsere Blicke trafen sich. »Um sie als Täter ausschließen zu können.«

Die alte Lüge erwies sich, wie gewöhnlich, als ausreichend. »Geschäftsfreunde«, meinte er obenhin. »Wenden Sie sich an meinen Sekretär, falls Sie die Namen brauchen.«

»Danke. Die Namen habe ich. Wir wurden einander vorgestellt«, erinnerte ich ihn. »Ich muß mehr über sie wissen.«

»Selbstverständlich kann ich mich für sie verbürgen.« Noch mehr Verbürgerei! Ich war an die Einstellung gewöhnt, daß eine noch so oberflächliche Handelsbeziehung komplette Blutsbrüderschaft nach sich zog. Was davon zu halten war, wußte ich.

»Sie waren an jenem Abend Ihre Gäste. Gab es einen speziellen Grund, ausgerechnet diese Männer an ausgerechnet diesem Abend zu bewirten?«

»Nur allgemeine Gastfreundschaft. Es ist angebracht«, meinte Quinctius sarkastisch, »daß wichtige Männer aus Baetica, die zu Besuch nach Rom kommen, angemessen willkommen geheißen werden.«

»Sie haben starke persönliche Verbindungen zu dieser Provinz?«

»Ich besitze dort Land. Außerdem eine Reihe von Beteiligungen. Mein Sohn ist zudem gerade zum Quästor der Provinz ernannt worden.«

»Eine große Ehre, Senator. Sie müssen stolz auf ihn sein.« Das Kompliment war nicht ernst gemeint, und er machte sich nicht die Mühe, darauf einzugehen. »Sie haben es also in die Hand genommen, die Geschäftsinteressen der baetischen Provinz in Rom zu unterstützen? Sie sind ein *proxenos.*« Dieser praktische griechische Ausdruck mochte zwar gewisse Leute beeindrucken, aber nicht Attractus. Ich bezog mich damit auf die Praxis aller überseeischen Händler, die ihre Interessen auf fremdem Boden durch einen einflußreichen Ortsansässigen vertreten lassen – einen Ortsansässigen, der nach guter alter griechischer Tradition Schmiergelder erwartet.

»Man tut, was man kann.« Ich fragte mich, welche Form *das* wohl annahm. Fragte mich ebenfalls, was von den Baeticanern als Gegenleistung erwartet wurde. Einfache Geschenke wie die reichen Produkte ihres Landes – oder etwas Komplexeres? Bargeld vielleicht?

»Sehr löblich, Senator. Doch zurück zu dem Essen. Anacrites war ebenfalls anwesend. Und noch ein paar andere, einschließlich meiner selbst.«

»Mag schon sein. Es gab noch freie Liegen. Ich hatte vorgehabt, meinen Sohn und einen seiner Freunde mitzunehmen, aber diese Art Veranstaltungen sind zu steif für die Jugend, daher waren sie entschuldigt.«

»Einer Ihrer Gäste war Camillus Aelianus, der Sohn von Vespasians Freund Verus.«

»Ja, in der Tat. Gerade zurück aus Corduba. Aufrechter Junge, weiß, was er will.« Quinctius war genau die Sorte Mann, den aufgeblasenen jungen Heuchler gutzuheißen.

»Vielleicht erinnern Sie sich noch an einen anderen Mann. Ich muß feststellen, was er dort tat. Er saß auf der rechten Schlußliege, gegenüber von Anacrites – ruhiger Bursche, sprach kaum. Kennen Sie ihn?«

»Ich habe ihn noch nicht mal bemerkt.« Seine dreißig Jahre in der Politik machten es mir unmöglich, zu erkennen, ob Quinctius Attractus die Wahrheit sprach. (Und nach dreißig Jahren in der Politik tat er das höchstwahrscheinlich nicht.) »Von welcher Bedeutung ist er?«

»Jetzt von keiner mehr. Der Mann ist tot.« Falls Attractus irgendwas mit der Ermordung von Valentinus zu tun hatte, verriet er sich mit keiner Miene. »Und dürfte ich Sie dann noch fragen, ob Sie die Leute kannten, die das Unterhaltungsprogramm bestritten? Ich meine die Tänzerin und ihre zwei libysch aussehenden Begleiter – ich glaube, Sie haben ihr Honorar bezahlt. Kannten Sie sie persönlich?«

»Gewiß nicht! Ich pflege keinen Umgang mit Flittchen und Lyraspielern.«

Ich lächelte. »Ich wollte nur wissen, haben Sie sie speziell für dieses Essen engagiert, Senator?«

»Nein«, sagte er immer noch verächtlich. »Dafür gibt es entsprechende Leute. Ich zahle für die Musiker; ich muß nicht wissen, woher sie kommen.«

»Oder ihre Namen kennen?«

Er schnaubte nur. Ich dankte ihm für seine Geduld. Er spielte sich immer noch als bedeutender Statthalter Baeticas auf und bat mich, ihm über die weiteren Entwicklungen zu berichten. Ich versprach, ihn auf dem laufenden zu halten, obwohl ich es keineswegs vorhatte. Dann, da er mich ja dazu aufgefordert hatte, machte ich mich auf die Suche nach seinem Sekretär.

Die Korrespondenz und die Bücher wurden im Haus von Quinctius Attractus von einem der typischen griechischen Schreiber geführt, dessen Tunika fast so ordentlich und gepflegt war wie die seines Herren. In einem sauberen kleinen Büro hielt er minutiös die Einzelheiten aus dem Leben des Senators fest. Ein Zyniker hätte sich vielleicht gefragt, ob der Senator befürchtete, eines Tages zur Rechenschaft gezogen zu werden. Falls dem so war, mußte er allerdings sehr besorgt sein. Jedes Tribunal, das über Quinctius ermittelte, würde unter der Last der schriftlichen Beweise zusammenbrechen.

»Mein Name ist Falco.« Der Schreiber machte keine Anstalten, ihn zu notieren, aber er sah so aus, als würde er mich später unter »Besucher, uneingeladen. Kategorie dubios« auflisten. »Ich stelle Nachforschungen über die Gäste des Senators beim letzten Festessen für die öligen Baeticaner an.«

»Meinen Sie die Gesellschaft der Olivenölhersteller?« korrigierte er mich humorlos. »Darüber habe ich sicherlich Aufzeichnungen.«

»Seine Ehren sagt, Sie würden sie mir zeigen.«

»Das muß ich mir erst bestätigen lassen.«

»Dann tun Sie das.«

Ich setzte mich auf einen Schemel zwischen die Reihen verschlossener Schriftrollenkästen, während der Sklave losging, um meine Angabe zu überprüfen. Fragen Sie mich nicht, woher ich wußte, daß die Kästen verschlossen waren.

Bei seiner Rückkehr war sein Verhalten sogar noch pedantischer. Wahrscheinlich hatte man ihm gesagt, daß von mir nur Ärger zu erwarten war. Er schloß einen silbernen Kasten auf und nahm ein Dokument heraus. Ich konnte ihm nicht über die Schulter spähen, aber trotzdem sah ich die Schrift. Eine perfekte, neutrale kursive Schrift, die sich wahrscheinlich nicht geändert hatte, seit er kopieren gelernt hatte.

Er las fünf Namen vor: »*Annaeus Maximus, Licinius Rufius, Rufius Constans, Norbanus, Cyzacus.*« Dann verbesserte er sich: »Nein, Rufius Constans war nicht bei dem Essen. Er ist der Enkelsohn von Licinius. Soviel ich weiß, war er mit dem Sohn meines Herrn ins Theater gegangen.« Das klang fast, als würde er etwas herbeten, das man ihm eingetrichtert hatte.

»Wie alt sind die beiden Jungs?«

»Quinctius Quadratus ist fünfundzwanzig. Der Junge aus Baetica sieht jünger aus.« Also noch ein Heranwachsender. Der jüngere Quinctius mußte gerade in den Senat gewählt worden sein, wenn er zum Quästor der Provinz ernannt worden war, wie sein Vater geprahlt hatte.

»Ist der Senator ein strenger Vater? War er verärgert, daß sie ins Theater entwischt sind?«

»Nicht im geringsten. Er unterstützt ihre Freundschaft und ihre Unabhängigkeit. Sie sind beide vielversprechende junge Männer.«

Ich grinste. »Dieser hübsche Ausdruck kann auch bedeuten, daß sie versprechen, viel Ärger zu machen!« Der Sekretär sah mich mit kühlem Blick an. Eine Neigung zum Tratschen besaß er offenbar nicht. Ich fühlte mich wie eine Schnecke, die dabei erwischt wird, wie sie einen Ausflug über eine besonders fein zurecht gemachte Salatschüssel macht. »Die baetischen Besucher sind eine interessante Gruppe. Da haben wir einen Annaeus – vermutlich aus der gleichen cordubanischen Familie wie die berühmte Senecas?« Das hatte ich von Laeta aufgeschnappt. »Und wer sonst noch? Zwei Männer aus der Kaufmannschaft der Provinz? Was können Sie mir dazu sagen?«

»Privatinformationen kann ich Ihnen keinesfalls geben!« rief er.

»Ich will nicht wissen, wer mit der Flötistin schlief oder in welchem Stadium sich ihre Furunkel befinden! Warum waren sie willkommene Gäste eines römischen Senators?«

Mit angewidertem Blick preßte der Sklave hervor: »Mein Herr ist eine sehr wichtige Person in Baetica. Die ersten beiden, die ich erwähnt habe, Annaeus und Licinius, besitzen ausgedehnte Ländereien bei Corduba.« Das mußte das bevorzugte Paar sein, das während des Essens zu beiden Seiten von Attractus gesessen hatte. »Die anderen beiden sind Geschäftsleute aus dem Süden, die im Transportwesen tätig sind, glaube ich.«

»Norbanus und Cyzacus?« Die zwei, die sich mit gesenkten Köpfen unterhalten hatten. Angehörige einer niedrigeren Schicht – vielleicht sogar ehemalige Sklaven. »Sie sind Spediteure?«

»Soweit ich weiß, ja«, quetschte der Sekretär hervor, als würde ich ihn einen Eid schwören lassen, daß er sich für einen äußerst übellaunigen Gott Folterqualen und gewaltiger Geldausgaben unterzieht.

»Vielen Dank«, erwiderte ich mit schwerer Stimme.

»Ist das alles?«

»Ich muß diese Männer befragen. Sind sie hier untergebracht?«

»Nein.«

»Können Sie mir dann die Adresse ihrer Unterkunft in Rom geben?«

»Sie *waren* hier untergebracht«, gab der vorsichtige Grieche widerstrebend zu. »Alle haben Rom heute in den frühen Morgenstunden verlassen.«

Sanft hob ich die Augenbraue. »Wirklich? Wie lange waren sie denn hier?«

»Nur ein paar Tage.« Der Sekretär bemühte sich nach Kräften, sein Unbehagen zu unterdrücken.

»Wie lange genau?«

»Etwa eine Woche.«

»Nur *eine* Woche? Ist das nicht eine etwas plötzliche Abreise?«

»Dazu kann ich nichts sagen.« Ich würde den Haushofmeister fragen müssen, um Genaueres über den ursprünglich geplanten Aufenthalt der Baeticaner zu erfahren – aber Privatermittler erhalten keinen Zugang zu den Domestiken im Hause eines Senators.

»Ist es möglich, den Sohn des Senators zu befragen?«

»Quinctius Quadratus ist ebenfalls nach Corduba abgereist.«

»War das geplant?«

»Selbstverständlich. Er tritt seinen neuen Posten in der Provinz an.«

An der Abreise des frischgebackenen Quästors war nichts auszusetzen – aber wie viele Provinzbewohner, vor allem Männer von Stand, würden schon die lange Seereise nach Rom unternehmen und dann fast augenblicklich wieder umkehren, ohne alle Sehenswürdigkeiten bestaunt und ohne die gesellschaftlichen Kontakte ausgelotet zu haben? Jeder normale Provinzler, der auf sich hielt, blieb zumindest so lange fort, daß man daheim glaubte, er hätte die römische Gesellschaft erobert.

Für Touristen war das Verhalten der Cordubaner äußerst suspekt. Es schrie geradezu zum Himmel, daß sie nichts Gutes im Schilde führten.

XIII

An jenem Abend ging ich mit Helena in den vornehmen Porta Capena-Bezirk zum Essen in einer großen, etwas verblichenen Villa, die einst ihr Zuhause gewesen war. Es war Zeit, ihrer Mutter wieder einmal Gelegenheit zu geben, sich über die unzureichenden Vorbereitungen aufzuregen, die wir für die Geburt unseres Kindes trafen. (Julia Justa hatte zu diesem Thema einiges einstudiert.) Und ich wollte mit Helenas Vater sprechen. Ich hab meine Senatoren gern paarweise.

Wie üblich hatte ich vor dem Treffen für eine konspirative Zusammenkunft mit Helenas Papa gesorgt, um mich mit ihm abzusprechen. Ich fand Decimus Camillus Verus in den Thermen, die wir beide frequentierten. Er war ein großgewachsener, gebeugter Mann mit schütterem, kurzgeschorenem Haar, der mich schon alarmiert ansah, ehe ich mich zum Essen einlud und von ihm verlangte, er solle den gestrengen Vater gegenüber einem seiner rebellischen Söhne zu spielen.

»Meine Orders kommen von höchster Stelle. Ich muß Aelianus befragen. Ich sage es Ihnen im voraus, damit Sie dafür sorgen können, daß er da ist!«

»Du überschätzt meine väterliche Autorität, Marcus.«

»Sie sind ein Stoiker!« Ich grinste und erklärte ihm die Situation. Dann lieferte ich Camillus im Gymnasium einen heftigen Schwertkampf, was ihn noch verzagter machte, und wir schieden als Freunde.

Die meisten an seiner Stelle hätten mich verabscheut, aber seine Haltung zu mir war offen und freundlich: »Ich habe nichts dagegen, daß du mich mit Enkelkindern versorgst, Marcus. Eine neue Generation ist meine einzige Hoffnung auf Verbündete!«

»Oh, *ich bin* auf Ihrer Seite, Senator!« Wobei wir beide wußten, daß seine Beziehung zu mir (wie meine zu seiner Tochter) der Hauptgrund dafür war, daß dem illustren Camillus zu Hause das Leben nicht leicht gemacht wurde.

Keiner der beiden Camillus-Söhne, weder Aelianus noch Justinus, waren beim Essen anwesend. Beide waren wache junge Burschen Anfang zwanzig und zu einer maßvollen Lebensweise erzogen – was bedeutete, daß sie keine Gelegenheit ausließen, die Stadt unsicher zu machen. Als gesetzter Bürger von dreiunddreißig, dem demnächst die Ehre der römischen Vaterschaft bevorstand, zeigte ich natürlich nicht, daß ich viel lieber mit ihnen unterwegs wäre.

»Ist Justinus immer noch so theaterbegeistert?« Der junge Tunichtgut hatte es sich angewöhnt, Schauspielerinnen anzuhimmeln.

»Sie legen es beide darauf an, mich in Sorge zu versetzen!« erwiderte Camillus senior trocken. Worin diese Sorgen bestanden, behielt er für sich. »Aelianus hat versprochen, in einer Stunde zurückzukommen.« Woraus seine Frau schloß, wie ich sofort bemerkte, daß er und ich schon vorab über diesen Punkt geredet hatten.

»Zumindest weiß er, *wo* sein Zuhause ist!« Genau wie Helena verstand Julia Justa sich auf Sarkasmus, nur ihrer war beißend. Sie war eine gutaussehende, schwergeprüfte Frau mit leicht wässerigen braunen Augen und besaß, wie ihre Tochter, eine wache Intelligenz. Vielleicht würde Helena auch einmal so werden wie sie. Momentan pickte meine Liebste verdrießlich in einer Schüssel mit Krabbenklößchen herum. Sie wußte, was als nächstes kam.

Helenas Mutter holte auf eine Art tief Luft, die mir sehr vertraut war. Auch ich hatte eine Mutter. Die Ansichten dieser beiden Frauen von so unterschiedlicher Herkunft stimmten auf tragische Weise überein, besonders was mich betraf. »Du siehst so aus, als würdest du gleich mit Durchfall hinausrennen, Marcus Didius«, meinte die edle Julia mit einem dünnen Lächeln. Sie kannte sich mit Männern aus. Schließlich war sie mit einem verheiratet und hatte zwei weitere produziert.

»Ich würde nicht im Traum daran denken, dieses wunderbare Essen so zu beleidigen!« Tatsächlich war es ein bescheidenes Mahl, da sich die Camilli mit heftigen Geldsorgen herumschlagen mußten, wie sie bei Millionären ererbter Vermögen üblich sind. Trotzdem schien es klug, Komplimente zu machen.

»Jemand muß ja dafür sorgen, daß meine Tochter zu essen bekommt.« Eine gewisse Sorte Frauen wählt immer Selbstgerechtigkeit als Beleidigung.

»Quatsch!« warf Helena ein. Es war vielleicht unklug, einen Ausdruck zu wählen, den sie so eindeutig von mir aufgeschnappt hatte. »Mit Soße!« fügte sie hinzu – eine Ausschmückung, die von ihr stammte.

»Ich glaube nicht, daß ich diesen Ausdruck kenne, Helena.«

»Den Quatsch hat sie von mir«, gab ich zu. »Für die Soße übernehme ich keine Verantwortung.« Zu Helena gewandt, sagte ich: »Wenn das Gerücht umgeht, daß ich dich verhungern lasse, werde ich dir auf dem Heimweg ein Schweinsrissole kaufen und darauf bestehen, daß du es in der Öffentlichkeit ißt.«

»Auch das ist Quatsch. Du läßt mich nie etwas Skandalöses tun.«

»Bleibt bitte ernst!« schimpfte ihre Mutter. Nach einem Tag harter Arbeit war ich zu müde für Höflichkeiten, und Julia Justa, die meine Mattigkeit spürte, nutzte sie sofort aus. Als sie zum ersten Mal davon hörte, daß sich bei uns Nachwuchs ankündigte, war ihre Reaktion zurückhaltend gewesen, aber seitdem hatte sie sechs Monate Zeit gehabt, um darüber zu brüten. Heute abend war sie offenbar entschlossen, uns die volle Lektion zu erteilen. »Ich meine nur, es gibt Dinge, mit denen wir uns auseinandersetzen müssen, da es so aussieht, als ob Helena das Kind tatsächlich austrägt. Dieses Mal«, fügte sie unnötigerweise hinzu, als sei die damalige Fehlgeburt Helenas Fehler gewesen. »Ich hatte gehofft, dich noch vorher verheiratet zu sehen, Helena.«

»Wir *sind* verheiratet«, sagte Helena trotzig.

»Sei doch vernünftig.«

»Die Ehe ist eine Vereinbarung zwischen zwei Menschen, die zusammenleben. Marcus und ich haben uns die Hände gereicht, und damit war die Sache besiegelt.«

»Es läßt sich ja wohl nicht übersehen, daß ihr nicht bloß Händchen gehalten habt ...« Julia Justa wandte sich an mich, tat so, als hielte sie mich für vernünftiger: »Marcus, hilf mir!«

»Es stimmt«, sinnierte ich. »Wenn ich vor den Zensor treten müßte und gefragt würde ›*Didius Falco, leben Sie nach bestem Wissen und Gewissen und aus eigenem Antrieb im rechtsgültigen Stand der Ehe?*‹ dann würde ich tapfer antworten ›*ja, Herr!*‹«

Der Senator lächelte und murmelte vor sich hin: »*Nach bestem Wissen und Gewissen*, das gefällt mir!« Seine Frau nahm es eher kühl auf, als vermutete sie dahinter einen versteckten Seitenhieb.

»Formalitäten sind unnötig«, sagte Helena gereizt. »Wir brauchen kein Auguralopfer, weil wir auch so wissen, daß wir glücklich sein werden.« Das klang mehr wie eine Drohung als ein Versprechen. »Und wir brauchen keinen schriftlichen Vertrag, in dem festgelegt wird, wie unsere Besitztümer bei einer Trennung geteilt werden, weil wir uns nie trennen werden.« In Wirklichkeit brauchten wir keinen Vertrag, weil es keine Besitztümer gab. Helena besaß Geld, aber ich weigerte mich, es anzurühren. Ich hatte nichts, was uns eine Menge Ärger ersparte. »Sei doch dankbar, daß wir Papa die Kosten für eine Feier und die Last einer Mitgift ersparen. Es wird schon schwer genug sein, meine beiden Brüder in den Senat zu bringen ...«

»Ich bezweifle, daß es dazu kommt«, erwiderte ihre Mutter bitter. Sie enthielt sich jeden weiteren Kommentars, obwohl sie zweifellos uns die Schuld daran gab: wir hatten die Familie in Mißkredit gebracht.

»Laßt uns doch Freunde sein«, sagte ich ruhig. »Ich werde mein Bestes tun, die Rangleiter aufzusteigen, und wenn ich dann ein ehrbarer Ritter bin, in meinem Landgut in Latium die Bohnen zähle und meine Steuer frisiere wie alle ehrbaren Leute, werden wir uns alle fragen, warum wir uns mal so aufgeregt haben.«

Helenas Vater schwieg dazu. Er wußte, daß seine Tochter inzwischen nicht mehr das Hauptproblem war. Es waren seine Söhne, die er im Auge behalten mußte. Wenn man nicht mit äußerstem Fingerspitzengefühl vorging, würde sich Justinus vermutlich mit einer Schauspielerin einlassen (absolut gesetzwidrig für den Sohn eines Senators), während meine momentanen Ermittlungen darauf hinwiesen, daß Aelianus in eine Intrige verwickelt war, die sowohl gefährlich als auch politisch verheerend sein konnte. Er hatte seinem Vater nichts davon erzählt – bereits ein schlechtes Omen.

Zum Glück kam in diesem Moment ein Sklave mit der Nachricht, daß Aelianus nach Hause gekommen sei. Das ermöglichte es seinem Vater und mir, uns zu seiner Befragung ins Arbeitszimmer zu verziehen. Die gesellschaftliche Konvention schrieb vor, daß Helena Justina bei ihrer Mama blieb.

Nun ja, zumindest so lange, bis sie die Geduld verlor. Und das konnte recht schnell geschehen. Ich hörte, wie ihre Mutter fragte: »Wie steht es mit deiner Verdauung, Helena?« Worauf ich zusammenzuckte und hinter ihrem Papa herfloh. Er hatte sich bereits verdrückt. Für einen Senator war er ein weiser Mann.

XIV

Wir drei saßen zusammen wie ein intellektuelles Symposium. Der Platzmangel in dem kleinen, mit Schriftrollen vollgestopften Raum machte ein kultiviertes Ruhen auf den entsprechenden Liegen unmöglich. Briefe, Abrechnungen und faszinierende Werke der Literatur standen in schwankenden Stapeln um uns herum. Wenn er für seine Unordnung gerügt wurde (was seine Frau regelmäßig tat), behauptete Decimus Camillus Verus, er wisse genau, wo alles sei. Eine seiner sympathischen Eigenschaften. In Wahrheit hatte er wahrscheinlich keine Ahnung.

Der Senator und ich saßen beide aufrecht auf seiner Leseliege. Aelianus hatte sich auf einen Schemel gehockt, der tagsüber vom Sekretär seines Vaters benutzt wurde. Während er an einem Becher mit Schreibfedern herumfummelte, blickte eine Büste von Vespasian von einem Regalbrett auf ihn herab, als wolle unser erhabener Kaiser prüfen, ob der Hals des jungen Mannes auch sauber sei.

Vater und Sohn hatten eine starke Ähnlichkeit. Sie besaßen die gleichen kräftigen Augenbrauen, obwohl die des Jungen dicker waren. Außerdem war er, im Gegensatz zu seinem eher sanftmütigen Vater, verdrießlich und mißmutig. Es war eine Art Trotzphase – unglücklicherweise eine, mit der er sich die Chance verdarb, sich nützliche Freunde zu schaffen. Ihm das zu sagen, hatte keinen Sinn. Seine Umgangsformen zu kritisieren wäre ein sicherer Weg gewesen, ihn zu fatalen Fehlern zu drängen.

»Ich brauche nicht mit Ihnen zu reden, Falco!«

»Das wäre aber ratsam«, wies ihn sein Vater kurz zurecht.

Ruhig sagte ich: »Sie können hier informell mit mir reden – oder Sie riskieren es, daß man Sie auf den Palatin holt und dort durch die Mangel dreht.«

»Ist das eine Drohung?«

»Senatorensöhne werden nicht von der Prätorianergarde zusammengeschlagen.« Ich ließ es so klingen, als könnte das ohne weiteres geschehen, wenn jemand so Einflußreiches wie ich es verlangte.

Aelianus funkelte mich finster an. Wahrscheinlich dachte er, wäre er jemand anderes Sohn, dann hätte ich ihn in eine Weinschenke zu einem weitaus lockereren Gespräch mitgenommen, ohne seine Familie einzubeziehen. Vielleicht hatte er recht.

»Worum geht's?« wollte er wissen.

»Um einen Toten und einen anderen, der dem Hades schon recht nahe ist. Um eine direkte Verbindung mit Baetica und dem üblen Geruch nach Verschwörung. Ihre Anwesenheit beim letzten Essen der Olivenölhersteller in Gesellschaft eines der Opfer erfordert jetzt eine Erklärung.«

Er wurde bleich. »Wenn ich darüber Auskunft geben soll, werde ich das nur vor einer höherrangigen Person tun.«

»Selbstverständlich«, stimmte ich zu. »Ich weise Sie nur darauf hin, daß Sie sich mit der Bitte um Spezialbehandlung verdächtig machen. Leute, die nichts zu verbergen haben, machen ihre Aussage auch vor einem gewöhnlichen Beamten.«

»Und das sind Sie?« Er war jetzt vorsichtig.

»Das bin ich. Befehl von höchster Stelle.«

»Sie versuchen, mir etwas anzuhängen.« Gute Götter, er gab sich aufsässig. Und ich hatte noch nicht mal begonnen.

»Eigentlich will ich Sie entlasten.«

»Beantworte einfach die Fragen«, riet sein Vater ihm geduldig.

In der Hoffnung auf seinen Gehorsam versuchte ich es in aller Förmlichkeit: »Camillus Aelianus, woher kennen Sie Anacrites, und warum hat er Sie zu dem Essen als seinen Gast mitgenommen?«

»Warum fragen Sie ihn nicht?« Es war sinnlos. Na gut, auch ich war jemandes Sproß. Ich hätte wissen sollen, daß Söhne selten ihren Vätern gehorchen.

»Anacrites ist überfallen worden – und zwar von den Schuften, die in der gleichen Nacht einen seiner Agenten umgebracht haben. Man hat ihn an einen sicheren Ort gebracht, aber er wird vermutlich sterben. Ich muß sehr schnell herausfinden, was da vorgeht.« Mit fiel ein, wie lange es her war, seit ich meiner Mutter den Spion aufgehalst hatte. Es wurde Zeit, nachzufragen – oder sie von der Leiche zu befreien.

Der Senator beugte sich erschrocken vor. »Willst du damit sagen, daß *Aulus* an dem Abend in Gefahr gewesen sein könnte?« Aulus mußte der Kosename seines älteren Sohnes sein. Einen, zu dessen Benutzung der junge Flegel mich wahrscheinlich nicht einladen würde.

Wenn sich Aelianus nicht in etwas viel Gefährlicheres eingelassen hatte, als ich ihm zutraute, konnte ich mir nicht vorstellen, daß sich professionelle Mörder mit ihm abgeben würden. »Keine Bange, Senator. Vermutlich war Ihr Sohn bloß ein unbeteiligter Zuschauer.« Allerdings traute ich diesem zuschauenden Unbeteiligten nicht über den Weg. »Aelianus, war Ihnen klar, daß es sich bei Ihrem Gastgeber um den Oberspion des Kaisers handelt?«

Der junge Mann wirkte ernüchtert. »Sowas in der Art.«

»In welcher Verbindung standen Sie zu ihm?«

»Eigentlich in keiner.«

»Wie haben Sie ihn dann kennengelernt?«

Er wollte es mich offensichtlich nicht wissen lassen, gab dann aber doch zu: »Man hatte mich beauftragt, ihm einen Brief zu überbringen, als ich aus Corduba zurückkehrte.«

Sein Vater sah ihn überrascht an. Um seiner Unterbrechung zuvorzukommen, fragte ich rasch: »Wer hat den Brief geschrieben?«

»Das ist vertraulich, Falco.«

»Jetzt nicht mehr!« fauchte ihn sein Vater an. Er war genauso erpicht darauf wie ich, es zu erfahren. Obwohl er nach außen so gelassen wirkte, hatte Camillus recht altmodische Ansichten über die Rechte eines Vaters. Die Tatsache, daß keines seiner Kinder in dieser Hinsicht mit ihm einer Meinung war, bewies nur einmal mehr, wie schwer Väter es haben.

»Der Quästor«, erwiderte Aelianus gereizt.

»Quinctius Quadratus?«

Er schien erstaunt, daß ich das wußte. »Nein, sein Vorgänger. Cornelius hatte gerade erfahren, daß sein Vater ihn vor seiner Rückkehr nach Rom auf eine Reise nach Griechenland schicken würde. Da ich direkt nach Rom zurückreiste, gab er mir den Brief mit.«

Wir redeten hier über den jungen Finanzbeamten, der in der Provinz die Steuern für Rom eintrieb. »Ein Provinzquästor würde normalerweise mit Claudius Laeta, dem Obersekretär, korrespondieren.« Und sein Brief würde über den *cursus publicus*, den kaiserlichen Postdienst, befördert. Der war schnell, sicher und verläßlich. »Warum sollte er also etwas an Anacrites schicken und es Ihnen mitgeben? Waren Sie mit diesem Cornelius befreundet?«

»Ja.«

»Wenn er ihn sicheren Händen anvertrauen wollte, ging es in diesem Brief wohl um etwas Heikles?«

»Vermutlich. Fragen Sie mich nicht, was drin stand«, fuhr Aelianus triumphierend fort, »weil der Brief dick versiegelt war und ich die strikte Anweisung hatte, ihn ungeöffnet direkt im Palatin abzugeben.« Sehr praktisch.

»Waren Sie dabei, als Anacrites ihn gelesen hat?«

»Er bat mich, in einem anderen Büro zu warten.«

»Und wie hat er dann reagiert?«

»Er kam herein und lud mich zu dem baetischen Essen ein, wohl aus Dank für die sichere Überbringung.«

Ich wechselte das Thema: »Wenn Sie den vorherigen Quästor kannten, kennen Sie dann auch Quinctius Quadratus?«

»Was hat das damit zu tun?«

»Er war ebenfalls zu dem Essen eingeladen. Sein Vater hatte ihm einen Platz reserviert – aber er ging statt dessen ins Theater.«

»Das Theater überlasse ich meinem Bruder!« höhnte Aelianus selbstgerecht.

»Kennen Sie Quadratus?« wiederholte ich.

»Flüchtig«, gab er dann zu. »Er war letzten Herbst in Corduba – bereitete sich wohl auf seine Bewerbung als Quästor für Baetica vor, obwohl er damals nichts davon verlauten ließ. Ich hatte eine Auseinandersetzung mit ihm wegen eines Vorfalls mit seinen Leuten auf dem Landgut meines Vaters. Seitdem kommen wir nicht mehr sonderlich gut miteinander aus.«

»Und außerdem hatten Sie sich eine Einladung von einem hochstehenden Beamten ergattert. Anacrites' Gunst war etwas, womit Sie angeben konnten!«

Aelianus warf mir einen bösartigen Blick zu. »Sind sie fertig, Falco?«

»Nein«, sagte ich brüsk. »Wir müssen noch über Ihre Zeit in Corduba reden. Ihr Vater hat Sie dorthin geschickt, damit Sie Erfahrungen sammeln, und Sie arbeiteten informell im Büro des Prokonsuls ...«

»In politische Vorgänge wurde ich nie eingeweiht«, teilte Aelianus mir schadenfroh mit.

»Nein. Es wäre auch ungewöhnlich, wenn die jungen Leute aus dem Stab des Statthalters tatsächlich mitbekämen, was vorgeht.« Solange er mir hier unter väterlicher Aufsicht gegenübersaß, war ich entschlossen, ihn auszuhorchen. »An dem bewußten Abend speisten einige Baeticaner zusammen mit Quinctius Attractus. Ich nehme an, daß Sie die meisten davon kennen?«

»Leute aus der Provinz?« Aelianus klang verletzt, daß man ihn mit den Fremden in Verbindung brachte.

»Angesichts der Tatsache, daß Männer spanischen Ursprungs ein Drittel des Senats ausmachen, dem Sie sich gerade anzuschließen versuchen, ist Hochnäsigkeit äußerst kurzsichtig. Ich nehme an, Sie kannten die Anwesenden! Ich bin vor allem an diesen vier interessiert: Annaeus Maximus, Licinius Rufius, jemand namens Norbanus und noch einer namens Cyzacus.«

»Annaeus und Rufius sind führende Bürger von Corduba.«

»Große Olivenölhersteller?«

»Annaeus besitzt das größte Gut. Das von Licinius ist nicht viel kleiner.«

»Besteht eine Rivalität zwischen den Landbesitzern?« warf sein Vater ein.

»Nur in ganz milder Form.« Das war schon besser. Wenn er mitmachte, war Aelianus ein brauchbarer Zeuge. Einer von der besten Sorte: er produzierte sich gern. Ihm fehlte der trockene Witz der anderen Mitglieder seiner Familie, aber er war mit ihrem Scharfsinn groß geworden. Darüber hinaus war er wesentlich intelligenter, als er es sich zugestand. »Die Ölhersteller wetteifern alle, die ergiebigste Ernte und höchste Qualität zu erreichen und den besten Preis zu verlangen, aber generell herrscht ein guter Gemeinschaftsgeist. Hauptsächlich sind sie damit beschäftigt, reich zu werden und ihren Wohlstand dann durch luxuriöse Häuser, Wohltätigkeit und Posten in den örtlichen Magistraten und Priesterschaften herzuzeigen. Langfristig wollen sie sich alle nach Möglichkeit Positionen in Rom erkaufen. Sie sind stolz auf jeden aus Corduba, der erfolgreich ist, weil das den Status aller anderen erhöht.«

»Danke«, sagte ich, erstaunt über seine plötzliche Gesprächigkeit.

»Was ist mit den anderen beiden, die Falco erwähnt hat?« erkundigte sich der Senator, der ein lebhaftes Interesse zeigte.

»Cyzacus kommt aus Hispalis. Er besitzt eine Flotte von Lastkähnen. Flußaufwärts bei Corduba ist der Baetis zu schmal für große Schiffe, darum bringen Lastkähne die Amphoren hinunter nach Hispalis. Ich kenne ihn vom Sehen, aber mehr nicht.«

»Also kein Ölhersteller?«

»Nein, nur ein Transportunternehmer. Und Norbanus ist ein Unterhändler.«

»Ein Großkaufmann und Vermittler also? Was vermittelt er denn?« fragte ich.

Aelianus warf mir einen mitleidigen Blick zu. »Alles, hauptsächlich aber Frachtraum auf seetüchtigen Schiffen, auf die die Ölamphoren verladen werden, sobald sie in Hispalis ankommen. Er ist Gallier.« Das letzte sagte der junge Mann in ziemlich herablassendem Ton.

»Also kann niemand ihn ausstehen!«

»Nun ja, selbst Provinzler brauchen Leute, auf die sie herabblicken können, Marcus«, witzelte der Senator, während sein Sohn nur überlegen dreinschaute.

»Mir steht das Bild einer Herde glücklicher Mittelsmänner förmlich vor Augen «, bemerkte ich. »Die Großgrundbesitzer produzieren das Öl, dann bringen es die Flußschiffer hinunter zum Zwischenlager – in diesem Fall Hispalis – worauf die Unterhändler für Stauraum auf den Frachtschiffen sorgen, die das Öl ins Ausland bringen. Das heißt, Produzenten, Flußschiffer, Unterhändler und Frachtschiffbesitzer erwarten alle, ihren Schnitt zu machen. Und das, bevor irgendein Händler im Emporium oder auf den römischen Märkten die Amphoren in seine klebrigen Finger bekommt. Wenn all diese Windhunde sich ein Stück vom Profit abschneiden, ist es kein Wunder, daß wir so hohe Preise bezahlen müssen.«

»Das gilt für andere Gebrauchsgüter genauso.« Camillus Verus war ein gerechter Mann.

»Außer daß Öl die höchsten Preise erzielt. Denn Öl braucht jeder, vom Kaiser abwärts.« Ich wandte mich wieder an Aelianus. »Und wie schätzen Sie die Handelssituation ein?«

Er zuckte die Schultern. »Olivenöl wird immer wichtiger. Die Produktion in Baetica steigt rapide an. Sie ist inzwischen wesentlich höher als die in den traditionellen Anbauländern Griechenland und Italien. Das liegt teilweise daran, weil es von Spanien aus so einfach ist, das Öl nach Norden zu transportieren, um die riesige Nachfrage in Gallien, Britannien und Germanien zu befriedigen; und auch nach Rom gibt es einen Transportweg. Es läßt sich hervorragend für Salben und Cremes verwenden, und der Geschmack gilt auch als außergewöhnlich gut. Die Hersteller in Baetica sind glückliche Männer. Mit Öl läßt sich ein Vermögen machen.«

»Ein erstklassiges Produkt.« Ich sah ihm in die Augen. »Und in welchem Ausmaß lassen sich damit krumme Geschäfte machen?«

»Ich weiß nicht, was Sie meinen, Falco.«

»Preisabsprachen zum Beispiel«, erwiderte ich scharf. Nachdem ich mir hatte durch den Kopf gehen lassen, wie viele Amphoren mit Olivenöl durch das gesamte Imperium transportiert wurden, war mir klar, daß es hier um Millionen von Sesterzen ging. »Den Markt aufkaufen und den Nachschub stoppen – die üblichen hübschen Handelstricks meine ich!«

»Davon habe ich keine Ahnung.« Nachdem er uns gezeigt hatte, daß er dank seiner Zeit im Büro des Statthalters zumindest einen vernünftigen Bericht abgeben konnte, hatte ich jetzt den Eindruck, daß er log.

Ich hatte keine Fragen mehr an ihn. Sein Vater gestattete Aelianus zu gehen. Der junge Mann sagte, er wolle noch mal in die Stadt. Decimus wies ihn an, zu Hause zu bleiben, allerdings ziemlich lasch, wohl weil er ahnte, daß Aelianus sich sowieso darüber hinwegsetzen würde.

Als er grade die Tür erreichte, rief ich: »Noch eine Frage!« Er machte den Fehler stehenzubleiben. »Sie nahmen also den geheimnisvollen Brief für Anacrites mit. Wie sind Sie nach Rom zurück gereist? Per Schiff oder auf dem Landweg?«

»Per Schiff.«

»Das dauert etwa eine Woche?« Er nickte, und ich schenkte ihm ein freundliches Grinsen. »Dann sag mir, *Aulus* –« Endlich merkte er, daß ich es keineswegs freundlich meinte. »Was genau hast du in dem Brief gelesen, als deine Neugier dich übermannte und du das Siegel vorsichtig abgelöst hast?«

Zu seiner Ehre gelang es Aulus Camillus Aelianus, nicht rot zu werden. Er wußte, daß er durchschaut worden war. Er seufzte, überlegte kurz und gestand dann langsam die Wahrheit: »Es war die Antwort auf eine Anfrage von Anacrites an den Prokonsul über die Stabilität des Ölmarktes. Der Quästor hatte die Situation eingeschätzt und teilte ihm das gleiche mit, was ich vorher schon gesagt habe: daß mit Olivenöl ein sehr großes Geschäft zu machen ist.« Aelianus atmete tief durch und sagte dann: »Außerdem hat er Ihre Vermutung bestätigt, Falco – daß sich da in Corduba etwas zusammenbrauen könnte. Ein mögliches Kartell, um den Preis von Olivenöl in die Höhe zu treiben und zu kontrollieren. Er hatte das Gefühl, die Sache stände noch ganz am Anfang und könne unterbunden werden.«

»Hat er Namen genannt?«

»Nein«, sagte der edle Aelianus ziemlich leise. »Aber er schrieb, der Prokonsul habe ihn gebeten, zu erwähnen, daß die Nachforschungen nicht günstig aufgenommen wurden. Er habe die Befürchtung, die Situation könne für alle Beteiligten gefährlich werden.«

XV

Schweigend machten der Senator und ich uns auf die Suche nach unseren Frauen. Die Dämmerung hatte eingesetzt, und es versprach, die erste laue Frühlingsnacht des Jahres zu werden. Wir gingen durch eine Falttür, die zum Garten führte, tauchten unsere Finger in den etwas stockend sprudelnden Springbrunnen und traten dann zu Julia Justa, die unter einem Portikus saß und Trauben aß. Sie betrachtete uns, ohne ein Wort zu sagen. Ihre Art, die Trauben vom Stengel zu pflücken, war äußerst vielsagend: sie war eine Frau, die schwerste Lasten zu tragen hatte, und wir beiden Männer trugen zu ihrem Kummer bei.

Der Senator hatte gelernt, mit ihren stummen Vorwürfen zu leben. Offenbar völlig unbeteiligt, betrachtete er die Rosen an dem durchhängenden Spalier. Mit verschränkten Armen blieb ich nahe einer Säule stehen. Auf der anderen Seite der Kolonnade, die nur schwach von Öllampen erleuchtet war, sah ich Helena Justina. Aus irgendeinem Grund (einem, den ich mir denken konnte) hatte sie sich von ihrer Mutter abgesondert und pflückte trockene Blätter aus einem riesigen Topf mit vernachlässigten Schmucklilien. Ich sah ihr zu und wartete darauf, daß sie den Blick hob und mich bemerkte.

In letzter Zeit hatte sie sich immer mehr in sich zurückgezogen, selbst vor mir, und war ganz mit ihrer Schwangerschaft beschäftigt. Sie bewegte sich jetzt vorsichtiger, bog den Rücken leicht durch, um das Gleichgewicht zu halten. Lange Stunden beschäftigte sie sich mit Dingen, von denen ich keine Ahnung hatte. Wir waren uns immer noch nahe. So war ich zum Beispiel in den Genuß aller Einzelheiten ihrer körperlichen Beschwerden gekommen, die ihre Mutter ständig ansprach. Ich hatte mir die Hacken abgelaufen, um Heilmittel gegen ihre Leiden zu finden, mit dem

Erfolg, daß mir der Kopf abgerissen wurde, wenn ich die Mittel nach Hause brachte.

Helena erzählte mir nach wie vor, welche Gedanken sie beschäftigten. Sie wünschte sich, daß das Kind ein Mädchen würde (und ich wußte warum). Ich wußte ebenfalls, daß sie dem Nächsten, der sie fragte, ob sie auf einen Jungen hoffte, eins über die Rübe geben würde. Sie hatte es gründlich satt, sich ständig anpflaumen zu lassen. Und der Hauptgrund für diese Gereiztheit war ihre Angst. Ich hatte ihr versprochen, bei ihr zu bleiben und alles mit ihr durchzustehen, aber sie nahm an, daß ich eine Entschuldigung finden und die Flucht ergreifen würde, wenn es soweit war. Alle, die wir kannten, glaubten, daß ich sie enttäuschen würde.

Der Senator seufzte, immer noch in Gedanken bei unserer Unterhaltung mit seinem Sohn. »Marcus, ich wäre glücklicher, wenn weder du noch Aelianus irgend etwas mit dem Spionagenetz des Palastes zu tun hättet.«

»Mir geht es genauso«, stimmte ich ihm düster zu. »Anacrites hat mir oft genug Ärger bereitet. Aber er hat mir auch Arbeit gegeben – und die brauche ich. Keine Bange. Anacrites ist nicht in der Verfassung, Aelianus wieder in Schwierigkeiten zu bringen. Selbst wenn er durch ein Wunder überlebt, werde ich schon mit ihm fertig.« Die Götter wußten, daß ich genug Übung darin hatte. Dem Senator waren bestimmt Einzelheiten über meine lange Feindschaft mit dem Oberspion zu Ohren gekommen – und wir waren beide der Meinung, daß es Anacrites gewesen war, der bei Domitian, dem Sohn des Kaisers intrigiert hatte, damit mir der gesellschaftliche Aufstieg verweigert wurde. Das war ein persönlicher Schlag für die Camilli gewesen. Sie wollten, daß ich in den Ritterstand aufstieg, um Helenas guten Namen zu schützen.

»Wie siehst du die Rolle des Oberspions generell, Marcus?«

»Interessante Frage. Auf dem absteigenden Ast, würde ich sagen. Anacrites ist verschlagen, aber er ist nicht so tüchtig, wie er sein sollte, und er arbeitet mit einem Nachteil: seine Mannschaft war immer klein, und er untersteht den Prätorianern. Also ist seine Aufgabe theoretisch darauf beschränkt, als Leibwächter des Kaisers zu dienen, genau wie die Prätorianer.« Was inzwischen natürlich den Schutz für die beiden Söhne des Kaisers, Titus und Domitian, mit einschloß.

»Ich denke, der ganze Verein ist reif dafür, einmal kräftig durchgeschüttelt zu werden«, sagte der Senator.

»Sie meinen, man sollte ihn auflösen?«

»Vielleicht nicht. Sowohl Vespasian als auch Titus sind nicht davon begeistert, daß sie als Kaiser für erfundene Beweise zahlen müssen, um ihre politischen Gegner zu vernichten. Vespasian wird sich nicht ändern, aber Titus hat vielleicht eine schlagkräftigere Organisation im Sinn – und Titus ist bereits Kommandeur der Prätorianer.«

»Wollen Sie damit sagen, daß Sie etwas Bestimmtes wissen, Senator?«

»Nein, aber ich spüre eine Stimmung unter den Palastangestellten, die darauf hindeutet, daß es bald genug Spielraum für Männer geben wird, die bereit sind, Titus bei der Durchsetzung seiner Ziele zu helfen. Er ist ein ungeduldiger Vorwärtsstürmer, will am liebsten alles schon gestern erledigt haben …«

Ich wußte, was das bedeutete. »Schnellstmöglich heißt, egal, ob auf legalem Wege oder nicht! Das hört sich gar nicht gut an. Wir wollen doch nicht in die Zeit des Spitzelstaates zurückfallen. Das Spionagenetz, das unter Tiberius und Nero so berüchtigt war, endete meist bei Folterungen in finsteren Verliesen.«

Bedrückt dachte Decimus darüber nach. Er war ein alter Freund Vespasians und gewieft im Beurteilen der Lage. Seine Ratschläge waren fundiert. »Marcus, das ist deine Welt. Wenn da ein Machtkampf im Gange ist, nehme ich an, daß du eingreifen willst …«

»Ich würde es vorziehen, so schnell wie möglich in die andere

Richtung zu rennen!« Dabei dachte ich an die Folgen. »Es bestehen bereits Rivalitäten«, bestätigte ich im Gedanken an die offene Feindseligkeit zwischen Anacrites und Laeta, deren Zeuge ich bei dem Festessen geworden war. »Anacrites hat mit genau der Art von gewitztem Beamten die Klingen gekreuzt, der Titus vorschlagen könnte, ein neues Spionagenetz aufzubauen, eins mit mehr Machtbefugnissen, das direkt Titus unterstellt sein könnte. Wie auch immer, Anacrites ist schwer verletzt. Falls er stirbt, wird es ein Gerangel um seine Stellung geben.«

»Wer ist dieser Beamte?«

»Laeta.«

Der Senator, der den Obersekretär natürlich kannte, schüttelte sich angewidert.

Ich hatte das Gefühl, bereits ein Spielball zwischen Laeta und Anacrites zu sein. Die Lage war ganz danach, daß das Allgemeinwohl – zum Beispiel der reibungslose Ablauf des spanischen Olivenölhandels – völlig in den Hintergrund trat angesichts der sich abzeichnenden verheerenden Verwaltungsfehde. Und es war eine Situation, in der Rom einmal mehr in den Klauen finsterer Mächte landen konnte, die durch Folter und Niedertracht regierten.

In diesem Augenblick beschloß Julia Justa, die schweigend bei uns gesessen hatte, so wie es sich für eine ehrbare Matrone geziemt, wenn ihre männlichen Verwandten Weltbewegendes diskutieren, ihre Rechte auszuüben. Sie winkte Helena zu, sich uns anzuschließen.

»Es wäre mir lieber, Aelianus aus dieser Sache herauszuhalten«, fuhr Helenas Vater fort. »Ich bedaure inzwischen mehr und mehr, daß ich ihn überhaupt nach Spanien geschickt habe. Der Statthalter ist ein Freund, und ich hielt es für eine ideale Gelegenheit, daß mein grüner Junge bei ihm die Verwaltungsarbeit lernt; außerdem hatte ich ein neues Landgut am Fluß Baetis gekauft, auf dem jemand nach dem Rechten schauen mußte.«

Helena Justina hatte sich herabgelassen, das Winken ihrer Mutter wahrzunehmen, und kam auf uns zugeschlendert. Decimus setzte hinzu: »Natürlich ist er unerfahren ...« Ich hatte bereits erkannt, was kommen würde. »Ich könnte immer noch einen Freund brauchen, der sich um den Besitz kümmert.« Helena, die spürte, daß ich sie lieber nicht als Zuhörerin haben wollte, beschleunigte ihren Schritt und stand im nächsten Moment vor uns. Da war ihr Vater schon nicht mehr aufzuhalten: »Das Ölproblem, von dem der Quästor in seinem Brief spricht, klingt ganz so, als könnte es ein Mann wie du innerhalb weniger Wochen aufklären, wenn er vor Ort wäre, Marcus!«

Julia Justa entfernte sorgfältig einen Traubenkern von ihrer edlen Lippe. Trocken sagte sie: »Nun ja, hier wird er ja nicht benötigt. Kinderkriegen ist Frauensache!«

Ich sah mir Helenas Gesichtsausdruck gar nicht erst an. »Baetica kommt nicht in Frage. Ich habe Helena versprochen, hier zu sein, wenn das Kind geboren wird. Das ist mehr als ein Versprechen; es ist mein innigster Wunsch.«

»Mich wundert nur, daß du nicht vorschlägst, sie mitzunehmen!« schnaubte ihre Mutter.

Das war unfair, wo ich doch bereits alles Schickliche gesagt hatte. Helena Justinas Lächeln war gefährlich ruhig. »Oh, mich nach Baetica zu verschleppen kommt nicht in Frage!« sagte sie.

In diesem Augenblick wußte ich, daß ich in Baetica sein würde, wenn ich Helena enttäuschte.

XVI

»Ich habe ihn am Leben gehalten«, fauchte meine Mutter. »Du hast nichts davon gesagt, daß ich ihn auch zur Vernunft bringen soll. Aber wie ich Männer kenne, hat er die sowieso nie besessen.« Sie schaute zu Helena, deren warmer Blick Zustimmung signalisierte.

Offenbar schwankte Anacrites jetzt zwischen Wachsein und Bewußtlosigkeit. Er konnte immer noch in die falsche Richtung schwanken und sterben. Einst wäre ich froh darüber gewesen. Jetzt fühlte ich mich für den Mistkerl verantwortlich. Derweilen klappte ihm Mama jedes Mal, wenn er die Augen öffnete, den Mund auf und löffelte Hühnerbrühe hinein.

»Weiß er, wo er ist?«

»Der weiß noch nicht mal, *wer* er ist. Der weiß überhaupt nichts.«

»Hat er geredet?«

»Nur gelallt wie ein Besoffener.«

Dafür mochte es einen Grund geben. »Gibst du ihm was von dem Wein deiner Brüder?«

»Nur ein paar Tropfen.« Kein Wunder, daß er nicht bei klarem Verstand war. Meine beiden Onkel Fabius und Junius, die gemeinsam einen Bauernhof bewirtschafteten, wenn sie nicht grade versuchten, sich gegenseitig die Kehle durchzuschneiden, stellten eine saures, rotes Kampania-Gesöff von solcher Stärke her, daß es einem das Schmalz aus den Ohren trieb. Ein oder zwei Ziegenschläuche voll davon reichten aus, eine ganze Kohorte trinkfester Prätorianer umzuhauen.

»Wenn er das überlebt hat, dann ist er gerettet!«

»Ich hab nie verstanden, was du gegen deine Onkel hast«, brummelte Mama.

Zum einen verabscheute ich ihren gräßlichen Wein. Zum anderen hielt ich sie für zwei bekloppte, übellaunige Dösköppe.

Helena und ich inspizierten den Kranken. Anacrites sah furchtbar blaß und abgemagert aus. Es war schwer zu sagen, ob er sich in einer seiner wachen Phasen befand oder nicht. Seine Augen waren fast, aber nicht ganz geschlossen. Er machte keine Anstalten, zu sprechen oder sich zu bewegen. Auch auf seinen Namen reagierte er nicht.

»Mama, inzwischen weiß ich mehr über die Vorgänge und fürchte, daß es zu gefährlich ist, ihn hierzubehalten. Er gehört zur Prätorianergarde. Ich schätze, man kann ihnen zumuten, sich um einen der ihren zu kümmern. Ich habe mit einem Zenturio gesprochen, den ich kenne. Im Prätorianerlager ist Anacrites sicherer. Demnächst wird ein Mann namens Frontinus hier auftauchen und ihn möglichst unauffällig abholen. Danach solltest du niemandem gegenüber erwähnen, daß du Anacrites hier bei dir hattest.«

»Oh, ich verstehe!« beschwerte sich Mama äußerst beleidigt. »Jetzt bin ich plötzlich nicht mehr gut genug!«

»Du bist wunderbar«, beruhigte Helena sie. »Aber wenn seine Angreifer herausfinden, wo er ist, bist du nicht stark genug, sie abzuwehren.« Doch so, wie ich meine Mutter kannte, hätten die Burschen zumindest nichts zu lachen gehabt.

Helena und ich setzten uns für eine Weile zu Anacrites, damit Mama sich ausruhen konnte. Mutters Vorstellung von Ausruhen bestand darin, sich fünf Einkaufskörbe zu schnappen und zum Markt zu eilen, nachdem sie Helena zuvor mit ein paar rüden Bemerkungen über ihr Aussehen und finsteren Ermahnungen über das Verhalten in der Schwangerschaft überhäuft hatte. Ich sah, wie sich Helena auf die Zunge biß. Mama schlurfte eilends davon. Wenn sie unterwegs ein paar ihrer schrumpeligen, scharfzüngigen Freundinnen traf, was wahrscheinlich war, würde sie stundenlang weg sein. Das machte unseren Besuch bei ihr zur Farce, war aber typisch für meine Familie. Zumindest wurde dadurch Streit vermieden. Zweifellos waren wir gerade einem weiteren Streit eben noch um Haaresbreite entkommen.

Anacrites, Helena und ich hatten die Wohnung jetzt für uns. Ohne Mamas ständiges Hin- und Hergejage war es gespenstisch ruhig. Der Kranke lag in einem Bett, das zu verschiedenen Zeiten meinem älteren Bruder und mir gehört hatte. Als wir noch klein waren, hatten wir es manchmal sogar geteilt, also war es zum Schauplatz manch unanständiger Gespräche und abenteuerlicher Pläne geworden – Pläne, die sich nie erfüllt hatten. Ich war von Zuhause fortgegangen und schließlich Privatermittler geworden. Mein Bruder war tot. Bevor er in Judäa fiel, hatte Festus auf seinen Urlauben von der Armee meist hier genächtigt. Nur die Götter mochten wissen, welche heimlichen Ausschweifungen unser kleines Zimmer da gesehen hatte.

Mit Helena hier zu sein war ein merkwürdiges Gefühl. Noch merkwürdiger war, daß das vertraute alte Bett mit seinem wakkeligen Holzrahmen und den verdrehten Gurten jetzt eine braunkarierte Decke aufwies, die ich noch nie gesehen hatte, und ein nagelneues Kopfkissen. Nach kurzer Zeit sandten meine Augen Botschaften aus, die besagten, daß ich Helena geschnappt und meine Bekanntschaft mit dem alten Bett erneuert hätte, wäre es nicht so unpassenderweise von Anacrites besetzt gewesen …

»Treib's nicht zu weit«, murmelte Helena, wie ich hoffte ebenfalls bedauernd.

Da Anacrites nichts Sinnvolles beizusteuern hatte, mußten wir selbst die Unterhaltung bestreiten. Es war der Morgen nach dem Essen im Haus der Camilli. Ich hatte Helena über alle Fakten informiert, aber die Geschichte war uns immer noch unklar.

»Jemand war sehr dumm«, sagte ich. »Es mag durchaus eine Handelsverschwörung in Corduba geben. Wahrscheinlich sind Anacrites und sein Agent angegriffen worden, um die Nachforschungen zu unterbinden. Daß diese Gruppe Baeticaner Rom so schnell verlassen hat, deutet stark darauf hin, daß sie Wind davon bekommen hatten. Aber unsere Beamten wissen ebenfalls Bescheid. Claudius Laeta kann alle Schritte unternehmen, die er von seiner Seite für notwendig hält. Er hat sich offenbar zum amtierenden Oberspion gemacht und hat alle Entscheidungen in der Hand. Aber ich laß mich ganz gewiß nicht nach Baetica schicken.«

»Verstehe«, erwiderte meine Liebste, stets die Königin des Unerwarteten. »Dann gibt es ja nichts zu besprechen.« Ihre braunen Augen schauten nachdenklich, meist ein Anzeichen dafür, daß sich etwas zusammenbraute. »Marcus, ist dir klar, daß du vielleicht gerade noch Glück gehabt hast in der Nacht des Festessens und der Überfälle?«

»Wieso das?« Ich gab mich ahnungslos.

»Du bist als kaiserlicher Agent bekannt, und du hattest mit Anacrites geredet. Ich nehme an, daß du auch einen Grund gefunden hast, dich dem hübschen Tanzmädchen zu nähern ...« Ich schnalzte mit der Zunge. Unbeirrt fuhr Helena fort: »Und du hast mit Valentinus geredet. Dabei wurdest du wahrscheinlich beobachtet, und als ihr dann beide gleichzeitig das Festessen verlassen habt, sah das nach mehr als einem Zufall aus. Aber im Gegensatz zu Anacrites und Valentinus hast du den Palatin nicht allein verlassen. Du gingst in Begleitung von zwei Palastsklaven, die deine Garum-Amphore trugen, zur Brunnenpromenade zurück. Wenn sie nicht gewesen wären, hätte man dich vielleicht ebenfalls überfallen.«

»Der Gedanke ist mir auch gekommen«, gab ich zu. »Ich wollte nur nicht, daß du dir Sorgen machst.«

»Ich *habe* mir Sorgen gemacht.«

»Dann laß es ganz schnell wieder bleiben. Bedenk doch, du hast hier den ersten nachweisbaren Fall eines Mannes vor dir, dessen Leben durch eine Amphore mit Fischsoße gerettet wurde.«

Helena lachte nicht. »Marcus, du bist in die Sache verwickelt, ob du willst oder nicht.«

Wir schwiegen eine Weile. Plötzlich hatte ich das Gefühl, Anacrites würde hier direkt vor meinen Augen hinübergehen. Wieder spürte ich Wut in mir hochsteigen. »Ich möchte mir den Kerl schnappen, der Valentinus ermordet hat.«

»Natürlich möchtest du das, Marcus.«

»Schließlich war er ein Kollege und hätte ein Freund sein können.«

»Ich weiß.«

Helena Justina sprach immer offen mit mir und ließ mich nie im Zweifel, woran ich war. Wenn die Chance für einen Streit bestand, ergriff sie sie ohne Federlesens. Diese lammfrommen Töne waren besorgniserregend, und ich fürchtete, daß gleich eine große Überraschung kam.

»Helena, ich werde nicht zulassen, daß die Mörder davonkommen. Wenn sie noch in Rom sind …«

»Das sind sie nicht«, sagte Helena.

Sie hatte recht. Das mußte ich schlucken. »Dann werde ich meine Zeit wie üblich verplempern.«

»Laeta wird dich bitten, nach Baetica zu reisen.«

»Laeta kann mich bitten, bis er puterrot wird und ihm eine Ader platzt.«

»Dann bringt Laeta den Kaiser oder Titus dazu, es dir zu befehlen.«

»Dann bekommen sie Ärger mit mir.«

Sie sah mich ernst an. »Ich denke, du solltest dich darauf vorbereiten, nach Spanien zu reisen.«

Nie im Leben, dachte ich – und gleichzeitig begann ich zu überlegen, ob es nicht vielleicht doch machbar war.

Wir schätzten, daß bis zu der Geburt des Babys noch zwei Monate vergehen würden. Rasch rechnete ich es durch: eine Woche für die Schiffsreise plus mehrerer Tage, um über Land nach Corduba zu gelangen. Zehn weitere Tage für die Heimreise. Dazwischen sollte eine Woche ausreichen, die in die Sache verwickelten Leute aufzuspüren und eine Lösung zu finden ... O ja. Kein Problem, dorthin zu reisen, die Aufgabe zu erledigen und noch grade rechtzeitig nach Hause zu kommen, um mein Gepäck auf der Fußmatte abzustellen und das neugeborene Baby von der Hebamme in Empfang zu nehmen, die gerade die stolze und glückliche Mama versorgt hatte ...

Ein Narr konnte sich einreden, es würde funktionieren, vorausgesetzt, daß nichts schief ginge. Aber ich nicht. Reisen dauern immer viel länger, als man denkt. Und es geht immer etwas schief.

Der Zeitplan war viel zu eng. Und was, wenn das Baby zu früh geboren würde? Wenn ich die Ölkartellverschwörer zur Strecke bringen wollte – was mich kaum interessierte, obwohl auf diese Weise der Staat für meine Fahrtkosten aufkäme – wo war in meinem lächerlich knappen Zeitplan noch Platz dafür, Diana und ihre mörderischen Musiker dingfest zu machen?

»Danke für das Angebot, Helena, aber sei vernünftig. Nur weil alle anderen annehmen, ich würde mich aus dem Staub machen und dich deinem Schicksal überlassen, heißt es ja nicht, daß sie recht haben!«

»Ich komme mit dir«, verkündete sie. Diesen Ton in ihrer Stimme kannte ich. Das war kein bloßer Vorschlag. Helena hatte es satt, von den Verwandten drangsaliert und herumkommandiert zu werden. Sie hatte beschlossen, aus Rom zu flüchten.

In diesem Moment öffnete Anacrites die Augen und sah mich verschwommen an. Sein Körper schien aufzugeben, und seine schwarze Seele war bereits auf dem Fährboot zum Hades. Nur sein Geist klammerte sich noch an das Hier und Jetzt.

Voller Bitterkeit sagte ich zu ihm: »Mir wurde gerade mitgeteilt, daß ich nach Baetica segeln muß, um diese aussichtslose Sache, die Sie da angefangen haben, zu Ende zu bringen!«

»Falco ...«, krächzte er. Was für ein Kompliment. Er mochte

zwar nicht wissen, wer *er* war, aber er erkannte mich. Trotzdem weigerte ich mich, den Mistkerl mit Brühe zu füttern. »Gefährliche Frau!« murmelte er. Ich wußte zwar nicht, wen er damit meinte, aber es hörte sich wie eine zutreffende Einschätzung meiner erwählten Lebensgefährtin an.

Wieder wurde er bewußtlos. Tja, in Rätseln zu sprechen ist das, was man von Spionen erwartet.

Helena Justina beachtete ihn nicht. »Sag deiner Mutter nichts davon, daß wir reisen«, wies sie mich an.

»Und du sagst deiner auch nichts davon!« erwiderte ich nervös.

TEIL ZWEI

SPANISCHE PROVINZ BAETICA – CORDUBA

Mitte April, 73 n.Chr.

Den Händler betrachte ich als tatkräftigen Mann, darauf erpicht, zu Geld zu kommen. Aber es ist ein gefährlicher Beruf und oft Verhängnissen unterworfen. Andererseits sind es die Landwirte, welche die tapfersten Männer und robustesten Soldaten hervorbringen, ihr Beruf ist in höchstem Maße anerkannt, ihr Lebensunterhalt ist bestens abgesichert und wird mit der geringsten Feindseligkeit betrachtet, und jene, die dieser Beschäftigung nachgehen, werden kaum je unzufrieden sein.

Cato der Ältere

XVII

»Sie bezahlen pro Meile«, sagte der Kutschenvermieter.

Ich glaubte ihm nicht. Das hätte ja bedeutet, ich bräuchte am Ende des Mietzeitraums nur eine falsche Meilenangabe zu machen. Er war Ex-Legionär. Wie konnte er so leichtgläubig sein?

»Und wo ist der Haken bei der Sache?« fragte ich.

Er grinste, fand es anerkennenswert, daß ich zumindest die Höflichkeit besaß, sein System zu hinterfragen, statt sofort mit betrügerischer Absicht darauf einzugehen. »Kein Haken.«

Der Kutschenvermieter war ein breitschultriger ehemaliger Infanterist mit Namen Stertius. Ich war mir nicht sicher, was ich von ihm halten sollte. Meine Mission ließ mich jedem mißtrauen. Dieser Mann besaß im südbaetischen Hafen Malaca ein Mietwagenunternehmen – hauptsächlich Ochsenkarren, auf denen von überall entlang der Küste Amphoren mit Fischsoße zur Hafenstadt befördert wurden, aber auch Einspänner, Karren und Kutschen für Reisende. Sein Geschäft war eine ideale Tarnung, falls er mit Spionage zu tun hatte: er sah alle, die kamen und gingen. Stertius hatte in der römischen Armee gedient, konnte also leicht von der Legion rekrutiert worden sein, um für Anacrites zu arbeiten. Selbst Laeta konnte ihn irgendwann für sich eingespannt haben. Und aus Ortsverbundenheit hatte er sich vielleicht sogar mit den Männern zusammengetan, deren Machenschaften ich untersuchen sollte – oder mit der Tänzerin.

Helena setzte sich in der ruhigen, unaufdringlichen Art einer Frau, die damit etwas zum Ausdruck bringen will, auf unseren Gepäckhaufen. Wir waren eine Woche lang auf See gewesen, dann am falschen Ort gelandet und hatten daher jetzt eine längere Überlandfahrt vor uns. Sie war sehr müde, saß in der brennenden Sonne und fand es überflüssig, daß ich aus einer einfachen, geschäftlichen Transaktion ein langes Palaver machte. Sie streichelte Nux, als sei der Hund ihr einziger Freund.

Mir war immer noch etwas schwummrig von der Schiffsüberfahrt. Es war möglich, die ganze Strecke von Rom nach Gades auf dem Landweg zu bewältigen, wenn man genügend Zeit hatte. Jemand wie Julius Cäsar, der in seinen Memoiren gut dastehen wollte, war stolz darauf, Hispanien trockenen Fußes erreicht zu haben. Die meisten Leute, die ihr Leben nicht vertrödeln wollten, bevorzugten den schnelleren Seeweg, und Helena und ich waren sowieso nicht in der Verfassung für Zwangsmärsche. Also hatte ich zugestimmt, das Schiff zu nehmen. Eine Woche auf See war die reinste Folter für jemanden wie mich, der schon beim Anblick eines Segels seekrank wird. Ich hatte die ganze Strecke stöhnend über der Reling gehangen, und mein Magen hatte immer noch nicht begriffen, daß wir wieder an Land waren. »Ich bin etwas verwirrt. Erklären Sie mir Ihr System.«

»Sie zahlen mir eine, wie ich offen zugebe, saftige Summe als Anzahlung.« Stertius besaß den typischen Sarkasmus eines alten Soldaten. Er hatte nach Jahrzehnten in Nordafrika seinen Abschied von der Armee genommen, die Meerenge nach Spanien überquert und sein Unternehmen gegründet. In geschäftlicher Hinsicht traute ich ihm bis zu einem gewissen Grad, obwohl ich allmählich die Befürchtung hegte, daß er seinen Spaß daran hatte, hilflose Kunden mit geheimnisvollen Mysterien zu verunsichern. »Falls Sie Ihre Vorauszahlung nicht aufbrauchen, erhalten Sie eine Vergütung. Wenn Sie die Summe überschreiten, muß ich Ihnen natürlich mehr berechnen.«

»Ich brauche die Kutsche bis Corduba.«

»Wie Sie wünschen. Ich gebe Ihnen Marmarides als Fahrer mit.«

»Aber das ist mir doch freigestellt?« Ich mußte mich mit genug Unbekanntem herumschlagen. Mir den Angestellten eines anderen aufdrängen zu lassen war das letzte, was ich wollte.

»Natürlich ist das Ihre freie Entscheidung«, grinste der Vermieter. »Wie in der Legion!« Das hieß, es war eine erzwungene. »Sie werden gut mit ihm zurechtkommen. Er ist einer meiner Freigelassenen. Ich habe ihn selbst ausgebildet, er ist ein Naturtalent im Umgang mit Zugtieren, und außerdem bringt ihn nichts aus der Fassung.« Was meiner Erfahrung nach bedeutete, daß er ein völlig wahnsinniger Fahrer war, der die Maultiere den Koller kriegen ließ und versuchte, seine Kunden zu erstechen. »Marmarides wird den Wagen zurückbringen, wenn Sie ihn nicht mehr brauchen. Und am Ende der Reise nennt er Ihnen die zu zahlende Summe.«

»Er wird sie uns einfach nennen? Entschuldigen Sie mal!« Die Geschäftspraktiken in Baetica kamen mir immer dubioser vor. »Ich bin sicher, der reizende Marmarides genießt Ihr absolutes Vertrauen, aber ich möchte mir doch das Recht vorbehalten, die Summe in Frage zu stellen.«

Offenbar war ich nicht der erste mißtrauische Römer, der in Malaca an Land gegangen war. Stertius war auf derlei Spitzfindigkeiten vorbereitet. Wissend winkte er mich mit gekrümmtem Finger zur Rückseite der stabilen, zweirädrigen, von zwei Mulis gezogenen Kutsche, die ich mieten wollte. Ihre eisenbeschlagenen Räder würden die Fahrt nach Corduba zu einer Qual machen, aber sie besaß ein Lederverdeck, das Helena vor rauhem Wetter, einschließlich der brennenden Sonne, schützte. Nux würde begeistert nebenher rennen und nach den Rädern schnappen.

Stertius beugte sich über eine der Radnaben. »Ich wette, Sie haben so etwas noch nie gesehen«, behauptete er stolz. »Schauen Sie, Zenturio: Dieses bequeme Gefährt, das ich Ihnen zu einem äußerst günstigen Preis überlasse, ist mit einem Archimedes-Hodometer ausgestattet!«

Gute Götter, er war ein Mechanikfreak! Ein Schwungrad- und Drehseilfan! Die Art Mensch, der um einen Schluck Wasser bittet und dann darauf besteht, den Flaschenzug Ihres Brunnens zu reparieren, der seit drei Generationen außer Gebrauch ist. Er hatte garantiert ein komplettes Belagerungskatapult im Garten seines Hauses aufgebaut.

Die Radnabe, neben der wir im Staub hockten, war mit einer einzahnigen Vorrichtung versehen. Jede Drehung des Rades brachte diese Vorrichtung mit einer flachen Scheibe in Verbindung, die vertikal im rechten Winkel darüber befestigt und mit zahllosen dreieckigen Zähnen versehen war. Jede Raddrehung bewegte die Scheibe um eine Kerbe weiter und setzte schließlich eine andere Vorrichtung in Bewegung, die eine zweite Scheibe drehte. In diese, die horizontal angebracht war, hatte man kleine Löcher gebohrt, über denen jeweils eine glatte kleine Kugel schwebte. Jede Drehung der oberen Scheibe setzte ein neues Loch frei, worauf dann eine Kugel in den darunterhängenden Kasten fiel, den Stertius mit einem kräftigen Vorhängeschloß gesichert hatte.

»Die obere Scheibe bewegt sich alle vierhundert Radumdrehungen um ein Loch weiter, was einer römischen Meile entspricht!«

»Erstaunlich!« stieß ich hervor. »Was für eine wunderbare Handwerksarbeit! Haben Sie das selbst konstruiert?«

»Ich beschäftige mich hin und wieder mit Metallarbeiten«, gab Stertius bescheiden zu. »Ich kann mir nicht vorstellen, warum solche Vorrichtungen noch nicht an allen Mietwagen angebracht wurden.«

Ich schon. »Woher hatten Sie die Idee, Stertius?«

»Vom Straßenbau mit der Dritten Augusta im verdammten Numidien und Mauretanien. Wir haben etwas Ähnliches benutzt, um die exakte Position der Meilensteine auszumessen.«

»Erstaunlich!« wiederholte ich schwach. »Helena Justina, komm her und schau dir das an. Das ist ein Archimedes-Hodometer!«

Ich fragte mich, wie vielen abgedrehten Exzentrikern ich wohl noch in Baetica begegnen würde.

»Da ist nur noch eines, was von vornherein klar sein muß«, warnte Stertius mich, als sich Helena pflichtschuldig herüber schleppte, um den Meilenzähler zu bewundern. »Sie werden merken, daß Marmarides bereit ist, bei fast allem zuzupacken, aber er wird keine Babys entbinden!«

»Keine Sorge«, beruhigte ihn Helena, als seien wir ein Paar, das Pläne für alle Eventualitäten parat hatte. »Didius Falco ist ein Römer der traditionellen, zähen Art. Er kann seine Felder mit der linken Hand pflügen, während er mit der rechten Zwillinge entbindet. Außerdem kann er gleichzeitig vor einer Gruppe von Senatsabgeordneten eine wohlgesetzte republikanische Rede herunterrasseln und eine Ode auf die Freuden des einfachen Landlebens verfassen.«

Stertius warf mir einen anerkennenden Blick zu. »Praktisch, was?«

»Oh, ich tue mein Bestes«, erwiderte ich mit traditioneller römischer Bescheidenheit.

XVIII

Wir brauchten fast eine Woche für die Fahrt nach Corduba. Stertius hatte uns die Anzahlung für eine Strecke von einhundertfünfundzwanzig römischen Meilen berechnet. Ich schätze, das war korrekt. Er hatte es sicherlich bereits mit seinem wunderbaren Hodometer überprüft. Der Verrückte hatte wahrscheinlich jede Straße in Baetica vermessen und führte Listen darüber.

Niemand mit Rang und Namen wählte den Weg, den wir genommen hatten. Ich hatte das selbst nicht geplant. Wer per Schiff von Rom nach Spanien reist, dem stehen mehrere Möglichkeiten offen: Eine der Routen führt nördlich an Korsika vorbei und dann an der Küste von Gallien und Tarraconensis nach Süden; sie war berüchtigt für ihre Schiffswracks. Eine andere schlängelte sich zwischen Korsika und Sardinien hindurch. Vorausgesetzt, daß wir an keiner der Inseln auf Grund liefen oder in die Hände von Banditen fielen, schien es die bessere zu sein. War es vermutlich auch für die meisten Leute, nur nicht für solche, die anfällig dafür sind, schon beim ersten Wellenkräuseln ihren Magen zu entleeren.

Danach segelten die meisten direkt an Malaca vorbei nach Gades und stiegen dann in ein Boot um, das sie auf dem breiten Fluß Baetis zu ihrem Ziel brachte. Aus wohlüberlegten Gründen hatte ich mich dagegen entschieden: Ich wollte so schnell wie möglich vom Schiff runter. Außerdem sollte mein Eintreffen in Corduba ein Überraschungscoup sein, um meine baetischen Verdächtigen irrezuführen. Also hatte ich mir die See- und Straßenkarten vorgenommen und beschlossen, an der östlichen Küste in Carthago Nova an Land zu gehen, um dann auf der Via Augusta zu fahren, der größten Landstraße, die das südliche Hispanien durchquerte. Sie bildete das Schlußstück der gewaltigen Via Herculana, die angeblich der Route des unsterblichen Helden durch

Europa zu den Gärten der Hesperiden entsprach. Der damaligen romantischen Vorstellung nach war sie der Pfad zum Ende der Welt. Ganz davon abgesehen war es eine gut gepflasterte Straße, an der man vernünftig ausgestattete *mansios* fand.

Ein weiterer Grund für meine Entscheidung war Carthago Nova selbst – das Zentrum der Espartograsproduktion. Meine Mutter, der ich eine verspätete Bestechung für die Pflege von Anacrites schuldete, hatte mir eine noch längere Wunschliste als sonst in die Hand gedrückt, auf der Körbe, Matten und sogar Sandalen für ihre zahllosen Enkelkinder standen. Ein anständiger römischer Junge respektiert die Wünsche seiner Mama.

Meine wäre nicht überrascht, daß ich sie mal wieder enttäuschte. Wie es aussah, würde sie sich mit ein paar Krügen Garum aus Malaca begnügen müssen, da der Kapitän unseres Schiffes unerwarteterweise entschieden hatte, daß die Winde für die vorgesehene Landung nicht günstig standen.

»Der Kerl ist ein Idiot! Ich hätte es gleich wissen müssen.«

»Wie denn?« fragte Helena. »Er hätte doch niemals zugegeben *›ja, Euer Ehren, ich bin ein Idiot‹*.«

Bis ich es endlich merkte, waren wir längst an Carthago Nova vorbeigesegelt und halb in Gades. Der Kapitän schien sehr zufrieden mit sich. Ich zwang ihn, den Hafen von Malaca anzulaufen. Von dort aus gab es eine Straße nach Corduba, wenn auch keine gute. Es war zwar kürzer als von Carthago Nova aus, aber die schlechte Straße würde vermutlich die Zeitersparnis zunichte machen. Und Zeit war genau das, was ich nicht hatte.

Nachdem wir einmal unterwegs waren, kamen wir recht gut voran, aber bald wurde die Ebene mit den wenigen spitzen kleinen Hügeln von kahlen grauen Senken abgelöst, in denen es kaum Vegetation gab und die von ausgetrockneten Wasserläufen durchzogen waren. Bald darauf stießen wir auf eine Bergkette mit jähen Schluchten. Obwohl wir das Gebirge ohne Zwischenfall überquerten, wurde mir doch da oben auf dem Kutschbock neben Marmarides manchmal ganz schwummerig, wenn ich in die Abgründe entlang unseres Weges blickte. Weiter im Landesinneren wurde die menschenleere Gegend freundlicher. Wir trafen auf die ersten Olivenbäume, deren knorrige Stämme aus niedrig sprießendem Grün aufragten, mit viel steinigem Boden zwischen den einzelnen Bäumen. In der fetteren, roten Erde, die später kam, wechselten sich Olivenhaine mit Obstbäumen, Kornfeldern und Gemüseäckern ab.

Siedlungen oder selbst Bauernhöfe gab es nur wenige. Die *mansios* waren bescheiden, und die Wirte schauten alle erstaunt, daß ihre kahlen kleinen Räume von einer hochschwangeren Senatorentochter inspiziert wurden. Im allgemeinen gingen sie davon aus, daß Römer mit einem Gefolge reisten. Und die meisten Römer würden in der Tat dafür sorgen, daß sie von einem Haufen von Freunden, Freigelassenen und Sklaven begleitet wurden. Wir taten einfach so, als sei uns unsere Eskorte vorübergehend verloren gegangen.

Natürlich hatte es keinen Zweck, Marmarides etwas vorzumachen. Er wußte, daß wir ohne Begleitung reisten, und das schien ihn höchstlich zu amüsieren. »Sie sind also nach Baetica gekommen, um hier Ihre Sommerferien zu verbringen, Herr?«

»Genau. Ich freue mich schon darauf, in einer Espartohängematte in der Sonne zu liegen. Sobald wie möglich werde ich mich unter einem Olivenbaum ausstrecken, den Hund zu meinen Füßen und einen Krug Wein neben mir.«

Stertius mußte Marmarides aus Nordafrika mitgebracht haben. Er war so schwarz wie die baetischen Oliven. Ich versuchte zu vergessen, daß ich jedem mißtraute, den ich hier traf, und ihn als willkommene Verstärkung zu betrachten. Allerdings hätte ich es lieber gesehen, wenn er so breit und kräftig gebaut gewesen wäre wie sein Herr (Stertius hatte die Figur eines Mastschweins). Marmarides war eher schlank, wohingegen ich mir jemanden gewünscht hätte, der sich lächelnd in einen Kampf begab, seinem Gegner den Hals umdrehte und fünf Minuten später die ganze Sache vergaß.

Das Gesicht unseres Fahrers legte sich in satirische Falten, und er lachte uns fröhlich an. »Stertius denkt, daß Sie ein Regierungsagent sind und die Dame, die Sie begleitet, ins Ausland geschickt worden ist, um dort in Schande ihr Kind zur Welt zu bringen!«

»In Baetica nimmt man offenbar kein Blatt vor den Mund.«

»Brauchen Sie Hilfe bei Ihrer Agentenarbeit?« bot er hoffnungsvoll an.

»Vergiß es. Ich bin nur ein Müßiggänger, der Ferien macht.«

Wieder brach Marmarides in Gelächter aus. Tja, es ist nett, wenn ein Mann Freude an seiner Arbeit hat. Das konnte ich von mir nicht behaupten.

Einige der Herbergswirte schienen zu glauben, daß wir im Auftrag des Quästor der Provinz eine unangekündigte Prüfung durchführten. Ich ließ sie in dem Glauben, weil ich hoffte, es würde die Qualität des Abendessens verbessern. Eine vergebliche Hoffnung.

Kein Zweifel, die Wirte fürchteten sich vor der Bürokratie. Vielleicht hatten sie die Erfahrung gemacht, daß der Quästor bei der Prüfung ihrer Steuerabgaben gute Arbeit leistete. Schwer zu sagen, ob die römische Finanzverwaltung hier generell so gut funktionierte oder ob das nur für Cornelius galt, den jungen Freund von Aelianus, der seinen Posten gerade abgegeben hatte. Offenbar mußte Quinctius Quadratus, sein Nachfolger, sich seine Sporen erst noch verdienen.

»Erzähl mir mehr über das Landgut deines Vaters, Helena.« Ich hatte die Gelegenheit einer der ebeneren Strecken ergriffen, mich zu ihr in die Kutsche zu setzen.

»Es ist recht klein, nur ein Bauernhof, den er gekauft hat, als er mit dem Gedanken spielte, Aelianus nach Baetica zu schicken.«

Camillus senior besaß den gesetzlich vorgeschriebenen millionenschweren Landbesitz in Italien, der ihn für den Senat qualifizierte, aber mit zwei Söhnen, die er für die gehobene Laufbahn auszurüsten hatte, mußte er zusehen, daß er sein Investitionsportefeuille erweiterte. Wie bei den meisten wohlhabenden Männern verteilten sich seine neuerworbenen Besitztümer über die Provinzen, um übermäßige Verluste bei Dürreperioden oder örtlichen Aufständen zu vermeiden.

»Hat Aelianus auf dem Gut gewohnt?«

»Ja, obwohl ich annehme, daß er nach Möglichkeit das süße Leben in Corduba genoß. Auf dem Gut gibt es ein rustikales Haus, in dem er ruhig seine Freizeit verbringen sollte – na, wer's glaubt, wird selig.« Natürlich war Helena dazu erzogen worden, ihren männlichen Verwandten Respekt entgegenzubringen – eine gute römische Tradition, um die keine römische Frau sich scherte. »Aelianus fand einen Pächter, der jetzt einen Teil des Hauses bewohnt, aber es wird genug Platz für uns da sein. Das Gut liegt etwas abseits vom Fluß im Olivenanbaugebiet, obwohl ich befürchte, daß das Ganze mal wieder ein typisches Meisterstück meines lieben Papas ist. Er hat das Gut über einen Makler gekauft, der ihm ein Stück Land mit nur sehr wenigen Olivenbäumen angedreht hat.«

»Also eine Niete?«

»Na ja, es gibt Mandeln und Korn.« Mandeln und Korn würden die Camilli nicht zu schwerreichen Handelsmagnaten machen.

Ich bemühte mich, keinerlei Verachtung für die Geschäftstüchtigkeit ihres edlen Vaters zu zeigen; Helena hing sehr an ihm. »Man sagt, spanisches Korn sei neben dem afrikanischen und italienischen das beste im Reich. Und welche Probleme gibt es sonst noch mit diesem landwirtschaftlichen Juwel, das dein Vater da erworben hat? Er sagte, du würdest mir von einer Sache erzählen, um die ich mich kümmern soll.«

»Papa ist beim Pressen des Olivenöls betrogen worden. Das war der Grund, warum Aelianus einen Pächter eingesetzt hat. Unsere Aufseher taugten nichts. Jetzt erhält Papa eine festgesetzte Pacht, während der Pächter selbst dafür verantwortlich ist, ob er Gewinn macht oder nicht.«

»Ich hoffe, wir müssen uns das Haus nicht mit einem der Freunde deines Bruders teilen!«

»Nein, nein. Der Pächter hat anscheinend harte Zeiten durchgemacht und brauchte einen neuen Hof. Aelianus war überzeugt, daß er ehrlich ist. Ich nehme nicht an, daß er sich mit ihm angefreundet hat. Kannst du dir meinen Bruder vorstellen, wie er zusammen mit einem Bauern trinkt?«

»Vielleicht hat er seine Hochnäsigkeit in der Provinz etwas abgelegt.«

Helena machte ein skeptisches Gesicht. »Also, ich weiß nur, daß dieser Mann – dessen Name Marius Optatus ist – von sich aus darauf hingewiesen hat, daß Papa betrogen wurde. Offenbar hat Aelianus zuerst nicht darauf gehört, war aber dann vernünftig genug, die Sache zu überprüfen, und da stellte er fest, daß der Mann recht hatte. Vergiß nicht, mein Vater hatte ihm die Aufgabe anvertraut, für einen reibungslosen Ablauf auf dem Landgut zu sorgen. Es war das erste Mal, daß Aelianus eine derartige Verantwortung trug, und was immer du von ihm hältst, er wollte es gut machen.«

»Ich bin nach wie vor überrascht, daß er überhaupt zugehört hat.«

»Vielleicht hat er sich selbst überrascht.«

Ein ehrlicher Pächter klang unwahrscheinlich, aber ich wollte es gerne glauben. Wenn ich Camillus Verus berichten konnte, daß sein Sohn einen anständigen Mann für die Arbeit auf dem Landgut eingesetzt hatte, war mir das nur recht. Erwies sich der Pächter aber als schlecht, hatte ich mich bereit erklärt, die Dinge in Ordnung zu bringen – noch etwas, was meine sowieso schon knappe Zeit in Anspruch nehmen würde.

Ich bin kein Experte im Führen eines Landgutes, obwohl ich teilweise in einer Handelsgärtnerei aufgewachsen bin und daher grobe Fehler bestimmt erkennen konnte. Mehr erwartete Helenas Vater auch nicht. Abwesende Eigner erwarten nicht, aus fernen Besitzungen großen Gewinn zu ziehen. Der Luxus der Reichen stammt von ihren Gütern auf dem italienischen Festland, die sie einmal im Jahr persönlich besuchen können.

Helena wirkte nachdenklich. »Marcus, glaubst du, was Aelianus dir erzählt hat?«

»Über das Gut?«

»Nein, über den Brief, den er mit zurückgebracht hat.«

»Es sah so aus, als hätte er alles rausgerückt. Als ich ihm sagte, was mit dem Oberspion und seinem Agenten passiert war, schien dein Bruder zu kapieren, daß er tief in Schwierigkeiten steckt.« Vor unserer Abreise aus Rom hatte ich versucht, den Brief zu finden, aber Anacrites' Papiere waren in fürchterlicher Unordnung. Den Brief mit eigenen Augen zu sehen wäre eine Beruhigung gewesen, und selbst wenn Aelianus mir die Wahrheit gesagt hatte, hätte ich vielleicht noch weitere Einzelheiten erfahren. Laeta hatte seine Angestellten ebenfalls erfolglos danach suchen lassen. Das mochte nichts weiter bedeuten, als daß Anacrites sich ein kompliziertes Ablagesystem ausgedacht hatte – obwohl ich bei meinen Besuchen in seinem Büro stets den Eindruck gehabt hatte, es bestehe darin, Schriftrollen wahllos über den Boden zu verteilen.

Die Straße war wieder holperig geworden. Helena sagte nichts, während die Kutsche über das unebene Pflaster rumpelte. Die nordwärts führende Landstraße nach Corduba war nicht eben ein Paradestück an Ingenieurkunst, kein im Namen eines großmächtigen Herrschers erbautes Meisterwerk, das Jahrtausende halten sollte. Für diese hier war offenbar der örtliche Magistrat zuständig. Staatssklaven besserten sie von Zeit zu Zeit notdürftig aus. Wir schienen zu einem Zeitpunkt zu reisen, wo der Arbeitstrupp längst überfällig war.

»Aelianus muß auch klar gewesen sein«, fuhr ich fort, als die Kutsche zu ruckeln aufhörte, »daß ich mich als erstes – egal, ob schriftlich von Rom aus oder persönlich vor Ort – im Büro des Prokonsuls nach dem Absender des Briefs erkundigen würde. Ich hoffe sogar, daß ich die ganze Sache mit dem Prokonsul selbst durchsprechen kann.«

»Ich hab ihn mir vorgeknöpft«, sagte Helena. Sie meinte immer noch Aelianus. Ihr Bruder tat mir leid. Helena Justina hätte eine fabelhafte Ermittlerin abgegeben, wäre es für eine ehrbare Frau nicht unmöglich gewesen, sich frei mit Menschen außerhalb ihrer Familie zu unterhalten oder mit neugierigen Fragen an die Türen von Fremden zu klopfen. Aber ich verspürte immer leichtes Unbehagen, wenn sie die Initiative ergriff. Was sie natürlich wußte. »Keine Bange. Ich hab mich zurückgehalten. Er ist mein Bruder, also war er nicht erstaunt, daß ich ihn zur Rede stellte.«

Wenn er ihr etwas Wichtiges mitgeteilt hätte, dann wäre es mir nicht verborgen geblieben. Daher grinste ich sie nur an. Helena klammerte sich an den Kutschenrahmen, als wir plötzlich mit einem gewaltigen Satz vorwärts schossen. Ich stemmte schützend meinen Arm vor sie.

Nur weil Aelianus ihr Bruder war, hieß das noch lange nicht, daß ich vorhatte, ihm zu trauen.

Helena drückte meine Hand. »Justinus wird ihn weiter unter Druck setzen.«

Das hörte ich gern. Ich kannte ihren jüngeren Bruder von einer meiner Auslandsreisen. Justinus wirkte zwar unreif, aber wenn er nicht gerade unpassende Frauen anhimmelte, war er gerissen und hartnäckig. Ich hatte großes Zutrauen zu seiner Urteilskraft (außer bei Frauen). Nur gab es da ein Problem: sollte Justinus etwas herausfinden, so würden wir es angesichts des unzuverlässigen Postverkehrs nach Spanien wohl nicht erfahren. Helena und ich wären wahrscheinlich längst wieder zu Hause, bevor der Brief überhaupt eintraf. Ich war hier draußen auf mich selbst gestellt. Noch nicht mal Laeta konnte mit mir Kontakt aufnehmen.

Helena wechselte das Thema und witzelte: »Ich hoffe, daß es uns auf dieser Reise nicht so geht wie in Syrien. Es war schon schlimm genug, Leichen kopfüber in Zisternen zu finden; mir graust bei dem Gedanken, guterhaltene aus großen Olivenölfässern zu fischen.«

»Widerlich!« grinste ich.

»Und glitschig.«

»Mach dir keine Sorgen, das wird nicht passieren.«

»Du warst schon immer viel zu optimistisch!«

»Ich weiß, wovon ich rede. Dafür ist nicht die richtige Jahreszeit. Die Ernte beginnt im September mit den grünen Oliven und endet im Januar mit den schwarzen. Im April und Mai stehen die Ölmühlen still, und alle sind damit beschäftigt, Unkraut zu jäten, Dünger aus den Preßrückständen vom vergangenen Jahr um die Bäume zu verteilen und sie zu beschneiden. Wir werden nur blühende Bäume zu sehen bekommen, unter deren Blüten sich die winzigen Fruchtknospen verbergen.«

»Oh, du hast dich schlau gemacht!« höhnte Helena. Ihre spöttischen Augen blitzten. »Typisch für uns, in der falschen Jahreszeit hierher zu kommen.«

Auch ich lachte – obwohl es genau die richtige Zeit für manch andere Dinge war. Im Frühling erforderte die sonst so arbeitsintensive Pflege der Olivenbäume am wenigsten Zeit. Ein guter Zeitpunkt für ihre Besitzer, eine Verschwörung zu planen.

Je mehr wir uns den ausgedehnten Olivenöl-Gütern südlich des Flusses Baetis näherten, desto größer wurde mein Unbehagen.

XIX

Wenn die Besitzer unerwartet auf ihren luxuriösen Landgütern auftauchen, finden sie nach guter alter Tradition die Böden meist seit sechs Monaten unaufgewischt, die Ziegen unbeaufsichtigt in den Weinbergen beim Abknabbern frischer junger Trauben und die Stallburschen beim Herumwälzen mit ungewaschenen Frauen im Bett ihres Herrn. Manche Senatoren machen daher im nächstgelegenen Dorf für eine Woche Rast und schicken Nachricht über ihre unmittelbar bevorstehende Ankunft, damit die Spinnweben entfernt, die Flittchen nach Hause zu ihren Tantchen geschickt und das Vieh eingefangen werden kann. Andere sind weniger höflich. In der großspurigen Annahme, die mit einem syrischen Geldverleiher auf dem Forum abgeschlossene fünfprozentige Hypothek mache sie zu Latifundienbesitzern, tauchen sie zur Abendessenszeit auf, erwarten ein heißes Bad, ein komplettes Festmahl und saubere Schlafräume, in denen die Bettdecken für sie und ihre vierzig mitreisenden Freunde bereits zurückgeschlagen sind. Und dann haben sie nichts besseres zu tun als feinsinnige literarische Briefe voll satirischer Klagen über das Landleben zu veröffentlichen.

Wir hatten niemanden, den wir als Boten vorausschicken konnten, und wir waren die Gasthöfe leid, also fuhren wir weiter und trafen unangekündigt am späten Nachmittag ein. Unser Auftauchen rief keine sichtbare Panik hervor. Damit hatte der neue Pächter die erste Prüfung bestanden. Marius Optatus hieß uns nicht direkt mit frischen Rosen in blauen Glasvasen willkommen, aber er führte uns in den Garten und ließ einen ganz anständigen Krug Saft kommen, während er neugierigen Dienstboten befahl, unsere Zimmer herzurichten. Nux trabte ihnen auf der Suche nach einem gemütlichen Bett hinterher.

»Mein Name ist Falco. Sie haben Aelianus vielleicht schon über mich herziehen hören.«

»Willkommen in Baetica«, erwiderte er und ließ sich nicht anmerken, ob und was er über mich gehört hatte.

Ich stellte ihm Helena vor, dann setzten wir uns alle höflich und mühten uns zu überspielen, daß wir Menschen waren, die nichts gemein hatten, uns aber für die nächste Zeit wohl oder übel miteinander abfinden mußten.

Helenas Vater hatte sich ein im traditionellen Stil erbautes baetisches Bauernhaus gekauft, das nahe der Straße lag. Die Grundmauern bestanden aus Lehmziegeln, die Wände darüber aus Holz. Drinnen gab es einen langen Flur mit nach vorne gelegenen Empfangsräumen und anschließenden privateren Unterkünften. Der Pächter bewohnte die Räume auf der einen Seite des Flures, mit Blick über das Gut. Die zum Garten gelegenen Zimmer auf der anderen Seite des Flures waren für die Camilli gedacht, falls sie je zu Besuch kamen. Dieser Teil war unberührt. Entweder war der Pächter wirklich sehr gewissenhaft, oder man hatte ihm eine Warnung zukommen lassen, daß Besuch zu erwarten war.

»Sie sind außerordentlich zuvorkommend!« Meine Lebensgeister erwachten wieder, nachdem ich gehört hatte, daß die Annehmlichkeiten auch ein kleines, aber funktionierendes Badehaus mit einschlossen, etwas abseits vom Haupthaus. »Nachdem der junge Aelianus erst kürzlich abgereist ist, haben Sie doch bestimmt erwartet, die nächsten zwanzig Jahre vor weiteren Inspektionen sicher zu sein.«

Optatus lächelte. Für einen Spanier war er groß, sehr dünn, ziemlich bleich und hatte ein etwas verkniffenes Gesicht mit leuchtenden Augen. Unter der üblichen balearischen Mischung lockiger Iberier und zotteliger Kelten, die alle stämmig und klein waren, ragte er heraus wie eine Distel im Stoppelfeld. Er mochte ein paar Jahre älter sein als ich, gestanden genug, sich Respekt bei seinen Arbeitskräften zu verschaffen und doch nicht zu alt, noch

Hoffnungen im Leben zu haben. Ein Mann weniger Worte. Schweigsame Männer können entweder Störfaktoren bei fröhlichen Festen sein – oder gefährliche Individuen. Noch bevor wir unser Gepäck hineingetragen hatten, spürte ich, daß es etwas an ihm gab, dem ich auf den Grund gehen mußte.

Das einfache Abendessen bestand aus gesalzenem Thunfisch und Gemüse, in alter Familientradition gemeinsam eingenommen mit den Haussklaven und unserem Fahrer Marmarides. Wir alle aßen in der langen, niedrigen Küche an der Rückseite des Hauses. Dazu gab es Wein aus der Region, der ganz passabel schmeckte, wenn man müde war und genug Wasser hinzufügte, damit die alte Frau, die das Essen zubereitete, und der Lampenjunge (die uns beide unverwandt anstarrten) einen für halbwegs anständig hielten. Aber danach schlug Helena vor, ich solle Optatus zu einem Glas erleseneren Kampaniaweins einladen, den ich mitgebracht hatte. Sie selbst wollte keinen Wein, setzte sich aber zu uns. Und während ich, mit meinem feinen Gespür für Ritterlichkeit ein belangloses Geplauder begann, erholte sich Helena so weit von ihrer Erschöpfung, daß sie den Pächter ihres Vaters auszufragen begann.

»Mein Bruder Aelianus sagt, wir hätten großes Glück gehabt, Sie als Pächter für das Gut zu finden.« Marius Optatus schenkte uns sein reserviertes Lächeln. »Er erwähnte etwas davon, daß Sie Pech gehabt hatten – ich hoffe, es macht Ihnen nichts aus, wenn ich Sie danach frage?« fügte sie unschuldig hinzu.

Optatus war vermutlich schon Leuten von senatorischem Rang begegnet (wobei Helenas Bruder wegen seiner Jugend nicht zählte), aber er hatte dabei sicherlich kaum mit den Frauen zu tun gehabt. »Ich bin ziemlich krank gewesen«, äußerte er widerstrebend.

»Oh, das wußte ich nicht! Es tut mir so leid – war das der Grund, warum Sie ein neues Gut finden mußten? Sie hatten schon vorher hier in der Gegend Landwirtschaft betrieben, nicht wahr?«

»Lassen Sie sich nicht ausquetschen, wenn Sie nicht wollen«, grinste ich und goß ihm noch etwas Wein nach.

Er prostete mir mit seinem Becher zu und sagte nichts.

»Ich mache nur höfliche Konversation, Marcus«, protestierte Helena milde. Optatus konnte nicht wissen, daß sie ein Mädchen war, das sich nie mit müßiger Plauderei aufhielt. »Ich bin weit weg von Zuhause, und in meinem Zustand muß ich Freundschaften so schnell wie möglich schließen!«

»Haben Sie vor, das Baby hier zu bekommen?« fragte Optatus etwas argwöhnisch. Er überlegte vermutlich, ob man uns ins Ausland geschickt hatte, damit das Kind heimlich zur Welt kam und unsere Schande verborgen blieb.

»Keinesfalls«, gab ich zurück. »Im Haus der Camilli wartet ein Heer ältlicher Kinderfrauen besorgt auf unsere Rückkehr nach Rom – ganz zu schweigen von der boshaften, aber äußerst billigen alten Hexe, die mich einst entbunden hat. Und noch ungeduldiger wartet die ungemein vornehme Hebamme, in die Helenas Mutter ihr Vertrauen setzt, außerdem meine jüngere Schwester, ferner Helenas Cousine bei den Vestalinnen und eine Horde lästiger, sich dauernd einmischender Nachbarn. Wenn wir den Geburtsstuhl nicht benutzen, der Helenas edler Mama geholfen hat, Helena und ihre Brüder zur Welt zu bringen, gibt es einen gesellschaftlichen Skandal. Das gute Stück ist extra vom Landsitz der Camilli nach Rom geschafft worden ...«

»Aber Sie können sich denken, daß ein großer Teil der Leute uns mißbilligt«, warf Helena leise in meine Satire ein.

»Wie wahr«, sagte ich. »Worauf ich nur erwidern kann, daß mir immer mehr Leute in Rom mißfallen ... Optatus, falls Sie sich das fragen, Sie sollten Helena Justina als die edle Tochter Ihres illustren Pachtherrn behandeln, auch wenn Sie vielleicht bald die Götter anflehen werden, daß ich sie noch vor der Geburt von hier wegbringe. Mich können Sie behandeln wie Sie wollen. Ich bin in dringenden offiziellen Amtsgeschäften hier, und Helena war so energiegeladen, daß ich sie nicht allein zurücklassen konnte.«

»Offizielle Amtsgeschäfte!« Optatus hatte seinen Sinn für Humor gefunden. »Sie meinen, mein neuer Pachtherr Camillus Verus hat Sie nicht etwa eilends hierher geschickt, damit Sie herausfinden, ob sein jugendlicher Sohn keinen Fehler beging, als er den Pachtvertrag mit mir abschloß? Ich hatte vor, im Morgengrauen hinauszueilen, um sicherzugehen, daß die Kohlköpfe in Reih und Glied stehen.«

»Aelianus war davon überzeugt, daß Sie etwas von Landwirtschaft verstehen«, sagte Helena.

»Er sagte, Sie hätten ihn darauf hingewiesen, daß sein Vater betrogen wurde «, bekräftigte ich.

Ein Schatten huschte über das Gesicht des Pächters. »Camillus Verus verlor eine Menge vom Gewinn seiner Olivenbäume.«

»Wie konnte das geschehen?«

Optatus' Gesicht verdunkelte sich noch mehr. »Auf verschiedene Weise. Die Maultiertreiber, die die Häute mit dem Öl zum Baetis bringen, bestahlen ihn ganz offen; sie mußten überwacht werden. Und auch die Flußschiffer verrechneten sich beim Verstauen seiner Amphoren – obwohl sie das bei jedem versuchen. Am schlimmsten aber war die Lüge über den Ertrag seiner Olivenbäume.«

»Wer hat da gelogen?«

»Die Männer, die seine Oliven gepreßt haben.«

»Wie können Sie sich da so sicher sein?«

»Ich kenne sie. Sie arbeiten auf dem Landgut meines ehemaligen Pachtherren. Camillus Verus besitzt keine eigene Ölmühle. Die Mahlsteine sind sehr teuer, und angesichts der recht geringen Anzahl seiner Bäume lohnt sich diese Ausgabe nicht. Dazu schließt man besser einen Vertrag mit einem Nachbarn ab. Die Familie meines ehemaligen Pachtherrn pflegte dies zu freundschaftlichen Bedingungen zu tun – aber als Ihr Vater diesen Besitz hier kaufte, wurden die guten Beziehungen fallengelassen.«

Ich pfiff leise. »Und wie sollte Camillus, Tausende Meilen entfernt in Rom, je erfahren, daß man ihn irregeführt hatte? Es nützte auch nichts, Aelianus herzuschicken. Der Junge ist viel zu unerfahren, um sowas zu bemerken.«

Optatus nickte. »Aber ich fand es heraus. Mein Vater und ich hatten stets unsere Arbeiter ausgeliehen, um unserem Pachtherrn bei der Ernte zu helfen, und seine Arbeiter kamen zu uns, wenn wir soweit waren. Also waren meine eigenen Leute dabei, als die Camillus-Ernte gepreßt wurde. Sie erzählten mir von dem Betrug.«

»Hat das mit dem Verlust Ihres eigenen Hofes zu tun?« warf Helena plötzlich ein.

Marius Optatus stellte seinen Weinbecher auf einen Schemel, als wolle er sich nicht von dem Getränk zu irgendwelchen Äußerungen verleiten lassen – und auch nicht von dem Angebot unserer Freundschaft, wenn ich das richtig sah. »Es gab zwei Gründe, warum man mich aufforderte zu gehen. Zum ersten war ich nur Pächter, wie meine Familie es seit vielen Jahrzehnten gewesen ist.«

»Das war bestimmt ein herber Verlust«, murmelte Helena.

»Es war mein Zuhause«, sagte er brüsk. »Ich habe meine Mutter vor einigen Jahren verloren. Dann starb mein Vater. Der Pachtherr nahm das als Vorwand, unsere Vereinbarung zu ändern. Er wollte das Land wieder selbst bewirtschaften und weigerte sich, einen neuen Pachtvertrag mit mir abzuschließen.« Optatus mußte schwer um seine Beherrschung kämpfen. »Der zweite Grund war natürlich meine Illoyalität.«

»Als Sie Aelianus mitteilten, daß sein Vater betrogen worden sei?« Das hatte ihm sicher bei niemandem Pluspunkte eingebracht. Optatus hatte sich für den Außenseiter entschieden, nicht die örtliche Gemeinschaft. Eine verhängnisvolle Entscheidung, gleich wo man lebt.

»Die Leute hatten gehofft, sie könnten sich an Camillus bereichern.«

»Einen Ausländer zu betrügen ist immer ein hübsches Spiel«, sagte ich.

»Und wie hat Ihr ehemaliger Pachtherr Sie ausmanövriert?« wollte Helena wissen.

»Zu meinem Pech wurde ich krank. Ich hatte Gehirnfieber. Normalerweise hätte ich sterben müssen.« Ein tiefes Unglück verbarg sich hinter dieser Geschichte. Ich hatte das Gefühl, daß er das Schlimmste verschwieg. »Lange Zeit war ich so schwach, daß ich nicht arbeiten konnte. Dann wurde ich unter dem Vorwand von meinem Land gewiesen, ich hätte es vollkommen vernachlässigt. Ich sei ein schlechter Pächter.«

»Eine sehr schroffe Entscheidung!«

»Damit hatte ich gewiß nicht gerechnet. Ich stehe zu dem, was ich getan habe – und wäre ich nicht krank gewesen, hätte ich mich dagegen gewehrt. Aber jetzt ist es zu spät.«

»Hat sich denn niemand für Sie eingesetzt?« brauste Helena auf.

»Keiner meiner Nachbarn wollte in die Sache verwickelt werden. In ihren Augen war ich zu einem Unruhestifter geworden.«

Helena war wütend. »Bestimmt wußte doch jeder, daß Sie alles in Ordnung bringen würden, sobald Sie wieder gesund waren?«

»Jeder, der es wissen *wollte*«, sagte ich. »Aber kein Pachtherr, der darauf erpicht war, das Pachtverhältnis zu beenden. Und außerdem ist es in solchen Situationen manchmal besser, hinzunehmen, daß es kein Wohlwollen mehr gibt.« Optatus nickte zustimmend. Ihm war anzusehen, daß er nicht mehr über das Thema reden wollte.

Doch Helena war noch zu wütend. »Nein, es ist abartig! Selbst in diesem späten Stadium sollten Sie Ihren Pachtherrn vor die örtliche Ratsversammlung bringen und Ihre Wiedereinsetzung in den Pachtvertrag verlangen.«

»Mein ehemaliger Pachtherr«, erwiderte Optatus langsam, »ist ein äußerst mächtiger Mann.«

»Aber solche Streitigkeiten können vor den Provinzstatthalter gebracht werden.« Helena, mit ihrer tiefsitzenden Abscheu vor Ungerechtigkeit, war nicht bereit nachzugeben.

»Oder vor den Quästor, wenn er als Vertreter des Prokonsuls im örtlichen Gericht erscheint«, fügte Optatus hinzu. Seine Stimme klang gepreßt. »In Corduba wird es meist so gehandhabt. Der Quästor erspart seinem Prokonsul die Aufgabe, Gesuche anzuhören.«

Als mir einfiel, daß der neue Quästor Quinctius Quadratus war, der Sohn jenes Senators, der mir in Rom schon unangenehm aufgefallen war, verlor ich mein Vertrauen in die örtliche Gerichtsbarkeit. »Der Quästor mag zwar jung sein, aber er ist ein designierter Senator«, gab ich trotzdem zu bedenken. Nicht, daß mir designierte Senatoren je Ehrfurcht eingejagt hätten. Aber ich war ein Römer im Ausland und hatte das System zu verteidigen. »Wenn er den Statthalter vertritt, sollte er seine Aufgabe ordentlich machen.«

»Oh, ich bin sicher, daß er das tun würde!« höhnte Optatus. »Vielleicht sollte ich jedoch erwähnen, daß mein vorheriger Pachtherr Quinctius Attractus heißt. Ich müßte mein Gesuch also an seinen Sohn richten.«

Jetzt mußte selbst Helena seinen Standpunkt einsehen.

XX

Ich wollte Optatus erst besser kennenlernen, bevor ich irgendwelche heiklen politischen Dinge zur Sprache brachte, also gähnte ich herzhaft, und wir gingen zu Bett. Er hatte uns zwar von den örtlichen Streitigkeiten und Gaunereien erzählt, aber sowas gibt es überall. Mächtige Männer trampeln auf weniger mächtigen herum. Ehrliche Makler handeln sich die Feindseligkeit ihrer Nachbarn ein. Neuankömmlinge werden abgelehnt und als Freiwild betrachtet. Das Leben in der Stadt gilt als hektisch und gewalttätig, aber auf dem Land ist es noch schlimmer. Hinter jedem Busch schwären bösartige Fehden.

Am nächsten Tag überredete ich Optatus, mir das gesamte Gut zu zeigen. Als erstes inspizierten wir die Olivenbäume, die der Anlaß für den ganzen Ärger waren, wobei Nux ausgelassen um uns herumsprang, überzeugt davon, daß unser Spaziergang nur ihretwegen geschah. Bisher kannte sie nur die Straßen von Rom. Sie sauste herum, die Augen gegen den Wind zu Schlitzen verengt, und bellte die Wolken an.

Optatus erzählte mir, daß sich entlang des Baetis, vor allem in westlicher Richtung auf Hispalis zu, Landgüter und Höfe in allen Größen befanden – riesige Besitzungen, die von mächtigen und wohlhabenden Familien bewirtschaftet wurden, aber auch eine Reihe kleinerer Bauernhöfe, die entweder in Eigenbesitz oder verpachtet waren. Manche der riesigen Landgüter gehörten örtlichen Magnaten, andere römischen Investoren. Camillus Verus, der dauernd knapp bei Kasse war, hatte sich ein eher bescheidenes Anwesen gekauft.

Obwohl es klein war, besaß es doch Entwicklungspotential. Die niedrigen Hügel südlich des Baetis waren landwirtschaftlich so ertragreich wie die Berge im Norden reich an Kupfer und Silber.

Camillus war es gelungen, Land in guter Lage zu ergattern, und es war schon jetzt ersichtlich, daß sein neuer Pächter das Gut in Ordnung bringen würde.

Zuerst zeigte Optatus mir das große Silo, in dem Getreide unterirdisch auf Stroh gelagert wurde, und zwar unter Bedingungen, die es fünfzig Jahre lang haltbar machten. »Der Weizen ist ausgezeichnet, und der Boden hier eignet sich auch noch für andere Getreidearten.« Wir kamen an einem Spargelbeet vorbei; ich stach mir ein paar Stangen mit meinem Dolch. Falls Optatus staunte, daß ich genau wußte, wie man die besten aussucht, wie man vorsichtig die Erde aushebt, bevor man den Schnitt macht, und daß man einen Teil für erneutes Wachstum im Boden läßt, ließ er es sich nicht anmerken. »Es gibt ein paar Rebstöcke, um die man sich aber intensiver kümmern müßte. Dann haben wir Damaszener Pflaumen und Nüsse …«

»Mandeln?«

»Ja. Und dann noch die Olivenbäume, die in sehr schlechter Verfassung sind.«

»Was fehlt ihnen?« Wir standen unter den dichten Reihen, die in ost-westlicher Richtung verliefen, so daß die leichten Winde hindurchstreichen konnten. Für mich war ein Olivenhain nur ein Olivenhain, außer es hüpfte eine ganze Riege leichtbekleideter Nymphen hindurch.

»Sie sind zu hoch.« Manche waren zweimal so groß wie ich, einige sogar noch mehr. »Wenn man sie läßt, werden sie bis zu vierzig Fuß hoch, aber wer will das schon? Als Maßstab geht man davon aus, daß sie nicht höher als der größte Ochse werden sollten, damit man sie leicht abernten kann.«

»Ich dachte, Oliven würden vom Baum geschüttelt, indem man mit Stöcken gegen die Äste schlägt? Und die Früchte dann in Netzen auffängt?«

»Das taugt nichts«, widersprach Optatus ungeduldig. »Stöcke können die zarten Äste beschädigen, an denen die Oliven hängen.

Beim Herabfallen können sie gequetscht werden. Die Oliven per Hand zu pflücken ist das Beste. Das bedeutet, man muß jeden Baum in Etappen abernten, immer dann, wenn genau der richtige Reifegrad erreicht ist.«

»Grüne oder schwarze? Welche eignen sich am besten fürs Pressen?«

»Kommt auf die Sorte an. Pausia gibt das beste Öl, aber nur, solange die Frucht noch grün ist. Regia gibt das beste aus den schwarzen.«

Er zeigte mir, wo er eigenhändig die Erde abtrug, um die Wurzeln bloßzulegen und neue Schößlinge zu kappen. Gleichzeitig wurden die obersten Äste stark zurückgeschnitten, damit die Bäume gut erreichbar waren.

»Wird diese unsanfte Behandlung ihnen nicht schaden?«

»Olivenbäume sind zäh, Falco. Ein entwurzelter Baum wird erneut sprießen, solange nur ein kleiner Teil der Wurzeln noch in der Erde steckt.«

»Leben sie deswegen so lange?«

»Fünfhundert Jahre, sagt man.«

»Eine langfristige Angelegenheit. Schwer für einen Pächter, neu anzufangen«, bemerkte ich und sah ihn mitfühlend an.

Aber er reagierte nicht darauf. »Die neuen Schößlinge, die ich diesen Monat gepflanzt habe, werden erst in fünf Jahren Früchte tragen. Es dauert mindestens zwanzig Jahre, bis sie die besten Erträge bringen. Ja, der Olivenanbau ist eine langfristige Angelegenheit.«

Ich hätte ihn gern über seinen vorherigen Pachtherrn Attractus ausgefragt, war mir aber nicht sicher, wie ich es ansprechen sollte. Gestern abend, gestärkt durch das Essen und ein paar Becher Wein, hatte er seine Gefühle offener gezeigt, aber heute morgen war er viel zugeknöpfter. Ich bin der erste, der die Privatsphäre eines Mannes respektiert – außer, ich muß aus ihm rausholen, was er weiß.

Doch dann ersparte er mir die Mühe, das Gespräch zu eröffnen.

»Sie wollen, daß ich Ihnen alles über die Quinctii erzähle!« verkündete er grimmig.

»Ich dränge Sie nicht.«

»Aber nein!« Er redete sich in Rage. »Sie wollen von mir hören, wie mich der Vater erniedrigt hat, wie ich gelitten habe und wie der Sohn sich daran geweidet hat!«

»Ist es so abgelaufen?«

Optatus atmete tief durch. »Natürlich nicht.«

»Das hatte ich auch nicht gedacht«, bemerkte ich. »Wenn es da um eine eindeutig gesetzwidrige Angelegenheit gegangen wäre, hätten Sie es sich nicht gefallen lassen, und andere hätten sich auf Ihre Seite gestellt. Mit welchen Druckmitteln die Quinctii Sie auch immer zum Gehen veranlaßten, Sie müssen das Gefühl gehabt haben, daß sie zumindest theoretisch das Gesetz auf ihrer Seite hatten.«

»Ich bin nicht der Mann, das Geschehene zu beurteilen«, sagte Marius Optatus. »Ich weiß nur, daß ich hilflos war. Es wurde alles sehr fein eingefädelt. Ich empfand und empfinde es immer noch als tiefe Ungerechtigkeit – aber ich kann ihnen kein direktes Vergehen nachweisen.«

»Die Quinctii hatten definitiv entschieden, Sie loszuwerden?«

»Sie wollten ihren Besitz vergrößern. Der leichteste und natürlich billigste Weg war, mich von dem Land zu vertreiben, das meine Familie seit mehreren Generationen bestellt hatte, und es selbst zu übernehmen. Das ersparte ihnen den Ankauf von weiterem Grund und Boden. Es ersparte ihnen das Roden und Pflanzen. Ich konnte mich nicht darüber beschweren. Ich war Pächter. Wenn ich ihnen den entsprechenden Anlaß gab, war es ihr Recht, den Vertrag zu beenden.«

»Aber es war eine Brüskierung und die Vorgehensweise rücksichtslos?«

»Der Vater hielt sich in Rom auf. Sein Sohn führte die Sache durch. Er weiß es nicht besser«, meinte Optatus schulterzuckend, fast ungläubig. »Der junge Quinctius Quadratus sah zu, wie ich mit meinem Bett, meinem Werkzeug und meinem Salzkasten abzog – er hat wirklich nicht begriffen, was er mir da angetan hatte.«

»Sie nennen ihn jung«, sagte ich rauh. »Man hat ihm die Verantwortung für sämtliche Finanzangelegenheiten dieser Provinz übertragen. Er ist kein Kind.«

»Er ist fünfundzwanzig«, erwiderte Optatus knapp.

»Also hat er das Mindestalter.« Quadratus hatte die Quästur zum frühestmöglichen Zeitpunkt ergattert. »Wir haben es hier mit Kreisen zu tun, deren Goldjungs es sehr eilig haben, sich ihre Ehrungen einzuheimsen! «

»Er ist ein aufsteigender Stern, Falco!«

»Vielleicht besitzt jemand einen scharfen Pfeil mit genügend Reichweite, um ihn abzuschießen.«

Mit solchen Träumen hielt Optatus sich nicht auf. »Wir waren immer schon Pächter«, wiederholte er, »aber das war unsere eigene Entscheidung, und es hat unserem Ansehen nicht geschadet. Ich war nicht mittellos, als ich den Hof verließ. Eigentlich«, fügte er, lebhafter werdend, hinzu, »hätte es viel schlimmer kommen können. Mein Großvater und mein Vater haben sich nie Illusionen über unsere Situation gemacht, und deshalb all unsere eigenen Besitztümer bis hin zur letzten hölzernen Heugabel auf einer Liste verzeichnet. Jedes Joch, jeder Mahlstein, jeder Pflug. Jeder Korb zum Käseabseihen. Das verschaffte mir einige Befriedigung.«

»Hat Quadratus versucht, mit Ihnen über das zu feilschen, was Sie mitnehmen durften?«

»Hätte er wohl gern. Ich wartete nur darauf, daß er es versuchte ...«

»Das wäre Diebstahl gewesen. Es hätte sein öffentliches Ansehen zerstört.«

»Ja, Falco. Dazu war er zu gewitzt.«

»Er ist also intelligent?«

»Natürlich.«

Das sind sie alle, diese Goldjungs, die ihr Leben damit verbringen, andere zu zerstören.

Wir schlenderten zur Pflanzschule, wo ich die kleinen Schößlinge inspizierte, jeder in einer Vertiefung, um Feuchtigkeit zu bewahren, und mit einem Windschutz aus einem alten Espartosack versehen. Optatus kümmerte sich selbst um die Bäumchen, obwohl er hier auf dem Gut natürlich über Arbeitskräfte und eigene Sklaven verfügte. Er benutzte die Gelegenheit, seine kostbaren kleinen Schützlinge mit Wasser aus einem Faß zu begießen, streichelte ihre Blätter und beugte sich besorgt über diejenigen, die schlaff aussahen. Ihn dabei zu beobachten ließ mich ein wenig von dem Ausmaß seines Schmerzes über den Verlust des Hofes ahnen, auf dem er aufgewachsen war. Das verbesserte meine Meinung über die Familie Quinctius nicht gerade.

Man merkte ihm an, daß er mich loswerden wollte. Er hatte mich höflich herumgeführt, aber jetzt reichte es ihm. Sehr förmlich begleitete er mich zum Haus zurück, als wolle er sichergehen, mich aus dem Weg zu haben.

Unterwegs schauten wir noch in einige Wirtschaftsgebäude hinein, darunter eines, in dem Oliven zum Eigenverbrauch in Amphoren aufbewahrt wurden, auf verschiedene Art konserviert, damit sie den Winter über hielten. Während ich mich mit Muße umschaute, nahm draußen das Schicksal seinen Lauf. Als wir dann den kleinen Garten vor dem Wohnhaus erreichten, versuchte Helena gerade, Nux einzufangen. Der Hund rannte begeistert auf uns zu und schien so etwas wie einen Stock im Maul zu tragen. Optatus und ich erkannten sofort, was es wirklich war. Ich fluchte. Optatus stieß einen lauten Schrei aus. Er schnappte sich einen Besen und wollte damit auf den Hund einschlagen. Helena quietschte auf und wich zurück. Mit einem unterdrückten Protestschrei gelang es mir, den Missetäter zu schnappen und am Nackenfell hochzuheben. Rasch brachten wir uns durch einen Sprung vor Optatus in Sicherheit. Ich versetzte Nux einen festen Klaps auf die Nase und entwand ihr die Trophäe, doch das dumme Tier verschlimmerte sein Verbrechen noch dadurch, daß es sich meinen Armen entwand, kläffend um mich herumsprang und wollte, daß ich ihm das Stöckchen warf. Keine Chance!

Optatus war ganz bleich geworden. Sein dünner Körper wurde starr. Er konnte vor Wut kaum sprechen, quetschte aber die Worte hervor: »Falco! Ihr Hund hat die Schößlinge aus meiner Pflanzschule gerissen!«

Daß ich auch immer solches Glück haben mußte!

Helena fing Nux ein und trug sie fort, um ihr außer Sichtweite die Leviten zu lesen. Ich ging zurück zu der aufgewühlten Pflanzschule, Optatus folgte mir auf den Fersen. Nux hatte nur eines der Bäumchen ausgerissen und ein paar andere umgeworfen. »Es tut mir leid. Die Hündin jagt gern alles mögliche, vorzugsweise Großes. Zu Hause ist sie dafür berüchtigt, Winzer beim Ausliefern von Amphoren zu erschrecken. Sie ist es einfach nicht gewohnt, frei auf einem Bauernhof herumzulaufen ...«

Rasch glättete ich die Erde mit meinem Stiefel und fand, daß der Schaden schlimmer hätte sein können. Nux hatte zwar gebuddelt, doch die meisten Bäumchen verfehlt. Ohne zu fragen, fand ich die Stelle, an die der gerettete Schößling gehörte, und setzte ihn selbst wieder ein. Optatus stand wütend dabei. Ich erwartete halbwegs, daß er mir den Schößling entreißen würde, aber er rührte sich nicht und machte eine Miene, als hätte der Hund seinen Schatz verunreinigt.

Ich pflückte die zerdrückten Blätter ab, überprüfte das Stämmchen auf Bißstellen, grub das Pflanzloch neu, fand den Stützstock und befestigte das kleine Bäumchen so, wie es mir mein Großvater und mein Großonkel beigebracht hatten, als ich noch ein kleiner Junge war. Falls es Optatus überraschte, daß ein römischer Stadtmensch wußte, wie man das macht, ließ er sich nichts anmerken. Sein Schweigen war so düster wie sein Gesichtsausdruck. Ohne weiter auf ihn zu achten, ging ich ruhig zu dem Wasserfaß und holte den Krug, den ich ihn vorher hatte benutzen sehen. Sorgfältig wässerte ich das Pflänzchen, bis es wieder so stand wie zuvor.

»Es ist ein bißchen schlaff, aber ich denke, es schmollt nur.« Dann richtete ich noch den sackleinenen Windschutz, erhob mich und blickte Optatus direkt an. »Ich entschuldige mich für den Vorfall. Lassen Sie uns die Sache von der positiven Seite betrachten. Gestern abend waren wir noch Fremde, jetzt sind wir schon fast übereinander im Bilde: Sie halten mich für einen rücksichtslosen, mutwillig zerstörerischen Städter, und ich Sie für einen überempfindlichen, aufbrausenden Ausländer, der dazu noch brutal zu Hunden ist.« Sein Kinn reckte sich vor, aber ich ließ ihn nicht zu Wort kommen. »Jetzt können wir die ganze Abtasterei sein lassen. Ich werde Sie über den unerfreulichen politischen Hintergrund der Arbeit aufklären, wegen der man mich wirklich hergeschickt hat. Und Sie«, sagte ich in aller Deutlichkeit, »können mir eine wahrheitsgemäße Einschätzung über die Probleme hier vor Ort geben.«

Er machte den Mund auf, wahrscheinlich um mir zu sagen, wo im Hades ich Wurzeln schlagen sollte. »Vielleicht hätte ich Sie«, fuhr ich freundlich fort, »als erstes warnen sollen, daß ich nach Corduba gekommen bin, um zwei Dinge zu untersuchen. Erstens einen Skandal auf dem Ölmarkt – und zweitens einen Mord.«

XXI

Ich hatte es geschafft, Optatus sprachlos zu machen, was eine reife Leistung war. Wenn normalerweise schweigsame Menschen beschließen, vor Empörung loszusprudeln, sind sie meist nicht zu stoppen. Aber auf einem sonnenbeschienenen Hang inmitten der zeitlosen Würde von Olivenbäumen ist Mord ein machtvolles Wort.

»Wovon reden Sie, Falco?«

»Von einem, möglicherweise zwei Toten in Rom. Und es sieht so aus, als ob jemand aus Baetica die Fäden gezogen hat.« Der Abend des Festmahls im Palast schien mir sehr weit weg, doch der Anblick von Anacrites, wie er so bleich und still dagelegen hatte, stand mir deutlich vor Augen. Noch deutlicher der von Valentinus' Leiche: der junge Mann, mir so ähnlich, im Dämmerlicht des Feuerwehrschuppens der Zweiten Kohorte.

Mürrisch sagte Marius Optatus: »Davon weiß ich nichts.«

»Nein? Kennen Sie dann vielleicht zwei Großgrundbesitzer namens Licinius Rufius und Annaeus Maximus? Als ich ihnen vorgestellt wurde, gaben sie sich als ehrbare Männer von gutem Leumund – aber sie befanden sich an jenem Abend in zweifelhafter Gesellschaft, und nach den Überfällen verhielten sie sich sehr seltsam. Und was ist mit einem *scapharius* namens Cyzacus? Nun gut, Flußschiffern kann man sowieso nicht trauen. Und ein *navicularius* namens Norbanus? Er ist Gallier, glaube ich, und dazu noch Vermittler von Schiffsfrachten, und solche Leute sind auch von vornherein suspekt. Als ich diesen Burschen begegnete, speisten sie zusammen mit jemandem, den Sie ganz ohne Zweifel kennen – einem gewissen römischen Senator namens Quinctius Attractus! In Rom wird er als großes Tier in Baetica angesehen, auch wenn Sie es hier in Baetica vielleicht vorziehen, Ihr eigenes Wild zu jagen. Für mich ist er jedenfalls eine äußerst verdächtige Figur.«

»Attractus lädt schon seit einiger Zeit Gruppen von Leuten nach Rom ein«, bestätigte Optatus und blinzelte erstaunt über meine wütende Rede.

»Glauben *Sie*, daß er nichts Gutes im Schilde führt?«

»Nach meiner Erfahrung mit ihm als Pachtherr ist das ja wohl kein Wunder, aber ich bin voreingenommen, Falco.«

»Dann frage ich Sie etwas anderes. Sie sind Junggeselle, so wie es aussieht. Aber Sie haben nicht etwa zufällig eine biegsame kleine Freundin in Hispalis, die gerade ganz plötzlich von einer Reise nach Rom zurückgekehrt ist?«

Optatus sah mich mit verkniffenem Gesicht an. »Ich kenne niemanden aus Hispalis.«

»Dieses Früchtchen würden Sie sofort wiedererkennen, wenn Sie es einmal gesehen hätten. Sie ist Tänzerin – und birst vor Talenten der einen oder anderen Art.«

»Davon muß es Tausende geben, aber die meisten sind nach Rom gegangen ...«

»Und bekommen ihr Honorar von Attractus? Haben darüber hinaus die Angewohnheit, ihre Requisiten am Tatort eines blutiges Mordes zurückzulassen?«

Das ging alles zu schnell für diesen Mann vom Land. »Wer sind Sie?« wollte Optatus in sichtbarer Verwirrung wissen. »Was bedeuten Ihnen diese Menschen aus Baetica? Welchen Schaden wollen Sie ihnen zufügen?«

»Der Schaden ist bereits passiert«, gab ich zurück. »Ich habe die Leiche gesehen und auch den Sterbenden. Jetzt bin ich auf der Suche nach den Mördern, im Auftrag von Titus Cäsar – wenn Sie also ein ehrlicher Mann sind, Marius Optatus, werden Sie mir bei meiner Aufgabe helfen.«

Die hochgewachsene bleiche Gestalt neben mir fand ihren Gleichmut wieder, ließ sich auf ein Knie nieder und klopfte den herausgerissenen Schößling fest. Es war nichts falsch an dem, wie ich ihn wieder eingepflanzt hatte, aber ich zeigte meinen Ärger nicht, während Optatus seine eigene Duftnote an dem verdammten Ding hinterließ.

Er stand auf. Jetzt war er noch ernster als zuvor. Er wischte sich die Erde von seinen langen Fingern und starrte mich an. Gehässige Blicke zu ertragen ist reine Routine für einen Ermittler, also blieb ich ganz entspannt. Sein feindseliges Mustern machte mir nichts aus. »So, und jetzt raus mit der Sprache!«

»Sie wissen, was ich von Ihnen halte, Falco.«

»Weiß ich das?«

»Sie kommen hier an wie ein naiver Tourist.« Eine Kritik, die mir nicht fremd war, schwang in Optatus' Stimme mit. Er hatte aufgehört, mich als leicht verwegenen, liederlichen Römer in geflickter Tunika zu betrachten. »Sie wirken harmlos, ein bloßer Spaßvogel, ein Leichtgewicht. Dann merkt man, daß Sie ein genauer Beobachter sind. Sie strömen eine Ruhe aus, die gefährlich ist. Verborgen in Ihrem Stiefel tragen Sie einen scharfen Dolch bei sich. Damit stechen Sie Spargel wie ein Mann, der diesen Dolch schon für wesentlich unerfreulichere Dinge gebraucht hat.«

Womit er nicht unrecht hatte, aber die Einzelheiten würde ich ihm ersparen. »Ich bin nur ein Spaßvogel.«

»Sie erzählen Witze, während Sie, ohne daß Ihr Zuhörer es merkt, seinen Charakter zu ergründen versuchen.«

Mit einem Lächeln sagte ich: »Ich bin Agent des Kaisers.«

»Davon will ich nichts wissen, Falco.«

»Tja, das ist nicht das erste Mal, daß man mir hochnäsig sagt, meine Anwesenheit verpeste die Luft.«

Er versteifte sich, nahm den Rüffel dann aber hin. »Mir ist schon klar, daß Sie behaupten werden, Ihre Arbeit sei notwendig.«

Zur Beruhigung klopfte ich ihm leicht auf die Schulter. Auf mich wirkte *er* wie der Naivling aus der Provinz. Was laut meiner berühmten Welterfahrung vermutlich bedeutete, daß er ein verschlagenes Schwein war und mich hinters Licht führte.

Wir gingen zurück zum Haus. Selbst so früh im Jahr roch die rote baetische Erde schon heiß und staubig und verfärbte das Leder meiner Stiefel. Das Wetter war angenehm. Genau richtig für die Drahtzieher eines Olivenölkartells, sich auf ihre rassigen spanischen Pferde zu schwingen, zu ihren Mitverschwörern zu reiten und an den Plänen zu feilen.

»Ich habe eben ein paar Namen erwähnt, Optatus. Erzählen Sie mir etwas über diese Leute. Ich muß wissen, in welcher Beziehung die Männer, die ich in Rom gesehen habe, zueinander und zu Ihrem feinen Freund Attractus stehen.«

Es fiel ihm sichtbar schwer, seinen Widerwillen gegen das Thema abzuschütteln. Manche Leute tratschen mit Begeisterung, aber ein paar ungewöhnliche Seelen finden es geschmacklos, über ihre Nachbarn zu plaudern. Das sind diejenigen, die für einen Ermittler am meisten wert sind. Geldangebote beleidigen sie, und was noch besser ist, sie sagen die Wahrheit.

»Nun kommen Sie schon, Marius! Sie *müssen* diese cordubanischen Ölmagnaten doch kennen. Die Annaei sind eine der prominentesten Familien hier in Corduba. Annaeus Maximus spielt fraglos eine bedeutende Rolle in Baetica. Er stammt aus der Familie der Seneca; und da sind ungeheure Vermögen im Spiel.«

»Das stimmt, Falco.«

»Da das allgemein bekannt ist, brauchen Sie sich nicht zu zieren. Und was ist mit Licinius Rufius?«

»Keine so imposante Familie.«

»Irgendwelche Senatoren?«

»Nein, aber ihre Zeit wird kommen. Licinius selbst ist schon älter, doch er hat darauf hingearbeitet, eine wichtige Größe in Corduba zu werden. Er beabsichtigt, eine Dynastie aufzubauen und hat große Ambitionen für seine beiden Enkelkinder, die er aufgezogen hat, nachdem ihre Eltern starben. Der junge Mann könnte es weit bringen ...«

»Örtliche Priesterschaft und Magistratsposten?«

»Rufius Constans ist für Rom bestimmt, Falco. Das ist eine eigene und völlig getrennte Laufbahn.« Ich hörte eine gewisse Mißbilligung heraus.

»Führt das eine nicht zum anderen?«

»So funktioniert das nicht. In den Provinzen muß man sich für eine Laufbahn entscheiden. Denken Sie an die Annaei, die Sie erwähnt haben: Der ältere Seneca war ein angesehener Bürger, berühmter Autor und Bibliograph, blieb aber gesellschaftlich unbedeutend. Von seinen drei Söhnen strebte der älteste sofort eine senatorische Karriere in Rom an und wurde berühmt, der zweite wurde zunächst Ritter in Rom, aber erst in den Senat gewählt, als er Ansätze dazu zeigte, eine führende politische Figur zu werden. Der jüngste Sohn blieb sein Leben lang in Corduba.«

»Wie es die Annaei heutzutage alle tun?«

»Das Leben in der Provinz hat nichts Unehrenhaftes, Falco.«

»Auch Rom hat seine Vorzüge«, bemerkte ich. »Aber noch mal zurück zum Enkel dieses anderen Mannes, zu Rufius Constans – dieser junge Mann, ein Schmuckstück der baetischen Oberschicht, ist Anfang zwanzig, und sein Großvater hat ihn vor kurzem mit nach Rom genommen, um seine Karriere zu fördern?«

»Das hatte ich gehört, ja.«

»Er hat eine Vorliebe für das Theater, wurde mir gesagt!«

»Ist das wichtig?«

»Zunächst hielt ich es nicht dafür – aber er besuchte die Vorstellung zusammen mit Ihrem neuen Quästor. Wenn die jüngere Generation so freundschaftlich miteinander verkehrt, könnte die ältere ja ebensogut zusammenglucken.«

»Die Leute hier halten sich römische Landbesitzer wie Attractus gern vom Leib. Er ist kaum je auf seinem hiesigen Gut gewesen.«

»Aber sie reisen auf seine Einladung nach Rom? Vielleicht übernimmt er einen Teil des Fahrgeldes. Dann kommen sie an, erpicht darauf, die Goldene Stadt zu sehen, geschmeichelt von der Aufmerksamkeit eines einflußreichen Mannes. Und er *muß* über Einfluß verfügen, wenn er den Senat dazu bringen kann, seinem Sohn einen bestimmten Provinzposten zuzuschanzen.«

»Sie meinen, daß seine Besucher sich dann für seine Ziele einspannen lassen?«

»Er bietet ihnen vielleicht genau das, was sie sich wünschen: zum Beispiel das Patronat für den Rufius-Enkel – und sagten Sie nicht, es gäbe auch noch ein Mädchen in der Familie?«

»Claudia Rufina soll angeblich den Sohn meines ehemaligen Pachtherrn heiraten.« Optatus sprach den Namen des Mannes, der ihn zur Räumung gezwungen hatte, nach Möglichkeit nie aus. Auch nicht den des Sohnes. »Ich vertraue Licinius, Falco. Im nächsten Herbst werde ich ihm unsere Oliven zum Pressen schicken, damit wir nicht anderswo betrogen werden. Zu den anderen, die Sie erwähnt haben«, fuhr er rasch fort, damit seine eigenen Probleme nicht wieder zur Sprache kamen, »Norbanus ist ein Frachtvermittler, wie Sie sagten. Er kauft und verkauft Stauraum in seetüchtigen Schiffen, die bis Hispalis den Fluß hinauf segeln. Ich bin ihm schon begegnet, aber ich kenne ihn nicht gut. Meine Familie hat seine Dienste nie in Anspruch genommen.«

»Gab es irgendwelche Gründe dafür?«

Optatus zeigte ein seltenes Lächeln. »Unser Vermittler war ein entfernter Vetter.«

»Ah so!«

»Norbanus ist jedoch der bekannteste. Er ist Vorsitzender der Gilde der Negotiatoren in Hispalis und besitzt auch ein eigenes Büro in Ostia, dem Hafen von Rom.«

»Demzufolge ist er also wohlhabend. Und Cyzacus steht an der Spitze der Flußschiffer auf dem Baetis?«

»Sie haben von Cyzacus gehört?«

»Sie meinen, woher ich weiß, daß er der Stammeshäuptling ist? Das ist nicht schwer zu erraten. Attractus gibt sich offenbar nur mit den prominentesten Männern ab. Doch wie kommen sie alle miteinander aus? Norbanus und Cyzacus schienen sich eifrigst den neuesten Klatsch und Tratsch zu erzählen. Sind die beiden Gutsbesitzer ebenfalls Saufkumpane?«

»Transportunternehmer und Landbesitzer können sich gegenseitig nicht ausstehen, Falco. Cyzacus und Norbanus dürfen sich glücklich schätzen, wenn einer der Gutsbesitzer überhaupt mit ihnen spricht. Zwischen Öltransporteuren und Ölherstellern herrscht ein ständiger Krieg – über Preise, verspätete Lieferungen oder darüber, wie das Öl behandelt wird ... Was Annaeus und Licinius angeht, die sind im gleichen Geschäft, also ernsthafte Konkurrenten.« Das hörte sich gut an. Hier ließ sich vielleicht ein Keil hineintreiben, was die Art ist, auf die ein gewitzter Agent Verschwörungen sprengt. Man findet eine eng verflochtene Clique vor, in der es interne Rivalitäten gibt, und braucht diese dann nur noch geschickt zu schüren. »Der Unterschied zwischen beiden ist, daß die Annaei vor vielen Jahren aus Italien eingewandert sind und zu den ersten römischen Siedlern hier gehörten. Die Rufii sind rein spanischer Abstammung und haben daher einiges aufzuholen.«

»Ich sehe, daß Sie sich bestens in örtlicher Blasiertheit auskennen!«

»Ja, Menschen, die lebenswichtige Interessen gemein haben, übertrumpfen einander gern an Arroganz.«

»Sagen Sie, warum können diese beiden Olivenanbauer einander nicht ausstehen? Hat das nur rein kommerzielle Ursachen?«

»Oh, ich denke schon. Sie bekämpfen sich nicht bis aufs Blut«, erwiderte Optatus ziemlich sarkastisch, als nähme er an, daß ich Provinzorte für Brutstätten von Familienfehden und faszinierenden Eifersuchtsdramen hielt. Gut, die Provinzler hatten zweifellos ihren Spaß, aber das Geldverdienen stand im Vordergrund. Andererseits, wenn im Laufe meiner Ermittlungen jegliche starken Gefühle geleugnet wurden, fand man normalerweise kurz darauf Leichen mit Messern im Rücken.

Wir hatten die Villa Rustika erreicht. Ich hörte Nux bellen, wahrscheinlich aus Protest, weil Helena sie eingesperrt hatte. Bevor Optatus der Schmerz über sein entwurzeltes Bäumchen wieder einfiel, zog ich mich lieber eilends zurück.

XXII

Corduba liegt am Nordufer des Flusses Baetis, mit einem weiten Blick über eine fruchtbare, landwirtschaftlich genutzte Ebene. Marmarides fuhr Helena und mich am nächsten Tag dorthin. Wo das schiffbare Wasser sich zu sumpfigen Tümpeln und Kanälen verengte, überquerten wir es auf einer steinernen Brücke, von der allgemein behauptet wurde, sie würde eine von Julius Cäsar erbaute ersetzen. Selbst im April hätte man den Fluß an dieser Stelle auch ohne weiteres zu Fuß durchqueren können.

Corduba war iberischen Ursprungs, wurde dann aber eine römische Stadtgründung von Marcellus, dem ersten römischen Statthalter in Spanien. Später hatten sowohl Cäsar als auch Augustus den Ort zur Veteranenkolonie gemacht, also wurde hier allgemein Latein gesprochen, und aus diesen ersten Anfängen rührte wohl auch die Blasiertheit her, die Optatus mir beschrieben hatte. Hier gab es Menschen mit allen Arten von Stammbäumen.

Selbst während der Kolonisierungszeit war es hier turbulent zugegangen. Das iberische Festland war vor dreihundert Jahren von Rom überfallen worden – doch es hatte uns zweihundertfünfzig Jahre gekostet, es ganz und gar zu dem unseren zu machen. Die zahllosen, untereinander zerstrittenen Stämme hatten genug Ärger verursacht, aber Spanien war darüber hinaus die Aufmarschroute der Karthager. Später wurde es jedesmal, wenn prominente Männer in Rom uns in den Bürgerkrieg trieben, zu einem beliebten Zankapfel für Rivalen. Corduba hatte immer wieder Belagerungen aushalten müssen. Trotzdem verfügte die Stadt im Gegensatz zu den meisten großen Provinzzentren, die ich besucht hatte, vor allem an den Grenzen des Reiches, über kein permanentes Militärlager.

Baetica, die Provinz mit den meisten natürlichen Ressourcen, hatte sich lange vor dem unzugänglicheren Landesinneren nach Frieden gesehnt – und nach der Möglichkeit, seine Reichtümer auszubeuten. Zu Hause auf dem Forum Romanum stand eine goldene Statue von Augustus, errichtet von wohlhabenden Einwohnern Baeticas aus Dankbarkeit dafür, daß er ihnen endlich ein friedliches Leben gebracht hatte. Wie friedlich es wirklich war, würde ich noch zu prüfen haben.

Wir passierten ein kleines Wachhaus und überquerten die Brücke. Dahinter lagen die dicken Stadtmauern, ein gewaltiges Stadttor und die für diese Gegend typischen Häuser mit Lehmziegelfundamenten und Holzwänden. Später fand ich heraus, daß die Stadt über eine tüchtige Feuerwehr verfügte, um mit den Bränden fertig zu werden, die in eng bebauten Städten, in denen Lampenöl billig zu haben ist, an der Tagesordnung waren. Es gab auch ein Amphitheater, wo laut der vielen Plakate einiges los zu sein schien; diverse bluthungrig klingende Gladiatoren erfreuten sich großer Beliebtheit. Aquädukte führten Wasser von den Bergen im Norden der Stadt heran.

Corduba besaß eine gemischte, kosmopolitische Bevölkerung, aber als wir uns den Weg durch die gewundenen Straßen zum Verwaltungszentrum bahnten, merkten wir, daß es innerhalb dieser Mischung strikte Trennungen gab – römische und spanische Bezirke wurden durch eine von West nach Ost verlaufende Mauer sauber geteilt. Bezeichnungen auf Wandplatten unterstrichen diese Teilung. Ich stand auf dem Forum, das als römisch ausgewiesen war, und dachte, wie seltsam eine solche strikte Trennung in Rom selbst wirken würde, wo Menschen aller Klassen und Herkunft bunt durcheinander gewürfelt sind. Die Reichen mögen zwar versuchen, sich in ihren Villen abseits zu halten, aber wenn sie irgendwo hin wollen – und um in Rom etwas zu gelten, muß man sich *sehen* lassen –, müssen sie sich damit abfinden, von der knoblauchessenden Menge angerempelt zu werden.

Ich konnte mir gut vorstellen, daß die schicken römischen Administratoren und die reservierten, in sich gekehrten Baeticaner bald in einem völlig übereinstimmen würden: mich abzulehnen.

Wie alle anständigen Touristen begaben wir uns als erstes zum Forum. Es befand sich im nördlichen Sektor der Stadt. Als wir uns nach dem Weg erkundigten, erfuhr ich, daß der Palast des Statthalters am anderen Ende in der Nähe des Flusses lag. Abgelenkt durch mein Geplauder mit Helena hatte ich ihn nicht bemerkt, als wir daran vorbeifuhren. Helena und Marmarides, die sich gerne die Sehenswürdigkeiten ansehen wollten, gingen allein los. Helena hatte einen von ihrem Bruder zurückgelassenen Stadtplan mitgebracht. Sie würde mir alles Sehenswerte später zeigen.

Ich war verpflichtet, dem Prokonsul meine Aufwartung zu machen. Die sonnendurchflutete Provinz Baetica besaß vier Gerichtsbezirke – Corduba, Hispalis, Astigi und Gades. Daher standen meine Chancen vier zu eins, den Statthalter zu Hause vorzufinden. Da die Parzen sich ein Spiel daraus machen, mich mit Enttäuschungen zu überhäufen, erwartete ich das Schlimmste. Aber als ich im Palast des Prokonsuls vorsprach, war er da. Welch angenehme Überraschung! Das hieß jedoch nicht, daß ich so ohne weiteres zu dem mächtigen Mann vorgelassen würde.

Ich schloß eine Wette mit mir ab, wie rasch ich ein offizielles Gespräch würde deichseln können. Bei meinem Vorgehen war Fingerspitzengefühl geboten, da Geheimhaltung nötig war. Eine simple Bitte um eine Audienz brachte nichts. Als ich das würdevolle Siegel von Claudius Laeta, Leiter der amtlichen Korrespondenz des Kaisers, vorwies, zeigten die Bürohengste, die seinen Namen auf Tausende langweiliger Kommuniqués geschrieben haben mußten, nur mildes Interesse. Einer der Burschen sagte, er würde sehen, was er tun könne, und verschwand dann im Flur, um mit einem Freund über das gestrige Besäufnis zu quatschen. Ich setzte die düstere Miene eines Rechnungsprüfers auf, der die Aufgabe hat, überflüssige Angestellte zu eliminieren. Zwei andere lässige

Burschen steckten die Köpfe zusammen und überlegten, was sie heute zum Mittagessen bestellen sollten.

Mir blieb nur noch eines übrig: unsaubere Tricks.

Ich lehnte mich an einen Beistelltisch und putzte mir die Fingernägel mit dem Dolch. »Lassen Sie sich nur Zeit«, lächelte ich. »Wahrscheinlich interessiert es den Prokonsul ja nicht sonderlich, daß sein Urgroßvater endlich gestorben ist. Aber ich habe nun mal die leidige Aufgabe, ihm zu erklären, warum der alte Miesepeter sein Testament geändert hat, und ich weiß einfach nicht, wie ich das machen soll, ohne eine gewisse kleine illyrische Maniküre zu erwähnen. Wenn ich nicht aufpasse, kommt am Ende auch noch zur Sprache, warum die Frau Seiner Hochwohlgeboren nicht wie angewiesen aufs Land gefahren ist, und dann käme ihr kleines Dingeldongel mit dem Wagenlenker ans Licht. Jupiter weiß, daß sie Stillschweigen hätten bewahren sollen, aber natürlich mußte ihr Arzt reden, und wer kann es ihm verdenken, wenn man erfährt, wo die Ersatzepauletten des Prokonsuls angenäht waren ...« Im Türrahmen erschienen die Köpfe des Tintenklecksers und seines Freundes aus dem Flur, die mich genau wie die anderen mit offenem Mund glubschäugig anstarrten. Ich strahlte sie an. »Besser, ich halte jetzt die Klappe, obwohl es bereits im ganzen Senat die Runde macht. Aber Sie haben es zuerst von mir gehört! Denken Sie daran, wenn die Trinkerei losgeht ...«

Ich log natürlich. Mit Schreibern trinke ich nie.

Der aus dem Flur sauste los, kam atemlos wieder angeschossen und schob mich regelrecht zu seinem Dienstherrn. Der Prokonsul schaute etwas überrascht, aber er wußte ja auch noch nicht, daß er eine Berühmtheit geworden war. Seine loyalen Schriftrollenschubser würden wie eine Traube vor der Tür zusammenströmen und Weinbecher gegen die lackierten Paneele drücken in der Hoffnung, noch mehr zu belauschen. Da die fragliche Person unter einem Purpurbaldachin auf einem Podium am anderen Ende des

Raumes saß, der die Länge eines Wettkampfstadions hatte, würde unser prosaisches Gespräch über Handelsangelegenheiten nicht bis zu den heißen Ohren der Klatschmäuler dringen. Im Raum befanden sich aber immer noch ein paar Schreiber und Becherträger, die dem mächtigen Mann aufwarteten. Ich fragte mich, wie ich sie loswerden konnte.

Der Prokonsul von Baetica war typisch für Vespasians Neueinstellungen: er sah aus wie ein Schweinezüchter. Sein gebräuntes Gesicht und die häßlichen Beine hatten bestimmt nicht dagegen gesprochen, ihn hier zwischen der staubigen Ansammlung zeremonieller Ruten und Äxte und unter dem reichlich angelaufenen und abgenutzten Goldadler auf einen Elfenbeinthron zu setzen. Was für Vespasian zählte, war die glänzende Karriere des Mannes, die sicherlich ein Legionskommando und eine Amtsperiode als Konsul mit einschloß. Auch konnte dem Kaiser die Gewitztheit, die sich hinter den durchdringenden, schwerlidrigen Augen verbarg, nicht entgangen sein. Diese Augen beobachteten mich jetzt beim Durchschreiten des Audienzsaals, während ein Verstand so scharf wie ein Piktenbeil mich in der gleichen Geschwindigkeit abschätzte wie ich ihn.

Der Posten, den er hier innehatte, verlangte eine feste Hand. Es war erst drei Jahre her, seit zwei spanische Provinzen ihren Part im legendären Vierkaiserjahr gespielt hatten: Tarraconensis, das sich hinter Galba gestellt hatte, dann Lusitanien, das Otto unterstützte. Galba hatte sich schon zum Kaiser ausrufen lassen, als er noch Provinzstatthalter war und seinem Machtanspruch mit den ihm unterstellten Legionen Nachdruck verlieh. Das hatte, wie bei schlechten Ideen üblich, Schule gemacht: Vespasian hatte später die gleiche Taktik in Judäa benutzt. Danach war er gezwungen, Hispanien wieder auf Vordermann zu bringen. Er hatte die spanischen Legionen von vier auf eine reduziert – eine neue dazu – und schon ehe ich diesen Mann hier aufsuchte, war ich sicher gewesen, daß er seinen Posten nur hatte, weil er Vespasian und alles, für das die neuen flavischen Kaiser standen, unterstützte. (Als Bewohner der Provinzen haben Sie wahrscheinlich gehört, daß Ihre neuen römischen Statthalter durch eine Lotterie ausgewählt werden. Ja, das zeigt nur einmal mehr, auf welch wundersame Weise Lotterien funktionieren. Das Los scheint stets auf diejenigen Männer zu fallen, die der Kaiser bevorzugt.)

Hispanien verlor seine Chance auf Ruhm und Ehre, als Galba schon nach sieben Monaten vom Thron purzelte und Otto kaum drei schaffte; in Rom waren sie bereits in Vergessenheit geraten. Aber die reichen Land- und Minenbesitzer von Corduba hatten zu Galbas Verbündeten gehört. Hier mochte es immer noch gefährliche Widerstandsnester geben. Natürlich war davon außerhalb der dicken Mauern des Verwaltungspalastes wenig zu merken. Die Stadt schien an diesem strahlenden südlichen Morgen ihren Geschäften nachzugehen, als sei das Einsetzen von Kaisern nichts Weltbewegenderes als ein kleiner Skandal beim Kartenverkauf für das Amphitheater. Doch vielleicht gärte nach wie vor der Ehrgeiz in den Olivenhainen.

»Was gibt's Neues auf dem Palatin?« Der Prokonsul hielt sich nicht lange mit Höflichkeitsfloskeln auf. Er war leger gekleidet – ein Vorteil des Lebens in den Provinzen –, aber als er mich in meiner Toga sah, hängte er sich seine rasch über.

»Ich bringe Ihnen Grüße vom Kaiser, von Titus Cäsar und vom Leiter des Korrespondenzbüros.« Damit reichte ich ihm eine Schriftrolle von Laeta, die mich einführen sollte.

Er hielt sich nicht damit auf, sie zu entsiegeln. Von Etikette schien er nichts zu halten. »Sie arbeiten für Laeta?« Es gelang ihm, ein verächtliches Schnauben zu unterdrücken. Sekretariatsangestellte waren seltene Besucher – und unwillkommene dazu.

»Ich wurde von Laeta hergeschickt – nun ja, er kommt für meine Reisekosten auf. In Rom hat sich eine interessante Situation ergeben, Prokonsul. Der Oberspion bekam einen häßlichen Schlag auf den Kopf, und Laeta hat Anacrites' Verantwortungsbereich übernommen. Ich wurde für diese Mission ausgewählt, weil ich über das verfüge, was wir mal diplomatische Erfahrung nennen wollen.« Wenn ich mich als Ermittler bezeichnete, pflegte das bei Exgenerälen und Exkonsuln meist unzuträgliche Anfälle von Blähsucht hervorzurufen.

Der Prokonsul verdaute das Gesagte und richtete sich auf. »Warum hat man Sie geschickt?«

»Aus Zweckdienlichkeit.«

»Ein guter Ausdruck, Falco. Deckt eine Menge Eselsmist ab.« Allmählich gefiel mir der Mann.

»Ich würde es eher als zermatschten Olivendünger bezeichnen«, sagte ich.

Er schickte seine Angestellten raus.

Eine Audienz zu bekommen ist eine Sache. Besuche in den illustren Hallen der Macht endeten für mich oft unbefriedigend. Wie das Essen in einem miesen Gasthaus in Gallien.

Wir stellten rasch fest, daß der Prokonsul keinen Wert darauf legte, die Verantwortung für meinen Auftrag zu übernehmen. Er hatte seinen eigenen Auftrag. Da er den Senat vertrat und ich den Kaiser, stimmten unsere Interessen nicht unbedingt überein. Das hier war seine Provinz, daher hatte seine Rolle Vorrang. Nur so konnte er seine guten Beziehungen mit der einheimischen Bevölkerung aufrechterhalten.

Ich beschrieb die Überfälle auf Anacrites und Valentinus. Der Prokonsul zeigte höfliches Bedauern für den Oberspion und Gleichgültigkeit für das Schicksal eines unbekannten Untergebenen. Er bestritt, irgendwelche Tänzerinnen aus Hispalis zu kennen und wirkte verärgert, daß ich die Frage überhaupt stellte. Doch er wies mich darauf hin, daß die Ädilen in ihrer Heimatstadt die mörderische Diana vielleicht auf ihrer Liste lizensierter Unterhaltungskünstler hatten. Um das herauszufinden, würde ich nach Hispalis reisen müssen.

Er sagte mir, ich dürfe mit seiner vollen Unterstützung rechnen – obwohl er mir wegen der vom Kaiser angeordneten Ausgabenreduzierung in den Provinzen keine Geldmittel zur Verfügung stellen könne. Das traf mich nicht unerwartet. Zum Glück bezahle ich für mein eigenes Sohlenleder, und notwendige Bestechungsgelder konnte ich mir von Laeta zurückgeben lassen.

Ich bat ihn um eine Einschätzung der örtlichen Lokalgrößen. Der Prokonsul sagte, ich sei der Experte, und ich solle mir mein Urteil selbst bilden. Ich folgerte, daß er häufig zumindest bei den Oberschichts-Verdächtigen zu Gast war.

»Offensichtlich ist der Export von Olivenöl ein wichtiger Handelszweig, den Rom absichern will.« Und genauso offensichtlich sah der Prokonsul seine Aufgabe darin, nichts Verfängliches preiszugeben. Aber ich verbiß mir vorläufig jeden Kommentar dazu. »Falls es *tatsächlich* den Versuch gibt, die Preise ungünstig zu beeinflussen, Falco, müßten wir ihn sofort im Keim ersticken. Die Konsequenzen für den Heimatmarkt, die Armee und die provinziellen Absatzmärkte wären verheerend. Ich möchte jedoch die Empfindsamkeiten der Einheimischen keinesfalls verletzen. Sie müssen tun, was Sie für nötig halten, aber wenn es zu irgendwelchen Beschwerden kommt, fliegen Sie schneller aus der Provinz raus, als Sie Luft holen können.«

»Ich danke Ihnen, Prokonsul.«

»Ist das alles?«

»Nur noch eine Kleinigkeit, Prokonsul.« Ich hatte mir angewöhnt, Leute wie ihn ein paar Mal mit ihrem Titel anzusprechen. Die Gerissenen fallen nie darauf rein. »Sie hatten vor kurzem einen Briefwechsel mit Anacrites, aber er ist dank seines geheimen Ablagesystems nicht auffindbar. Ich hätte gern die Erlaubnis, die hier verbliebenen Dokumente einzusehen.«

»Es ging um finanzielle Dinge. Mein Quästor war der offizielle Kontaktmann.«

»Dabei handelte es sich um Cornelius, der inzwischen seine

Karriere anderswo verfolgt – hat er mit Ihnen über die Sache gesprochen?«

»Nur ganz generell.« Ich bekam den Eindruck, daß es in dem Brief nur um einen von den vielen Punkten auf ihrer Tagesordnung ging und daß der Prokonsul sich nicht an die einzelnen Fakten erinnern konnte. Aber dann schien er seine Meinung zu ändern. »Sind Sie der Agent, den Anacrites uns angekündigt hat?« Das war eine Entwicklung, die ich nicht vorausgesehen hatte.

»Nein. Laeta hat sich an mich gewandt, nachdem Anacrites außer Gefecht gesetzt worden war. Valentinus, der Mann, der in Rom ermordet wurde, scheint mir der Wahrscheinlichste für diesen Auftrag des Oberspions. Ich nehme an, daß niemand sonst aufgetaucht ist?«

»Niemand hat Kontakt aufgenommen.«

»Dann können wir davon ausgehen, daß ich diesen Auftrag jetzt ausführe.«

Der Prokonsul entschloß sich, offen mit mir zu sein. »Nun gut, um Sie ins Bild zu setzen: Anacrites wollte wissen, ob der Olivenölmarkt stabil sei. Ich bin lange genug im Geschäft, um daraus zu schließen, daß er den Verdacht hatte, dem sei nicht so. Sonst hätte er kein Interesse daran gezeigt. Ich wies Cornelius an, die Situation sofort zu überprüfen.«

»Konnte man ihm trauen?«

»Cornelius war zuverlässig.« Er schien noch etwas hinzufügen zu wollen, fuhr aber statt dessen fort: »Offenbar herrschte eine gewisse Rastlosigkeit unter den Geschäftsleuten, die Art von Stimmung, die schwer zu definieren und noch schwerer zu packen ist. Ich war beunruhigt. Wir übermittelten einen Bericht. Die Antwort darauf war, daß sofort ein Agent hergeschickt werden würde.« Ich fragte mich, ob Anacrites damals nach dem Festessen den Palast verlassen hatte, um sich mit Valentinus zu treffen und ihm Anweisungen für die Reise nach Corduba zu geben.

»Vielen Dank. Damit wäre das geklärt, Prokonsul. Nach allem, was ich gehört habe, werden Sie Cornelius vermissen. Er war offenbar recht tüchtig. Und nun hat man Ihnen eine unbekannte Größe aufgehalst, höre ich … Wird der neue Quästor die Ölkartell-Sache jetzt übernehmen, Prokonsul?«

Ich hielt meinen Gesichtsausdruck bewußt neutral, ließ ihn aber merken, daß ich ihn beobachtete. Da der Nachfolger von Cornelius der Sohn eines Mannes war, der offenbar den Ton unter den Ölherstellern angab, konnte es heikel werden.

»Mein neuer Beamter ist mit der Materie nicht vertraut«, erklärte der Prokonsul. Es klang, als wolle er mich warnen, den jungen Quinctius nicht auf etwaige Unstimmigkeiten aufmerksam zu machen. Ich fühlte mich beruhigt.

»Ist er nicht bereits in Corduba?«

»Er kam her und sah sich das Büro an.« Das hörte sich sonderbar an. Der Prokonsul sah mir direkt in die Augen. »Momentan ist er nicht hier. Ich habe ihm Jagdurlaub gegeben. Besser, sie sich erst mal austoben zu lassen«, sagte er trocken wie ein Mann, der eine lange Reihe von Verwaltungsneulingen geschult hat.

Mir kam es so vor, als meinte er in Wirklichkeit etwas anderes. Der Prokonsul hatte wenig mitzureden bei der Wahl seines neuen Beamten. Die Einsetzung von Quinctius Quadratus war von seinem einflußreichen Vater vorangetrieben und vom Senat arrangiert worden. Der Kaiser besaß ein Vetorecht, aber es zu benutzen, hätte die einflußreiche Familie Quinctius vor den Kopf gestoßen. »Ich habe seinen Vater in Rom kennengelernt«, sagte ich.

»Dann werden Sie ja wissen, daß Quinctius Quadratus mit ausgezeichneten Empfehlungen zu uns kommt.« Nicht ein Funke von Ironie war zu spüren.

»Sein Vater ist sicherlich ein bedeutender Mann.«

Ich konnte kaum von einem Prokonsul erwarten, daß er einen Senatorenkollegen schlecht machte. Und das geschah auch nicht. »Ist für die Konsulschaft vorgesehen«, bemerkte er ernst. »Hätte sie vermutlich längst bekommen, wenn es nicht eine so lange

Warteliste gäbe.« Nach seiner Machtübernahme war Vespasian verpflichtet, erst seinen Freunden, die ihn unterstützt hatten, Ehrungen zukommen zu lassen. Außerdem besaß er zwei Söhne, die dem Ritual nach alle paar Jahre zu Magistraten ernannt werden mußten. Das bedeutete, daß Männer, die fest mit Ehrungen gerechnet hatten, nun warten mußten.

»Wenn Attractus seine Konsulschaft erhält, steht ihm danach eine Provinz zu«, grinste ich. »Er könnte immer noch Ihren Posten übernehmen!« Der jetzige Statthalter fand das nicht witzig. »Inzwischen wird von seinem Sohn erwartet, daß er es weit bringt?«

»Zumindest bis zu einem Jagdurlaub«, meinte der Prokonsul etwas jovialer. Ich hatte das Gefühl, er war recht zufrieden damit, den jungen Quinctius weggeschickt zu haben, obwohl es wahrscheinlich nur vorübergehend war. »Zum Glück läuft das Büro von alleine.«

Ich habe Büros gesehen, die angeblich von alleine liefen. Was gewöhnlich bedeutete, daß sie von einem erfahrenen thrakischen Sklaven geleitet wurden, der alles wußte, was in den letzten fünfzig Jahren passiert war. Wunderbar – bis zu dem Tag, an dem er einen tödlichen Herzanfall erlitt.

So ein Jagdurlaub ist eine vieldeutige Angelegenheit. Junge Beamte in den Provinzen erwarten ein gewisses Maß an Freizeit, um wilde Tiere abzuschlachten. Dies wird ihnen normalerweise als Belohnung für harte Arbeit gewährt. Aber es ist gleichzeitig eine wohlbekannte Methode für pingelige Statthalter, sich von Schwachköpfen zu befreien, bis Rom den nächsten Naivling schickt – oder er selbst abberufen wird.

»Wo können wir Sie erreichen?« fragte der römische Staatsvertreter. Er entledigte sich bereits wieder seiner Toga.

»Auf dem Gut von Camillus Verus. Ich nehme an, Sie erinnern sich an seinen Sohn Aelianus?« Der Prokonsul nickte, enthielt sich aber jeden Kommentars. »Die Tochter des Senators ist zur Zeit ebenfalls hier.«

»Mit ihrem Ehemann?«

»Helena Justina ist geschieden – und auch verwitwet.« Ihm war anzusehen, daß er sich innerlich darauf einstellte, ihr seine Aufwartung machen zu müssen, also fügte ich hinzu, um ihm die Qual zu ersparen: »Die edle Helena erwartet in Kürze ein Kind.«

Er warf mir einen scharfen Blick zu, auf den ich nicht reagierte. Manchmal erläutere ich den Leuten die Situation und starre sie nieder. Manchmal sage ich nichts und überlasse das Tratschen jemand anderem.

Da ich natürlich das Siegel des Empfehlungsschreibens von Laeta vorsichtig entfernt und es gelesen hatte, wußte ich, daß der Brief – der immer noch ungeöffnet auf dem Beistelltisch des Konsuls lag – eine lakonische Beschreibung unserer Beziehung enthielt. Er bezeichnete die Tochter des Senators als ruhiges, anspruchsloses Mädchen (eine Lüge, mit der diplomatisch umschrieben wurde, daß ihr Papa ein Freund des Kaisers war). Ich werde Ihnen nicht verraten, als was er mich bezeichnete, aber wenn ich nicht Ermittler gewesen wäre, hätte ich ihn auf Schadensersatz verklagt.

XXIII

Wie ein Spatzenschwarm flatterten die Schreiber auf, als ich aus der Tür trat. Ich zwinkerte ihnen zu. Sie wurden rot. Ich entlockte ihnen, wo ich das Büro des Quästors finden konnte und merkte, daß meine Frage sie leicht verwirrte.

Natürlich wurde ich von dem unvermeidlichen alten Sklaven begrüßt, der die Papiere im Allerheiligsten des Quästors in Ordnung hielt. Bei diesem hier handelte es sich um einen schwarzen Schreiber aus Hadrumetum. Sein Wille, mich abzuwimmeln, war genau so unverkennbar wie der der glattzüngigsten orientalischen Sekretäre in Rom. Er schaute mich feindselig an, als ich darum bat, den Bericht einsehen zu dürfen, den Cornelius an Anacrites geschickt hatte.

»Sie erinnern sich bestimmt, ihn geschrieben zu haben.« Ich ließ durchblicken, daß ich genau verstand, wie heikel der Inhalt gewesen war. »Es hat gewiß eine Menge Aufregung und Korrekturen gegeben. Der Bericht sollte nach Rom gehen und betraf obendrein einige kitzelige Dinge hier aus der Provinz.«

Der unergründliche Ausdruck im Gesicht des Afrikaners schwand ein wenig. »Ohne Erlaubnis des Quästors kann ich keine Dokumente herausgeben.«

»Mir ist bekannt, daß Cornelius den Bericht abgesegnet hat. Die Übergabe an seinen Nachfolger wird wohl schon stattgefunden haben, aber der Statthalter sagte mir, daß der neue Quästor noch keine vollen Befugnisse erhalten hätte.« Der Schreiber schwieg. »Er war hier, um sich dem Prokonsul vorzustellen, nicht wahr? Wie finden Sie ihn?« riskierte ich zu fragen.

»Sehr angenehm.«

»Dann haben Sie ja Glück gehabt! Ein brandneuer designierter Senator mit einem Kindergesicht, der praktisch ahnungslos ins

Ausland geschickt wird? Sie hätten leicht auch einen arroganten und ungehobelten erwischen können ...«

Der Sklave biß immer noch nicht an. »Sie müssen sich an den Quästor wenden.«

»Aber er ist nicht zugegen, nicht wahr? Der Prokonsul hat mir erklärt, es sei jetzt in Baetica Usus, auch Wildschweinen Kopfsteuer abzuknöpfen! Seine Ehren sagte, falls Sie eine Kopie des Briefes gemacht hätten, sollten Sie mir die zeigen.«

»Natürlich habe ich eine Kopie gemacht! Das mache ich immer.«

Seiner Verantwortung durch die Autorität des Prokonsuls enthoben (eine Erfindung von mir, wie er sich durchaus denken konnte), begab sich der Schreiber des Quästors sofort auf die Suche nach der fraglichen Schriftrolle.

»Sagen Sie mir, was meint man hier, warum Anacrites sich überhaupt für die Sache interessierte?« Der Schreiber hielt in seiner Suche inne. »Ich meine den Oberspion«, ließ ich ihn wissen. »Ich arbeite von Zeit zu Zeit für ihn.« Daß Anacrites jetzt bewußtlos im Prätorianerlager vor sich hindämmerte oder bereits Asche in einer Begräbnisurne war, behielt ich für mich.

Mein mürrischer Gefährte akzeptierte endlich, daß er mit einem Kollegen sprach. »Anacrites hatte von jemandem in der Provinz einen Tip bekommen. Von wem der war, hat er uns nicht mitgeteilt. Es hätte eine böswillige Unterstellung sein können.«

»War er anonym?« Er nickte leicht. »Da Sie schon dabei sind, nach dem Bericht von Cornelius zu suchen, wäre ich dankbar, wenn ich auch einen Blick auf die erste Anfrage von Anacrites werfen könnte.«

»Das war mir klar. Sie müßten zusammen abgelegt sein ...« Jetzt klang der Schreiber geistesabwesend. Besorgnis machte sich auf seinem Gesicht breit, die auf mich übersprang. Erneut suchte er die Behälter der Schriftrollen durch. Zweifellos kannte er sich in seinem Ablagesystem aus. Und als er feststellte, daß die Korrespondenz verschwunden war, wirkte seine Verwirrung echt.

Ich begann mir ernsthaft Sorgen zu machen. Wenn Dokumente verschwinden, kann es dafür drei Gründe geben: simple Schlamperei, Sicherheitsmaßnahmen, die ohne Wissen des Sekretariats ergriffen worden sind, oder Diebstahl. Schlamperei ist weit verbreitet, aber selten, wenn es um höchstvertrauliche Dokumente geht. Sicherheitsmaßnahmen sind nie so gut, wie behauptet wird. Jeder Sekretär, der seine Stellung wert ist, wird einem sagen, wo die Schriftrolle verschlossen wurde. Diebstahl bedeutete, daß jemand mit Zugang zu offiziellen Kreisen von meinem Kommen wußte, den Grund dafür kannte und die Beweise vernichtet hatte.

Ich konnte mir nicht vorstellen, daß es der neue Quästor gewesen war. Das schien mir zu durchsichtig. »Als Quinctius Quadratus hier war, haben Sie ihn da allein im Büro gelassen?«

»Er hat nur kurz hereingeschaut und verschwand dann, um dem Statthalter seine Aufwartung zu machen.«

»Hat sonst noch jemand Zugang?«

»Es gibt Wachen. Wenn ich das Büro verlasse, verschließe ich die Tür.« Ein entschlossener Dieb würde trotzdem einen Weg hinein finden. Dazu war nicht mal ein Profi nötig. In Palästen wimmelt es immer von Leuten, die so aussehen, als hätten sie das Recht, dort zu sein, ob es nun stimmt oder nicht.

Nachdem ich den Schreiber beruhigt hatte, sagte ich leise: »Die Antworten, die ich brauche, sind Ihrem vorherigen Quästor Cornelius bekannt. Kann man ihn erreichen? Hat er Baetica verlassen?«

»Seine Amtszeit ist beendet. Er kehrt nach Rom zurück – aber vorher geht er noch auf Reisen. Er ist bereits in Richtung Osten aufgebrochen. Ein Wohltäter hat ihm die Möglichkeit geboten, die Welt zu sehen, bevor er sich endgültig niederläßt.«

»Das könnte einige Zeit dauern! Tja, da unser Vergnügungsreisender nicht erreichbar ist, können Sie mir dann sagen, an was Sie sich aus den verschwundenen Schriftrollen erinnern?«

»In der Anfrage von Anacrites stand kaum etwas Wesentliches. Der Bote, der sie brachte, hat wahrscheinlich mit dem Prokonsul und dem Quästor gesprochen.« Er war Schreiber und mißbilligte das. Für ihn galt nur, was hübsch ordentlich aufgeschrieben war.

»Erzählen Sie mir von Cornelius.«

Der Schreiber sah mich steif an. »Der Prokonsul vertraute ihm in jeder Hinsicht.«

»Jede Menge Jagdurlaub, was?«

Jetzt schaute er verwirrt. »Er war ein sehr fleißiger junger Mann.«

»Aha!«

»Cornelius war sehr besorgt«, fuhr der Schreiber hartnäckig fort. »Er besprach die Dinge mit dem Prokonsul, aber nicht mit mir.«

»War das ungewöhnlich?«

»Es ging um sehr heikle Dinge.«

»Doch er diktierte Ihnen den Bericht. Was stand drin?«

»Cornelius war zu dem Schluß gekommen, daß der Preis von Olivenöl in die Höhe getrieben werden sollte.«

»Mehr als die gewöhnliche Überteuerung?«

»Sehr viel mehr.«

»Systematische Manipulation?«

»Ja.«

»Hat er Namen genannt?«

»Nein.«

»Aber er war trotzdem der Meinung, daß man das Kartell durch rasches Handeln im Keim ersticken könnte?«

»War er?« fragte der Schreiber.

»Mir wurde gesagt, das sei seine Einschätzung gewesen.«

»Die Leute wiederholen ständig falsche Behauptungen, die angeblich in Berichten gestanden haben sollen«, sagte der Schreiber und schien sich fürchterlich darüber aufzuregen. Mich regte etwas ganz anderes auf: Camillus Aelianus hatte mich in diesem Punkt offensichtlich belogen.

»Aber Cornelius hatte das Gefühl, die Situation sei ernst? Und wer sollte etwas dagegen unternehmen?«

»Rom. Oder wir, falls Rom das anordnen sollte – aber dort zog man es vor, einen eigenen Ermittler zu schicken. Sind Sie nicht deswegen hier?«

Ich lächelte – obwohl ich in Wahrheit, nachdem Anacrites ausgefallen und Laeta so wenig vertrauenswürdig war, keine Ahnung hatte.

XXIV

Mehr herauszufinden, konnte ich vergessen: heute war ein öffentlicher Feiertag. Ermittler haben ihren eigenen Arbeitsrhythmus und lassen solche Dinge gern außer acht, aber allen anderen im Reich war klar, daß heute, elf Tage vor den Kalenden des Mai, das große Frühlingsfest begann. Im Palast des Statthalters war für ein paar Stunden gearbeitet worden, um der guten alten Tradition nach so zu tun, als seien Staatsgeschäfte zu wichtig für jede Unterbrechung. Doch jetzt wurde selbst der Palast geschlossen, und ich mußte gehen.

Auf meinem Rückweg hügelaufwärts fand ich Marmarides in einer Taverne und ließ ihn dort. Helena entdeckte ich im Basilikaeingang zum Forum, wo sie sich Pläne für einen prächtigen neuen Tempel des Kaiserkultes anschaute. Sie langweilte sich sichtbar, und es war Zeit, sie von hier fortzubringen, bevor sie begann, Gesichter auf die korinthischen Säulen des schicken Aufrißplans zu malen. Die Feierlichkeiten würden sowieso gleich beginnen.

Ich ließ meine Hand in die ihre gleiten, und wir gingen langsam durch die dichter werdende Menge die Stufen hinunter, wobei Helena sorgsam darauf achtete, nicht das Gleichgewicht zu verlieren. Als wir die Straße erreichten, wichen wir Akolythen mit Weihrauchgefäßen aus, die sich für die Opferung sammelten.

»Das ist aber ein flotter neuer hexagonaler Portikus, den sie da für den Kaiserkult bauen wollen!«

»Wenn du mit Architekturbegriffen um dich wirfst, weiß ich, daß du in Schwierigkeiten bist«, sagte sie.

»Ich bin nicht in Schwierigkeiten – aber jemand anderes wird es bald sein.«

Helena warf mir einen skeptischen Blick zu und machte dann

ein paar trockene Bemerkungen über die Modellierart der Säulenkapitelle des zukünftigen Tempels. Ich sagte, ich wüßte gerne, wer für dieses prächtige Monument zahlen würde. Wahrscheinlich die Bürger von Rom, mittels exorbitant teuren Olivenöls.

Nachdem wir uns einen Platz auf der Piazza gesucht hatten, erzählte ich Helena alles, was ich heute erfahren hatte. Dann betrachteten wir das Geschehen um uns herum. Corduba ist auf ansteigendem Gelände erbaut und besteht im älteren Teil aus einem Labyrinth schmaler Gassen, die vom Fluß heraufführen, mit eng zusammengebauten Häusern, um die Sonnenhitze abzuhalten. Durch diese Gassen gelangte man schließlich zu den öffentlichen Gebäuden weiter oben am Hügel, wo wir uns jetzt befanden. Helena hatte das kleine Forum bestimmt in allen Einzelheiten erkundet, während sie auf mich wartete, aber das festliche Gepränge belebte sie wieder. »Der Prokonsul hat dir also gestattet, deine Ermittlungen auf seinem Gebiet durchzuführen. Und du suchst, ohne viel Hoffnung, nach einer Tänzerin, die Menschen umbringt ...«

»Ja, aber ich denke, jemand hat sie dafür angeheuert.«

»Und als Fädenzieher verdächtigst du die Baeticaner, die du bei dem Essen gesehen hast: Annaeus, Licinius, Cyzacus und Norbanus. Optatus hat uns erzählt, daß Quinctius Attractus sich auch bei anderen Leuten angebiedert hat.«

»Das mußte er. Preisabsprachen funktionieren nur, wenn sich alle Produzenten zusammenschließen.«

»Aber diejenigen, die in Rom waren, als Valentinus ermordet wurde, hältst du für die Verdächtigen, auf die du dich konzentrieren mußt.«

»Es könnte einfach ihr Pech sein, daß sie in einen Mord verwickelt wurden. Doch es stimmt, hinter denen bin ich her.«

Helena bedachte immer jede Möglichkeit: »Du schließt offenbar aus, daß die Tänzerin und ihre Komplizen gewöhnliche Diebe sein könnten, deren Methode es ist, sich die Gäste bei Festen genau anzusehen und dann die Reichen auszurauben, wenn sie betrunken nach Hause schwanken?«

»Sie haben sich nicht die Reichen ausgesucht, Herzchen. Sie haben den Oberspion und seinen Agenten überfallen.«

»Du bist also definitiv davon überzeugt, daß die Überfälle mit den Vorgängen in Baetica verknüpft sind?«

»Ja, und wenn ich beweisen kann, daß die Besucher aus Baetica in die Überfälle verwickelt waren, wird nicht nur Valentinus Gerechtigkeit widerfahren, sondern auch die ganze Verschwörung auffliegen.«

Helena grinste. »Wie schade, daß du nicht mit dem allseits bewunderten Cornelius sprechen kannst. Wer, meinst du, hat wohl dafür gezahlt, daß er die ›Gelegenheit‹ bekommt, die Welt zu sehen, bevor er sich endgültig niederläßt?«

»Ein schwerreicher Großvater, nehme ich an. Typen mit solchen Posten haben die immer.«

»Der Prokonsul klingt sehr mißtrauisch gegenüber dem neuen Amtsinhaber. Das ist doch seltsam, oder? Der Junge hat ja noch nicht mal angefangen.«

»Was bestätigt, daß sein Vater einen schlechten Ruf in Baetica genießt.«

»Der Prokonsul ist natürlich zu taktvoll, Attractus zu belasten ...«

»Genau! Aber es war spürbar, daß er den Mann nicht leiden kann – oder zumindest die Art von Aufdringlichkeit, für die Attractus steht.«

»Da Attractus selbst nicht hier ist, Marcus, könntest du gezwungen sein, einen Blick auf seinen Sohn zu werfen. Hast du deine Jagdspeere dabei?«

»Jupiter, nein!« Allerdings hatte ich aus Sicherheitsgründen mein Schwert mitgebracht. »Gäbe man mir die Gelegenheit, zusammen mit meinem alten Freund Petronius Wölfe auf einer wilden Halbinsel zu jagen, würde ich sie sofort ergreifen – aber der Quästor ist garantiert auf einen Jagdausflug für reiche Idioten gegangen. Wenn es eines gibt, was ich nicht ausstehen kann, ist das, eine Woche im Wald mit einer Gruppe lärmender Vollidioten zu kampieren, deren Vorstellung von Vergnügen darin gipfelt, Wurfspieße in wilde Tiere zu stecken, die dreißig Sklaven und ein Rudel bösartiger Jagdhunde praktischerweise in Netze getrieben haben.«

»Und keine Frauen«, nickte Helena offenbar voller Mitgefühl.

Ich überging den Seitenhieb. »Zuviel Sauferei, zuviel Krach, halbgares, lauwarmes, fetttriefendes Fleisch, und dazu die ständigen Angebereien und dreckigen Witze.«

»O je! Und du, der feinsinnige, sensible Typ, der nichts anderes will, als den ganzen Tag in einer sauberen Tunika mit einer Schriftrolle epischer Poesie unter einem Dornbusch zu sitzen!«

»Du hast es erfaßt. Ein Olivenbaum auf dem Gut deines Vaters tut's auch.«

»Nur Vergil und ein Stückchen Ziegenkäse?«

»Da wir uns nun einmal hier befinden, würde ich sagen, Lucan. Ein Dichter aus Corduba. Dazu natürlich noch dein süßes Haupt auf meinem Knie.«

Helena lächelte. Ich war froh, das zu sehen. Sie hatte angespannt ausgesehen, als ich sie in der Basilika fand, aber nach unserem Geplänkel war sie aufgetaut.

Wir sahen einen Pontifex oder Flamen, einen der Priester des Kaiserkultes, der ein Opfer auf einem im Forum aufgebauten Altar darbrachte. Er war ein beleibter Baeticaner mittleren Alters mit einem fröhlichen Gesichtsausdruck, bekleidet mit einer purpurnen Robe und einem spitzen, konischen Hut. Seine Helfer waren vermutlich befreite Sklaven, aber er selbst trug einen Ritterring und war ein angesehener Bürger. Vermutlich hatte er einen höheren Posten in der Armee innegehabt und vielleicht auch im örtlichen Magistrat, wirkte jedoch wie eine einfache fröhliche Seele, während er rasch ein paar Tierkehlen durchschnitt und dann eine stockende Prozession zur Parilia-Feier anführte, die der rituellen Reinigung von Vieh und Ställen gilt.

Wir standen respektvoll in der Kolonnade, während sich der Zug städtischer Würdenträger auf dem Weg zum Theater vorbeizwängte, wo die eigentlichen Festivitäten stattfinden sollten. Die Prozession wurde von einigen ängstlichen Schafen und einem munter hüpfenden Kalb begleitet, dem eindeutig niemand gesagt hatte, daß es das nächste Opfertier abgeben würde. Als Hirten verkleidete Männer trugen Besen zum symbolischen Auskehren der Ställe in der Hand, dazu Utensilien zum Entzünden reinigender Feuer. Zwei Staatssklaven, deutlich als Feuerwehrmänner zu erkennen, folgten ihnen erwartungsfreudig mit einem Wassereimer. Da die Parilia nicht nur irgendein archaisches Fest, sondern der Geburtstag von Rom ist, verbiß ich mir rasch den Schwall in mir aufsteigender patriotischer Gefühle (so kann man es auch nennen). Eine Verkörperung der Roma, bewaffnet mit Schild und Speer und einem Halbmond auf ihrem Helm, schwankte gefährlich auf einem Tragestuhl vorbei. Helena wandte sich halb ab und murmelte sarkastisch: »Roma Resurgans sitzt ziemlich wackelig auf ihrem Thron!«

»Zeig ein bißchen mehr Respekt, Strahlauge.«

Eine offizielle Statue des Kaisers kam vor uns ins Wanken und wäre beinahe umgekippt. Diesmal schwieg Helena gehorsam, warf mir aber einen so aufmüpfigen Blick zu, daß ich, während das schwankende Abbild Vespasians von seinen Trägern wieder ins Gleichgewicht gebracht wurde, einen Hustenanfall vortäuschen mußte. Helena Justina hatte nie die perfekte Schönheit einer Skulptur besessen, aber in fröhlicher Stimmung war sie bis in das leiseste Flattern ihrer Wimpern hinein (die für mich sowieso die schönsten im ganzen Römischen Reich waren) voller Leben. Sie besaß einen Sinn für boshaften Humor. Zu sehen, wie sich eine ehrbare Römerin über das Establishment lustig machte, deprimierte mich stets. Ich warf ihr einen Luftkuß zu und schaute trübsinnig. Helena ignorierte mich und fand ein anderes Tableau, über das sie kichern konnte.

Als ich ihrer Blickrichtung folgte, entdeckte ich ein bekanntes Gesicht. Einer der hochmögenden Bürger Cordubas wich den Hirten aus, die sich mit einem widerspenstigen Schaf abmühten. Ich erkannte ihn sofort, ließ mir aber durch eine rasche Frage von jemandem aus der Menge seinen Namen bestätigen: Annaeus Maximus. Einer der beiden bedeutenden Ölhersteller vom Festmahl auf dem Palatin.

»Einer dieser aufgeblasenen Würdenträger steht auf meiner Verdächtigenliste. Das hier scheint mir eine gute Gelegenheit zu sein, mit ihm zu sprechen ...«

Ich wollte Helena überreden, an einem der Imbißstände auf mich zu warten. Sie reagierte mit einem Schweigen, das mir deutlich machte, ich hätte zwei Wahlmöglichkeiten: sie entweder hier allein zu lassen und zu erleben, daß sie für immer aus meinem Leben verschwand (abgesehen vielleicht von einer kurzen Rückkehr, um mir das Kind aufzuhalsen) – oder sie mitzunehmen.

Ich versuchte es mit einem alten Trick, nahm ihr Gesicht in beide Hände und schaute ihr anbetend in die Augen.

»Du verschwendest nur deine Zeit«, teilte sie mir ruhig mit. Der Trick hatte versagt. Ich machte noch einen weiteren Versuch, drückte ihr den Finger auf die Nasenspitze und lächelte sie flehend an. Helena biß mir in den Finger.

»Aua!« Ich seufzte. »Was ist denn los, Liebste?«

»Ich fühle mich allmählich ziemlich allein gelassen.« Helena wußte, daß dies nicht der Moment für eine häusliche Auseinandersetzung war. Doch dafür ist es nie der richtige Moment. Besser für sie, hier neben einem Blumenstand in einer engen Straße Cordubas damit herauszuplatzen, als ihren Zorn zu unterdrücken und sich später furchtbar mit mir zu streiten. Besser – aber äußerst ungelegen, während ein Mann, den ich dringend befragen wollte, sich inmitten der Prozession immer weiter fortbewegte.

»Das kann ich verstehen.« Es klang zu glattzüngig.

»Ach, kannst du das?« Ich bemerkte den gleichen stirnrunzelnden und in sich gekehrten Ausdruck, den sie zuvor in der Basilika hatte.

»Wieso nicht? Du hast die Last am Hals, das Kind auszutragen, und das kann ich dir naturgemäß nicht abnehmen. Aber vielleicht habe ich auch Probleme. Vielleicht fühle ich mich mehr und mehr von der Verantwortung erdrückt, derjenige zu sein, der für uns alle sorgen muß ...«

»Oh, damit wirst du schon fertig!« meinte sie, eher zu sich selbst. »Und ich werde beiseite geschoben!« Ihr war durchaus klar, daß sie es sich selbst zuzuschreiben hatte, daß sie jetzt hier auf dieser heißen, lärmenden Straße in Baetica stand.

Ich zwang mir ein Grinsen ab und schlug dann einen Kompromiß vor: »Ich brauche dich! Wer sollte mir sonst eine so völlig korrekte Zusammenfassung meiner Aufgabe hier liefern wie du vorhin? Was hältst du davon, wenn wir gemeinsam ins Theater gehen und uns zwei nette Plätzchen suchen?« Wieder griff ich nach ihrer Hand, und wir eilten der Prozession nach. Zum Glück besitze ich Fähigkeiten, die den meisten städtischen Ermittlern abgehen. Ich bin ein Experte im Spurenlesen. Selbst in einer völlig fremden Stadt kann ich ohne weiteres den Weg einer Parilia-Prozession nachvollziehen, indem ich den frischen Dungspuren folge.

Meine Erfahrungen in Baetica hatten mich bereits darauf vorbereitet, daß mir, sobald ich den Priester und die Magistrate eingeholt hatte, ein ebenso übler Gestank entgegenschlagen könnte.

Ich hasse solche Feste. Ich hasse den Krach, den Geruch lauwarmer Pasteten und die Schlangen vor den öffentlichen Latrinen – falls man überhaupt eine findet, die offen hat. Doch es könnte sich als nützliche Studie des Stadtlebens erweisen, am Tag der Parilia in Corduba zu sein.

Während wir durch die Straßen eilten, tummelten sich die Leute fröhlich um uns herum. Sie waren klein und stämmig, ein lebhafter Beweis dafür, warum die spanischen Soldaten die besten des Reiches sind. Auch ihr Wesen schien verträglich. Bekannte grüßten einander in entspannter, freundlicher Art. Frauen wurden nicht belästigt. Männer stritten sich lebhaft, aber unaggressiv um Halteplätze für ihre Wagen. Die Kellner in den Weinschenken waren freundlich. Hunde bellten, verloren aber schnell das Interesse. Das alles wirkte, als sei es jeden Tag so und nicht nur zu Ehren des Feiertages.

Als wir das Theater erreichten, stellten wir fest, daß kein Eintritt bezahlt werden mußte. Die religiösen Riten waren sowieso umsonst, und für die dramatischen Szenen hatten die Dekurionen, die Mitglieder des Stadtrats, gezahlt; sie, die Hundert Männer, nahmen natürlich die besten Plätze ein. Unter ihnen entdeckten wir auch Annaeus Maximus wieder, und aus seinem Sitzplatz ließ sich schließen, daß er ein Duovir war, einer der beiden höchsten Magistrate. Wenn es in Corduba zuging wie überall, dann kontrollierten die Hundert Männer die Stadt – und die Duoviri kontrollierten die Hundert Männer. Für Verschwörer ein äußerst vorteilhafter Ausgangspunkt.

Annaeus war der jüngere der beiden Großgrundbesitzer, die ich in Rom kennengelernt hatte, ein beleibter Spanier mit eckigem Gesicht, etwa fünfzehn bis zwanzig Jahre älter als ich. Leise hustend von den Weihrauchschwaden, mit denen der Pontifex die Opferung des Kalbes und einiger Lämmer vorbereitete, war Annaeus der erste, der nach vorne eilte, um den Statthalter zu begrüßen. Der Prokonsul war direkt vom Palast hergekommen, begleitet von seinen Liktoren. Er trug dieselbe Toga, in der ich ihn gesehen hatte, keinen militärischen Brustpanzer mit Umhang. Das Regieren senatorischer Provinzen ist ein rein ziviles Amt.

In der Tat bestand seine Rolle darin, wie wir bald erkannten, als Gallionsfigur zu dienen. Die Crème von Corduba hatte ihn als Ehrenmitglied ihres exklusiven, hochrangigen baetischen Clubs willkommen geheißen. Er saß auf seinem Thron im Mittelpunkt der ersten Reihe, flankiert von gutgekleideten Familien, die sich unterhielten, über die Reihen hinweg begrüßten – sogar dem Pontifex mitten während der Opferung etwas zuriefen –, als sei das ganze Fest ihr eigenes privates Picknick.

»Das macht mich krank!« murmelte ich. »Der römische Prokonsul ist von den herrschenden Familien geschluckt und gehört so eng zur örtlichen Clique, daß er wahrscheinlich leicht vergißt, wer ihm sein Gehalt zahlt – nämlich die römische Staatskasse.

»Man kann sehen, was da vorgeht«, stimmte Helena kaum weniger erbost zu. »Bei jedem öffentlichen Anlaß haben die gleichen paar Männer das Sagen. Die immer gleichen Gestalten nehmen die besten Positionen ein. Sie sind unglaublich reich. Sie sind total organisiert. Ihre Familien sind durch Eheschließungen fest miteinander verbunden. Ihre Ambitionen mögen manchmal aufeinander prallen, aber politisch bilden sie eine Einheit. Diese Leute in der ersten Reihe betrachten die Führung Cordubas als ihr Erbrecht.«

»Und in Gades, Astigi und Hispalis wird es nicht anders sein – einige der Gesichter werden auch dort auftauchen, weil verschiedene der Männer nicht nur an einem Ort zu den Mächtigen gehören. Einige besitzen bestimmt Land in mehreren Bezirken. Manche werden reiche Frauen aus anderen Städten geheiratet haben.«

Während der Opferung verfielen wir in Schweigen. Bei der Annektion ausländischer Provinzen war es üblich, örtliche Götter dem römischen Pantheon anzugleichen oder sie einfach hinzuzufügen. Und so empfingen bei der heutigen Parilia-Zeremonie zwei keltische Gottheiten mit unaussprechlichen Namen ein üppiges Opfer, dann wurde Jupiter ein etwas mageres Lamm zugestanden. Aber die Baeticaner trugen seit Jahrzehnten römische Kleidung und sprachen Latein. Ihre Provinz war eine der am stärksten romanisierten. Und genau wie den Patriziern in Rom war es ihnen so selbstverständlich wie das Spucken, daß sich die Lokalpolitik fest in den Händen einer kleinen Gruppe mächtiger Familien befand.

»Es ist nicht zu übersehen«, murmelte ich Helena zu. »Ich wette, der Statthalter geht zu all ihren Festgelagen, und wenn er dann einen Empfang gibt, stehen die gleichen Leute auf seiner Gästeliste. Dieses Volk wird einmal in der Woche im Palast zusammenströmen und sich den Bauch mit Leckerbissen und kostenlosem Wein vollschlagen. Niemand sonst erhält Zugang zu ihren Kreisen.«

»Wenn man hier lebt und zu ihrem illustren Zirkel gehört, ist man gezwungen, ständig mit der gleichen erstickenden Gruppe zu verkehren.« Diese öde Aussicht blieb mir als staubigem Plebejer erspart – und Helena war in dem Moment von der Einladungsliste gestrichen worden, als der Prokonsul Laetas Brief über mich gelesen hatte.

»Ich bin nur erstaunt, daß der Alte so offen mit mir war!« murmelte ich.

Helena schaute besorgt. »Bedauerst du es, daß du ihn aufgesucht hast?«

»Nein. Ich vertrete Laeta, ich mußte mich bei ihm melden. Es war kein Risiko; er ist einer von Vespasians Männern. Aber nachdem ich gesehen habe, mit welchem Klüngel er zusammengluckt, werde ich mich von ihm fernhalten.«

Die Theatervorführungen begannen. Sie bestanden aus kurzen Szenen oder Tableaus, die als passend für die hehren Feierlichkeiten erachtet worden waren. Wenig Inhalt und noch weniger Humor. Ich hatte aufregendere Theateraufführungen gesehen, hatte sogar selbst ein besseres Stück geschrieben. Niemand würde sich hier vor Lachen oder Spannung in die Hose machen.

Eine Zeitlang sahen wir pflichtschuldig zu. Ich hatte in der Armee gedient und war geschult darin, Elendszeiten zu überstehen. Schließlich machte Helena schlapp und sagte, sie wolle nach Hause. »Ich sehe nicht, welchen Zweck das Warten haben soll. Annaeus wird in all dem Trubel hier nie mit dir reden.«

»Nein, aber da er Duovir ist, muß er ein Haus innerhalb einer Meile der Stadtgrenze besitzen. Er wird heute abend bestimmt dort sein. Dann könnte ich ihn aufsuchen.«

Helena schaute deprimiert, und auch ich war nicht begeistert von dem Gedanken, den ganzen Nachmittag in der Stadt herumzuhängen, bis ich den Kerl endlich unter vier Augen erwischen konnte. Aber ich mußte ihn wegen des Kartells befragen und herausfinden, ob es eine Verbindung zwischen ihm und dem Tanzmädchen gab.

Helena und ich verließen das Theater, sehr zum Erstaunen des Türstehers, der gar nicht verstehen konnte, warum wir nicht hingerissen von den Vorführungen waren. Wir machten Marmarides ausfindig, der immer noch einigermaßen nüchtern wirkte, und ich bat ihn, Helena nach Hause zu fahren. Ich würde mir heute nacht oder morgen früh ein eigenes Transportmittel für den Heimweg suchen – eine weitere Aussicht, die mich trübselig machte. Nach Einbruch der Dunkelheit auf einem gemieteten Muli über unbekannte Straßen zu reiten kann äußerst gefährlich sein.

Ich begleitete sie bis zur Brücke über den Baetis. »Ich schließe mit dir einen Handel ab«, erklärte Helena. »Wenn ich jetzt brav nach Hause zuckele und dir die Ermittlung über Annaeus allein überlasse, dann fahre ich morgen zum Gut von Licinius Rufius und freunde mich mit seiner Enkeltochter an.«

»Finde raus, ob sie tanzen kann!« sagte ich grinsend, wohl wissend, daß ihre reiche Familie entsetzt darüber wäre, wenn das Mädchen es könnte.

Die Brücke bei Corduba ist dreihundertfünfundsechzig Schritte lang, einen für jeden Tag des Jahres. Ich weiß das, weil ich sie zählte, als ich trübselig zurückmarschierte.

Um Zeit totzuschlagen, ging ich zu den Transportbüros der Flußschiffer, in der vagen Hoffnung, Cyzacus, einen weiteren Verdächtigen, befragen zu können. Alle Schuppen am Kai waren verschlossen. Ein verschlafener Mann, der von einem Anlegesteg aus angelte, sagte mir, die Büros seien wegen des Festes geschlossen und würden es auch noch die nächsten drei Tage sein.

XXV

Nachdem ich ein paar Erkundigungen eingeholt hatte, verließ ich am späteren Nachmittag die Stadt durch das nordwestliche Tor. Annaeus Maximus besaß eine hübsche Villa außerhalb der Stadtmauern, wo er mit seinen Spezis Pläne für die nächste Wahl aushecken und seine Frau einen Salon für die eleganten, vornehmen Damen der Stadt führen konnte, während ihre Kinder alle auf die schiefe Bahn gerieten. Hinter dem Friedhof an der Straße, die aus der Stadt hinaus führte, lag eine kleine Ansammlung großer Villen. Eine Enklave des Friedens für die Reichen – nur gestört durch das Bellen ihrer Jagdhunde, das Schnauben und Wiehern ihrer Pferde, das Herumtoben ihrer Kinder, die Streitereien ihrer Sklaven und die lärmenden Trinkgelage ihrer Gäste. Annaeus' Stadthaus glich mehr einem Pavillon in einem Park. Ich hatte keine Schwierigkeit, es zu finden – strahlend hell erleuchtet, einschließlich der langen Auffahrt und der umliegenden Gartenterrassen. Kein Wunder. Wenn ein Mann ein Olivenölmagnat ist, kann er sich eine Menge Lampen leisten.

Die Clique, die wir im Theater gesehen hatten, war jetzt in diesem hell erleuchteten Haus mit den girlandengeschmückten Portiken und rauchenden Fackeln in den Akantusbeeten zu einem Festgelage versammelt. Alle paar Minuten trafen Männer auf rassigen Pferden ein, ritten neben vergoldeten Kutschen her, in denen ihre korpulenten Frauen saßen. Ich erkannte viele Gesichter aus den ersten Reihen des Theaters wieder. Zwischen all diesem Kommen und Gehen traf ich auch die Hirten aus der Parilia-Prozession. Sie mochten tatsächlich gekommen sein, um die rituelle Reinigung der Ställe durchzuführen, obwohl ich es wahrscheinlicher fand, daß sie Schauspieler waren, die sich ihr Honorar abholen wollten. Unter ihnen befanden sich auch ein paar Hirtinnen, einschließlich einer mit großen, wissenden dunkelbraunen Augen. Einst hätte ich versucht, in Augen wie diesen ein Licht zu entzünden. Aber ich war jetzt ein verantwortungsbewußter werdender Vater. Außerdem war ich noch nie besonders scharf auf Frauen mit Stroh im Haar.

Ich wandte mich an einen der Lakaien. Baetische Gastfreundschaft hat einen legendären Ruf. Er bat mich zu warten, während er mich seinem Herrn meldete, und da das ganze Haus von köstlichen Essensdüften durchweht war, redete ich mir ein, man würde mir sicher ein oder zwei pikante Leckereien anbieten. Es mußte genug davon geben. Selbst die mit Fresken verzierten Wände strahlten Überfluß aus. Doch ich sollte bald erfahren, daß die Cordubaner genau so blasiert wie die Römer sind. Sie wußten, wie man einen Ermittler behandelt – selbst wenn er sich als »Staatsbeamter und Angehöriger Ihres Nachbarn Camillus« vorstellte. »Angehörige« erhalten schmale Kost in Corduba – noch nicht mal einen Schluck Wasser. Darüber hinaus mußte ich eine verdammt lange Zeit warten, bis man überhaupt Notiz von mir nahm.

Es war Abend geworden. Ich war noch im Hellen aus der Stadt losgegangen, aber die ersten Sterne funkelten über den fernen Mariana-Bergen, als ich nach draußen zu Annaeus Maximus geführt wurde. Er hatte sich auf einer der Terrassen unter seine Gäste gemischt, die sich bald zu einem Festmahl im Freien niederlassen würden, wie es während der Parilia Tradition ist. Die angeblichen Hirten hatten in zumindest einem der vielen Ställe Schwefel, Rosmarin, Feuerholz und Weihrauch entzündet, um mit dem Rauch die Dachsparren zu reinigen. Jetzt brannten Haufen von Stroh und Heu auf dem kurz geschorenen Rasen, damit ein paar inzwischen außerordentlich müde Schafe gezwungen werden konnten, durch das Feuer zu laufen. Eine zeremonielle Herde zu sein ist Schwerstarbeit. Die armen Tiere waren den ganzen Tag auf den Hufen gewesen und mußten jetzt noch die rituelle Läuterung über sich ergehen lassen, während die Menschen herumstanden, mit duftendem Wasser besprüht wurden und an Schalen voller Milch nippten. Die meisten Männer hatten bereits die Weinamphoren im Blick, während die Frauen mit den Händen wedelten, in der vergeblichen Hoffnung, ihre schicke Garderobe vor dem Rauch zu schützen.

Ich hatte mich in eine Kolonnade zurückgezogen, und das nicht nur zum Schutz vor Funkenflug. Die geladenen Gäste nahmen für das Festmahl bereits zwischen dem kunstvoll beschnittenen Strauchwerk Platz, als Annaeus herbeistapfte, um sich mit mir zu befassen. Er sah verärgert aus. Irgendwie habe ich diese Wirkung.

»Worum geht es?«

»Mein Name ist Didius Falco. Ich bin aus Rom hergeschickt worden.«

»Sie sagen, Sie sind ein Verwandter von Camillus?«

»Zwischen uns besteht eine enge Verbindung ...« Bei diesem blasierten Volk, und dazu in einem fremden Land, hatte ich keine Gewissensbisse, mir mit Hilfe von Helenas Familie den Anstrich von Ehrbarkeit zu geben. In Rom wäre ich da vorsichtiger gewesen.

»Ich kenne den Mann nicht«, schnappte Annaeus. »Er war nie in Baetica. Aber wir haben natürlich den Sohn kennengelernt. War mit meinen drei Jungs befreundet.«

Die Anspielung auf Aelianus war barsch, doch das konnte auch der normale Umgangston des Mannes sein. Ich sagte, daß ich hoffe, Helenas Bruder sei niemandem zur Last gefallen – obwohl ich mir natürlich insgeheim wünschte, er wäre es, und gerne Einzelheiten gehört hätte, die ich später gegen ihn verwenden konnte. Aber Annaeus Maximus knurrte nur: »Bißchen hochtrabend, der Bursche! Da ist auch eine Tochter, die sich in Schwierigkeiten gebracht hat, höre ich?« Neuigkeiten verbreiten sich schnell!

»Die edle Helena Justina«, sagte ich ruhig, »sollte man eher als hochgesinnt denn als hochtrabend bezeichnen.«

Er warf mir einen scharfen Blick zu. »Sind Sie der betreffende Mann?«

Ich verschränkte die Arme. Ich trug noch die Toga, wie schon den ganzen Tag. Niemand sonst hier war so förmlich gekleidet; das Leben in der Provinz hat einige Vorteile. Statt mir respektabel vorzukommen, war mir heiß, und ich fühlte mich eher schäbig. Die Tatsache, daß meine Toga am Saum einen unauswaschbaren Fleck und dazu diverse Mottenlöcher aufwies, war auch nicht gerade hilfreich.

Annaeus Maximus betrachtete mich wie einen Vertreter, der ihm zur unpassenden Zeit ein Angebot unterbreiten will. »Meine Gäste warten auf mich. Sagen Sie mir, was Sie von mir wollen.«

»Sie und ich sind einander schon vorher begegnet, mein Herr.« Ich tat so, als würde ich die Fledermäuse betrachten, die im Fackellicht über den Köpfen der lachenden Gäste hin und her schossen. In Wirklichkeit beobachtete ich ihn. Vielleicht bemerkte er es. Er schien intelligent zu sein. Das sollte er auch. Die Annaei waren keine Dorftrampel.

»Ja?«

»Angesichts Ihres Rufes und Ihrer Stellung werde ich offen sprechen. Ich habe Sie vor kurzem in Rom gesehen, im Palast der Cäsaren, wo Sie Gast eines privaten Vereins waren, der sich die Gesellschaft der Olivenölhersteller von Baetica nennt. Die meisten Mitglieder besitzen weder Olivenbäume, noch produzieren sie Öl. Nur wenige stammen aus dieser Provinz. Doch man ist der Ansicht, daß sich das Gespräch innerhalb Ihrer Gruppe um die Ölindustrie in Hispanien drehte und daß es dabei um unsaubere Geschäfte ging.«

»Das ist eine unverschämte Unterstellung!«

»Nein, eine realistische. Jede Provinz besitzt ihr eigenes Kartell. Das bedeutet aber nicht, daß Rom Preisabsprachen für Olivenöl hinnehmen kann. Sie wissen, wie sich das auf die Wirtschaft des Reiches auswirken würde.«

»Verheerend«, stimmte er zu. »Aber zu solchen Absprachen wird es nicht kommen.«

»Sie sind ein prominenter Mann, Annaeus. Ihre Familie hat sowohl die beiden Senecas als auch den Poeten Lucan hervorgebracht. Dann hat Nero zwei Mitglieder Ihrer Familie zum Selbstmord gezwungen – Seneca, weil er zu offenherzig war, und Lucan wegen seiner angeblichen Verstrickung in Verschwörungen. Sagen Sie mir, hegen Sie aufgrund dessen, was Ihren Verwandten zugefügt wurde, einen Haß auf Rom?«

»Rom besteht nicht nur aus Nero«, erwiderte er, widersprach aber meiner Beurteilung der Erniedrigung seiner Familie nicht.

»Sie könnten dem Senat angehören. Ihre finanzielle Position berechtigt Sie dazu.«

»Ich ziehe es vor, mich nicht in Rom niederzulassen.«

»Manche würden sagen, es sei Ihre Staatsbürgerpflicht.«

»Meine Familie hat sich nie vor Pflichten gedrückt. Corduba ist unsere Heimat.«

»Aber Rom ist der Nabel der Welt!«

»Ich lebe lieber in meiner eigenen Stadt und gehe dort meinen Geschäften nach.« Seneca, Neros Tutor, war für seinen trockenen Stoizismus und seinen Witz bekannt, aber sein Nachfahre hatte davon nicht das geringste abbekommen. Maximus wurde nur schwülstig: »Die Ölhersteller von Baetica waren immer ehrliche und aufrichtige Kaufleute. Ihnen etwas anderes zu unterstellen ist skandalös.«

Ich lachte leise, unbewegt ob dieser lahmen Drohung. »Falls ein Kartell existiert, bin ich hier, um die daran Beteiligten zu entlarven. Als Duovir – und als gesetzestreuer Händler – kann ich mich sicher auf Ihre Unterstützung verlassen, nicht wahr?«

»Selbstverständlich«, gab der Gastgeber des Festes zurück und ließ mich merken, daß er nun gedachte, zu dem angesengten Fleisch seiner Grillparty zurückzukehren.

»Noch eine Sache – bei diesem Essen in Rom trat eine Tänzerin auf. Sie stammt aus dieser Gegend. Kennen Sie sie?«

»Nein.« Die Frage schien ihn zu überraschen; natürlich würde er sowieso jede Verbindung abstreiten, wenn er wußte, was sie getan hatte.

»Ich bin froh, das zu hören«, sagte ich kalt. »Sie wird nämlich jetzt wegen Mordes gesucht. Und sagen Sie mir, warum haben Sie Rom so plötzlich verlassen?«

»Familiäre Probleme«, meinte er mit einem Schulterzucken.

Ich gab auf, ohne sichtbare Resultate, aber mit dem Gefühl, einen Nerv getroffen zu haben. Er war zu ruhig geblieben. Falls er unschuldig war, hatte ich ihn mehr beleidigt, als er es sich anmerken ließ. Wenn ihm wirklich nichts von einer Verschwörung bekannt war, hätte er erregter auf meine Vermutungen reagieren müssen. Dann wäre er schockiert und wütend darüber gewesen, daß vielleicht einige der gutgekleideten Gäste an seiner heutigen Tafel die Ehrenhaftigkeit verraten hatten, die er gerade dem baetischen Handel zugeschrieben hatte. Er hätte Angst haben müssen, daß sie Rom vor den Kopf gestoßen hatten.

Ohne Zweifel wußte er davon, daß über ein Kartell verhandelt wurde. Falls Annaeus nicht selbst dazu gehörte, dann kannte er zumindest die anderen Teilnehmer.

Als ich ging, sah ich mit eigenen Augen, was es mit den Familienproblemen auf sich hatte. Während ihre Eltern sich ans Festmahl setzten, eilte die jüngere Generation zu unbekannten Zielen und unziemlichen Vorhaben davon. Wenn die drei Annaeus-Söhne mit Aelianus befreundet waren, hatte er bestimmt eine ausgelassene Zeit in Baetica verbracht. Sie waren unterschiedlichen Alters, aber von gleicher Mentalität. Als ich langsam zur Auffahrt ging, galoppierten sie, von den Ställen kommend, auf mich zu, schlossen mich von beiden Seiten enger ein, als es mir lieb war, juchzten und pfiffen und beschimpften einander laut, weil sie mich nicht richtig über den Haufen geritten hatten.

Eine junge Frau, die ihre Schwester sein mochte, verließ ebenfalls das Haus, als sie die Einfahrt hinabjagten. Sie war ein selbstsicheres Wesen von Mitte zwanzig, eingehüllt in eine fellgefütterte Stola. Dazu trug sie mehr Perlen und Saphire, als ich je an einem einzigen Busen gesehen hatte – so viele, daß man sich kein Bild von letzterem machen konnte (obwohl er recht vielversprechend wirkte). Sie wartete darauf, eine Kutsche zu besteigen, aus der der Kopf eines Mannes in ihrem Alter ragte. Er sah unverschämt gut aus. Seine aufmunternden Rufe galten einem jüngeren, bereits sehr betrunkenen Mann, der aus der Kutsche gestürzt war und sich über die makellosen Eingangsstufen der Villa erbrach. An Festtagen war in Corduba offenbar richtig was los.

Ich hätte die Leute in der Kutsche vielleicht fragen können, ob sie mich mitnehmen würden, aber ich hatte keine Lust, mir die Toga vollkotzen zu lassen. Zu ihrer Ehre muß man sagen, daß die Tochter mir riet, auf meine Schritte zu achten, als ich an ihr vorbeikam.

Unverköstigt, ungetränkt und ungeläutert wandte ich mich ab und machte mich müde auf den Rückweg nach Corduba. Es gab keine Möglichkeit, jetzt noch auf das Camillus-Gut zurückzukehren. Ich mußte eine Herberge finden, deren Besitzer noch nüchtern war und trotz der Festgäste ein Bett frei hatte. Doch zunächst mußte ich durch die stockfinstere Gegend hinter dem Annaeus-Besitz, bevor ich, am Friedhof vorbei, die noch dunkleren Straßen der Stadt erreichte. Ich fürchte mich nicht vor Geistern – aber ich habe nichts übrig für das scheußliche Gelichter, das nächtens zwischen den Grabsteinen einer Nekropolis herumschleicht.

Ich schritt forsch aus. Meine Toga hatte ich zusammengefaltet, soweit einem das bei einer unhandlichen, halbkreisförmig geschnittenen Stoffmasse möglich ist, und über meine Schulter geworfen. Die von Fackeln erleuchtete Einfahrt lag hinter mir; allerdings hatte ich mir eine der Fackeln geklaut. Ich tappte die staubige Straße entlang und ließ in Gedanken den Tag noch einmal Revue passieren. Verfolger hörte ich nicht, dennoch blieb ich wachsam. Auf jeden Fall spürte ich den spitzen Stein, der aus dem Nichts angeflogen kam und mich mit voller Wucht im Nacken traf.

XXVI

Instinktiv wollte ich nach hinten an die schmerzende Stelle greifen und den Kopf beugen. Verdammter Instinkt. Ich wollte am Leben bleiben.

Ich wirbelte herum und zog mein Schwert. In Rom eine Waffe zu tragen ist gegen das Gesetz – aber hier galt das nicht. Alle Römer wissen, daß die Provinzen Brutstätten für Straßenräuber und Banditen sind. Alle Römer auf Urlaub oder im auswärtigen Dienst sind bewaffnet.

Ironischerweise war mein Schwert, ein inoffizielles Andenken an meine fünf Militärdienstjahre, eine kurze Stichwaffe aus feinstem spanischen Stahl.

Angestrengt lauschte ich in die Dunkelheit. Wenn es mehr als einen Angreifer gab, saß ich tief in der Tinte. Hatten Anacrites und Valentinus das gleiche empfunden, als sie von den Pfeilen getroffen wurden?

Niemand stürzte sich auf mich. Rundherum war nichts als Stille, wie angestrengt ich auch lauschte.

Hatte ich mir das alles nur eingebildet? Nein, an meinem Hals war Blut. Das Wurfgeschoß lag zu meinen Füßen, groß und spitz wie ein Feuerstein. Ein Irrtum war ausgeschlossen. Ich hob den Stein auf und sah, daß auch an ihm Blut klebte. Dann stopfte ich ihn in meine Gürteltasche. Schließlich befand ich mich auf einer Vergnügungsreise in einer ausländischen Provinz und wollte doch nicht ohne Souvenir nach Hause zurückkehren.

Manchmal werfen Bauernlümmel mit Steinen. Manchmal wird man in der Stadt von irgendwelchen Idioten mit Dachziegeln und Tonscherben bombardiert. Eine alte Sitte, ein Trotzakt gegen vorbeigehende Fremde. Ich glaubte nicht daran, daß es sich hierbei um sowas handelte.

Rasch rammte ich die Fackel in den weichen Boden am Straßenrand und trat aus ihrem Lichtschein. Dann ließ ich die Toga von der Schulter gleiten und wickelte sie mir als eine Art Schild um den Unterarm. Durch das Fackellicht gab ich immer noch ein Ziel ab, aber lieber nahm ich dieses Risiko auf mich, als die Flamme zu löschen und mitten in einer fremden Gegend im Stockdunkeln zu stehen. Ich strengte meine Ohren an und wechselte ständig die Position.

Schließlich, als immer noch nichts geschah, zog ich die Fackel wieder heraus und begab mich auf die Suche. Auf beiden Seiten der Straße lagen Olivenhaine. Im Dunkeln waren sie voller Gefahren, wenn auch diesmal natürlicher. Hacken zum Unkrautjäten warteten nur, daß ich drauftrat, mir der Stil ins Gesicht schnellte und die Nase brach. Niedrige Zweige waren ganz erpicht darauf, mir die Stirn aufzukratzen. Im Hain konnten sich ohne weiteres Liebespärchen aufhalten, die auf wilde Provinzlerart über mich herfallen mochten, falls ich sie mitten im Geschehen überraschte. Ich wollte schon aufgeben, als ich über ein völlig orientierungsloses Schaf stolperte.

Das Tier war sehr müde. Es mußte zur Herde des Festtagsumzugs gehören. Dann fiel mir die Schäferin mit den interessanten Augen ein. Ich hatte sie schon mal gesehen. Als Diana in ihrem schicken kleinen Goldkostüm hatte sie zwar anders ausgesehen, aber auch eingehüllt in das Schaffell hätte ich das Mädchen wiedererkennen müssen.

Mit gezogenem Schwert marschierte ich grimmig zurück zur Annaeus-Villa. Niemand griff mich mehr an, was seltsam war. Warum hatte die Tänzerin mich nicht da draußen auf der Straße getötet?

Mindestens ebenso wütend auf mich selbst wie auf alles andere, brachte ich eine formelle Beschwerde vor. Diesmal wurde ich dank des Blutes, das mir den Hals hinablief, anständiger empfangen. Ich machte soviel Theater, daß Annaeus Maximus widerstrebend eine Suche nach dem Mädchen anordnete. Der Anführer der Hirten, der sich zusammen mit den meisten seiner Begleiter nach wie vor hier befand, wurde herzitiert, um sich gegen meine Vorwürfe zu verteidigen.

Annaeus schien bestürzt über meine Geschichte. Laut ihm waren die meisten der Gruppe allen wohlbekannte Schauspieler aus dem hiesigen Theater. Mit solchen Auftritten verdienten sie sich gern etwas extra. Echte Hirten wären durch sowas vielleicht auf den Geschmack gekommen, das leuchtete mir ein. Natürlich behauptete Annaeus, daß ihm dieses Mädchen völlig fremd sei.

Rülpsend tauchten dann der Anführer der Schauspieler auf, noch immer in sein Hirtenkostüm gekleidet. Man hatte ihn wohl vom Essen weggerufen. Er gab zu, daß er für die heutige Prozession ein paar zusätzliche Leute engagiert hatte. Das schloß auch die Schäferin mit den großen braunen Augen ein (an die er sich recht deutlich erinnerte). Sie hatte sich bei ihm um diese Rolle beworben. Er hatte keine Ahnung, woher sie stammte, wußte nur, daß ihr Name angeblich Selia war. Er sagte, sie sei nicht von hier, obwohl er damit nur meinte, sie käme nicht aus Corduba und der näheren Umgebung. Sie konnte also gut aus Hispalis stammen. Ich hatte mir gerade die Mörderin von Valentinus durch die Finger schlüpfen lassen. Und natürlich kamen alle Sklaven, die Annaeus auf die Suche nach ihr geschickt hatte, mit leeren Händen zurück.

»Es tut mir leid.« Der Schauspieler schien es aufrichtig zu meinen. »Das nächste Mal verlange ich Referenzen.«

»Wozu?« höhnte ich bitter. »Glauben Sie, sie hätte zugegeben, daß sie nichts Gutes im Schilde führte? Ganz davon abgesehen – bieten Ihnen ständig hüftschwingende Frauen ihre Dienste an?«

Er machte ein beschämtes Gesicht. »Nein«, murmelte er. »Obwohl das schon die zweite in dieser Woche war.«

»Und wie sah die erste aus?«

»Älter, aber sie konnte besser tanzen.«

»Warum ist sie dann nicht an Stelle von Selia engagiert worden?«

»Sie stammte nicht aus dieser Gegend.« Typisch! Ortsansässige werden immer bevorzugt. Er sah noch beschämter aus und platzte dann mit seiner großen Entschuldigung heraus: »Außerdem war Selia ein absoluter Profi und brachte sogar ihr eigenes Schaf mit!«

»Das sie dann einfach zurückließ!« gab ich zurück. Sie war eine professionelle Mörderin – und wenn sie sich ein ganzes Schaf leisten konnte, mußte ihr Auftraggeber ihr einen großzügigen Tagessatz zahlen.

XXVII

Ich verbrachte die Nacht in der Villa von Annaeus. Die Honoratioren ließen mich an ihrer Tafel speisen (nun ja, an der Tafel ihrer Pächter). Man überließ mir eine leere Zelle in der Sklavenunterkunft. Die lag nahe bei einem Brunnen, so daß ich mir sogar die Wunde am Hals auswaschen konnte – und zu trinken hatte ich nun in Hülle und Fülle. Äußerst zivilisierte Menschen! Am nächsten Morgen überließ mir der Verwalter ein sehr langsames Pferd und sagte, ich könne es behalten, solange ich wolle, da es sowieso nur noch das Gnadenbrot bekam. Ich erwiderte, ich würde dem Kaiser davon berichten, wie großzügig die Annaei mich behandelt hatten. Der Verwalter lächelte mit offener Verachtung.

Die drei Söhne kamen im Morgengrauen nach Hause. Sie galoppierten mit donnernden Hufen an mir vorbei, als ich wegritt. Aus Prinzip wirbelten sie wieder eine Staubwolke um mich auf, obwohl sie nicht mehr so aufgekratzt waren und reichlich müde aussahen. Soweit ich das mitbekommen hatte, war die Tochter immer noch aushäusig. Frauen haben eben ein größeres Durchhaltevermögen.

Das Camillus-Gut lag im hellen Sonnenlicht, als ich es schließlich erreichte. Wie erwartet hatte Helena ihre Ankündigung bereits wahr gemacht und war zur Besitzung von Licinius Rufius hinüber gefahren, um für mich den nächsten Verdächtigen unter die Lupe zu nehmen. Marmarides, der sich vor den Kopf gestoßen fühlte, erzählte mir ärgerlich, Marius Optatus habe sie gefahren.

Das gab mir Zeit zu baden und meine Tunika zu wechseln. Dann hing ich in der Küche rum, bis die Köchin mir die Art von nahrhaftem Frühstück zubereitet hatte, das gewisse alte Frauen gern einem aufrechten jungen Mann servieren, von dem man weiß, daß er ein in Kürze zur Welt kommendes Baby gezeugt hat, und der dringend der Stärkung bedarf. Während ich mein Essen genoß, säuberte sie die Wunde an meinem Hals mit einer Thymianspülung und trug irgendeine Salbe auf. Es versteht sich von selbst, daß die Salbe hauptsächlich aus Olivenöl bestand.

Als Helena eintraf, wurde ich immer noch umsorgt. Sie packte mich an den Nackenhaaren und sah sich den Schaden an. »Du wirst's überleben.«

»Danke für deine liebevolle Besorgnis.«

»Wer war das?« Ich zwinkerte ihr zu; sie kapierte. Wir gingen nach draußen in den schattigen Garten hinter dem Haus, wo eine Bank unter einem Feigenbaum stand, der auf einem Mäuerchen wuchs. Dort, in sicherer Entfernung vor neugierigen Ohren, erzählte ich ihr von der Schäferin. Helena zuckte zusammen. »Du glaubst, daß diese Wölfin im Schafspelz die ›Tänzerin aus Hispalis‹ ist?«

Ich wollte nicht sagen, daß ich sie eindeutig erkannt hatte, da das fälschlich den Eindruck erweckt hätte, ich würde mir Frauen zu genau anschauen. »Männer von hinten niederzustrecken scheint eindeutig ihr Markenzeichen zu sein. Aber Anacrites und Valentinus wurden dann gegen eine Wand gerammt. Abgesehen von der Tatsache, daß letzte Nacht keine Wände verfügbar waren, hat sie, *falls* es Selia war, keinen Versuch gemacht, die Sache zu vollenden.«

»Vielleicht braucht sie ihre beiden Musiker für die Drecksarbeit und hatte sie nicht dabei.«

»Was sollte dann der Stein? Das hatte etwas Zufälliges – war eher wie eine Warnung.«

»Wenn der Stein dich am Kopf getroffen hätte, Marcus, wäre er dann tödlich gewesen?« Um Helenas Gefühle zu schonen, sagte ich nein. Er hätte mit Sicherheit mehr Schaden angerichtet. Aber man muß gut zielen können, wenn man Steine wirft.

»Keine Sorge. Sie hat damit nur erreicht, daß ich in Zukunft noch vorsichtiger bin.«

Helena runzelte die Stirn. »Ich mache mir aber Sorgen.«

Das tat ich auch. Mir war wieder eingefallen, daß Anacrites »gefährliche Frau« gemurmelt hatte, als ich sagte, ich würde nach Baetica gehen. Jetzt war mir klar, daß er nicht Helena gemeint hatte. Er mußte mich vielmehr gewarnt haben – vor seiner Angreiferin.

Um die Atmosphäre aufzulockern, erzählte ich Helena von meinem Gespräch mit Annaeus Maximus. »Mir wurde einiges über seine Haltung klar. Seine Familie befindet sich auf einer politischen Talsohle. Er ist gesellschaftlich angeschlagen durch das, was mit Seneca passiert ist. Unberechtigt oder nicht, die Schande ist haften geblieben. Reichtum mag zwar den alten Glanz der Familie wiederherstellen, aber ihr Mut ist deutlich angeknackst. Maximus ist zweifellos nicht an einer Karriere in Rom interessiert, obwohl er offenbar hier gern den großen Mann spielt. Trotzdem, die Annaei sind die Helden von gestern, und jetzt hängt alles davon ab, ob ihnen die Führungsrolle in Corduba ausreicht.«

»Wird sie das?«

»Sie sind nicht dumm.«

»Was ist mit der jüngeren Generation?« fragte Helena.

»Eine wilde Bande aufgemotzter Großkotze.« Ich beschrieb ihr, was ich von den Söhnen und der schmuckbehängten Tochter zu sehen bekommen hatte.

Helena lächelte. »Über die Tochter kann ich dir etwas erzählen – und dir auch sagen, wo sie übernachtet hat!«

Ich spitzte die Ohren. »Ein Skandal?«

»Nichts dergleichen. Ihr Name ist Aelia Annaea. Sie war im Haus von Licinius Rufius. Trotz der angeblichen Fehde zwischen den beiden Familien sind Aelia Annaea und Claudia Rufina, die Enkelin von Licinius, gute Freundinnen.«

»Wie vernünftig ihr Frauen seid! Also hast du sie beide heute kennengelernt?«

»Claudia Rufina ist noch recht jung. Sie scheint ein aufrichtiges, freundliches Mädchen zu sein. Aelia Annaea hat da schon mehr zu bieten. Das schlimme Mädchen genießt es, ihren Vater zu verärgern. Der wäre nämlich hochempört, wenn er wüßte, daß sie die Gastfreundschaft von Licinius annimmt, wo die beiden Männer doch nicht miteinander reden.«

»Was sagt Licinius dazu?«

»Ich habe ihn nicht angetroffen.«

»Diese Aelia klingt nach einem Haufen Ärger. Und wenn Licinius sie darin ermutigt, ihren Vater wütend zu machen, scheint er ein bösartiger alter Mann zu sein.«

»Sei doch kein solcher Tugendbold. Mir gefällt Aelia.«

»Für Rebellen hast du immer was übrig! Was ist mit ihrer kleinen Freundin?«

»Sehr viel ernster. Claudia Rufina sehnt sich danach, öffentliche Gebäude zu stiften und sich eine Ehrenstatue zu verdienen.«

»Laß mich raten: das Annaea-Gör ist hübsch ...«

»Ach, fandst du?« fragte Helena rasch. Sie hatte nicht vergessen, daß ich erwähnt hatte, Aelia Annaea gestern abend vor dem Haus ihres Vaters gesehen zu haben.

»Nun ja, sie ist reich genug, sich für ihre Halsketten bewundern zu lassen, und sie ist höflich«, verbesserte ich mich. »Ehrlich gesagt, ich habe das Mädchen kaum wahrgenommen ... Hübsche Saphire!«

»Nicht dein Typ!« spottete Helena.

»Ich entscheide über meinen Typ, vielen Dank! Auf jeden Fall wurde sie gestern abend von jemandem abgeholt. Ich wette, sie ist mit dem gutaussehenden Gott verlobt, den ich in der Kutsche sah, als sie wegfuhren. Ich nehme an, das Rufiuspüppchen mit den löblichen gesellschaftlichen Ambitionen ist reichlich unscheinbar ...«

Helenas Augen leuchteten. »Du bist so leicht zu durchschauen! Wie kannst du denn die menschliche Natur beurteilen, wenn du so voller Vorurteile steckst?«

»Kein Problem. Die menschliche Natur sorgt doch selbst dafür, daß die Leute unter verschiedene Kategorien fallen.«

»Falsch!« erwiderte Helena knapp. »Claudia ist nur einfach ein ernsthafterer Typ.« Ich ging immer noch davon aus, daß Claudia Rufina ein unscheinbares Wesen war. »Wir drei haben ein äußerst kultiviertes Gespräch geführt und dazu ein erfrischendes Glas Ptisana getrunken.« Dieses aus Gerstengrütze hergestellte Zeug war mir zuwider. »Und du irrst dich auch, was Aelia Annaea betrifft.«

»Wieso das?«

»Sie war fröhlich und leichten Herzens. Niemand hat ihr einen zukünftigen Ehemann aufgebürdet, am wenigsten einen von der gutaussehenden, unzuverlässigen Sorte.« Helena hatte nie etwas für gutaussehende Männer übrig gehabt. Behauptete sie zumindest. Es mußte ja einen Grund gegeben haben, warum sie sich ausgerechnet in mich verknallt hatte. »Sie war mit viel zuviel Schmuck behängt, trug aber nichts, was im entferntesten an einen Verlobungsring erinnert. Sie ist sehr direkt. Gäbe es einen Verlobten, hätte sie einen Ring von ihm verlangt.«

»Die Sache mag vielleicht noch geheimgehalten werden.«

»Glaub mir, sie ist niemandem versprochen! Claudia Rufina dagegen trug ein schweres Granatarmband, das bestimmt nicht ihrem Geschmack entsprach (sie hat mir erzählt, daß sie Elfenbeinminiaturen sammelt). Das scheußliche Armband sah genauso aus wie die Dinger, die Goldschmiede jungen Männern andrehen, die meinen, sie müßten einem Mädchen ein formelles Geschenk machen. Teuer und grauenhaft. Wenn sie den Mann jemals heiratet, der es ihr geschenkt hat, wird sie sich verpflichtet fühlen, dieses Armband ein Leben lang in Ehren zu halten, das arme Ding.«

Ein Lächeln breitete sich über mein Gesicht. Helena selbst war sehr schlicht gekleidet, in Weiß, fast ohne jeden Schmuck. Während der Schwangerschaft fand sie es unbequem, welchen zu tragen. Unbewußt drehte sie an einem silbernen Ring, den ich ihr geschenkt hatte. Ein einfaches Design, mit einer innen eingravierten Liebeserklärung. Er stand für die Zeit, die ich als Sklave in einer Silbermine in Britannien durchgemacht hatte. Ich hoffte, daß ein Vergleich mit Claudia Rufinas Geschenk zu seinem Vorteil ausfallen würde.

Leise räusperte ich mich. »Wie ist es, hast du irgendwelche männlichen Verehrer angetroffen?«

»Nein, aber sie redeten von einem ›Tiberius‹, der sich ihrer Meinung nach zum Training im Gymnasium aufhielt. Er klang nach dem Mann, den du gesehen hast. Wenn er so gut aussieht, daß es dich nervt, ist er bestimmt auch ein Sportverrückter.«

»Weil er so ein stattlicher Bursche ist?« meinte ich lachend. Wobei ich mir gut vorstellen konnte, daß er mit Vorliebe Handball spielte. Der Mann, den ich gesehen hatte, besaß einen dicken Hals und vermutlich das passende Hirn dazu. Wenn der sich eine Frau aussuchte, würde er nach der Größe ihres Busens gehen und danach, wie oft sie ihn wohl zum Training oder auf die Jagd gehen ließe.

Bei »jagen« fiel mir ein, ob sein formeller Name nicht vielleicht Quinctius war.

»Der Junge, der sich auf den Stufen erbrochen hat, war vermutlich Claudias Bruder.«

»Der, den die Baeticaner mit in Rom hatten?«

»Heute morgen hat er sich nicht blicken lassen. Er lag immer noch im Bett. Ich hörte fernes Stöhnen, das ganz nach einem gewaltigen Kater klang.«

»Wenn der Schönling hinter Claudia her ist, wette ich, daß es den Plan gibt, ihren Bruder mit ihrer besten Freundin Aelia zu verheiraten.« Ich konnte meine romantische Ader nicht verleugnen.

»Aelia Annaea würde den jungen Burschen zum Frühstück verspeisen!« meinte Helena ätzend. Sie schien beide Mädchen sympathisch zu finden, aber es war deutlich zu erkennen, daß ihr Aelia Annaea besser gefiel.

Ich machte ein finsteres Gesicht. »Sich bei den jungen Leuten einzuschmeicheln bringt uns nicht weiter. Die Alten sind es, die in Corduba das Sagen haben. Nach dem, was ich letzte Nacht gesehen habe, ist das sehr weise. Ihre Sprößlinge sind nichts als verwöhnte Gören: gelangweilte Mädchen und Jünglinge mit Flausen im Kopf.«

»Ach, sie sind nur reich und ein bißchen überkandidelt«, widersprach Helena.

Ihre Fahrt zum Licinius-Gut hatte sie deutlich aufgemuntert. Die sündteure Hebamme ihrer Mutter hatte mir geraten, sie in diesen letzten paar Wochen möglichst abzulenken – wobei die Frau vermutlich nicht damit rechnete, daß Helena sich in Baetica herumtreiben würde.

»Und wie lautet dein Urteil, Liebste? Haben wir entschieden, daß diese jungen Wesen viel zu viel Taschengeld kriegen und die Eltern ihre Aufsichtspflicht vernachlässigen – oder haben die Bälger Übleres vor?«

»Ich weiß es noch nicht, Marcus. Aber ich werde es herausfinden.«

Ich streckte mich faul. »Du solltest das Leben mehr genießen. Ein schönes, langes Bad wäre genau das Richtige für dich. Wenn du laut genug pfeifst, während du dich einweichen läßt, werden Optatus und ich uns vom Badehaus fernhalten.«

Helena Justina tätschelte die Rundung ihres Bauches und sagte zu dem Ungeborenen, wenn sie so viele Bäder nähme, wie sein Vater es ihr riete, würde das Baby davonschwimmen. Manchmal fragte ich mich, ob Helena das, was ich ausheckte, nicht durchschaute. Es hätte ihr ähnlich gesehen, genau herauszufinden, was die Hebamme mir gesagt hatte, und sich dem dann absichtlich zu widersetzen.

»Die juwelengeschmückte Aelia habe ich ja wenigstens kurz gesehen. Beschreib mir Claudia Rufina doch noch mal näher.«

»Gesittet, nicht dumm und eher schüchtern«, sagte Helena.

»Sie hat eine ziemlich große Nase, die sie unglücklicherweise auch noch betont, indem sie den Kopf zurücklegt und die Menschen über sie hinweg ansieht. Sie braucht einen *groß gewachsenen* Ehemann – was übrigens interessant ist, Marcus, denn aus der Art, wie Marius Optatus heute darauf bestand, mich anstelle von Marmarides zu fahren, schließe ich, daß er eine Schwäche für Claudia hat! Als wir dort ankamen, verschwand er, um Landwirtschaftliches mit dem Großvater zu besprechen, aber ich schwöre, er wollte nur hin, damit er das Mädchen begrüßen konnte.«

Ich hob die Augenbrauen. Selbstverständlich bin ich gegen Verbindungen, die Schranken überschreiten. »Falls ich die Regeln der baetischen Etikette nicht mißverstanden habe, wäre das sehr verwegen von Optatus!«

»Er ist ein freier Mann«, erinnerte mich Helena hochnäsig. »Außerdem, wann hat die Tatsache, daß ein Mädchen nicht standesgemäß ist, einen Mann schon je davon abgehalten, es trotzdem zu versuchen?«

Ich grinste sie an.

Worauf wir die Fortsetzung dieses Gespräches auf später verschoben, weil in diesem Moment Optatus selbst den Garten betrat. Er lachte sich halb schief über den klapprigen Gaul, den ich mit nach Hause gebracht hatte, und sagte, er hoffe, ich habe mir kein Geld dafür abknöpfen lassen. Ich versicherte ihm, es sei so etwas wie ein Geschenk der huldvollen Annaei, worauf Marius Optatus mit ernster Stimme erwiderte, daß die Annaei schon seit eh und je für ihre Großzügigkeit bekannt seien.

Ich bemerkte einen schwachen Geruch nach Rauch und verbranntem Rosmarin, der von seiner Arbeitskleidung ausging. Es hätte mich nicht überrascht, wenn er zu der ernsthaften Sorte gehörte, die zu jeder Parilia aus echter Religiosität eigenhändig ihre Ställe reinigte. Der nüchterne Pächter wirkte wie ein hingebungsvoller Bauer, in dessen Leben es keinen Platz für Frivolitäten gab.

Aber nachdem er mir nun als Frauenheld vorgeführt worden war, der es auf die ansehnliche Mitgift der ziemlich großnasigen Enkeltochter eines Nachbarn abgesehen hatte, war alles möglich.

XXVIII

Helena hatte Claudia Rufina zu einem Gegenbesuch eingeladen, aber die gesellschaftlichen Regeln verlangten, daß zwischen solchen Besuchen ein kurzer Zeitabstand lag. Unsere junge Nachbarin konnte es wahrscheinlich kaum erwarten, Helenas Geliebten in Augenschein zu nehmen, doch das arme Ding würde noch warten müssen, bis es mein freundliches Gesicht zu sehen bekam. Derweilen beschloß ich, ihren Großvater aufzusuchen. Nachdem ich Annaeus schon kennengelernt hatte, mußte ich die beiden Rivalen möglichst rasch miteinander vergleichen, bevor ich eine Voreingenommenheit für oder gegen den einen entwickelte, nur weil ich ihn als ersten getroffen hatte. Da die Rufius-Familie heute bereits einen Besuch von uns bekommen hatte, meinte Helena, ich solle bis morgen warten. Dadurch hatte ich einen freien Nachmittag, was mir durchaus recht war.

»Ihr Haus wird dir gefallen«, kicherte Helena, wollte aber den Grund dafür nicht nennen.

Am nächsten Morgen ritt ich auf meinem geliehenen Pferd hinüber. Sein Name war angeblich Tänzler, doch der mußte ihm schon vor langer Zeit gegeben worden sein. Ich glaube, der Klepper wäre gern Botaniker geworden. Unter einem Kanter verstand er ein so gemütliches Zuckeln, daß er jedes Sauerampferblatt am Wegrand inspizieren konnte.

Das Gut von Licinius Rufius lag verhältnismäßig nahe, wenn auch (dank meines Gauls) nicht so nahe, wie es mir lieb gewesen wäre. Schuld daran waren vor allem die vielen dazwischenliegenden Olivenhaine, die jemand anderem gehörten. Marius Optatus hatte mir den Besitzer genannt: seinen ehemaligen Pachtherrn Quinctius Attractus. Ich musterte die Besitzungen des Senators mit großem Interesse. Sie waren ganz schön protzig. Nach den Olivenhainen mußte ich an seinen Flachsfeldern, seinen Gemüsegärten, seinen Weinbergen, seiner Schweinezucht und seinem Weizen vorbeireiten.

Als ich die Rufius-Villa erreichte, sah ich, was Helena Justina gemeint hatte: Die Familie hatte ein wirklich mutiges Renovierungsprogramm in Angriff genommen. Woher das Geld dafür stammte, war leicht zu erkennen. Nachdem ich das Eingangstor mit dem auf einer Säule eingemeißelten Familiennamen passiert hatte, war ich mindestens zwei Meilen lang durch Haine mit schönen alten Olivenbäumen geritten, große Monster mit mehreren Stämmen, die aus einem Ursprungsstamm von gewaltigem Umfang hervorwuchsen. Hierbei handelte es sich eindeutig nur um einen Bruchteil des gesamten Besitzes. Dann war ich an einem freien Gelände vorbeigekommen, auf dem nicht nur eine, sondern zwei Ölmühlen standen. Noch bedeutsamer war die Tatsache, daß sie sogar ihre eigenen Brennöfen zur Herstellung von Amphoren besaßen. Dieses Gut, das bis an den Fluß reichte, lag offenbar nahe genug an der Schiffahrtslinie von Corduba, daß auf einen Maultiertransport des Öls verzichtet werden konnte. (Die Wege auf dem Gut waren in der Tat makellos.) Es gab fünf Brennöfen, neben denen Reihen von Ziegelsteinen in der Sonne trockneten und darauf warteten, ebenfalls gebrannt zu werden.

Auf einem Gelände, das die Bauarbeiter als Werkhof benutzten, entdeckte ich den jungen Mann, der sich vor Annaeus' Haus übergeben hatte. Das mußte der Enkelsohn sein, wie wir schon angenommen hatten. Er trug eine blitzsaubere Tunika mit breiten Streifen in rot und purpur, ein Kleidungsstück, das geradezu herausschrie, wie gut betucht seine Familie war. Zusammen mit dem Gutsverwalter gab er einem Zimmermann Anweisungen wegen eines neuen Fensterrahmens, der auf der Werkbank lag. Der junge Rufius konnte höchsten Anfang zwanzig sein, aufgeweckt, aber vielleicht noch nicht ganz wach. Trotzdem war er derjenige, der die Baupläne in der Hand hielt; seine Beziehung zu den Arbeitern schien freundlich zu sein und das, was er zu den Plänen zu sagen hatte, klang durchaus kompetent. Ich ritt vorbei, ohne daß jemand Notiz von mir nahm, und ließ Tänzler unter einem Eichenbaum zurück. Ihn anzubinden schien nicht der Mühe wert.

Beim Anblick des Hauses mußte ich schlucken.

Einst war es eine bescheidene baetische Landvilla gewesen, ähnlich der auf dem Gut der Camilli – eine kurze, längliche Konstruktion mit einem einzigen Flur, zwei sehr einfachen Empfangsräumen und kleinen Kammern zum Privatgebrauch rechts und links vom Flur. Aber das reichte nicht mehr aus für eine Familie, die sich eindeutig als den aufsteigenden Stern von Corduba betrachtete.

Das ganze Gebäude war von Gerüsten umstellt. Das Dach war weg. Ein zweites Stockwerk wurde in die Höhe gezogen. Einige der Wände waren eingerissen, damit man sie durch römischen Beton und vorgesetzte Ziegel ersetzen konnte, wie ich sie im Werkhof gesehen hatte. Ein wuchtiger Eingangsportikus war auf der Vorderseite angebracht worden, mit allem drum und dran – Marmorstufen und Säulen, die bis zur Höhe des neues Daches hinaufreichten. Korinthisches Design wurde offenbar immer beliebter in Baetica. Die Kapitelle waren mit Massen von Akantusblättern verziert – wobei eines der Kapitelle leider herabgefallen war. Es lag dort, wo es aufgeprallt war, in zwei Stücke zerbrochen. Die Arbeit am Portal war zum Stillstand gekommen, wahrscheinlich, weil sich die Steinmetze in eine Ecke zurückgezogen hatten, um sich eine gute Ausrede einfallen zu lassen. Außerdem wurde der gesamte Grundriß des Hauses auf die zwei- bis dreimalige Größe des ursprünglichen erweitert. Zu meiner Verwunderung bewohnte die Familie weiterhin den Kern des Hauses, während die Arbeiten voranschritten.

Als ich nach Licinius Rufius fragte, erschien als erstes seine Frau zu meiner Begrüßung. Sie fand mich im neuen Vestibül, wo ich staunend ein riesiges Bild von den Schlachten Alexanders des Großen betrachtete. Ich hatte überlegt, ob ich es wagen konnte, den großen, von Säulen umgebenen, neu gestalteten Innenhof zu erforschen, der in ein Wunder importierter Marmorkolonnaden und in Löwenform geschnittener Sträucher verwandelt worden war und an dessen Ende ich gerade noch ein monumentales, in Bau befindliches Eßzimmer sehen konnte.

Claudia Adorata, eine ältliche, sich sehr gerade haltende Frau, trug ihr graues Haar in der Mitte gescheitelt und mit einem Kreis von Kristallnadeln im Nacken zum Knoten aufgesteckt. Sie war in safranfarbenes Leinen gekleidet und mit einer hübschen Kette aus gewundenen Golddrähten geschmückt, an denen Achate, Smaragde und Bergkristalle so ineinander verwoben waren, daß es an einen Schmetterling erinnerte. »Verzeihen Sie die Unordnung!« entschuldigte sie sich und erinnerte mich an Mama. Der Schicklichkeit halber waren ihr Dienstmädchen in das hallende Atrium gefolgt, aber als sie erkannte, daß ich halbwegs zahm aussah, klatschte sie in die Hände, worauf die Mädchen eilends an ihre Webstühle zurückhuschten. Ihre Webarbeiten mußten von jeder Menge Baustaub durchsetzt sein.

»Gnädige Frau, ich bewundere Ihren Mut und Ihren Elan!« meinte ich mit freimütigem Grinsen.

Es stellte sich heraus, daß die alte Dame keine Ahnung hatte, warum ich gekommen war. Wir sprachen über Helena und die Familie Camillus, was offenbar als Empfehlung ausreichte. Sie sagte, ihr Mann sei auf dem Gut unterwegs, würde aber bereits geholt, um mich zu begrüßen. Während wir auf ihn warteten, bot sie an, mir die Renovierungsarbeiten zu zeigen. Da ich mich stets bemühe, höflich zu alten Damen zu sein, sagte ich pflichtschuldig, ich sei immer froh, neue Ideen aufschnappen zu können. Das schäbige Loch, das Helena und ich in Rom bewohnten, lag gewiß weit außerhalb des Vorstellungsvermögens dieser Dame. Ich war mir noch nicht mal sicher, ob sie begriffen hatte, daß ich der Vater des Kindes der edlen Helena war.

Als Licinius Rufius schließlich eintraf, saßen seine Frau und ich neben dem neuen Fischteich (so lang wie das ganze Haus), tauschten Erfahrungen im Umgang mit kampanischen Rosen und bithynischen Schneebällen aus und tranken erwärmten Wein aus Bronzebechern wie zwei alte Freunde. Ich hatte das aus fünf Räumen bestehende Badehaus mit seinem komplizierten Heizsystem, der Aufwärmkammer und dem Trainingsraum bewundert; die halbfertigen, aber hübschen Schwarzweißmosaike gepriesen; sie um die neue Küche beneidet; den Namen des Freskenmalers notiert, der die Sommer- und Wintereßzimmer ausmalte; hatte die zukünftige Bibliothek bestaunt und entsprechende Enttäuschung geäußert, weil ich die Zimmerflucht der Schlafräume im ersten Stock nicht betrachten konnte, da die Treppe noch nicht gebaut war.

Jetzt saßen wir auf teuren Klappstühlen und stellten unsere Becher auf einem dazu passenden Klapptisch ab, der mit einem exquisiten spanischen Leinentischtuch bedeckt war. Man hatte die Möbel für uns auf einem kleinen gepflasterten Patio aufgestellt, der einen erstaunlichen Blick auf eine halbrunde Grotte am Ende des Fischteiches freigab. Geschmückt war die Grotte mit einem glitzernden Glasmosaik von Neptun inmitten einer Menge sich windenden Meeresgetiers, das von einer dicken Schicht Muscheln umgeben war. Bestimmt hatte die baetische Purpurschnecken-Industrie viele davon beigesteuert.

Vorsichtiges Nachfragen hatte dazu geführt, daß Claudia Adorata die Finanzsituation ihrer Familie als »zufriedenstellend« bezeichnete.

Es gab einen Grund für diese plötzliche Renovierungskampagne. Sie und ihr Mann wollten einen strahlenden Hintergrund für die zukünftigen Erfolge ihrer sehr geliebten Enkelkinder schaffen, vor allem für den Jungen. Sein vollständiger Name war Gaius Licinius Claudius Rufius Constans, was eine lange und schmückende Ehreninschrift abgeben würde, wenn seine fabelhaften Taten eines Tages in seiner Heimatstadt gefeiert würden. Selbstverständlich hielt der Senat bereits einen Platz für ihn warm, und man hoffte, er würde es mindestens bis zum Konsul bringen. Ich versuchte, beeindruckt auszusehen.

Claudia erzählte mir, daß sie und ihr Mann die beiden Enkelkinder großgezogen hatten, da sie schon sehr früh zu Waisen geworden waren. Die Mutter war ein paar Wochen nach der Geburt des männlichen Erben gestorben; der Vater, selbst der einzige Sohn und Erbe, hatte noch drei weitere Jahre durchgehalten und war dann von einem Fieber hinweggerafft worden. Die zwei Kleinkinder waren der Trost ihrer Großeltern geworden und ihre Hoffnung für die Zukunft – eine äußerst gefährliche Situation für junge Menschen. Zumindest besaßen sie Geld genug, das zu überstehen. Andererseits, schon in so jungen Jahren so viel Geld zu haben, konnte ihre Lage noch gefährlicher machen.

Licinius Rufius kam in einer Staubwolke zu uns heraus und wusch dabei seine Hände in einer Silberschale, gehalten von einem Sklaven, der eilig neben ihm hertrippelte. Licinius war stämmig, aber nicht übergewichtig, hatte ein breites Gesicht und einen Schopf krauser Haare, die nach einer Seite abstanden. Eine Generation älter als Annaeus Maximus, stand er noch fest auf beiden Beinen und wirkte dynamisch. Er begrüßte mich mit einem Handschlag, der mir fast die Finger zerquetschte, nahm dann auf einem der Stühle Platz, worauf das Kissen ganz platt wurde und die zarten Beine sich bogen. Er bediente sich aus dem Schälchen schwarzer Oliven, aber mir fiel auf, daß er keinen Wein trank. Vielleicht war er meinen Motiven gegenüber mißtrauischer als seine Frau. Claudia Adorata lächelte erleichtert, daß er nun das Gespräch übernahm, und schlüpfte hinaus.

Auch ich nahm mir ein paar von den Oliven. (Sie waren von

ausgezeichneter Qualität, fast so fleischig wie die besten aus Griechenland.) Das Kauen verschaffte uns beiden eine kurze Pause, in der wir einander gegenseitig mustern und einschätzen konnten. Licinius würde dabei einen zuvorkommenden Mann in einer schlichten grünen Tunika und einem schon etwas ausgewachsenen römischen Haarschnitt vor sich sehen, der fraglos die traditionellen Tugenden von Ehrlichkeit, Aufrichtigkeit und persönlicher Bescheidenheit verkörperte. Ich sah in ihm einen älteren Mann mit undurchdringlichem Gesichtsausdruck, und ich beschloß, ihm kein Jota zu trauen.

XXIX

Von Anfang an hatte ich das Gefühl, daß Licinius Rufius im Gegensatz zu seiner Frau *genau* wußte, warum ich nach Baetica gekommen war. Er ließ mich ein paar müßige Bemerkungen über das Ausmaß seiner Renovierungsarbeiten machen, doch bald ging das Gespräch auf landwirtschaftliche Dinge über, die zu dem eigentlichen Objekt meiner Befragung führen würden. Das magische Wort »Kartell« wurde nicht ausgesprochen, obwohl es die ganze Zeit in der Luft hing. Offen erklärte ich ihm: »Ich könnte behaupten, nach Corduba gekommen zu sein, um den Familienbesitz von Decimus Camillus zu inspizieren – aber in Wahrheit verfolge ich mit meiner Reise hierher einen offiziellen Zweck ...«

»Es gab das Gerücht, daß ein Inspektor aus Rom erwartet wurde«, erwiderte Rufius bereitwillig. So, so. Na gut, warum etwas vortäuschen? Die Nachricht, daß Anacrites geplant hatte, einen Agenten zu schicken und daß es sich dabei um mich handelte, war zweifellos aus dem Büro des Prokonsuls durchgesickert – und wahrscheinlich allen seinen baetischen Freunden vom Prokonsul selbst bestätigt worden.

»Ich wollte mit Ihnen gern über die Olivenölherstellung reden.«

»Wofür Baetica natürlich genau der richtige Ort ist!« Licinius ließ es so klingen, als sei ich nur zu einer allgemeinen Lagebeurteilung hergekommen, statt eine gefährliche Verschwörung zu untersuchen, dank der bereits zwei Agenten der Schädel eingeschlagen worden war. Ich spürte, wie der alte Mann das Gespräch an sich riß. Er war es gewöhnt, sich über seine Ansichten zu verbreiten. Zu meinen, alles zu wissen, ist eine Angewohnheit reicher Männer, die sich große Imperien jedweder Art aufgebaut haben.

»Ich habe mit Marius Optatus auf dem Camillus-Gut über ein paar Zahlen gesprochen«, unterbrach ich ihn so rasch wie möglich. »Er schätzt, daß es ungefähr fünf Millionen Olivenbäume und tausend Ölmühlen im Hinterland des Baetis geben müßte. Ein Großgrundbesitzer wie Sie dürfte etwa dreitausend *acti quadrati* besitzen – sagen wir acht oder zehn Zenturien Land?«

Er nickte, sagte aber nichts dazu, was sicherlich bedeutete, daß er mehr besaß. Das war ein gewaltiges Gebiet. Es gab ein altes Vermessungssystem, das wir alle in der Schule gelernt hatten, bei dem zwei *acti* einem »Joch« entsprachen und zwei Joch einem »Erbgut« – die Menge Land, die in den genügsamen Tagen der Republik als ausreichend für die Ernährung einer Person galt. Ausgehend von dieser Rechnung konnte ein durchschnittlicher baetischer Ölmagnat siebenhundertfünfzig Menschen ernähren – nur daß die alte Vermessungsmethode für Land galt, auf dem ausschließlich Gerste, Bohnen und Kohl für den privaten Verbrauch angebaut wurden, keine Luxusexportgüter wie Olivenöl.

»Wie hoch ist der durchschnittliche Ernteertrag pro Zenturie?«

Obenhin erwiderte Licinius Rufius: »Je nach Boden und Wetter zwischen fünf- und sechshundert Amphoren.« Also würde ein Besitz von der Größe, wie ich ihn errechnet hatte, zwischen vier- und fünftausend Amphoren pro Jahr ergeben. Damit konnte man sich einen ganzen Wald korinthischer Säulen leisten und dazu noch ein nettes öffentliches Forum stiften.

»Und wie geht es meinem jungen Freund Optatus?« wechselte Rufius glattzüngig das Thema.

»Recht gut, soweit ich das beurteilen kann. Er hat mir ein wenig von seinem Pech erzählt.«

»Ich war höchst erfreut, als er diesen neuen Pachtvertrag übernahm«, sagte der alte Mann in einem Ton, als sei Marius Optatus sein zahmer Affe. So wie ich Optatus kennengelernt hatte, würde er es nicht hinnehmen, gönnerhaft behandelt zu werden.

»Die Art, wie er seinen früheren Pachtvertrag verloren hat,

klingt ziemlich hart. Glauben Sie, er hatte nur Pech, oder wurde er sabotiert?«

»Oh, das lag sicher nur an widrigen Umständen«, rief Licinius Rufius – als wisse er verdammt gut, daß das nicht der Fall gewesen sei. Er würde sicher keine Vorwürfe gegen einen anderen Landbesitzer erheben. Streit unter Kollegen ist schlecht für das Geschäft. Die Parteinahme für Opfer bringt kein Geld ein.

Licinius hatte recht mitfühlend geklungen, aber ich erinnerte mich, wie bitter Optatus gewesen war, als er mir erzählte, daß keiner der Einheimischen ihn bei seinem Streit mit seinem ehemaligen Pachtherrn unterstützt hatte. Ich ließ es darauf ankommen. »Quinctius Attractus geht bei seinen Geschäften ziemlich rücksichtslos vor, sehe ich das richtig?«

»Er ist recht streng. Dagegen läßt sich nichts sagen.«

»Das deckt sich aber wenig mit dem wohltätigen Patronatssystem, das wir Römer als Tradition betrachten. Was halten Sie persönlich von ihm?«

»Ich kenne den Mann kaum.«

»Ich erwarte nicht von Ihnen, daß Sie einen der anderen Landbesitzer kritisieren. Aber ich nehme doch an, daß jemand, der so gewieft ist wie Sie, sich *irgendein* Urteil gebildet hat, nachdem er bei dem Mann in Rom zu Gast war und in seinem Haus gewohnt hat!« Licinius ließ sich immer noch nicht zu einer Äußerung verleiten, also fügte ich kalt hinzu: »Dürfte ich Sie fragen, wer für Ihre Überfahrt bezahlt hat?«

Er verzog die Lippen. Ein zäher alter Bursche! »Viele Leute aus Baetica sind von Attractus nach Rom eingeladen worden, Falco. Das ist eine Geste der Höflichkeit, die er oft macht.«

»Und, lädt er seine Gäste auch ebenso oft dazu ein, den Ölmarkt aufzukaufen und die Preise hochzutreiben?«

»Das ist ein sehr schwerwiegender Vorwurf.«

Rufius klang bei dieser Antwort genauso steif wie Annaeus. Aber im Gegensatz zu Annaeus konnte er sich nicht mit Gastgeberpflichten herausreden, und so hinderte mich nichts, ihn stärker unter Druck zu setzen: »Ich erhebe keine Vorwürfe. Ich stelle nur Vermutungen an – von meinem eigenen, vielleicht eher zynischem Standpunkt aus.«

»Haben Sie kein Vertrauen in die menschliche Moral, Didius Falco?« Diesmal schien der alte Mann ehrlich interessiert an meiner Antwort. Er sah mich so durchdringend an, als sei er ein Bildhauer, der prüft, ob mein linkes Ohr vielleicht ein Ideechen höher als das rechte ist.

»Oh, alle Geschäfte müssen auf Vertrauen basieren. Alle Verträge hängen von Redlichkeit ab.«

»Das ist korrekt«, erklärte er selbstgerecht.

Ich grinste. »Licinius Rufius, ich glaube, daß alle Geschäftsleute reicher sein wollen als ihre Kollegen. Alle würden mit Freuden einen Ausländer übers Ohr hauen. Alle sähen es am liebsten, wenn sie die alleinige Kontrolle über ihren speziellen Geschäftszweig hätten, ohne dem Einfluß anderer unwägbarer Kräfte zu unterliegen.«

»Risiken wird es immer geben!« protestierte er trocken.

»Das Wetter«, räumte ich ein. »Die Gesundheit des jeweiligen Geschäftsmannes, die Loyalität seiner Arbeiter. Kriege. Vulkanausbrüche. Rechtsstreitigkeiten. Unvorhersehbare politische Entscheidungen der Regierung.«

»Ich dachte mehr an die Wankelmütigkeit im Geschmack der Kunden«, meinte er lächelnd.

Leise mit der Zunge schnalzend schüttelte ich den Kopf. »Das hatte ich natürlich vergessen! Ich weiß nicht, wieso Sie im Geschäft bleiben.«

»Aus Gemeinsinn«, lachte er.

Eine Unterhaltung mit Licinius Rufius erinnerte an die Stimmung in einer Militärkantine am Abend, an dem der Sold eintraf – wenn alle wußten, daß die Sesterzen sicher angekommen waren, die Auszahlung aber erst morgen erfolgen würde, so daß noch niemand betrunken war. Vielleicht würden wir beide das bald sein, denn Rufius schien zu meinen, mich so erfolgreich vom Zweck meines Besuches abgelenkt zu haben, daß er es sich jetzt leisten konnte, mit einem Händeklatschen einen Sklaven herbei zu zitieren, der ihm Wein eingießen sollte. Auch mir wurde angeboten, meinen Becher aufzufüllen, aber ich lehnte ab, machte deutlich, daß ich nur auf den Abgang des nervösen Dieners wartete, um meine Befragung fortzusetzen. Rufius trank langsam, betrachtete mich über den Rand seines Bechers mit einer Selbstsicherheit, mit der er mich offenbar aus dem Konzept bringen wollte.

Abrupt senkte ich die Stimme. »Wir sind uns bereits in Rom begegnet. Bei einem Essen auf dem Palatin. Danach wollte ich Sie im Haus von Quinctius Attractus aufsuchen, aber Sie waren bereits abgereist. Sagen Sie, was hat Sie veranlaßt, unsere prächtige Stadt so plötzlich zu verlassen?«

»Familiäre Verpflichtungen«, erwiderte er prompt.

»Tatsächlich? Wie ich hörte, warteten auf Ihren Kollegen Annaeus Maximus auch ganz plötzlich familiäre Verpflichtungen! Genau wie auf den Flußschiffer, nehme ich an – und den Negotiator aus Hispalis! Verzeihen Sie, aber für erfahrene Geschäftsleute scheinen Sie alle diese lange Reise ohne genügend Vorausplanung unternommen zu haben.«

Ich meinte, ihn leicht zusammenzucken zu sehen, aber es war nur eine flüchtige Reaktion. »Wir waren zusammen nach Rom aufgebrochen. Und wir sind auch gemeinsam als Gruppe zurückgereist. Aus Sicherheitsgründen, verstehen Sie.« Zum ersten Mal spürte ich eine gewisse Ungeduld auf meine Fragen. Er wollte mir das Gefühl geben, ich sei ein impertinenter Lümmel, der seine Gastfreundschaft überstrapaziert hatte.

»Es tut mir leid, aber Ihre Abreise wirkt auf mich verdächtig überstürzt.«

»Keiner von uns hatte vorgehabt, lange in Rom zu bleiben. Wir wollten alle zur Parilia wieder zu Hause sein.« Sehr traditionsbewußt! Einer direkten Antwort war er mit der Zungenfertigkeit eines Politikers ausgewichen.

»Was natürlich nichts damit zu tun hat, daß Quinctius Attractus versucht, ein Kartell auf die Beine zu stellen?«

Jetzt fiel Licinius Rufius keine glattzüngige Antwort ein.

Ein paar Augenblicke starrten wir einander schweigend an.

»Hier in Corduba wird weder gehortet, noch gibt es Preisabspachen!« Seine Stimme hatte einen so scharfen, krächzenden Ton angenommen, daß ich zusammenschrak. Er klang außerordentlich wütend. Seine Empörung konnte echt sein. Andererseits wußte er, warum ich hergekommen war, und hatte genügend Zeit gehabt, sich auf einen überzeugenden Wutausbruch vorzubereiten. »Wir haben das nicht nötig. Es gibt genug für alle. Der Olivenölhandel in Baetica blüht wie nie zuvor ...«

»Das heißt, Sie brauchen sich also nur zurückzulehnen und zuzusehen, wie die Gelder hereinfließen, nachdem die Bäume einmal gepflanzt sind! Dann verraten Sie mir aber eines: Was war der wirkliche Anlaß für Ihre Gruppe, nach Rom zu reisen?«

Ich sah, wie er sich zusammenriß. »Es war eine ganz normale Geschäftsreise. Wir haben Gespräche mit unseren Agenten in Ostia geführt und unsere Kontakte in Rom gepflegt. Sowas geschieht ständig, Falco.«

»Aber ja. Überhaupt nichts Ungewöhnliches – außer daß an dem Abend, an dem Ihr Hauptkontakt Sie alle im Palast der Cäsaren bewirtete, zwei Männer, die mit Ihnen im gleichen Speiseraum waren, später brutal überfallen wurden!«

Er zwang sich sichtbar, nicht darauf zu reagieren. Statt dessen versuchte er es mit einem Sprung nach vorn: »Ja, wir hörten direkt vor unserer Abreise davon.«

Ich hob eine Augenbraue und fragte sanft: »Ach ja? Und wer hat es Ihnen erzählt?«

Zu spät erkannte Rufius, daß er nun in der Klemme steckte. »Quinctius Attractus.« Ein geschicktes Ausweichmanöver, da

Quinctius in Rom genügend Einfluß hatte, über alles gut informiert zu sein.

»Wirklich? Hat er Ihnen gesagt, woher er es wußte?«

»Er hatte es im Senat gehört.«

»Das hätte gut möglich sein können«, meinte ich lächelnd, »nur fand das Essen der Gesellschaft der Olivenölhersteller von Baetica am Abend des letzten Märztages statt. Vom ersten April bis Mitte Mai hält der Senat keine Sitzungen ab!«

Licinius ließ sich beinahe anmerken, wie sehr er sich jetzt abstrampeln mußte: »Nun gut, ich kann nicht mit Bestimmtheit sagen, wo er es gehört hatte. Schließlich ist er Senator und erfährt alle wichtigen Neuigkeiten vor den meisten anderen in Rom ...«

»Die Sache wurde nie öffentlich bekanntgegeben«, korrigierte ich ihn. »Von höchster Stelle war die Anordnung erlassen worden, die Angriffe nicht publik zu machen. Ihre Gruppe verließ Rom direkt am Tag danach. Zu dem Zeitpunkt wußte nur eine Handvoll von Leuten auf dem Palatin – einige wenige vom Geheimdienst sowie Titus Cäsar – daß Mörder am Werk gewesen waren.«

»Ich denke, Sie unterschätzen die Wichtigkeit von Quinctius Attractus«, erwiderte Licinius.

Wieder entstand ein kurzes Schweigen. Ich spürte die Besorgnis, die hinter seinen Worten lag. Ehrgeizige Männer wie Attractus haben immer mehr Gewicht, als sie verdienen.

Licinius hielt eine zusätzliche Erläuterung für nötig: »Die Tatsache, daß wir mit diesen beiden Männern gespeist hatten, war, wie Sie ganz richtig vermuten, Falco, ein weiterer Grund für unsere Abreise. Die Sache war uns doch etwas unheimlich. Wir entschieden, daß Rom eine gefährliche Stadt ist, und ergriffen die Flucht, wie ich zugeben muß.«

Er kam mir wie ein Mann vor, der normalerweise nicht vor einem nächtlichen Überfall davonrennen würde.

Eine natürliche Neugier an der Tragödie ergriff von ihm Besitz.

Er beugte sich vor und murmelte in vertraulichem Ton: »Kannten *Sie* diese beiden Männer?«

»Ich kenne den, der nicht gestorben ist.«

Das sagte ich ganz sanft und überließ es Rufius, sich zu fragen, welcher wohl überlebt hatte, wie gut ich ihn kannte und was er mir noch hatte sagen können, bevor ich Rom verließ.

Ich hätte die Dinge noch weiter treiben können, wobei ich allerdings bezweifle, daß es viel gebracht hätte. Doch nun war ich an der Reihe, unerwartet weggerufen zu werden. Ein Aufschrei unterbrach uns, dann kam ein Sklave gerannt und bat mich, lieber schnell zu kommen, weil mein Leihpferd Tänzler durch den neuen Eingangsportikus in den prächtigen Innenhof mit den wunderschönen beschnittenen Büschen gewandert war. Tänzlers Appetit auf frisches Blattwerk war eben unstillbar. Als er schließlich entdeckt wurde, hatten viele der Büsche ihre kunstvoll beschnittene Form verloren.

Die Rufii nahmen den Zwischenfall in ungeheuer gutmütiger Weise auf und versicherten mir, die Löwen würden schon wieder nachwachsen. Sie winkten nur ab, als ich anbot, den Schaden zu bezahlen. Wir witzelten alle fröhlich darüber, daß es ein Racheakt ihrer Rivalen, der Annaei sei, die mir das Pferd ja geliehen hatten.

Sie konnten es sich leisten, ihre Buchsbäume zu ersetzen, ich dagegen nicht, also dankte ich ihnen für ihre großzügige Haltung – dann machten Tänzler und ich uns in seinem schnellsten Zuckeltrab davon.

XXX

Helena Justina war nur spärlich bekleidet. Jeder Gedanke, den das in mir wachrufen mochte, verflog jedoch sofort, denn sie roch wie eine Schüssel Salat.

»Ich sehe, du marinierst unser Kind!«

Ruhig fuhr sie fort, ihren Bauch mit Olivenöl zu massieren. »Angeblich soll das die Hautdehnung erleichtern – und wenn noch was übrigbleibt, kann ich es für unser Mittagessen verwenden.«

»Erstaunliches Zeug. Soll ich dir beim Einreiben helfen?«

Helena drohte mir mit einem baetischen Tonkrug. »Nein.«

»Tja, es wird dir bestimmt gut tun.«

»Zweifellos! Man verwendet Olivenöl ja auch für Teig. Vielleicht gehe ich dann noch mehr auf und bekomme obendrein eine knackige Kruste …« Helena sammelte gern volkstümliches Wissen an, wenn es ihr auch schwerfiel, es ernstzunehmen.

Ich ließ mich auf eine Liege sinken, machte es mir bequem und schaute ihr zu. In einem seltsamen Anfall von Sittsamkeit wandte Helena mir den Rücken zu. »Gab es je eine nützlichere Substanz?« sinnierte ich. »Olivenöl hindert Verbrennungen daran, Blasen zu bilden, ist gut für die Leber, läßt Eisentöpfe nicht rosten und konserviert Nahrungsmittel. Aus dem Holz des Olivenbaums lassen sich Schüsseln schnitzen, und es brennt gut …«

»In diesem Land werden die Kinder mit einem Brei aus Olivenöl und Weizen entwöhnt«, ergänzte Helena und wandte sich mir wieder zu. »Ich habe mich mit der Köchin unterhalten. Baetische Hebammen verwenden Olivenöl, damit das Baby leichter rausgleiten kann.«

Ich lachte leise in mich hinein. »Und dann präsentieren sie dem glücklichen Vater eine kleine angemachte Zwiebel zur Namensgebung!«

»Ich verabreiche Nux jeden Tag einen Löffel voll, damit sie ein schöneres Fell bekommt.«

Als Nux ihren Namen hörte, hob sie den Kopf von dem Läufer, auf dem sie geschlafen hatte, und wedelte begeistert. Ihr Fell war struppig und rauh und an ihren häßlichen Extremitäten undurchdringlich verfilzt. »Nichts wird Nux' Fell verbessern«, sagte ich bedauernd. »Am besten schert man es komplett ab. Du solltest ihr allmählich beibringen, daß sie nie ein verwöhnter Schoßhund werden wird. Sie ist ein stinkender Straßenköter, mehr nicht.«

»Los, bedank dich bei Marcus dafür, daß er dich so liebt!« säuselte Helena dem Hund zu, der sich sofort erhob und mir mit einem Satz mitten auf die Brust sprang. Falls dies ein Hinweis darauf war, welche Art subversiver Mutter Helena Justina zu werden gedachte, stand mir mehr Ärger bevor, als ich erwartet hatte. Während ich die lange, aufgeregte Zunge abwehrte, entwaffnete mich Helena plötzlich mit der Erklärung: »Mir gefällt es hier. Es ist so friedlich auf dem Land, und niemand setzt uns hier zu. Ich bin gern mit dir allein, Marcus.«

»Mir gefällt es hier auch«, brummte ich. Es stimmte. Wäre da nicht das Baby und mein festes Vorhaben gewesen, Helena rechtzeitig in die Obhut unserer Mütter zurückzubringen, damit sie beide die Geburt überwachen konnten, hätte ich monatelang hierbleiben mögen. »Vielleicht sollten wir in eine ferne Provinz auswandern, weit weg von allem.«

»Du gehörst in die Stadt, Marcus.«

»Mag sein. Oder ich werde mich vielleicht eines Tages mit dir in einer Villa an einem Flußtal niederlassen – die Ortswahl überlasse ich dir.«

»Britannien!« gab sie boshaft zurück. Ich kehrte zu meinem alten Traum eines Stadthauses über dem Tiber mit einem Terrassengarten und Blick auf Rom zurück.

Helena beobachtete mich, während ich mich diesen romantischen Gedanken hingab. Ihr mußte meine verzweifelte Situation bewußt sein, die alle Hoffnungen zwecklos und alles Planen unsinnig erscheinen ließ. Ihre Augen funkelten in einer Weise, die mich den Hund wegschieben ließ. »Marcus, die Köchin hat mir auch erzählt, daß eine ölreiche Ernährung Frauen leidenschaftlicher und Männer sanfter macht.«

Ich streckte die Arme nach ihr aus. »Das können wir leicht überprüfen!«

XXXI

Helena schlief. In diesem entspannten, wehrlosen Zustand sah sie erschöpfter aus als in Augenblicken, wo sie wußte, daß ich sie beobachtete. Ich redete mir ein, daß ein Teil ihrer momentanen Erschöpfung auf meine überschäumenden Fähigkeiten als Liebhaber zurückzuführen sei, aber ihr abgespanntes Gesicht begann mir Sorgen zu machen.

Ich hätte diese weite Reise nie zulassen dürfen. Sie nach Baetica zu schleppen war einfach dumm gewesen. Es gab kaum Aussicht, meine Aufgabe vor der Geburt des Kindes zu beenden. Die letzten beiden Tage hatten mich gelehrt, was ich von Anfang an hätte wissen sollen: Keine dieser zuvorkommenden Lokalgrößen würde bereitwillig zugeben, was hier vorging. Die Verschwörung aufzudekken, würde eine Ewigkeit dauern – und »Selia« zu finden, die Tänzerin, die so gern Spione überfiel, mochte sich als unmöglich erweisen.

Ich mußte Helena mehr Zeit widmen und gleichzeitig darauf achten, sie nicht zu sehr in meine Arbeit einzuspannen; es strengte sie dieser Tage mehr an, als sie zugeben mochte. Ein anderer Mann mit einer anderen Frau hätte vielleicht Arbeit und Privatleben strikt getrennt. Für uns war das unmöglich. Helena wurde abweisend und unglücklich, wenn ich sie aus meinen Problemen heraushielt. Ermutigte ich sie, mir zu helfen, stürzte sie sich kopfüber hinein – aber war das klug? Falls nicht, wie konnte ich sie davon abhalten? Auf diese Weise hatten wir uns überhaupt kennengelernt, und ihr Interesse würde höchstwahrscheinlich nie nachlassen. Zudem hatte ich mich an ihre Hilfe gewöhnt und war inzwischen darauf angewiesen.

Als hätte sie meine Gedanken gespürt, wachte sie auf. Der entspannte Ausdruck in ihrem Gesicht machte dem Mißtrauen Platz, daß ich etwas im Schilde führte.

»Zerquetsch das Baby nicht«, murmelte sie, da ich mich schon wieder über sie herzumachen begann.

Ich zügelte mich und machte Anstalten aufzustehen. »Solange es noch geht, nehme ich mir, was ich kriegen kann. Du weißt, daß römische Kinder vom Moment der Geburt an ihre Eltern beiseite drängen.«

»Oh, unser Sprößling wird dich schon tyrannisieren«, lachte Helena. »So wie du ihn verwöhnen wirst, weiß er genau, daß er alles mit dir machen kann ...« Trotz des Geplänkels schaute sie besorgt. Ich hatte wohl die Stirn gerunzelt bei dem Gedanken, daß wir ihn erst mal irgendwie zur Welt bringen mußten. Lebendig. »Vielleicht sollten wir uns nach einer Hebamme in Corduba erkundigen, Herzchen. Nur falls irgendwas zu früh losgeht.«

»Wenn dich das beruhigt.« Dieses eine Mal schien sie bereit, Rat anzunehmen. Vielleicht, weil er von mir kam. Ich bildete mir gerne ein, mit ihr fertigzuwerden – obwohl es mir vom Moment unseres Kennenlernens an klar gewesen war, daß Helena Justina sich keine Vorschriften machen ließ. Sie war eine echte Römerin. Ihr Vater hatte versucht, sie zu einer sanftmütigen, bescheidenen Partnerin für einen allwissenden Mann zu erziehen. Aber sie hatte auch das Beispiel ihrer Mutter vor Augen, die nach guter römischer Tradition für das andere Geschlecht nur schweigende Verachtung hegte. Helena war also sehr freimütig groß geworden und tat genau das, was ihr gefiel. »Wie bist du mit Licinius Rufius vorangekommen?« fragte sie liebenswürdig.

Ich zog mir meine Tunika über. »Wir haben uns bestens unterhalten, bis Tänzler beschloß, die beschnittenen Buchsbäumchen anzuknabbern.«

»Irgendwelche Ergebnisse?«

»O ja, er hat sie ordentlich zurechtgestutzt ...« Helena warf einen Stiefel nach mir. »Also gut, jetzt mal im Ernst: Rufius behauptet, das Horten von Öl und Preisabsprachen seien unnötig. Er sagt, es gäbe genug für alle. Wie Annaeus tat er schockiert bei dem

Gedanken, daß ein aufrechter cordubanischer Geschäftsmann so geldgierig sein könnte, sich ein Kartell auszudenken.«

Helena rutschte neben mir an den Rand des Bettes, damit auch sie sich anziehen konnte. »Nun, du bist es ja gewohnt, daß man dich für einen groben Verleumder angeblich ehrenhafter Männer hält – und du bist es ebenfalls gewohnt, sie am Ende als Verbrecher zu entlarven.«

»Ob diese beiden tatsächlich an der Verschwörung beteiligt sind, kann ich jetzt noch nicht sagen – aber sie sind definitiv darauf angesprochen worden. Ich bin davon überzeugt, daß die Sache zur Sprache kam, als sie in Rom waren.«

»Hältst du Annaeus und Rufius für besonders wichtige Figuren beim Aufbau eines Preiskartells?« fragte Helena und kämmte sich langsam das Haar.

Während sie sich bemühte, es zu einem Knoten aufzustecken, kitzelte ich sie am Hals. Sie zu necken hilft mir stets beim Denken. »Ganz bestimmt. Zum einen ist Annaeus ein Duovir und verfügt demnach über Einfluß in Corduba. Überlegen wir mal: Er stammt aus einer bedeutenden hispanischen Familie, die außerordentlich reich ist. Vielleicht hält er korrupte Geschäftsideen für unter seiner Würde. Er könnte sogar zu große Loyalität mit Rom empfinden.«

»Oder hat zuviel zu verlieren!« warf Helena ein.

»Genau. Aber sein Name ist immer noch durch die Entehrung besudelt, für die er nichts kann. Seine Familie wurde zu Außenseitern gemacht – und er muß an seine Söhne denken. Aus Verbitterung könnte er zum Rebellen werden. Wenn man dann noch seinen gewaltigen Einfluß auf die örtliche Politik hinzurechnet, wäre ich zweifellos scharf auf ihn, wenn ich Leute für ein Kartell gewinnen will.«

»Ebenso könnte er es vorziehen, sich da rauszuhalten«, hielt Helena dagegen. »Seine Familie hat erlebt, was mit Verschwörern geschieht. Vielleicht führt er lieber ein ruhiges Leben.« Ich bedachte dieses Argument, während sie nachdenklich die Lippen spitzte. »Was ist mit Rufius?«

»Da liegt die Sache anders. Er ist ein neuer Mann. Getrieben von Ehrgeiz für seine Enkelkinder«, sagte ich. »Wenn er sich der Sache anschließt, tut er es, weil er den kürzesten Weg zu Macht und Einfluß sucht. Falls ein Preiskartell gebildet wird, wäre es ihm recht, als dessen Gründer betrachtet zu werden. Andere Mitglieder wären dann eher bereit, seinen Enkel zu fördern. Also muß ich mich entscheiden: Ist er ehrlich oder unehrlich?«

»Und was glaubst du?«

»Er wirkt ehrlich.« Ich grinste sie an. »Was wahrscheinlich bedeutet, daß er ein durchtriebener Gauner ist!«

Endlich gelang es Helena, sich mir so weit zu entziehen, daß sie ihren Haarknoten mit einer Elfenbeinnadel befestigen konnte. Sie stemmte sich vom Bett hoch und ging zur Tür, um Nux reinzulassen. Ich hatte die Hündin vorher ausgesperrt, weil sie eifersüchtig wird, wenn wir Zärtlichkeiten austauschen. Nux schoß herein und verkroch sich trotzig unterm Bett. Helena und ich lächelten, schlichen uns hinaus und ließen Nux zurück.

»Und was jetzt, Marcus?«

»Mittagessen.« Ein Ermittler muß seine Prioritäten setzen. »Dann reite ich zurück nach Corduba, um zu sehen, ob ich Cyzacus, den Flußschiffer, auftreiben kann. Schließlich ist er kein verdammter Schäfer und hat bestimmt keine Herde zum Ausräuchern. Ich kann nicht glauben, daß sein Büro wegen der Parilia tatsächlich für drei Tage geschlossen ist.«

Langsam ritt ich auf dem Gaul zur Stadt. So langsam, daß ich einzudösen begann und beinahe runterfiel.

Das Büro des Flußschiffers *war* tatsächlich nach wie vor geschlossen. Es gelang mir nicht, jemanden zu finden, der seine Privatadresse kannte. Damit war ein weiterer Nachmittag meiner kostbaren Zeit verschwendet, und ich begriff, daß es keinen Zweck hatte, vor frühestens übermorgen wiederzukommen.

Da ich nun schon mal in Corduba war, machte ich mir Helenas Zustimmung zu Nutze und suchte eine Hebamme auf. Sowas ist mit Schwierigkeiten verbunden, wenn man fremd in einer Stadt ist. Meine Schwestern in Rom, immer ganz heiß auf Sensationsgeschichten, hatten mir bereits mit wilden Beschreibungen verrückter Geburtshelfer Angst gemacht, die die Mutter grausam drangsalieren, damit das Baby herauskommt, die arme, in Wehen liegende Frau auf dem Bett festbinden, dann den Fuß heben und plötzlich zutreten ... Meiner ältesten Schwester war einst ein totes Baby in der Gebärmutter zerstückelt worden. Keiner von uns anderen hat sich je ganz davon erholt, uns bei unserer Saturnalien-Zusammenkunft die Einzelheiten bei Nüssen und gewürztem Wein anhören zu müssen.

Ich ging zum Forum und fragte verschiedene ehrbar aussehende Leute nach der Adresse einer guten Hebamme, überprüfte die Angaben dann bei einer Priesterin im Tempel, die trocken lachte und mir jemand ganz anderen nannte. Wahrscheinlich ihre Mutter; die Frau, die ich schließlich aufsuchte, sah mindestens wie fünfundsiebzig aus. Sie wohnte in einer so schmalen Gasse, daß ein Mann mit vernünftiger Schulterbreite sich kaum durchzwängen konnte, aber ihr Haus war sauber und ruhig.

Ich schnüffelte verstohlen, um zu sehen, ob sie getrunken hatte und vergewisserte mich, daß ihre Fingernägel und Hände sauber waren. Da ich sie mir nicht in Aktion ansehen konnte, mußte ich mich damit begnügen. Wenn es schließlich soweit sein würde, war es für eine Überprüfung ihrer Methoden zu spät.

Sie stellte ein paar Fragen über Helena und erklärte mir mürrisch, da sie sich wie ein gesundes, dralles Mädchen anhörte, würde sie vermutlich ein großes Kind bekommen, was natürlich zu Schwierigkeiten führen könnte. Ich kann es nicht leiden, wenn solche Leute gleich von Anfang an so besserwisserisch sind. Als ich darum bat, ihre Ausrüstung sehen zu dürfen, wurde mir bereitwillig ein Geburtsstuhl, Krüge mit Öl und anderen Essenzen und (sehr flüchtig) eine Tasche mit Instrumenten gezeigt. Ich erkannte eine Geburtszange, die wohl dazu benutzt wurde, lebende Kinder sanft herauszuziehen. Doch dann gab es da noch Metallzangen mit Reihen gräßlicher Zacken rechts und links, die vermutlich dazu da waren – wie ich mich aus der alten Geschichte meiner Schwester erinnerte – den Schädel zu zertrümmern, um ihn in Stücken herauszuziehen, wenn alles andere versagt hatte und eine Totgeburt unvermeidlich wurde. Die Frau sah meinen gequälten Ausdruck.

»Wenn ein Kind stirbt, versuche ich die Mutter zu retten.«

»Wollen wir hoffen, daß es nicht dazu kommt.«

»Nein, warum sollte es?« erwiderte sie ruhig. Es gab auch noch ein kleines scharfes Messer zum Durchtrennen der Nabelschnur, also schien es der Alten zu gelingen, hin und wieder auch intakte Kinder auf die Welt zu befördern.

Irgendwie schaffte ich es, mich mit der Vereinbarung zu verdrücken, daß wir nach ihr schicken würden, falls wir sie brauchten, wobei ich der Frau allerdings unsere Adresse vorenthielt. Helena konnte das entscheiden.

Ich war so aufgewühlt, daß ich mich verirrte und die Stadt durch das falsche Tor verließ. Weiße Tauben flatterten auf, als ich vorüber ritt. Da ich nachdenken wollte, lenkte ich Tänzler auf einen Pfad außerhalb der Stadtmauer, der mich zum Fluß bringen würde. Der strahlende Tag stand ganz im Gegensatz zu meiner bedrückten Stimmung. Klatschmohn, Borretsch und Gänseblümchen blühten neben dem Weg, während rosafarbener Oleander die Wälle bis zum Fluß hinab bedeckte, den ich schließlich erreichte. Ich befand mich flußaufwärts, wo er nicht mehr schiffbar war und das sumpfige Flußbett aussah, als würde es nie überflutet. Schmale, gewundene Seitenarme schlängelten sich träge um festere Landzungen herum, die mit undurchdringlichem Buschwerk und sogar Bäumen bestanden waren, in denen wie Reiher oder Kraniche aussehende Vögel nisteten. Auch andere geflügelte Kreaturen – vielleicht Falken oder Wiedehopfe – tauchten gelegentlich in dem üppigen Grün auf, waren aber zu weit weg, um sie genau zu erkennen.

Nahebei tanzten Mückenschwärme, und darüber schossen Schwalben hin und her. Weniger idyllisch war die tote Ratte, die in einer Wagenspur lag, umgeben von einer Fliegenwolke. Ein Stück weiter den Weg entlang stieß ich auf eine Gruppe von Staatssklaven; als Arbeiter hätte ich sie nicht unbedingt bezeichnen wollen. Einer tanzte, zwei hatten es sich auf Schemeln bequem gemacht, und vier weitere lehnten an der Mauer, während sie alle darauf warteten, daß der Steinmetz mit dem Hammer das Zeichen gab, das ihr Tagwerk für beendet erklärte. Nicht lange danach erreichte ich die Brücke.

Der Nachmittag war reine Zeitverschwendung gewesen, und mein Besuch bei der Hebamme hatte mich nicht beruhigt. Angespannter denn je ritt ich zurück zum Gut. Der Abend senkte sich über die fernen Mariana-Berge, und ich wollte bei meinem Mädel sein.

XXXII

Der nächste Tag erwies sich als etwas produktiver, wenn ich ihn auch in düsterer Stimmung begann.

Zerquält von den Gedanken an Helena und das Baby, versuchte ich den Kopf freizubekommen, indem ich Marius Optatus auf dem Gut half. An diesem Morgen sollte gedüngt werden, was ich sehr passend fand. Ich nahm an, daß Optatus merkte, in welcher Stimmung ich mich befand, aber er schwieg auf seine übliche Art, gab mir nur einen Rechen und teilte mir einen Platz unter seinen Sklaven zu.

Ich konnte ihn nicht um Rat bitten. Schließlich war er Junggeselle. Außerdem hätten seine Sklaven es mitbekommen und es sich bestimmt nicht nehmen lassen, ein paar ländliche Volksweisheiten zum besten zu geben. Das letzte, was ein werdender römischer Vater braucht, ist ein Haufen Bauernburschen, die sich kichernd über seine Ängste lustig machen und ihm rieten, unsichtbaren Waldgottheiten in einem von Steinlöwen bewachten keltischen Schrein tief im Wald teures Viehzeug zu opfern.

Ich hätte ja auch ohne weiteres für ein Zicklein und einen Priester des Kaiserkultes bezahlt, wenn ich geglaubt hätte, daß Helena damit in irgendeiner Weise geholfen wäre. Aber die einzigen Götter, an die ich je geglaubt habe, sind die von dieser gesichtslosen Sorte, die in dunklen Kapuzen und mit unheilvoll gesenkten Fackeln daher kommen, auf der Suche nach neuen Klienten zur Einführung in die Unterwelt.

Ich war dem Wahnsinn nahe, das gebe ich zu. Jedem in meiner Lage, der sich näher mit der hohen Sterblichkeitsrate von Müttern und Säuglingen befaßt hat, würde es ähnlich gehen.

Etwa um die Zeit, als die Sklaven Andeutungen zu machen begannen, daß Optatus nun mal allmählich eine Pause für einen Becher Posca und einen Apfel einlegen sollte – falls man ihre lauten Witze darüber, was für ein sauertöpfischer Aufseher er sei, als Andeutung bezeichnen wollte – kam ein Junge vom Haus gelaufen und teilte ihm mit, daß Besucher eingetroffen waren. Optatus nickte nur. Ich war neugieriger, lehnte mich auf meinen Rechen und fragte den Jungen, der mir sagte, daß uns Claudia Rufina und ihre Freundin Aelia Annaea beehren würden.

Optatus arbeitete trotzdem hartnäckig weiter. Sein Verhalten faszinierte mich. Er war nicht bereit, für Frauen die Arbeit einzustellen – selbst wenn Helena recht hatte und er für eine von ihnen entflammt war. Ich hatte noch nie einen Mann kennengelernt, der ganz normal veranlagt zu sein schien, aber trotzdem lieber Dung verteilte.

Als das rebellische Gemurmel der Sklaven schließlich eine Pause erzwang, übergaben wir die Sache einem Vorarbeiter und gingen zurück zum Haus. Dort mußten wir uns erst einmal gründlich waschen, aber die jungen Damen schienen entschlossen, solange zu warten, bis wir beide auftauchten. Sie unterhielten sich mit Helena im Garten, als wir uns schließlich zu ihnen gesellten.

Beim Hinausgehen in den sonnenbeschienenen Garten hörten wir Gekicher: Das kommt dabei raus, wenn man drei Frauen eine Stunde lang bei einem Krug sogenannten Kräutertees plaudern läßt. Alle drei hätten sich selbst als ruhige Wesen mit ernsthaften Ansichten beschrieben. Optatus mochte das ja glauben. Ich wußte es besser.

Claudia Rufina, die ich heute zum ersten Mal sah, war älter als ihr Bruder. Etwa Anfang zwanzig – leicht zu verheiraten, vor allem, da sie über eine beträchtliche Mitgift verfügte und Teilerbin eines nicht mehr gerade jungen Mannes war. Jemand hätte sich das Mädchen inzwischen längst schnappen müssen. Ihr Kopf hob sich, und sie sah mich mit ernsten grauen Augen über die große

Nase hinweg an, die Helena mir beschrieben hatte. Sie war eine kräftige junge Frau mit einem besorgten Gesichtsausdruck. Was vielleicht daran lag, daß sie die Welt ständig aus einem schiefen Winkel sah.

Ihre Freundin dagegen gab sich heiter. Ich erkannte Aelia Annaea von der kurzen Begegnung vor der Villa ihres Vaters wieder, obwohl sie heute mit weniger Schmuck behängt war. Von nahem sah sie ein wenig älter aus, als ich zuerst angenommen hatte, zumindest einige Jahre älter als Claudia; außerdem war sie von anderem Kaliber. Sie hatte ein fein geschnittenes, zartes Gesicht mit heller Haut und haselnußbraunen Augen, denen absolut nichts entging.

Dieses Trio wirkte wie eine Ausstellung architektonischer Stilrichtungen. Wenn Helena mit ihrem in weichen Wellen aufgestecktem Haar die ionische darstellte, dann neigte Aelia Annaea mit ihrer mitten auf dem schmalen Kopf befestigten braunen Haarkrone zu dorischer Strenge; die junge Claudia hatte sich nach der neuesten cordubanischen Mode üppige korinthische Löckchen drehen lassen. Unsere beiden Besucherinnen waren die Art Freundinnen, die in gleichfarbigen Kleidern ausgingen – heute in Blau, Claudia in einem lichten Aquamarin und Aelia zurückhaltender in einer dunklen, tintenblauen Schattierung. Helena trug Weiß. Die drei Frauen machten ständig irgendwelche kleine Bewegungen mit den Händen: ein Zupfen an der Stola, ein Betasten des Haares, ein Klappern mit den Armreifen (von denen sie genug trugen, um damit einen Marktstand zu füllen).

Marius Optatus und ich setzten uns zu ihnen. Obwohl wir uns gewaschen hatten, hing uns der Dunggeruch noch in der Nase, weshalb wir versuchten, möglichst still zu sitzen und nichts davon auszuströmen. Ich griff nach dem Krug, der sich als leer erwies. Das überraschte mich nicht. Ich hatte bereits einen Teller bemerkt, auf dem sich ein Berg kleiner Sesamkuchen befunden haben mußte. Auch er war vollkommen leer, bis auf ein paar Sesamkörner. Wenn sich das Gespräch um Modetips dreht, wird gerne kräftig zugelangt.

Schweigend begrüßte Optatus alle Anwesenden mit einem Nicken. Helena stellte mich vor.

»Sind Sie aus geschäftlichen Gründen nach Baetica gekommen, Marcus Didius?« erkundigte sich Aelia Annaea scheinheilig. Ich nahm an, daß sie zu Hause von ihrem mißmutigen Vater genug mitbekommen hatte, um über meine Aufgabe hier unterrichtet zu sein. Bei ihr handelte es sich um eine junge Dame, der keine Neuigkeiten entgingen.

»Es ist kein Geheimnis«, erwiderte ich. »Ich bin der verhaßte Agent, der von Rom geschickt worden ist, um seine Nase ins Olivenölgeschäft zu stecken.«

»Oh, aber aus welchem Grund denn?« gab sie obenhin zurück.

Ich lächelte nur und versuchte, wie ein Schwachkopf auszusehen, der sich mit jedem Märchen zufrieden gibt, das ihr verschlagener Papa mir aufzutischen wünschte.

»Wir hatten gehört, daß jemand aus Rom kommen würde.« Claudia war die Ernsthafte, äußerst Gradlinige, die es sich nicht gestattete, auf eine heikle Frage einfach mit Schweigen zu antworten. Besonders, wenn der eigene Großvater möglicherweise etwas zu verbergen hatte. »Mein Großvater meinte, es würde jemand anderer sein.«

»Hatte er jemand besonderen im Sinn?« fragte ich und lächelte wieder.

»Oh, eine merkwürdige alte Frau, die ihn ansprach und eine Menge Fragen stellte, als er eines Tages draußen auf den Feldern war. Er hat sogar deswegen an deinen Vater geschrieben, Aelia!«

»Hat er das?« Aelia Annaea war zu gewitzt, Claudia zu sagen, sie solle die Klappe halten. Das hätte nur Aufmerksamkeit auf deren Taktlosigkeit gelenkt.

»Ja, das war schon eine Überraschung!« Als sie meinen neugierigen Blick sah, erklärte Claudia: »Alle waren erstaunt, daß sie miteinander korrespondierten. Großpapa und Annaeus Maximus gehen einander sonst nach Möglichkeit aus dem Weg.«

»Eine alte Fehde?«

»Nur geschäftliche Konkurrenz.«

»Wie traurig!« grinste ich. »Ich hatte auf eine saftige Geschichte über erbitterten Neid und brodelnde Leidenschaft gehofft. Kein gestohlenes Land? Keine an Flußufern vergewaltigten Lieblingssklavinnen? Keine entflohenen jungen Ehefrauen?«

»Du liest die falsche Poesie«, sagte Helena.

»Nein, Liebste. Ich lese Gerichtsberichte!«

Marius Optatus sagte nichts, lachte aber leise in sich hinein. Mit Schlagfertigkeit war von seiner Seite wohl nicht zu rechnen. Ich war zwar durchaus in der Lage, es mit drei Frauen gleichzeitig aufzunehmen, aber eine gelegentliche Atempause wäre ganz angenehm gewesen. In solchen Situationen fehlte mir mein gewitzter Freund Petronius.

»Was ist mit dem alten Weib passiert?« erkundigte ich mich bei Claudia.

»Sie wurde weggescheucht.«

Aelia Annaea hatte mich beobachtet. Sie meinte offenbar, mit einem Geheimagenten würde sie spielend fertig – besonders, wenn er offen ermittelte. Ich zwinkerte ihr zu. Damit wurde sie nicht so spielend fertig.

Aus dem blauen Dunst heraus fragte Helena: »Sie haben also beide meinen Bruder kennengelernt?«

Oh, aber ja doch, quietschten die beiden Frauenzimmer in begeistertem Chor. Ihre frühere Bekanntschaft mit Aelianus war der Grund, warum sie so viel von Helena, einem neuen Gesicht, hermachten (die dazu noch einen römischen Haarstil trug und vielleicht eine Schriftrolle mit römischen Rezepten mitgebracht hatte). Offenbar war Aelianus eine Zierde der cordubanischen Gesellschaft gewesen (es handelte sich hier um zwei sehr höfliche junge Frauen). Zumindest war er ein enger Freund von Claudias Bruder

Rufius Constans und von Aelias drei Brüdern gewesen, die sicher über eindrucksvolle formelle Namen im römischen Stil verfügten, von ihr aber Großmaul, Knallkopp und Frettchen genannt wurden.

Was all diese jungen Burschen verband, so stellte sich heraus, war ihre freundschaftliche Beziehung zu Tiberius.

»Tiberius?« fragte ich wie ein blauäugiger Neuling.

»Oh, aber Sie müssen doch Tiberius kennen?«

»Ich befürchte, diese Ehre hatte ich noch nicht. Tiberius wer?«

»Tiberius Quinctius Quadratus«, warf Marius Optatus plötzlich ein. »In meinem Haus gibt es noch ein oder zwei weniger höfliche Namen für ihn.«

»Der Sohn Ihres ehemaligen Pachtherrn?«

»Unser bewunderter neuer Quästor, Falco.«

Sein Einwurf dämpfte den Ton der Unterhaltung. Er sah aus, als wolle er einen Streit vom Zaun brechen. Aelia Annaea versuchte, die Atmosphäre zu glätten: »Tja, was kann man über Tiberius sagen, außer daß er charmant ist?«

Leise erwiderte Helena: »Finden Sie charmante Männer nicht unausstehlich? Für mich ist Charme bei einem Mann immer ein sicheres Zeichen, daß man ihm nicht trauen sollte.«

»Dieser sieht dazu auch noch äußerst gut aus«, ließ ich mich vernehmen. »Falls er der jugendliche Held ist, den ich neulich abends sah, als er Sie vom Haus Ihres Vaters abgeholt hat, Aelia Annaea?« Sie nickte.

»Oh, der Mann hat alles!« murmelte Optatus neidisch. »Einen prominenten Vater in einflußreicher Position, ein gewinnendes Wesen, eine politische Zukunft und die gute Meinung jedes Menschen, mit dem er in Kontakt kommt.« Ich sah, wie die junge Claudia leicht die Lippen zusammenpreßte. Seine Wut war ihr peinlich. Ihre Freundin schaute nur resigniert.

Ich gab vor, nichts über ihn zu wissen. »Ist dieser Musterknabe neu hier in der Gegend?«

»Seine Familie lebt natürlich in Rom«, erwiderte Optatus bitter. »Aber wir kennen ihn bereits alle gut. Die Quinctii besitzen ausgedehnte Ländereien. Quadratus hat schon früher längere Zeit hier im Bezirk verbracht, aber wir werden noch viel mehr von ihm zu sehen kriegen, nachdem er jetzt einen offiziellen Posten innehat.«

Ich strahlte die beiden jungen Damen an. »Dann ist er wohl mit Quinctius Attractus verwandt, den Senator, den Ihr Vater und Großvater vor nicht allzu langer Zeit in Rom besucht haben?« Diesmal war selbst Claudia so gescheit, nur mit einem vagen Nicken und einem Lächeln zu antworten. Falls sie wußten, daß es mit diesem Besuch in Rom etwas Besonderes auf sich hatte, waren sie von jemandem angewiesen worden, nicht mit mir darüber zu sprechen. »Ich habe Attractus vor kurzem selbst kennengelernt. Was für ein Zufall.«

»Seinem Sohn werden Sie auch noch begegnen«, knurrte Optatus. »Keine Bange, das Vergnügen wird Ihnen nicht entgehen, Marcus Didius. Der taucht überall auf, dieser Tiberius.« Die beiden jungen Damen waren in Schweigen verfallen. Gegen Optatus' Ärger kamen sie nicht an.

»Ich dachte, er sei auf einem Jagdausflug«, sagte ich.

»Der hängt in Corduba rum und genießt das Leben«, erwiderte Marius Optatus. »Wie ich hörte, hat der Prokonsul ihm gesagt, er solle sich nur im Büro blicken lassen, wenn es sich absolut nicht vermeiden ließe.«

Optatus schien sich unbedingt streiten zu wollen, also goß ich noch mehr Wasser auf seine Mühlen: »Ich finde, Sie gehen ein bißchen hart mit dem neuen Quästor ins Gericht. Bei dem kurzen Blick, den ich auf ihn werfen konnte, wirkte er wie ein talentierter Junge auf mich.«

»Oh, er ist wunderbar«, hauchte Claudia.

»Sehe ich da ein leichtes Rotwerden, junge Dame?« witzelte ich. Was sie noch mehr erröten ließ, obwohl es mir einen finsteren

Blick von Helena einbrachte, die bereits beschlossen hatte, eine Romanze zwischen Optatus und Claudia zu unterstützen. Ich weigerte mich, auf diesen Wink meiner Liebsten einzugehen und fuhr fort: »Claudia Rufina, Ihre Großeltern haben mir von ihren Plänen für die Karriere Ihres Bruders erzählt – Rom und so weiter. Sie müssen auch in Sie große Hoffnungen setzen. Und dazu gehört doch gewiß auch eine ansehnliche Mitgift für einen vielversprechenden jungen Aufsteiger?«

Diesmal versetzte Helena mir einen Tritt. Zu spät. Während sie mir einen wütenden Blick zuschoß, der mich an die zärtlichen Gefühle erinnern sollte, die Marius Optatus für Claudia hegte, blieb sein Gesichtsausdruck vollkommen neutral. Aber die plötzliche frostige Spannung sagte mir, daß drei verschiedene Frauen mich verfluchten und überlegten, wie sie nett zu Optatus sein konnten.

Claudia, die am wenigsten Geübte, beantwortete meine Frage in ihrer üblichen ernsthaften und vollkommen aufrichtigen Weise: »Mein Großvater hat nichts in dieser Hinsicht mit mir besprochen ...« Das klang, als hätte Licinius Rufius ihr in Wirklichkeit gesagt, es sei noch zu früh für irgendwelche öffentlichen Verkündigungen.

Helena Justina beugte sich vor und klopfte mir mit dem Teesieb aufs Handgelenk. »Eine Ehe ist nicht alles, Marcus!« Sie wandte sich Aelia Annaea zu. »Ich erinnere mich noch daran, wie mein früherer Ehemann um meine Hand anhielt. Ich war jung und dachte, es sei meine Pflicht, darauf einzugehen. Aber ich weiß noch, wie wütend ich war, weil er sich so verhielt, daß mich verpflichtet fühlte, ihn zu nehmen, nur weil er um mich angehalten hatte.«

»Das kann ich gut verstehen«, erwiderte Aelia Annaea. Dann erwähnte sie zu meiner und Helenas Überraschung, daß auch sie verheiratet gewesen, nach drei Jahren kinderloser Ehe aber seit kurzem verwitwet sei. Irgendwas in ihrem Ton ließ darauf schließen, daß sie keine Pläne hatte, diese Erfahrung zu wiederholen.

»War es eine glückliche Ehe?« fragte Helena in ihrer direkten Art.

»Ich hatte nichts zu beklagen.«

»Das hört sich nicht sehr überschwenglich an.«

»Nun ja, ich hätte nie reinen Gewissens eine Scheidung verlangen können.«

»Und doch?« fragte Helena lächelnd.

»Und doch, Helena!« So hatte Aelia Annaea offenbar noch nie davon gesprochen. Die junge Witwe schien über sich selbst überrascht. »Um ehrlich zu sein, als mein Mann starb, hatte ich das Gefühl, eine zweite Chance im Leben zu bekommen.« Ihre Augen funkelten boshaft. »Momentan genieße ich das Leben. Eine Witwe hat einen anderen Status. Wenigstens ein Jahr lang werde ich eine gewisse Unabhängigkeit besitzen.« Sie hielt inne, als ob wir das Gesagte vielleicht mißbilligen könnten.

»Warum nur ein Jahr?« brummte Helena.

Aelia warf ihr einen wehmütigen Blick zu. »Länger kann eine vermögende Frau nicht erwarten, sich gegen die Horde von Männern zu sperren, die sie bedrängen, ihr Geld bei ihnen anzulegen!«

Claudia Rufina wirkte jetzt ernsthaft schockiert. Freundlich meinte Helena zu ihr: »Hören Sie nicht auf unser griesgrämiges Gerede! Sie sollten nur darauf achten, daß es genug Gemeinsamkeiten zwischen Ihnen und Ihrem Ehemann gibt.«

»Wie zum Beispiel Liebe?« fragte Claudia mit leichtem Trotz in der Stimme.

Helena lachte. »Nun, das ist vielleicht etwas zu viel verlangt.«

»Liebe ist ein Luxus!« mischte ich mich in die Frotzelei ein. »Aber Sie brauchen nichts Übertriebenes zu verlangen – eine gemeinsame Begeisterung für Wagenrennen oder ein starkes Interesse an der Schafzucht kann eine wunderbare Grundlage für mindestens vier oder fünf glückliche Ehejahre abgeben.«

Hin- und hergerissen zwischen Helenas Rat und meiner Schnoddrigkeit, schaute Claudia verwirrt in die Runde. Ich bemerkte, daß sich Marius Optatus alles mit angehört hatte und offenbar beide Mädchen mit neugierigem Interesse beobachtete. Abgesehen von dem einen kurzen Ausbruch hatte er fast nichts gesagt, schien aber ganz zufrieden, hier bei uns zu sitzen.

Freundlich sagte ich zu unseren beiden Besucherinnen: »Ihr Freund Tiberius klingt faszinierend. Ich glaube, ich würde diesen jungen Mann gerne kennenlernen!«

Dem stimmten sie zu, dann erhoben sich beide einmütig und meinten, sie müßten jetzt wirklich gehen.

Ich blieb allein zurück, während sie hinausbegleitet wurden. Ich wollte mir diesen »seltsamen Vorfall« durch den Kopf gehen lassen, daß ein altes Weib (oder eine gut verkleidete junge Tänzerin?) versucht hatte, mit Claudias Großvater zu sprechen.

XXXIII

Im weiteren Verlauf des Nachmittags ließ Optatus sich nicht mehr blicken. Offenbar hatte ich ihn irgendwie verärgert, aber er taugte nicht zum Schmollen: seine Sturheit war stärker, und er dachte nicht im Traum daran, eine Mahlzeit zu verpassen. Zum Abendessen war er wieder da und saß schweigend am Tisch. Helena und ich unterhielten uns mit Marmarides, sprachen davon, am nächsten Tag nochmal nach Corduba zu fahren. Derweilen verputzte Optatus einen halben Laib hausgebackenes Brot, eine Schüssel Salat aus eingelegten Oliven und ein Stück Räucherwurst von dem Hängegestell über dem Herd. Dann trank er einen ganzen Krug Wasser aus dem Dolium, lehnte sich zurück und stocherte in den Zähnen.

Helena stand von der Bank am Tisch auf, weil sie ihr zu schmal und unbequem war. Mit einem leisen Seufzer ließ sie sich auf den Stuhl neben dem Heißwasserkessel am Herd sinken. Ich legte ein Bein auf die Bank und drehte mich zu unserem Freund um, wobei ich fröhlich weiterkaute. Mein Appetit war einfach größer als seiner.

»Mir ist da heute etwas aufgefallen«, meinte Helena von ihrem Stuhl am Herd. »Die beiden jungen Frauen schwärmten davon, wie charmant der Quinctius-Sohn sei. Das sagten sie nicht nur, weil er heftig mit ihnen geflirtet hat. Sie meinten damit, daß alle ihn hinreißend finden.«

»Alle außer Ihnen«, sagte ich zu Marius Optatus. Und ich würde die zweite Ausnahme sein, falls ich ihn genauso widerwärtig fand wie die sonstigen Emporkömmlinge im Verwaltungsbereich.

»Antworten Sie nicht darauf, wenn Sie nicht wollen, Marius«, sagte Helena. »Wir wohnen hier im gleichen Haus, und Sie dürfen Respekt verlangen.«

Sie hatte gespürt, was los war, und er brach schließlich sein Schweigen. »Was Sie da machen, ist schrecklich, Falco.«

Ich pulte an einem Stück Wursthaut, das sich in meinen Zähnen verfangen hatte. »Womit habe ich Sie gekränkt?«

»Ich glaube, Sie kränken alle, denen Sie begegnen.«

»Da liegen Sie nicht ganz falsch!« Ich nahm ein kleines Hölzchen aus einem Becher, der neben dem Salzfaß auf dem Tisch stand. In Rom glaubten alle an das Märchen, daß die Hispanier ihre Zähne mit ihrem eigenen Urin putzten, daher war ich froh, daß sie zumindest in dieser ländlichen Villa von der Benutzung angespitzter Holzstückchen gehört hatten. Man sollte nie glauben, was man liest. Meist plappern saudumme Schreiberlinge gedankenlos das Zeug nach, das sie auf der verfälschten Schriftrolle irgendeines Vorgängers gelesen haben.

Optatus schob seine Schüssel weg und stemmte sich vom Tisch hoch. In der gemessenen Art des Landmannes griff er nach einer kleinen Tonlampe, trug sie zu einer Amphore, füllte einen Krug aus dem größeren Gefäß, füllte die Lampe aus dem Krug, trug sie zurück zum Herd, entzündete seinen Zahnstocher an der Glut, zündete den Lampendocht an, stellte die Lampe auf den Tisch und blieb nachdenklich stehen. Worauf der Lampenjunge lossauste, um die restlichen Lampen im Haus anzuzünden, und die Köchin das Geschirr zum Abwaschen einsammelte. Marmarides fing meinen Blick auf und schlenderte hinaus, um die Maultiere zu füttern. In der Küche war jetzt lautes Geklapper zu hören, und unser Gespräch nahm einen informelleren Ton an.

»Die Annaei und Licinii Rufii sind meine Freunde«, beschwerte er sich. »Ich bin mit ihnen zusammen aufgewachsen.«

»Mit den Jungs – oder den Mädchen?« fragte ich spitz. »Mit welchen darf ich mich im Laufe meiner Arbeit nicht befassen, Marius?« Er gab keine Antwort, also fügte ich rasch hinzu: »Aelia Annaea wußte zweifellos *genau*, worum es bei unserem Gespräch ging – und ich glaube wirklich nicht, daß ich Claudia vor den Kopf gestoßen habe.« Optatus setzte sich endlich wieder an den Tisch, wobei sein langer Schatten über die Küchenwand glitt. »Beide kannten sie meine Rolle, ich habe es ihnen offen gesagt. Falls die beiden jungen Damen sich Quinctius Quadratus als Schoßtier ausgesucht haben, sind sie erwachsen genug, die Konsequenzen zu tragen.«

»Ich sehe nicht, was das mit Ihrem Auftrag zu tun hat.«

»Quadratus' Vater ist tief in eine mögliche Verschwörung verstrickt. Ich denke, wir können davon ausgehen, daß er gezielt Einfluß nahm, um seinem Sohn die Quästur zu verschaffen. Die Quinctii bauen sich eine gefährliche Machtposition in Baetica auf. Falls ich am Ende Attractus festnagele, wird die Schande mit aller Wahrscheinlichkeit auch auf seinen Sohn fallen. Der Sohn *mag* ein unschuldiges Werkzeug seines verschlagenen Vaters sein, aber durch diese Quästur wirkt er wie ein bereitwilliger Mitspieler im Gesamtplan. Selbst wenn er so rein wie frischgefallener Schnee ist, hängt ihm diese Sache an – aber nach dem, was Sie mir über den Rauswurf aus Ihrem Pachtvertrag erzählt haben, ist ›rein‹ wohl nicht das richtige Wort.«

Optatus grübelte düster über seine eigenen Probleme nach. »Mit Ihrem Ehrgeiz werden Sie keinen Erfolg haben.« Wenigstens redete er wieder mit uns. »Den Leuten hier in der Gegend gefällt Ihre Einmischung nicht. Sie werden sich Ihnen widersetzen, genauso wie ich es tun werde. Wenn ich das Geld zusammen habe, kaufe ich mir eigenes Land. Auch wenn ich es selbst nicht erreiche, werden zumindest meine Nachkommen den Quinctii gleichgestellt sein.«

»Sie haben also bereits Geld gespart!« erriet Helena scharfsinnig. »Sie tüfteln einen Plan aus!«

»Da wäre die Möglichkeit, in einen anderen Besitz einzuheiraten«, schlug ich vor. »Das würde helfen.« Beleidigt sah er mich an. »Sie sind ein angesehener Mann in der einheimischen

Bevölkerung, Marius Optatus. Beliebt bei vielen Leuten. Greifen Sie nach Höherem.«

»Legen Sie diesen Ratschlägen eigene Erfahrungen zugrunde?« fragte er bissig.

Ich erwiderte: »Ein Mann sollte stets versuchen, das Mädchen zu kriegen, das er haben will, mein Freund.«

Helena schaute besorgt. »Vielleicht ist sie aber nicht mehr frei.«

»Möglicherweise doch«, gab ich zurück. Ich tat so, als wüßte ich nichts von Optatus' Gefühlen. »Nehmen wir zum Beispiel Claudia Rufina – man könnte sagen, alle Zeichen deuteten darauf hin, daß sie für den fabelhaften Quästor ›Tiberius‹ bestimmt ist. Aber wird das je geschehen? Ich halte es für unwahrscheinlich. Er stammt aus einer alten italienischen Familie. Die Quinctii werden sich mit Sicherheit nach einer standesgemäßen Braut aus einer *römischen* Patrizierfamilie umsehen. Reichtümer in einer Provinz zu erwerben ist eine Sache. Dort eheliche Verbindungen einzugehen ist eine andere.«

Nach kurzem Nachdenken unterstützte Helena meinen Standpunkt: »Das stimmt. Wenn man eine Erhebung im Senat durchführen würde, dann käme dabei heraus, daß die Spanier mit Spanierinnen verheiratet sind, die Gallier mit Gallierinnen – und die Römer mit Frauen aus ihrem eigenen Volk. Ist das also der Grund, Marcus, wieso über Claudia und den Quästor nicht offen geredet wird?«

»Und dazu wird es auch nicht kommen. Die Quinctii lassen sich nicht darauf ein. Nachdem ich Claudias Großvater kennengelernt habe, würde ich sagen, er ist gewieft genug, das zu erkennen.«

»Das Mädchen könnte einen seelischen Schaden dadurch erleiden«, meinte Helena stirnrunzelnd.

»Nur, wenn sie dumm genug ist, sich in den Charmeur zu verlieben. Das mag zwar passieren, muß aber nicht unwiderruflich sein. Tja, da haben Sie's!« sagte ich zu Optatus. »Ein nettes reiches

Mädchen, das bald Liebeskummer haben wird und auf dem Heiratsmarkt zur Verfügung steht!«

Er nahm es gut auf. »Vielen Dank, Falco!« Ein Grinsen breitete sich über sein Gesicht, und ich wußte, daß wir wieder Freunde waren. »Aber vielleicht ist Claudia Rufina nicht nett oder reich genug!«

Helena und ich strahlten ihn an. Es macht immer Spaß, einem Mann zuzusetzen, der für sich selbst einstehen kann.

Optatus kam immer noch nicht mit meinen Arbeitsmethoden zurecht. »Es gefällt mir einfach nicht, Falco.«

»Die Art, wie ich arbeite?«

»Die Art, wie Sie jedem Fallen stellen – sogar mir, während Sie so tun, als würden Sie nur freundlich plaudern.«

Ich seufzte. »Keine Bange. Was die Verschwörung betrifft, so standen Sie auf ziemlich schlechtem Fuß mit den Quinctii, falls die ein Kartell zu bilden versuchten. Nur Männer, die ihnen ergeben sind, wurden zu Freundschaftsreisen nach Rom eingeladen. Doch lassen Sie uns den Quinctii gegenüber gerecht bleiben. Vielleicht sind sie unschuldig wie die Gänseblümchen.«

»Sie haben also Sinn für Gerechtigkeit!« bemerkte er trocken.

»Ich bin zu oft hinters Licht geführt worden! Aber ich glaube nicht, daß man Sie je aufgefordert hat, sich einer Preisabsprache anzuschließen. Dazu lehnen Sie Korruption zu sehr ab.«

Vielleicht war diese Einschätzung falsch. Vielleicht hegte Marius Optatus einen so tiefen Groll über das, was ihm passiert war, daß *er* die treibende Kraft hinter der Verschwörung war, die Anacrites hatte aufdecken wollen. Eben noch hatte Optatus uns erzählt, daß er eifrig sparte und ehrgeizige Pläne hatte. Vielleicht hatte ich seine Wichtigkeit in dieser Gegend unterschätzt.

»Ich fühle mich geschmeichelt«, sagte Optatus. »Sie werden Ihre Bemühungen also auf den gutaussehenden Freund der jungen Damen konzentrieren, Falco?«

»Der charmante Tiberius stellt in der Tat ein faszinierendes Rätsel dar. Wenn die Quinctii die Gauner sind, haben sie die Sache schlau eingefädelt. Aber trotzdem, der Prokonsul hat Quinctius Quadratus auf einen Jagdausflug geschickt.«

»Na und, Falco? Quadratus ist ein sportlicher Typ. Er jagt gerne. Bei einem vielversprechenden jungen Mann kommt das gut an.«

Ich lächelte weise. »Bei einem jungen Mann, dem gerade ein wichtiges öffentliches Amt verliehen wurde, könnte man das auch anders interpretieren. Quadratus ist doch momentan nicht auf der Jagd, oder?«

»Er genießt sein Leben in vollen Zügen.«

»Genau. Flirtet mit Aelia Annaea und Claudia. Was für ein Mistkerl.«

»Und beeinflußt ihre Brüder«, teilte Optatus mir mit. »Vor allem den jungen Rufius Constans. Quadratus hat sich zum Mentor des Jungen gemacht.«

»Das klingt nicht gut! Aber hören Sie zu, ich wollte Ihnen vom Jagdurlaub erzählen. Sie kennen sich doch aus mit den Feinheiten hier. In der Armee nennt man es ›aufs Land geschickt werden‹. Im Zivilleben verwendet man einen anderen Ausdruck, aber das Ergebnis bleibt dasselbe: Ob Ihr Quästor wirklich auf die Jagd geht oder nicht, interessiert niemanden. Er kann auf dem Gut seines Vaters herumhängen, im Gymnasium trainieren, Frauen ausführen – egal was, solange er sich im Büro nicht blicken läßt. Tatsache ist, daß der Prokonsul, zumindest vorübergehend, diesen glänzenden neuen Aufsteiger kaltgestellt hat.«

Optatus sah erfreut aus. Er erkannte sofort, daß dies für die Quinctii und ihre ehrgeizigen Pläne verheerend sein konnte. Der Senat mochte gekauft und der Kaiser übers Ohr gehauen worden sein, aber der hiesige Prokonsul hatte eigene Ansichten. Entgegen aller Voraussicht lief nicht alles wie geschmiert für Quinctius Attractus und seinen Sohn. Offenbar existierte auf irgendeiner Liste ein schwarzer Punkt vor dem Namen Tiberius Quinctius Quadratus.

Vielleicht hatte Laeta mich als den Mann nach Baetica geschickt, der diesen Punkt in einen dicken Querstrich durch den Namen verwandeln sollte.

»Und was passiert jetzt, Falco?«

»Das ist ganz einfach«, gluckste Helena schläfrig von ihrem Platz neben dem Feuer. »Marcus muß das tun, was er am liebsten macht: er muß ein Mädchen finden.«

»Um einem oder beiden Quinctii etwas anhängen zu können«, erklärte ich ruhig. »Ich muß sie mit Selia in Verbindung bringen, diese Tänzerin aus Hispalis, die ich Ihnen gegenüber schon erwähnt habe. Sie hat bei der Ermordung eines Mannes in Rom mitgeholfen – und dafür ist sie aller Wahrscheinlichkeit nach von jemand angeheuert worden.«

Diesmal war es Optatus, der lachte. »Ich hab's Ihnen schon gesagt! Sie werden nur wenige solcher Mädchen in Baetica finden. Die sind alle in Rom, um da ein Vermögen zu machen!«

Was ja nicht schlecht war. Das sollte mir die Aufgabe erleichtern, diejenige zu finden, die heimlich nach Spanien zurückgekehrt war.

»Je nun ...«, sinnierte Optatus, als sei ihm ein Gedanke gekommen, der ihm zu gefallen schien. »Ich sollte in der Lage sein, Sie jemand anderem vorzustellen – Quinctius Quadratus.« Ich hob die Augenbraue bei diesem Vorschlag. Er lächelte. »Falco, Sie sollten mehr unter die Leute gehen und die Vergnügungsmöglichkeiten Cordubas kennenlernen. Ich könnte Ihnen da ein paar Tips geben.«

»Da, wo sich die Jungs tummeln, was?« Ich hätte es ja gern geglaubt, aber es war schwer, ihn sich als Anführer einer Junggesellensause vorzustellen.

»Aber klar, alle nur vom Feinsten«, behauptete er.

»Und was für einen anstößigen Plan haben Sie da für uns ins Auge gefaßt?«

»Ich habe gehört, daß Annaeus Maximus plant, seine Güter in Gades zu besuchen. Als er Corduba das letzte Mal verließ – für die Reise nach Rom und den Besuch bei Quinctius Attractus –, haben seine Söhne ein Fest gefeiert, auf dem so viel zu Bruch ging, daß ihr Vater ihnen verboten hat, je wieder Freunde nach Hause einzuladen.«

»Ich sah sie neulich abend flüchtig im Vorüberreiten. Nette Jungs!«

Optatus grinste. »Außerdem habe ich gehört, daß in dem Moment, wo Maximus nach Gades abreist, Großmaul, Knallkopp und Frettchen die Anordnung ihrer Eltern in den Wind schießen und das nächste Fest veranstalten werden!«

Der Alptraum aller Eltern. Einst wäre ich begeistert gewesen. Jetzt überlegte ich, ob man dem armen Annaeus Maximus nicht irgendwie beibiegen könnte, wenigstens den Kellerschlüssel mit nach Gades zu nehmen. Mir war völlig klar, warum mich der Gedanke so niederdrückte: eines Tages würde eine Bande ausgerasteter Jugendlicher meine attische Vasensammlung vollkotzen. Als nächstes wäre es mein polierter Sandelholztisch, den sich ein betrunkener Idiot als Tanzfläche aussuchen würde, während er seine scharfkantigsten Absätze trug.

Als ich dann zu Helena hinüberblickte (die mich etwas fragend anschaute), gelang es mir, die kommenden Ereignisse im Hause der Annaei mit größerer Gelassenheit zu betrachten: schließlich würden meine Kinder gut erzogen werden. Bei diesen vorbildlichen Eltern konnten sie uns nur lieben und ehren. Sie würden unsere Verbote einhalten und unserem Rat folgen. Meine Kinder wären anders.

XXXIV

Der Auftrag zog sich länger hin, als mir lieb war – wie die meisten meiner Aufträge. Zumindest befand ich mich in zivilisierter Umgebung. Ich war mehr daran gewöhnt, mich während langer Warteperioden in schmuddeligen Weinschenken zu betrinken oder an Örtlichkeiten, von denen man seiner Mutter lieber nichts erzählt, in wüste Prügeleien verwickelt zu werden.

Am nächsten Tag ging es zurück nach Corduba, diesmal fest entschlossen, ein Treffen mit Cyzacus, dem Flußschiffer, zu erzwingen. Helena Justina kam mit. Sie gab vor, meine ständigen Fahrten in die Stadt hätten bei ihr den Verdacht erweckt, ich hielte mir irgendwo ein leichtes Mädchen, aber in Wirklichkeit hatte Helena während unseres Stadtbesuches am Tag der Parilia einen Hersteller für Purpurfarbe gefunden, diesen teuren Farbstoff, der aus Stachelschnecken gewonnen und zum Einfärben von Togastoffen höchstrangiger Persönlichkeiten benutzt wird. Während meiner kleinen Plauderei mit dem Prokonsul hatte sie größere Mengen Stoff bestellt. Jetzt behauptete sie, sie wolle mit mir zusammen sein, aber viel wichtiger war ihr, das Bestellte abzuholen.

»Liebste, ich hasse es, pedantisch zu sein, aber weder in deiner noch in meiner Familie gibt es Heeresführer, ganz zu schweigen von Anwärtern auf den Kaiserthron!« Ich überlegte, ob sie vielleicht wilde Pläne für das Baby hatte. Der Gedanke, Helena könne politische Ambitionen entwickeln, war erschreckend. Helena Justina war die Art von Mädchen, deren wilde Pläne sich später meist in die Tat umsetzten.

»Hier kann man das Zeug zu einem so günstigen Preis bekommen, Marcus. Und ich weiß genau, wer ganz heiß auf den Stoff sein wird!« Ihre Gerissenheit würde ich nie erreichen: Helena hatte vor, wenn wir wieder zu Hause waren, das purpurne Material zum Selbstkostenpreis der Geliebten des Kaisers anzubieten. Falls all die Geschichten über die Frugalität (von anderen auch Knauserigkeit genannt) in Vespasians Haushalt stimmten, würde die Dame Caenis begeistert zugreifen, um Vespasian, Titus Cäsar und den jungen Domitian mit wirklich preisgünstigen kaiserlichen Gewändern auszustatten. Im Gegenzug mochte die Chance bestehen, daß Vespasians Liebling, kräftig ermutigt von *meinem* Liebling, für mich ein gutes Wort bei ihm einlegen würde. »Das ist auf jeden Fall aussichtsreicher als die Kriecherei um deinen Freund Laeta«, höhnte Helena.

Vermutlich hatte sie recht. Tauschhandel dieser Art hält die Räder des Reiches in Gang. Schließlich war das der Grund, warum ich mich Ende April hier in Corduba herumtrieb.

Es war mir gelungen, Helena zu überreden, die Hebamme aufzusuchen, mit der ich gesprochen hatte. Helena hatte aus mir rausgequetscht, was während meines Besuchs passiert war. »Das war es also, was dich so bedrückt hat«, murmelte sie düster und drückte meine Hand. Demnach hatte sie bemerkt, daß ich gestern in niedergeschlagener Stimmung aus der Stadt zurückgekommen war. Ihrem Versprechen, sich die Frau anzusehen, mangelte es an Überzeugung, fand ich.

Inzwischen war mir der träge Fluß Baetis, sein plötzliches Versickern bei der sechzehnbögigen Brücke und das gemächliche Schweben der Sumpfvögel über dem hölzernen Kai mit seiner Ansammlung roher, grob zusammengezimmerter Schuppen mehr als vertraut. Zumindest gab es jetzt Anzeichen von Aktivität, obwohl das Flußufer nicht gerade vor Geschäftigkeit brodelte.

Marmarides stellte unsere Kutsche auf einem von Bäumen beschatteten Gelände ab, wo Pfähle zum Festmachen von Wagen und Maultieren in den Boden gerammt waren. Es war ein wunderschöner Morgen. Gemeinsam schritten wir langsam zum

Ufer hinunter. Nux sprang fröhlich nebenher, in der Meinung, sie habe das Kommando. Wir kamen an einem stämmigen Kerl vorbei, der umgeben von einer Schar auserlesener afrikanischer Hühner am Boden hockte und leise auf sie einredete, während er ein neues Hühnerhaus baute. Weit draußen auf dem Fluß saß ein Mann mit einer Angelschnur auf einem kleinen Floß und vermittelte den Eindruck, er habe eine gute Ausrede gefunden, in der Sonne zu schlafen.

Die Plane eines Lastkahns, die ihn drei Tage lang verhüllt hatte, war jetzt zurückgeschlagen. Im Inneren des Kahns konnten wir Reihen um Reihen der kugelförmigen Amphoren sehen, in denen Öl über weite Entfernungen transportiert wird. Sie waren in mehreren Lagen verstaut, jede sorgfältig zwischen die Hälse der darunter liegenden gepackt und mit dazwischen gestopftem Stroh ausgepolstert, damit sie nicht verrutschten. Das Gewicht mußte enorm sein, und der kräftig gebaute Lastkahn lag jetzt tief im Wasser.

Cyzacus' Büro – ein einfacher Schuppen mit einem Schemel davor – war heute offen. Sonst hatte sich nicht viel verändert.

Wenn die Ernte im September begann, würde es hier bestimmt wesentlich hektischer zugehen. Im Frühjahr geschah tagelang nichts, außer es traf gerade eine Wagenkolonne mit Kupfer, Gold oder Silber aus den Minen in den Mariana-Bergen ein. Während dieser toten Zeit hatte ein schäbiger, krächzender Zwerg mit einem verkürzten Bein und einem Weinkrug unter dem Arm hier das Sagen. Nux bellte ihn einmal laut an, doch als er sich umdrehte und sie anstarrte, verlor sie das Interesse und beschränkte sich darauf, die Wolken von Mückenschwärmen anzublinzeln.

»Ist Cyzacus da?«

»Keine Chance, Legat!«

»Wann wird er erwartet?«

»Keine Ahnung.«

»Taucht er überhaupt je hier auf?«

»So gut wie nie.«

»Wer führt das Geschäft?«

»Ich denke, das führt sich selbst.«

Er war gut geschult. Die meisten Penner, die sich als Wachmann ausgeben, fühlen sich bemüßigt, einem endlos davon zu erzählen, wie miserabel die Geschäftsleitung ist und wie drakonisch ihre eigene Fron. Für dieses verkommene Subjekt hier war das Leben eine einzige Folge von Ferientagen, und er gedachte nicht, sich zu beschweren.

»Wann haben Sie Cyzacus das letzte Mal hier am Kai gesehen?«

»Keine Ahnung, Legat.«

»Und wenn ich zum Beispiel eine große Schiffsladung nach Hispalis verfrachten wollte, dann würde ich mich nicht an ihn wenden?«

»Sie könnten es versuchen. Es würde Ihnen nur nichts nützen.«

Ich merkte, wie Helena allmählich die Geduld verlor. Marmarides, der die Agententätigkeit bisher als harte Arbeit mit interessanten Höhepunkten verklärt hatte, ließ offen erkennen, wie gelangweilt er war. Ein Ermittler zu sein ist schon schwer genug, ohne daß alle um einen herum nach permanenter Aufregung und ängstlich stammelnden Verdächtigen verlangen.

»Wer führt das Geschäft?« wiederholte ich.

Das Schlitzohr sog an den Zähnen. »Auf jeden Fall nicht Cyzacus. Der ist inzwischen so gut wie im Ruhestand. Er ist bloß noch so was wie ein Aushängeschild.«

»Aber jemand muß die Rechnungen abzeichnen. Hat Cyzacus einen Sohn?« wollte ich wissen, eingedenk der anderen, in die Verschwörung verwickelten Männer.

Der Mann mit dem Weinkrug brach in Gelächter aus und fühlte sich dann genötigt, einen kräftigen Schluck zu nehmen. Halsstarrig und widerspenstig war er schon. Bald würde er halsstarrig, widerspenstig und betrunken sein.

Als sein Lachanfall vorüber war, erzählte er mir die Geschichte: Cyzacus und sein Sohn hatten sich zerstritten. Das hätte ich mir eigentlich denken können. Schließlich hatte ich mich auch mit meinem Vater zerstritten. Dieser Sohn hier war von zu Hause fortgelaufen – das einzig Seltsame war nur, was er dann anstellte. Spanien lieferte die besten Gladiatoren des Reiches. In den meisten Städten träumen die Jungs davon, ihre Eltern damit zu vergrätzen, daß sie in der Arena kämpfen, aber vielleicht gilt das in Spanien ja als genau die für sie vorgesehene Karriere, gegen die sie sich auflehnen. Wie auch immer, als Cyzacus junior den großen Streit mit Papa hatte und dann mit nichts als einer sauberen Tunika und dem Ersparten seiner Mutter von zu Hause durchbrannte, war *er* fortgelaufen, um Dichter zu werden.

»Nun ja, Spanien hat eine Menge Dichter hervorgebracht«, sagte Helena leise.

»Damit wollen Sie mich doch nur weiter ablenken«, schnauzte ich den Wachmann an. »Jetzt hören Sie mal zu, Sie kleiner Stinker: Ich will keine tragische Ode, ich will den Mann, der hier das Sagen hat.«

Er wußte, daß das Spiel aus war. Das sah er mir deutlich an. »Na schön. Nichts für ungut ...«, murrte er und erzählte mir dann, daß Cyzacus nach der Enttäuschung über die Flucht seines Sohnes in die Poesie jemand Passenderen adoptiert hatte: jemand, der Gladiator gewesen war und somit nichts beweisen mußte. »Jetzt hat er Gorax.«

»Dann rede ich eben mit Gorax.«

»Oh, das würde ich Ihnen nicht empfehlen, Legat!«

Ich fragte ihn, was das Problem sei, und er deutete auf den stämmigen Mann, den wir schon vorhin beim Bauen des Hühnerhauses gesehen hatten. Gorax hatte wegen seiner Hühner keine Zeit für Besucher.

Helena Justina hatte nun endgültig die Nase voll und sagte, sie würde in die Stadt gehen und ihren Purpurstoff abholen. Marmarides begleitete sie zurück zur Kutsche, wenn auch widerstrebend, da ihm der Name Gorax durchaus etwas sagte: Gorax war einst sogar bis hin nach Malaca berühmt gewesen, hatte sich aber dann aus der Arena zurückgezogen.

Da ich einer Herausforderung grundsätzlich nicht aus dem Weg gehe, sagte ich, Hühner oder keine, er würde mit mir reden müssen.

Ich näherte mich ihm leise, wobei mir bereits Bedenken kamen. Er war mit Narben bedeckt. Was ihm an Größe fehlte, machte er durch Breite und Körpergewicht wett. Seine Bewegungen waren sanft, und er zeigte kein Mißtrauen gegenüber Fremden: wenn ihn einer schief anguckte, würde Gorax ihn einfach um einen Baum wickeln. Gorax mußte ein Gladiator gewesen sein, der wußte, was er tat. Das war der Grund, warum er nach zwanzig Kämpfen in der Arena immer noch am Leben war.

Es war deutlich zu sehen, daß der stämmige Kerl richtig Spaß daran hatte, seinen Hühnern ein Haus zu bauen. Der Wächter hatte mir erzählt, daß Gorax eine Freundin hatte, die weiter stromabwärts bei Hispalis wohnte. Sie hatte ihm das Geflügel geschenkt, damit er während seiner Abwesenheit von ihr nicht auf dumme Gedanken kam. Es schien zu funktionieren; er war sichtbar entzückt über die Tiere. Der weichherzige Muskelprotz sah ganz versunken zu, wie sein prächtiger Hahn und die drei Hennen den ausgestreuten Mais aufpickten.

Sie waren hübscher als gewöhnliche Haushühner, eine besondere Art von Perlhühnern, so zierlich, daß sie geradezu danach verlangten, betuttelt und verhätschelt zu werden. Ein hübsches, dunkles Federkleid, glatte Köpfe mit zierlichen Kämmen und gesprenkelt wie Schachbrettblumen.

Als ich mich ihm zögernd näherte, erhob er sich und starrte mich an. Vielleicht hätte er eine höfliche Unterbrechung hingenommen, zumal wenn ich seine Tiere bewundert hätte. Aber das war, bevor er bemerkte, daß nur noch zwei seiner kostbaren Hennen vorhanden waren. Die dritte war den Kai hinunter gewandert in Richtung des festgemachten Lastkahns – wo sie in wenigen Augenblicken von Nux entdeckt werden würde.

XXXV

Die Hündin stieß nur ein kurzes, zögerndes Bellen aus, als sie die Henne bemerkte. Einen Herzschlag lang erwog Nux in liebenswürdiger Weise, ob sie sich nicht vielleicht mit dem Viech anfreunden sollte. Dann sah die Henne Nux und flatterte mit entsetztem Gegacker auf einen Poller. Begeistert nahm Nux die Jagd auf.

Als der Hund auf die kleine Henne zuschoß, ließ der muskelbepackte Gladiator den Hammer fallen, mit dem er eine Sitzstange angenagelt hatte. Eine weitere Henne unter den Arm geklemmt, stürmte er los, um seinen Liebling zu retten. Ich sprintete ihm nach. Er besaß natürlich die ungeheure Geschwindigkeit eines Kämpfers, der seinen Gegner mit einem unerwarteten Todesstoß überraschen muß. Nux, die nichts davon ahnte, setzte sich auf die Hinterbeine und kratzte sich gedankenverloren.

Marmarides hatte bei der Kutsche herumgelungert, nicht bereit, mit Helena wegzufahren, während ich mit dem berühmten Gorax sprach. Er sah, daß der Spaß losging. Aus den Augenwinkeln bekam ich mit, wie er auf uns zurannte. Jetzt waren wir zu dritt hinter dem Hund und der Henne her – obwohl zu bezweifeln stand, daß einer von uns sie rechtzeitig erreichen würde.

Dann begann der verkrüppelte Wachmann, den Weinkrug immer noch im Arm, auf dem Kai auf und ab zu hüpfen. Nux hielt es für ein Spiel; die Henne fiel ihr wieder ein, und sie beschloß, sie für ihn zu fangen. Marmarides juchzte. Ich schluckte. Gorax schrie. Die Henne gackerte hysterisch. Genau wie die andere, die an Gorax' gewaltigen Brustkorb gedrückt war. Nux bellte wieder begeistert und sprang nach der Henne auf dem Poller.

Mit flatternden Flügeln (und unter Verlust einiger Federn) flog das gefährdete Federviech vom Poller und trippelte direkt vor

Nux' Nase den Kai entlang. Dann hob das dumme Ding ab und flatterte in den Lastkahn hinunter. Gorax machte einen Satz auf Nux zu. Sie hatte am Rand der Planken gestanden und die Henne angebellt, aber als das Schwergewicht mit Mordsgeschrei auf sie zuwalzte, sprang sie der Henne flugs nach. Die Henne wollte aus dem Lastkahn wieder nach oben flattern, wurde aber durch den Wachmann in Angst und Schrecken versetzt, der herunterlugte und ihr obszöne Zärtlichkeiten zurief. Nux strampelte sich mit fliegenden Pfoten zwischen den Hälsen der Amphoren ab.

Ich sprang vom Kai in den Lastkahn. Das Ding war nur ein einfaches, flaches Holzboot – nichts, woran man sich festhalten konnte. Ich hatte keine Zeit, meinen Sprung richtig abzuschätzen, was zur Folge hatte, daß ich mit meinem Gewicht das eine Ende des Kahns plötzlich in den Fluß hinausschwang. Gorax, der gerade an Bord klettern wollte, glitt auf der Ducht aus, weil das festgemachte Ende des Lastkahns unerwartet gegen den Kai prallte. Er knallte ins Boot, das eine Bein über dem Bootsrand. Unglücklicherweise landete er auf dem Brustkorb und zerquetschte dabei die Henne, die er unter dem Arm getragen hatte. Seinem Gesichtsausdruck nach wußte er, daß das Tier tot war. Ich schwankte gefährlich und versuchte mit aller Kraft, mein Gleichgewicht zu halten, da ich nicht schwimmen kann.

Marmarides schlidderte auf den Kai und suchte sich ein Opfer. Er gab dem Wachmann einen Schubs, worauf der benebelte Trottel prompt in den Fluß stürzte. Seine ängstlichen Schreie gingen gleich darauf in Gurgeln über. Marmarides besann sich eines Besseren und sprang ihm nach.

Gorax stieß einen Klagelaut aus, während er das tote Huhn in den Armen wiegte, aber er ließ es fallen, als Nux näher an das immer noch wie wild flatternde andere heranpirschte. Gorax stürzte sich auf den Hund, also nahm ich mir das Federviech zum Ziel. Wir stießen zusammen, verloren unseren Halt auf den Amphoren, was ein häßliches, tönernes Krachen unter unseren Füßen zur Folge hatte. Der Exgladiator war durch eine Amphore gebrochen und stand knöcheltief in Tonscherben. Als er versuchte, sein Bein herauszuziehen, krachte es erneut, und er versank bis zum Knie, während das Öl nach allen Seiten spritzte. Um sein Gleichgewicht wiederzufinden, griff er nach mir.

»Oh, gehen Sie sanft mit mir um!«

Wohl kaum! Ich erhaschte einen kurzen Blick in seinen Schlund, als er einen wilden Schrei ausstieß. Selbst seine Mandeln waren beängstigend. Ich dachte, er würde mir die Nase abbeißen, aber in diesem Moment erhob sich eine kultivierte Stimme über das Getöse. »Laß das, Gorax! Du verscheuchst mir die Fische!«

Gehorsam ließ Gorax mich los und zog sein mit Blut und Öl verschmiertes Bein aus der zerstörten Amphore. Dann setzte er sich auf den Rand des Lastkahns und bettete das tote Federviech auf sein massiges Knie, während ihm die Tränen über die Wangen liefen.

»Danke!« sagte ich leise zu dem Neuankömmling. Ich schnappte Nux am Nackenfell und bewegte mich vorsichtig zur Flußseite des Lastkahns, wo ein dünner Mann, der ein Floß mit einer Stange vorwärts stakte, seinen Kopf über den Decksrand gereckt hatte, um zu sehen, was los war. Ich hockte mich nieder und reichte ihm die Hand. »Mein Name ist Falco.«

»Cyzacus«, sagte er.

Es gelang mir, nicht ausfallend zu werden. »Sie sind aber nicht der Mann, dem ich unter diesem Namen in Rom vorgestellt wurde!«

»Sie müssen meinen Vater meinen.«

»Apollo! Sie sind der Dichter?«

»Der bin ich!« erwiderte er ziemlich gereizt.

»Tut mit leid. Ich dachte, Sie wären von daheim durchgebrannt.«

»Bin ich auch«, sagte Cyzacus junior und stakte sein Floß mit großem Geschick zum Kai.

»Sie staken ganz schön flott für einen Mann der Literatur.« Den Hund unter dem Arm geklemmt, war ich wieder auf den Kai geklettert. Nachdem Cyzacus sein Floß vertäut hatte, reichte ich ihm die Hand und half ihm, auf den Anlegesteg zu springen.

Er hatte einen schlanken Körper und nur noch wenige Haarbüschel auf dem Kopf; hinter sein Ohr war tatsächlich ein Stilus geklemmt. Vielleicht war das Angeln nur eine Tarnung für das Verfassen eines zehnbändigen offiziellen Epos' zur Verherrlichung Roms. (Oder vielleicht war er genau so ein Verrückter wie mein Onkel Fabius, der exakte Notizen über jeden Fisch macht, den er fängt – Datum, Gewicht, Farbe, Tageszeit, Wetter und den Köder, den er benutzt hat ...) Cyzacus junior sah in der Tat wie ein Poet aus, düster und zerstreut, vermutlich ohne jedes Gespür für Geld und hoffnungslos bei Frauen. Sein Alter schätzte ich auf etwa vierzig – genau wie das seines Adoptivbruders Gorax. Zwischen den beiden herrschte offensichtlich keine Animosität, denn Cyzacus ging den großen Klotz trösten, der schließlich mit den Schultern zuckte, die tote Henne in den Fluß warf, mit der noch lebenden wieder auf den Kai kam und sie zärtlich kraulte, als sie wegzufliegen versuchte. Er besaß ein simples Gemüt, aber eine schnelle Auffassungsgabe; genau das Richtige für die Arena und wahrscheinlich ebenso nützlich, um mit Großhändlern fertig zu werden, die Stauraum auf dem Lastkahn mieten wollten.

»Er organisiert die Ladungen«, erklärte mir Cyzacus. »Ich führe die Bücher.«

»Natürlich, denn ein Dichter kann ja schreiben!«

»Kein Grund, ausfallend zu werden.«

»Ich bin nur fasziniert. Sie waren in Rom?«

»Und ich kam zurück«, sagte er kurz angebunden. »Es gelang mir nicht, einen Mäzen zu finden. Niemand kam zu meinen öffentlichen Lesungen, und meine Schriftrollen verkauften sich nicht.« Seine Stimme war von einer tiefen Bitterkeit erfüllt. Es war ihm offenbar nicht in den Sinn gekommen, daß der Wunsch allein noch keinen berühmten Dichter aus einem machte und er vielleicht ein schlechter war.

Ich hatte nicht vor, ihn darauf aufmerksam zu machen, nicht, während Gorax neben ihm stand, voller Stolz auf seinen kreativen Geschäftspartner. Der Bruder eines Exgladiators hat ein Anrecht auf Respekt. Die beiden waren etwa gleich groß, obwohl der Stämmige fast dreimal so viel Raum einnahm wie der andere. Sie sahen völlig unterschiedlich aus, aber ich spürte sofort, daß es zwischen ihnen festere Bindungen gab als zwischen den meisten echten Brüdern, die sich schon von Kindesbeinen an gezankt haben.

»Machen Sie sich nichts draus«, sagte ich. »Es gibt schon viel zu viele Tragödien auf dieser Welt und beinahe genug Satiren. Zumindest wird bei Ihren Träumereien auf einem Floß auf dem Baetis Ihr Gedankenfluß nicht ständig roh unterbrochen.« Damit der gescheiterte Poet nicht meinte, ich wolle mich über ihn lustig machen, fuhr ich rasch fort: »Als der Tumult losging, war ich gerade dabei, Gorax zu erklären, daß Ihr Vater und ich uns bei einem sehr angenehmen Essen in Rom kennengelernt haben.«

»Vater macht nach wie vor die Geschäftsreisen ins Ausland«, bestätigte Cyzacus junior.

»Und worum ging es bei dieser? Um das Knüpfen von Kontakten?«

Cyzacus und Gorax wechselten Blicke. Der eine hielt sich für einen Intellektuellen, und der andere war eine zusammengeschlagene Kampfmaschine – aber keiner von beiden war dumm.

»Sie sind der Mann aus Rom!« sagte mir Cyzacus mit saurer Miene auf den Kopf zu.

Gorax knurrte: »Wir haben Sie erwartet.«

»Das hatte ich auch gehofft. Ich war schon dreimal hier!« überging ich ihre düsteren Anspielungen. »Jedesmal war das Büro geschlossen.«

Wieder tauschten sie Blicke aus. Was immer sie mir erzählen

würden, es war vorher abgesprochen. Jemand hatte sie bereits dazu angehalten, mir die Sache so schwer wie möglich zu machen.

»Na gut«, sagte ich dann in freundlicher Vertraulichkeit. »Corduba scheint eine Stadt zu sein, in der es keine Geheimnisse gibt. Ich weiß nicht, wie eng Sie mit Ihrem Vater zusammenarbeiten, aber ich muß ihm ein paar Fragen über das Ölgeschäft stellen.«

»Vater hält sich die meiste Zeit in Hispalis auf«, sagte der echte Sohn. »Dort hat die Gilde der Flußschiffer ihr Hauptquartier. Er ist ein bedeutender Mann in der Gilde.« Es schien ihm außerordentlich zu gefallen, daß er mir so wenig weiterhelfen konnte.

»Dann sollte ich besser sehen, wie ich nach Hispalis komme«, erwiderte ich unbeirrt. Wieder bemerkte ich, wie die Brüder nervös herumdrucksten. »Wird die Ladung auf diesem Lastkahn bald flußabwärts befördert? Kann ich eventuell mitfahren?«

Sie sagten mir, wann der Lastkahn ablegen würde. Wahrscheinlich waren sie erleichtert, mich an ihren Vater loszuwerden. Meiner Erinnerung nach war er ein zäher Bursche. Gorax bot mir sogar an, mich kostenlos auf dem Lastkahn nach Hispalis mitfahren zu lassen. Das war einer der wenigen Vorteile der Ermittlungsarbeit. Wenn ich Leute befragte, schienen sie oft ganz erpicht darauf, mein Fahrgeld zu bezahlen, um mich loszuwerden, am liebsten, wie in diesem Fall, an einen hundert Meilen entfernten Ort.

»Ist es nicht ein bißchen unbequem für die Flußschiffer«, fragte ich, »so viele Geschäfte in Corduba abzuwickeln, während sich der Sitz der Gilde in Hispalis befindet?«

Der Dichter lächelte. »Es funktioniert. Wir von Cyzacus et Filii agieren hier wie dort als Vermittler.«

Auch ich schenkte den beiden ein Lächeln. »Viele Leute haben mir erzählt, daß Cyzacus et Filii die einflußreichsten Flußschiffer auf dem Baetis sind.«

»Das stimmt«, bestätigte Gorax.

»Das heißt also, wenn sich die Ölhersteller zur Förderung ihrer

Geschäfte zusammenschlössen, wäre Ihre Firma als Vertreter der Flußschiffer-Gilde ebenfalls daran beteiligt?«

Der jüngere Cyzacus wußte genau, daß ich damit auf das mögliche Kartell anspielte. »Die Flußschiffer und die Ölhersteller kümmern sich ausschließlich um ihre eigenen Interessen.«

»Oh, dann muß ich etwas falsch verstanden haben. Ich hatte den Eindruck, Ihr Vater sei nach Rom gereist, um an Verhandlungen über ein neues System von Preisabsprachen teilzunehmen.«

»Nein, seine Reise nach Rom hing mit einem Besuch der Gildeniederlassung in Ostia zusammen.«

»Ah, so! Sagen Sie mir, hat Ihr Vater ab und zu mit Tanzmädchen zu tun?«

Sie lachten beide. Es klang völlig aufrichtig. Sie sagten mir, ihr Vater habe schon seit fünfzig Jahren kein Mädchen mehr angeschaut und waren als treuergebene Söhne auch tatsächlich davon überzeugt, wie ich ihnen anmerkte.

Dann mußten wir mit diesen Ausweichmanövern aufhören, weil ein verzweifelter Schrei ertönte. Mein Fahrer Marmarides paddelte immer noch in bewährter römischer Legionsmanier (die er im Dienste seines Herrn Stertius gelernt haben mußte) auf dem Rücken im Fluß, hatte den Wachmann am Kinn gepackt, um dessen Kopf über Wasser zu halten, während der Wachmann seinen Weinkrug umklammert hielt und sie beide geduldig darauf warteten, daß jemand ihnen ein Tau zuwarf.

XXXVI

Mein gesellschaftliches Leben machte Fortschritte. Ich war schier ausgebucht, nachdem mir zuerst Optatus zünftige Vergnügungen mit den Junggesellen von Corduba versprochen hatte und mir nun eine Freifahrt auf dem Baetis angeboten wurde.

Wäre die Befragung des älteren Cyzacus der einzige Grund für einen Besuch in Hispalis gewesen, hätte ich vielleicht darauf verzichtet, aber da gab es auch noch den Negotiator Norbanus, der die Überseefrachten von diesem Hafen aus organisierte. Vielleicht gelang es mir sogar, die schwer faßbare und mörderische »Selia« aufzuspüren – vorausgesetzt, die Steine werfende falsche Schäferin hatte ihren richtigen Namen benutzt. Hispalis stellte allerdings ein Problem dar. Auf meiner Karte lag es gute neunzig römische Meilen entfernt – in Luftlinie. Doch der Baetis verlief in unzähligen Windungen. Das konnte eine Reise von einer Woche bis zu vierzehn Tagen bedeuten, nur um Befragungen durchzuführen, bei denen möglicherweise absolut nichts herauskam. Ich konnte es mir nicht leisten, so viel Zeit zu verplempern. Wenn ich Helena Justina betrachtete, wuchs meine Angst und Besorgnis jeden Tag mehr.

Cyzacus und Gorax hatten zweifellos beabsichtigt, mich meine Zeit grundlos verschwendeten zu lassen. Wenn es den beiden gelang, einen Regierungsagenten vierzehn Tage außer Aktion zu setzen, indem sie ihn auf einem sehr langsamen Lastkahn weit ab vom Schuß festhielten, wären sie bestimmt stolz auf sich gewesen. Sie wollten ihren Vater beschützten und ahnten nicht, daß mir die Tänzerin viel wichtiger war. Vor allem wegen ihr wollte ich nach Hispalis. Ich war mir sicher, daß Cyzacus senior in allen Einzelheiten über das Essen berichtet hatte. Ob er den beiden jedoch auch von den hinterher erfolgten Überfällen erzählt hatte, hing davon ab, wie weit er ihnen traute. Des Dichters Aufenthalt in Rom, der zwar in Hinsicht seines literarischen Ruhms ein Fehlschlag gewesen war, hatte ihn jedoch eindeutig gelehrt, eine fürchterliche keltiberische Nervensäge zu sein.

Ich hatte bisher zwei Verdächtige befragt, Annaeus Maximus und Licinius Rufius. Zwei weitere würde ich mir in Hispalis vorknöpfen, vorausgesetzt, ich schaffte es je bis dorthin. Doch da war noch ein weiteres Paar, das durchaus in die Sache verwickelt sein konnte, auch wenn es sich dem Essen auf dem Palatin entzogen hatte: der junge Rufius Constans und Quinctius' Sohn. Sie waren beide zur fraglichen Zeit in Rom gewesen. Optatus meinte, Quinctius Quadratus würde einen schlechten Einfluß auf Constans ausüben – obwohl ich, bevor ich Quadratus nicht selbst kennengelernt und eingeschätzt hatte, davon ausgehen mußte, daß sein ehemaliger Pächter ihm gegenüber voreingenommen war. Doch der vorsichtige griechische Sekretär im Hause von Quinctius Attractus, der mir als erster davon erzählt hatte, daß sich die beiden jungen Männer ins Theater abgesetzt hatten, war mit Einzelheiten sehr zurückhaltend gewesen. Weder die jungen Männer noch ihr Aufenthaltsort waren mir damals wichtig für die Ermittlungen erschienen. Jetzt war ich mir dessen nicht mehr so sicher.

In diese Richtung konnte ich sofort weiterforschen, da Optatus erfahren hatte, daß die drei Annaeus-Jungs ihr Fest schon in zwei Tagen veranstalten würden. Durch alte Verbindungen war es ihm gelungen, Einladungen für uns beide zu bekommen. Der junge Rufius wollte seinen Großvater nicht damit verärgern, sich offen mit Rivalen zu verbünden, also gab er vor, uns an jenem Abend zu besuchen, und wir würden ihn mitnehmen. Marmarides sollte uns fahren und später diejenigen nach Hause bringen, die noch einigermaßen nüchtern waren. Helena schien sich an das letzte Mal zu erinnern, als ich ohne sie ausgegangen war und hinterher noch nicht mal den Weg nach Hause finden konnte. Sie verabschiedete uns mit deutlicher Mißbilligung. Offenbar nahm Claudia Rufina die gleiche Haltung ein; sie blieb zu Hause bei ihren Großeltern, hing aber anscheinend so an ihrem Bruder, daß sie sich anständigerweise bereit erklärt hatte, ihn nicht zu verraten.

Ich entschied mich an jenem Abend nur dafür, nichts zu tragen, das Flecke aufwies. Optatus hatte sich regelrecht in Schale geworfen. Er trug ein äußerst schickes Gewand, eingefärbt in dem berühmten baetischen Zinnoberrot und mit erhabenen schwarzen Flechtlitzen am Halsausschnitt und Schulternähten eingefaßt. Ergänzt wurde das Ganze durch zwei nicht zusammenpassende antike Fingerringe und einen schwachen Hauch von Balsam auf seinen sorgfältig rasierten Wangen. Seine ganze Aufmachung vermittelte den Eindruck, daß er etwas im Schilde führte. Trotzdem wurde er von dem jungen Rufius noch weit übertroffen.

Es war meine erste richtige Begegnung mit besagtem jungen Mann. Wir trugen alle nur Tuniken – Prunkgewänder sind nicht Usus in den Provinzen – und seine war von feinster Qualität. Ich hatte mir eine einigermaßen ordentliche angezogen und Optatus seine beste. Trotzdem stach Rufius Constans uns aus. In dem lässig getragenen weißen Leinen, dem glänzenden Niellogürtel, den seinen Füßen angepaßten Kalbslederstiefeln und sogar einem Halsring (Jupiter!) schien er sich vollkommen zu Hause zu fühlen. Sicher besaß er Truhen voll von dem Zeug. Hier hatten wir also einen reichen, hoffnungsvollen Jüngling, der sich aufs Schickste gekleidet zu einem Abend unter Freunden aufmachte – und trotzdem war er so nervös wie ein Floh.

Schön war Constans nicht, aber ganz passabel. Seine Nase in dem jungen ungeformten Gesicht war nur ein schwacher Abklatsch von der seiner Schwester, aber etwas an der Art, wie er schüchtern in die Welt guckte, erinnerte an sie. Mit seinen knapp zwanzig Jahren wirkte er noch unfertig, und es fehlte ihm an Imposanz, die er für eine Elitekarriere im öffentlichen Dienst brauchen würde, wie sie sein stolzer Großvater für ihn vorgesehen hatte. Vielleicht gab er mir auch nur das Gefühl, daß ich alt war.

»Ich wollte Sie schon die ganze Zeit fragen«, sprach ich den jungen Mann beiläufig an, »wie Ihnen das Theater gefallen hat?«

»Was?« Er hatte eine helle Stimme und ruhelose Augen. Mag sein, daß jeder zwanzigjährige Bursche, der sich in einer ruckelnden Kutsche Knie an Knie mit einem älteren, lebenserfahrenen Mann befindet, automatisch unsicher wirkt. Oder er hatte vielleicht etwas zu verbergen.

»Ich hätte Sie während Ihrer Rom-Reise mit Ihrem Großvater beinahe kennengelernt. Aber Sie und Quinctius Quadratus hatten beschlossen, an jenem Abend ins Theater zu gehen.« War es nur Einbildung, oder nahm ich da einen gehetzten Blick wahr? »War es was Gutes?«

»Kann mich nicht erinnern. Ein Mime, glaube ich. Tiberius nahm mich hinterher in eine Weinschenke mit, daher ist alles ziemlich verschwommen.«

Noch war es zu früh am Abend, um ihn unter Druck zu setzen. Ich lächelte und ließ ihm die Lüge durchgehen. Zumindest war ich davon überzeugt, daß es eine Lüge war. »Wenn Sie abends in Rom ausgehen, müssen Sie sehr vorsichtig sein. Man kann leicht überfallen werden. Dauernd werden Leute auf der Straße zusammengeschlagen. Sowas haben Sie nicht mitbekommen, nehme ich an?«

»O nein.«

»Das ist gut.«

»Es tut mir leid, daß ich die Gelegenheit verpaßt habe, Sie kennenzulernen«, fügte Rufius hinzu. Er war zur Höflichkeit erzogen worden.

»Sie haben auch einiges Aufregende verpaßt«, erwiderte ich.

Um was es sich handelte, sagte ich nicht, und er zeigte keine Neugier. Offenbar ein außergewöhnlicher junger Mann.

Bitterkeit erfüllte mich. Ich dachte immer noch an den toten Valentinus und sogar an Anacrites, als die Kutsche vor der eleganten, außerhalb der Stadt gelegenen Residenz der Annaei vorfuhr.

Lucius Annaeus Maximus Primus, Lucius Annaeus Aelius Maximus und Lucius Annaeus Maximus Novatus (um Großmaul, Knallkopp und Frettchen offiziell die Ehre zu geben) wußten, wie man eine Fete organisierte. Geld spielte keine Rolle, genau so wenig wie Geschmack. Die Haussklaven waren in vollem Einsatz. Es tat sich wesentlich mehr als bei den steifen Festivitäten, die ich hier während der Parilia beobachtet hatte. Befreit von der elterlichen Autorität waren unsere Gastgeber ganz sie selbst, nämlich ein ausgelassenes, übermütiges Trio. Ich war froh, daß sie nicht meine Söhne waren.

Sie hatten sämtliche Blumengirlanden von Corduba aufgekauft. Das mit Fresken geschmückte Haus ihres Vaters roch wie alle Gärten im alten Tartessos zusammen, die Luft war von Pollen erfüllt, ein Alptraum für empfindliche Nasen. Zusätzlich zu dem Lampenrauch, dem Blumenduft und dem durchdringenden aromatischen Geruch für diesen Anlaß besonders sorgfältig zurechtgemachter junger Körper, hatten sich die Jungs noch ein ägyptisches Thema für den Abend ausgedacht. Es umfaßte ein paar selbstgemachte, hundeköpfige Götter, einige Schlangen aus Korbgeflecht, zwei Straußenfederfächer und spitze Hüte aus parfümiertem Wachs, die jedem Neuankömmling mit der Anweisung überreicht wurden, sie auf dem Kopf zu tragen. In der Hitze des Festes würden sie schmelzen, jeden mit der bitteren Aura pharaonischer Myrrhe umgeben und die Haare unmöglich verkleben. Ich sorgte dafür, meinen sobald wie möglich loszuwerden.

In allen Bädern und Gymnasien der Stadt hatte es sich herumgesprochen, daß die drei Jungs eine Fete gaben. Die Nachricht hatte sich wie Fußpilz ausgebreitet. Die verkommensten Jugendlichen der Stadt hatten ihren Eltern plötzlich verkündet, sie würden den Abend bei einem Freund verbringen, wobei sie geflissentlich zu erwähnen vermieden, um welchen Freund es sich handelte. In ganz Corduba fragten sich zahllose Eltern, wohin sich ihre sonst eher farblosen Gören abgesetzt hatten und wieso es derart nach

Atemfrisch-Pastillen roch. Trotz ihres hohen Taschengelds verschmähte Jugendliche, die meisten mit knochigen Schultern und pickeliger Haut, hatten nur auf diesen Abend gewartet. Sie hofften, er würde sie zu Männern machen; die einzige Gewißheit war, daß sie das große Kotzen kriegen würden.

Auch Mädchen waren erschienen. Manche waren nett, obwohl ihr Ruf den Abend wohl nicht überstehen würde. Manche waren nicht mehr ganz taufrisch und würden total hinüber sein, nachdem sie einige Krüge unverdünnten Weins geschluckt und sich ihre Fummel hinter Lorbeerbüschen hatten ausziehen lassen. Einige waren zweifellos Professionelle.

»Das ist schlimmer, als ich erwartet hatte, Falco«, gestand Optatus.

»Werden Sie zu alt für sowas?«

»Ich fühle mich wie ein miesepetriger Großvater.«

»Sie lassen sich zu wenig auf das Ganze ein.«

»Tun Sie das etwa?« knurrte er abweisend.

»Ich bin beruflich hier.« Das brachte mich auf die Frage, warum Marius Optatus eigentlich hier war. Er hatte ein tieferliegendes Motiv, dessen war ich mir sicher.

Optatus und ich waren die ältesten Anwesenden. Die Annaeus-Söhne lagen im Alter mindestens zehn Jahre auseinander. Primus, der Älteste, mochte fast in unserem Alter sein, aber sein jüngster Bruder war noch keine zwanzig, und Fortuna hatte dafür gesorgt, daß er derjenige mit den meisten Freunden war. Er und seine Kumpane bildeten sofort eine Gruppe, obwohl sie nicht viel mehr taten, als nach Eßbarem, Trinkbarem und sündigen Frauen Ausschau zu halten; sie mußten mit ersterem vorlieb nehmen, weil sie nicht wußten, woran sie letztere erkennen sollten. Wir beunruhigten sie. (Sie beunruhigten mich.) Wir gehörten zu einer völlig anderen Generation. Sie schlüpften alle an uns vorbei und vermieden jeglichen Kontakt, weil sie dachten, wir wären jemandes elterliche Aufpasser.

Eine zweite Gruppe um Knallkopp, den mittleren Sohn, hatte sich in den Keller zurückgezogen und widmete sich dort zielstrebig dem Wein. Jegliche Speisen lehnten sie ab und hatten die Frauen vermutlich bereits ausprobiert, obwohl sie alle mit süßen, jungfräulichen Mädchen verlobt waren (die sich momentan mit anderen jungen Männern hinter Büschen verlustierten). Der Verdacht, daß sie betrogen wurden und das Leben davon noch mehr für sie bereit hielt, machte die Kumpel des mittleren Sohnes zu einer mürrischen, zynischen Gruppe. Optatus und ich tauschten ein paar geistreiche Bemerkungen mit ihnen aus, bevor wir weiterschlenderten.

Großmaul, der der Nachwelt und dem Zensor als der ehrenwerte Lucius Annaeus Maximus Primus bekannt sein würde, gab sich erwachsen. Er hatte sich vor dem Krach und den Ausschweifungen in die elegant ausgestattete Bibliothek seines Vaters zurückgezogen. Sie befand sich in einem ruhigen Raum im ersten Stock und hatte einen schönen Balkon mit Aussicht auf den Ziergarten. Dort zerrten er und ein paar abgeklärte Kumpane Schriftrollen aus den Fächern, machten sich über die Inhalte lustig und warfen sie dann auf einen Haufen am Boden. Eine Amphore hatte einen häßlichen Ring auf einem Marmorbeistelltisch hinterlassen. Eine andere war nach dem Entkorken umgefallen, worauf eine beherzte Seele einen Vorhang heruntergerissen hatte, um den ausgelaufenen Wein aufzuwischen. Wie aufmerksam. Ich war erfreut zu sehen, daß sie nicht alle hoffnungslose Rüpel waren. Optatus teilte mir mit, daß dieser Annaeus, im Gegensatz zu seinen beiden jüngeren Brüdern, verheiratet war, obwohl das Mädchen wegen seines zarten Alters noch bei den Eltern lebte, während er fröhlich das Einkommen aus ihrer Mitgift genoß und so tat, als sei er noch frei. Er war ein rundgesichtiger, stämmig gebauter junger Baeticaner und von so liebenswürdiger Natur, daß er mir sofort vergab, der Mann zu sein, den er und seine Brüder bei meinem letzten Besuch ihres palastartigen Heims (zweimal) herumgeschubst hatten. Er begrüßte Optatus wie ein verlorenes Lamm. Optatus schien ihm echte Freundschaft entgegenzubringen.

Rufius Constans, obwohl ziemlich jung für diese Gruppe, hatte auch seinen Weg hierher gefunden. Ich meinte, ihn leicht erröten zu sehen, als ich durch die Tür trat, und nachdem ich einen Sitzplatz gefunden hatte, hielt er sich so weit wie möglich von mir fern. Doch in dem Moment wurde gerade Wein verschüttet, also konnte es auch sein, daß er nur nicht bespritzt werden wollte. Eigentlich sollte der Wein von den Sklaven eingeschenkt werden, aber die wirkten völlig überfordert. Wenn die Gäste mehr wollten, brüllten sie laut danach; falls ihrem Wunsch nicht schnell genug nachgekommen wurde, griffen sie selbst nach den Krügen und gossen beim Einschenken absichtlich daneben.

Solchen Typen begegnete ich nicht zum ersten Mal. Es war lange her, seit ich sie amüsant gefunden hatte. Ich wußte, wie es weiterginge. Sie würden stundenlang herumsitzen, sich sinnlos betrinken, hohlköpfig über Politik reden, rüde Witze über Frauen machen, mit ihren Wagenlenkern angeben und sich zum Schluß in übertriebenen Angaben über ihren Reichtum und die Größe ihrer Schwänze ergehen. Ihre Hirne waren nicht größer als Kichererbsen, soviel stand fest. Über den Rest wollte ich lieber keine Vermutungen anstellen.

Unter dieser Gruppe befanden sich mehrere Sprößlinge anderer Familien. Sie wurden mir zwar vorgestellt, aber ich hatte nicht das Gefühl, daß es nötig war, sie mir zu merken. Dabei mußte es sich um die pausbäckigen Erben all der feinen Leute handeln, die Helena und ich bei der Parilia gesehen hatten, jene eng miteinander verbundene Gruppe von Snobs, die in Corduba das Sagen hatten. Eines Tages wären die Bürschchen hier selbst die Snobs. Für die meisten von ihnen würde der Tag kommen, an dem ihr Vater starb, sie verheiratet wurden oder ein enger Freund sehr jung getötet wurde. Dann würden sie sich still und leise von derben jungen

Idioten in die totalen Ebenbilder ihrer gesetzten Väter verwandeln.

»Schwachsinn!« murmelte eine Stimme hinter mir in dem Chaos.

Ich dachte, ich säße neben Optatus, aber als ich mich umdrehte, saß da jemand, der sich uns ohne vorgestellt zu werden angeschlossen hatte. Ich wußte, wer es war. Ich hatte ihn hier vor dem Haus gesehen, als er Aelia Annaea abholte, und inzwischen erfahren, daß es sich um Quinctius Quadratus handelte.

Von nahem gesehen war die Ähnlichkeit mit seinem Vater nicht zu leugnen. Er hatte einen dichten Schopf schwarzer, krauser Haare, muskulöse Arme und einen herrischen Ausdruck. Braungebrannt, behaart und mit kräftigen Gesichtszügen. Sportlich und beliebt und strotzend vor Selbstgewißheit und fröhlicher Arroganz. Er trug eine weiße Tunika mit breiten Purpurrändern und hatte sogar seine scharlachroten Stiefel angezogen, etwas, das man in Rom nur selten sieht. Quadratus war ein designierter Senator und neu genug im Geschäft, gern seine Amtskleidung spazierenzuführen. Ich hatte in ihm den vor kurzem ernannten Finanzkontrolleur von Baetica vor mir. Der Prokonsul war zwar nicht glücklich, daß man diesem jungen Mann den Posten gegeben hatte, aber Quadratus prahlte damit. Dadurch erfuhr ich bereits eines: er besaß wenig Gespür.

Mit seinem Ausruf bewies er mir nicht, daß er Gedanken lesen konnte, sondern äußerte sich nur in ungehobelter Weise über eine Schriftrolle, die er aus dem Bibliotheks-Columbarium gezogen hatte. Ich konnte den Titel nicht erkennen. Er schnaubte höhnisch, rollte sie eng zusammen und stopfte sie wie einen Korken in den Hals eines leeren Weingefäßes.

»Sieh an, sieh an«, sagte ich. »Man hat mir zwar gesagt, Sie seien charmant und begabt, aber nicht erwähnt, daß Ihre Talente auch die Schnellkritik von Literatur umfassen.«

»Ich kann lesen«, erwiderte er lässig. »Sagen Sie, kennen wir uns?«

Ich betrachtete ihn freundlich. »Mein Name ist Falco. Und natürlich weiß ich, wer Sie sind, Quästor.«

»Kein Grund zur Förmlichkeit«, versicherte er mir auf seine charmante Art.

»Danke«, sagte ich.

»Kommen Sie aus Rom?«

»So ist es«, erwiderte ich zum zweiten Mal an diesem Abend. »Wir wären uns neulich beinahe begegnet, aber ich hörte, daß Sie statt dessen im Theater waren. Während des letzten Festessens der Gesellschaft baetischer Olivenölhersteller.«

»Ach, die!« erwiderte er gleichgültig.

»Was war es für ein Stück? Taugte es was?«

»Eine Farce, glaube ich.« Rufius Constans hatte behauptet, es sei ein Mime gewesen. »Es ging so.« Oder auch nicht. Er hielt inne. Er wußte, was ich hier tat. »Ist das ein Verhör?«

»Gute Götter, nein«, lachte ich und griff nach dem Weinkrug. »Ich bin heute abend verdammt noch mal außer Dienst, wenn Sie gestatten!«

»Das ist gut«, lächelte Tiberius Quinctius Quadratus, Quästor von Baetica. Auch er war natürlich außer Dienst. Dafür hatte der Prokonsul gesorgt.

XXXVII

Der Raum wurde immer voller und hallte wider vom aufdringlichen Geplapper junger Idioten. Zudem hatten sie auch noch zur Freude aller beschlossen, das alte griechische Spiel Kottabos zu spielen. Großmaul, der einen guten Kumpel für den Athener Taugenichts Alcibiades abgegeben hätte, hatte das Gerät zum Geburtstag bekommen – ein passendes Geschenk von seinen jüngeren Brüdern. Offenbar hatte ihm niemand erzählt, daß Kottabos der Grund dafür ist, warum die Griechen die Welt nicht mehr beherrschen.

Den kultivierten Lesern dieser Memoiren, die dem Spiel sicher nie begegnen werden, sei gesagt, daß Kottabos von einer Gruppe Sturzbetrunkener erfunden wurde. Man braucht dazu eine leuchterartige Stange, an der in halber Höhe eine horizontale Metallscheibe angebracht ist. Auf der Spitze schwebt eine weitere im Gleichgewicht. Die Mitspieler trinken ihren Wein aus und schleudern die Reste aus ihren Bechern in Richtung der Stange. Ziel ist es, die obere Scheibe zu treffen, damit sie auf die untere fällt und dabei einen glockenartigen Klang erzeugt. Der Wein, den sie schleudern, spritzt natürlich durch den ganzen Raum und auf sie selbst.

Und dieses kleine Juwel wurde von den weisen, wundervollen Menschen erdacht, die die Schöpfer der klassischen Skulptur und der Moralphilosophie sind.

In schweigender Übereinstimmung griffen Quadratus und ich nach Wein und Trinkbechern und verzogen uns auf den Balkon. Wir waren hier die Erwachsenen. Die Männer von Welt. Na ja, er war ein römischer Beamter, und *ich* war der Mann von Welt. Also zogen wir uns zurück, um uns etwas mehr Raum zu verschaffen.

(Es ist schwer, sein Potential als Mann von Welt zu entfalten, wenn man mit den Knien unter einer Leseliege klemmt und der Neffe eines Purpurschneckenhändlers einem gerade ins Ohr gerülpst hat.) Optatus, der sich in einem ernsten Gespräch mit dem jungen Constans befand, hob sarkastisch seinen Becher, als ich über ihn hinwegstieg und meinem schmucken neuen Freund folgte.

Selbstverständlich würden wir Freunde sein, das war ganz klar. Quadratus war sichtlich daran gewöhnt, mit jedermann Freund zu sein. Oder vielleicht hatte sein Vater ihn gewarnt, daß ich gefährlich sei und nach Möglichkeit entwaffnet werden müsse.

Die Nachtluft war kühl und erfrischend, kaum berührt vom Geruch der auf der Terrasse unter uns flackernden Fackeln. Gelegentliche Schreie von den derben Spielen der Jugend drangen zu uns herauf. Wir setzten uns auf die marmorne Balustrade, lehnten uns an Säulen, tranken baetischen Weißwein und ließen uns von der köstlichen Luft erfrischen.

»Nun denn, Falco – Baetica muß nach Rom doch eine hübsche Abwechslung sein, oder?«

»Ich wünschte, ich hätte mehr Zeit, es richtig zu genießen.« Nichts veranlaßt mich so zum Plaudern wie vorgespiegeltes höfliches Interesse. »Meine Frau ist schwanger. Ich habe ihr versprochen, sie für die Geburt nach Hause zu bringen.«

»Ihre Frau? Sie ist die Schwester von Camillus Aelianus, nicht wahr? Ich wußte gar nicht, daß Sie beide tatsächlich verheiratet sind.«

»Es gibt die Theorie, daß eine Ehe aus der Entscheidung zweier Menschen besteht, als Mann und Frau zusammenzuleben.«

»Ach, ist das wahr?« fragte er naiv. Wie ich erwartet hatte, war er von den besten Tutoren unterrichtet worden – und wußte überhaupt nichts. Er würde eines Tages Magistrat sein und Gesetze, von denen er keinen Schimmer hatte, auf Menschen anwenden, von deren Lebensumständen er nicht das geringste verstand. Das ist Rom. Stadt glorreicher Traditionen – einschließlich der, daß die etablierte Elite dem kleinen Mann zusetzt, wo sie nur kann.

»Da können Sie jeden Anwalt fragen.« Auch ich konnte freundlich sein. Ich grinste ihn an. »Helena und ich führen ein Experiment durch, um zu sehen, wie lange es dauert, bis der Rest von Rom zugibt, daß unsere Theorie Hand und Fuß hat.«

»Sie sind sehr mutig! Ihr Kind wird demnach illegitim sein?« Er kritisierte nicht, war nur neugierig.

»Das hatte ich auch geglaubt – bis mir aufging, daß das gar nicht sein kann, da wir uns ja als verheiratet betrachten. Ich bin ein freier Bürger, und ich werde das Kind voller Stolz registrieren lassen.«

Quinctius Quadratus stieß einen leisen Pfiff aus. Nach einer Weile sagte er: »Aelianus ist ein guter Junge. Einer von unserer Art. Der besten.«

»Ein bißchen hochtrabend?«

Quadratus lachte leise. »Er hat sich schrecklich über Sie aufgeregt!«

»Ich weiß.«

»Er wird sich schon berappeln, wenn er erst mal auf eigenen Füßen steht.«

»Freut mich, zu hören.« Junge Männer mit eigenen Schwächen sind immer begierig darauf, andere zu beurteilen. Der herablassende Ton des Quästors veranlaßte mich beinahe, Aelianus zu verteidigen. »Ein Draufgänger?« meinte ich in der Hoffnung auf ein paar schmutzige Geschichten.

»Nicht so sehr, wie er sich gerne einbildet.«

»Ein bißchen grün hinter den Ohren?«

»Unsicher.«

»Das hält nicht an!«

Wir gossen uns Wein nach.

»Das Problem mit Aelianus«, meinte der Quästor geringschätzig, »ist, daß er seine Grenzen nicht sieht. Die Familie ist bitter arm. Er hat es ohne finanziellen Rückhalt auf den Senat abgesehen. Dafür muß er eine reiche Verbindung eingehen. Wir haben versucht, ihn mit Claudia Rufina zu verkuppeln.«

»Und das hat nichts gebracht?« fragte ich in neutralem Ton.

»Er wollte mehr. Hatte es auf Aelia Annaea abgesehen. Ich bitte Sie!«

»Wahrscheinlich zu alt für ihn?«

»Zu alt, zu gewitzt und sich ihres Werts zu sehr bewußt.«

»Und das wäre?«

»Ein Viertel von Papas Besitz, wenn er stirbt – plus der gesamten Hinterlassenschaft ihres Ehemannes.«

»Ich habe schon gehört, daß sie verwitwet ist.«

»Besser als das. Sie war so klug, die Witwe eines Mannes ohne nahe Verwandte zu werden. Es gab keine Kinder und keine Miterben. Er hinterließ ihr alles.«

»Na, wunderbar! Und wieviel ist ›alles‹?«

»Ein gewaltiger Grundbesitz – und eine kleine Goldmine in Hispalis.«

»Sie scheint ein nettes Mädchen zu sein!« bemerkte ich, und wir lachten.

»Die Annaeus-Jungs sind ja wohl eine recht wilde Bande.«

»Genau«, meinte Quadratus mit einem gackernden Lachen. Ohne groß nachzudenken, gab er ein vernichtendes Urteil über seine Freunde ab: »Schleimig wie Stinkkäse und genauso stinkreich!«

Das reichte, um Großmaul, Knallkopp und Frettchen für meine Zwecke einordnen zu können.

»Und was meinen Sie zu dem jungen Rufius?« fragte ich in der Hoffnung, daß er wenigstens über seinen Protegé etwas Positives zu sagen hatte.

»O Jupiter, was für eine Verschwendung!«

»Wieso das?«

»Ist Ihnen das nicht aufgefallen? All die Energie, die da reingepumpt wird, damit etwas aus ihm wird, aber er packt's nicht. Die Familie besitzt zwar einiges an Geld, was Constans jedoch nie vernünftig einsetzen wird.« Geld war sein Maßstab aller Dinge. Etwas ermüdend für einen Mann wie mich, der praktisch nichts auf der Bank hatte.

»Sie halten es für unmöglich, daß er den Erfolg hat, den sein Großvater sich wünscht? Wird er es nicht nach Rom schaffen?«

»Ach, natürlich kann er auf irgendwelche Posten gesetzt werden. Licinius Rufius kann es sich leisten, ihm alles zu verschaffen. Aber Constans wird keine Freude daran haben. Er bringt ja schon hier nichts auf die Beine, und die Haie in Rom werden ihn einfach verschlucken. Er kann doch nicht Großpapa als Respektsperson mitnehmen.«

»Constans ist noch jung. Er könnte in seine Aufgaben hineinwachsen.«

»Der Junge ist doch wie ein roher spanischer Schinken, der zu kurz geräuchert wurde. Ich bemühe mich«, erklärte Quadratus, »und bringe ihm das eine oder andere bei, wenn ich kann.«

»Dafür blickt er sicher zu Ihnen auf.«

Ein plötzliches Grinsen breitete sich über das gutaussehende Gesicht. Ich hatte seine glatte, verbindliche, einnehmende Fassade ins Wanken gebracht, und das Ergebnis war überraschend. »Jetzt bepissen Sie sich bestimmt vor Lachen über mich!« Das sagte er ohne Gehässigkeit. Seine freimütigen Äußerungen über seine Freunde hatten einen Ton gehabt, der mir nicht gefiel, aber er wußte, wann und wie man die Unterhaltung in eine andere Richtung lenkt. Nun wirkte er bescheiden. Die Leute hatten recht, ihn für seinen Charme zu bewundern.

»Jemand hat mir erzählt, Quadratus, daß Sie kurz davor stehen, mit dem Rufius-Mädchen Eheverträge abzuschließen?«

Er sah mich mit festem Blick an. »Dazu kann ich nichts sagen. Mein Vater wird zu gegebener Zeit eine Eheschließung verkünden.«

»Sie sind also noch nicht bereit?«

»Es muß alles seine Richtigkeit haben.«

»Aber gewiß. Das ist für jeden eine wichtige Entscheidung.«

»Da kommen persönliche Dinge ins Spiel – und ich muß an meine Karriere denken.«

Ich hatte richtig geraten. Er würde nie eine Verbindung in Baetica eingehen.

»Erzählen Sie mir etwas über sich, Falco.«

»Oh, ich bin ein Niemand.«

»Eselsmist und Stiertestikel!« sagte er grob. »Da habe ich aber was anderes gehört.«

»Wieso, was haben Sie denn gehört?«

»Daß Sie ein politischer Kanalreiniger sind. Sie übernehmen Aufträge für den Kaiser. Es gibt da ein Gerücht, daß Sie ein Problem in den britannischen Silberminen ausgeräumt haben.« Ich schwieg. Mein Auftrag in Britannien war nur einem sehr kleinen Kreis bekannt. Eine äußerst heikle Angelegenheit. Berichte über die Mission waren verbrannt worden, und mochte sich der Vater des Quästors in Rom auch für noch so wichtig halten, er hätte nie davon erfahren dürfen. Falls er wirklich etwas wußte, würde es den Kaiser alarmieren.

Über das, was ich als Sklave verkleidet in den Minen bei Vebiodunum erlebt hatte, sprach ich nie. Dreck, Ungeziefer, Auspeitschungen, Hunger, Erschöpfung, der widerliche Aufseher, dessen freundlichste Bestrafung darin bestand, den Missetäter zu erwürgen, während seine einzige Belohnung eine Stunde erzwungener Sodomie war ... Mein Gesichtsausdruck mußte sich verfinstert haben. Doch Quadratus bemerkte nichts.

Mein Schweigen hielt ihn nicht von seinen eigenen Gedankengängen ab. »Sie sind nicht zufällig ein Spezialist für Schürfrechte, Falco? Sie wirkten recht interessiert, als ich Aelia Annaeas Erbe erwähnte. Hier sind Sie in der richtigen Provinz dafür. Wir haben Eisen, Silber, Kupfer und Gold in großen Mengen. Vieles davon in Corduba – über all das muß ich für meine Arbeit Bescheid wissen«, erklärte er.

»Die *aes Marianum*«, erwiderte ich ruhig. »Die berühmte Kupfermine bei Corduba, die das hochwertige Erz für sämtliche römischen Bronzemünzen liefert. Tiberius wollte sie verstaatlichen. Er ließ Sextus Marius, den Millionär, dem sie gehörte, vom Tarpeischen Felsen auf dem Kapitol werfen.«

»Wieso das?«

»Er war wegen Inzest angeklagt.«

»Das ist widerwärtig.«

»Es war eine abgekartete Sache.« Ich lächelte. Beinahe hätte ich hinzugefügt, daß sich die Dinge nie ändern – aber der unverwüstliche Optimist in mir hoffte, daß derlei unter Vespasian nicht mehr geschehe.

»Erstaunlich, was Sie alles wissen, Falco!«

»Ich sammle Informationen.«

»Aus beruflichen Gründen?«

»Ich bin Privatermittler. Informationen sind die Grundlage meines Geschäftes.«

»Dann muß ich mich wohl in acht nehmen«, grinste Quadratus. »Mein Vater gehört dem Senatskomitee an, das für die Münzminen zuständig ist.«

Das verstärkte mein Unbehagen: Ein weiterer wichtiger Geschäftszweig in Baetica, in dem Quinctius Attractus seine dreckigen Pfoten hatte. Zum Glück war ein kaiserlicher Prokurator der eigentliche Verantwortliche für die *aes Marianum* Mine. Als Ritter und Staatsdiener war seine einzige Sorge, daß er die Sache um seiner selbst willen gut machte. Das war die Kehrseite der Regierung, in die sich selbst die Quinctii nicht einmischen konnten.

»Soso. Ihr Vater sitzt im Senatskomitee, ja?« Es paßte ins Bild. Attractus wollte seinen Einfluß in jedem Bereich der Provinz geltend machen. Den Sitz im Komitee zu bekommen war bei seinen ausgeprägten Interessen in Baetica sicher keine Schwierigkeit gewesen. »Ich bin überrascht, daß Ihre Familie nicht selbst am Erzabbau beteiligt ist.«

»O doch, das sind wir«, lachte der junge Quadratus. »Es gibt eine Silbermine bei Castulo, die von einer Gesellschaft geführt wird. Mein Vater ist an der Konzession beteiligt, ist ein führendes Mitglied der Fördergesellschaft. Ich vertrete ihn, während ich hier bin. Wir besitzen auch eine eigene Kupfermine.«

Ich hätte es wissen müssen.

»Erstaunlich, daß Sie noch Zeit für diese Familiengeschäfte finden«, warf ich kühl ein. Ich hatte ihn schwadronieren lassen, bis ich meinte, ihn einigermaßen zu kennen, aber jetzt war seine Zeit um. »Eine Quästur ist kein Spaziergang.«

»Ich bin noch nicht richtig eingearbeitet.«

»Das kann ich mir denken.«

Sein Gesichtsausdruck änderte sich nicht. Er hatte keine Ahnung, was Leute, die Bescheid wußten, davon hielten, daß man ihm gleich nach seinem Amtsantritt Jagdurlaub gegeben hatte. Wie sollte er auch? Er war ein unerfahrener Neuling in der Bürokratie. Vermutlich meinte er, der Prokonsul hätte ihm nur eine Freude bereiten wollen. Leute wie er erwarten, daß man ihnen gefällig ist. Pflichten kommen dabei nicht ins Spiel.

»Natürlich ist der Posten mit einer Menge Verantwortung verbunden«, erklärte er. Ich setzte eine mitfühlende Miene auf und ließ ihn reden. »Schätze, damit werde ich schon fertig.«

»Der Senat und der Kaiser sind zweifellos davon überzeugt, Quästor.«

»Natürlich ist vieles reine Routine.«

»Und es gibt Festangestellte, die daran gewöhnt sind, die Arbeit zu erledigen.«

»Trotzdem werden einige schwierige Entscheidungen zu fällen sein. Dafür brauchen sie mich.«

Der Schreiber aus Hadrumetum mit dem verkniffenen Gesicht, den ich im Palast des Prokonsuls kennengelernt hatte, war zweifellos in der Lage, mit jeder Entscheidung fertig zu werden, unter die der Quästor seinen Namen setzen mußte.

Ich goß Quadratus Wein nach. Mein eigener Becher stand noch randvoll auf der Balustrade. »Was genau ist Ihr Aufgabenbereich?« Er zuckte unbestimmt die Schultern. Diese Jungs werden doch nie mit vernünftigen Anweisungen in die Provinzen geschickt. Ich faßte die Rolle des Quästors für ihn zusammen: »Außer der Vertretung des Prokonsuls bei Gericht müssen Vermögenssteuer, provinzielle Kopfsteuer, Hafensteuer, Erbschaftssteuer und die staatliche Abgabe für die Freilassung von Sklaven eingetrieben werden. Hispanien ist riesig. Baetica mag zwar nicht die größte Provinz sein, aber sie ist die wohlhabendste und bevölkerungsreichste. Die Summen, die Sie zu verwalten haben, müssen bedeutend sein.«

»Aber es ist kein wirkliches Geld.«

Ich widersprach. »Für die Kaufleute und Haushaltungsvorstände, die es aufbringen müssen, ist es das aber!«

»Ach, das haben sie doch alles einkalkuliert … Für mich sind das nur Zahlen. Ich bin nicht verpflichtet, mir die Hände mit Münzenzählen schmutzig zu machen.«

Die Bemerkung, wie erstaunt ich war, daß er überhaupt zählen konnte, verbiß ich mir. »Auch wenn Sie mit den Penunsen selbst nichts zu tun haben, hat man Ihnen eine Menge anderes anvertraut: ›*Das Eintreiben, Auszahlen, Bewachen, Verwalten und Kontrollieren öffentlicher Gelder*‹.«

Quadratus entschied sich für Schnodderigkeit. »Ich gehe davon aus, daß mir die Berichte vorgelegt werden und ich sie abzeichne – oder sie verändere, wenn sie nicht stimmen«, kicherte er. Großes

Verantwortungsgefühl drückte ihn nicht. Ich sah schon die fürchterlichsten Möglichkeiten für Veruntreuung vor mir. »Machen wir uns doch nichts vor, Falco – ich besitze einen Titel und ein Siegel, aber in Wirklichkeit sind mir die Hände gebunden. Daran, wie die Dinge gehandhabt werden, kann ich nichts ändern. Das weiß Rom ganz genau.«

»Sie meinen, weil Sie diesen Posten nur für ein Jahr innehaben?«

Er schaute mich erstaunt an. »Nein, weil es einfach so ist.«

Das war die miese Seite des Regierens. Einem unerfahrenen, übermäßig selbstbewußten jungen Mann wurde enorme Macht eingeräumt. Sein einziger Vorgesetzter war der stark beanspruchte Statthalter, der selbst ein gerüttelt Maß an legislativer und diplomatischer Arbeit zu bewältigen hatte. Wenn die festangestellten Beamten, von denen die Provinzen in Wirklichkeit verwaltet wurden, korrupt waren oder die Dinge schleifen ließen, konnte dieser Außenposten des Imperiums auseinanderbrechen. Und bei diesem draufgängerischen und völlig ahnungslosen Junghengst, der ihnen da vor die Nase gesetzt worden war – wer konnte es ihnen verdenken, wenn sie die Lust verloren?

Etwas Ähnliches war vor über einem Jahrzehnt in Britannien passiert. Ich war dort. Ich wußte Bescheid. Der Iceneraufstand wurde durch eine Kombination gleichgültiger Politiker, tyrannischer Militärkräfte und falsch gehandhabter Finanzkontrolle ausgelöst. Das hatte die örtliche Bevölkerung aufgebracht und führte zu einem regelrechten Abschlachten. Ironischerweise war einer der Hauptauslöser das plötzliche Zurückziehen von Darlehen gewesen, die Seneca gegeben hatte – dieser große Name aus Corduba.

»Jetzt verstehe ich, was die Leute meinen, wenn sie von Ihnen sprechen«, sagte Quadratus plötzlich. Ich fragte mich, wer »die Leute« wohl waren, die ihm von mir erzählt hatten. Er wollte wissen, wie gut ich wirklich war – und wie gefährlich.

Ich hob eine Augenbraue und genoß sein Unbehagen, als er

fortfuhr: »Sie sitzen da und trinken in aller Gemütsruhe Ihren Wein. Aber irgendwie kann ich mir nicht vorstellen, daß Sie denken: ›Das ist ein recht trinkbarer Jahrgang, wenn auch ein bißchen süß.‹ Sie befinden sich in einer vollkommen anderen Welt, Falco.«

»Der Wein ist ganz passabel. Baetica bekommt zuviel Wind vom Süden. Das ist nicht gut für die Trauben.«

»Jupiter, Sie wissen aber auch alles! Ich bewundere das. Wirklich.« Er meinte es aufrichtig. »Sie sind ein absoluter Profi. Darin würde ich Ihnen gern nacheifern.« Das mochte ja sein – aber nicht, wenn es bedeutete, daß er für geringen Lohn arbeiten, sandiges Brot essen und zu viel Miete für ein Elendsloch in einem schäbigen Mietshaus zahlen mußte.

»Man muß nur gründlich sein.« Mir stand nicht der Sinn nach seinen heuchlerischen Komplimenten oder seiner Unwissenheit über die wirkliche Welt.

»An was denken Sie, Falco?«

»Nichts verändert sich«, sagte ich. »Ständig werden uns Lektionen erteilt – und wir lernen nichts daraus.«

Quadratus hatte seine Sinne noch einigermaßen beisammen, aber seine Sprechweise wurde immer lallender. Ich hatte viel weniger getrunken. Mir war der Appetit daran vergangen. Genau wie der Appetit auf Philosophie.

Unten im Garten huschten schwach erkennbare Gestalten herum, offenbar mit einer plumpen Form von Versteckspiel beschäftigt. Ich sah einen Moment lang zu, spürte mein Alter und wandte mich wieder an den Quästor. »Was gedenken Sie, Tiberius Quinctius Quadratus, also als Quästor zu tun, um die Bildung eines Ölkartells in Baetica zu verhindern?«

»Gibt es denn eins?« fragte er mich plötzlich so naiv wie die zweitklassigen Jungfrauen, die quietschend zwischen den beschnittenen Myrtenbäumchen auf der Terrasse unter uns herumrannten.

XXXVIII

Ich erhob mich, schlug ihm freundschaftlich auf die Schulter und reichte ihm den Weinkrug. »Genießen Sie den Abend.«

»Was für ein Kartell?« nuschelte er viel zu ernst.

»Dasjenige, das es in dieser ehrbaren Provinz, wo die Geschäftsleute so moralisch sind und die Beamten ihre Pflichten mit höchster Redlichkeit erfüllen, natürlich nicht geben kann!«

Ich trat zurück in das überheizte Zimmer. Überall war Wein vergossen. Das illustre Großmaul und seine Kumpane brüllten vor Lachen, hatten glänzende und hochrote Gesichter. Sie hatten das glückselige Stadium erreicht, sich über ihre eigene Dämlichkeit kaputtzulachen. Marius Optatus war verschwunden, was ich ihm nicht vorwerfen konnte, aber da wir uns eine Kutsche teilten, war es etwas lästig. Er hatte vermutlich einen Gutsverwalter gefunden und diskutierte mit ihm über die Feinheiten der Korbherstellung aus Kastanienzweigen. Seine Interessen waren von praktischer Natur.

»Tolle Fete!« lobte ich meinen Gastgeber. Er schaute erfreut. »Ist Ihre Schwester da?«

»Eingesperrt in ihr Schlafzimmer und tut so, als wisse sie von nichts!«

Vielleicht würde Aelia Annaea etwas kultivierte männliche Gesellschaft begrüßen. Es konnte einen Versuch wert sein.

Als ich über die Feiernden hinweg und hinaus in den Flur kletterte, ertönte hinter mir ein Chor betrunkener Juchzer. Ein armer Kerl lag bereits lang ausgestreckt neben einem Nippesschränkchen, die Augen in dem qualverzerrten Gesicht fest geschlossen. Meiner Schätzung nach würden sie alle in weniger als einer Stunde über das Balkongeländer kotzen. Doch ein oder zwei würden es nicht bis dahin schaffen. Schlechte Aussichten für die Porphyrvasen und die seidenbedeckte, auf Elfenbeinfüßen ruhende Leseliege des Vaters meines Gastgebers. Seine gesammelten Werke griechischer Literaten waren bereits von trampelnden Füßen ordentlich zertreten oder als Fliegenklatsche zusammengerollt worden.

Die Daumen in den Gürtel gehakt, bahnte ich mir vorsichtig meinen Weg durch Gruppen ausgelassener, völlig überdrehter reicher Kinder. Nicht gerade beruhigend für einen Vater, dessen erster Nachwuchs in wenigen Wochen zur Welt kommen sollte. Annaeus Maximus hätte sich auch einen besseren Zeitpunkt für den Besuch seiner Güter in Gades ausdenken können.

Wie ich fast erwartet hatte, erfuhr ich nichts, was mir bei meiner Ermittlung weiterhalf, nur daß das Stadthaus der Annaei aus zwei Stockwerken bestand, exquisit, wenn auch etwas altmodisch im Dekor war und jede Annehmlichkeit besaß. Ich fand eine große Anzahl wunderschön ausgestatteter Schlafzimmer, manche davon besetzt, wenn auch nicht von Leuten, die auf meine seriöse Gesellschaft Wert legten. Mißmutig ging ich eine Treppe hinunter und kletterte über diverse junge Damen ohne Partner, die auf den Marmorstufen saßen und sich Hämorrhoiden holten, während sie die Dämlichkeit cordubanischer Jungs beklagten. Ich teilte ihre Ansicht, allerdings wohl nicht aus den gleichen Gründen; mehr noch, ich hatte so meine Zweifel an einigen der Mädchen.

Das Erdgeschoß bestand aus den üblichen Empfangsräumen und Innenhöfen eines großen, protzigen Hauses. Die primitiven Hütten ihrer Vorväter waren von den modernen Annaei in schicke Tempel verwandelt worden, wo sie sich als Patrone der weniger Wohlhabenden aufführen konnten. Es sollte beeindrucken. Pflichtschuldig schnappte ich ein paar Mal erstaunt nach Luft.

Weiter hinten gab es auch ein komplettes Bad, in dem ein paar vom Glück begünstigtere junge Damen von jungen Männern immer wieder in das geheizte Schwimmbecken geworfen wurden. Sie quietschten wie verrückt, paddelten dann wieder hinaus und rannten zurück, um sich erneut hineinwerfen zu lassen. Bisher war noch niemand ertrunken. In dem anschließenden Hof für Ballspiele hielt es eine ausgelassene Gruppe für wahnsinnig komisch, eine Ziege mit einer Blumengirlande und der Robe zu bekleiden, die der angesehene Hausherr trug, wenn er sein Amt als Priester versah. Ich grüßte sie heiter und ging weiter in die gedeckte Säulenarkade, die in den Garten führte.

Hier war es friedlicher, abgesehen von gelegentlichen Trupps junger Leute, die in einer langen Kette um Sträucher und Beete herumgaloppierten. Ich verließ die Hauptterrasse, auf der die Lustbarkeiten zwischen den geschnittenen Buchsbäumen obszöner aussahen, als ich es ertragen konnte, und ging auf einen efeubedeckten, von Fackeln erleuchteten Pavillon zu. Drinnen unterhielten sich zwei schemenhaft wahrnehmbare Gestalten, die von weitem wie Optatus und die huldvolle Aelia aussahen, die Schwester unserer drei fröhlichen Gastgeber. Doch bevor ich sie erreichte, wurde ich durch ein Paar aufgehalten, das in verzweifelter, bewegungsloser Umarmung auf dem Kiespfad stand. Die beiden waren etwa sechzehn – sie klammerte sich an ihn, während er sie mit der Miene eines treulosen Liebhabers umfangen hielt, dessen Gedanken schon längst woanders weilten.

Gerührt trat ich zurück, um ihr ergreifendes und letztlich zweckloses Idyll nicht zu stören. Dabei stieß ich gegen Marmarides. Er hatte mich gesucht, um mich zu fragen, ob er die Kutsche leihen könne. Er hatte sich mit einer Gruppe junger Wesen eingelassen, die fasziniert von seiner afrikanischen Erscheinung waren. »Ich nehme an, sie wüßten gerne Näheres über deine äthiopische Potenz!« frotzelte ich. Marmarides schaute verlegen, leugnete aber nicht, daß seine Verehrerinnen die übliche Neugier für seine persönliche Ausstattung zeigten. »Passiert dir das oft?«

»Ach, dauernd, Falco! Mein Herr Stertius lebt in Angst und Schrecken, eines Tages zur Rechenschaft gezogen zu werden, wenn sich ein Bürger darüber beschwert, daß seine Frau ein dunkelhäutiges Kind zur Welt gebracht hat. Mir wurde nur erlaubt, mit Ihnen zu kommen, weil er meinte, Ihre Dame sei in einem Stadium, in dem sie nicht gefährdet ist!«

»Oh, vielen Dank! Ich wünschte, ich wäre schon zu Hause bei ihr.«

»Ich kann Sie ohne weiteres hinbringen.«

»Zunächst sollten wir uns aber mal um deinen Verehrerinnenclub kümmern. Zumindest könnten wir damit ein paar junge Frauen vor weiteren Ausschweifungen retten!«

Das war fraglich, doch ich wollte so schnell wie möglich hier weg. Marmarides hätte seine Verehrerinnen einfach sitzenlassen können – aber sowas tun anständige Männer wie wir nicht, oder? Er hatte versprochen, zwei von ihnen nach Corduba zurückzufahren, bevor sie Ärger mit ihren Eltern bekamen (oder sowas in der Art). Ich sagte, ich würde mitkommen. Für Optatus und Constans war dann zwar kein Platz mehr, aber ich konnte Marmarides vor Angriffen auf dem Weg nach Corduba schützen, wir würden die Damen sicher abliefern, dann konnte er mich in einer Taverne absetzen, wo ich in Ruhe etwas essen würde, während er zurückfuhr, um unsere beiden Kameraden abzuholen. Etwas Eßbares aufzutischen, war unseren Gastgebern offenbar zu lästig gewesen.

Wir schoben die beiden kreischenden Mädchen in die Kutsche. Nüchtern waren sie vermutlich sittsame kleine Dinger, doch der Alkohol hatte ihnen jeden Anstand geraubt. Ich kletterte zu Marmarides auf den Kutschbock, und wir fuhren rasch los, bevor es unseren Passagieren einfiel, uns vielleicht noch nachzuklettern. Als unsere Mulis das Tor am Ende der langen Auffahrt erreichten, mußten wir mit einem wilden Schlenker ausweichen. Eine sehr viel größere Kutsche, gezogen von zwei feurigen Pferden und gelenkt von einem grimmigen Kutscher in Livree kam uns entgegen.

»Nichts wie weg!« grinste ich. »Marmarides, ich glaube, Annaeus Maximus ist eingefallen, was das letzte Mal passierte, als er seine Jungs unbeaufsichtigt zu Hause ließ.«

XXXIX

Wir brachten die Mädchen nach Hause und überredeten sie, leise hineinzuschlüpfen. Dabei benutzten wir den schamlosen Trick, ihnen von Annaeus Maximus' Rückkehr zu erzählen und sie zu warnen, daß der wütende Vater sicher bald mit ihren Eltern sprechen würde.

»Großmaul, Knallkopp und Frettchen stecken tief in der Tinte! Am besten, ihr schleicht euch rein, schaut unschuldig und behauptet, nirgendwo gewesen zu sein.« Ich konnte regelrecht hören, wie eine naseweise kleine Göre diese Ausrede in ferner Zukunft an mir ausprobierte. Und ich sah mich, wie ich bereitwillig auf diese Lüge einging ...

Mein Plan, allein zu essen, kam mir in der jetzigen Situation egoistisch vor. Also fuhren wir zusammen zurück, um Optatus und den jungen Constans zu befreien, und das möglichst, bevor sie öffentlich mit dem ganzen Schlamassel in Verbindung gebracht wurden. Beim Näherkommen begegneten wir einer ganzen Reihe ernüchterter Jugendlicher, die unter Aufsicht von Annaeus' Sklaven wie begossene Pudel nach Hause trotteten. Das waren die noch gehfähigen Versehrten. Andere, die nicht mehr kriechen konnten, hatte man eingesammelt und in einer Kolonnade beim Haus ordentlich aufgereiht. Wir erfuhren, daß man nach ihren Eltern geschickt hatte. Und das nicht aus Boshaftigkeit, sondern als vernünftige Vorkehrung, falls sich eines dieser dummen Kinder tatsächlich mit zuviel Wein vergiftet hatte.

Von Großmaul, Knallkopp und Frettchen war nichts zu sehen. Auch von ihrem Vater und ihrer Mutter nicht, obwohl die Sklaven das Schlachtfeld mit niedergeschlagenen Augen rasch und zügig aufräumten. Der Hausarzt, der sich um die Bewußtlosen kümmerte, tat das mit fest zusammengekniffenen Lippen. Weit und breit war keine Amphore mehr in Sicht.

Wir konnten weder Optatus noch Constans finden. Schließlich fuhren wir nach Hause, bevor uns das Öl in der Kutschlampe ausging.

Helena Justina war noch wach und schrieb Briefe nach Hause. Ich kniete mich vor sie und umarmte sie. »Gute Götter, ich hab die Schnauze voll von den Söhnen anderer Männer! Ich hoffe, mein Kind wird eine Tochter!«

Wie zur Bestätigung trat mich das Baby kräftig ins Gesicht. »Auf jeden Fall hat sie große Füße!« murmelte Helena, nachdem ihr ein leiser Schmerzenslaut entfahren war.

»Sie wird bestimmt goldig … Hör zu, ich hab jetzt die Regeln festgelegt – Junge oder Mädchen, das Gör besucht Freunde nicht ohne Erlaubnis, ohne eine Eskorte äußerst pingeliger Sklaven und ohne daß ich es persönlich spätestens eine Stunde, nachdem es das Haus verlassen hat, wieder abhole.«

»Sehr vernünftig, Marcus. Ich bin sicher, das wird wunderbar funktionieren.«

Helena legte ihre Schreibfeder ab und schloß das Tintenfaß. Sanft ließ sie ihre Finger durch meine Locken gleiten. Ich tat so, als würde ich es nicht merken, während ich mich entspannte. Inzwischen zu umfangreich, um noch biegsam zu sein, beugte sie sich nicht zu mir hinunter, wie sie es sonst getan hätte, sondern küßte ihre Fingerspitzen und berührte damit tröstend meine Stirn. »Was ist denn los, du arme, müde, miesepetrige Seele? Hat dir die Fete nicht gefallen? Was ist schiefgelaufen bei eurem Herrenabend?«

»Die waren mir zu rauhbeinig. Außerdem hatte ich das deprimierende Erlebnis, mich mit dem hochgeschätzten Quästor zu unterhalten, dem ultimativen Vertreter moralischer Stärke – wenn man Quark für stark hält. Dann kamen die Eltern der Gastgeber unerwartet nach Hause – etwas, das ich mir selbst angewöhnen werde, wenn unser Häschen alt genug ist. Ich hab mich schnellstens verdrückt. Die andern beiden konnte ich nicht finden …«

»Constans ist hier«, unterrichtete sie mich.

»Die Nacht ist voller Überraschungen. Wie ist er hergekommen?«

»Der Quästor hat ihn gebracht.«

»Wie aufmerksam!«

»Charmant«, stimmte sie zu.

»Du magst ihn nicht?«

»Charme gegenüber bin ich äußerst mißtrauisch. Trotzdem habe ich ihm gestattet, das Gästezimmer mit dem schnarchenden Constans zu teilen.«

»Also ist Quadratus kein völlig hoffnungsloser Fall?«

»Mir ist er zu glattzüngig. Er entschuldigte sich in artigen Worten, stellte sich höflich vor und sang dann ein Loblied auf meinen Bruder Aelianus. Er war mir auf der Stelle unsympathisch. Aber es war schon sehr spät.«

»Liegen sie in einem Bett?« fragte ich argwöhnisch.

»Nein.«

»Das ist es also nicht!«

»Er behandelt den jungen Constans wie ein unreifes Bürschchen, das einen älteren Freund braucht.«

»*Wirklich* reizend von ihm!«

»Zumindest sollen wir das glauben«, sagte Helena.

In dem Moment tauchte Marius Optatus wieder auf. Er war offenbar den größten Teil des Weges zu Fuß gegangen. »Ich habe nach Ihnen gesucht, Falco!« knurrte er gereizt.

»Ich auch nach Ihnen – ehrlich! Ich habe Sie mit Aelia Annaea plaudern sehen, also dachte ich, da das Mädchen eine Goldmine besitzt, versuchten Sie, was für sich rauszuschlagen!«

»War Claudia Rufina auf dem Fest, Marius?« fragte Helena teilnehmend.

»Nein«, erwiderte er. Wahrscheinlich war das der Grund für seine Gereiztheit.

»Er war zu sehr mit Aelia beschäftigt«, frotzelte ich. »Der Mann ist ein treuloser Schuft!«

»Vermutlich haben sie über Claudia geredet«, gab Helena zurück.

Optatus hatte jeglichen Sinn für Humor verloren. Er war bleich vor Müdigkeit und unterdrückter Wut. »Ich habe mich für Sie abgemüht, Falco, und Sie hatten nichts Besseres zu tun, als sich die Kutsche zu schnappen und mich meinem Schicksal zu überlassen!«

»Wieso, was haben Sie denn getan?«

»Ich habe herausgefunden, daß Knallkopp und seine fröhliche Freundesriege ...«

»Im Keller waren?«

»Ja.«

»Wo sie Papas teuren importierten Falerner in sich hineinkippten?«

»Ja.«

»Und dabei das Unglück der Welt beklagten wie ein Hexenzirkel, von dem nur die Hälfte zum Monatstreffen erschienen ist – ja?«

»Und einem Tanzmädchen zusahen«, sagte Marius.

Helena Justina packte mich bei den Schultern und schob mich aus meiner gemütlichen Stellung hoch. Ich setzte mich auf und schlang die Arme um die Knie. Helena fragte: »Handelte es sich dabei um die Tänzerin, die Marcus schon früher gesehen hatte, Marius Optatus?«

»Woher soll ich das wissen?« Er war immer noch wütend, wenn auch höflich zu Helena. »Falco hätte sie sich selbst ansehen müssen, aber er war nirgends zu finden. Deshalb wollte ich mir das Mädchen vorknöpfen, aber dann kam Annaeus Maximus zurück, und der Ärger begann. In dem ganzen Chaos hat sich die Tänzerin irgendwie abgesetzt, was nur verständlich ist. Und Sie haben offenbar dasselbe getan«, schnauzte er mich an. »Ich wollte auch weg, aber ich dachte, ich sollte so viel wie möglich für Sie über das Mädchen herausfinden ...«

»Sie haben Gefallen an der Detektivarbeit gefunden! Wie sah sie aus?« warf ich rasch ein. »Schlankgliedrig, hinreißend und mit langem schwarzen Haar?«

»Vom Aussehen her war sie nichts Besonderes – aber sie konnte hervorragend tanzen.«

Das war eine Überraschung. Ich mußte beim Essen der Gesellschaft der Olivenölhersteller von Baetica wohl doch betrunkener gewesen sein, als ich angenommen hatte. Mir war Diana recht ansehnlich vorgekommen, wenn auch tänzerisch nicht sonderlich begabt. Auch Aelianus hatte gesagt, sie sei recht mittelmäßig. Vielleicht hatten wir recht; vielleicht war Optatus zu unkritisch. Für manche Männer reicht es, wenn eine Frau leicht bekleidet ist und signalisiert, daß sie die restlichen Hüllen bei etwas Ermutigung gerne fallen läßt. »Marius, Baetica ist voll von Frauen, die Tamburins schwenken, um einen schnellen Denarius zu verdienen. Wie kommen Sie darauf, daß die hier anders war?«

»Knallkopp sagte mir, sie hätte neugierige Fragen gestellt. Sie wollte wissen, wo sein Vater sei. Er meinte, sie wolle nur sichergehen, daß es keine elterliche Einmischung geben würde – ein Irrtum, wie sich herausstellte.«

»Sie ist eine gute Tänzerin, und trotzdem trat sie vor Jugendlichen auf?«

»Die meisten Tänzerinnen leiden unter Geldmangel«, korrigierte er mich frostig.

»Trug sie ein Kostüm beim Tanzen?«

»Sie tanzte in einem schamlosen Fummel, Falco. Junge Männer erwarten sowas.« Der gestrenge Marius hatte das sarkastische Stadium erreicht.

»Wie haben die Jungs das Mädchen überhaupt gefunden? Gibt es vielleicht ein Verzeichnis dubioser Unterhaltungskünstler, das im Tempel der Kapitolinischen Göttertrias aufbewahrt wird? Ich nehme nicht an, daß die jungen Annaei die Liste des Ädilen einsehen durften. Der Ädile wäre sofort zu ihrem Papa gerannt.«

»Hören Sie doch auf, Witze zu machen, Falco. Knallkopp gebührt die Ehre, sie engagiert zu haben.«

»Mein guter Marius, Sie haben wirklich hart gearbeitet.«

»Ihren Dank können Sie sich sparen! Knallkopp sagte, sie habe von dem Fest gehört und ihm ihren Auftritt von sich aus angeboten. Er wußte nicht, woher sie kam.« Sie schien sich hier in der Gegend herumzutreiben und mußte gute Informationsquellen besitzen.

»Reichen jungen Männern fällt das Glück in den Schoß.«

»Ich nehme an, sie hat ein gigantisches Honorar verlangt«, tadelte Helena.

»Das fällt bei reichen jungen Männern nicht ins Gewicht.«

»Wie auch immer«, gestand Optatus mit einem ernüchterten Seufzer, »ich weiß, daß sie nicht das Mädchen ist, hinter dem Sie her sind, Falco. Knallkopp war völlig offen. Er wußte von Selia – sie ist offenbar all diesen jungen Männern bekannt. Sie scheren sich nicht darum, daß sie keine gute Tänzerin ist; das gleicht sie mit anderen Vorzügen aus. Knallkopp konnte sie für diesen Abend nicht engagieren, weil sie angeblich nach Hispalis zurückgekehrt ist. Er sagte, die Ältere, die dort war, hätte herauszufinden versucht, welche anderen Tänzerinnen er kennt.«

»Hat er sie wissen lassen, daß er eigentlich Selia gewollt hatte?«

»Er ist der Sohn eines Ölherstellers, Falco! Dazu ist er viel zu schlau.«

Während ich überlegte, ob das Auftauchen einer zweiten Tänzerin nur ein Zufall war, beschloß Helena, Optatus zu gestehen, daß sie die zwei Taugenichtse im Gästeschlafzimmer untergebracht hatte. Unser Freund war außer sich vor Zorn.

Doch dank einer Boshaftigkeit, die wir beide uns am nächsten Tag ausdachten, beruhigte er sich wieder. Der Quästor und Constans waren am Abend zuvor auf einem prächtigen, reinrassigen Pferd bei uns eingetroffen, das sie aus den Annaeus-Ställen geklaut hatten. Wir gaben ihnen das feste Versprechen, es für sie zurückzubringen, bevor es darüber zu einem Geschrei kam. Dann schickte ich sie mit meinem eigenen Klepper auf den Heimweg.

»Sein Name ist Tänzler. Sie müssen ständig auf der Hut sein, sonst galoppiert er davon. Halten Sie sich gut fest, falls er durchgeht.«

»Danke, Falco.« Quadratus hatte bereits kapiert, daß er hier zur Zielscheibe des Spotts gemacht wurde. »Aber damit sind Sie ohne Reittier.«

»Ich werde schon ein Pferd für Marcus Didius finden«, grinste Optatus freundlich. »Das da können Sie behalten – mit unseren besten Wünschen!«

XL

Wohin als nächstes?

Ich war froh, daß Optatus mir einen anständigen Gaul angeboten hatte. In Corduba war nichts mehr zu holen für mich, und ich mußte dringend nach Hispalis. Laut dem, was der jüngste Annaeus gesagt hatte, war Selia dort zu finden. Sie war von Anfang an mein Hauptziel gewesen.

Hätten die Dinge anders gelegen, dann hätten Helena und ich gemeinsam die langsame Bootsfahrt genossen, die Cyzacus und Gorax mir angeboten hatten. Wir hatten einander auf einer Reise durch Europa kennengelernt, bei der wir oft über Flüsse gefahren waren. Seit diesen ersten langen Wochen des Verliebentseins reisten wir gern per Schiff; wir waren eben nostalgisch. Doch diesmal stand die Zeit gegen uns.

Es gab eine gute Straße entlang des Baetis – die Via Augusta, die nach Gades führte. Wenn Kuriere der kaiserlichen Post mit dringenden Depeschen es fertigbrachten, fünfzig Meilen pro Tag zu galoppieren, konnte ich gewiß versuchen, es ihnen gleichzutun. Ich würde das Pferd nehmen, das unser Freund mir zur Verfügung gestellt hatte, und nach Corduba reiten, beim Palast des Statthalters Station machen und verlangen, daß er mich die Ställe und Unterkünfte entlang des *cursus publicus* benutzen ließ. Zwei Tage hin, zwei Tage zurück plus der Zeit, die ich brauchen würde, Cyzacus senior und Norbanus zu befragen und dann nach der Tänzerin zu suchen.

Während ich diese logistische Großtat vollbrachte, würde Helena auf dem Gut bleiben und hauptsächlich schlafen. Das brauchte sie jetzt am dringendsten.

Helena Justina wies mich leise darauf hin, daß ich Pferde nicht ausstehen kann. Ich sagte, ich sei ein Profi. Worauf ich zu sehen meinte, wie sie ein Lächeln verbarg.

Ich war im Morgengrauen aufgestanden und wartete bereits im Palast des Statthalters, als die Schreiber allmählich in ihre Büros geschlendert kamen und sich dabei lautstark über das Besäufnis des gestrigen Abends unterhielten. Sie waren kaum damit fertig, sich über die Anzahl der Stufen zu einigen, die sie hinuntergepurzelt waren, als sie mich ausgeschlafen und munter vor ihrer Tür wartend fanden. Nach meinem vorherigen Besuch war ich ein Held für sie. Ich brauchte mich gar nicht an den Prokonsul zu wenden. Diese Jungs taten alles, was ich von ihnen verlangte. Meine Skandalgeschichte über ihren Herrn, erfunden oder nicht, hatte gewirkt: Büroangestellte und Schreiber sind stets dankbar, wenn jemand ein bißchen Farbe in ihr Leben bringt.

Pässe für den *cursus publicus* sind nicht so ohne weiteres zu bekommen. Sie müssen die persönliche Unterschrift des Kaisers tragen; nur dadurch erhalten sie Gültigkeit. Provinzstatthaltern steht nur eine begrenzte Anzahl zu Verfügung, die sie auch nur unter strikten Voraussetzungen ausgeben dürfen. Pedantische erkundigen sich erst mal in Rom, ob sie mit einer Ausgabe auch nicht die Regeln verletzen. Aber die Schreiber des Prokonsuls von Baetica entschieden, den Alten erst gar nicht damit zu belästigen und händigten mir einfach einen aus. Nette Jungs.

Gewöhnlich lasse ich mir vor Antritt von Auslandsaufträgen einen eigenen Paß ausstellen. Diesmal hatte ich nicht daran gedacht – und Laeta auch nicht, vorausgesetzt, er besaß überhaupt die Vollmacht, mir einen zu geben. Ich hatte versucht, nicht an Laeta zu denken. Doch als er mir jetzt einfiel, fragte ich die Schreiber, ob er inzwischen die offizielle Kontaktperson für Geheimdienstangelegenheiten geworden war.

»Nein, das ist nach wie vor Anacrites, Falco.«

»Ist das nicht mal wieder typisch! Ich habe Anacrites auf dem

Totenbett zurückgelassen. Er muß doch inzwischen offiziell ersetzt worden sein.«

»Also, uns hat niemand was gesagt – außer, Rom hat beschlossen, das Kommando einer Leiche zu überlassen!«

»Glaubt mir, Jungs, ihr würdet keinen Unterschied merken, wenn sie den Oberspion durch einen Kadaver ersetzen.«

»Uns soll's recht sein!« kicherten sie. »Seine Briefe sind das Letzte. Der Alte geht jedesmal an die Decke, weil er nicht versteht, was Anacrites überhaupt will. Wenn wir dann in Rom um Erläuterung bitten, kriegen wir die gleiche Botschaft zurück, allerdings noch unverständlicher.«

»Und was ist mit Laeta? Ist euch aufgefallen, daß er mehr Schreiben schickt? Vielleicht Signalbotschaften übermittelt?«

»Nicht mehr als gewöhnlich. Signalbotschaften kann er nicht benutzen.«

»Wieso? Ist er nicht ermächtigt?«

»Er schreibt zu viel. Die Signalfeuer können nur einen Buchstaben nach dem anderen übermitteln. Das ist zu langsam für lange Dokumente.« Und auch zu ungenau. Es geht nur bei Nacht, die Sicht muß gut sein und selbst dann besteht bei jeder zwischen den einzelnen Wachtürmen übermittelten Botschaft das Risiko, daß derjenige, der die Signale entziffert, etwas falsch versteht und völligen Schwachsinn weitergibt. »Laeta schickt Schriftrollen, und die immer mit Kurieren.«

»Also keine Anzeichen dafür, daß er einen neuen Zuständigkeitsbereich übernommen hat?«

»Nein.«

»Ich nehme nicht an, daß er sich die Mühe macht, nach mir zu fragen?«

»Nein, Falco.«

Da war etwas, was ich gern überprüfen wollte. Offen und freundlich schaute ich sie an. »Ich frage nur, weil es Veränderungen auf dem Palatin geben kann, wenn Anacrites länger krank oder tot ist ... Hört mal, ihr wißt, daß ich mit einem Brief für den Prokonsul nach Baetica kam, in dem stand, ich sei in geheimer Mission hier?« Sie wußten es garantiert; es konnte nicht schaden, sie ins Vertrauen zu ziehen. »Der Alte sagte mir, ihr wärt bereits über die Anwesenheit einer anderen Person unterrichtet worden, über die niemand spricht?« Sie sahen einander an. »Allmählich mache ich mir nämlich Sorgen«, log ich. »Ich befürchte, daß ein Agent verlorengegangen ist. Ohne Anacrites können wir nicht herausfinden, wen er geschickt hat.«

Jetzt wurden deutlichere Blicke ausgetauscht. Ich wartete. »Einführungsbriefe vom Büro des Oberspions tragen den Vermerk streng geheim, Falco.«

»Ich weiß. Ich benutze sie selbst.«

»Uns ist nicht gestattet, sie zu lesen.«

»Aber ich wette, ihr tut es!«

Wie Lämmlein stimmten sie mir zu: »Kurz bevor Sie kamen, hatte Anacrites eine seiner kodierten Botschaften geschickt. Voll mit unverständlichem Zeug, wie gewöhnlich: der Agent würde keinen offiziellen Kontakt aufnehmen, aber wir hätten ihm volle Unterstützung zu geben.«

»Ich wette, ihr dachtet, das beträfe mich.«

»Aber nein.«

»Wieso nicht?«

»Der Agent war eine Frau, Falco.«

»Tja, dann werdet ihr sie bestimmt mit Freuden unterstützen!« Das hatte ich grinsend gesagt, aber innerlich stöhnte ich.

Anacrites *hätte* planen müssen, Valentinus zu schicken, denn der hatte eindeutig an dem Fall gearbeitet, und Momus, mein Kumpel im Palast, hatte gesagt, Valentinus sei der beste Agent in Anacrites' Diensten. Wieso dann eine Frau schicken? Na gut, Valentinus war Freiberufler, sein eigener Herr. Vielleicht hatte er sich geweigert, einen Auslandsauftrag zu übernehmen. Doch das hätte mich überrascht. Alles, was ich von ihm wußte – was zugegebenermaßen nicht viel war –, hatte darauf hin gedeutet, daß er ein ruhiger, tüchtiger Mann war, der vor nichts zurückschreckte. Die meisten Leute begrüßen das Angebot einer kostenlosen Fernreise.

Selbst Anacrites konnte doch nicht an das alte Märchen glauben, daß respektable Geschäftsleute wie die Ölhersteller von Baetica leicht auf weibliche Reize reinfielen? Das mochte zwar auf diejenigen, die ich kennengelernt hatte, zutreffen – aber sie waren zu alt, sich hinterher damit erpressen zu lassen.

Vielleicht lebte ich schon zu lange mit Helena Justina zusammen. Ich war weich geworden. Mein angeborener Zynismus war mir abhanden gekommen. Ich hatte vergessen, daß es immer Männer geben wird, die sich von entschlossenen Tanzmädchen im Bett brisante Informationen entlocken lassen.

Als ich gerade gehen wollte, fiel mir noch eine Frage ein. »Was haltet ihr von dem neuen Quästor? Was sagt ihr zu Quadratus?«

»Ein Drecksack«, versicherten mir meine neuen Freunde.

»Ach, hört auf! Quästoren sind immer Drecksäcke, das weiß doch jeder. Der hier kann auch nicht schlimmer sein als die anderen, oder? Er ist jung und hochnäsig – aber das kennt ihr doch längst. Ein paar Monate unter eurer erfahrenen Anleitung, und er hat's kapiert, stimmt's?«

»Der ist und bleibt ein Drecksack«, wiederholten die Jungs düster.

Eines habe ich in den Marmorhallen der Bürokratie gelernt: Die beste Einschätzung von Persönlichkeiten bekommt man von den Schreibern, die von ihnen getreten werden.

Ich ging zurück und setzte mich, verschränkte die Finger und lehnte mein Kinn darauf. Erst hatte der Prokonsul mich wissen lassen, daß er Zweifel an Quadratus hegte, und jetzt lehnten diese Jungs hier ihn offen ab, ohne ihm auch nur die Chance zu geben, sich zu beweisen. »*Spuckt's aus*!« sagte ich. Was sie, als meine zuvorkommenden Freunde, prompt auch taten.

Quinctius Quadratus hatte keine ganz reine Weste. Seine Personalunterlagen waren ihm nach Baetica vorausgeschickt worden, und obwohl sie vertraulich waren (*weil* sie es waren), hatte das Sekretariat sie genauestens studiert: Es gab da eine dunkle Angelegenheit, eine, die Quadratus bei seiner zukünftigen Laufbahn nur schwer würde loswerden können. Auf seinem Weg zum Senat hatte er in seinen späten Jugendjahren als Militärtribun gedient. Während seiner Stationierung in Dalmatien war er in eine häßliche Sache verwickelt gewesen, bei der einige Soldaten bei dem Versuch, eine Brücke über einen durch Regengüsse angeschwollenen Fluß zu reparieren, ihr Leben verloren hatten. Die Reparaturen hätten warten können, bis der Fluß wieder abschwoll, aber Quadratus befahl ihnen, sie trotz des offensichtlichen Risikos in Angriff zu nehmen. Eine offizielle Untersuchung hatte die Sache als tragischen Unfall eingestuft – aber es war die Art von Unfall, die seinen ehemaligen Kommandeur veranlaßt hatte, die Einzelheiten persönlich an den Prokonsul weiterzuleiten, dem Quadratus gerade für ein neues Zivilamt zugeteilt worden war.

Also war sein Name tatsächlich mit einem schwarzen Punkt gekennzeichnet.

Kurz danach, als ich schließlich den Flur erreichte, bemerkte ich einige Frühankömmlinge, die sich für eine Audienz beim Prokonsul anstellten. Ein Schreiber, der einen höheren Posten haben mußte als die anderen – weil er noch später zur Arbeit erschien und offenbar einen noch größeren Kater hatte –, wurde von zwei Gestalten aufgehalten, die ich erkannte. Bei der einen handelte es sich um den ältlichen Ölmagnaten Licinius Rufius, bei der anderen um seinen Enkelsohn Rufius Constans. Der junge Mann machte ein mürrisches Gesicht. Als er mich entdeckte, schien er sich fast zu ängstigen.

Ich hörte, wie der Schreiber ihnen mitteilte, daß der Prokonsul heute nicht zu sprechen sei. Er nannte ihnen einen durchaus einleuchtenden Grund dafür, es war also kein bloßes Abwimmeln.

Der alte Mann schaute irritiert, nahm es aber dann widerstrebend hin. Ich nickte Licinius einen höflichen Gruß zu, hatte aber wegen des anstrengenden Rittes, der vor mir lag, keine Zeit, mich länger aufzuhalten. Als ich auf die Straße nach Hispalis einbog, häuften sich die Fragen in meinem Kopf.

Am rätselhaftesten war die Agentin, die Anacrites nach Baetica hatte schicken wollen. War sie die »gefährliche Frau«, von der er gemurmelt hatte? Aber *wo* war sie? Hatte er überhaupt die Möglichkeit gehabt, ihr die entsprechenden Anweisungen zu erteilen? War sie, nachdem Anacrites überfallen worden war, ohne weitere Instruktionen in Rom geblieben? Oder war sie hier? Vielleicht sogar aus eigenem Antrieb? (Unmöglich. Anacrites hatte nie jemanden mit so viel Grips eingestellt.)

Ich mußte unbedingt die Identität der Agentin feststellen. Am Ende war *sie* vielleicht die Tänzerin, die ich verfolgte. Möglicherweise hatte ich völlig falsche Schlüsse über Selia gezogen. Sie mochte als Verstärkung für Anacrites und Valentinus bei dem Essen gewesen sein, hatte mit den Angriffen nichts zu tun und den Pfeil versehentlich bei einem Treffen mit den beiden auf der Straße verloren. Die Wunden der beiden Männer mochten eine ganz andere Ursache haben. Wenn dem so war, was tat sie jetzt in Corduba? Hatte sie sich bei der Parilia als Schäferin verkleidet, um mehr über das Kartell herauszufinden? Und hatte sie sich dann, als alte Frau verkleidet, an Licinius Rufius herangemacht? Arbeiteten sie und ich etwa die ganze Zeit an der gleichen Sache? Tja, aber wer hatte dann Valentinus und Anacrites überfallen?

Andererseits bestand die Möglichkeit, daß Selia genauso gefährlich war, wie ich immer geglaubt hatte – und daß eine andere Frau für den Oberspion in Baetica unterwegs war. Eine, der ich noch nicht begegnet war. Sehr wahrscheinlich die Tänzerin, die Knallkopp für die Fete engagiert hatte. Irgendeine von Anacrites benutzte dusselige Schlampe, die jeden meiner Schritte verfolgte und mir bestimmt irgendwann im Weg stehen würde. Und das machte mich unheimlich wütend. Weil im Palast doch irgend jemand wissen mußte, daß wir beide uns hier in Baetica tummelten – was die Frage aufwarf, warum zum Hades das notwendig war? Warum mußte ich, wenn Helena mich am nötigsten brauchte, meine Zeit auf eine Sache verschwenden, die schon von jemand anderem abgedeckt wurde?

Doch dann ließ ich diese Idee fallen. Der Palast brachte es zwar durchaus fertig, Agenten im dunklen zu lassen, aber unter Vespasian wurden keine Doppelzahlungen gebilligt, wenn es mit einem Einzelhonorar getan war. Das bedeutete, daß zwei verschiedene Abteilungen aktiv in die Sache verwickelt waren. Laeta hatte mich geschickt, ohne zu wissen, daß Anacrites bereits jemanden vor Ort hatte. Unsere Ziele mochten die gleichen sein – oder vollkommen verschiedene. Während ich mich auf Selia zubewegte, konnte jemand anderer mit widersprüchlichen Befehlen dasselbe tun. Und am Ende würde ich, wie ich schon seit jenem Essen auf dem Palatin vermutete, wieder mal derjenige sein, der zwischen alle Stühle geriet: das glücklose Opfer einer Palastintrige.

Dagegen konnte ich momentan nichts unternehmen. In Rom nachzufragen würde viel zu lange dauern. Mir blieb nichts anderes übrig, als nach Hispalis zu reiten und mein Bestes zu tun. Aber ich mußte die ganze Zeit auf der Hut sein. Möglicherweise war bereits ein anderer Agent vorher dort gewesen, und all meine Bemühungen waren für die Katz. Jemand anderer konnte sich die Federn an den Hut stecken und die Belohnung einstreichen.

Ich kam zu keinem Ergebnis. Selbst nachdem ich alle Fragen gewälzt hatte, bis sie mir zu den Ohren herauskamen, blieb nach wie vor eine übrig, eine neue Frage, auf die ich gerade eben in Corduba gestoßen war. Warum hatte Licinius Rufius mit dem Prokonsul sprechen wollen? Was hatte einen ältlichen Gutsbesitzer so früh am Morgen, mit seinem verdrießlichen Enkelsohn im Schlepptau, in die Stadt getrieben?

TEIL DREI

HISPALIS, CORDUBA, MONTES MARIANA

Mai 73 n.Chr.

Welche Rolle spielt es, wieviel ein Mann in seinem Geldschrank oder seinen Scheunen hortet, wie groß seine Herde ist oder wie viele Zinsen sein Kapital abwirft, wenn er stets nach dem giert, was anderen gehört, und nur das zählt, was er noch nicht errungen hat, nie das, was ihm bereits gehört? Du fragst, was die angemessene Grenze für den Wohlstand eines Menschen sei? Erstens, das zu haben, was wesentlich ist, und zweitens, das zu haben, was genug ist.

Seneca

XLI

Drei Tage später saß ich morgens in einer Schenke in Hispalis. Jeder Muskel tat mir weh. Ich hatte Blasen an den unmöglichsten Stellen. Auch mein Hirn war erschöpft.

In Hispalis war es wärmer als in Corduba. Mitte des Sommers würde es hier heißer sein als an vielen anderen Orten des Reiches. Und dieser Zeitpunkt lag näher, als ich zu denken wagte. Sehr bald würde das Kind geboren werden, das ich so unüberlegt gezeugt hatte. Es konnte passieren, während ich hier war. Womit ich all meine aufrichtigen Versprechungen Helena gegenüber gebrochen hätte. Das Baby mochte bereits ohne meine Anwesenheit zur Welt gekommen sein. Dann wäre ich ein der Verdammung preisgegebener Mann.

Wie so einer fühlte ich mich bereits, als ich mein Hinterteil mit äußerster Vorsicht auf einer Bank in dieser ruhigen Schenke nahe des südwestlichen Stadttors plazierte, in die die Gerüche von den Kais hereinwehten. Die Stille paßte mir gut. Ungenießbares in einer leeren Taverne zu mir zu nehmen erinnerte mich an zu Hause. Einen Moment lang konnte ich mir einbilden, mir irgendwo auf der Kuppe des Aventin Bauchweh an schlaffem Salat zu holen. Ich war in Gedanken immer noch weit fort, als die Tamburinspieler eintrafen. Da sie mich augenblicklich als Fremden erkannten, schoben sie sich näher, um ihr Glück mit einer lärmenden Serenade zu versuchen. Ich wäre geflohen, aber meine steifen Glieder wollten sich nicht rühren.

Jeder, der Rom kennt, hat gelernt, selbst die unter größter Lärmentwicklung vorgebrachten Betteleien zu ignorieren. Ich saß bereits mit dem Rücken zur Wand, um zu vermeiden, daß mir mein Geldbeutel von hinten geklaut wurde, und stellte mich jetzt vollkommen taub. Schließlich stieß jemand im Nachbarhaus krachend die Fensterläden auf und brüllte die Musikanten an, sich zu verpissen. Sie gingen ein paar Häuser weiter und blieben schnatternd stehen. Die Fensterläden knallten zu. Ich kaute weiter an meinem ziemlich zähen Salat.

Hispalis galt als die drittwichtigste Stadt in Baetica, nach Corduba und Gades. Ich war von Osten her in die Stadt eingeritten, auf der Straße, die neben dem Aquädukt verläuft. Erschöpft hatte ich gestern abend das Stadttor passiert, war geradeaus die Hauptstraße hinuntergeritten und hatte ein modernes Bürgerforum mit Versammlungshaus, Gerichtsgebäude und Bädern gefunden – alles, was die Menschen brauchten, um sich in die Niederungen der örtlichen Politik und Gerichtsbarkeit zu begeben und sich hinterher den Gestank wieder abzuwaschen. Heute morgen war ich mit verklebten Augen und schlechtgelaunt aus der Herberge gekrochen und hatte bald das ursprüngliche republikanische Forum gefunden, das mit seinen älteren Tempeln eine gelassenere Atmosphäre ausstrahlte, jetzt aber zu klein war für diese aufstrebende Stadt. Weiter zum Fluß zu gab es einen dritten, sehr viel größeren Platz, wo es am lebhaftesten zuging und sich alles Geschäftsleben abspielte. Hier waren die Bäder viel größer als auf dem Forum, da mehr Geld für ihren Bau vorhanden war, und in den Portiken herrschte ein buntes Treiben. Geldwechsler hatten kurz nach Sonnenaufgang ihre Stände aufgebaut. Nicht lange danach waren die Händler, Kaufleute, Spediteure und andere Spekulanten eingetroffen. Ich hatte die Atmosphäre auf mich wirken lassen, bis ich mich zu Hause fühlte. Dann hatte ich diese etwas abgelegene Schenke gefunden. Bei meiner Wahl war ich allzu vertrauensvoll gewesen.

Als weitere Straßenmusikanten in Sicht kamen, bezahlte ich die (erfreulich niedrige) Rechnung. Das restliche Brot und den geräucherten Schinken nahm ich mit und aß es im Gehen auf dem Weg zu dem vor der Stadt liegenden Fluß. Hier war der Baetis breit und den Gezeiten ausgesetzt. Vom Ufer aus führten Molen aus behauenem Stein ins Wasser, und es wimmelte von lärmenden

Schiffsleuten und Trägern. Überall gab es Makler- oder Negotiatorenbüros. Fracht wurde von Lastkähnen auf seetüchtige Schiffe und umgekehrt verladen. Ansehnliche Vermögen wurden mit Handelsgütern gemacht, die die Einheimischen weder benutzten noch herstellten. Öl, Wein, Stoffe, Erze aus den Minen im Landesinneren und Zinnober wurden in großen Mengen verschifft. Der Traum jedes Maklers und Zwischenhändlers.

Bei der Rückkehr vom geschäftigen Flußufer entdeckte ich das Vereinshaus der Flußschiffergilde in der Nähe des Marktplatzes. Ein paar Dauergäste waren bereits dort; vermutlich vertrieben sie sich hier die Zeit – Flußschiffer sind schließlich nicht gerade berühmt für ihren Fleiß. Ich erfuhr, daß der ältere Cyzacus heute nicht anwesend war. Sie sprachen in leicht neidischem Ton von ihm und sagten, er würde draußen in Italica wohnen.

»Nach dem wird in letzter Zeit aber viel gefragt! Was macht ihn denn so populär?«

»Das kann ich nicht beantworten. Ich kenne den Mann nur ganz flüchtig. Wer hat denn sonst noch nach ihm gefragt?«

»Jemand, den wir Ihnen vorziehen! Jemand sehr viel Hübscheres.«

»Eine Frau?« Das war keine Überraschung. Und es irritierte mich enorm. Typisch für Anacrites, mir Knüppel zwischen die Beine zu werfen. Und typisch für seine Lakaien, mir die Schau zu stehlen, bevor ich die Chance hatte, mich mit den Gegebenheiten vertraut zu machen. Aber ich arbeitete schließlich für Laeta (wie sehr ich ihm auch mißtraute). Nur ein einziges Mal hatte Anacrites mich direkt engagiert, dann fallengelassen und versucht, mich umzubringen. Das würde ich nie vergessen. »Cyzacus kommt also nach Hispalis, um sich mit hübschen Mädchen zu treffen?«

»Der doch nicht. Der alte Trottel kommt nur nach Hispalis, um uns anderen zu sagen, was Sache ist!« Woraus ich schloß, daß sie ihn als müßigen Tattergreis betrachteten, der sich ihnen überlegen fühlte.

Ich wußte, was das bedeutete. Cyzacus war tatsächlich der Beste. Er hatte sein Leben lang hart gearbeitet. Jetzt führten seine Söhne erfolgreich das Geschäft für ihn. Er kümmerte sich um die Angelegenheiten der Gilde, während diese mißmutigen Faulenzer, die am liebsten gleich vom Frühstück zum Mittagessen übergegangen wären, hier beim Soldatenspiel herumsaßen, Posca tranken und ständig was zu meckern hatten.

»*War* seine Freundin nun hübsch – oder schon etwas angegammelt?«

Sie brachen in heiseres Gelächter aus, und ich konnte nichts Sinnvolles aus ihnen herausbekommen.

Es war nicht schwer, sich vorzustellen, warum Cyzacus ein ruhiges Leben in Italica bevorzugte. Ich erkundigte mich nach dem Weg dorthin und widmete mich dann meiner nächsten Aufgabe.

Norbanus, der gallische Frachtraum-Vermittler, besaß ein majestätisches Büro direkt hier am Marktplatz. Die Leute, die ich fragte, wiesen mir den Weg mit offener Verachtung. Niemand mag Ausländer, die mit ihrem Erfolg protzen. Den breiten Portalen, farbigen Bodenmosaiken, Statuetten auf marmornen Dreifüßen und dem sauber gekleideten Büropersonal sah man an, daß Norbanus alles darüber wußte, wie man Geld aus den Waren anderer Leute schlägt.

Das Personal war zwar ordentlich, aber genauso verschlafen wie alle Angestellten, wenn ihr Herr und Meister ausgegangen ist. Da er Gallier war, gehörten viele seiner Dienstboten demselben Stamm an. Ihre Reaktion war ziemlich gallisch. Erregt diskutierten sie die Frage seines Aufenthaltsortes längere Zeit unter sich, dann verkündete einer mit äußerst gestelzten Worten, daß Norbanus nicht hier sei. Das hätten sie mir mit weitaus weniger Aufwand gleich sagen können, aber Gallier lieben es, eine Debatte auszuschmücken. Weltläufigkeit bedeutet für sie, den Eindruck besserer Herkunft zu erwecken, aber jeder weiß, daß sie damit nur ihr Barbarentum verdecken. Am liebsten würden sie einem den Kopf mit einem sehr langen Schwert abhacken.

Ich fragte, wann sie Norbanus zurückerwarteten. Sie nannten mir eine Zeit, die ich für rein aus der Luft gegriffen hielt. Wir schüttelten uns die Hände. Sie waren glattzüngig; ich bin höflich. Innerlich knirschte ich mit den Zähnen. Dann ging ich, da mir nichts anderes übrig blieb.

Es war zwar eine Zumutung für meine Blasen, aber ich ging zurück zur Herberge, besorgte mir ein neues Pferd und machte mich quer über den Fluß auf den fünf Meilen langen Ritt nach Italica.

XLII

Gegründet von Scipio als Veteranenkolonie, rühmte sich Italica, die älteste römische Stadt in Hispanien zu sein. Davor war sie bereits den glücklichen Phöniziern bekannt, und die alten Schäferstämme von Tartessos hatten mit Freuden ihren immer flauer werdenden Wollhandel fahren lassen, als sie erfuhren, daß ihr Land reich an Bodenschätzen war, und sich begeistert auf den Erzabbau gestürzt. In einer leicht hügeligen, aber offenen Landschaft gelegen, war der Ort sehr heiß und staubig – wogegen zum Glück ein riesiger Thermenkomplex half. Manche Bewohner würden vielleicht alt genug, um noch zu erleben, daß ihr kleiner Fleck auf der Landkarte der Provinzen der Geburtsort eines Kaisers sein würde. Selbst als ich dort war, benutzten die Reichen ihn als Zufluchtsort, der von Hispalis gerade weit genug entfernt lag, um den Einwohnern von Italica das Gefühl zu geben, etwas Besseres zu sein.

Es gab ein Theater und auch ein gutes Amphitheater. Überall Säulenplatten, Springbrunnen, Ziergiebel und Statuen. War noch ein Platz an einer Wand frei, brachte jemand eine Inschrift an. Die Formulierungen waren hochtrabend. Italica war kein Ort, an dem man Anschläge von der Gilde der Prostituierten fand, die versprachen, irgendeinem Schmarotzer bei den nächsten Lokalwahlen ihre Stimme zu geben.

In den strikt rechtwinklig angelegten, sauber gefegten Straßen nahe des Forums fand ich Villen, die sich auch in den feinsten Bezirken Roms hätten sehen lassen können. Eine davon gehörte Cyzacus. Man ließ mich nicht eintreten, aber ich konnte bereits von der Türschwelle zwischen den beiden traditionellen Lorbeerbäumchen aus sehen, daß der Eingangsflur in prächtigem Schwarz, Rot und Gold bemalt war und zu einem luxuriösen Atrium mit einem Wasserbecken und von herrlichen Fresken bedeckten Wänden führte. Das war der elegante Empfangsbereich für die Kunden des Patrons – doch Privatschnüffler hatten keinen Zutritt.

Cyzacus sei ausgegangen, teilte mir sein Verwalter recht freundlich mit. Cyzacus sei nach Hispalis gefahren, um sich im Haus der Flußschiffergilde mit einem Freund zu treffen.

Ich tobte hier ohne Sinn und Verstand im Kreis herum. Der Tag entschlüpfte mir. Ein Zustand, den jeder Ermittler fürchtet. Die Götter wissen, daß es mir nur allzu vertraut war.

Ich ging in die Thermen, war zu gereizt, um sie zu genießen, stattete dem Gymnasium einen kurzen Besuch ab, aß eine Schüssel Mandelsuppe mit genug Knoblauch, daß eine Woche lang niemand mit mir sprechen würde, und kehrte nach Hispalis zurück.

XLIII

Das Vereinslokal der Flußschiffergilde bestand aus einem langen, kahlen Raum voller Tische, an denen die Faulenzer, die ich bereits am Morgen gesehen hatte, immer noch würfelten. Zur Mittagszeit waren weitere Schiffer von den Kais gekommen, um hier zu essen. Das Essen wurde von einem Thermopolium im Nebenhaus hergebracht, wahrscheinlich zu verbilligten Preisen, und es schien von guter Qualität zu sein. Den Wein bekamen sie bestimmt umsonst. Es herrschte eine ruhige, kameradschaftliche Atmosphäre. Die Männer nickten beim Hereinkommen den Anwesenden zu, und manche setzten sich zusammen. Andere zogen es vor, allein zu essen. Niemand hinderte mich daran, mich umzusehen.

Diesmal fand ich sie: Cyzacus und Norbanus, zwei bekannte Gesichter vom Essen der baetischen Gesellschaft auf dem Palatin vor einem Monat. Sie saßen an einem Ecktisch, genauso ins Gespräch vertieft wie damals. Es schien ihr gewohnter Platz zu sein, und sie wirkten, als würden sie sich täglich üppige Mahlzeiten gönnen. Sie waren bereits mit dem Essen fertig. Nach den vielen leeren Schüsseln und Platten zu urteilen, war es auch diesmal wieder reichhaltig gewesen, und ich nahm an, daß der Weinkrug mehrere Male gefüllt worden war.

Ich kam zur rechten Zeit. Ihr Mahl war eben beendet. Wo Gäste eines formellen Festessens jetzt eine spanische Tänzerin erwarten mochten, um ihr zuzupfeifen, während sie sich an dem frischen Obst verlustierten, hatten diese beiden Säulen der hispalischen Geschäftswelt ihre eigene Ablenkung: mich.

Cyzacus war ein adrettes, leicht eingefallenes altes Federgewicht in einer taillierten grauen Tunika über einer langärmeligen schwarzen. Er war der ruhige, gesittetere Teil eines recht ungleich wirkenden Paares. Sein ausgemergeltes, faltiges Gesicht hatte eine ungesunde Farbe, und sein weißes Haar war kurz geschnitten. Sein Busenfreund Norbanus war viel schwergewichtiger und ungepflegter, und sein gewaltiger Bauch drückte gegen den Tischrand. Die fetten Finger wurden von breiten, edelsteingeschmückten Ringen auseinandergedrückt. Auch er war schon ein reiferer Jahrgang, die Haare noch dunkel, aber mit Grau durchsetzt. Auf mehrere Lagen seines Kinns verteilten sich dunkle Bartstoppeln. Er besaß all die körperlichen Attribute, die zu einem fröhlichen Kumpan gehören – einschließlich der unangenehmen Rauhbeinigkeit.

Ich ließ mich auf eine Bank fallen und kam gleich zur Sache: »Bei unserer letzten Begegnung, meine Herren, befand ich mich in meiner Heimatstadt, und Sie waren die Besucher. Allerdings haben wir uns ebenfalls beim Essen gesehen.« Ich ließ meinen Blick über die leeren Teller wandern, über die Fischgräten, abgekauten Olivenkerne, Hühnerknochen, Austernschalen, Lorbeerblätter und Rosmarinzweige. »Äußerst beeindruckend, was Sie so verputzen!«

»Sie sind im Vorteil«, sagte Norbanus. Er klang vollkommen nüchtern. Festmahle gehörten zum Alltag dieser Männer. Er hatte seinen Rüssel schon wieder in den Becher gesteckt, ohne Anstalten zu machen, mir etwas zu trinken anzubieten.

»Mein Name ist Falco.«

Sie nahmen weder miteinander noch mit mir Blickkontakt auf. Das hieß, sie hatten von vornherein gewußt, wer ich war. Entweder erinnerten sie sich tatsächlich daran, daß sie mir auf dem Palatin vorgestellt worden waren, oder sie wußten, daß ich der nicht allzu geheime Agent war, der wegen des Kartells ermittelte.

»So! Sie sind also der angesehene Meister-Flußschiffer Cyzacus und Sie der bedeutende Negotiator Norbanus. Beides Männer von so hohem Ansehen, daß sie von dem hochmögenden Quinctius Attractus nach Rom eingeladen wurden?«

»Dem hochmögenden Kriecher!« höhnte Norbanus, ohne die Stimme zu senken. Cyzacus warf ihm einen nachsichtigen Blick zu. Die Verachtung des Negotiators galt nicht nur dem Senator, sondern allem Römischen – einschließlich mir.

»Dem hochmögenden Fädenzieher«, stimmte ich freimütig zu. »Was mich betrifft, ich bin Republikaner – und einer aus dem Plebs. Mir wär's nur recht, wenn sich herausstellt, daß der Senator und sein Sohn die Dinge ein wenig übertrieben haben.« Diesmal wurden sie beide ganz reglos. Doch man mußte genau hinschauen, um es zu bemerken.

»Ich habe mit *Ihren* Söhnen gesprochen«, sagte ich zu dem Flußschiffer. Gorax und der junge Cyzacus konnten in den drei Tagen seit unserer Begegnung unmöglich Kontakt mit ihrem Papa aufgenommen haben. Ich hoffte, ihn mit dem Gedanken an das, was sie mir vielleicht erzählt haben könnten, ein wenig in Unruhe zu versetzen.

»Wie schön für Sie.« Er ließ sich nicht so leicht aus dem Konzept bringen. »Was machen meine Jungs?«

»Gehen fleißig ihrer Arbeit nach.«

»Das ist ja mal was ganz Neues!« Hier hielt man mit seiner Meinung offenbar nicht hinter dem Berg. Trotzdem hatte ich das Gefühl, daß dieser gerissene alte Mann die Geschäfte in Corduba nicht seinen Jungs überlassen hätte, wenn er ihnen nicht vollkommen trauen würde. Er hatte ihnen alles Erforderliche beigebracht, und trotz der bitteren Enttäuschung, die er gespürt haben mußte, als sich sein eigener Sohn der Dichtkunst verschrieb, arbeiteten die drei inzwischen eng zusammen. Die beiden Söhne hatten auf mich durchaus loyal gewirkt, sowohl einander als auch ihrem Vater gegenüber.

»Cyzacus junior hat mir von seiner Dichterlaufbahn erzählt, und Gorax war mit ein paar Hühnern beschäftigt. Sie erklärten mir, Sie seien in Rom gewesen, um Tacheles über Exporte zu reden.«

»Ich war als Gast dort!« Cyzacus gab sich als harmloser Greis, der seine Sinne nicht mehr ganz beisammen hat. Aber er war schlau, wußte, daß ich nichts beweisen konnte. »Attractus hat mich eingeladen und für alles bezahlt.«

»Wie großzügig!«

»Gibt sich gern spendabel«, meinte Norbanus mit einem gakkernden Lachen und deutete damit an, daß er den Mann für einen Trottel hielt. Ich bekam den durchaus angenehmen Eindruck, daß die beiden die kostenlose Reise zynischerweise angenommen hatten, ohne je vorzuhaben, sich zu etwas nötigen zu lassen. Schließlich waren sie beide im Transportwesen tätig und konnten jederzeit praktisch umsonst nach Rom gelangen.

»Wie sehr Attractus Ihren Witz und die Unterhaltung mit Ihnen auch schätzen mag, mir will doch scheinen, als deute das Zahlen von Überfahrten und die Aufnahme in seinem eigenen feudalen Haus – was er ja wohl schon öfter mit verschiedenen Gruppen aus Baetica gemacht hat – darauf hin, daß der illustre Philanthrop etwas von Ihnen will?«

»Ausgezeichneter Geschäftssinn«, grinste Norbanus.

»Und ein scharfer Blick für lukrative Handelsabschlüsse?«

»Das bildet er sich zumindest ein!« Auch diese Beleidigung kam dem Gallier leicht über die Lippen.

»Vielleicht möchte er der ungekrönte König von Baetica sein.«

Norbanus höhnte immer noch: »Ist er das nicht bereits? Patron von Corduba, Castulo und Hispalis, Vertreter der Ölhersteller im Senat, Stütze der Kupferminen ...«

Über Minen zu reden deprimierte mich stets. »Aus welchem Teil Galliens stammen Sie?«

»Aus Narbo.« Das war nicht weit von Tarraconensis, wenn auch außerhalb von Hispanien. Ein wichtiger Warenumschlagplatz in Südgallien.

»Sie sind auf das Verschiffen von Olivenöl spezialisiert? Nur nach Rom?«

Er schnaubte verächtlich. »Vom Markt scheinen Sie nicht viel Ahnung zu haben! Viele meiner Ladungen sind für Rom bestimmt, ja. Aber wir verschiffen Tausende von Amphoren. Wir decken das gesamte Italien ab – und auch alles andere. Das Zeug geht in alle Richtungen – den Rhodanus in Gallia Narbonensis hinauf, nach Gallien, Britannien und Germanien. Ich habe schon Ladungen direkt durch die Säulen des Herkules nach Afrika verschifft, andere bis hinunter nach Ägypten, habe Dalmatien, Pannonien, Kreta, das griechische Festland und Syrien versorgt …«

»*Griechenland*? Ich dachte, die Griechen bauen selber Oliven an? Das tun sie doch schon seit Jahrhunderten, längst bevor ihr hier in Baetica damit anfingt?«

»Die sind nicht so gut im Geschmack. Nicht so saftig.«

Ich pfiff leise und wandte mich wieder an Cyzacus. »Eine teure Angelegenheit, dieser Ölexport. Ich nehme an, der Preis steigt von dem Moment an, wo das Zeug in die Amphoren gefüllt wird?«

Er zuckte die Schultern. »Die Gesamtkosten sind gewaltig. Was nicht unsere Schuld ist. Zum Beispiel müssen wir auf der Fahrt von Corduba hierher jedesmal, wenn wir anlegen, Hafensteuer zahlen. Das wird alles auf die Rechnung draufgeschlagen.«

»Genau wie Ihr eigener Profit. Dann will noch Norbanus seinen Anteil und der Schiffseigner auch. Und das alles, bevor der Händler in Rom auch nur an dem Öl gerochen hat.«

»Es ist eben ein Luxusgut«, erwiderte Cyzacus abwehrend.

»Zum Glück für euch alle hier in Baetica wird es überall auf der Welt gebraucht.«

»Ein wunderbares Gut«, warf Norbanus trocken mit ehrfurchtsvoller Stimme ein.

»Wunderbar profitabel!« sagte ich. Ich mußte das Thema wechseln. »Sie sind Gallier. Wie kommen Sie mit den Produzenten zurecht?«

»Sie können mich nicht ausstehen«, gab Norbanus stolz zu.

»Und das beruht auf Gegenseitigkeit! Zumindest wissen sie, daß ich kein verdammter Eindringling aus Italien bin.«

»Spekulatoren!« meinte ich mitfühlend. »Kommen nur aus Rom in die Provinzen, weil sie da mit geringem Geldeinsatz riesige Profite rausschlagen können. Bringen ihre fremden Arbeitsmethoden mit. Falls sie je persönlich hierher kommen, hocken sie in engen Cliquen zusammen – immer mit dem Vorhaben, nach Hause zurückzukehren, sobald sie ein Vermögen gemacht haben ... Attractus ist ein typisches Beispiel dafür, obwohl er offenbar noch mehr will als die meisten. Ich weiß von seinem Olivengut und seiner Erzmine – welche Interessen hat er hier in Hispalis?«

»Keine«, sagte Cyzacus mißbilligend.

»Er hat die Bäder in der Nähe des Wollmarktes gebaut«, erinnerte Norbanus ihn. Cyzacus schnaubte verächtlich.

»Ist das nicht gut angekommen?« fragte ich.

»Die Einwohner von Baetica«, teilte Cyzacus mir mit, die schmalen Wangen nach innen gesogen, »ziehen die Spenden von Männern vor, die hier gebürtig sind. Nicht von Außenseitern, die zu ihrer persönlichen Glorifizierung Eindruck schinden wollen.«

»Und was heißt das für Sie als Gallier?« wollte ich von Norbanus wissen.

»Daß ich mein Geld in einem Bankfach einlagere!« erwiderte er grinsend.

Ich sah von einem zum anderen: »Aber Sie beide sind Freunde?«

»Wir speisen zusammen«, erklärte Cyzacus. Mir war klar, was er damit sagen wollte. Sie waren beide mit Leib und Seele Geschäftsmänner. Sie konnten sich jahrelang in der Öffentlichkeit zum Essen treffen, aber ich bezweifelte, daß sie einander je zu Hause besucht hatten, und sobald sie sich vom Geschäft zurückzogen, würden sie einander vermutlich nie wiedersehen. Sie standen auf der gleichen Seite – betrogen die Ölhersteller und trieben die Preise für die Endabnehmer in die Höhe. Aber sie waren keine Freunde.

Das war gut zu wissen. Oberflächlich betrachtet hatten die Männer, die Quinctius Attractus letzten Monat nach Rom eingeladen hatte, ein gemeinsames Interesse. Und doch unterschieden sie sich durch die verschiedenen Vorurteile, die sie hegten – und sie alle konnten Attractus nicht ausstehen. Die Flußschiffer und Makler tolerierten einander, aber sie haßten die Ölhersteller – und diese Snobs auf ihren großen Landgütern hatten nichts mit den Transporteuren gemein.

War dieser Antagonismus stark genug, sie davon abzuhalten, zusammen ein Preiskartell zu bilden? Würde ihr gemeinsames Mißtrauen gegen einen römischen Eindringling sie davon abbringen, sich ihm anzuschließen? Hatte Attractus die Verlockung des Geldes überschätzt? Lehnten diese hartgesottenen Unternehmer ihn als Anführer ab? Waren sie der Ansicht, daß sich mit Öl genügend Profit machen ließ und sie selbst durchaus in der Lage waren, auch ohne seine Hilfe maximale Gewinne zu erzielen – und ohne spätere Verpflichtungen ihm gegenüber?

»Sie wissen, warum ich hier bin«, meinte ich. Beide Männer lachten. Nach den vielen Gängen, die sie zu sich genommen hatten, konnte diese Ausgelassenheit nicht gut für sie sein. »Dafür gibt es zwei Gründe. Attractus hat Aufmerksamkeit auf sich gelenkt. Er gilt als gefährlicher Fädenzieher – und ich suche nach Möglichkeiten, ihn festzunageln.« Die beiden Männer sahen sich an, offen erfreut darüber, daß er in Schwierigkeiten steckte. »Natürlich«, sagte ich mit Grabesstimme, »ist keiner von Ihnen beiden aufgefordert worden, sich an etwas so Unehrenhaftem wie einem Kartell zu beteiligen?«

»Selbstverständlich nicht«, stimmten sie mit ernster Miene zu.

Ich lächelte wie ein netter Kerl. »Angesehene Geschäftsmänner würden mit einer solchen Gaunerei nichts zu tun haben wollen?«

»Ganz gewiß nicht«, versicherten sie mir.

»Und Sie würden der Obrigkeit sofort von einem solchen Versuch berichten?« Ich ließ das Gehabe fallen: »Machen Sie sich nicht die Mühe, mich mit einer Antwort darauf zu beleidigen!«

Das Gesicht des alten Cyzacus verzog sich zu einer Grimasse, was vielleicht nur daran lag, daß er in den Backenzähnen pulte, aber vielleicht war er auch gekränkt, daß ich sie gerade der Lüge bezichtigt hatte. Lügner sind stets äußerst empfindsam.

Norbanus gab sich weiterhin möglichst wenig hilfsbereit. »Gibt es denn ein Kartell, Falco? Wenn ja, dann viel Glück!« verkündete er. Dann spuckte er auf den Boden. »Pah! Das klappt doch nie – die dämlichen Ölhersteller würden das nie auf die Reihe kriegen!«

Ich lehnte meine Ellbogen auf den Tisch, verschränkte die Finger und betrachtete die beiden Schlawiner mit aufgestütztem Kinn. Dann sagte ich einschmeichelnd: »Ich denke, Sie haben recht. Ich hab sie in Corduba gesehen. Die haben den Kopf so voll damit, daß sie auch ja auf der Gästeliste der nächsten Abendgesellschaft beim Prokonsul stehen, daß sie nicht viel anderes fertigbringen.«

»Denen geht's doch nur darum«, brummte Norbanus, »für eine Amtsperiode Duovir zu werden und ihre Söhne zum Herumhuren und Geldverschleudern nach Rom zu schicken – solche Dummköpfe!« fügte er hinzu, als sei es ein unverzeihliches Vergehen, das eigene Kapital anzugreifen statt es zu vermehren.

»Sie glauben also nicht, daß es Attractus gelungen ist, Druck auf sie auszuüben?«

Cyzacus meldete sich zu Wort: »Der kann Druck ausüben, bis er schwarz wird. Die Ölhersteller würden nie etwas Riskantes unternehmen.«

»Und was ist mit Ihnen beiden?« forderte ich sie heraus, womit ich mir nur ein verächtliches Lächeln einhandelte. »Na gut. Sie sind offen mit mir gewesen, also werde ich es auch mit Ihnen sein. Ich muß dem Kaiser berichten. Ich werde Vespasian sagen, ich sei überzeugt davon, daß über die Errichtung eines Kartells gesprochen wurde. Daß Attractus die Haupttriebfeder ist. Und daß alle

Männer, die Ende März bei jenem Essen seine Gäste waren, mir versichert haben, sie seien entsetzt gewesen und hätten den Gedanken kategorisch abgelehnt. Sie wollen doch sicher nicht mit Attractus zusammen der Verschwörung angeklagt werden, nicht wahr?«

»Lassen Sie uns wissen, falls es Ihnen gelingt, ihn vor Gericht zu bringen«, sagte Norbanus trocken. »Wir werden alle kommen und Ihnen zujubeln.«

»Vielleicht könnten Sie mir helfen, eine Anklage zu formulieren? Vielleicht würden Sie gern als Zeugen aussagen?«

Keiner der beiden machte sich die Mühe, mir zu antworten. Und ich ersparte es mir, ihnen für zukünftige Unterstützung eine weitere Freifahrt nach Rom anzubieten. Sie würden nicht vor Gericht erscheinen. Überdies besitzt Rom seinen eigenen Snobismus. Zwei Ausländer aus dem Transportgewerbe – wie gut ihre Geschäfte auch laufen mochten – würden nur verachtet. Ich müßte mindestens die Landbesitzer vorladen. Landbesitz zählt. Landbesitz ist etwas Angesehenes. Aber um einen Senator mit einem langen römischen Stammbaum vor Gericht zu stellen, würden selbst Annaeus und Rufius nicht ausreichen. Die Quinctii würden frei ausgehen, falls ich keine Zeugen auftreiben konnte, die das gleiche gesellschaftliche Gewicht hatten wie sie. Und wo waren die?

Ich war froh, persönlich mit diesen beiden Männern gesprochen zu haben, trotz der langen Reise. Was sie mir erzählten, hatte Hand und Fuß. Ihre Einschätzung der Ölhersteller entsprach der meinen. Norbanus und Cyzacus wirkten zu selbstbewußt, um sich einem politischen Emporkömmling anzuschließen – und schlau genug, selbst ein Vermögen zu machen. Was nicht hieß, daß ich nicht trotzdem meine Zweifel hatte: Falls die Männer, die Attractus nach Rom eingeladen hatte, auf seine Vorschläge eingegangen waren, würden sie es mir kaum erzählen. Preisabsprachen funktionieren auf subtile Weise. Niemand gibt je zu, daß sie geschehen.

Bald darauf machte ich mich zum Gehen bereit. »Ich sagte, es gäbe zwei Gründe, warum ich nach Baetica gekommen bin.«

Cyzacus hörte auf, mit seinem Zahnstocher herumzuspielen. »Und was ist der andere?« Für einen geistesabwesenden alten Mann schaltete er ziemlich schnell.

»Kein erfreulicher. An dem Abend, als Sie auf dem Palatin dinierten, wurde ein Mann getötet.«

»Das hat nichts mit uns zu tun.«

»Ich denke doch. Ein weiterer Mann, ein hoher Beamter, wurde schwer verletzt. Vielleicht ist er inzwischen tot. Beide Opfer waren bei dem Essen. Beide speisten sogar mit Attractus – was bedeutet, daß er in die Sache verwickelt ist und Sie als seine Gäste ebenso. Jemand hat an dem Abend einen Fehler gemacht – und das wird sich nicht einfach unter den Teppich kehren lassen.« Das war ein Schuß ins Blaue. Ich hoffte, daß die Baeticaner, falls sie nichts mit den Überfällen zu tun hatten, den wirklichen Täter verraten würden, um sich reinzuwaschen.

»Da können wir Ihnen nicht helfen«, sagte Norbanus. Das war's dann wohl mit dieser frommen Hoffnung.

»Ach? Warum haben Sie dann Rom am nächsten Tag so eilig verlassen?«

»Unsere Geschäfte waren beendet. Da wir sein Angebot abgelehnt hatten, fanden wir alle, es sei anmaßend, die Gastfreundschaft des Senators noch länger in Anspruch zu nehmen.«

»Sie haben gerade zugegeben, daß Ihnen tatsächlich ein Angebot gemacht wurde«, machte ich ihm klar. Norbanus grinste bösartig.

Seine Rechtfertigung für die rasche Abreise konnte zutreffen. Weiterhin im Haus der Quinctii zu bleiben, nachdem sie sich geweigert hatten, das Attractus-Spiel mitzuspielen, hätte peinlich sein können. Außerdem, wenn ihnen der Plan mißfiel, mochten sie lieber rasch geflohen sein, bevor Attractus versuchte, weiteren Druck auf sie auszuüben. Und falls sie nein gesagt hatten, dann von den Morden hörten und den Verdacht bekamen, daß sie mit den Kartellplänen in Zusammenhang standen, war es nur allzu natürlich, daß sie schnell das Weite suchten.

»Es sieht schlecht aus«, erklärte ich düster. »Eine plötzliche Abreise direkt nach einem Mord wirkt sich vor Gericht meist negativ aus. Ein Teil meiner Arbeit besteht darin, Beweise für Anwälte zu finden, und ich kann Ihnen versichern, daß sie bei solchen Geschichten zu strahlen anfangen und an erkleckliche Honorare denken.«

»Das sind doch nur wilde Vermutungen«, meinte Norbanus kühl.

»Nein.«

Meine einfache Antwort brachte sie beide zum Schweigen.

Cyzacus erholte sich als erster. »Die Opfer haben unser Mitgefühl.«

»Dann sind Sie vielleicht bereit, mir zu helfen. Ich muß ein Mädchen finden, das aus Hispalis stammt. Um es in der vorsichtigen offiziellen Sprechweise auszudrücken: Wir glauben, daß sie möglicherweise wichtige Informationen in Bezug auf die Todesfälle besitzt.«

»Sie hat's getan?« höhnte Norbanus grob.

Ich lächelte. »Sie war bei dem Essen und tanzte für Attractus. Er behauptet, sie nicht zu kennen, obwohl er ihr Honorar bezahlt hat. Sie haben sie vielleicht erkannt. Ihr Name ist Selia – vermutlich.«

Zu meiner Überraschung machten sie keine Ausflüchte: sie kannten Selia. Und sie hieß tatsächlich so. Sie stammte von hier, war mäßig begabt und hatte es schwer, da allgemein nur Tänzerinnen aus Gades verlangt wurden. (Die Tänzerinnen aus Gades hatten sich zu einer Organisation zusammengeschlossen, in die niemand von außerhalb aufgenommen wurde … Das klang irgendwie vertraut.) Cyzacus und Norbanus erinnerten sich daran, Selia beim Essen auf dem Palatin gesehen zu haben. Es hatte sie überrascht, aber sie nahmen an, daß ihr schließlich der große Durchbruch in Rom gelungen war. Vor kurzem hatten sie gehört, sie sei wieder in Hispalis, also nahmen sie an, daß es doch nicht geklappt hatte.

Ich sah Cyzacus scharf an. »Wie gut kennen Sie sie wirklich? Könnte Selia das Liebchen sein, das sich hier kürzlich nach Ihnen erkundigt hat?«

»Mädchen wie Selia sind im Vereinslokal der Flußschiffer nicht willkommen«, behauptete er.

»Also hat sie Sie nicht gefunden?«

»Das stimmt«, erwiderte er mit kühlem Blick, der darauf hindeutete, daß er schon wieder log, ich aber nichts weiter aus ihm herausbekommen würde.

Geduldig erklärte ich, warum ich danach fragte. »Es gibt noch eine weitere Frau, die herumläuft und Fragen stellt. Beide sind äußerst suspekt. Ich muß wissen, was sie im Schilde führen. Die Gildebrüder hier deuteten an, daß das Mädchen, das hier auftauchte, hübsch gewesen sei – aber ihre Ansprüche sind vielleicht flexibler als meine.« Die Drückeberger, die hier würfelten, sahen aus, als würde sie alles, was einen Rock trug, zum Sabbern bringen. »War es nun Selia oder nicht?«

»Da ich sie nicht zu sehen bekommen habe«, knurrte Cyzacus, »kann ich es nicht sagen.«

Er und Norbanus hatten genug von mir, aber als ich ihnen die wichtigste Frage stellte, wußten sie die Antwort und gaben sie mir, ohne zu zögern: Sie erklärten mir den Weg zu Selias Wohnung.

XLIV

Ich ging zurück zu den Kais, wollte den Gedanken an Männer loswerden, die in angenehmer Gesellschaft gemütlich speisten – und das dann Geschäftsessen nannten. Ich haßte meine Arbeit. Ich war es leid, allein zu arbeiten und zu wissen, daß ich nicht mal den Leuten trauen konnte, die mich engagiert hatten. Dieser Fall war noch unerfreulicher als die üblichen. Ich hatte die Schnauze voll davon, ein Spielball in der sinnlosen bürokratischen Fehde zwischen Laeta und Anacrites zu sein.

Helena hätte, wäre sie hier gewesen, tiefstes Mitgefühl gezeigt und mich dann mit dem Vorschlag aufgeheitert, ich solle es doch mal als Fransenannäher für Wildlederbörsen mit eigenem Stand auf der Via Ostiana versuchen. Allein der Gedanke daran ließ mich grinsen. Ich brauchte sie.

Düster starrte ich auf den Hafen. Mehr Schiffe, als ich erwartet hätte, waren durch die Meerenge des Herkules in den breiten Golf des Atlantischen Ozeans gesegelt, vorbei an Gades, vorbei am Leuchtturm bei Turris Caepionis und durch die weite Flußmündung des Baetis hinauf nach Hispalis. Große Handelsschiffe aus dem gesamten Mare Internum und sogar Hochseeschiffe, die den gefährlichen Weg außen um Lusitanien herum nach Nordgallien und Britannien wagten. Sie waren an den Kais oder im Kanal festgemacht. Manche ankerten auch draußen im Fluß, weil es nicht genug Anlegestellen gab. Für die Lastkähne, die von Corduba herunter kamen, gab es eine Warteschlange. Und das bereits im April. Wie mochte es dann erst nach der Olivenernte zugehen?

Wir hatten nicht mehr April. Es war bereits Mai. Irgendwann in diesem Monat würde Helena unweigerlich unser Kind zur Welt bringen. Während ich träumend hier stand, lag sie vielleicht schon in den Wehen …

Endlich war ich im Besitz von Selias Adresse. Trotzdem hatte ich es nicht eilig, ihr hinterherzujagen. Ich überdachte die Sache genauso sorgfältig wie ein Mann, dem nach einer Ewigkeit der entscheidende Schritt bei einem spröden Mädchen gelungen ist – und das mit der gleichen Mischung aus Erregung und Nervosität. Ich konnte von Glück sagen, wenn mir nichts Schlimmeres passierte als eine saftige Ohrfeige.

Bevor ich die Tänzerin aufsuchte, mußte ich mich vorbereiten. Mich wappnen. Sie war eine Frau; damit konnte ich fertig werden. Nun ja, als Mann bin ich mir diese Zuversicht schuldig. Viele von uns sind damit auf die Nase gefallen. Sie mochte sogar auf meiner Seite stehen – falls ich eine solche hatte. Die Beweise in Rom deuteten darauf hin, daß Selia eine Mörderin war. Das konnte ein Irrtum sein. Vielleicht arbeitete sie für Anacrites. Falls dem so war, mußte jemand anderes Valentinus und ihn überfallen haben. Vielleicht lag der Oberspion ja mit der Bezahlung seiner Agenten noch weiter im Rückstand als gewöhnlich. Das wäre typisch, wenn ihm auch nicht viele seiner lahmarschigen Schlafmützen dafür gleich den Schädel eingeschlagen hätten.

Falls Selia unschuldig war, mußte ich immer noch den tatsächlichen Mörder ausfindig machen. Und ich würde wieder ganz am Anfang stehen.

Wie immer die Wahrheit auch lauten mochte – und als Realist, der ich bin, *hielt* ich sie für die Mörderin –, diese Frau wußte, daß ich nach Baetica gekommen war. Sie würde auf mich warten. Ich überlegte sogar, zur örtlichen Wache zu gehen und um eine Eskorte zu bitten, eine Möglichkeit, die ich aus schierer römischer Borniertheit verwarf. Lieber ging ich allein. Aber ich hatte nicht vor, einfach bei ihr aufzukreuzen und wie ein unschuldiger Passant um einen Schluck Wasser zu bitten. Eine falsche Bewegung, und die gefährliche Dame brachte mich vielleicht um.

Ich muß ziemlich grimmig ausgesehen haben. Selbst die Parzen hielten mich für so pessimistisch, daß sie befürchteten, ich würde meine Arbeit ein für alle mal an den Nagel hängen und sie dadurch um eine Menge Spaß bringen. Also beschlossen sie zum allerersten Mal, mir eine helfende Hand zu reichen.

Die Hand war tintenverschmiert, hatte abgekaute Fingernägel und gehörte zu einem dürren Arm, der aus einer eingelaufenen, langärmligen Tunika mit völlig ausgefransten Manschetten hervorragte. Der Arm hing an einer Schulter, über die eine abgewetzte Tasche mit zurückgeschlagener Klappe geschlungen war, aus der Notiztafeln herauslugten. Die Schultern dienten als knochiges Kleidergestell für den Rest der Tunika, die unter den Knien dieser kleinen, traurig blickenden Gestalt mit verquollenen Augen und ungekämmtem Haar endete. Jeder ausgetrocknete Riemen der Sandalen kringelte sich an den Enden. Die ganze Haltung des Mannes verriet, daß er ständig abgewiesen und verflucht wurde. Seine Bezahlung war zweifellos äußerst mager. Bevor er mir die Tragödie bestätigte, schloß ich daraus, daß er für die Regierung arbeitete.

»Heißen Sie Falco?« Vorsichtig schüttelte ich die tintenverschmierte Hand als Zeichen, daß dem so sein mochte. Ich fragte mich, woher er es wußte. »Ich bin Gnaeus Drusillus Placidus.«

»Erfreut, Sie kennenzulernen«, sagte ich. Was nicht stimmte. Ich wappnete mich schließlich gerade für meinen Besuch bei Selia und war in halbwegs angenehme Erinnerungen an sie versunken gewesen. Es schmerzte, da herausgerissen zu werden.

»Ich dachte, Sie wären flußabwärts gekommen, um mit mir zu sprechen.«

»Sie wußten, daß ich hier bin?« fragte ich zögernd.

»Der Schreiber des Quästors riet mir, nach Ihnen Ausschau zu halten.« Der alte schwarze Sklave aus Hadrumetum, der, der die Korrespondenz mit Anacrites verschusselt hatte – oder sie sich hatte klauen lassen.

»Er hat mir nichts von Ihnen erzählt!«

Der Mann schaute mich überrascht an. »Ich bin der Prokurator«, rief er wichtigtuerisch. »Ich überwache die Hafensteuern und die Exportsteuer.« Meine Begeisterung ließ immer noch zu wünschen übrig. Verzweifelt senkte er die Stimme und zischte: »Ich bin derjenige, der die ganze Sache ins Rollen gebracht hat!«

Beinahe hätte ich mich durch die Frage »was ins Rollen gebracht?« als völliger Trottel dargestellt. Aber seine Eindringlichkeit und die Art, wie er sich ständig nach möglichen Lauschern umschaute, erklärte alles.

»Sie waren das!« murmelte ich diskret, aber in dem anerkennenden Ton, den der Mann verdiente. »Sie waren der scharfäugige Bursche, der als erster an Anacrites schrieb und den Alarm auslöste!«

XLV

Jetzt sah ich ihn mir genauer an. Was den ersten Eindruck auch nicht verbesserte. Ich hätte gern behauptet, er wäre übertrieben diensteifrig gewesen, aber er verhielt sich nur vollkommen gradlinig. Niemand mag Regierungsbeamte, über die er sich nicht beschweren kann.

Wir traten näher ans Wasser und gaben uns absichtlich zwanglos. Als Prokurator verfügte er natürlich über ein eigenes Büro, aber sein Angestelltenstab bestand sicher hauptsächlich aus Staatssklaven. Sie würden ganz aufrichtig wirken – bis zu dem Tag, auf den es ankam. Was er und ich zu besprechen hatten, konnte das große Geheimnis sein, mit dessen Verkauf sie sich alle gesundzustoßen hofften.

»Woher stammen Sie?« fragte ich. »Sie sind nicht aus Baetica? Für mich klingen Sie römisch, haben diesen näselnden Tonfall des Palatin.«

Die Frage beleidigte ihn nicht. Er war stolz auf sich, und das mit gutem Grund. »Ich bin ein kaiserlicher Freigelassener. Aus der Zeit Neros«, fühlte er sich verpflichtet hinzuzufügen. Er wußte, daß ich nachgefragt hätte. Freigelassene des Palastes werden immer nach dem Regime beurteilt, unter dem ihre Karriere begann. »Aber das beeinträchtigt meine Loyalität nicht.«

»Jeder, der dem Staat unter Nero diente, wird Vespasian mit einem großen Erleichterungsseufzer willkommen heißen. Vespasian weiß das.«

»Ich tue meine Arbeit.« Eine Behauptung, die ich ihm ohne weiteres abnahm.

»Und wie sind Sie zu dieser Stellung gekommen?«

»Ich habe mir meine Freiheit gekauft, mich als Geschäftsmann betätigt, genug verdient, um in den Ritterstand erhoben zu werden und mich dann für einen nützlichen Posten zur Verfügung gestellt. Man hat mich hierher geschickt.« Er hatte die Art von Werdegang, um die ich mich selbst bemühen sollte. Vielleicht hätte ich es geschafft, wenn ich als Sklave geboren worden wäre. Statt dessen hatten sich mir Stolz und Halsstarrigkeit in den Weg gestellt.

»Und jetzt haben Sie eine ganz hübsche Kontroverse entfacht. Wo hat es denn angefangen zu stinken?«

Er antwortete nicht sofort. »Schwer zu sagen. Ich hätte beinahe überhaupt keinen Bericht verfaßt.«

»Haben Sie es mit jemandem durchgesprochen?«

»Dem Quästor.«

»Cornelius?«

Er sah mich schockiert an. »Wem denn sonst?« Der *neue* Quästor war offensichtlich keine Alternative.

»Ein anständiger Mann?«

»Ich mochte ihn. Stellte sich auf niemandes Seite. Erledigte seine Arbeit – was man nicht sehr oft findet!«

»Wie kam Cornelius mit dem Prokonsul aus?«

»Er war der gewählte Stellvertreter. Sie hatten schon vorher zusammen gearbeitet. Er war der oberste Tribun in der Legion des Alten. Sie kamen zusammen hierher. Aber jetzt braucht Cornelius einen Karrieresprung. Er will sein Gesicht im Senat zeigen. Der Alte erklärte sich bereit, ihn freizugeben.«

»Worauf er mit dem Burschen vorlieb nehmen mußte, der ihm als Ersatz geschickt wurde! Aber ich hörte, daß Cornelius nicht nach Rom zurückgekehrt ist? Er soll sich auf Reisen befinden.«

Ein ärgerlicher Ausdruck huschte über Placidus' Gesicht. »Diese Reise von Cornelius gehört auch zu dem üblen Gestank!« Das war interessant. »Eine direkte Rückkehr nach Rom wäre zu einfach gewesen, nicht wahr? Dann hätte er ja unseren Bericht selbst vortragen können.«

»Was wollen Sie damit sagen, Placidus?«

»Cornelius *war* bereit für die Rückkehr. Er *wollte* zurück.«

»Erpicht darauf?«

»Mehr als das!« Einer von denen. Ein Karrierist! Ich ließ mir meine Gedanken nicht anmerken. Auf einer niedrigeren Sprosse der Erfolgsleiter im öffentlichen Dienst war auch Placidus ein Karrierist. »Er wollte in die Politik. Außerdem hatte er Heiratspläne.«

»Ein Fatalist! Und wo genau ist er jetzt?« wollte ich mit einem unguten Gefühl wissen. Aus irgendeinem Grund war ich mir sicher, daß er sagen würde, der junge Mann sei tot.

»In Athen.«

Nachdem ich mich von dieser unerwarteten Antwort erholt hatte, fragte ich: »Was zieht einen denn nach Athen?«

»Sie meinen abgesehen von Kunst, Geschichte, Sprache und Philosophie?« fragte Placidus eher trocken. Ich bekam den Eindruck, daß er einer dieser Kulturvernarrten war, der selbst liebend gern eine Reise nach Griechenland unternommen hätte. »Nun ja, Cornelius war allerdings nicht sehr scharf darauf. Sowas liegt ihm nicht. Jemand in Rom hatte nur zufällig eine ungenutzte Fahrkarte für ein Schiff von Gades nach Piräus. Er sprach mit Cornelius' Vater und bot sie ihm als Geschenk an.«

»Wie großzügig! Und Cornelius senior war entzückt?«

»Welcher Vater würde die Chance zurückweisen, seinen Sohn kostenlos auf die Universität zu schicken?«

Tja, meiner zum Beispiel. Aber meiner hatte vor langem erkannt, daß ich mich, je mehr ich lernte, immer mehr seiner Kontrolle entzog. Er überschüttete mich nicht mit Kunst, Geschichte, Sprachen oder Philosophie. Auf diese Weise brauchte er auch nie meine geheuchelte Dankbarkeit zu ertragen.

Aber ich konnte mit Cornelius mitfühlen. Er saß in der Klemme. Eine Senatorenlaufbahn ist nicht billig. Eine Eheschließung ebenfalls nicht. Um sich das elterliche Wohlwollen nicht zu verscherzen, mußte er alles mitmachen, wie ungelegen es ihm auch kam, was sein wohlmeinender Papa ihm aufbürdete – nur weil irgendein Bekannter aus der Kurie es ihm lächelnd angeboten hatte. Mein Vater war Auktionator. Er würde eine Bestechung schon auf fünf Meilen Entfernung riechen. Doch nicht alle Männer sind so gewieft.

»Der arme Cornelius wollte also nur nach Hause zurückeilen, um das Volk zu regieren, hat aber jetzt ein Geschenk auf dem Hals, das er liebend gern abgelehnt hätte – und sein Papa erzählt ihm glücklich, es sei eine einmalige Chance und er solle gefälligst ein dankbarer Junge sein? Placidus, soll ich den Namen des Wohltäters raten? Jemand, an den Cornelius keinesfalls einen netten Dankesbrief schreiben würde? Kann der Name Quinctius Attractus in diese Unterhaltung eingeworfen werden, ohne Anstoß zu erregen?«

»Sie haben eine Sechs gewürfelt, Falco.«

»Ich glaube, es ist sogar eine Dublette.«

»Sie kennen sich in diesem Spiel aus.«

»Ich habe es schon selbst gespielt.«

Trübe blickten wir auf den Fluß. »Cornelius ist ein sehr scharfsinniger junger Mann«, sagte Placidus. »Ihm ist klar, daß eine Freifahrt immer etwas kostet.«

»Und was wird diese Ihrer Meinung nach kosten?«

»Für die Konsumenten von Olivenöl eine Menge.«

»Weil Cornelius seine Beunruhigung über das, was sich in Baetica zusammenbraut, verschweigen wird? Er konnte die Sache nicht mit seinem Vater besprechen, der ja weit weg in Rom war. Er konnte auch nicht riskieren, einen erklärenden Brief zu schreiben, weil das Thema zu heikel war. Also war er gezwungen, den Fahrschein anzunehmen – und damit hat er sich den Quinctii gegenüber verpflichtet.«

»Ich sehe, Sie haben Ihre Hausaufgaben gemacht«, sagte Placidus zerknirscht.

»Wie war der genaue Zeitablauf? Wann spürten Sie und Cornelius zum ersten Mal Besorgnis über den wachsenden Einfluß der Quinctii?«

»Letztes Jahr, als der Sohn nach Baetica kam. Wir wußten, daß es dafür einen Grund geben mußte, und Cornelius hatte den Verdacht, daß Quadratus darauf hinarbeitete, ihn als Quästor abzulösen. Gleichzeitig begann Attractus, die ersten Gruppen nach Rom einzuladen.«

»Also hat Quadratus sehr wahrscheinlich seinen Vater davor gewarnt, daß Cornelius nachteilige Bemerkungen machen könnte, wenn er am Ende seiner Amtszeit im Palast Bericht erstattete? Die Quinctii beschlossen seine Rückkehr zu verzögern, während sie ihre Position festigten. Und als ihm die unerwünschten Kulturferien verordnet wurden, gab Cornelius nach, aber Sie beschlossen, etwas zu unternehmen?«

»Ich schrieb einen Brief.«

»Anonym?«

»Offizielle Kanäle waren zu gefährlich. Außerdem wollte ich Cornelius keine Feinde in Rom schaffen. Er hat mich stets unterstützt.«

»Haben Sie sich deswegen an Anacrites und nicht an Laeta gewandt?«

»Es schien mir ratsam, den Geheimdienst hinzuzuziehen.«

Anacrites hinzuzuziehen war niemals ratsam, aber das konnte nur wissen, wer mit ihm zusammengearbeitet hatte. »Was geschah als nächstes? Anacrites schickte ein formelles Schreiben zurück, in dem er den Prokonsul bat, die Sache zu untersuchen – und der übertrug die Aufgabe direkt an Cornelius? Wird sich das nicht trotzdem negativ für ihn auswirken?«

»Er kann immer noch behaupten, daß er keine andere Wahl hatte. Nachdem die Anweisung aus Rom erteilt worden war, mußte Cornelius sie befolgen. Trotzdem sorgten wir dafür, daß sein Antwortbericht diskret übermittelt wurde.«

Ich lachte kurz auf. »Ich weiß! Wer hat denn bloß entschieden, den Bericht Camillus Aelianus mitzugeben?«

»Er war mit Cornelius befreundet.«

Ich schüttelte den Kopf. »Und auch mit einem anderen jungen Mann! Aelianus hat den Bericht gelesen, und ich habe das unangenehme Gefühl, daß er den Inhalt an genau die falsche Person weitergegeben hat.«

Placidus wurde bleich. »Quinctius Quadratus?«

Ich nickte. Placidus schlug die Hand vor den Kopf. »Das hätte ich nie gedacht!«

»Sie trifft keine Schuld. Der junge Quadratus schmeichelt sich überall ein. Scheint in der Familie zu liegen.«

Wir bedachten die Situation wie Männer von Welt. Wir schauten ernst, sprachen in gemessenem Ton, starrten hinunter ins Wasser, als wollten wir Fische zählen.

»In viele Belange des Provinzlebens verwickelt zu sein ist natürlich kein Verbrechen«, bemerkte Placidus.

»Nein, aber wenn man zu übereifrig ist, spricht das Bände. Ein guter Römer mischt sich nur unters Volk, wenn er von ihm gewählt werden will – und selbst dann läßt er es so aussehen, als ob es ihm unangenehm wäre.«

»Sie beschreiben einen Mann, den ich ohne weiteres wählen würde, Falco!« rief er bewundernd. Das war ironisch gemeint. Genau wie meine Bemerkung.

»Und ich meinte damit *nicht* Attractus. Alles, was *er* tut, hat den unangenehmen Beigeschmack persönlicher Ambitionen und familiären Geltungsdrangs.«

»Aber wie es scheint, wurde unser Bericht nicht ignoriert«, versuchte Placidus sich zu trösten.

»Es gibt keine Garantie, daß etwas unternommen wird. Sie haben Ihre Ausbildung auf dem Palatin erhalten. Sie wissen, wie die Dinge funktionieren. Und das hier ist eine heikle Angelegenheit.«

»Sie bitten mich darum, Ihnen Beweise zu liefern?«

»Und Sie werden mir sagen, daß es keine gibt?«

Trübselig zuckte er die Schultern. »Wie soll man solche Dinge beweisen, Falco? Geschäftsleute regeln sowas unter sich. Wenn sie sich verschworen haben, die Preise in die Höhe zu treiben, wissen nur sie davon. Sie werden es kaum mir oder Ihnen erzählen. Die Hälfte ihres Geredes besteht sowieso nur aus Zweideutigkeiten. Und wenn man sie direkt darauf anspricht, werden sie alles leugnen und indigniert schauen ob solcher Unterstellungen.«

»Sie klingen, als hätten Sie zehn Jahre Ermittlungsarbeit auf dem Buckel«, sagte ich traurig.

Sein Ton wurde noch verbitterter. »Sich Informationen zu beschaffen ist einfach, Falco! Ein bißchen Leutseligkeit und ein paar Bestechungen sind alles, was man dazu braucht. Sie sollten es mal mit einer Stellung versuchen, in der Sie Leuten Geld abknöpfen müssen. Da lernen Sie die Härte des Lebens kennen!«

Ich grinste. Der Bursche gefiel mir allmählich. Aber für Staatsbeamte galt die gleiche Regel, die ich stets auf Frauen anwende: wenn's zu gemütlich wird, ist es Zeit zu gehen.

»Nur noch eines, Placidus – ich hatte kein Glück, als ich versuchte, die Originalkorrespondenz einzusehen. Es scheint da zwei Versionen zu geben. Stimmt es, daß Cornelius in seinem Bericht Anacrites mitteilte, Sie hätten den Verdacht, es sei ein Kartell im Entstehen, aber es befände sich noch im Anfangsstadium und könne leicht verhindert werden?«

Placidus runzelte leicht die Stirn. »Ich habe den eigentlichen Brief nie gesehen.«

»Aber?«

»Aber es ist nicht ganz das, worauf er und ich uns geeinigt hatten.«

»Und das war?«

»Daß sich die Pläne für eine Preisabsprache zwar sicherlich

noch in einem frühen Stadium befänden – aber daß wir extrem besorgt wären, weil aufgrund der Schlüsselpersonen und ihres Einflusses in Baetica eine Verhinderung *sehr schwierig* sein würde!«

XLVI

Der Prokurator war sichtbar verärgert. »Da sieht man's mal wieder, nicht wahr? Cornelius und ich hatten uns auf das genaue Gegenteil von dem geeinigt, was Ihrer Aussage nach in dem Bericht stand! Ich hätte schwören können, daß Cornelius absolut aufrichtig war. Und ich wäre jede Wette eingegangen, daß sich der Prokonsul hinter ihn stellte ...«

»Beruhigen Sie sich!«

»Nein, das werde ich nicht! Es ist wirklich furchtbar, Falco. Manche von uns versuchen, ihre Arbeit anständig zu erledigen, aber man wirft uns dauernd Knüppel zwischen die Beine!«

»Sie ziehen voreilige Schlüsse, mein Freund. Und die falschen, glaube ich.«

»Wie kann das sein?«

»Aus zwei Gründen, Placidus. Erstens, ich habe keinen der Briefe je gesehen, das ist also alles nur Hörensagen. Zweitens war der Bericht von Cornelius lange Zeit im Gewahrsam von Camillus Aelianus, und da wurde er vielleicht frisiert.«

»*Frisiert*? Sie meinen gefälscht?«

»Mir ist klar, daß solche Worte für einen gewissenhaften Mann abscheulich klingen.«

»Und von Aelianus, sagen Sie?«

»Lassen Sie sich nicht durch sein hübsches Lächeln täuschen.«

»Er ist doch nur ein Junge.«

»Er ist vierundzwanzig. Ein sorgloses Alter.«

»Wie ich hörte, ist er mit Ihnen verwandt?«

»Er wird in wenigen Wochen der Onkel meines ersten Kindes werden. Was aber nicht bedeutet, daß ich ihm soweit traue, ihn unbeobachtet die Wiege schaukeln zu lassen. Er mag zwar ein Freund des aufrechten Cornelius gewesen sein, aber er war ebenfalls dick befreundet mit den jungen Annaei – eine verrufene Bande. Bis sie sich über eine Angelegenheit auf dem Gut seines Vaters stritten, hing er auch mit Quinctius Quadratus rum. Sie kennen diese Burschen?«

»Junge Kerle, manche weit weg von Zuhause, auf eine Provinzhauptstadt losgelassen und auf der Suche nach Abenteuer. Zuviel Sauferei, eine Menge Sport und Jagdausflüge. Immer bereit für etwas Aufregendes, Spannendes – besonders, wenn sie denken, daß es ihren Eltern mißfällt. Quadratus hat sie in den Kult der Kybele eingeführt ...«

»Eine östliche Religion!«

»Die von den Karthagern hierher gebracht wurde. In Corduba gibt es einen Tempel dieses Kults. Eine Zeitlang gingen sie alle dorthin, dann verbot Annaeus Maximus seinen Söhnen diese Besuche, der Prokonsul machte ein paar säuerliche Bemerkungen Cornelius gegenüber, und alles verlief im Sande.«

»Ich nehme an, die Bürschchen überlegten sich das Ganze nochmal«, sagte ich mit Grabesstimme, »als sie von den Kastrationsriten erfuhren!«

Placidus lachte.

»Erzählen Sie mir mehr von Quadratus – er war also letztes Jahr hier?«

»Sein Vater hatte ihn geschickt, angeblich, um das Gut zu überwachen.«

»Einschließlich des Rauswurfs von Pächtern, deren Gesichter ihm nicht paßten!«

Bei meinem scharfen Einwurf verkniff Placidus die Lippen. »Es soll da ein paar Schwierigkeiten gegeben haben.« Er verhielt sich vorsichtig. Ich gab ihm zu verstehen, daß ich die ganze Geschichte kannte. Daraufhin sagte er mit einer Unverblümtheit, die untypisch für ihn war: »Quinctius Quadratus ist einer von der schlimmsten Sorte, Falco. Und wir hier wissen Bescheid. Wir hatten die Unverschämten hier und die allzu sehr von sich Überzeugten. Wir kennen die ausschweifenden jungen Tyrannen, die sich mehr in den Bordellen aufhalten als sonstwo. Wir kennen die Trottel, die weder zählen noch buchstabieren noch einen Satz in irgendeiner Sprache zusammenbringen können, ganz zu schweigen von Korrespondenzgriechisch. Aber als wir hörten, daß uns Quadratus als Quästor aufgezwungen wird, hätten die meisten von uns am liebsten ihre Sachen zusammengepackt und wären gegangen.«

»Was ist denn so besonders schlimm an ihm?«

»Man kann ihn nicht festnageln. Er sieht aus, als würde er keine Fehler machen. Der Erfolg steht ihm ins Gesicht geschrieben, also ist es zwecklos, sich zu beschweren. Er ist einer von der Sorte, den die Welt liebt – bis ihm jemand hinter die Fassade schaut.«

»Was möglicherweise nie geschehen wird!«

»Sie verstehen das Problem.«

»Ich hab mit einigen dieser Goldjungs gearbeitet.«

»Ehrgeizlinge mit hochfliegenden Plänen. Die meisten haben angeknackste Flügel.«

»Mir gefällt Ihr Stil, Placidus. Es tut gut, einen Mann zu finden, der den Mut hat, seinen Kopf über den Festungswall zu recken, wenn alle anderen sich ducken. Oder sollte ich sagen, alle außer dem Prokonsul? Trotz allem, Quadratus ist auf Jagdurlaub, wissen Sie.«

»Das wußte ich nicht! Gut, das ist wenigstens ein Lichtblick. Durch den Einfluß seines Vaters war seine Ernennung von vornherein eine Farce. Sowas kann der Prokonsul nicht ausstehen.«

»Quadratus' Name ist möglicherweise nicht mehr ganz so unbefleckt«, deutete ich an, in Gedanken daran, was mir die Schreiber des Prokonsuls über die toten Soldaten in Dalmatien erzählt hatten. »Und eine von Anacrites durchgeführte Untersuchung über die Machenschaften seiner Familie trägt auch nicht gerade dazu bei, ihn in leuchtenden Farben dastehen zu lassen – jemand hat ihm da eins verpaßt, worauf derjenige stolz sein kann«, bemerkte ich.

Placidus strahlte. »Schrecklich, nicht wahr?«

»Tragisch! Aber ihr habt ihn auf dem Hals, bis er oder sein Vater oder nach Möglichkeit beide entlarvt werden können. Das ist meine Aufgabe. Ich bin schon halbwegs am Ziel. Ich kann sie als Anführer der Gespräche über das Kartell bloßstellen, die im letzten Monat in Rom stattfanden – aber ich habe keine Zeugen. Natürlich waren sie beide da. Der junge Quadratus war von seiner ländlichen Säuberungsaktion rechtzeitig wieder nach Hause gereist, um bei den Senatswahlen und der Ernennungslotterie zu triumphieren.«

»Ja. Er muß gewußt haben, daß Cornelius seinen Posten aufgeben wollte. Seinem Vater und ihm ist es irgendwie gelungen, sich die Quästur anzueignen. Von hier aus ist es nur schwer zu verstehen, warum Rom darauf reingefallen ist.«

»Die Graubärte in der Kurie hießen die Bewerbung wahrscheinlich gut. Die Familie besitzt Interessen hier in der Provinz. Der Kaiser mag angenommen haben, der Prokonsul sei begeistert von seinem Fang.«

»Da hat ihn der Prokonsul aber bald eines Besseren belehrt. Er war außer sich!« murmelte Placidus. »Cornelius hat's mir erzählt.«

Das klang, als scheute sich dieser Prokonsul nicht, die Regeln zu verletzen: Er merkte, wenn er mit Falschspielern zu tun hatte – und er hatte keine Angst zu kontern. Genau so wenig, wie er sich davor fürchtete, Vespasian sein Mißfallen mitzuteilen. Das war außergewöhnlich unter Männern seines Ranges. Zweifellos hatte er auch seine Schwachstellen, aber momentan sah es so aus, als würde er seinen Mann stehen.

Ich kehrte zum Hauptproblem zurück: »Gut, ich will Aelianus gegenüber fair sein und mal annehmen, daß er nicht aus böser Absicht gehandelt hat. Er traf mit dem Bericht für Anacrites in Rom ein, ganz erfüllt von der Wichtigkeit seiner Mission. Er konnte es nicht bei sich behalten und hat vielleicht nur vor dem falschen Freund in Rom damit geprahlt. Ihm mag nicht klar gewesen sein, daß die Quinctii in die Sache verwickelt sind.«

»Hat ihm Cornelius etwa erzählt, was in dem versiegelten Brief stand?« grollte Placidus.

»Offenbar verhielt sich Cornelius diskret. Natürlich hat das nur die Neugier des Jungen geweckt. Aelianus hat mir gestanden, daß er den Bericht gelesen hat.«

Wieder schimpfte Placidus wütend los: »Oh, ich verzweifle noch an diesen jungen Männern!«

Ich lächelte, obwohl es mich einige Mühe kostete. Pedanten irritieren mich. »Auf das Risiko hin, wie ein greulicher alter republikanischer Opa zu klingen, Disziplin und Ethik sind heutzutage keine Grundvoraussetzung mehr für den *cursus honorem* ... Jemand hat mit oder ohne Duldung von Aelianus den Bericht verändert. Trotzdem war ihm klar, daß Anacrites die Sache weiterverfolgen würde. Er beschloß, ihn aufzuhalten. Das Ergebnis war verheerend. Jemand tötete den Agenten, der die Ölhersteller in Rom überwachen sollte – und auch Anacrites wurde brutal überfallen.«

»Gute Götter! Ist Anacrites tot?«

»Ich weiß es nicht. Aber der Berichtfälscher unterlag einer groben Fehleinschätzung. Es lenkte die Aufmerksamkeit auf die Verschwörung, statt das Gegenteil zu bewirken. Die Ermittlung wurde nicht eingestellt und wird es auch jetzt nicht.«

»Wenn diese Leute sich still verhalten hätten«, philosophierte Placidus, »wäre die ganze Sache wahrscheinlich im Sande verlaufen. Cornelius ist abgereist, Quadratus in sein Amt eingeführt. Er kann nicht für immer auf Jagdurlaub bleiben. Die finanziellen Angelegenheiten dieser Provinz unterstehen allein seiner Kontrolle. Was mich betrifft, ich erwarte stündlich meinen Rückruf nach Rom, was ich zweifellos ein paar stillen Manipulationen des unermüdlichen Quinctius Attractus zu verdanken hätte. Aber selbst wenn ich hierbleibe, kann man alles, was ich sage, leicht als die wirren Phantasien eines besessenen Schreibers abtun.«

»Sie wissen, wie das System funktioniert«, lobte ich ihn.

»Das sollte ich wohl. Es stinkt – aber bei allen Göttern, die Ermordung von Staatsbeamten gehört normalerweise nicht dazu!«

»Nein. Das wurde von jemandem arrangiert, der *nicht* Bescheid weiß.« Jemand Unerfahrenem. Jemand, dem es an Geduld und Zuversicht fehlte, zu warten, bis sich der von Placidus erwähnte Sand ins Getriebe des Staatsapparates einschlich.

Placidus runzelte die Stirn. »Warum äußern Sie sich so unbestimmt über den Bericht, Falco? Der Schreiber des Quästors müßte doch Kopien von allem abgelegt haben.«

»Er hat versucht, sie für mich zu finden. Sie sind verschwunden.«

»Und was, meinen Sie, ist der Grund dafür?«

»Gestohlen, um die Beweise zu verbergen? Das würde den Verdacht auf Quinctius Quadratus lenken. Ich wundere mich nur, daß er sich im Büro auskannte.«

»Ich wette, das tut er nicht«, erwiderte Placidus säuerlich. »Aber eines Tages wird er es. Vielleicht war er es gar nicht. Vielleicht wurden die Dokumente von jemandem entfernt, der nicht wollte, daß er sie zu sehen bekam.«

»An wen denken Sie da?«

»An den Prokonsul.«

Wenn das stimmte, hätte der Mistkerl mir auch sagen können, daß er sie hatte.

Placidus holte tief Luft. Wenn Provinzstatthalter sich in Büros schleichen und Berichte verschwinden lassen, um ihre Stellvertreter hinters Licht zu führen, ist die Welt aus den Fugen geraten. Provinzstatthalter haben normalerweise keine Ahnung, wie das Ablagesystem funktioniert (obwohl sie in ihrer Jugend natürlich alle solche niederen Posten innehatten). Wenn sie jedoch anfingen, in Schriftrollen herumzuwühlen, eröffnete das beängstigende

Möglichkeiten. Das war alles noch viel schmutziger und verwickelter, als Placidus gedacht hatte. »Und was haben Sie als nächstes vor, Falco?«

»Einen etwas kniffligen Erkundungsgang.«

Ich erzählte ihm von der Tänzerin, die ich finden mußte. Der Prokurator kannte sie nicht oder war sich dessen zumindest nicht bewußt. Er meinte, daß Männer sich zwar gern Tänzerinnen ansahen, aber die Namen der Mädchen nicht erfuhren. Offenbar hatte er ein unschuldigeres Leben geführt als ich.

»Und wie paßt sie in das Ganze, Falco?«

»Ich habe Hinweise gefunden, daß sie und ihre afrikanischen Musiker in Rom die Überfälle auf Anacrites und seinen Agenten verübt haben.«

»Was hatte sie gegen die beiden?«

»Nichts Persönliches vermutlich. Ich denke, daß jemand sie dafür bezahlt hat. Wenn ich sie finde, will ich versuchen, aus ihr herauszuholen, wer es war. Und falls sein Name zufällig einer jener ist, über die wir gesprochen haben, dann werden Sie und der Prokonsul glückliche Männer sein.«

Ich nannte ihm die Adresse, die mir die beiden Transportmagnaten genannt hatten. Placidus meinte, sie befände sich in einem gefährlichen Viertel – aber unser Gespräch hatte ihn so animiert, daß er beschloß, mich zu begleiten.

Ich ließ ihn. Er wirkte zwar aufrichtig, doch das änderte nichts an meiner Einstellung. Für mich war er nach wie vor ein Mann mit einem bezahlten Regierungsposten. Falls ich mit Selia in Schwierigkeiten geriet und einen Lockvogel brauchte, würde ich ihn ihr fröhlich als Köder vorwerfen.

XLVII

Jede Stadt, ob groß oder klein, hat ihre Elendsviertel. Hispalis mochte zwar ein blühender Handelsort sein, die Geburtsstadt von Bildhauern und Dichtern und eine örtliche Metropole, besaß aber gleichfalls Gassen voller Schlaglöcher, durch die dünne, dunkeläugige Frauen brüllende Kleinkinder zum Markt zerrten, während nur wenige Männer zu sehen waren. Woraus ich schloß, daß das fehlende männliche Element aus Faulenzern und Strauchdieben bestand oder an Auszehrung gestorben war. Vielleicht war ich voreingenommen. Vielleicht war ich nur nervös. Und vielleicht tat ich recht daran.

Die Wohnung des Mädchens war schwer zu finden. Es hatte keinen Zweck, nach dem Weg zu fragen. Selbst wenn jemand sie gekannt hätte, würde er das vor uns verheimlicht haben. Wir waren zu gepflegt und zu redegewandt – zumindest ich. Placidus paßte vom Aussehen schon besser hierher.

»Das ist eine schlimme Gegend, Falco!«

»Was Sie nicht sagen. Wenigstens sind wir zu zweit und können uns in beide Richtungen wehren.«

»Gegen etwas Bestimmtes?«

»Gegen alles.«

Inzwischen war es später Nachmittag. Die Bewohner von Hispalis gaben sich einer ausgedehnten Siesta hin, was in der sommerlichen Hitze auch sehr nötig war. Die engen Gassen waren ruhig. Wir gingen im Schatten und bewegten uns nur langsam.

Schließlich fanden wir eine Pension, etwas größer und weniger heruntergekommen als die Nachbarhäuser, die der Beschreibung von Cyzacus und Norbanus zu entsprechen schien. Eine dicke, abweisende Frau, die auf einem wackeligen Schemel saß und Blätter von einem Kohlkopf in eine angeschlagene Schüssel warf, gab mürrisch zu, daß Selia hier wohnte. Uns wurde gestattet, hinauf zu gehen und an ihrer Tür zu klopfen. Sie war nicht da.

Wir gingen wieder hinunter und setzten uns in eine Art Imbißbude auf der gegenüberliegenden Straßenseite. Mit Essen und Getränken schien es nicht weit her zu sein, aber es gab einen Kellner, der in ein Würfelspiel mit einem Freund vertieft war. Er schaffte es, das Spiel gerade lange genug zu unterbrechen, um uns zu bitten, bis zum Ende der nächsten Runde zu warten, nach der er hastig Zahlen auf einem Brett notierte, die Würfel wieder parat legte, dann zwei Becher mit etwas Lauwarmem füllte und uns zwei Scheiben von einem Brotlaib abschnitt, bevor er und sein Kumpel sich wieder in ihr Spiel vertieften.

Placidus wischte den Rand seines Bechers sorgfältig mit dem Ärmel ab. Ich hatte gelernt, so ein Gesöff hinunterzustürzen, ohne das Gefäß mit den Lippen zu berühren. Hygienische Vorsichtsmaßnahmen hatten wenig Sinn, wenn das Getränk selbst verseucht war.

»Eine angenehme Arbeit, die Sie da haben, Falco!« seufzte mein Begleiter und machte es sich bequem.

»Wenn Sie wollen, können Sie meinen Posten haben.«

»Ich weiß nicht, ob ich dafür qualifiziert bin.«

»Können Sie den halben Tag in einer Schenke sitzen und nichts tun, während Sie auf ein Mädchen warten, das Ihnen den Schädel einschlagen will?«

»Sitzen und warten kann ich – aber ich wüßte nicht, was ich tun soll, wenn sie kommt.«

»Schön auf Abstand bleiben«, riet ich ihm.

Ich bedauerte es bereits, ihn mitgebracht zu haben. Die Gegend hier war zu gefährlich. Vielleicht gerieten wir in ernsthafte Schwierigkeiten, und das hatte Placidus nicht verdient. Ich vielleicht auch nicht, aber zumindest hatte ich eine gewisse Vorstellung davon, was mich erwartete, und außerdem war es mein Beruf.

Diese engen Gassen mit den überfüllten Wohnhäusern besaßen

weder fließendes Wasser noch Kanalisation. Unzureichende Abflußrinnen im Straßenpflaster zwischen den schäbigen Häusern dienten zum Ablauf des Unrats. Bei schlechtem Wetter waren sie garantiert verstopft. Selbst bei Sonnenschein stanken sie. Alles wirkte düster und heruntergekommen. Eine mitleiderregend dünne Ziege war an einen Pfahl im Hof der Imbißbude gebunden. Fliegen umkreisten uns mit wütendem Sirren. Irgendwo schrie ein Baby auf das Jämmerlichste.

»Sie tragen nicht zufällig eine Waffe bei sich, Placidus?«

»Sie machen wohl Witze. Ich bin Prokurator, Falco! – Sind Sie bewaffnet?«

»Ich habe ein Schwert mit nach Hispalis gebracht, aber da ich nicht erwartet hatte, dem Mädchen so nahezukommen, habe ich es in der Herberge gelassen.«

Unser Platz war nicht gerade ideal. Er war zwar die einzige Möglichkeit, die Wartezeit zu verbringen, aber die Gasse davor war so schmal und so verwinkelt, daß wir nur wenig von ihr sehen konnten. Die wenigen Leute, die vorbeikamen, warfen uns mißtrauische Blicke zu. Wir blieben, wo wir waren, versuchten so auszusehen, als sei unser Kinn nicht rasiert, und sprachen nach Möglichkeit nicht, wenn uns jemand in die Nähe kam. Unseren römischen Akzent brauchte niemand mitzukriegen.

Gegenüber gab es einige traurige Läden. In einem davon zimmerte ein Mann an einem groben Möbelstück herum. Alle anderen Läden waren geschlossen, und die Türen lehnten im schiefen Winkel davor. Sie sahen verlassen aus, waren aber vielleicht nur zu bestimmten Zeiten geöffnet. Wer in dieser Gegend als Handwerker arbeitete, konnte nur ein Mann sein, der jede Hoffnung aufgegeben hatte.

Nach einer Weile ging der Freund des Kellners, und zwei kichernde Mädchen traten ein. Sie setzten sich auf eine Bank und bestellten nichts, himmelten aber den Kellner an, der jetzt genug Zeit hatte, ihre Aufmerksamkeit zu genießen. Er hatte extrem lange Wimpern. Helena hätte gesagt, das käme davon, weil er den Frauen zu oft schöne Augen machte. Nach kurzer Zeit huschten die Mädchen plötzlich davon, dann tauchte ein stämmiger, krummbeiniger Mann auf, der ihr Vater sein konnte, und sah sich den Kellner von oben bis unten an. Auch er ging, ohne etwas zu sagen. Der Kellner säuberte sich die Fingernägel mit dem Messer, das er benutzt hatte, um unser Brot zu schneiden.

Ein Rotschopf kam vorüber und warf dem Kellner ein Lächeln zu. Ich habe eine starke Abneigung gegen Rotschöpfe, aber dieser war es wert, genauer hinzusehen. Wir saßen außerhalb ihres Blickfeldes, also konnten wir die Ware unauffällig prüfen. Sie war ein Mädchen, die das Beste aus sich machte: Eine gut ausgefüllte weiche grüne Tunika über Riemchensandalen, baumelnde, klirrende Sichelohrringe, ein kalkweißes, an den Wangenknochen mit etwas Purpur betontes Gesicht, mit schwarzen Holzkohlenstrichen umrahmte und dadurch größer wirkende Augen und das kupferfarbene Haar in einem kunstvollen Zopfgeflecht. Ihre Augen waren besonders bemerkenswert. Ihr schwingender Gang war selbstbewußt, und unter dem Saum ihres Rockes kamen klirrende Fußkettchen zum Vorschein. Sie sah aus, als würde sie für die richtige Bezahlung auch die dazugehörenden Knöchel zeigen, plus der Knie und allem anderen.

Diese Erscheinung hatte ich noch nie gesehen – auch wenn das Beste an ihr die rollenden braunen Augen waren, die mir bekannt vorkamen. Zudem vergesse ich nie die Formen einer Frau, mag sie bei der zweiten Begegnung auch noch so andersartig aufgezäumt und bekleidet sein. Als das Mädchen irgendwo gegenüber verschwand, trank ich in Ruhe meinen Becher leer. Ohne jede Aufregung sagte ich zu Placidus: »Ich geh rüber und schau noch mal nach Selia. Sie bleiben hier und halten mir den Platz warm.«

Dann hakte ich die Daumen lässig in den Gürtel und schlenderte hinüber zur Pension.

XLVIII

Die dicke Frau war weg. Auch sonst war niemand zu sehen.

Das Gebäude stand auf einem langen, schmalen Grundstück mit der Stirnseite zur Straße. Es hatte zwei Stockwerke, und die Veranda ging in einen kleinen Innenhof mit Brunnen über. Er war eng genug, in der heißen Jahreszeit die Sonne abzuhalten. In regelmäßigen Abständen hingen Blumentöpfe an der Wand, aber die Pflanzen darin waren eingegangen.

Das Mädchen wohnte im oberen Stockwerk über dem Hof, wo ein wackeliger hölzerner Balkon an der ganzen Innenseite des Hauses entlanglief. Ich erreichte ihn über eine schiefe Treppe am anderen Ende. Vor ihrer Tür gab es eine Art Flaschenzug zum Heraufziehen des Wassers. Auf dem Balkongeländer waren feuchte Flecken zu sehen, und ein Fensterladen, der vorher verschlossen gewesen war, stand jetzt offen.

Ich pirschte mich über den Balkon zu Selias Zimmer heran. Dabei trat ich vorsichtig auf, damit die Holzplanken nicht knarrten. Als ich mich oberhalb des Toreingangs befand, sah ich ein Brett über einer Lücke liegen. Es wurde offenbar wenig benutzt, denn es sackte unter meinem Gewicht beängstigend durch. Leise schlich ich mich zu ihrem Zimmer. Sie hatte zwei Männer umgebracht oder es zumindest versucht, also hatte sie ihr Recht auf Anstand und Schicklichkeit verloren. Ich trat ein, ohne vorher anzuklopfen.

Die rote Perücke lag auf dem Tisch. Die grüne Tunika hing an einem Haken. Die Tänzerin war nackt bis auf einen Lendenschurz. Ein äußerst reizvoller Anblick, auch wenn sie mich wütend anstarrte.

Sie hatte den einen Fuß auf einen Hocker gestellt und rieb ihren Körper mit etwas ein, das ich für Olivenöl hielt. Als ich durch die Tür trat, fuhr sie ungerührt damit fort. Der Körper, der da so verwöhnt wurde, hatte es durchaus verdient. Das alles ließ mich fast vergessen, warum ich hergekommen war.

»Nur keine falsche Bescheidenheit! Fühlen Sie sich ganz wie zu Hause!« Sie warf den Kopf zurück. Ihr Hals war lang. Ihr eigenes Haar, das einen eher gewöhnlichen Braunton hatte, war zu einer flachen Rolle aufgesteckt. Ihren Körper zu ignorieren war nicht leicht.

Mit einem raschen Blick nahm ich alles Sonstige in mich auf: Ein Zimmer mit einem schmalen Bett. Ein mit allem möglichen Kram, hauptsächlich weiblichem, überladener Tisch. Schmutzige Teller und Schüsseln standen zwischen Haarnadelbehältern, Cremetöpfen, Kämmen und Parfümflaschen.

»Nur keine Scheu. Sie sind nicht die erste nackte Frau, die ich sehe. Außerdem sind wir alte Freunde.«

»Sie sind kein Freund!«

»Ach, kommen Sie«, protestierte ich traurig. »Erinnern Sie sich nicht an mich?«

Sie hielt inne, die Handfläche flach gegen die Ölflasche gedrückt. »Nein.«

»Das sollten Sie aber. Ich bin der Mann, der vom Festmahl der Olivenölhersteller von Baetica sicher und heil nach Hause gelangte – weil ich mir eine große Amphore mit Fischsoße unter den Nagel gerissen hatte, und dazu zwei Sklaven, die sie für mich trugen.«

Sie stellte den Fuß auf den Boden. Ihre Hand bewegte sich immer noch langsam über ihre glänzende Haut, und es fiel mir äußerst schwer, sie nicht anzustarren, während sie das Öl einmassierte. Sie schien nicht zu bemerken, daß sie mich regelrecht lähmte. Aber die Sorgfalt, mit der sie sich ihren Brüsten widmete, verriet mir, daß sie es ganz genau wußte.

Ich wartete ruhig ab. Als sie nach dem Fleischmesser griff, das zwischen den Kosmetika lag, packte ich ihr Handgelenk. Es hätte bestens geklappt, wäre ihre Haut nicht so glitschig gewesen.

IXL

Glücklicherweise war das Handgelenk, das ich gepackt hatte, viel schmaler als meines, und es gelang mir trotzdem irgendwie, es zu umfassen. Sie wehrte sich wie wild gegen meinen Griff, und das Messer blitzte gefährlich auf, aber ich ließ die Hand mit der Waffe nicht los. Wegen ihrer Ganzkörperölung würde ich sie jedoch nicht allzulange bändigen können.

Ich hielt sie auf Armeslänge von mir ab, als sie nach mir trat. Tänzerinnenbeine sind nicht zu verachten. Sie war stark, aber ich war im Vorteil. Ich drängte mein Schienbein gegen ihres und schubste sie zur Wand, wobei ich dafür sorgte, daß sie sich die Hüfte an der Tischkante stieß. Dann knallte ich ihren Arm gegen die Wand, damit sie das Messer fallenließ. Sie spuckte mir ins Gesicht, hielt das bedrohliche Ding aber weiter umklammert. Ich dachte daran, sie hochzuhieven, rumzuwirbeln und mit dem Rücken gegen die Wand zu donnern, aber sie war dermaßen eingeölt, daß sie mir bestimmt entglitt. Wieder ließ ich ihren Ellenbogen gegen die Wand knallen. Sie schnappte nach Luft und versuchte sich freizukämpfen.

Mit der freien Hand griff sie hinter mir nach einer Specksteindose, um mir den Schädel einzuschlagen. Mir blieb keine andere Wahl. Ich versuche stets, nackten Frauen, die nicht mir gehören, nicht zu nahe zu treten, aber ich mußte mich schützen. Also warf ich mich mit dem ganzen Körper gegen sie und pinnte sie dann mit der Schulter fest, damit ich beide Hände frei hatte, ihr das Messer abzuringen. Diesmal klappte es. Das Messer fiel klirrend zu Boden. Sofort wurde sie schlaff, spannte sich aber gleich darauf wieder gewaltig an. Ihr Arm entglitt meinem Griff.

Ich hielt sie immer noch gegen die Wand gepreßt, aber ihr zuckender Körper war so glitschig wie ein lebendiger Fisch. Ich ließ das eine Knie hochschnellen und konnte so verhindern, daß sie das Messer wieder erreichte. Aber sie entwand sich mir, ließ sich fallen, kroch in Windeseile unter den Tisch, richtete sich auf und brachte ihn zum Kippen. Salbentöpfchen, Fläschchen und Kästen fielen in einem Hagel von Glassplittern krachend zu Boden, Puderwolken und schwere Parfümgerüche stiegen auf. Ich ließ mich nicht davon irritieren, und das Anheben des schweren Tischs hatte sie die Sekunde gekostet, die ich brauchte, um auf sie zuzuhechten und den einzigen Körperteil zu packen, den ich mit beiden Händen umfassen konnte: ihren Hals.

»Halt still, oder ich würg dich, bis dir die Augen aus dem Kopf quellen!« Sie wollte sich wehren. »Glaub mir!« warnte ich sie erneut und schüttelte das Gewirr billigen Schmucks ab, in dem sich mein Fuß verheddert hatte. Um meiner Warnung Gewicht zu verleihen, drückte ich fest zu. Sie würgte. Ich war außer Atem. Sie erkannte, daß alles Wehren vergeblich war, und stand still. Ich spürte, wie sich ihr Unterkiefer versteifte, als sie mit den Zähnen knirschte und sich zweifellos schwor, nichts zu sagen und mich zu beißen, wenn sie konnte.

»Meine Güte, wie intim!« Ihre Augen ließen mich wissen, wohin sie mich wünschte. Ihre Hände zuckten, bereit, mich zu packen. Wieder drückte ich fester zu. Sie blieb vernünftig. »Wie kommt es nur, daß alle hübschen nackten Mädchen, in deren Armen ich liege, mich töten wollen?« Ihre Antwort war ein haßerfüllter Blick. Nun ja, die Frage war sowieso nur rhetorisch gewesen. Während sie mich anfunkelte, drehte ich sie plötzlich herum, so daß sie nun mit dem Rücken zu mir stand und ich mich Frontalangriffen nicht mehr so schutzlos ausgeliefert fühlte. Den einen Arm fest um ihren Hals geschlungen, bückte ich mich und griff nach dem Dolch, den ich stets im Stiefel trage. Das verbesserte meine Lage erheblich. Ich ließ sie sehen, was ich da hatte. Dann drückte ich ihr die Spitze unter die Rippen, damit sie merkte, wie scharf die Klinge war.

»Und jetzt werden wir reden.«

Sie stieß ein wütendes Gurgeln aus. Ich verstärkte den Druck auf ihre Luftröhre, und sie wurde wieder ruhig. Dann schob ich sie rüber zum Tisch, den sie praktischerweise geleert hatte, und drückte ihr Gesicht auf die Platte hinunter. Ich lag auf ihr. Das hatte zwar seinen Reiz, aber ich war zu beschäftigt, es zu genießen. Frauen festzuhalten ist nicht so einfach; sie sind zu geschmeidig. Die Götter mögen wissen, wie Vergewaltiger das schaffen – gut, sie benutzen Terror, was auf Selia keine Wirkung hatte. Ich stach ihr die Dolchspitze in den gut geölten Rücken. »Ich kann dir Narben beibringen, die du dein Leben lang nicht mehr los wirst, oder dich einfach töten. Denk daran.«

»Verdammtes Schwein.«

»Ist Selia dein wirklicher Name?«

»Verpiß dich.«

»Sag mir, für wen du arbeitest.«

»Für jeden, der bezahlt.«

»Du bist eine Agentin.«

»Ich bin Tänzerin.«

»Nein, spanische Tänzerinnen kommen aus Gades. Wer hat dich nach Rom geschickt?«

»Ich kann mich nicht erinnern.«

»Dieser Dolch hier rät dir, dein Hirn anzustrengen.«

»Na gut, dann bring mich doch um.«

»Sehr professionell! Glaub mir, echte Tänzerinnen geben viel schneller nach. Wer hat dich für den Auftritt bei dem Festessen an jenem Abend engagiert?«

»Der, der im Palast für das Unterhaltungsprogramm zuständig ist.«

»Das war Perella. Hör auf zu lügen. Wer hat dich für das bezahlt, was du und deine zwei Kumpane hinterher getan habt?«

»Die gleiche Person.«

»Oh, du gibst also zu, daß du gemordet hast?«

»Ich geb gar nichts zu.«

»Ich will seinen Namen wissen.«

»Du willst, daß man dir die Eier mit einem stumpfen Messer absäbelt!«

Ich seufzte. »Tut mir leid, daß du dich so widerspenstig gibst.«

»Dir wird noch sehr viel mehr leid tun, Falco.« Damit hatte sie wahrscheinlich recht.

»Jetzt hör zu! Du magst zwar Valentinus umgebracht haben, aber du hast Anacrites' Dickschädel unterschätzt. Dem Oberspion nur den Kopf einzurammen, wird schlimmere Konsequenzen haben, als wenn ihr ihn auf der Stelle getötet hättet.«

»Du arbeitest doch nicht für Anacrites?« Sie klang überrascht.

»Ihr habt ihm nur ein bißchen Kopfschmerzen verpaßt. Nach ein oder zwei Tagen war er wieder bei der Arbeit. Aber du hast recht. Anacrites ist nicht mein Auftraggeber. Ich arbeite für einen Mann namens Laeta ... « Ich meinte, ein leichtes Zucken zu spüren. »Halt still, hab ich gesagt.«

»Warum?« höhnte Selia. »Wovor fürchtest du dich?«

»Vor nicht allzuviel. Auch ich bin Profi. Hübsche nackte Frauen auf Tische zu drücken, hat seine Vorzüge – aber insgesamt gesehen mag ich meine Frauen lieber richtig herum und auf jeden Fall zärtlich.«

»Oh, ein Mann mit Herz!«

»Ein totaler Softie. Aus diesem Grund liegst du mit dem Gesicht nach unten auf einem Holztisch, hast überall blaue Flecken und mein Messer an den Rippen.«

»Du bist ein Idiot«, teilte sie mir mit. »Du hast keine Ahnung in was für einem Schlamassel du steckst. Ist dir noch nicht aufgegangen, daß ich auch für Claudius Laeta arbeite – genau wie du?«

Das klang nur allzu plausibel. Ich zog es vor, nicht darüber nachzudenken. Es gab keinen unmittelbaren Grund, das zu tun: Wir beide hörten auf, uns über unseren hinterhältigen Arbeitgeber auszutauschen. Zwei Dinge geschahen. Ich hatte nicht gemerkt, daß ich meinen Griff um den Hals der Tänzerin gelockert hatte, aber irgendwie zappelte sie plötzlich und wand sich seitlich unter mir heraus. Dann zuckte ich zusammen vor Schmerz. Jemand hatte mich von hinten am Haar gepackt und riß mich zurück.

L

»Ich dachte, ihr würdet nie mehr kommen!« fauchte das Mädchen verärgert.

Der Kerl zerrte immer weiter an meinen Haaren, bis sich mein Körper, gespannt wie die Wurfschlinge eines Felsbrocken schleudernden Artilleristentrottels, nach hinten bog. Als mir das klar war, reagierte ich. Haare wachsen wieder. Mit einem gewaltigen Ruck bekam ich meinen Kopf frei. Dabei verlor ich bestimmt eine Handvoll meiner hübschen Locken, aber jetzt konnte ich mich bewegen. Obwohl mir die Tränen aus den Augen schossen, hieb ich wie wild um mich. Natürlich packte der Bursche als erstes mein Handgelenk, genau wie ich es zuvor mit Selia gemacht hatte, damit sie das Messer fallen ließ. Er stand hinter mir, also stieß ich mit den Ellbogen zurück, um ihn abzuwehren.

Schläge hagelten auf meinen Rücken und meine Nieren nieder, dann hörte ich, wie noch jemand den Raum betrat. Das Mädchen rieb sich derweilen die blauen Flecken und suchte nachlässig nach einer Tunika, als wären wir anderen nur Fliegen, die um den Fensterrahmen summten. Ihre Leibwächter erledigten jetzt die Arbeit für sie.

Es gelang mir, freizukommen. Ich wirbelte herum, damit ich meine Angreifer sehen konnte: die zwei dunkelhäutigen Musiker vom Essen auf dem Palatin. Der ältere war es, der mich angegriffen hatte. Er war noch drahtig genug und voller Bösartigkeit und Energie. Der andere, jüngere war stämmig, muskulös und ebenso bösartig. Ich steckte tief in der Tinte. Dies waren die Männer, die Valentinus' Schädel zertrümmert und Anacrites halbtot auf der Straße hatten liegen lassen. Ich kämpfte also um mein Leben.

»Macht ihn fertig!« befahl Selia. Sie hatte sich etwas über den

Kopf gestreift, ließ es aber noch um den Hals baumeln. Die zwei Schläger wurden offenbar gut bezahlt von ihr. Wie sie aussahen, waren sie nicht nur bereit, für sie zu töten, sondern würden es auch noch genießen. Und da sagt man immer, Musik habe eine läuternde Wirkung! Ging man von diesen beiden aus, war Apollo ein Verbrecher.

Das Zimmer war zu klein für uns alle vier. Wir standen so eng beieinander, daß wir den Atem des anderen riechen konnten. Impulsiv packte Selia selbst meinen Messerarm und biß hinein. Auch die anderen beiden warfen sich auf mich, und da ich mich auf so engem Raum nicht gegen drei gleichzeitig wehren konnte, hatten sie mich bald überwältigt. Selia schnappte sich meinen Dolch. Ihre Helfer hielten meine Arme brutal umklammert. Sie wollten gerade Anlauf nehmen, um mich mit dem Kopf voraus gegen die hintere Wand zu donnern, als das Mädchen sie anfuhr: »Aber doch nicht hier drinnen!« Eine Frau mit Geschmack: Sie scheute davor zurück, mein Hirn über ihr Wohnzimmer verspritzt zu sehen.

Während sie mich zur Tür stießen, knurrte ich verärgert: »Sag mir nur eines, Selia – wenn wir beide für Laeta arbeiten, warum zum Hades will er, daß du mich ausschaltest?« Ich ignorierte die beiden Brutalos, die bei meinen Worten mit ihrem Gezerre kurz innegehalten hatten.

»Du bist mir im Weg«, erwiderte Selia obenhin.

»Nur weil ich nicht weiß, was hier vorgeht!« Ich schindete Zeit. Die drei hatten getötet. Unter keinen Umständen standen sie auf der gleichen Seite wie ich. »Auf jeden Fall gehst du zu viele Risiken ein!«

»Wenn du das sagst.«

»Die Parilia!« erinnerte ich sie. »Du hättest dich bedeckt halten sollen, statt dich offen zu zeigen.«

»Ach ja?«

»Und später, auf der Fete dieser dusseligen Jungs, wußten alle, daß du nach Hispalis zurückgekehrt bist. Du hinterläßt zu viele Spuren. Ich habe dich gefunden – und das kann jeder andere auch.«

Die beiden Schläger wollten mich weiter zerren, aber Selia bot ihnen mit erhobener Hand Einhalt. »Wer sucht denn nach mir?« wollte sie wissen.

Zumindest sammelte ich auf diese Art Kräfte. Je länger ich die Sache hinauszögerte, desto mehr konnte ich auf eine Fluchtmöglichkeit hoffen. Ich überging Selias Frage. »Wenn du wirklich so an Hispalis hängst, wie hat Laeta dich dann nach Rom gelockt?«

»Ich sollte für eine andere Tänzerin einspringen. Ich ging nach Rom, um zu tanzen.«

»Also war es nicht Laeta, der dich in deinem kleinen Dianakostüm zu dem Essen geschickt hat?«

»Find's doch selber raus, Falco!«

»Hat Laeta dir befohlen, Anacrites und seinen Agenten anzugreifen?«

»Laeta läßt mir freie Hand.« Was natürlich keine Antwort war.

»Du bist in Schwierigkeiten«, warnte ich sie. »Verlaß dich nicht darauf, daß Laeta dir helfen wird, wenn das Wasser in seinem eigenen Topf zu sehr ins Brodeln gerät.«

»Ich verlaß mich auf niemanden, Falco.« Sie hatte ihr Kleid heruntergezogen und legte nun in aller Ruhe neue Schminke auf. Dick und gleichmäßig, wozu sie einen Spachtel verwendete. Vor meinen Augen verwandelte sie sich wieder in das typische spanische Kastagnettenmädchen (das nur in Männerträumen existiert). Die blauschwarze Perücke, die sie trug, wenn sie vor Römern tanzte, hing ausgekämmt auf einem Ständer. Nachdem sie sich die Perücke übergestülpt hatte, war die Wirkung ebenso dramatisch wie damals, als ich sie auf dem Palatin gesehen hatte.

»Ich hoffe, Laeta hat dich bezahlt. Hier draußen wirst du keine Sesterze von ihm zu sehen kriegen.«

»Ich habe mein Geld «, sagte sie, wobei sie ihren Kumpanen einen raschen Blick zuwarf, um ihnen zu versichern, daß sie auch ihren Teil abbekommen würden.

»Aber was in Olympus' Namen hat Laeta denn eigentlich vor?«

»Sag du's mir.«

»Anacrites auszuschalten? Damit er selbst die Arbeit des Spions übernehmen kann?«

»Sieht so aus.«

»Und wieso braucht er zwei von uns dazu?«

»Einer reichte nicht.«

»Du meinst, Laeta benutzt mich als den Dussel – und dich, um mich zu behindern!«

»Ein leichtes Spiel, Falco!«

»Leichter, als das mit der Palastpolitik! Aber du lügst trotzdem. Laeta weiß, daß Anacrites ein billiger Hanswurst ist, den er durch ein paar Intrigen leicht außer Gefecht setzen kann. Schädel einzuschlagen war nicht nötig. Laeta ist nicht bösartig. Er ist nicht ungehobelt. Er ist gewitzt genug, Anacrites reinzulegen, und als Beamter so verderbt, das mit Raffinesse zu tun. Laeta will einen klassischen Machtkampf. Er will Anacrites lebend, damit der *weiß*, daß er das Spiel verloren hat. Wo bliebe sonst das Kunstvolle daran?«

»Du willst nur Zeit schinden«, sagte Selia. »Schafft ihn hier raus!«

Ich zuckte die Schultern und machte keinen Versuch, mich zu wehren. Die beiden Musiker zogen mich auf den Balkon. Draußen schaute ich zurück und sagte ruhig zu dem älteren links von mir: »Sie ruft nach Ihnen.«

Er drehte sich um. Ich warf mich nach vorne und stieß ihn dabei heftig mit der Schulter. Der Mann zu meiner Rechten wurde glatt über das Balkongeländer geschleudert.

Der andere brüllte. Ich rammte ihm das Knie in seine edelsten Teile. Er sackte vornüber, worauf ich beide Fäuste auf seinen Nacken niedersausen ließ. Stöhnend krümmte er sich am Boden zusammen, und ich trat ihm solange in die Rippen, bis er still lag.

Unten vom Hof her hatte ich gehört, wie der jüngere Musiker mit einem Schrei am Boden aufgeprallt war. Es war nur ein Stockwerk, also mochte er immer noch mobil sein. Verwirrende Geräusche drangen herauf, die ich nicht deuten konnte, aber inzwischen kam Selia herausgerannt.

Zuerst warf sie ein Tamburin nach mir, mit der Kante voraus. Ich parierte den Wurf mit meinem Arm, zog mir aber einen Schnitt im Handgelenk zu. Rasch hievte ich den Mann zu meinen Füßen hoch und benutzte ihn als menschliches Schild, als sie gleich darauf mit einem Dolch nach mir warf – meinem eigenen. Der Mann war soweit bei Sinnen, daß er auswich und mich mitzog. Der Dolch landete klappernd auf dem Boden, schlitterte, begleitet von meinen Flüchen bis zum Balkonrand, und segelte nach unten.

Das Mädchen kam auf uns zu. Ich stieß den Mann gegen sie. Sie ließ das Hackmesser in ihrer Hand fallen, murmelte dann plötzlich etwas und rannte zur Treppe. Ihr stöhnender Leibwächter kam soweit zu sich, daß er nach der neuen Waffe griff, ein Utensil, wie es alleinlebende Mädchen benutzten, um Blumenstengel zu kürzen, Schweinebäuche aufzuschlitzen und Liebhaber davon abzuhalten, zu früh zu gehen. Ich hätte es beängstigend gefunden, so ein Ding im Haus zu haben.

Wieder ging er auf mich los, schob sich zwischen mich und das Mädchen. Sie war es, die ich wollte, das wußten wir alle.

Es gelang mir, dem herabstoßenden Messer auszuweichen, dann versetzte ich dem Mann einen Tritt gegen den Arm, der ihn aus dem Konzept brachte, und schob ihn zurück. Leichtfüßig rannte ich los, außen um den Balkon herum, wie auf dem Hinweg zu Selia.

Der ältliche Kerl war zäher, als er aussah. Ich hörte, wie er mir nachgejagt kam. Beim Brett über dem Torbogen verlangsamte ich den Schritt. Er holte auf, was ihn anspornte, noch rascher hinter mir herzutrampeln. Als ich über das Brett war, drehte ich mich um und bekam gerade noch mit, wie das Holz nachgab. Mit einem splitternden Krachen brach der Musiker durch. Das Brett war nicht morsch, nur zu dünn für den vorgesehenen Zweck. Er baumelte eingeklemmt zwischen den Bohlen des Balkons. Blut tropfte aus den Wunden, wo große Holzsplitter eingedrungen waren. Als er sich zu bewegen versuchte, schrie er auf.

Um Zeit zu sparen, warf ich mich über die Brüstung, hielt mich am Balkongeländer fest, hangelte mich so weit wie möglich hinunter und sprang. Ich hatte knapp den Brunnen verfehlt. (Den hatte ich vollkommen vergessen.) Gute Arbeit, Falco.

Im Hof fand ich zu meinem Erstaunen Placidus vor, der mit dem anderen Leibwächter kämpfte. Der Mann humpelte und hatte sich beim Fallen den Arm gebrochen. Placidus hielt ihn in Schach, wenn auch mit Mühe. Der Prokurator hatte eine lange, klaffende Wunde in seiner Seite. Mein Dolch, der vom Balkon gefallen war, lag nahebei, immer noch blutig. »Das Mädchen ...«, keuchte Placidus, als ich übernahm und seinen Gegner mit einem gut plazierten Tritt außer Gefecht setzte. Ich legte meinen Arm um Placidus und lehnte ihn gegen den Brunnen. »Mit dem hier wäre ich fertig geworden ...« Wenn auch jetzt ein Freigelassener, so war er doch einst Sklave gewesen. Selbst im kaiserlichen Palast bedeutete das eine gefahrvolle Jugend. Er konnte durchaus auf sich aufpassen. »Ich hatte einfach nicht mit ihr gerechnet. Das Mädchen hat mich erwischt, bevor ich mich wehren konnte.«

»Sie ist entkommen?« fragte ich und bückte mich nach meinem Dolch. Er nickte niedergeschlagen. Vorsichtig schlug ich seine Tunika zurück, um mir die Wunde anzusehen. »Schonen Sie Ihre Kräfte. Nicht reden. Auf jeden Fall habe wir diese beiden grausigen Kerle dingfest gemacht.« Ich war verärgert darüber, daß Selia entkommen war, ließ es mir aber nicht anmerken.

Placidus hatte sich für mich in die Bresche geworfen. Er freute sich über seinen Erfolg, hatte aber einen hohen Preis dafür bezahlt. Seine Wunde war tief und häßlich. »Wie sieht's aus, Falco?«

»Sie werden's überleben – aber wenn die Schmerzen einsetzen, werden Sie ganz schön leiden müssen.«

»Ach, was soll's, das gibt bestimmt eine hübsche Narbe.«

»Ich könnte mir angenehmere Möglichkeiten vorstellen, sich interessant zu machen!«

»Ich komm schon zurecht. Sehen Sie zu, daß Sie das Mädchen finden.«

Wäre das hier eine anständige Gegend gewesen, hätte ich es getan. Ich konnte Placidus nicht in diesem verrufenen Viertel allein lassen, wo die Tänzerin Freunde haben mochte. Eine Menschenmenge hatte sich angesammelt. Ruhig und schweigend standen die Leute da; ihnen war nicht zu trauen. Niemand bot Hilfe an, aber zumindest versuchte auch niemand, sich einzumischen.

Ich zwang den humpelnden Mann aufzustehen und vor mir herzugehen, wobei ich ihm die Dolchspitze in den Rücken drückte. Den anderen Arm um den Prokurator geschlungen, machte ich mich langsam auf den schwierigen Weg, das nächstgelegene Wachlokal zu finden.

Zum Glück war es nicht weit entfernt. Da sie keine Lust hatten, Placidus ohnmächtig zu ihren Füßen zusammensinken zu sehen, wiesen uns die Leute den Weg. Der finstere Blick, mit dem ich sie anfunkelte, riet ihnen, uns den richtigen zu zeigen.

Ohne weitere Zwischenfälle gelangten wir humpelnd dorthin. Mein Gefangener wurde in eine Zelle gesperrt. Ein paar Diensthabende marschierten los, um seinen Kumpan herzubringen. Placidus wurde vorsichtig hingelegt, die Wunde gesäubert und bandagiert. Zuerst protestierte er wortreich, dann fiel er plötzlich in Ohnmacht und machte kein Theater mehr. Ich begab mich auf die Suche, die den Rest des Tages dauerte, aber Selia fand ich nicht. Ich bin Realist. Sie konnte in alle Himmelsrichtungen verschwunden sein und war bestimmt schon meilenweit von Hispalis entfernt.

Zumindest hatte ich einiges über sie erfahren. Das meiste war zwar gelogen, aber ein unheilvolles Muster begann sich abzuzeichnen. Die Dinge waren in Bewegung gekommen. Verdächtige hatten mich ausgelacht und zusammengeschlagen, doch ich hatte die Gelegenheit gehabt, den Gegner einzuschätzen – einschließlich des Mannes, der mich beauftragt hatte.

Wenn ihre Behauptung, für Laeta zu arbeiten, stimmte, erhielten Selia und ich unser Honorar aus der gleichen schmutzigen Hand. Ich besaß keinen richtigen Auftrag und konnte mich nicht darauf verlassen, bezahlt zu werden. Unter diesen Bedingungen war ich noch nicht mal sicher, ob ich das wollte.

Es war Zeit, nach Corduba zurückzukehren. Ich mußte das alles unbedingt mit Helena besprechen. Und falls sie einverstanden war, würde ich diese ganze schmutzige Angelegenheit zum Hades schicken und nach Rom zurückkehren.

LI

Auf dem Rückweg nach Corduba ritt ich noch schneller als auf dem Hinweg. Ich war froh, nicht im Juli oder August unterwegs zu sein, aber selbst jetzt war das Wetter schon unangenehm genug und erinnerte mich daran, daß ich mich im heißesten Teil Spaniens befand. Um mich herum, auf dem Schwemmland südlich des Baetis, lagen die besten Olivenhaine von Baetica. Als Rohmaterial für Öl vielleicht sogar die besten Oliven der Welt. Weiter weg vom Fluß waren die Hügel sogar in der brennenden Sonne noch grün. Bäume und Büsche standen in Saft und Kraft. Ich ritt durch ein Gebiet überbordender Fruchtbarkeit, doch meine Stimmung blieb düster.

Zum einen machte ich mir Sorgen um Helena. Dagegen konnte ich einfach nichts tun. Zumindest war ich jetzt wieder auf dem Weg zu ihr.

Und nun hatte ich noch ein neues Problem, das mich beschäftigte. Dem armen Placidus, der genug unter seiner Wunde litt, hatte ich nichts davon erzählt, aber das, was ich von der Tänzerin erfahren hatte, erfüllte mich mit Furcht. Wenn Selia tatsächlich für Laeta arbeitete, ergaben die Überfälle in Rom einen gewissen Sinn: Ich war – wie ich schon die ganze Zeit vermutet hatte – in einen Machtkampf zwischen zwei Abteilungen der Palastbürokratie verwickelt. Zwar düsterer und blutiger, als ich erwartet hätte, aber es war eine interne Angelegenheit.

Was immer hier in Baetica vorging, war denen in Rom wahrscheinlich völlig egal. Das Ölkartell konnte nur eine Ausrede sein, die Laeta und Anacrites benutzten, um ihre Rivalität fortzusetzen. Oder Laeta hatte es ausschließlich für seine Zwecke benutzt. So sehr ich Anacrites auch verabscheute, er kam mir immer mehr wie ein unschuldiges Opfer vor. Er hatte vielleicht nur seine Pflicht erfüllt und in völlig aufrichtiger Weise versucht, ein wertvolles Handelsgut zu schützen. Möglicherweise war er sich der Bedrohung durch Laeta gar nicht bewußt. Als ich sie zusammen bei dem Festessen sah, hatten sie sich zwar ein Wortgefecht geliefert, aber es gab keine Anzeichen dafür, daß der Spion argwöhnte, Laeta könne versuchen, ihn aus dem Verkehr zu ziehen. Ihn und seinen besten Agenten – ein Mann, mit dem ich mich bestimmt gut verstanden hätte.

Ich konnte der Palastintrige den Rücken kehren – aber der tote Valentinus würde mich weiterhin verfolgen.

Die ganze Sache stank zum Himmel. Ich war wütend, daß ich mich je darauf eingelassen hatte. Helenas Vater hatte mich gewarnt, allem, was zwischen diesen Palastgrößen geschah, aus dem Weg zu gehen. Ich hätte die ganze Zeit wissen müssen, daß ich nur benutzt wurde. Nun ja, natürlich wußte ich es, aber ich hatte es trotzdem geschehen lassen. Meine Mission war nur vorgeschoben – falls Laeta Selia engagiert hatte, um Anacrites zu überfallen, dann wollte er durch mich nur seine Spuren verwischen. Damit konnte er vor der Öffentlichkeit so tun, als suche er nach den Tätern, obwohl er nichts anderes wollte als Macht. Er mußte geglaubt haben, daß es mir nicht gelingen würde, Selia zu finden. Vielleicht hatte er sogar angenommen, das Provinzkartell aufzudecken würde mich so ablenken, daß ich vergaß, nach ihr zu suchen. Hoffte er, ich würde bei meinen Ermittlungen umgebracht? Na, dann vielen Dank, Laeta! Anacrites hätte wenigstens größeres Vertrauen in meine Zähigkeit gehabt.

Vielleicht wollte Laeta aber auch, daß *ich Selia* umbrachte, da sie wußte, wie er an die Macht gekommen war.

Was den Quästor und seinen aufgeblasenen Senatorenvater anging, sahen die beiden nur wie Anhängsel dieser Geschichte aus. Ich konnte den Kaiser nur davor warnen, daß sich Quinctius Attractus zuviel Macht in Baetica aneignete. Mit Quadratus mußte der Prokonsul fertig werden. Ich bewegte mich hier auf abschüssigem Gelände und konnte nicht mehr riskieren. Kein Ermittler erhebt Vorwürfe gegen einen Senator, wenn er nicht sicher ist, daß er Unterstützung bekommt. Und mit der rechnete ich nicht.

Nur eines wußte ich genau: Ich wollte nicht, daß Claudius Laeta mehr Macht bekam. Falls Anacrites starb, würde Laeta sein Imperium übernehmen. Sobald er das Sagen hatte, schien es mir zweifelhaft, ob er sich noch im geringsten für den Preis von Olivenöl interessierte. Ich hatte selber gehört, wie neidisch Laeta auf die Erfolgsbeweise war, mit denen Anacrites sich umgab: die Wohnung im Palast der Cäsaren, die Villa in Baiae. Laetas persönliche Ambitionen waren sonnenklar. Und er konnte es nicht riskieren, daß seine Intrigen aufgedeckt wurden. Er würde zweifellos nicht wollen, daß ich in Rom auftauchte und behauptete, *er* hätte Selia dafür bezahlt, Anacrites aus dem Weg zu räumen. Vespasian würde das niemals hinnehmen.

Vielleicht würde ich dieses Wissen benutzen, um mich selbst zu schützen. Ich war durchaus bereit, das zur Sicherung meiner eigenen Position zu tun – aber gute Götter, das letzte, was ich an diesem Punkt meines Lebens brauchen konnte, war ein mächtiger Politiker, den mein mögliches Wissen nervös machte.

Ich würde ihn erbarmungslos bekämpfen müssen. Es war sein eigener Fehler. Er ließ mir keine andere Wahl.

Zwei Tage lang ritt ich wie von Furien gehetzt mit Muskeln, die bereits vorher geschmerzt hatten, und einem vernebelten Hirn. Ich war so müde, als ich die Herberge bei Corduba erreichte, daß ich beinahe auf einen Strohsack gesunken und über Nacht dort geblieben wäre. Aber ich mußte unbedingt zu Helena. Das hielt mich auf den Beinen. Ich ließ mir das Pferd wiedergeben, das Optatus mir für den Ritt in die Stadt geliehen hatte, und schaffte es tatsächlich, den ganzen Weg bis zum Camillus-Gut aufrecht auf dem Gaul zu sitzen.

Alles sah normal aus. Es war dunkel, also stimmten die Wachhunde bei meinem Näherkommen ein lautes Gebell an. Als ich das Pferd zum Stall führte, tauchte ein Sklave auf, um es zu versorgen, so daß mir wenigstens das erspart blieb. Der Sklave warf mir einen unsteten Blick zu, wie es die meisten Landsklaven tun. Ohne ein Wort mit ihm zu wechseln, ließ ich meine Gepäckrolle zurück und humpelte langsam zum Haus.

Niemand begegnete mir. Ein paar trübe Lampen erleuchteten den Flur. Zum Rufen war ich zu erschöpft. Ich ging in die Küche, wo ich alle anzutreffen erwartete. Nur die Köchin und ein paar andere Haussklaven waren dort. Bei meinem Eintreten erstarrten sie. Dann kam Marius Optatus krachend durch die gegenüberliegende Tür geprescht.

Er hielt eine Peitsche in der Hand und mußte wohl draußen gewesen sein, um zu sehen, was die Hunde aufgestört hatte. Sein Gesicht war grau, seine Miene erregt.

»Falco, Sie sind zurück!«

»Was ist los?«

Er machte eine unbestimmte, hilflose Geste mit der Hand, in der er die Hundepeitsche hielt. »Es hat einen tragischen Unfall gegeben …«

Ich war schon herumgewirbelt und rannte wie ein Verrückter zu dem Zimmer, das ich mit Helena teilte.

LII

»Marcus!«

Sie war da. Lebendig. Unförmiger denn je, immer noch schwanger. Ganz. Gesund.

Ich fiel neben ihrem Stuhl auf die Knie, während sie sich hochzustemmen versuchte, und nahm sie in die Arme. »Oh, ihr Götter …« Mein Atem kam in schmerzhaften, keuchenden Stößen.

Helena weinte. Sie hatte schon geweint, bevor ich ins Zimmer gestürmt kam. Jetzt beruhigte sie statt dessen mich, hielt mein Gesicht zwischen den Händen, bedeckte meine Augenlider mit raschen, besänftigenden Küssen.

»Optatus sagte, es hätte einen Unfall gegeben …«

»Oh, mein Liebster! Er betrifft keinen von uns beiden.« Sie legte meine Hand auf das ungeborene Kind, entweder um mich oder sich zu trösten oder dem Baby Nachricht zu geben, daß ich wieder daheim war. Es wirkte wie eine rituelle, archaische Geste. Ich kitzelte das Kind und küßte sie dann, beides mit absichtlicher Zwanglosigkeit.

»Ich sollte baden. Ich stinke, und ich bin dreckig.«

»Und vollkommen erschöpft. Ich hatte so ein Gefühl – ich habe angeordnet, daß das Wasser für dich heiß gehalten wird. Soll ich mitkommen und dir den Rücken abschaben?«

»Das wäre ein größerer Genuß, als ich ertragen kann …« Ich erhob mich von den Knien und stellte mich neben ihren Korbstuhl. »Bleib hier und ruh dich aus. Aber du solltest mir besser von dem Unfall erzählen.«

»Später.«

Ich fuhr mit dem Finger über ihre tränenfeuchte Wange. »Nein, jetzt.«

Helena sagte nichts. Ich wußte, warum sie so dickköpfig war. Ich hatte sie allein gelassen. Etwas Schreckliches war passiert, mit dem sie allein fertig werden mußte.

Wir sahen einander schweigend an. Helena sah bleich aus, und sie trug ihr Haar vollkommen offen, was nur selten vorkam. Was auch immer passiert war, ein Teil ihrer Bedrücktheit hing damit zusammen, daß ich nicht dagewesen war. Nun gut, jetzt war ich wieder zu Hause.

In dem schwachen Licht der einzigen Öllampe wirkten Helenas Augen fast schwarz. Sie suchten mein Gesicht nach dem ab, was ich zu berichten hatte und was ich ihr gegenüber empfand. Nach jeder Trennung war dies der Moment des Wiederfindens – die alte Herausforderung lebte wieder auf und mußte wieder neu beschwichtigt werden.

»Du kannst mir vorwerfen, daß ich fortgegangen bin – aber tu das, nachdem du mir erzählt hast, was passiert ist.«

Sie seufzte. »Auch wenn du hier gewesen wärst, hätte das nichts geändert. Es war einfach ein schrecklicher Unfall. Der junge Rufius«, erklärte sie. »Rufius Constans. Er arbeitete in der Ölmühle auf dem Gut seines Großvaters, als einer der Mahlsteine abrutschte und ihn zerquetschte. Er war allein, als es passiert sein muß. Als man ihn fand, war er bereits tot.«

»Ja, das ist wirklich schrecklich ...« Constans war ein so junger, vielversprechender Bursche gewesen. Eine tiefe Niedergeschlagenheit überkam mich. Helena war auf meine nächste Frage vorbereitet. Ich legte den Kopf zur Seite. »Er war allein? Niemand sonst war bei ihm?«

»Nein, Marcus«, erwiderte sie sanft. Von mir ausgebildet, in jeder Situation skeptisch zu sein, hatte sie sich diese Fragen bereits selbst gestellt. »Nein. Ich weiß, was du denkst. Aber es gibt keine Möglichkeit, daß da irgendwie eingegriffen wurde.«

»Kein gewisser Kumpel, der Constans bei der Ölmühle zur Hand ging?«

»Nein. Quinctius Quadratus war außer Gefecht gesetzt. Das kann ich selbst bezeugen.«

Ich beließ es dabei, weil ich zu müde war, nachzufragen, woher sie das wußte.

Ich streckte die Hand aus, und jetzt zögerte sie nicht mehr, sondern ergriff sie. »Bist du in eine Prügelei geraten?« Helena sah so etwas sofort.

»Nur ein bißchen. Hast du mich vermißt?«

»Ganz schrecklich. Hat sich die Reise gelohnt?«

»Ja.«

»Dann ist ja alles in Ordnung.«

»Ist es das? Ich glaube nicht, Liebste!« Plötzlich überwältigte mich die Sehnsucht nach Nähe zu ihr. Ich faßte sie fester an der Hand und zog sie aus ihrem Stuhl. »Komm mit und schwing das Schabeisen für mich, Süße. Ich komm heute abend garantiert nicht an meinen Rücken.«

Mein Schuldgefühl und ihre Zurückhaltung waren verflogen. Helena Justina lehnte sich einen Moment lang an mich, ihre weiche Wange gegen meine stoppelige gedrückt, dann nahm sie meinen Arm, bereit, mit mir ins Badehaus zu gehen. »Willkommen daheim«, flüsterte sie, und ich wußte, daß sie es jetzt auch so meinte.

LIII

Das Badehaus bei der Villa war für abgehärtete Republikaner entworfen worden. Ich würde nicht sagen, daß es primitiv war, aber falls sich jemand nach den spartanischen Tagen dunkler, enger Baderäume mit bloßen Schlitzen statt Fenstern zurücksehnte, war er hier richtig. Man zog sich im Kaltbad aus. Öle und Salben waren auf einem Regal im Warmbad untergebracht, das abends nicht mehr sonderlich warm war. Ins Schwitzen kam man dadurch, daß man wie wild die Ölflasche schüttelte, um den erstarrten Inhalt zu lösen.

Ein einziger Mann unterhielt das Feuer und brachte das Wasser in Eimern herein. Er war bereits zum Abendessen gegangen, wurde aber zurückgerufen. Da das Bad für Optatus, Helena und mich reserviert war, plus eventueller Besucher, schien er die seltene Möglichkeit zu begrüßen, sich ins Zeug zu legen. Was an diesem Abend auch dringend nötig war. Das versprochene heiße Wasser war von jemand anderem verbraucht worden.

»Das ist doch wieder typisch!« ereiferte sich Helena verstimmt. »Das geht jetzt schon drei Tage so, Marcus, und gleich schreie ich laut los.«

Sehr langsam zog ich mich aus. Meine schmutzigen Klamotten hängte ich an meinen Lieblingshaken und warf eine blaue Tunika beiseite, die ein früherer Badegast hängengelassen hatte. Momentan war niemand da, was mir nur recht war. Helena bestand darauf, sich vor mich zu knien und meine Stiefel aufzubinden. Ich half ihr hoch und hielt sie fest. »Was ist denn los, Herzchen?«

Sie atmete tief durch. »Ich hab dir mindestens vier unterschiedliche Dinge zu berichten und versucht, sie alle ordentlich in meinem Kopf zu sortieren.«

Ich warf meinen Kopf zurück und lächelte in der Vorfreude auf den Luxus, Helena zuhören zu dürfen. »Es ist also viel passiert? Du meinst Constans?«

»Oh ...« Helena schloß die Augen. Der Tod des jungen Mannes hatte sie furchtbar mitgenommen. »Oh, Marcus, ich saß mit seiner Schwester und Aelia Annaea zusammen, als die Nachricht kam. Vielleicht geht es mir deshalb so nahe.«

»Du sagtest, es sei ein Unfall gewesen. War es das wirklich?«

»Anders ist es nicht denkbar. Ich sagte dir ja, er war allein. Es war ein solcher Schock. Alle sind furchtbar bedrückt. Seine Schwester ist so jung. Seine Großeltern habe ich nicht zu Gesicht bekommen. Aber wir können uns alle vorstellen, wie verzweifelt sie sind.« Sie hielt inne, und wieder liefen ihr Tränen übers Gesucht. Helena ließ sich nur selten so gehen.

»Fang von vorne an«, sagte ich und streichelte ihren Nacken.

Mit einer Öllampe in der Hand traten wir durch die schwere Tür in das sogenannte Warmbad. Dieser Teil des Badehauses war aufgrund der dicken Mauern schalldicht, obwohl ich vom anderen Ende des Dampfbades undeutliche Schaufelgeräusche hören konnte, als der Sklave nachzuheizen begann. Das Rumpeln und Poltern wurde durch den Boden übertragen. Helena Justina setzte sich auf den niedrigen Sims an der Wand, während ich mich mit einer der Flaschen abmühte, um wenigstens ein paar Tropfen Öl herauszubekommen. Sie hatte wohl schon gebadet, also behielt sie sittsam ihre Untertunika an.

Mit verschränkten Händen begann sie in eher formellem Ton: »Als erstes, Marcus, bekam ich einen Brief von daheim – von meinem Bruder Justinus.«

»Der gute Junge! Wie geht's ihm?«

»Immer noch in seine Schauspielerin verliebt.«

»Das ist doch nur eine Schwärmerei.«

»Und daher gefährlich! Wie auch immer, auf jeden Fall hat er Aelianus bearbeitet, was ihn, wie er sich beschwert, viele Becher Wein gekostet hat. Aelianus hat furchtbare Gewissensbisse. Sein

Freund Cornelius, der Verfasser jener berühmt-berüchtigten Geheimdepesche, hat Aelianus aus Athen geschrieben und ihn dringend aufgefordert, mit niemandem darüber zu reden, der den Namen Quinctius trägt.«

»Aber Aelianus hatte das bereits getan?«

»Offensichtlich.«

»Mir hat er erzählt, daß er sich mit Quadratus zerstritten hat, als dein Vater beim Ölpressen betrogen wurde.«

»Ach, solche Zerwürfnisse unter Jungs halten nicht lange an. Jetzt sagt Aelianus, Quadratus und er hätten sich in Rom getroffen, was aber nicht sonderlich erfreulich gewesen sei. Ihr Streit in Baetica hatte ihre Freundschaft angeknackst, und nach dieser Esseneinladung war's endgültig vorbei damit.«

»Zu spät!«

»So sieht's wohl aus. Justinus hat herausgefunden, daß Aelianus uns das Schlimmste verschwiegen hat. Bevor er den Bericht im Palast ablieferte, hatte er ihn im Haus der Quinctii dabei. Er ließ ihn in seinem Umhang, und als er ihn später wieder an sich nahm, sah das Siegel verändert aus. Er pulte es vorsichtig noch einmal ab – wie er dir gestand, hatte er den Bericht ja bereits auf der Reise gelesen – , und diesmal war der Brief verändert worden und gab eine ganz andere Einschätzung darüber ab, wie ernst das Kartell zu nehmen sei.«

Ich nickte. »Also haben entweder Quadratus oder sein Vater Attractus absichtlich versucht, die Sache herunterzuspielen. Hat Aelianus seinen Freund zur Rede gestellt?«

»Ja, und dabei haben sie sich endgültig zerstritten. Und da Aelianus befürchtete, die Schriftrolle nicht noch mal verändern zu können, ohne daß es auffiel, gab er sie Anacrites einfach so, wie sie war und hoffte, daß schon alles in Ordnung kommen würde.« Helena kaute an ihrer Lippe. »Zu diesem Quadratus habe ich auch einiges zu sagen – wozu ich als nächstes komme!«

»Hat er dich geärgert?«

»Das wird er auch mit dir tun. Wir haben nämlich diesen ekelhaft stiernackigen, verwöhnten, unsensiblen, reichen Mädchentraum ›Tiberius‹ auf dem Hals.«

»Er ist *hier*?«

»Das ist deine Schuld.«

»Was denn sonst!« Ich weiß, was ich mir schuldig bin. Helena war sichtbar wütend. Vorsichtshalber behielt ich die Ölflasche in der Hand, damit sie sie nicht nach mir werfen konnte. »Und das, obwohl ich hundert Meilen weit entfernt war?«

»Allerdings.« Sie hatte den Anstand, mich anzugrinsen. Ich stellte die Ölflasche weg. Helena Justina hat ein Lächeln, das meine sämtlichen Blutgefäße zum Erstarren bringen kann. Unsere Blicke trafen sich, waren voller Gefühl und Erinnerungen. Nur Freunde können so viel in einem kurzen Moment austauschen. »Der Übeltäter war Tänzler, dein Pferd.«

»Tänzler gehört Annaeus Maximus.«

»Und du hast ihn Quadratus und Constans geliehen. Quadratus hat ihn zurückgebracht.«

»Ich hatte ihnen doch gesagt, das sei nicht nötig.«

»Tja, ist das nicht mal wieder typisch für ihn?« Ihre Stimme wurde scharf. »Und jetzt haben wir diesen nervtötenden Menschen hier im Haus, wo alle ihn verabscheuen, und er verbraucht das gesamte Badewasser! Wenn ich ihn deswegen zur Rede stelle, entschuldigt er sich so höflich, daß ich ihm am liebsten eins mit dem Schürhaken überziehen würde. Ich kann nicht beweisen, daß er es absichtlich tut, aber er macht allen hier das Leben von morgens bis abends unerträglich.«

Ich schnalzte mißbilligend. »Der Kerl ist ein Verbrecher, das werde ich ihm schon noch nachweisen! Aber Helena, mein Herz, du hast mir immer noch nicht erzählt, wieso diese Kellerassel unser Gast ist?«

»Dein Pferd hat ihn abgeworfen. Er hat sich den Rücken verletzt.«

»Nie wieder will ich ein Wort gegen Tänzler hören. Das Pferd hat Geschmack!« rief ich.

Da uns allmählich kalt wurde, schlüpften wir in Pantoffeln mit dicken Holzsohlen und begaben uns ins Dampfbad. Helena griff nach einem bronzenen Schabeisen und fing an, mich damit zu bearbeiten, während sich meine müden Glieder auf ihre kräftigen, gleichmäßigen Bewegungen einstellten. Von mir aus hätte sie ewig so weitermachen können, vor allem, nachdem sich ihre Stimmung jetzt besänftigt hatte.

»Also muß Quadratus das Bett hüten?«

»Leider nicht. Er kann herumschlurfen. Überall, wo Optatus und ich hingehen, kommt er an und drängt uns seine Liebenswürdigkeit auf.«

»Wie unerträglich!«

»Er glaubt, aus Höflichkeit müßte er sich für meine Schwangerschaft interessieren. Er stellt mir Fragen, über die ich noch nicht einmal nachdenken will. Er ist schlimmer als meine Mutter.«

»Der Mann ist ein absoluter Flegel. Schlimmer als eine besorgte Mutter? Tiefer kann er nicht mehr sinken! Übrigens, wie steht's mit deiner Schwangerschaft?«

»Bemüh dich nicht, Falco. Versuch bloß kein Interesse zu heucheln.«

»Du weißt, daß ich ein Heuchler bin, dem du vertrauen kannst.«

»Du bist der Heuchler, den ich mir aufgehalst habe ...«

Sie sah müde aus. Ich entwand ihr den gebogenen Strigilis und machte selber weiter damit, mich von Schweiß, Öl und Schmutz zu befreien. Dann sanken wir beide auf die hölzerne Bank, um noch soviel Hitze auf uns einwirken zu lassen, wie wir vertragen konnten. Helena strich sich die feuchten Strähnen aus dem Gesicht und drehte das Haar zu einem Knoten zusammen, um ihren Nacken von dem Gewicht zu befreien.

»Marius Optatus konnte raus auf die Felder oder in die Olivenhaine, aber ich mußte bei unserem unliebsamen Gast bleiben, mich mit ihm unterhalten und ihm endlos zuhören. Er ist ein Mann und schwingt daher gern große Reden. Was er zu sagen hat, ist banal, humorlos und vorhersehbar. Die Bewunderung, die er dafür erwartet, steht natürlich im umgekehrten Verhältnis zum Inhalt.« Ich lachte leise in mich hinein. Es war ein Genuß, wenn Helena über jemand herzog.

»Hat er dir unsittliche Anträge gemacht?« wollte ich mißtrauisch wissen. Schließlich wußte ich, wie ich reagieren würde, wenn ich Helena tagelang für mich hätte.

»Natürlich nicht.«

»Dann ist er ein Idiot!«

»Er betrachtet mich als eine Art Muttergottheit, glaube ich. Schüttet mir sein Herz aus. Und das ist ungefähr so interessant wie eine angekohlte Zimtschnecke.«

»Hat er zugegeben, daß er ein schlimmer Junge ist?«

»Das ist ihm gar nicht klar. Dazu hat er nicht genug Grips«, faßte Helena ihre Einschätzung von ihm wütend zusammen. »Egal, was er tut, er denkt nie darüber nach, ob es richtig oder falsch ist.«

Ich kaute auf meiner Unterlippe. »Keine faszinierenden Hoffnungen und Freuden? Keine unentdeckten Talente?«

»Seine Lieblingsbeschäftigungen sind Jagen, Trinken, Ringen – mit Gegnern, die nicht allzu professionell sind – und das Schwadronieren über die Zukunft, die er für sich geplant hat.«

»Mir hat er erzählt, wie gut er als Quästor sein wird.«

»Mir auch«, erwiderte sie verächtlich. »Das erzählt er wohl jedem.«

»Und manche werden beeindruckt sein.«

»Oh, bestimmt viele«, stimmte sie bereitwillig zu. »Die Leute setzen Selbstvertrauen mit Edelmut gleich.«

Einen Moment lang schwieg sie. »*Ich* besitze Selbstvertrauen«, sagte ich, da sie offenbar an sowas dachte.

»Aus gutem Grund. Und wenn das fehl am Platze ist, dann bist du voller Zweifel. Was Quinctius Quadratus fehlt, ist Urteilsfähigkeit.«

Wieder schwiegen wir. Der Sklave hatte sich mächtig angestrengt, und der Raum waberte vor Dampf. Feuchtigkeit von meinen angeklatschten Haaren lief mir über die Stirn. Ich schöpfte Wasser aus einem Becken und bespritzte mir Gesicht und Oberkörper. Helena sah sehr erhitzt aus. »Für dich ist es genug«, warnte ich sie.

»Ist mir egal. Ich bin so froh, bei dir zu sein, mit dir reden zu können.«

Es war viel zu heiß, um jemanden anzufassen, aber ich griff nach ihrer Hand, und wir umarmten uns.

»Warum können wir ihn nicht ausstehen?« sinnierte ich nach einigem Nachdenken. »Was hat er wirklich getan? Andere Leute halten ihn für wunderbar.«

»Und das wird auch so bleiben.« Helena hatte offensichtlich genügend Zeit gehabt, sich Gedanken über unseren Helden zu machen.

»Er ist liebenswürdig.«

»Das macht es ja so schlimm. Er könnte durchaus vielversprechend sein, doch er hat sich entschieden, seine Anlagen zu vergeuden. Wir können ihn nicht ausstehen, weil er Erfolg haben wird, den er nicht verdient. Er ist nur eine leere Hülle, aber das wird ihn nicht am Aufstieg hindern.«

»Seine Untergebenen werden ihm die Arbeit leicht machen.«

»Und seine Vorgesetzten sich die Mühe sparen, über seine Unzulänglichkeiten zu berichten.«

»Er wird dämliche Vorgehensweisen einführen und idiotische Entscheidungen treffen, aber bis sich die Ergebnisse herausstellen, hat er bereits eine weitere Stufe der Erfolgsleiter erklommen und richtet irgendwo anders Unheil an.«

»Und man wird ihn nie zurückrufen, damit er für seine Fehler einsteht.«

»Das liegt am System. Das System ist verrottet.«

»Dann muß das System geändert werden«, sagte Helena.

Allein im Bad wäre ich jetzt in einen tiefen Schlaf versunken, aber so rüttelte ich uns beide soweit auf, daß wir uns im Warmwasserbecken abwaschen konnten. »Und wie war jetzt diese Sache mit dem jungen Constans?«

»Das meiste davon hab ich dir schon erzählt.«

»Du warst bei Aelia Annaea?«

»Ja, weil ich Quadratus einfach nicht mehr ertragen konnte. Optatus ließ sich die Ausrede einfallen, er müsse nach Corduba fahren. Aelia und Claudia kamen, um mich zu retten. Wir machten uns in der Kutsche der Annaei davon und verbrachten den Tag bei Aelia.«

»Das war heute?«

»Ja. Dann erreichte uns am Nachmittag die schreckliche Nachricht, daß Claudia Rufina wegen der Tragödie sofort nach Hause kommen müsse. Ihr Bruder hatte auf dem Gut gearbeitet. Ich glaube, es hatte Ärger wegen seines Lebenswandels gegeben – die Fete von Aelias Brüdern, bei der du warst, hat Folgen in der ganzen Nachbarschaft gehabt. Wie auch immer, Rufius Constans hatte versprochen, sich zu bessern. Und mit harter Arbeit wollte er das beweisen.«

»Wie ist der Unfall passiert?«

»Für die Ölmühle waren neue Mahlsteine geliefert worden, und er wollte sie inspizieren. Niemand hatte damit gerechnet, daß er versuchen würde, sie allein zu bewegen. Als er zum Mittagessen nicht zu seiner Großmutter nach Hause kam, wurde ein Diener losgeschickt, der den Toten fand.«

»Ein Unfall«, wiederholte ich.

»Außer ihm war niemand dort. Was Quinctius Quadratus betrifft, der war hier, das wissen wir alle. Zum Reiten war er fraglos nicht in der Lage. Er hätte es nie zum Rufius-Gut geschafft.

Außerdem, warum sollte er seinem jungen Freund etwas antun?«

Ich schüttelte den Kopf, außerstande, darauf eine Antwort zu geben. Dann sagte ich: »Ich habe Rufius Constans kurz gesehen, bevor ich losgeritten bin. Er und sein Großvater waren im Palast des Prokonsuls und versuchten, eine Audienz zu bekommen.«

Helena warf mir einen scharfen Blick zu. »Interessant! Aber du kannst Licinius Rufius nicht fragen, was sie dort wollten. Ihm und seiner Frau wird der Verlust das Herz gebrochen haben. Sie haben alles gegeben, Constans zu fördern.«

»Und so viel vergeudet«, stimmte ich zu, ganz Republikaner.

»Sie waren vermutlich dort, um den Prokonsul zu bitten, dem jungen Mann bei seiner Karriere behilflich zu sein!«

So hatte es für mich aber nicht ausgesehen. Der alte Mann hatte zu ungeduldig und bedrängt gewirkt und der Junge zu mißmutig.

Aufgrund des spartanischen Designs des Badehauses mußten wir durch das Warmbad zurück zum Tauchbecken, das diesen Namen allerdings kaum verdiente. Es war in einer Art Nische neben den Kleiderhaken im Kaltbad angebracht. Noch bevor wir den Vorhang zurückzogen, hinter dem sich das Becken befand, kam mir etwas verdächtig vor. Dann wetterte Helena Justina los: »Also, da soll doch! Ich kann einfach nicht glauben, daß es soviel Gedankenlosigkeit gibt!«

Ich schon. Jemand hatte so stürmisch in dem kleinen Becken herumgeplantscht, daß fast alles Wasser auf den Fußboden hinausgeschwappt war. Bevor ich mich auf die Sitzstufe niederließ und mich zum Abkühlen mit den Überresten so gut es ging bespritzte, warf ich einen Blick in den Vorraum. Überall waren nasse Fußspuren, und die blaue Tunika, die ich auf die Bank geworfen hatte, war verschwunden. Derjenige, der das kalte Wasser verbraucht hatte, mußte sich im Becken versteckt haben, als Helena und ich hereinkamen. Und er hatte alles gehört, was wir gesagt hatten. Dank der massiven Tür zum Warmbad hatte uns wenigstens dort niemand belauschen können.

Sollte Quadratus der Horcher gewesen sein, fiel es mir, ehrlich gesagt, schwer, mich darüber aufzuregen.

Inzwischen konnte ich mich kaum noch bewegen. Als ich mich tropfend aus dem Becken herausgequält hatte, mußte Helena das Handtuch nehmen und mich abtrocknen.

»Erzählst du mir jetzt von deinen Abenteuern, Marcus?«

»Ach, meine bestanden nur aus Pferden, Wein, Männergesprächen und Frauen, die sich in ihren Boudoirs auszogen.« Helena hob die Augenbrauen, und ich hielt es für das Beste, eine rasche, leicht zensierte Version meiner Zeit in Hispalis vorzutragen. Der Teil über Selia gefiel ihr nicht sonderlich, wie ich merken konnte. Meine Arbeit als Ermittler hatte mich gelehrt, lautloses Brummen und Zähneknirschen zu hören.

»Das hört sich aber gar nicht gut an, Falco.«

»Ich protestiere! Ich bin unschuldig!«

»Die Geschichte hast du dir doch nur ausgedacht.« Sie erriet, daß ich sie beschönigt hatte. »Was für ein rätselhaftes Wesen deine Tänzerin ist! Ist sie die Mörderin? Sucht sie den Mörder für Laeta? Wird ihre hinreißende Figur dich zur Untreue verleiten? Wird sie dich noch mal zusammenschlagen? Oder wird sie dich nur in deinem eigenen Spiel außer Gefecht setzen?«

Ich bemühte mich, nicht zusammenzuzucken, als Helena ziemlich grob an gewissen Körperregionen herumrieb, die sanftere Behandlung bevorzugen. »Erspar mir die exotische Massage ... Ein Prokurator namens Placidus hat eine Dolchwunde, die beweist, worauf sie aus ist. Selia war nicht hinter meinem Körper her, höchstens als Leiche. Ich habe ihre Leibwächter zusammengeschlagen und verhaftet. Sie werden vom Prokonsul vor Gericht gestellt aufgrund des Berichtes, den ich den Vigiles über jene Nacht in Rom dagelassen habe. Ich sollte eigentlich dableiben, als unentbehrlicher Zeuge, aber ich habe ihnen mit meinem Paß von Laeta vor der Nase herumgewedelt und dringende Geheimdienstarbeit vorgeschützt.«

»Trockne dir bitte selbst die Füße ab«, sagte Helena. »Ich bin zu unförmig, sie zu erreichen.«

»Du bist hinreißend. Besser als eine syrische Leibsklavin.«

»Wann bist du denn von einer Leibsklavin verwöhnt worden?«

»Sie reißen sich ständig um mich. Schöne Mädchen mit phantastischen Händen und geschmeidige Jungs mit sehr langen Wimpern ...«

Helena reckte das Kinn vor. »Eine Sache habe ich dir noch nicht erzählt. Die Köchin sagte mir, daß neulich während meiner Siesta eine Frau hier gewesen sei, die sich nach dir erkundigt hat.«

»Selia?« Verfolgte sie mich?

»Das kann nicht sein«, teilte mir Helena kühl mit, während sie sich ihre Haare trocknete. »Diese Frau war vor drei Tagen hier, Falco – als du laut deiner eigenen Aussage die hüllenlose Selia auf einem Kosmetiktisch in Hispalis festgepinnt hattest. Mir war nicht klar, daß du so beliebt bist.«

»Oh, ihr Götter! Du weißt, was das bedeutet: Ich bin nicht nur von einer Agentin Laetas zusammengeschlagen worden, jetzt will sich auch noch Anacrites' Circe ihren Teil holen!«

Ich war so niedergeschlagen, daß Helena einlenkte. Sie küßte mich ziemlich sanft. Dann nahm sie wieder meine Hand und führte mich auf meinen stolpernden Füßen ins Bett.

LIV

Trauernde Frauen scheinen sich mit Vorliebe schnurstracks auf Privatermittler zu stürzen. Muß wohl an unserer mitfühlenden Art liegen.

»Sie müssen mir helfen!« schluchzte Claudia Rufina.

Ich war sehr müde. Normalerweise bin ich durchaus in der Lage, Tränen abzuwischen, Trauerschleier zurechtzuzupfen und einen Schluckauf durch einen plötzlichen Schock zu beenden, etwa mittels lauter Geräusche, kalter, in den Ausschnitt gesteckter Schlüssel oder unerwarteter Kniffe ins Hinterteil. Heute seufzte ich nur.

»Natürlich wird er das!« beruhigte Helena die aufgelöste junge Dame. »Marcus Didius ist tief betrübt über das, was Constans zugestoßen ist. Er wird Ihnen helfen, wenn er kann.«

Man hatte mich ausschlafen lassen, aber ich fühlte mich immer noch wie ein nasser Waschlappen. Nach Tagen im Sattel standen mein Rückgrat und alle daran anschließenden Körperteile unter Feuer. Ich gehörte dringend in die liebevolle Obhut meines Trainers Glaucus und seines dämonischen Masseurs aus Tarsus, aber sie befanden sich Hunderte von Meilen entfernt in Rom, und der größte Teil dieser Entfernung bestand aus offener See.

Schlimmer noch, als ich diesen Morgen in die Küche gekrochen kam, war das Frühstück, das die alte Köchin mir so liebevoll zubereitet hatte, bereits von Quadratus verschlungen worden. Natürlich machte mir die Gute sofort ein neues, aber das war nicht dasselbe. Also lassen Sie uns ehrlich sein: Meine Stimmung war absolut beschissen.

Ich hob die Hand wie ein wortgewandter Redner. Claudia Rufina verstummte, aber Helena schniefte nur verächtlich. Angeberei konnte sie nun mal nicht ausstehen.

»Helena Justina hat absolut recht, was mein tiefempfundenes Mitgefühl für Sie und Ihrer Familie angeht. Nichts kann den Schmerz über den vorzeitigen Tod eines vielversprechenden jungen Mannes lindern, dem das Reich zu seinen Füßen liegt.« Und dazu ein Haufen Geld, dachte ich. Ich war außerordentlich müde. Meine Stimmung war wirklich am Nullpunkt.

»Vielen Dank«, erwiderte Claudia und wies mich durch ihre würdevolle Reaktion in meine Schranken.

»Sie sind eine vernünftige junge Frau, und ich glaube, daß Sie ein offenes Wort vertragen können.« Normalerweise war ich nicht so grob. Ich sah, wie Helenas Augenbrauen in die Höhe schossen. Mein schlechtes Gewissen verstärkte meine Übellaunigkeit. »Entschuldigen Sie, falls ich brüsk klingen sollte. Ich kam mit einem schwierigen Auftrag nach Hispanien und erhielt nicht die geringste Unterstützung von den Honoratioren Cordubas, auch nicht von Ihrer eigenen Familie. Nach wie vor muß ich einen in Rom geschehenen Mord aufklären und einen langen Bericht über gewisse, hier gängige Geschäftspraktiken verfassen. Für all das bleibt mir viel zu wenig Zeit, denn wir müssen rechtzeitig nach Italien zurückkehren, bevor Helena Justina unser Kind zur Welt bringt.« Alle Blicke wanderten zu Helena. Inzwischen war sie so unförmig, daß wir vermutlich mit Zwillingen rechnen mußten. »Claudia Rufina, dies ist nicht der Augenblick für mich, einen privaten Auftrag zu übernehmen, zumal es ziemlich klar ist, daß es sich hier um einen äußerst tragischen Unfall handelt.«

»Und obendrein «, murmelte Helena, »wurde Marcus gerade das Frühstück von jenem jungen Mann weggegessen, auf den alle so große Stücke halten.«

»Tiberius?« Claudia sah an ihrer unvorteilhaften Nase entlang. Der gutaussehende und heiratsfähige Quästor schien es ihr noch immer angetan zu haben – auch wenn ihr verschlossener Blick darauf hindeutete, daß sich ihre Haltung allmählich ändern mochte.

»Ja, Tiberius!« Helenas Lächeln wirkte wie der gütige Blick einer Sibylle kurz vor der Prophezeiung eines Weltkrieges.

»Oh«, sagte Claudia. Dann fügte sie in ihrer ernsthaften Art hinzu: »Ich bin mit Großvaters Kutsche gekommen. Soll ich Tiberius vielleicht von hier fortbringen?«

»Das wäre außerordentlich freundlich«, erwiderte Helena. »Sie sehen, auch ich bin heute sehr offen.«

»Mir macht das nichts aus«, erwiderte Claudia leise. »Ich wollte sowieso mit ihm reden.« Das war der Moment, in dem ich mir Sorgen um Claudia zu machen begann.

Ich betrachtete unsere Besucherin jetzt freundlicher. Sie trug einen dunklen Schleier, obwohl sie ihn nur nachlässig übergeworfen hatte, als hätte eine Dienerin sie in letzter Minute dazu überredet. Für das Gespräch mit uns war sie ohne Begleitung gekommen. Wieder trug sie das blaue Kleid, das ich schon mal an ihr gesehen hatte, war aber nicht so sorgfältig zurechtgemacht. Ihre Haare hatte sie wie üblich streng zurückgekämmt, was ihre lange Nase betonte. Als reiche Erbin hätte sie sich eigentlich in ein totschickes, durch Onyxschmuck zusammengehaltenes Trauergewand werfen müssen. Aber es konnte auch sein, daß sie durch ihren Schmerz zu abgelenkt war.

»Ich denke, wir sollten Tiberius in unserer eigenen Kutsche nach Hause schicken«, widersprach ich.

Helena warf mir einen verärgerten Blick zu. Sie konnte es nicht erwarten, ihn loszuwerden. »Marcus, Claudia Rufina sagt, sie möchte mit ihm sprechen.«

»Über was, Claudia?« fragte ich knapp.

Claudia sah mir direkt in die Augen. »Ich will ihn fragen, wo er war, als mein Bruder starb.«

Ich erwiderte ihren Blick mit der gleichen Direktheit. »Er war hier. Wegen seiner Verletzung kann er nicht reiten. Gleich nach seinem Sturz bestand Helena darauf, daß er von einem Arzt untersucht wird. Wir wissen, daß seine Verletzung schwerwiegend ist.«

Claudia senkte den Blick, sah bedrückt und verwirrt aus. Zu fragen, warum irgendwer an Quadratus' Verletzung zweifeln sollte oder warum wir uns eigens vergewissert hatten, daß er ein Alibi besaß, fiel ihr nicht ein. Sie mochte eine Ahnung von unseren Zweifeln an ihm haben, scheute aber immer noch vor deren voller Bedeutung zurück.

Helena verschränkte die Hände über dem Bauch. »Sagen Sie uns, warum Sie mit Marcus Didius sprechen wollten.«

»Er führt Ermittlungen durch«, erklärte Claudia in stolzem Ton. »Ich möchte ihn engagieren, damit er herausfindet, wie Constans getötet wurde.«

»Glauben Sie denn nicht, was man Ihnen darüber erzählt hat?« fragte ich.

Erneut trotzte mir Claudia mit einem herausfordernden Blick. »Nein, das tue ich nicht.«

Ich überging das Drama. »Weiß Ihr Großvater, daß Sie zu mir gekommen sind?«

»Ich kann es mir leisten, Sie zu bezahlen!«

»Dann verhalten Sie sich geschäftsmäßig und beantworten Sie meine Frage.«

Claudia wurde vor unseren Augen regelrecht vom Kind zur Erwachsenen. »Mein Großvater wäre außer sich. Er verbietet jede Diskussion über das, was geschehen ist. Also habe ich ihm nicht gesagt, daß ich herfahren würde oder warum.«

So gefiel sie mir schon viel besser. Sie war jung und verwöhnt, aber sie ergriff die Initiative. Helena hatte den Wechsel meines Gesichtsausdruckes mitbekommen und schaute nun weniger kritisch. So sanft wie möglich erklärte ich dem Mädchen: »Schauen Sie – die Leute kommen ständig zu mir und behaupten, ihre Verwandten seien unter verdächtigen Umständen gestorben. Im allgemeinen irren sie sich. Die meisten Menschen, die eines unnatürlichen Todes sterben, sind von nahen Verwandten ermordet worden, also bittet man mich nicht um Hilfe, weil die Familie die

Wahrheit zu vertuschen sucht. Wenn ich gebeten werde zu ermitteln, finde ich fast immer heraus, daß die fragliche Person gestorben ist, weil ihre Zeit um war, oder daß tatsächlich ein Unfall vorliegt.«

Claudia Rufina atmete langsam und tief durch. »Ich verstehe.«

»Ich glaube Ihnen, wie schwer es ist, sich mit dem Verlust von Constans abzufinden, aber Sie werden vielleicht einfach hinnehmen müssen, daß es ein tragischer Unfall war.«

Sie bemühte sich mit aller Kraft, vernünftig zu wirken. »Sie werden mir also nicht helfen.«

»Das habe ich nicht gesagt.« Begierig schaute sie auf. »Etwas hat Sie heute hierher geführt, wo Sie doch eigentlich trauern und Ihre Großmutter trösten sollten. Etwas hat Sie so stark beunruhigt, daß Sie allein hierher gefahren sind. Ich nehme das sehr ernst, Claudia. Sagen Sie mir, was Ihnen dieses Mißtrauen eingeflößt hat.«

»Ich weiß es nicht.« Sie wurde rot. Zumindest war sie ehrlich. Ein seltener Zug bei einem Klienten.

Ich habe viel Zeit mit Frauen verbracht, die in der einen oder anderen Situation etwas zurückhielten. Also wartete ich ab. Mir war klar, daß Helena mich für viel zu streng hielt. Ich war einfach zu müde für große Behutsamkeit.

Claudia Rufina sah Helena Hilfe heischend an und sagte dann fest: »Ich glaube, daß mein Bruder ermordet worden ist. Dafür gibt es einen Grund, Marcus Didius. Ich glaube, Constans wußte etwas über die Sache, die Sie untersuchen. Ich glaube, er wollte sein Wissen preisgeben, also wurde er umgebracht, bevor er mit den örtlichen Behörden reden konnte.«

Gern hätte ich ihr noch eine Reihe von Fragen gestellt, aber in dem Moment, als sie geendet hatte, klopfte Tiberius Quinctius Quadratus (in einer schicken blauen Tunika, die ich zuletzt im Badehaus gesehen hatte) höflich an die Tür und schlenderte ins Zimmer, das nun plötzlich von Schweigen erfüllt war.

LV

Er ging direkt zu dem Mädchen. In Anbetracht der Tatsache, daß er mir gegenüber zugegeben hatte, er denke nicht an eine Heirat mit ihr, wäre es vielleicht rücksichtsvoller gewesen, Distanz zu wahren. Aber er murmelte etwas von Schock und Bedauern. Als Claudia daraufhin in Tränen ausbrach, beugte er sich über ihren Stuhl, ergriff ihre Hand und legte den anderen Arm tröstend um ihre zuckenden Schultern.

Junge Männer können normalerweise nicht so gut mit Trauernden umgehen. Vielleicht hatten Helena und ich uns in ihm getäuscht. Man kann eine Abneigung gegen jemanden entwickeln und dann so voreingenommen sein, daß man in jeder Geste Niedertracht sieht. Vielleicht war Quadratus nichts anderes als ein wohlmeinender junger Mann mit einem mitfühlenden Herzen …

Andererseits hatte Claudia nicht mehr geweint, bis er sie angesprochen hatte.

Claudia bemühte sich, ihre Beherrschung wiederzufinden. Sie wischte die Tränen weg und beugte sich vor, um sich aus der tröstenden Umarmung des jungen Mannes zu befreien. »Tiberius, ich wollte dich etwas fragen …«

Ich unterbrach sie. »Quinctius Quadratus Fragen zu stellen, das überlassen Sie bitte mir.« Das Mädchen fing meinen Blick auf und schwieg. Ich fragte mich, ob Quadratus aufgefallen war, daß sie inzwischen vielleicht Zweifel an seiner Rechtschaffenheit hegte.

Quadratus richtete sich auf und vergaß auch nicht, dabei die Hand gegen sein schmerzendes Kreuz zu drücken. Er war ziemlich bleich, was aber seinem guten Aussehen keinen Abbruch tat. Seine Konstitution war so robust, daß er gar nicht anders aussehen konnte als topfit. »Mir können Sie nichts vormachen, Falco! Ich weiß genau, daß Sie meinen, ich hätte mir etwas zuschulden kommen lassen. Ich würde gern Ihre Fragen beantworten und die Dinge klären!« Nicht schlecht. Ganz der aufrichtige, unschuldige Mann.

»Ich habe keine Fragen an Sie, Quästor.«

»Sie benutzen meinen Titel immer, als wäre er eine Beleidigung ... Ich wünsche, daß diese Verdächtigungen ausgeräumt werden!«

»Sie stehen nicht unter Verdacht.«

»Das ist doch nicht wahr.« Er klang so verletzt, daß ihn jedes Gericht auf der Stelle freigesprochen hätte. Geschworene fahren voll ab auf einen Mann, der sich die Mühe macht, schlecht zu schauspielern. »Das ist alles so ungerecht, Falco. Ich scheine in Baetica keinen Schritt machen zu können, ohne auf Kritik zu stoßen. Selbst der Prokonsul will offenbar nicht mit mir arbeiten – ich nehme an, er denkt, ich sei aufgrund des Einflusses meines Vaters ernannt worden, nicht wegen eigener Verdienste. Kann ich was dafür, daß meine Familie starke Verbindungen zu Baetica hat? Ich bin für diese Quästur genau so qualifiziert wie jeder andere in Rom!«

»Das ist vollkommen richtig«, verkündete ich. Und das war es auch. Tagtäglich werden Idioten ohne jedes Moralgefühl in den Senat gewählt. Manche davon landen zwangsläufig auf wichtigen Finanzposten. »Aber seien Sie nachsichtig«, frotzelte ich. »Man stößt hin und wieder auf einen exzentrischen Statthalter, der seinen Quästor nur deshalb kritisiert, weil der Junge Platos *Akademie* gelesen hat, aber nicht weiß, wierum ein Abakus funktioniert.«

Quadratus fühlte sich bemüßigt, bissig zu werden: »Die Zahlen werden von sehr kompetenten Leuten zusammengestellt, Falco!« Allerdings. Und das war auch nur gut so, wenn der Mann, der aufgrund dieser Zahlen Entscheidungen treffen sollte, unfähig war, ihre Bedeutung zu verstehen oder zu erkennen, ob sie manipuliert waren – und zu allem Überfluß auch keinen Sinn darin sah, sich überhaupt mit derlei zu befassen. Quadratus fuhr sich mit der Hand durch den hübschen Haarschopf und machte ein besorgtes Gesicht. »Ich habe nichts Unrechtes getan.«

Ich lächelte. »Das behauptet auch jeder Verbrecher. Was das Leben für wirklich unschuldige Männer äußerst schwierig macht: all die guten Sprüche sind bereits verbraucht.«

Quadratus runzelte die Stirn. »Und was heißt das in Bezug auf mich?«

Ich setzte eine erstaunte Miene auf. Die Sache machte mir einen Heidenspaß. Es war Zeit, ihn unter Druck zu setzen: »Daß Sie sich vielleicht endlich mal an Ihre Arbeit machen, würde ich vorschlagen.« Wenn meine Vermutung zutraf, daß Laeta ausschließlich seine eigenen Interessen verfolgte, dann bestand keine Hoffnung, daß er die Quinctii verfolgte, nachdem er sich Anacrites' Posten geschnappt hatte. Ich konnte diesem Jungen hier genausogut die Chance geben, sich im Amt in die Nesseln zu setzen. »Warum beweisen Sie dem Prokonsul nicht, daß er sich in Ihnen getäuscht hat? Sie sind nach Baetica gekommen, um als Quästor zu dienen. Wenn Sie Ihre Aufgaben tüchtig und gewissenhaft erfüllen, ist das der beste Beweis für Ihre Kompetenz. Sagen Sie ihm einfach, Sie hätten genug von der Jagd und wollten sich nun ins Zeug legen. Entweder nimmt er das hin, oder er muß Sie entlassen, und Sie können nach Rom zurückkehren und offiziell dagegen vorgehen.«

Quadratus sah mich an, als hätte ich ihm gerade die Geheimnisse der Unsterblichkeit enthüllt. »Bei Jupiter, das werde ich! Sie haben recht, Falco!« Er strahlte. Die Verwandlung war ruckzuck geschehen. So sehr daran gewöhnt, daß sich seiner Familie nie ein Hindernis in den Weg legte, schlüpfte er flugs aus der Rolle des leidenden Angeklagten und barst jetzt vor selbstherrlicher Überzeugung, sich den Prokonsul auf diese Weise gefügig machen zu können. Die ihm bevorstehende Konfrontation dürfte interessanter werden, als Quadratus sich vorstellte. »Demzufolge sind Sie also nicht hinter mir her?«

Ich lächelte. Sollte er das doch denken. »Als erstes, Quästor, werde ich Ihnen meine Kutsche zur Verfügung stellen, damit Sie auf das Gut Ihres Vaters zurückkehren können.«

»Natürlich. Sie müssen meiner überdrüssig sein. Tut mir leid, daß ich eine solche Bürde für Sie war. Ich bin hervorragend gepflegt worden!«

»Das war doch selbstverständlich«, meinte Helena lächelnd.

»Aber ich kann keinesfalls Ihre Kutsche in Anspruch nehmen.«

»Na, auf Tänzler können Sie jedenfalls nicht reiten.«

»Dieser Dämon! Ich habe Optatus befohlen, ihn zu töten.«

»Tänzler gehört nicht Optatus«, warf ich kalt ein. »Sein Besitzer ist Annaeus Maximus, und momentan befindet sich der Gaul in meiner Obhut. Er hat Sie abgeworfen. Das tun Pferde nun mal. Sie sind verletzt worden – das war Ihr Risiko, als Sie ihn bestiegen. Ich bin kein erfahrener Reiter, aber Tänzler hat mir nie Schwierigkeiten gemacht. Vielleicht haben Sie das Tier gereizt.«

Rasch machte er einen Rückzieher und erwiderte ruhig: »Wie Sie meinen, Falco.« Dann wandte er sich an Claudia Rufina. »Wenn ich schon fahre, kann ich dich ohne weiteres mitnehmen und nach Hause bringen.«

»Ausgeschlossen!« sagte ich rasch. Falls Rufius Constans etwas über das Kartell gewußt hatte, fragte sich höchstwahrscheinlich derjenige, der ihn zum Schweigen bringen wollte, ob er darüber mit Claudia gesprochen hatte. Wenn Claudias Annahme stimmte, daß ihr Bruder ermordet worden war, dann mußte sie geschützt werden – selbst vor Verdächtigen mit hieb- und stichfesten Alibis. Ich dachte nicht daran, Claudia mit dem Sohn des Mannes allein zu lassen, der das Kartell anführte. »Quadratus, Sie müssen wegen Ihres verletzten Rückens auf dem kürzesten Weg nach Hause fahren. Helena und ich werden Claudia in der Kutsche ihres Großvaters begleiten.«

»Vielleicht wäre die für Tiberius aber bequemer«, schlug Claudia plötzlich vor. »Man kann den Sitz ausziehen, so daß er die ganze Zeit liegen könnte.«

Ich stimmte zu. Helena und ich würden Claudia in unserer eigenen Kutsche heimbringen und dabei am Unfallort haltmachen – was ich dem charmanten Tiberius allerdings verschwieg.

LVI

Wir fuhren alle gleichzeitig los. Ich hatte den Kutscher der Rufii angewiesen, ein äußerst langsames Tempo anzuschlagen, damit dem Verletzten nichts passierte. Das verschaffte Marmarides einen Vorsprung, und bald hatte er die andere Kutsche weit hinter sich gelassen, was mich freute. Der größte Teil der Fahrt führte durch die ausgedehnten Felder des Quinctius-Gutes. Ich hatte mich zu Marmarides auf den Kutschbock gesetzt, damit die beiden Frauen in Ruhe miteinander reden konnten, doch Helena erzählte mir später, daß sie ein schweigsames Paar abgegeben hätten, wobei Claudia Rufina wie betäubt in die Gegend starrte. Ihr war offenbar die Kraft ausgegangen, und der erlittene Schock hatte sie schließlich überwältigt.

Am Todesort des jungen Mannes war ein tragbarer Altar aufgestellt – direkt neben dem Weg, so daß niemand vorbeigehen konnte, ohne Notiz von der Tragödie zu nehmen. Auf einer Steinplatte standen Blumen, Schüsseln mit Öl und Weizenkuchen. Der Sklave, den wir im Schatten eines Kastanienbaumes schlummern sahen, sollte eigentlich diesen traurigen Schrein bewachen.

Ich erinnerte mich an diesen Ort. Die Ölmühlen der Rufii standen an einem Hof nicht weit weg vom Haupthaus. Er gehörte zum ursprünglichen Wohngebäude, einer Villa Rustika im älteren Stil, die man aufgegeben hatte, als die Familie wohlhabend wurde und sich für ein größeres, aufwendigeres und städtischeres Wohnhaus entschloß. Im alten Haus waren jetzt vermutlich die Verwalter und Aufseher untergebracht; allerdings war es während des Tages normalerweise verlassen, da sie sich alle auf den Feldern und in den Olivenhainen befanden. So mußte es auch gestern gewesen sein, als der junge Rufius hierherkam.

Als Marmarides die Fahrt verlangsamte, sprang ich rasch vom

Kutschbock. Der Hauptweg des Gutes führte durch diesen Hof. Marmarides ließ die Mulis eine Kehrtwendung machen und lenkte die Kutsche auf die Schattenseite, wo bereits ein Pferd angebunden war. Im Vorbeigehen tätschelte ich das Tier und merkte, daß seine Flanken noch warm vom Ritt waren. Eine Schar weißer Gänse kam bedrohlich auf mich zugewatschelt, aber der Sklave, der den Schrein bewachen sollte, griff nach einem Stock und trieb sie weg.

Es gab verschiedene Wirtschaftsgebäude, in die ich jeweils einen raschen Blick warf: Ställe und Schuppen für die Pflüge, ein Weinkeller, eine Dreschtenne und schließlich der Teil, in dem das Öl hergestellt wurde. Er war überdacht, aber in der zum Hof gelegenen Wand befanden sich riesige Falttüren, durch die vermutlich die Karren einfuhren. Im Sommer standen die Türen weit offen.

Zwei Räume wurden zur Ölgewinnung benutzt, wie das auf den meisten Gütern üblich war. Im äußeren standen zwei Ölpressen, und in den Boden waren Bottiche eingelassen. Hier war Constans offenbar nicht zu Tode gekommen. Die Bottiche wurden wohl dazu benutzt, das ausgepreßte Öl zu schöpfen, es ruhen zu lassen und an die dreißig Mal von anderen, in ihm enthaltenen Flüssigkeiten zu trennen. Riesige Schöpfkellen hingen an den Wänden, zusammen mit einer großen Anzahl von Espartosäcken. Ich sah sie mir gerade näher an, als jemand geduckt durch den Bogendurchgang zum nächsten Raum trat und sofort sagte: »In die wird das Preßgut gefüllt, bevor es ausgepreßt wird.«

Es war Marius Optatus. Da ich sein Pferd draußen gesehen hatte, war ich auf seine Anwesenheit vorbereitet, obwohl ich mich fragte, was zum Hades er hier tat. Ruhig fuhr er fort: »Man schichtet etwa fünfundzwanzig bis dreißig Säcke aufeinander und schiebt gelegentlich Metallplatten dazwischen, damit sie nicht verrutschen ...« Er deutete auf den zweiten Raum, aus dem er gekommen war. »Constans ist dort drinnen gestorben.«

Hinter mir im Hof konnte ich Helena und Claudia langsam

aus der Kutsche steigen hören. Helena versuchte, das Mädchen möglichst lange zurückzuhalten, damit ich Zeit hatte, mir den Tatort allein anzusehen. Optatus hörte sie auch und machte ein besorgtes Gesicht. Ich trat hinaus in den Hof und rief Helena zu, draußen zu bleiben. Dann folgte ich Optatus in den zweiten Raum.

Durch die Schlitze an der Nordwand sickerte nur schwach das Licht herein. Ich blieb einen Moment stehen, um meine Augen an das Halbdunkel des kleinen Raumes zu gewöhnen. Ein schwacher und doch ausgeprägter Geruch nach den Oliven des Vorjahres hing immer noch im Raum. Es war eng und still hier, obwohl wir gedämpfte Stimmen aus dem Hof hören konnten. Die Leiche des Jungen war entfernt worden. Alles andere sah so aus, als hätte man es einfach so liegengelassen.

»In diesem Raum findet das erste Zerkleinern statt«, erklärte Optatus. »Die Oliven werden gepflückt und in großen Körben zur Mühle getragen. Sie werden gewaschen, sortiert und zwei Tage lang in Haufen auf einem abgeschrägten Teil des Bodens liegengelassen. Dann schafft man sie hierher zum Zerkleinern. Die Oliven werden in dieser Mühle zerquetscht, damit eine grobe, gleichmäßig vermischte Masse entsteht. Die kommt dann nach nebenan, wo das Öl ausgepreßt wird.«

Die Zerkleinerungsmühle bestand aus einem großen runden Steinbecken, in das die noch ganzen Ölfrüchte geschüttet wurden. Ein Mittelpfahl stützte schwere Holzarme ab, die durch das Zentrum von zwei vertikalen, halbzylinderförmigen Mahlsteinen verliefen. Diese wurden durch einen kräftigen, rechteckigen Kasten etwas voneinander getrennt, in dem die Holzarme befestigt waren. Der Kasten war mit Metall beschlagen und bildete einen Teil der Zentralmaschinerie, die die Mahlsteine drehte und abstützte.

»Durch die beiden Steine werden Stangen geführt«, erklärte Optatus in seiner monotonen Art. »Zwei Männer gehen um das

Becken herum, schieben die Stangen langsam vor sich her und zerkleinern so die Ölfrüchte.«

»Es ist also anders als beim Kornmahlen?«

»Ja. Kornmühlen haben eine konische Basis und einen ausgehöhlten oberen Stein. Hier ist es genau umgekehrt – ein Becken, in das die Steinwalzen passen.«

»Sie bewegen sich ziemlich locker?«

»Ja. Ihre Aufgabe ist, die Oliven zu zerquetschen und das Öl freizusetzen, eine geschmeidige Masse herzustellen. Aber man achtet darauf, die Kerne möglichst nicht zu zerbrechen. Sie geben dem Öl einen bitteren Geschmack.«

Wir schwiegen beide.

Die alten, abgenutzten Mahlsteine standen gegen die Wand gelehnt, einer mit der flachen Seite nach außen, der andere mit der runden; beide waren dunkellila verfärbt und stark verformt. Heller, neuer Zement war benutzt worden, um das Becken auszubessern. Einer der neuen Steine war bereits aufrecht am zentralen Drehpunkt angebracht, an dem er durch Keile gehalten wurde. Beide Steine waren mit brandneuen Drehstangen geliefert worden, deren Holz nach der Bearbeitung mit dem Breitbeil noch weiß schimmerte.

»Sie sehen, Falco«, fuhr mein Begleiter mit gleichmäßiger Stimme fort, »daß der Mahlstein ziemlich locker hineinpaßt. Wenn die Mühle in Gebrauch ist, wird die Stange nur als Hebel benutzt, um den Stein durch das Becken zu bewegen. Die Steine bewegen sich fast aus eigener Kraft aufgrund des Drucks durch die eingefüllten Oliven.« Der Mahlstein wurde von unten durch Keile gehalten, und jetzt lehnte noch Optatus sich auf ihn, um mir zu zeigen, wieviel freies Spiel er hatte. Durch Druck auf die Stangen würde sich der Stein bewegen und die Oliven gegen die Wände des Beckens drücken, aber nicht so fest, daß die Kerne zerbrachen.

Ich seufzte und befingerte eine Manschette, die eng um die Stange paßte. »Und diese Dichtung – die man wahrscheinlich verstellen kann – ist hier an der Außenseite angebracht, damit der Stein in Position bleibt?«

»So sollte es sein.« Optatus' Stimme hatte einen grimmigen Klang angenommen.

»Dann kann ich mir in etwa vorstellen, was mit dem Jungen passiert ist.«

»Ich denke auch!« Offenbar hatte Optatus die ganze Sache bereits durchdacht und war zu keinem erfreulichen Ergebnis gekommen.

Der zweite Mahlstein lag auf dem Boden. Die dazugehörige Stange war halbwegs durchgesteckt, war dann aber beim Herabfallen zerbrochen. Selbst in dieser schwachen Beleuchtung bemerkte ich die dunklen Flecke auf dem Boden neben dem Stein. Sie sahen wie getrocknetes Blut aus.

»Also, zu welchen Schlüssen sind Sie gekommen?« fragte ich Marius.

»Die neuen Mahlsteine sind vor zwei Tagen geliefert worden, aber Licinius Rufius hatte noch keine Vorkehrungen getroffen, sie anbringen zu lassen. Ich habe im Haus gefragt, und er hatte offenbar vor, die Steinmetze, die an seinem neuen Portikus arbeiteten, damit zu beauftragen.«

»Warum hat er das nicht getan?«

»Er hatte eine Auseinandersetzung mit ihnen wegen einer zerbrochenen Säule, und sie hatten die Baustelle verlassen.«

»Das mag sehr gut sein. Ich habe die zerbrochene Säule selbst gesehen, als ich vor einiger Zeit hier war.«

»Constans scheint beschlossen zu haben, seinen Großvater zu überraschen und ihm eine Freude zu machen. Er hat jedoch nur gesagt, daß er herkommen wolle, um die neuen Mahlsteine zu inspizieren, ehe der Lieferant bezahlt wurde. Gute Götter, Falco, wenn ich gewußt hätte, was er vorhatte, hätte ich ihm selbst geholfen! Ich frage mich, ob er drüben bei uns war, um mich darum zu bitten – aber ich war nach Corduba gefahren, weil ich Quadratus entfliehen wollte …«

»Alle behaupten also, er sei allein gewesen – und doch haben wir hier den ersten neuen Stein, der bereits montiert ist.«

»Ich habe mit den Arbeitern gesprochen, und keiner von ihnen war daran beteiligt.«

»So ein Mahlstein ist ein ganz schönes Schwergewicht! Rufius sah zwar kräftig aus, aber er konnte mit diesen Gewichten keinesfalls allein fertig werden.«

»Nein, Falco. Das ist der Grund, warum ich heute hergeritten bin. Ich kann einfach nicht glauben, was da über diesen Unfall gesagt wird. Man braucht mindestens zwei Männer, um diese Mahlsteine zu bewegen und anzubringen – besser noch vier.« Die Besorgnis in der Stimme unseres Pächters überzeugte mich davon, daß seine Motive aufrichtig waren. Genau wie ich, war er ein praktischer Mann. Die Ungereimtheiten der Geschichte hatten ihn so beschäftigt und beunruhigt, daß er selbst nachsehen mußte.

»Wie geht das Anbringen denn nun vor sich, Marius? Jeder der Steine muß in das Becken gehoben werden – ich nehme an, man richtet sie mit einem Hebebalken auf und benutzt dann Seile, um sie hochzuhieven?« Ich sah mich um. Nachdem sich meine Augen besser an das Licht gewöhnt hatten, konnte ich die zur Seite geworfene Ausrüstung dafür erkennen.

Optatus bestätigte, wie schwierig das Unterfangen war: »Das ist Schwerstarbeit, aber den Stein in das Becken zu bringen ist noch der leichtere Teil. Dann muß der Mahlstein aufgerichtet, vom Boden hochgehoben und mit Keilen abgestützt werden.«

»Um ihn in Position zu bringen? Damit er sich über dem Boden des Beckens dreht?«

»Ja. Ihn in die richtige Höhe zu bringen erfordert viel Kraft.«

»Und Mut! Man würde es sehr schnell merken, wenn einem ein solcher Stein über den Zeh rollt.«

»Oder auf die Brust fällt«, knurrte Marius bei dem Gedanken, was mit dem jungen Rufius passiert war. »Als erstes muß man die

Position bestimmen. Dann muß jemand hochklettern und sich rittlings auf den Dreharm setzen, um die Stange in ihre Befestigung am Mittelpfahl einzuführen. Ich hab das schon gemacht, Falco, und wenn man nicht gleich beim ersten Mal Glück hat, schwirren eine Menge unflätiger Flüche durch die Luft. Der Mann, der das Ende in Position bringen muß, hat bald einen ungeheuren Zorn auf denjenigen, der die Stange durch den Stein schiebt. Die da einzupassen ist sehr schwierig. Man muß genaue Anweisungen geben – die der Partner natürlich prompt falsch versteht.«

Optatus malte da ein hübsches Bild von den Freuden des Zusammenarbeitens. Ich wünschte, ich hätte zusehen können, wie er ein paar meiner Schwäger bei einer einfachen häuslichen Verrichtung herumkommandierte.

»Vielleicht haben sich Rufius und sein Helfer gestritten ... Rufius muß derjenige gewesen sein, der unten stand.«

»Ja. Der Stein rutschte ab und fiel auf ihn«, stimmte Optatus zu. »Die Gutsarbeiter haben mir erzählt, daß sie ihn auf dem Rücken liegend mit ausgestreckten Armen fanden, und der Mahlstein lag direkt auf ihm. Er hatte ihm die Brust und auch den Bauch zerquetscht.«

Ich zuckte zusammen. »Hoffen wir, daß er sofort tot war.«

»Er hätte es nicht lange überlebt. Selbst wenn man den Mahlstein sofort heruntergehoben hätte, wäre keine Hoffnung mehr gewesen.«

»Der Punkt ist«, sagte ich säuerlich, »ob er es hätte vermeiden können, überhaupt zerquetscht zu werden.«

Optatus nickte. »Ich habe die Stange untersucht, Falco.« Er beugte sich darüber, um es mir zu zeigen. »Schauen Sie, die Manschette ist noch nicht aufgesetzt worden. Es sieht auch so aus, als wären nur sehr wenige Keile angebracht worden, um den Stein im Becken in Position zu bringen. Derjenige, der sich das hier vorgenommen hatte, muß ein totaler Amateur gewesen sein.«

»Rufius war sehr jung. Er hat vielleicht nie zuvor gesehen, wie diese Dinger angebracht werden.«

»Das ist Wahnsinn. Leichtsinnige, gedankenlose Pfuscherei. Der Mahlstein muß auf der Hebestange herumgewackelt und kaum noch zu kontrollieren gewesen sein. Nachdem er erst einmal schief saß, hätte der Mann am Boden zur Seite springen können, wenn er schnell war, aber wahrscheinlich schaffte er das nicht wegen der Schwere des Steins, den er abstützte.«

»Sein Instinkt mag ihn veranlaßt haben, den Stein länger mit dem Hebebalken abzustützen, als er es hätte tun sollen, besonders, wenn er unerfahren war. Jupiter, was für eine schreckliche Vorstellung. Hätte sein Freund von oben den Stein nicht hochhieven können?«

Optatus nahm kein Blatt vor den Mund: »Vielleicht hat dieser ›Freund‹ den Stein statt dessen nach außen gedrückt!«

»Sie greifen der Sache voraus. Aber das würde erklären, wieso der ›Freund‹ hinterher verschwunden ist.«

Optatus wurde noch deutlicher; er war wütend. »Selbst wenn es wirklich ein Unfall gewesen ist, hätte der Freund den Stein hinterher von Constans wegrollen können. Der Junge wäre trotzdem unter Schmerzen gestorben, aber er hätte nicht allein sterben müssen.«

»Schöner Freund!«

Wir hörten ein Geräusch und wandten uns um. Marmarides kam mit Helena und Claudia auf uns zu. Claudias Gesichtsausdruck war zu entnehmen, daß sie gehört hatte, was Marius sagte.

Optatus richtete sich sofort auf und ging zu dem Mädchen. Er legte ihr beide Hände auf die Schultern und küßte sie auf die Stirn. Es war nur eine rasche Geste, und er nahm seine Hände sofort wieder fort. Claudia schenkte ihm ein schwaches Lächeln und brach auch nicht in Tränen aus, wie sie es getan hatte, als Quadratus sie mit Beileidsbezeugungen überhäufte.

Optatus erklärte in ein paar Worten, worüber wir gesprochen hatten. »Es gibt keine Zweifel. Constans kann diese Arbeit nicht allein ausgeführt haben. Jemand – wenn wir auch noch nicht wissen, wer – war hier und hat ihm geholfen.«

»Jemand hat ihn umgebracht.« Claudias Stimme klang jetzt auf unheimliche Weise beherrscht.

Ich mußte eingreifen. »Es kann immer noch ein schrecklicher Unfall gewesen sein. Aber wer auch immer hier war, *muß* gesehen haben, daß Ihr Bruder schwer verletzt war, und hat ihn trotzdem allein gelassen.«

»Sie meinen, er hätte nicht sterben müssen? Er hätte gerettet werden können?« Ihre plötzlich schrille Stimme verriet, daß sich Claudias Gedanken überschlugen.

»Nein, nein. Bitte quälen Sie sich nicht mit dem Gedanken. Nachdem der Stein nun einmal abrutschte und auf ihn fiel, waren seine Verletzungen viel zu schwer.« Während ich das sagte, legte Marius die Hand auf ihren Arm und nickte, versuchte sie zu überzeugen, daß es stimmte. Jetzt begann Claudia doch zu weinen, aber statt sie selbst zu trösten, machte Marius ein verlegenes Gesicht und schob sie zu Helena. Als Liebhaber hatte er eine gute Chance verpaßt.

Helena hielt Claudia an sich gedrückt, küßte sie und fragte mich dann: »Marcus, was glaubst du, wer dieser verschwundene Begleiter war?«

»Ich bin gerne bereit, einen Namen zu nennen!« zischte Marius.

»Das wissen wir – aber Quinctius Quadratus hat ein unerschütterliches Alibi: der Mistkerl konnte nicht reiten. Selbst wenn sein junger Freund Constans ihn bei uns auf dem Gut abgeholt hat, hätte Quadratus nach dem Unfall immer noch dorthin zurückkehren müssen. Wie soll er das wohl angestellt haben?« Optatus schwieg und räumte damit widerstrebend diesen Punkt ein.

»Nennen Sie es Mord, nicht Unfall!« beharrte Claudia und befreite sich aus Helenas Armen.

»Das werde ich so lange nicht tun, Claudia«, sagte ich geduldig, »bis ich entweder Beweise beibringen oder jemanden zu einem Geständnis bewegen kann. Aber ich gebe Ihnen mein Wort, daß ich alles in meiner Macht Stehende tun werde, um herauszufinden, was passiert ist, und wenn es wirklich Mord war, werde ich den Täter zur Verantwortung ziehen.«

Claudia Rufina bemühte sich sichtbar, ihre Gefühle unter Kontrolle zu bringen. Das junge Mädchen war mutig, stand aber kurz vor einem Zusammenbruch. Auf ein Zeichen von Helena schlug ich leise vor, daß wir den Ort der Tragödie verließen und sie zum Haus ihrer Großeltern brachten.

LVII

In dem großen, halbfertigen Haus herrschte Stille. Die Bauarbeiter waren nach Hause geschickt worden, und die Gutsarbeiter blieben in ihren Quartieren. Verängstigte Sklaven huschten drinnen zwischen den Säulen herum. Die Zeit war stehengeblieben.

Die Leiche von Rufius Constans lag hoch im Atrium aufgebahrt. Alles war mit Zypressenzweigen geschmückt. Ein Baldachin verdunkelte den sonst mit Sonnenlicht erfüllten Raum, und rußende Fackeln brachten die Besucher zum Husten und ließen ihnen die Augen tränen. Der junge Mann war für das Begräbnis in Weiß gekleidet, mit Girlanden bedeckt und roch süßlich nach Einbalsamierungsölen. Büsten seiner Vorfahren wachten über ihn. Lorbeerkränze, die er noch nicht hatte für sich selbst erringen können, waren auf Dreifüßen drapiert, um die Ehren zu symbolisieren, die der Familie entgangen waren.

Marius und ich tauschten Blicke aus, überlegten, ob einer von uns Wache halten sollte, während der andere die Leiche untersuchte. Aber was hätten wir schon entdecken sollen? Es war das Risiko, daß man uns bei dem Sakrileg erwischte, nicht wert. Wir entschieden uns dafür, eventuelle Empörungsschreie zu vermeiden.

Licinius Rufius und seine Frau saßen völlig reglos im angrenzenden Empfangszimmer. Beide waren schwarz gekleidet. Beide sahen aus, als hätten sie weder geschlafen noch gegessen, seit sie vom Tod ihres Enkels erfahren hatten. Keiner von ihnen zeigte sonderliches Interesse an der Rückkehr ihrer Enkelin, obwohl sie erfreut zu sein schienen, daß wir anderen gekommen waren, um ihre Trauer zu teilen. Die Atmosphäre war lähmend. Ich hatte Mitgefühl mit ihrem Leid, aber ich war immer noch erschöpft und gereizt nach meinem langen Ritt von Hispalis. Meine Geduld war fast am Ende.

Stühle wurden herbeigebracht. Claudia setzte sich sofort mit gefalteten Händen und gesenktem Kopf, schickte sich in ihre Pflichten. Helena, Marius und ich nahmen etwas widerstrebender Platz. Es bestand durchaus die Möglichkeit, daß wir alle für die nächsten drei Stunden wie Statuen hier sitzen und kein Wort hören würden. Ich war wütend und hatte das Gefühl, daß uns derartige Passivität nicht weiterbringen würde.

»Das Ganze ist eine entsetzliche Tragödie. Uns allen ist klar, wie sehr Sie darunter leiden müssen.«

Im Gesicht des Großvaters zuckte es, doch er machte keine Anstalten, mir zu antworten.

»Werden Sie zur Beerdigung kommen?« fragte Claudia Adorata, die alte Dame, mich mit leiser Stimme. Sie gehörte zu jenen Frauen, die in solchen Ritualen Trost suchen. Marius und ich sagten beide zu. Ich hatte bereits mit Helena besprochen, daß sie sich entschuldigen solle. Niemand würde uns danken, wenn sie die ausgedehnte Trauerfeier dadurch störte, daß sie mittendrin das Kind zur Welt brachte.

Ich mußte mich einfach äußern: »Licinius Rufius, Claudia Adorata, vergeben Sie mir, wenn ich ein unwillkommenes Thema anschneide. Ich spreche als Freund. Es ist festgestellt worden, daß jemand, der sich noch nicht zu erkennen gegeben hat, bei Ihrem Enkelsohn gewesen sein muß, als er starb. Die Sache muß untersucht werden.«

»Constans ist tot«, rang sich Licinius ab. »Es ist sinnlos. Sie meinen es gut«, räumte er auf seine autokratische Art ein.

»So ist es. Ich respektiere Ihren Wunsch, sich Ihrer Trauer hinzugeben.« Natürlich bestand immer noch die Möglichkeit, daß der Tod des jungen Mannes ein trauriger – aber unvermeidlicher – Unfall gewesen war. Mit ruhiger und respektvoller Stimme fuhr ich fort: »Ich würde Sie gern unter vier Augen sprechen. Es betrifft die Sicherheit Ihrer Enkelin.«

»Meiner Enkeltochter!« Sein Blick flog zu mir und wurde kühl erwidert.

Zweifellos würde Claudia Rufina nach dem Begräbnis mit Anteilnahme überhäuft werden, aber im Moment erntete sie eher Gleichgültigkeit. Der alte Mann wollte offenbar vor anderen nicht über sie sprechen, also starrte er mich an, gab mir aber dann ein Zeichen, ihm in ein anderes Zimmer zu folgen. Claudia machte eine kurze Bewegung, als wolle sie sich erheben und mit uns kommen, doch Helena Justina schüttelte verstohlen den Kopf.

Ich stand. Licinius saß. Das verlieh ihm Rang und Würde. Die ich nicht nötig hatte.

»Ich werde mich kurz fassen. Vielleicht war es ja einfach Schlamperei, die Ihrem Enkel das Leben kostete. Aber möglicherweise war es doch mehr als ein bloßer Unfall. Zu wissen, wie es wirklich war, spielt ja vielleicht nur für Ihren eigenen Seelenfrieden eine Rolle. Aber ich sah Sie und Constans im Palast des Prokonsuls. Ich habe meine eigenen Schlüsse gezogen, warum Sie ihn dort hinbrachten. Ich habe den starken Verdacht, daß es Menschen gibt, die nicht erfreut gewesen wären, wenn Constans eine Aussage gemacht hätte – und diese Leute werden erleichtert sein, nachdem er jetzt zum Schweigen gebracht worden ist.«

»Sie sagten, Sie wollten mit mir über meine Enkeltochter sprechen, Falco.«

»Das betrifft auch sie. Werden Sie mir erzählen, was Constans wußte?«

»Dazu habe ich nichts zu sagen.«

»Falls Constans Kenntnis über gesetzwidrige Dinge hatte – vielleicht über das Kartell, über das ich neulich mit Ihnen sprach, oder vielleicht über etwas noch viel Schlimmeres –, dann sollten Sie Ihre Einstellung sehr sorgfältig überdenken. Ich habe die beiden nur selten gesehen, aber es kam mir so vor, als würden sich Constans und Claudia sehr nahestehen.«

»Claudia Rufina ist tief betrübt ...«

»Die Sache ist schlimmer als das. Sie könnte in Gefahr sein. Andere Menschen, jene, die Interesse am Schweigen Ihres Enkels hatten, mögen sich jetzt fragen, ob Constans seiner Schwester erzählt hat, was er wußte.«

Licinius Rufius enthielt sich jeder Äußerung, aber er hörte mir jetzt weniger ungeduldig zu.

»Verlieren Sie sie nicht alle beide!« warnte ich.

Für das Mädchen war ich nicht verantwortlich. Ihr Großvater besaß genügend Mittel, für ihren Schutz zu sorgen. Aber ich hatte ihn aufgerüttelt. Er erhob sich mit schroffem Blick, doch das eher aus Prinzip. Es war ihm zuwider, zugeben zu müssen, daß jemand anderes weitsichtiger war.

Als er den Raum verlassen wollte, drehte er sich mit einem schwachen Lächeln zu mir um. »Ihre Fähigkeiten scheinen grenzenlos zu sein.«

»Nicht im geringsten. Ich kann Sie zum Beispiel mit keiner mir bekannten Methode dazu bringen, über dieses mögliche Kartell zu sprechen.«

Zumindest gestattete er mir, es zu erwähnen, obwohl er mir prompt die gleiche ausgeleierte Antwort gab: »Es gibt kein Kartell.«

»Am Ende bin ich vielleicht sogar bereit, das zu glauben.« Ich lächelte. »Wie hört sich dann folgendes für Sie an: Eine Gruppe von Ihnen, ausgewählt wegen ihrer Prominenz in der Geschäftswelt, wurde von einem einflußreichen Senator nach Rom eingeladen. Dort wurde ein Vorschlag gemacht, den Sie alle sofort ablehnten. Dann beging jemand – nicht unbedingt der Senator selbst – einen dummen Fehler. Es wurde bekannt, daß der Oberspion ein Interesse an Ihrer Gruppe zeigte. Jemand verlor den Kopf und setzte zwei mörderische Überfälle in Szene. Der Rest von Ihnen erkannte das als gefährlichen Schnitzer, der nur Aufmerksamkeit auf den von Ihnen abgelehnten Plan lenken würde. Sie verließen Rom in aller Eile.«

»Klingt überzeugend«, bemerkte Licinius Rufius kühl. Er ging jetzt langsam, wie es seinem Alter und seiner Trauer gebührte, auf die Tür zu. Das verschaffte uns noch etwas Gesprächszeit, bevor wir uns wieder unseren Begleitern anschlossen.

»Dann tauchte ich hier auf und deutete an, daß Sie alle tief in die Verschwörung verstrickt seien ... Inzwischen habe ich meine Meinung geändert: Jene von Ihnen, die wichtig genug wären, ein Kartell zu führen, sind aufgrund eben dieser hohen Stellung in der Öl-Welt sehr wohl in der Lage, die besten Preise zu erzielen. Sie könnten die Leute sein, die sich *gegen* Preisabsprachen stark machen.«

»Ich sagte Ihnen schon, daß das genau meine Ansicht ist, Falco.«

»Olivenöl ist ein begehrtes Handelsgut? Es gibt genug für alle?«

Licinius Rufius griff nach meinem Arm und sah mich eindringlich an. »Mehr noch, da das Produkt universelle Verwendung findet, inklusive der großen Mengen, die von der Armee verbraucht werden, sollten wir Hersteller vorsichtig sein. Sonst wird die ganze Sache am Ende noch verstaatlicht.«

»Genau wie Korn! Sie sind ein vernünftiger Mann – und auch ein redlicher.«

Wir befanden uns jetzt in der interessanten Situation, daß Rufius etwas von mir wollte. Er war stehengeblieben. Wir standen im Flur. Rufius wirkte viel gebrechlicher als bei unserer ersten Begegnung, wobei ich hoffte, daß das nur ein vorübergehender Zustand war. Ich konnte ihn nicht auf einen Stuhl drücken, weil es keinen gab. Mir blieb nur die Hoffnung, soviel wie möglich aus ihm herauszuquetschen, bevor der alte Bursche zusammenbrach.

»Als ich in Rom war, Falco, kam man uns auch mit folgendem Argument: Jemand im Palast sei außerordentlich begierig auf diese staatliche Kontrolle, die ich erwähnt habe. Uns wurde gesagt, wenn wir uns alle in einer Position der Stärke vereinen würden« – eine Position, die für mich sehr nach einem Kartell klang – »dann könnten wir dem entgegenwirken ...«

»Durch Bestechung dieses Beamten?« fragte ich ruhig.

Er zuckte zusammen, erwiderte aber: »War das ein vernünftiger Vorschlag?«

»Sie meinen, ob es funktionieren würde? Nur, falls dieser Beamte keine Schliche im Sinn hatte.«

»Hat er das?«

»Keine Ahnung. Wenn wir hier über einen ganz bestimmten Beamten sprechen, dann ist alles möglich. Er besitzt viel Macht – und einen Verstand wie ein kretisches Labyrinth. Wurde Ihnen gesagt, um wen es sich handelt?«

»Nein. Wissen Sie, wer es ist?«

»Ich kann es mir denken.« Claudius Laeta war der Name, der mir sofort durch den Kopf geschossen war. Ich hörte ihn immer noch *»pures Gold!«* schwärmen, als er und ich uns über Olivenöl unterhielten.

Rufius betrachtete mich aufmerksam. »Wenn die Drohung einer staatlichen Kontrolle wahr wird ...«

»Soweit ich weiß, steht das momentan nicht zur Debatte.« Ich erkannte, das mir hier ein brauchbares Druckmittel in die Hände gefallen war. Was auch immer Laeta plante, ich hatte meine eigenen Vorstellungen, wie mein Bericht über Baetica aussehen würde, wenn ich erst einmal wieder in Rom war. Und ich würde ihn nicht unbedingt Laeta als erstem vorlegen. Schließlich hatte mich der Kaiser nach einer anderen Mission auch schon mal höchstpersönlich empfangen.

»Licinius Rufius, ich habe nicht die Machtbefugnisse, Ihnen Versprechen zu machen, aber falls man mich offiziell um eine Einschätzung bittet, werde ich sagen, daß die Ölhersteller von Baetica eine verantwortliche Körperschaft sind, der man gestatten sollte, ihre Geschäfte in eigener Regie zu führen.« Was außerdem Geld sparte. Vespasian war sehr an Regelungen interessiert, die die Staatskasse nichts kosteten. »Hispanien ist schon seit langer Zeit eine römische Provinz. Wir haben es ja hier nicht mit irgendeiner unzivilisierten, rückständigen Gegend zu tun, in der die Wilden immer noch in Fellen herumlaufen. Und vielleicht ist es an der Zeit, sich über die spanischen Provinzen mal genauere Gedanken zu machen.«

»In welcher Weise, Falco?«

»Ich sähe da verschiedene Maßnahmen, die Vespasian erwägen könnte. Eine Erweiterung der Bürgerrechte. Besserer Status für romanisierte Städte. Größere Unterstützung für Hispanier, die sich für den Senat aufstellen lassen wollen oder für Ritterposten in Rom.«

»Würde er sowas machen?«

»Ich kann nur sagen, daß Vespasian, im Gegensatz zu anderen, auf Ratschläge hört.« Und genau wußte, was manche durch Bestechung alles erreichten.

»Sie stehen ihm sehr nahe, nehme ich an?«

»Nicht nahe genug, daß es mir selbst viel nützen würde!« erwiderte ich grinsend.

Ich war immer noch entschlossen, ihm das Geheimnis seines Enkels zu entlocken. »Sie wollen nicht über Constans reden. Das akzeptiere ich ...« Sein Gesichtsausdruck hatte sich verändert. Vielleicht brach sein Widerstand ja zusammen. »Darf ich Sie nur noch einmal nach Ihrem Besuch beim Prokonsul fragen?«

Licinius Rufius seufzte. Er holte tief Luft. Ich ließ ihm Zeit. »Falco, ich hatte ein langes Gespräch mit meinem Enkel nach diesem Fest, das die Söhne von Annaeus Maximus veranstaltet haben.«

»Sie waren verärgert, daß er hingegangen war, ohne es Ihnen zu sagen?«

»Am Anfang schon. Doch das wurde bald nebensächlich. Ich spürte, daß er in ernsthaften Schwierigkeiten steckte. Constans fürchtete sich vor etwas. Er erzählte mir, auf dem Fest sei eine Tänzerin aufgetreten, die Fragen gestellt hätte. Das war alles ziemlich verwirrend ...«

»Es gab *zwei* Tänzerinnen«, erklärte ich.

»So sieht es aus. Aber ich konnte aus Constans nur herausholen, daß er Informationen über eine von ihnen besaß.«

»Und zwar nicht über die vom Annaeus-Fest?«

»Ich glaube nicht. Es gab noch ein anderes Mädchen, das Constans und seine Freunde kannten, jemand von hier. Ich wage nicht daran zu denken, was für eine Art von Mädchen ...«

»Keine sonderlich gute Tänzerin«, versicherte ich ihm.

»Sie wissen von ihr?«

»Ihr Name ist Selia. Sie stammt aus Hispalis.« Und sie hatte mich vor drei Tagen umzubringen versucht, was ich aber für mich behielt. »Was hat Constans über sie erzählt?«

»Er hatte wohl einmal etwas mit einem Engagement für sie zu tun. Ich kann mir nicht vorstellen, wie es dazu gekommen ist. Mein Enkel war ein stiller Junge.«

Allmählich ging mir ein Licht auf. »Ich denke, es war Quadratus, der sie engagieren wollte – aber er war ja wegen der Senatswahlen nach Rom zurückgekehrt. Also hat er geschrieben und Constans darum gebeten, dieses Mädchen aus Hispalis zu engagieren, damit sie bei dem Festessen auf dem Palatin auftrat, bei dem wir alle waren?«

»Sowas in der Art.« Licinius wollte immer noch nicht mit der Sprache heraus. Ihm war entgangen, wie wichtig die Sache war. »Das alles klingt vollkommen harmlos. Mein Enkelsohn bezahlte ihre Überfahrt und ihr Honorar – obwohl er dann, wie Sie wissen, bei ihrem Auftritt noch nicht einmal zugegen war. Das alles ist ärgerlich und reine Geldverschwendung, aber junge Leute machen noch viel schlimmere Dinge. Ehrlich gesagt, ich konnte nicht verstehen, warum Constans dann nach dem Fest hier so verstört war.«

»Und wie kam das alles ans Licht?«

»Annaeus Maximus kam nach dem Trinkgelage seiner Söhne herübergeritten.«

»Um sich darüber zu beschweren, daß Constans einer der Gäste war?«

»Nein. Maximus kam, um mich zu warnen, daß seine Jungs es für angebracht gehalten hatten, eine Tänzerin zu engagieren.«

»Sie zu *warnen*?«

»Die Tänzerin hatte Fragen gestellt – es handelte sich vermutlich um die gleiche Frau, die auch mich schon angesprochen hatte. Sie scheint daran interessiert zu sein, was passiert ist, als wir in Rom waren. Sie müßten doch eigentlich wissen, wen ich meine! Die Frau stellt fast dieselben Fragen wie Sie, Falco. Annaeus und ich nahmen an, daß Sie zusammenarbeiten. Sie treibt sich schon seit Wochen in Corduba herum.«

»Ich kann verstehen, warum Sie alle darüber alarmiert waren!« Auf die Vermutung, ich sei Teil eines gemeinsamen Ermittlungsunternehmens, ging ich nicht ein. »Und wieso hat das alles Rufius Constans verängstigt?«

»Was ihn beunruhigte und mich dazu brachte, ihn zu einer Unterredung mit dem Prokonsul zu bewegen, war, daß die Tänzerin, die bei den Annaei auftrat, ebenfalls Fragen über das andere Mädchen stellte. Einer der Annaeus-Jungs hat ihr daraufhin erzählt, daß Selias Reise nach Rom von Constans bezahlt worden ist. Als er das erfuhr, wurde mein Enkel aus irgendeinem Grunde fast hysterisch.«

Ich hätte ihm den Grund nennen können. Vielleicht war es besser, Licinius nicht darüber aufzuklären, daß Selias Auftritt in Rom einen Mordauftrag mit eingeschlossen hatte. Rufius Constans war ihr Zahlmeister gewesen. Ich konnte mir nicht vorstellen, daß er gewußt hatte, was er da tat. Der arme Junge war wohl eher von jemand anderem vorgeschoben worden. Aber es sah schlecht aus – und war ihm vermutlich noch schlimmer vorgekommen. Man hätte leicht behaupten können, es sei Rufius Constans gewesen, der Panik bekam und Selia dafür bezahlte, lästige Ermittler mit dem Kopf voran gegen römische Wände zu donnern. Meiner Ansicht nach war er für eine solche Sache viel zu unreif. Doch seine genaue Rolle verlangte nach einer Untersuchung, wie dem Jungen klar gewesen sein mußte.

Ich konnte mir seine Panik vorstellen, als er seinen Großvater und Annaeus Maximus – zwei Männer, die normalerweise nach Möglichkeit kein Wort miteinander wechselten – besorgt über Ermittlungsbeamte der Regierung reden hörte und dann auch noch erfuhr, daß man der herumschnüffelnden Frau von der Verbindung zwischen ihm und Selia erzählt hatte. Constans hatte wohl gedacht, er stehe kurz vor der Verhaftung – leider war es dazu nicht gekommen, denn dann hätte man ihn sowohl als Zeugen schützen können als auch die Zeit gehabt, ihn zu befragen. Ehrlich gesagt, wäre er noch am Leben gewesen, hätte ich ihn selbst verhaftet.

LVIII

Langsam und nachdenklich fuhren wir zum Camillus-Gut zurück. Diesmal hatte ich mich in die Kutsche gesetzt und erzählte Helena von der Unterhaltung mit Licinius Rufius. Helena war sehr erschöpft, hatte aber trotzdem noch die Kraft, sich um die trauernde Familie Sorgen zu machen. »Wir sollten uns um die arme Claudia kümmern.«

»Wieso das? Ich denke, sie hat Quadratus durchschaut.«

»Quadratus könnte aber seine Meinung über sie ändern, nachdem sie jetzt die einzige Erbin ist!«

Ich grinste. »Darüber würde ich mir keine Gedanken machen. Claudia mag jetzt zwar der Traum jedes Glücksritters sein, aber ich bin mir sicher, daß ihr Großpapa schon aufpassen wird. Und, wie du selbst gesagt hast, werden die Quinctii sowieso nach einer Braut mit sieben Konsuln in ihrem Stammbaum Ausschau halten und dazu noch Vorfahren, die sich auf Kupfertafeln bis zu den sieben Königen von Rom zurückverfolgen lassen.«

»Während Claudia«, sagte Helena, »ernsthaft daran denkt, mit ihrem Erbe örtliche Stiftungen einzurichten. Sie möchte ihr Leben als Wohltäterin Cordubas verbringen. Und nachdem sie jetzt das gesamte Familienvermögen erbt, wird sie das nur in ihrem Entschluß bestärken.«

»Sehr lobenswert! Aber trotzdem hat sie doch nichts gegen Männer.«

»Nein«, stimmte Helena zu. »Claudia ist eine rechtschaffene junge Frau mit gutem Charakter. Sie wurde vernünftig erzogen, ist ehrlich, direkt, ernsthaft und loyal gegenüber jenen, die sie liebt. Claudia sollte einen eigenen Hausstand gründen; sie würde eine tugendhafte, intelligente Partnerin und eine bewundernswerte Mutter abgeben.«

Ich kannte mein Mädchen. »Das war eine wohleinstudierte Rede! Was genau hast du vor, Herzchen?«

»Sie könnte mit einer Klausel in ihrem Mitgiftvertrag verheiratet werden, die besagt, daß für das Wohl von Ehemann und Kindern größere Summen bereitstehen – aber daß Claudia Rufina über einen festen jährlichen Betrag für ihre örtlichen Wohltätigkeitsvorhaben verfügen kann.«

»Mit wem verheiratet werden, Liebste?«

»Wie wäre es mit jemandem aus einer aufstrebenden Senatorenfamilie, die *kein* solches Geschiß um Stammbäume und ähnliches macht, aber glücklich wäre, ihre Position und Kultiviertheit in die Waagschale zu werfen ...?«

»Im Gegenzug für Claudias glitzernde Morgengabe?«

»Ach, sei doch nicht so grob, Marcus!«

»Es war deine Idee«, erinnerte ich sie.

»Sie kennt Aelianus bereits«, sinnierte Helena.

»Natürlich tut sie das«, erwiderte ich und dachte, wie viel Vergnügen es mir bereiten würde, den jungen Mann an ein ernsthaftes Mädchen mit einer ziemlich großen Nase zu ketten, deren Vermögen er zu respektieren gezwungen war.

Helena schien sehr zufrieden mit sich. »Sie ist ein nettes Mädchen. Marius Optatus wird mir das zwar nicht danken, aber ich glaube, ich werde Claudia nach Rom einladen. Natürlich kann sie nicht bei uns wohnen.« Nein. Unsere enge, mit etwas anstößigen Fresken dekorierte Bruchbude war bestimmt nicht das Richtige für eine sagenhaft reiche Olivenölerbin. »Also werde ich Mutter bitten, sie bei sich aufzunehmen.«

»Tja, ich bin sicher, Claudia wird Rom im Sturm erobern, Liebste – und ihr Vermögen sollte deinen Bruder erobern! Gib mir nur die Chance, vorher den Bodensatz der Ereignisse von dem verheerenden Besuch ihres eigenen Bruders in der Goldenen Stadt aufzuklären.«

In unserem Haus ging es an jenem Abend ruhig und gedämpft zu. Niemand hatte viel Freude am Essen, und wir zogen uns danach rasch zurück. Ich saß allein im Garten und versuchte, meine Gedanken zu ordnen, als Marmarides diskret hustete.

»Irgend etwas stimmt mit der Kutsche nicht, Falco.«

»Scheint ziemlich typisch für Baetica zu sein! Muß sie repariert werden?« Mein Herz sank. Wie ich mich an seinen Arbeitgeber, den Exlegionär Stertius, erinnerte, übertraf dessen Erfindungsgabe und Kenntnis von Maschinen bei weitem die meine.

»Der Hodometer macht Schwierigkeiten«, gestand Marmarides.

Tja, damit hatte ich von vornherein gerechnet. Solche hochkomplizierten Spielzeuge gehen immer kaputt. Um die Wahrheit zu sagen, selbst bei einfachen brechen die Nieten, wenn ich ihnen nur zu nahe komme. »Soll ich ihn mir mal anschauen?«

»Vielleicht später.«

Zu meiner Überraschung ließ sich Marmarides neben mir auf der Bank nieder und zog mehrere Notiztafeln aus dem Beutel an seinem Gürtel. Sie waren mit schrägen Zahlen in großer, sorgfältiger Schrift bedeckt. Jede Zeile begann mit einem Ortsnamen. Bei manchen der Zahlen handelte es sich um Daten.

»Was ist das, dein Reisetagebuch?«

»Nein. Ihres, Falco.«

»Schreibst du meine Memoiren für mich oder überprüfst du meine Reisekostenabrechnung?«

Marmarides lachte in seiner jovialen Art. Offenbar hielt er mich für ungemein witzig. Dann legte er die Tafeln offen auf sein Knie und zeigte mir, daß er jede Fahrt, die wir unternommen hatten, mit Datum und neuem Meilenstand eingetragen hatte. Bei meiner Endabrechnung mit Stertius würde der Kutscher also die gefahrenen Meilen genau nachweisen können, sollte ich seine Angaben anzweifeln. Offenbar hatte sein Herr an alles gedacht. Stertius mußte schon zuvor mit streitsüchtigen Typen zu tun gehabt haben.

»Und worum geht's jetzt?«

»Heute sind Sie zum Rufius-Gut hinübergefahren, haben unterwegs auf diesem Hof angehalten, wo wir alle über den Tod des jungen Mannes geredet haben, und danach habe ich Sie wieder nach Hause gefahren. Jetzt ist es Abend. Ich habe die Mulis gefüttert, die Kutsche geputzt und mich dann mit meinem kleinen Stilus hingesetzt, um die Eintragungen zu vervollständigen.«

»Und?«

»Die Meilen stimmen nicht, Falco.«

Meine erste Reaktion war gelangweiltes Unverständnis. »Na gut, wenn die Anzahl etwas daneben liegt, wird mich nicht gleich der Schlag treffen. Ich vertraue dir, wenn es da ein oder zwei kleine Diskrepanzen gibt. Paß aber auf, Helena Justina führt meine Bücher, und sie ist sehr viel genauer.«

»Wie weit ist es Ihrer Meinung nach bis zum Rufius-Gut, Falco?«

»Vier oder fünf Meilen?«

»Verstehen Sie denn nicht, Falco?«

»Ich bin immer noch sehr müde von meiner Reise nach Hispalis.«

»Diese Zeile hier«, erklärte Marmarides dickköpfig und zeigte auf die unterste, »ist mein Eintrag nach der letzten Fahrt, als ich Helena und Sie nach Corduba fuhr und Sie mit Cyzacus und Gorax sprachen. Der Tag, an dem wir den Kampf am Flußufer hatten.«

»Das werd ich nie vergessen. Du bist ins Wasser gefallen. Ich dachte, ich müßte Stertius dafür entschädigen, daß ich seinen Freigelassenen ersäuft habe ... Und jetzt mußt du für die heutige Fahrt eine neue Zeile hinzufügen?«

»Dazu gehe ich zum Hodometer und zähle die verbliebenen Steinchen.«

»Und die notierst du dann in dieser Spalte?« Ich deutete auf die hinterste Reihe, wo die Zahlen mit jedem Tag kleiner wurden.

»Genau da stimmt es nicht. Von dem Tag, an dem Sie nach Corduba fuhren, bis jetzt sind es zweimal soviele Meilen, wie ich erwartet hatte.«

»Du hast die Rückfahrt bedacht?«

»Ja klar. Die Meilen, die die Kutsche seit Corduba gefahren ist«, erklärte mir Marmarides mit einem strahlenden Lächeln, »entsprechen genau einer Fahrt zum Haus der Rufii, hin und zurück – und dann noch mal hin und zurück!«

Ich war beeindruckt. Mir war augenblicklich klar, was Marmarides meinte. »Deine große Chance, ein Rätsel für mich zu lösen«, sagte ich.

Er strahlte. »Sie haben davon gesprochen, wie der Mann mit dem schlimmen Rücken es wohl geschafft haben kann, dem Jungen beim Anbringen des Mahlsteins zu helfen. Er kann dazu Ihre Kutsche benutzt haben, Falco.«

Ich blieb ganz ruhig. »Ein Agent muß alles genau bedenken und darauf achten, keine Fehler zu machen. Ich dachte, Helena hätte an jenem Tag die Kutsche benutzt? Ich dachte, sie wäre mit Aelia Annaea ausgefahren?«

»Nein«, sagte er. »Aelia Annaea kam mit ihrer eigenen Kutsche und hat Helena Justina abgeholt.« Marmarides hatte die Sache wirklich durchdacht. »Marius Optatus fuhr nach Corduba, aber er benutzte einen Ochsenkarren.«

»Und unsere Kutsche stand demnach im Stall?« Er nickte. »Die Sklaven waren alle auf den Feldern und konnten daher nichts mitbekommen, Marmarides. Die Gutsgebäude liegen nahe an der Straße, also konnte jeder wegfahren, ohne Aufmerksamkeit zu erregen … Ist dir aufgefallen, ob die Mulis draußen waren? Waren sie verschwitzt?«

Marmarides machte ein verlegenes Gesicht. »Ich hab mich nicht darum gekümmert, Falco.« Doch dann erhellten sich seine Züge, und er war froh, etwas zu seiner Entlastung vorbringen zu können. »Ich war gar nicht hier. Nachdem Helena Justina abgefahren war, hab ich mich von Optatus mit nach Corduba nehmen lassen.«

»Was wolltest du denn in Corduba?«

Er grinste nur. Bestimmt war eine Frau im Spiel, und ich beschloß, die Sache auf sich beruhen zu lassen. Da weder Helena noch ich hier gewesen waren, gab es keinen Grund für irgendwelche Einwände. Außerdem hatte Optatus dadurch ein Alibi. »Na gut. Du hast Quinctius Quadratus hier mit seiner Rückenverletzung beobachten können. Wenn er nicht reiten konnte, meinst du, er war fähig, eine mit zwei Mulis bespannte Kutsche über eine kurze Strecke zu lenken?«

»Wahrscheinlich schon. Aber er hätte keinen sonderlich geeigneten Partner bei dieser schweren Hebearbeit abgegeben, Falco.«

»Derjenige, der mit Constans zusammengearbeitet hat, war auf jeden Fall untauglich, das wissen wir.«

Falls es Quadratus gewesen war, hatte er den Stein vielleicht nicht absichtlich fallen lassen. Möglicherweise hatte ihn nur sein Rücken im Stich gelassen, und der Tod des Jungen war tatsächlich ein Unfall – einer, der natürlich nie hätte passieren dürfen. Es war feige von Quadratus, nicht zu seinem Anteil an dieser Dämlichkeit zu stehen, aber das war kein Verbrechen.

Vielleicht hatte Quadratus einfach Langeweile gehabt oder der wegen Selia völlig verschreckte Constans hatte seinen Rat gewollt. Aus welchem Grund auch immer, Quadratus war losgefahren, um seinen lieben Freund Constans zu besuchen. Dann taten sich die beiden jungen Männer, die es besser hätten wissen sollen, zusammen und beschlossen, eine Arbeit zu tun, der sie nicht gewachsen waren. Quadratus war gesundheitlich angeschlagen, und der Mahlstein fiel auf den armen Constans. Quadratus war der Ältere und hätte größere Verantwortung zeigen sollen. Was ihn bestimmt nur noch mehr zögern ließ zuzugeben, daß er dort gewesen war.

Außerdem hatte ihn das, was passiert war, bestimmt schwer erschüttert.

»Wir müssen uns ganz sicher sein«, entschied Marmarides mit fester Stimme. Offenbar hatte er ein paar meiner Sprüche aufgeschnappt. »Sie müssen mit in den Stall kommen, und wir werden die übriggebliebenen Steinchen im Hodometer nochmal zählen. Dann haben Sie Ihren Beweis.«

Er hatte das Kommando übernommen. Also gingen wir hinüber zum Stall, hockten uns hinten unter die Kutsche und überprüften den Archimedes-Hodometer. Marmarides zählte die Steinchen, die noch auf dem oberen Getrieberad lagen. Und tatsächlich waren es einige weniger, als es laut seinen Aufzeichnungen hätten sein müssen. Ein grober Überschlag der fehlenden Meilen bestätigte, daß sie zwei Fahrten zum Rufius-Gut entsprachen, hin und zurück für Quinctius Quadratus plus unserer eigenen Fahrt am heutigen Tag.

Feierlich notierten wir das Ganze auf der Notiztafel, legten unsere Schlußfolgerungen dar und unterschrieben beide als Zeugen.

LIX

Die Beisetzung fand am nächsten Tag statt. Es gab keine entfernten Verwandten, die erst anreisen mußten, und Baetica besaß ein heißes Klima.

Die Nekropole der wohlhabenden Cordubaner lag nicht weit von uns entfernt im Süden der Stadt, diesseits der Brücke. Natürlich in bester Lage. Die Reichen begruben ihre feinen Verwandten nicht unter Leuten aus der Mittelschicht oder den Armen und natürlich erst recht nicht bei den Gladiatoren mit ihrem vielfach belegten Columbarium vor dem Westtor. Auf der anderen Seite des Flusses, weit weg vom Lärm der Stadt, besaß jede vornehme Familie ein schmuckes Mausoleum entlang der Hauptstraße, die durch die fruchtbare Ebene und die sonnendurchtränkten Hügel ihrer Olivenhaine verlief.

Ich wunderte mich, warum sie ihre Grabmäler nicht in der Abgeschiedenheit ihrer eigenen Ländereien errichteten, statt in der drangvollen Enge dieser Nekropole, an der täglich Kutschen und Karren vorbeirasselten. Vielleicht wissen die Vornehmen mit ihrem ausgeprägten Geselligkeitssinn, daß ihre Verblichenen sich auch im Leben nach dem Tod noch gern unter Freunde mischen.

Die Rufii waren noch nicht so extravagant wie jene Familie, die sich einen Miniaturtempel mit ionischen Säulen und einem Portikus hatte bauen lassen. Aber solche Großartigkeit würde zweifellos noch kommen. Momentan bestand ihr Grabmal aus einfachem Backstein mit Ziegeldach und niedrigem Eingang. In der kleinen Grabkammer war eine Anzahl von Nischen angebracht, in denen Keramikurnen standen. Wandplatten erinnerten bereits an die Eltern, Sohn und Schwiegertochter von Licinius Rufius. Die Inschriften waren melancholisch genug, aber nichts im Vergleich zu der auf der neuen, für den Enkelsohn geplanten. Uns wurde nur ein Entwurf gezeigt, weil die Fertigstellung einen Steinmetz ein halbes Jahr Arbeit kosten würde. Der Text begann: *»O Leid! O Wehklagen! Wohin sollen wir uns wenden?«* und ging noch mindestens sechs Zeilen lang in diesem Ton weiter. Länger, als ich mich zum Lesen zwingen konnte. Faultiere wie ich konnten sich die Lektüre sowieso sparen, da Licinius eine Rede des gleichen Inhalts von sich gab, die so lange dauerte, daß mir die Füße einschliefen.

Alle waren gekommen. Nun ja, zumindest alle ab einer halben Million und mehr, plus Marius Optatus und meiner Wenigkeit. Für die Reichen war es nur ein gesellschaftliches Ereignis mehr. Sie trafen im Flüsterton Verabredungen für das nächste Festmahl.

Nur eine dieser hervorragenden Persönlichkeiten fehlte: der neue Quästor Quinctius Quadratus. Sein verletzter Rücken mußte ihm immer noch zu schaffen machen. Sich von der Feier fernzuhalten wirkte jedoch unangebracht, da er ein enger Freund des toten jungen Mannes gewesen war.

Der Prokonsul hatte geruht, sich in einer Sänfte von seinem Prätorium herübertragen zu lassen. Während wir alle herumstapften und die Zeit auszufüllen versuchten, bis der Friedhofsofen die richtige Hitze erreicht hatte, fand Seine Ehren Zeit, ein paar gemurmelte Worte mit mir zu wechseln. Ich hatte eigentlich nach jemandem Ausschau gehalten, mit dem ich darüber witzeln konnte, ob sie wohl die Glut hinterher benutzten, Pasteten für die Trauergäste aufzuwärmen, aber bei ihm beschränkte ich mich auf einen ehrerbietigen Gruß.

»Was halten Sie von der ganzen Sache, Falco?«

»Offiziell? Ein junger Bursche, der sich dummerweise an einer Arbeit versuchte, für die er unqualifiziert war, nur weil er seinem Großvater eine Freude machen wollte.«

»Und inoffiziell?«

Was hatte es für einen Zweck, Constans jetzt noch bloßzustellen? »Oh … Nur ein bedauerlicher Unfall.«

Der Prokonsul musterte mich. »Ich glaube, er wollte mit mir

sprechen, während ich in Astigi war ...« Das war jedoch keine Einladung, über den Grund zu spekulieren. »Im Bürgerforum soll eine Statue von ihm errichtet werden, wie ich gehört habe.«

»Alles Arbeit für die Steinmetze, Prokonsul.«

Meine Mission erwähnten wir nicht. Na ja, damit hatte ich auch nicht gerechnet.

Die Frauen standen alle eng beisammen. Ich hatte vor, ihnen aus dem Weg zu gehen. In die Schlange der Trauergäste eingereiht, sprach ich Licinius formell mein Beileid aus. Optatus mischte sich mehr unter die Leute. Irgendwann sah ich ihn zusammen mit den Annaei. Dann kam er zu mir zurück und flüsterte: »Aelia Annaea hat mich gebeten, Ihnen zu sagen, daß Claudia Sie allein sprechen möchte. Licinius darf nichts davon wissen.«

»Vielleicht kann ihre Freundin etwas arrangieren ...«

Ich hätte wohl noch genauere Anweisungen gegeben, aber in dem Moment erreichte mich eine eilige Botschaft von Helena, die mich bat, sofort zu ihr zurückzukehren.

LX

Falscher Alarm.

Ich saß bei Helena, hielt ihre Hand, und wir schwiegen beide. Die Schmerzen, die ihr Angst eingejagt hatten, waren wieder abgeflaut, aber beim nächsten Mal würde es anders sein. Heute war noch nichts passiert, doch es hatte uns mächtig erschreckt. Die Zeit wurde knapp.

Ein paar Stunden vergingen. Nachdem wir uns allmählich wieder entspannt hatten, taten wir so, als würden wir nur schweigend im Garten sitzen und unser Beisammensein genießen.

»Marcus, es ist nichts passiert. Du kannst gehen, wenn du willst.«

Ich blieb, wo ich war. »Das hier könnte meine letzte Chance für die nächsten zwanzig Jahre sein, einen sonnigen Nachmittag ganz allein mit dir zu genießen. Du solltest das auch tun, Liebste. Kinder haben nur den einen Ehrgeiz, andere zu stören.«

Helena seufzte leise. Nach der Aufregung von vorhin wirkte sie gedrückt und erschüttert.

Nach einer Weile murmelte sie: »Tu nicht so, als würdest du unter einem Feigenbaum dösen. Ich sehe dir doch an, daß du Pläne schmiedest.«

In der Tat packte ich im Kopf unsere Sachen, überlegte Reiserouten, wog die Vorteile einer See- gegen eine Landreise ab – und versuchte, mich darüber hinwegzutrösten, daß ich Baetica mit einer nur halb vollendeten Aufgabe verließ. »Du weißt, an was ich denke. Wir haben keine Zeit mehr zu verlieren. Ich will jetzt nach Hause.«

»Du glaubst, es ist bereits zu spät! Das ist mein Fehler«, meinte sie schulterzuckend. »Es war meine Idee, mit dir nach Baetica zu kommen.«

»Alles wird gutgehn.«

»Wie gut du lügen kannst.«

»Nein, im Ernst! Es ist Zeit, von hier abzureisen. Gerade noch rechtzeitig, wie ich hoffe. Auf jeden Fall komme ich mit dir.«

»Du bist wunderbar!« sagte Helena. Manchmal klang sie fast so, als würde sie mir vertrauen. »Ich liebe dich, Didius Falco. Einer der Gründe dafür ist, daß du einen Fall erbarmungslos bis zum Ende verfolgst.«

»Na sowas! Und ich dachte, es wäre wegen meiner unwiderstehlichen braunen Augen und dem Körper, von dem du die Finger nicht lassen kannst ... Du glaubst also wirklich, ich habe nichts anderes im Sinn, als irgendeinem Verbrecher hinterherzujagen und dich im Stich zu lassen.«

»Nein«, erwiderte sie mit ihrer alten Schlagfertigkeit. »Ich glaube, es gelüstet dich nach einer Prügelei mit einer halbnackten Spionin!«

»Hat sie mich doch wieder erwischt! Nein, laß uns ehrlich sein. Natürlich bist du verärgert, wenn du erfährst, daß ich mich mit hinterhältigen Agentinnen herumprügele – aber du darfst auch nicht übertreiben. Du weißt, daß ich nichts dafür kann, wenn hier überall Frauen auftauchen. Doch offenbar hast du dir in den Kopf gesetzt, daß ich die Sache in Hispanien hinziehen will, weil ich eine Entschuldigung suche, nicht bei dir zu sein, wenn die Geburt beginnt. Ich bin berühmt dafür, meine Versprechen zu brechen. Das weiß ich.«

»Nein«, sagte Helena geduldig. »Du bist berühmt dafür, das zu beenden, was du begonnen hast.«

»Danke! Und jetzt hab ich mit der Vaterschaft begonnen. Also, fahren wir nach Hause?«

Ihr Kampfgeist schien sie verlassen zu haben. »Ich tu das, was du beschließt, Marcus.«

Damit war die Sache geregelt. Wenn Helena Justina sich unterwürfig gab, mußte das arme Mädchen völlig verängstigt sein.

Ich traf eine mannhafte Entscheidung. Es überstieg meine Fähigkeiten, eine Frau im letzten Stadium ihrer Schwangerschaft zu beruhigen. Ich brauchte meine Mutter, ich brauchte auch Helenas Mutter. Wir würden nach Hause fahren.

Marius Optatus kam kurz darauf zurückgeritten, und ich teilte ihm meine Entscheidung mit. Er hatte den Anstand, ein trauriges Gesicht zu machen, weil wir ihn so bald verließen. Direkt darauf traf eine Kutsche mit Aelia Annaea und der jungen Claudia ein. Begleitet wurden sie von ein paar kräftigen Reitern, die es sich in unserer Küche bequem machten. Licinius Rufius hatte sich offenbar meinen Rat zu Herzen genommen, das Mädchen zu schützen.

»Marius erzählte uns, daß Helena in den Wehen läge. Wir sagten, wir würden kommen, um zu helfen ...«

»Nur ein paar Krämpfe«, sagte Helena. »Es tut mir leid, soviel Umstände zu machen.«

Sie sahen enttäuscht aus. Meine Gefühle waren gemischterer Natur. Einerseits wünschte ich, es wäre alles vorüber, andererseits fürchtete ich mich. Helena warf mir einen besänftigenden Blick zu. Es würde uns beiden gut tun, wenn wir uns um unsere Gäste kümmern mußten. Aber unser gemeinsamer Nachmittag hatte uns einander sehr nahe gebracht. Die Momente tiefer gegenseitiger Zuneigung hallten ebenso stark in uns nach, als hätten wir die Zeit zusammen im Bett verbracht und uns geliebt. Offenbar teilte sich unsere Stimmung den anderen mit, denn sowohl Marius als auch Aelia Annaea betrachteten uns ein wenig fragend.

Da die anderen gerade von einer Beisetzung kamen, brauchten auch sie Zeit, sich zu sammeln. Der tote junge Mann war zu seinen Vorfahren heimgegangen, die Lebenden konnten ihre Alltagsroutine wieder aufnehmen. Sie waren müde nach den Feierlichkeiten, aber der vehemente Trauerschmerz hatte nachgelassen, selbst für Claudia.

Helena bestellte Pfefferminztee. Der ist immer gut zur Überbrückung von Verlegenheiten. Alle sind damit beschäftigt, einen Platz für das Teesieb zu finden und aufzupassen, daß sie nicht aus ihrem Becher schlürfen oder Krümel von ihren Mandelkuchen verstreuen.

Ich saß immer noch nahe bei Helena. Claudia hatte an meiner anderen Seite Platz genommen, damit sie mir erzählen konnte, weswegen sie gekommen war. Marius Optatus hatte sich zu Aelia gesetzt, die ganz darauf eingestellt war, die Lilientöpfe zu bewundern, falls etwas zu Skandalöses zur Sprache kam.

Zunächst brachten wir das notwendige Ritual hinter uns. Ich entschuldigte mich dafür, so eilig aufgebrochen zu sein. Dann mußte erst ein bißchen Theater um Helena gemacht werden. Danach wurde die Beisetzung kurz durchgekaut, inklusive der Anzahl der Erschienenen, der Menge der Girlanden, der ergreifenden Grabrede und des tröstlichen Wissens, daß der Hingeschiedene nun in Frieden ruhte. Ich fand, dafür hatte Constans zuviel Unerledigtes zurückgelassen, aber da ich hoffte, daß seine Schwester vorhatte, einiges davon wieder in Ordnung zu bringen, war ich bereit, dem Jungen gegenüber Nachsicht walten zu lassen.

Claudia schien sich nun allmählich zu einem Gespräch mit mir bereit zu fühlen. Sie rutschte unruhig hin und her und wurde rot. Ich gab mir Mühe, ermutigend zu schauen. »Marcus Didius, ich muß Ihnen etwas sagen«, platzte sie schließlich heraus. »Ich muß gestehen, daß ich nicht die Wahrheit gesagt habe!«

Ich beugte mich vor, tat ganz nonchalant, während ich einen Schluck aus dem zierlichen Terrakottabecher nahm. Mit einem winzigen Bronzelöffel rührte ich im Pfefferminztee herum und schnippte ein Teeblatt auf den Boden.

»Claudia Rufina, seit ich Privatermittler bin, habe ich mit vielen Menschen gesprochen, die mir zunächst etwas erzählten und sich dann eines anderen besannen.« Manchmal sehnte ich mich verzweifelt nach einem Zeugen, der das Muster durchbrechen und mich damit überraschen würde, daß er – unter dem Druck seines schlechten Gewissens oder vielleicht meiner eigenen, um seinen Hals gepreßten Finger – hervorkrächzte, es täte ihm leid, mir zusätzliche Arbeit aufgebürdet zu haben, aber er hätte mir versehentlich eine *akkurate* Antwort gegeben. Um dann zweifellos hinzuzufügen, sowas sehe ihm gar nicht ähnlich, es müsse ein Moment völligen Wahnsinns gewesen sein, und er wisse nicht, was über ihn gekommen sei …

»Sie sind nicht die erste, die je ihre Meinung geändert hat«, sagte Helena sanft.

Das Mädchen zögerte immer noch. »Es ist besser, am Ende die Wahrheit zu hören«, meinte ich feierlich, »als sie niemals zu erfahren.«

»Vielen Dank, Marcus Didius.«

Grausam zu ihr zu sein hatte keinen Zweck. Ich hätte sagen können, die Wahrheit käme manchmal *so* spät ans Licht, daß sie nichts mehr nützen würde. Aber so gemein bin ich nicht.

»Es fällt mir sehr schwer.«

»Immer mit der Ruhe. Lassen Sie sich Zeit.«

»Mein Großvater hat mir verboten, darüber zu reden.«

»Dann werden wir dieses Gespräch ihm gegenüber nicht erwähnen.«

»Constans hat mir etwas erzählt – aber ich mußte ihm versprechen, es niemandem weiterzusagen.«

»Sie müssen überzeugt sein, daß es wichtig ist, sonst wären Sie nicht hier.«

»Es ist entsetzlich.«

»Das dachte ich mir fast. Lassen Sie mich Ihnen helfen: Hat es mit irgendwelchen Gewalttaten in Rom zu tun?«

»Sie wissen davon!« Ich mußte es von ihr hören. Schließlich gab sie sich einen Ruck und platzte heraus: »Als mein Bruder in Rom war, wurde er in die Ermordung von jemandem verwickelt.«

Das war mehr, als ich erwartet hatte. Die anderen schwiegen

dazu und saßen ganz still. Auch ich ging so ruhig wie möglich vor. »Meine Liebe, Sie können das, was Constans getan hat, nicht ändern. Am besten erzählen Sie mir genau, was Sie wissen. Vor allem muß ich erfahren, ob sonst noch jemand beteiligt war. Was ist denn nun tatsächlich passiert?«

»Es hatte mit dem Plan zu tun, den Verkauf des Olivenöls zu regulieren.« Regulieren war ein nettes neues Wort dafür.

»Hat Ihr Bruder Ihnen Einzelheiten über den Plan erzählt?«

»Tiberius und sein Vater hatten sich die Sache ausgedacht. Mein Großvater und einige andere Leute waren nach Rom gefahren, um alles durchzusprechen, aber sie entschieden sich alle, nicht daran teilzunehmen.«

»Ja, das weiß ich. Sie können also wegen Ihres Großvaters ganz beruhigt sein. Er behält sein Ansehen als ehrbarer Bürger. Jetzt möchte ich mit Ihnen darüber reden, was in Rom passiert ist, Claudia. Ihr Bruder war dort. Er war natürlich ein sehr enger Freund des jüngeren Quinctius? Quadratus war älter, spielte sich als sein Beschützer auf. Ich weiß bereits, daß Ihr Bruder auf Bitten von Quadratus eine gewisse Tänzerin engagiert hatte, die bei dem Festmahl, wo der Olivenölplan besprochen wurde, auftreten sollte.«

»Ja.«

»Ihr Bruder und Quadratus nahmen nicht an dem Essen teil. Ist es das, was Sie mir erzählen wollen? Hat Constans Ihnen gesagt, wo sie statt dessen waren?«

»Sie gingen nicht zu dem Essen – wegen dem, was dort passieren sollte.« Claudias Stimme war nun kaum noch lauter als ein Flüstern. »Im Haus der Quinctii hatte es eine Diskussion darüber gegeben, daß gewisse Beamte von dem Plan Wind bekommen hatten und ein zu starkes Interesse zeigten. Der Vater ...«

»Quinctius Attractus.«

»Er sagte, diese Leute müßten aufgehalten werden. Ich glaube, er meinte nur, daß man sie mit Geld zum Schweigen bringen sollte, aber Tiberius dachte, das würde nicht funktionieren. Sein Plan sah vor, jemanden zu engagieren, der sie überfallen sollte.«

»Vielleicht nur, um ihnen einen Schrecken einzujagen?« meinte ich.

Claudia, die in ihren Schoß gestarrt hatte, blickte jetzt auf und sah mich an. Sie war ein gradliniges Mädchen. »Ich denke, wir sollten uns nichts vormachen, Marcus Didius. Es war beabsichtigt, sie umzubringen.«

»Wer führte diese Überfälle aus?«

»Die Tänzerin und ein paar Männer, die ihr halfen.«

»Waren Ihr Bruder und sein Freund dabei?«

»Woher wußten Sie das?« Ich hob nur vielsagend die Augenbraue. Claudia nahm sich zusammen und beendete ihre Geschichte: »Quadratus überredete meinen Bruder mitzukommen – schon als er die Leute dafür anheuerte. Dann – und das ist das Grausigste – versteckten sie sich an jenem Abend beide irgendwo im Schatten der Häuser und sahen zu, wie der erste Mann ermordet wurde. Mein Bruder war entsetzt und rannte weg. Quadratus lief ihm nach. Sie haben sich irgendwo betrunken und gaben später beim Nachhausekommen vor, sie wären im Theater gewesen.«

Ich stellte meine Tasse auf den Tisch zurück. Er fing an zu wackeln, und Helena beugte sich ruhig vor, um ihn zu stabilisieren.

»Quinctius Quadratus und Rufius Constans waren also bei einem der Überfälle zugegen. Wissen Sie, bei welchem?«

»Nein.«

»Hat einer der jungen Männer auf das Opfer eingeschlagen?«

»Soviel ich weiß nicht. Und ganz bestimmt nicht Constans, da bin ich mir sicher.«

Ich verschränkte die Finger, immer noch bemüht, ruhig zu klingen. »Danke, daß Sie es mir erzählt haben, Claudia. Ist das alles?«

»Alles, was mein Bruder mir erzählt hat. Er war völlig hysterisch deswegen. Ich überredete ihn, mit Großvater zum Prokonsul zu gehen und alles zu gestehen – aber es gelang ihnen nicht, eine Audienz zu bekommen. Was soll ich jetzt machen?«

»Nichts«, sagte ich. Ein Schritt nach dem anderen. Vielleicht würde ich sie später bitten, als Zeugin vor Gericht auszusagen, obwohl es schwierig war, eine Frau in den Zeugenstand zu rufen, vor allem eine von höherer Geburt. Ein Mann mußte für sie sprechen, was die Klärung eines Falles immer behinderte.

Helena warf mir einen Blick zu. Sie hatte begriffen, daß ihr Plan, Claudia nach Rom zu holen, jetzt doppelt sinnvoll war. Wir könnten das Mädchen einladen, ohne den Großvater gegen uns aufzubringen, und dann Claudia vielleicht bitten, eine Aussage vor dem Untersuchungsrichter zu machen, auch wenn sie später nie vor Gericht erscheinen würde.

»Habe ich das Richtige getan?«

»Ja. Fahren Sie jetzt nach Hause, Claudia. Ich muß Quadratus verhören, aber ich werde ihm nicht sagen, woher ich meine Informationen habe. Sie brauchen auch Ihrem Großvater nichts davon zu sagen, daß Sie mit mir geredet haben, außer Sie wollen es.«

»Dann ist alles in Ordnung!«

Nichts war in Ordnung. Aber wir riefen nach ihrer Kutsche und ihrer bewaffneten Eskorte und schickten sie dann nach Hause.

Verbrecher knöpft man sich typischerweise in der Morgendämmerung vor, obwohl ich das nie verstanden habe. Man geht dabei stets das Risiko ein, daß seine Türen verschlossen sind. Während man die Tür eintritt, wacht er schweißgebadet auf, merkt, was da passiert und hat sein Schwert parat, um es einem in den Leib zu rammen.

Es war noch früh am Abend. Ich beschloß, mir Quadratus sofort vorzuknöpfen.

Aelia Annaea blieb bei Helena zurück. Marius Optatus kam

mit mir. Wir nahmen seine kräftigsten Sklaven mit, dazu Marmarides. Ich hängte mir mein Schwert um. Die anderen bewaffneten sich mit dem, was gerade zur Hand war, hauptsächlich Rechen und Knüppeln.

Das Quinctius-Gut glich den meisten anderen, die ich besucht hatte. Obwohl der Besitzer im fernen Rom weilte, hatte er hier alles fest in der Hand: große Herden, die von möglichst wenigen Schäfern gehütet wurden, niedrige Getreidearten, die zwischen den Olivenbäumen wuchsen. Alles sah gut gepflegt aus. Leute, die wissen, wie man es zu Geld bringt, vernachlässigen ihr Land nicht. Und glauben Sie mir, da war eine Menge Land.

Das Haus besaß Charme und Charakter. Dicke Wände, um es im Sommer kühl und im Winter behaglich zu haben. Mit Weinlaub bewachsene Pergolas, die zu Statuen von sittsamen Mädchen führten. Ein separat stehendes Badehaus. Eine Terrasse zum Freilufttraining. Das alles sprach von Wohlstand, allerdings dem einer aufrechten Landfamilie. Ausgedehnte, gemeinsam mit den Pächtern eingenommene Mittagessen. Mädchen mit geröteten Wangen und Jungen, die sich mit Pferden auskannten. Ein Leben mit allem, was das Land ringsumher zu bieten hatte, dazu ein alter irdener Krug mit selbstgekeltertem Wein, der stets zur Hand war.

Erstaunlich. Sogar ihr verdammtes Haus log.

Wir wiesen unsere Eskorte an, sich still zu verhalten und zu warten, aber wie hungrige Wölfe loszustürmen, wenn wir ihnen das Zeichen gaben. Es erwies sich jedoch als überflüssig, daß wir sie überhaupt mitgebracht hatten. Quadratus war nicht da. Er hatte meinen Rat beherzigt und seine Arbeit als Quästor aufgenommen. Am gleichen Tag, als er von uns auf sein Familiengut zurückgekehrt war, hatte er ein paar Notiztafeln eingepackt, eine Sänfte und ein Packmuli, einen persönlichen Leibsklaven, saubere Tuniken und eine Karte des Gebietes mitgenommen und dann seinen Dienstboten gesagt, er würde sich auf eine Überraschungstour zu den cordubanischen Minen begeben. Der Prokurator, dessen Aufgabe es war, sie zu überprüfen, und der das vermutlich mit absoluter Kompetenz tat, da er von Vespasian eingesetzt worden war, würde nicht allzu glücklich über diesen unangekündigten offiziellen Besuch sein. Genau so wenig wie ich, was das betrifft.

Unser Auftauchen auf dem Gut war aber nicht ganz umsonst. Ich spürte, daß die Dienstbotenschaft mich beinahe erwartet hatte. Sie waren mürrisch und sichtbar nervös, und schließlich rückte einer damit heraus, daß sie mich sowieso gerade vom Camillus-Gut hatten holen wollen. Jemand hatte eine Botschaft hinterlassen, eine, die persönlich an mich adressiert war. Dem Gesichtsausdruck der Sklaven entnahm ich, daß sie mir nicht gefallen würde. Mir war also schon klamm, ehe sie mich und Marius zum Stall führten, wo die mysteriöse Nachricht in einen Stützbalken eingeritzt worden war.

Da stand nur *für Falco*, und daneben das saubere Piktogramm des menschlichen Auges.

Im Stroh unter der Zeichnung lag die Tänzerin namens Selia. Sie trug Reisekleidung, einschließlich eines breitkrempigen Hutes, der über ihr eigenes, locker geflochtenes braunes Haar gebunden war. Sie war tot. Ihre Haut fühlte sich kalt an, obwohl ihre Glieder noch schlaff waren. Man hatte sie rasch und sauber durch Druck auf die Halsschlagader getötet. Der Schlag war eindeutig von hinten ausgeführt worden, bevor sie überhaupt merkte, was da geschah. Sie lag hier bereits seit einigen Stunden. Falls sich Quadratus nicht unbemerkt zurückgeschlichen hatte, war der Mord zweifellos nach seiner Abreise zu den Minen geschehen. Ich konnte mir nicht vorstellen, daß er es getan hatte. Die Methode war zu professionell.

Wenn jemand Agenten tötete, die für Laeta arbeiteten, konnte das sehr wohl bedeuten, daß derjenige nun versuchen würde, mich umzubringen.

LXI

Noch bevor ich erklären konnte, was gerade auf dem Quinctius-Gut passiert war, hatte Helena Justina die Zärtlichkeit unseres idyllischen Nachmittags abgelegt. Sie war kühl. Ich konnte ihr das nicht verdenken, obwohl mir ihre Besorgnis lieber gewesen wäre. Wir waren wieder im Garten. Ich hatte kaum damit begonnen, ihr mitzuteilen, was ich als nächstes plante, da ging die Streiterei schon los.

»Nicht die Minen, Falco!«

»Betrachte es einfach als Besichtigungstour der örtlichen Gewerbezweige.«

»Das hättest du mir wahrscheinlich weisgemacht, wenn Marius Optatus nicht mit der Wahrheit herausgeplatzt wäre, bevor du ihn aufhalten konntest!«

»Ich belüge dich nie.«

»Du hältst nur Dinge zurück – wenn du glaubst, daß du damit durchkommst!«

»Ich bin ein Mann, Helena. Deshalb rede ich mir natürlich ein, daß ich dir nur etwas verschweige, um dich zu beschützen.«

»Du nervst mich«, fauchte sie.

Ich schwieg. Ihr mit schmeichlerischer Aufrichtigkeit zu kommen, hatte versagt: Zeit, den Mund zu halten.

»Marcus, ich befinde mich jetzt einfach in einer unmöglichen Position! Ich will nicht, daß du gehst – aber ich will auch nicht, daß du nur wegen meines Zustandes bei mir bleibst, wenn du es nicht wirklich willst. Ich will nicht zu einem Hindernis werden. Du würdest es mir später nie verzeihen – und vielleicht würde ich es mir auch selbst nicht verzeihen! Außerdem weiß ich, wie schlimm für dich die Minen sind. Du hast schon einmal alle Qualen des Hades in einer Silbermine erleiden müssen. Es ist einfach zu viel verlangt, daß du dich freiwillig nochmal in eine begibst.«

»Diesmal werde ich ja nicht wieder nach Erz graben. Ich muß nur Quadratus schnappen und ihn zurückbringen, damit er vor Gericht gestellt werden kann. Aber du hast recht. Ich bin nicht unersetzlich. Jemand anderer kann das machen.«

Helena runzelte die Stirn. »Du denkst, alle anderen werden es vermasseln.«

»Das ist mir egal.«

»Natürlich ist es dir nicht egal. Und mir auch nicht!«

Helenas leidenschaftlicher Glaube an die Gerechtigkeit war einer der Gründe, warum ich mich in sie verliebt hatte. Zielstrebige Mädchen sind immer gefährlich. Ein Mann kann sich jahrelang mit Zynismus und Schnodderigkeit durchschlagen, bis eine üble Tyrannin (die zufällig den Vorteil hat, reizend zu sein, entzückend auszusehen und einen Körper zu haben, der danach schreit, von dem seinen umschlungen zu werden) ihn weich kriegt. Als nächstes merkt er, daß er sich, nur um das Mädchen zu beeindrucken, für Dinge einsetzt, um die er einst einen Riesenbogen gemacht hätte.

»Ich werde in Kürze Vater. Das ist meine einzige Priorität.«

»Ach, Didius Falco, du hast so viele Prioritäten, daß du einen Abakus brauchst, um sie zu zählen. Das war schon immer so. Und es wird immer so bleiben.«

»Falsch. Du reist nach Hause, Helena – und ich begleite dich.«

»Selber falsch. Du mußt deine Arbeit zu Ende bringen.« Sie war jetzt zu einem Entschluß gekommen. »Es gefällt mir ganz und gar nicht, aber du hast keine andere Wahl. Außerdem weißt du, daß ich es nicht ertragen kann, wenn du edelmütig so tust, als wärst du nicht nervös, während du die ganze Zeit Qualen leidest, weil der Schweinehund davongekommen ist.«

»Ich werde das Versprechen, das ich dir gegeben habe, nicht brechen.«

»Ich spreche dich davon frei – vorübergehend. Marcus, ich beschwere mich nicht. Du hast nie vorgegeben, anders zu sein als du bist, und mir ist es nie im Traum eingefallen, dich zu ändern. Ich liebe deine Beharrlichkeit, obwohl du weißt, wie schwer das gerade jetzt für mich ist … Geh los, finde ihn und nimm ihn fest. Und dann, gute Götter Marcus …« Tränen, die sie nicht zurückhalten konnte, traten ihr in die Augen. »Bitte versprich mir, daß du dann so schnell wie möglich zu mir zurückkommst.«

Morgen waren die Nonen des Mai. Noch immer konnte ich mich deutlich an jene heiße Augustnacht letztes Jahr in Palmyra erinnern, in der wahrscheinlich das Baby gezeugt wurde. Der Mai war gerade mal sechs Tage alt. Das Kind wurde vielleicht erst Ende des Monats geboren. Ich redete mir ein, es wäre noch genügend Zeit, alles zu schaffen. Dann sagte ich es Helena und umarmte sie. Während sie versuchte, die Tränen zurückzuhalten, die ich nicht würde ertragen können, hielt ich sie eng an mich gedrückt, damit sie den gequälten Ausdruck in meinem Gesicht nicht sah.

Allmählich konnte ich diesen Garten nicht mehr ausstehen. Helena mußte die ganze Zeit hier gesessen haben, während wir auf dem Quinctius-Gut waren, als hätte sie Angst, wenn sie sich rührte und ins Haus ging, könnten die Krämpfe wieder anfangen und die Geburt beginnen. Ihre Verängstigung steigerte meine noch.

Während meiner Abwesenheit hatte Aelia Annaea Helena freundlicherweise Gesellschaft geleistet. Sie war immer noch hier. Als Marius Optatus dämlicherweise die Bemerkung machte, er dächte, ich habe jetzt vor, hinter Quadratus herzureiten, hatte ihn Aelia rasch zu einem Spaziergang im Obstgarten weggezogen, damit Helena mich in Stücke reißen konnte. Aelia schien hiergeblieben zu sein, um uns ihre Freundschaftsdienste anzubieten, wenn wir unsere Entscheidung getroffen hätten.

Jetzt kam sie zu uns zurück und ließ Marius stehen. Er hielt sich brav im Hintergrund, als habe man ihm den strikten Befehl dazu gegeben. Aelia Annaea war ruhig, aber energisch. Eine Goldmine zu besitzen verleiht einer Frau ein gewisses Selbstvertrauen. Ich mochte sie, vielleicht ebenso sehr, wie Helena es tat.

Sie zog sich einen Klappstuhl heran, der von unserem Nachmittagstee mit Claudia stehengeblieben war. Lächelnd schätzte sie unsere momentane Stimmung ab. »Es ist also alles entschieden.«

Ich funkelte sie unglücklich an. »Ist das eine Frage oder eine Feststellung?«

Helena wischte sich die Tränen weg. »Vorsicht, Aelia. Marcus kann herrische Frauen nicht ausstehen.«

»Das muß der Grund sein, warum er mit einer zusammenlebt!« Reiche Witwen können ganz schön provokativ sein. Ich hatte schon viel unter solchen Klientinnen zu leiden – bevor ich lernte, sie abzuweisen. Sie grinste mich an. »Nun, ich bin nur gekommen, um einen Vorschlag zu machen, mehr nicht.«

Helena und ich sahen Aelia an. Wir mußten beide ziemlich blaß aussehen.

»Marcus Didius muß Tiberius finden.« Selbst jetzt verwendete Aelia noch gewohnheitsmäßig seinen Vornamen. »Helena, wenn Sie vorhaben, nach Rom zurückzukehren, sollten Sie meiner Meinung nach sobald wie möglich in ganz langsamem Tempo losfahren. Ich habe darüber mit Marius gesprochen, und ich werde auch mit Claudia darüber sprechen. Claudia ist zu Hause sehr unglücklich. Ich glaube, sie würde Ihre freundliche Einladung nach Rom gerne annehmen.«

»Ich habe sie noch gar nicht gefragt ...«

»Nein, aber ich werde es tun! Es wird schwer für sie sein, ihre Großeltern so bald nach dem Tod ihres Bruders zu verlassen, aber wenn sie noch wartet, wird nie etwas daraus. Als Vorwand hätte sie ja, daß Sie ihre Begleitung wünschen, Helena. Sie brauchen auf jeden Fall Hilfe während der Reise. So!« Aelia Annaea war direkt und sehr praktisch. »Während Falco dem Entflohenen nachjagt, können Sie ganz gemächlich losfahren. Ich werde selbst bis zur tarraconensischen Küste mitkommen. Wir nehmen meine Kutsche, die geräumig und bequem ist. Ich fahre dann wieder zurück, und Claudia bleibt bei Ihnen. Dieser Bursche« – sie deutete auf mich – »kann uns nachreiten, sobald er fertig ist, und Sie dann mit dem Schiff nach Hause bringen.«

Helena schaute besorgt. »Marcus wird vielleicht für die Gerichtsverhandlung gebraucht.«

»Nein«, sagte ich. »Wenn es eine Gerichtsverhandlung gibt, dann wird sie in Rom stattfinden.«

Für designierte Senatoren galten bestimmte Vorgehensweisen. Quadratus würde nach Hause gebracht werden müssen. Dieser Fall stellte sich bestimmt als zusätzlich kompliziert heraus, da sich zwei verschiedene Regierungsstellen mit den Verbrechen befaßt hatten. Und es würden bestimmt Mittel bereitstehen, mich zum Schweigen zu bringen.

»So!« wiederholte Aelia Annaea strahlend. »Was haltet ihr davon?«

Ich griff nach ihrer Hand und küßte sie. »Wir finden Sie wunderbar.«

»Vielen Dank«, sagte Helena deutlich erleichtert. »Aelia, würden Sie vielleicht selber gerne Rom besuchen?«

Aelia Annaeas Blick war ein bißchen rätselhaft. »Nein, ich glaube, im Moment nicht, Helena. Es könnte sein, daß ich hier in Corduba zu tun habe.« Stolz nahm sie die Dankesbezeugungen für die Lösung unserer Probleme an, dann erhob sie sich, offenbar, um uns zu verabschieden. Da sie mit Claudia gekommen war, fragte ich: »Wird Marius Optatus Sie heimfahren?«

»Ich nehme es an.«

»Möchten Sie, daß ich mit ihm spreche?«

»Nein, lassen Sie nur, Marius und ich verstehen uns gut.«

Sie lächelte. Selbst ohne den Schmuck, mit dem sie sich normalerweise behängte, war sie eine ansehnliche junge Frau, besonders, wenn sie fröhlich und mit sich zufrieden war. Ihr Schleier fiel zurück. Ihr Haar war noch für die Beisetzung gelöst, was sie weicher und noch attraktiver aussehen ließ. Sie drehte sich um und ging zu Marius zurück, eine schlanke Figur mit festem Schritt.

Ich hatte vor, Marmarides aufzusuchen, um ihm zu sagen, daß sich unsere Wege nun endgültig trennen mußten, ihm zu danken und die Kutschenmiete mit ihm abzurechnen. Zunächst überredete ich Helena jedoch, endlich nach drinnen zu gehen. Sie erhob sich, ein wenig steif vom langen Sitzen und jetzt wirklich sehr unförmig. Ich ging mit ihr, brachte sie langsam zu ihrem Zimmer. Als sie sich dann das Gesicht in einer Waschschüssel wusch, ging ich zum Fenster hinüber und öffnete leise den Fensterladen. Ein sanfter Pfiff entfuhr mir. Helena trat zu mir und sah mit mir hinaus.

Marius Optatus und Aelia Annaea standen zusammen unter einem Mandelbaum. Ziemlich eng zusammen, während sie sich leise unterhielten. Aelia erklärte wahrscheinlich ihren Plan, Helena zur Küste zu bringen. Sie hatte ihren Schleier abgenommen, ihn sich nachlässig um das Handgelenk gewunden und spielte damit. Marius hielt sich an einem Zweig über ihrem Kopf fest. Er wirkte sogar noch entspannter. Aus seiner Haltung schloß ich, daß Marius auf Eroberung aus war.

Er sagte etwas. Aelia antwortete, vielleicht ein bißchen aufmüpfig, denn sie reckte das Kinn vor. Dann ließ Marius den Arm um ihre Taille gleiten, zog sie an sich und küßte sie. Aelia schien nichts dagegen zu haben. Und als Marius langsam den Mandelzweig losließ, um sie noch fester zu umarmen, schien es, als spiele sein Faible für die Goldmine dieser Dame tatsächlich eine geringere Rolle als die Liebe, die er für Aelia empfand.

LXII

Ich redete mir ein, daß es diesmal anders sein würde als beim letzten Mal. Minen sind nichts anderes als Abbaustätten von Erz. In dieser Hinsicht unterscheiden sie sich nicht von Glasbläsereien oder Schweinezuchtbetrieben. Oder sogar Olivenhainen. Es gab keinen Grund für mich, in Angstschweiß auszubrechen, nur weil ich ein oder zwei Minen besuchen mußte. Die Zeit war kurz. Ich würde mich nicht lange aufhalten. Ein paar Fragen, um den Aufenthaltsort von Quadratus zu erfahren – ob er schon dort gewesen war, oder ob der örtliche Vorarbeiter gehört hatte, daß er sich auf dem Weg befände. Dann mußte ich Quadratus nur noch nett guten Tag sagen, ihm die Beweise vorlegen, sein Geständnis aufnehmen und ihn von dort wegbringen. Ganz einfach, wirklich. Ich hätte mich zuversichtlich fühlen sollen.

Unwillkürlich stiegen in mir die Erinnerungen an das letzte Mal hoch. An das, was damals passiert war. Etwas, worüber ich nur ungern rede. Ein Alptraum solange es dauerte, und der Anlaß für jahrzehntelange Alpträume danach.

Es war meine erste Mission für den Kaiser gewesen. Britannien. Eine Provinz, in der ich schon früher in der Legion gedient hatte. Ich dachte, ich wisse alles. Ich dachte, ich würde alles unter Kontrolle haben. Ich war stolz, zynisch und gründlich wie ein Adler beim Abnagen seiner Beute. Dann lief mir als erstes eine eigensinnige, geringschätzige, gerade geschiedene junge Patrizierin namens Helena über den Weg, die, lange bevor ich es merkte, mir meine gesamte, in dreißig Jahren erworbene Selbstsicherheit raubte. Danach wurde ich zu verdeckten Ermittlungen in die Minen geschickt. Aus Gründen, die damals allen anderen sinnvoll erschienen, mußte ich als Sklave auftreten.

Am Ende war es Helena gewesen, die mich rettete. Diesmal war ihr das nicht möglich. Als sie mich damals in aller Eile zu einem Legionshospital schaffte, bevor ich an Unterkühlung und den erlittenen Verletzungen starb, hatte ihr irrwitziges Kutschieren des Ponywagens mich fast mehr geängstigt als all die erlittenen Qualen in der Silbermine. Diesmal wurde sie selbst vorsichtig in langsamem Tempo über die Via Augusta nach Valentia gebracht und dann nach Norden zu einem Hafen namens Emporiae. Von dort aus würde ich sie per Schiff entlang der Südküste Galliens heimbringen – eine für Stürme und Schiffswracks berüchtigte Route, doch es war der schnellste Weg.

Drei Jahre. Fast drei Jahre kannte ich sie jetzt. Ich hatte mich verändert und sie sich auch. Ich bildete mir gern ein, ich hätte es bewirkt, daß sie jetzt weicher war. Aber sie war aus eigenen Stücken sanfter geworden, als sie es zuließ, sich um einen Mann zu sorgen, den sie zunächst aus ganzem Herzen verabscheut hatte. Dann hatte auch ich mich fallen lassen. Ich erkannte mein Schicksal und stürzte mich kopfüber hinein. Nun war ich hier, ritt in die Berge einer anderen erzreichen Provinz, älter, reifer, verantwortungsbewußt, ein erfahrener Staatsdiener. Immer noch dämlich genug, mich auf jede Aufgabe einzulassen, mich ausnutzen zu lassen und mehr zu verlieren, als ich je gewann.

Es würde nicht wie das letzte Mal sein. Ich war durchtrainierter und weniger fanatisch. Ich mißtraute zu vielen Leuten, einschließlich jener, die mich hergeschickt hatten. Ich hatte eine Frau und ein Baby, um die ich mich kümmern mußte. Ich konnte keine Risiken eingehen.

Vor meiner Abreise hatte ich den Prokonsul aufgesucht, um ihn über mein Vorhaben zu informieren. Er hörte zu, zuckte die Schultern und meinte dann, ich schiene alles im Griff zu haben, also werde er sich nicht einmischen. Die gleiche alte Leier. Falls die Sache klappte, würde er allen Ruhm einheimsen wollen. Und falls ich in Schwierigkeiten geriet, war ich auf mich selbst gestellt.

Die Angestellten des Prokonsuls, die diesmal offenbar Anweisung von oben erhalten hatten, mir bei meiner Mission behilflich zu sein, hatten mich mit zwei Maultieren ausgestattet. Dazu noch einer Karte und dem zusammenfassenden Bericht über alle Erzvorkommen, den sie für den Prokonsul angefertigt hatten, als er seinen Posten übernahm. Aus diesem Bericht erfuhr ich Einzelheiten, die ich vorher gar nicht hatte wissen wollen.

Während sich die Silberminen in Britannien als wenig ergiebig erwiesen hatten, war Hispanien mit enormen Bodenschätzen gesegnet. Da gab es Gold, Gold in phantastischen Mengen. Man schätzte, daß die großen, staatseigenen Minen im Nordwesten monatlich an die zwanzigtausend Pfund Gold ergaben. Sie wurden von der einzigen in dieser Provinz stationierten Legion, der Siebten Gemina, bewacht. Außer Gold gab es Silber, Blei, Kupfer, Eisen und Zinn. In Baetica befanden sich alte Silberminen bei Carthago Nova, Silber- und Kupferminen in der Nähe von Hispalis, Goldminen bei Corduba: Zinnober wurde bei Sisapo abgebaut und Silber bei Castulo. In den erzreichen Mariana-Bergen – wohin meiner Information nach Quinctius Quadratus unterwegs war – wurde aus Hunderten von Gruben das beste Kupfer des Reiches gewonnen, dazu ein Überfluß an Silber.

Ein paar ältere Minen befanden sich noch in Privathand, aber der Kaiser sorgte dafür, daß es immer weniger wurden. Die meisten standen jetzt unter Regierungsaufsicht. Ein Prokurator verwaltete die Gruben; Einzelunternehmer oder Bergbaugesellschaften konnten die Schächte für beträchtliche Summen pachten und bekamen einen Anteil an den geförderten Erzen. Offenbar bildete sich der eifrige neue Quästor ein, er würde diese Landpartie unternehmen, um den Prokurator zu überprüfen. Im Gegensatz zu seiner feigen Handlung, Rufius Constans einfach vom Gewicht eines Mahlsteins erdrückt liegenzulassen, war es eindeutig mutig, die Herrschaft eines machtvollen kaiserlichen Beamten in Frage zu stellen. Ich selbst war keineswegs erfreut von der Aussicht, dem Prokurator – falls ich als erster eintraf – zu erzählen, daß Quadratus so etwas vorhatte. Der hübsche Jüngling mochte zwar ein designierter Senator und der Stellvertreter des Prokonsuls sein, aber verglichen mit dem Mann, den er ausspionieren wollte, war er nur eine temporäre Gallionsfigur. Jeder frettchengesichtige Freigelassene mit Ritterrang und bezahltem Posten würde den Quästor um einen Schriftrollenstab wickeln und ihn ganz unten im Postsack des nächsten Kuriers nach Hause schicken.

Ich mußte Quadratus finden, bevor das geschah. Ich wollte ihn in einem Stück, unversehrt und unaufgewickelt.

Bei Corduba hatte ich den Fluß überquert. Meine Reise würde mich zu der langen Reihe sanft gewellter Berge bringen, die die ständige Hintergrundkulisse unseres Aufenthalts gebildet hatten. In einem weiten Bogen schlossen sie das Baetistal nach Norden ab, von Hispalis bis Castulo, und wurden fast auf ganzer Länge durch Bergwerksarbeiten verschandelt. Reißende Flüsse mit gewundenen Seen schlängelten sich durch die Berge. Transhumanzpfade, die uralten Auftriebswege, auf denen das Vieh, je nach Jahreszeit, seinen höher oder tiefer gelegenen Weiden zugetrieben wurde, verliefen kreuz und quer durch das Gelände. Inmitten von Eichen und Kastanien erreichte ich kühlere, höhere Regionen.

Ich reiste mit leichtem Gepäck, schlief im Freien, wo es angebracht schien, oder bat um Unterkunft in der Hütte einer der kleineren Bergwerksunternehmer. Zwei Straßen führten östlich von Corduba weg. Die ganze Zeit war mir im Sinn, daß Helena Justina die untere am Fluß entlang eingeschlagen hatte, die parallel zu der meinen verlief, während ich weiter oben durch diese angenehme Hügellandschaft ritt. Da sie im Gegensatz zu mir nicht ständig auf der Suche nach Quadratus zu isoliert gelegenen Gruben abbiegen mußte, kam sie stetiger voran auf ihrer so nahen Straße, daß ich der Kutsche beinahe hätte zuwinken können.

Statt dessen war ich hier, fühlte mich absolut jämmerlich und von aller Welt verlassen. Ich konnte es nicht leiden, wenn die stoppelbärtigen Spekulanten nur mit mürrischem Grunzen auf meine Fragen reagierten. Noch weniger konnte ich es ausstehen, wenn sie ausgehungert nach Klatsch und Tratsch waren und mich mit endlosem Geplauder aufzuhalten versuchten. Ich aß Käse und hartes Brot, trank Wasser aus den Bergflüssen. Wenn mir danach war, wusch ich mich, sonst ließ ich es sein. Ich rasierte mich selbst, was noch nie sonderlich gut geklappt hat. Es war schlimmer als bei der Legion. Ich war griesgrämig, einsam, hungrig und enthaltsam.

Schließlich ging mir auf, daß Quadratus sich bestimmt nicht mit den kleineren, entlegenen Gruben aufhielt. Für den berühmten Tiberius war nur das Beste gut genug. Er mußte zu der riesigen Silbermine unterwegs sein, einem Komplex aus hunderten von Schächten, verpachtet an zahllose Einzelunternehmer, die am östlichen Ende der Bergkette lag. Vermutlich nahm er die Flußstraße und übernachtete in anständigen *mansios*. Aber er war nicht so verzweifelt wie ich, und ihm fehlte der nötige Druck und Vorwärtsdrang. Es konnte mir immer noch gelingen, ihn zu überholen.

Das war eine ermutigende Hoffnung. Sie beflügelte mich für einen halben Tag. Dann wurde mir wieder bewußt, daß ich mich auf die Art von Schauplatz begeben mußte, die ich für immer zu meiden geschworen hatte, und ich spürte, wie mir der Schweiß ausbrach.

Der Gestank war es, der mir als erstes den Magen umdrehte. Noch bevor ich ihrer ansichtig wurde, ließ mir die säuerliche Ausdünstung der Sklaven in all ihrem Dreck die Galle hochsteigen. Hunderte arbeiteten hier. Verurteilte Verbrecher, die bis zu ihrem Tod in den Minen schuften würden. Es war ein kurzes Leben.

Ich brachte es kaum über mich, den Minenbereich zu betreten, so sehr überflutete mich die Erinnerung daran, daß auch ich einst bleihaltiges Gestein abgeschlagen hatte, unter unsäglichen Strapazen bei miesester Ernährung und den widerlichsten Grausamkeiten ausgesetzt. Angekettet, ausgepeitscht, verflucht, gefoltert. Die Hoffnungslosigkeit, weil man wußte, daß die Schinderei nicht aufhören würde und es keine Fluchtmöglichkeit gab. Die Läuse. Die Krätze. Die Blutergüsse und das ständige Auspeitschen. Dieser Aufseher, der grausamste Mann, dem ich je begegnet war, der sich an Sodomie ergötzte und triumphierte, wenn ein Sklave vor seinen Augen starb.

Jetzt war ich ein freier Mann. Ich war auch damals frei gewesen – nur aus eigenem Willen als Sklave getarnt, und das aus ehrbaren Motiven; aber bei einem Trupp aneinander geketteter Sträflinge in einer Silbermine gibt es keine feinen Unterschiede, was Entwürdigung betrifft. Jetzt stieg ich von einem kräftigen Muli, ein selbstbewußter Mann, der es zu etwas gebracht hat in der Welt. Ich besaß einen Rang, war in offizieller Mission unterwegs und konnte einen kaiserlichen Paß vorlegen, um das zu beweisen. Ich hatte eine wunderbare Frau, die mich liebte, und würde bald Vater eines kleinen Bürgers sein. Ich war jemand. Die Eingänge zur Mine waren bewacht, aber als ich mich an den Wachposten wandte, nannte er mich »Legat« und gab mir einen höflichen Führer mit. Doch als mich der Gestank wie ein Schlag traf, warf er mich beinahe um drei Jahre zurück. Wenn ich mich gehenließ, wäre ich bald nur noch ein zitterndes Wrack.

Ich wurde durch das geschäftige Treiben im Schatten hoher Schlackeberge geführt. Als wir an den Schornsteinen der Treibherde vorbeikamen, raubten mir der Rauch und das unaufhörliche Schlagen der Hämmer beinahe den Verstand. Ich hatte das Gefühl, den Boden unter meinen Füßen erzittern zu spüren. Mir wurde gesagt, daß die Schächte hier bis in eine Tiefe von sechshundert Fuß hinabreichten. Die vom Ende der Schächte ausgehenden Flöze verfolgten die Silberadern bis in Tiefen von drei-

und viertausend Fuß. Dort unten arbeiteten die Sklaven, denn es war Tag. Es gibt bestimmte Regeln. In keiner Mine wird nachts gearbeitet. Man muß schließlich zivilisiert bleiben.

Unter Tage waren riesige Spiegel angebracht, um das helle Sonnenlicht zu reflektieren, das von oben einfiel. Dort, wo das Licht sie nicht mehr erreichte, trugen die Sklaven Tonlampen mit senkrechten Henkeln vor sich her. Ihre Schicht endete erst, wenn die Lampen leer waren, was immer viel zu lange dauerte. Die Lampen verbrauchten die Luft und erfüllten die Flöze mit Rauch. In diesem Rauch mühten sich die Sklaven ab, Klumpen von Erz aus den Wänden zu hacken, dann schleppten sie diese mörderischen Gewichte in Espartoeimern auf ihren Schultern in einer Menschenkette nach oben. Hinauf und hinunter von den Stollen, wobei sie kurze Leitern verwendeten. Ein Schieben und Drängen wie in einem Ameisenzug. Hustend und schwitzend in der Dunkelheit. Ihre Notdurft verrichteten sie dort, wo sie waren, direkt in den Stollen. Kaum bekleidete Männer, die oft wochenlang kein Tageslicht sahen. Andere schufteten sich endlos in den Tretmühlen der riesigen Wasserräder ab, die die tiefsten Schächte auspumpten. Wieder andere mühten sich damit ab, die Stollen abzustützen. Und alle kamen Tag für Tag dem unvermeidlichen Tod ein Stückchen näher.

»Überwältigend, nicht wahr?« meinte mein Führer. O ja. Ich war in der Tat überwältigt.

Wir erreichten das Büro des Prokurators. Drinnen lungerten ganze Horden von Verwaltungspersonal herum. Gut gekleidete Männer mit Fleisch auf den Knochen. Sauber gewaschen und ordentlich rasiert saßen sie an ihren Tischen und rissen Witze. Sie strichen ihr Gehalt ein und genossen das Leben. Unter ihnen ein paar fluchende und sich beklagende Aufseher, die über Tag Pause machten, während sie gleichzeitig damit prahlten, wie sie neue Verurteilte zur Raison brachten und die anderen, die schon länger hier waren, zur Arbeit antrieben. Die Ingenieure, schweigsame

Männer, die erfindungsreiche Diagramme kritzelten, arbeiteten neue und erstaunliche Methoden aus, die unter Tage eingesetzt werden sollten. Die Geometriker, die für das Auffinden und Einschätzen der Silberadern verantwortlich waren, stellten Berechnungen an, wenn sie nicht gerade dabei waren, die Füße auf den Tisch zu legen und obszöne Geschichten zu erzählen.

Ständig gingen Leute ein und aus. Niemand nahm Notiz von einem Neuankömmling. Geheimnisvolle Diskussionen wurden geführt, wobei es gelegentlich hitzig zuging, im allgemeinen der Ton aber eher geschäftsmäßig blieb. Gewaltige Erzbewegungen und endlose Ladungen von Silberbarren wurden von diesem Büro aus organisiert. Eine kleine Armee von Einzelunternehmern wurde von hier aus gelenkt, um den Staatssäckel prall zu füllen. Es herrschte eine rauhe und geschäftige Atmosphäre. Falls es hier Korruption gab, konnte sie in skandalöser Form und großem Umfang betrieben werden, wie ich es in einer anderen Provinz nachgewiesen hatte. Aber seit damals waren an die drei Jahre vergangen, und unser neuer Kaiser saß seit fünf Jahren auf dem Thron, und irgendwie bezweifelte ich, daß hier mehr als harmlose Kleinstbetrügereien vorkamen. Die Gewinne waren hoch genug, übermäßige Gier abzufedern. Die Bedeutung dieser Mine sorgte dafür, daß nur das beste Personal eingesetzt wurde. Das Ganze hatte die unmißverständliche Aura römischer Sorgfalt.

Die offenbar einer Überprüfung durch den Quästor nicht bedurfte.

»O ja, Quadratus war hier. Wir haben die große Besichtigungstour mit ihm gemacht.«

»Das heißt, Sie haben ihn auf einer wackeligen Leiter in den tiefsten Schacht hinuntergeschickt und dann plötzlich die Lampe ausgeblasen, damit er sich in die Hose macht?«

»Sie kennen sich aus!« strahlte der Prokurator bewundernd. »Danach haben wir ihm ein paar Graphiken und Zahlen vor die Nase gehalten und ihn weiter nach Castulo geschickt.«

»Wann war das?«

»Gestern.«

»Dann kann ich ihn bestimmt noch einholen.«

»Wollen Sie sich nicht erst unsere Mine ansehen?«

»Nichts lieber als das – aber ich muß mich beeilen.« Es gelang mir, die Ablehnung höflich klingen zu lassen. Hat man eine Mine gesehen, kennt man sie alle.

Castulo mußte etwa einen Tagesritt entfernt liegen. Quadratus selbst hatte mir erzählt, daß sein Vater dort Beteiligungen an einer kleinen Minengesellschaft besaß, die alle Erzabbaurechte im Umkreis von fünfundzwanzig Meilen oder mehr an sich gerissen hatte. Die Gruben waren kleiner als diese hier, aber das Gebiet war wichtig. Einige der wohlhabendsten Männer in Hispanien verdankten ihren Reichtum den Gruben bei Castulo.

Fast wäre ich ohne Zwischenfall von hier fortgekommen. Ich hatte das Büro verlassen und hielt Ausschau nach meinem Führer. Offenbar arbeitete er nach dem Prinzip, daß er nur für das Hineingeleiten zuständig war; den Rückweg sollte man gefälligst allein finden, während er davonschlenderte, um mit einem Kumpel zu quatschen.

Dann kam ein Mann auf mich zu. Ich erkannte ihn sofort, er mich aber offenbar nicht. Ein großer, formloser Schinder, genau so verschlagen wie erbarmungslos. Er wirkte schwergewichtiger denn je und kam mit einem noch drohenderen Watschelgang daher. Sein Name war Cornix. Der Sklavenaufseher, der es sich einst zur Gewohnheit gemacht hatte, mich zum Foltern herauszugreifen. Zum Schluß hatte er mich beinahe umgebracht. Von allen abartigen, verkommenen Schlägertypen des Römischen Reichs war er der letzte, den ich je hatte wiedersehen wollen.

Ich hätte an ihm vorbeigehen können und ihm wäre nie aufgegangen, daß wir uns schon früher begegnet waren. Doch ich konnte mein Zusammenzucken beim Wiedererkennen nicht unterdrücken. Dann war es zu spät.

»Sieh an! Sieh an! Wenn das nicht unser Witzig ist!« Der Spitzname ließ mir das Blut gefrieren. Und ich hatte keine Zweifel, wie Cornix es meinte, als er boshaft höhnte: »Ich hab nicht vergessen, daß ich dir was schuldig bin!«

LXIII

Cornix hatte zwei Sekunden Zeit, mich zu Brei zu schlagen, aber er verpaßte seine Chance. Danach war ich an der Reihe.

Ich hatte mir bei Cornix einst etwas Unverzeihliches zuschulden kommen lassen: Ich war seinen Fängen entkommen und hatte ihn öffentlich gedemütigt. Die bloße Tatsache, daß ich noch lebte, war nur darauf zurückzuführen, daß ich ihn permanent reingelegt und überlistet hatte. Da ich zu jener Zeit angekettet, fast verhungert, verzweifelt und dem Tode nahe war, war das um so bemerkenswerter.

»Ich schlag dir den Schädel ein«, verkündete er mit dem vertrauten ekelhaften Krächzen. »Und danach werden wir zwei wirklich ein bißchen Spaß haben!«

»Immer noch der gleiche weichherzige Riese! Der gute alte Cornix ... Wer hat dich denn aus dem Käfig gelassen?«

»Du wirst sterben«, knurrte er mich an. »Außer du hast wieder ein Mädchen, das dir zur Hilfe eilt?«

Jede Art von Verzögerung bedeutete Gefahr und war das letzte, was ich mir leisten konnte. Das Mädchen, das mich einst gerettet hatte, war auf dem Weg zur Küste und in einem Zustand, in dem sie mich dringend brauchte.

»Nein, Cornix. Ich bin allein und unbewaffnet und an einem mir fremden Ort. Offenbar hast du alle Vorteile auf deiner Seite.«

Ich war ihm zu gefügig. Er wollte Drohungen. Er wollte, daß ich ihm Widerstand leistete und ihn zwang, mit mir zu kämpfen. Ein oder zwei Leute schauten bereits zu uns hin. Cornix war ganz versessen auf eine große Schau, aber es mußte so aussehen, als hätte ich ihn provoziert. Er war die Art von Schlächter, der sich nur an Sklaven verging, und das insgeheim in schummerigen Ecken. Nach außen hin spielte er die Rolle eines strengen, aber gerechten nicht mal einen Galeerensklave in Erregung versetzt hätte, wenn er nach fünf Jahren zum ersten Mal wieder Land betrat. Aus einem Gesicht von der Lebendigkeit feuchten Mörtels musterten mich verwaschene Augen. Sie zeigte keine Befangenheit, sich hier an einem Ort zu befinden, der sonst ausschließlich Männern vorbehalten zu sein schien. Die meisten von ihnen hatten sie noch nicht mal bemerkt.

»Sie haben mir das Leben gerettet, Gnädigste.«

»Sie kamen ganz gut zurecht. Ich hab Ihnen nur ein wenig Hilfestellung geleistet.«

»Wir müssen uns schon mal begegnet sein.« Ich keuchte immer noch. »Wie war doch gleich Ihr Name?«

Sie schaute mich durchdringend an. Während ich zurückblinzelte, streckte sie ihren spitzen Schuh vor und malte ein Zeichen in den Sand: Zwei gebogene Linien mit einem Punkt in der Mitte. Ein menschliches Auge.

»Ich bin Perella«, sagte sie sachlich. Da fiel es mir wieder ein: die mißmutige Blondine, die ursprünglich dafür engagiert worden war, zur Unterhaltung der Olivenölhersteller von Baetica zu tanzen.

LXIV

Ohne ein weiteres Wort wandten wir uns vom Büro des Prokurators ab und ließen den wimmernden Cornix am Boden liegen. Niemand machte Anstalten, ihm zu helfen. Wo auch immer er sich befand, er war ein Mann, der nur Feinde besaß.

Perella und ich gingen direkt durch das Minengelände zum Tor, wo ich meine Mulis zurückgelassen hatte. Sie hatte ein Pferd. Ohne Hilfe schwang sie sich in den Sattel. Auch mir gelang ein schwungvoller Aufstieg. Diesmal.

Wir ritten hintereinander – mit mir in Führung – den Weg von der Mine hinunter zur großen Überlandstraße durch die Mariana-Berge. Als wir eine passende, etwas abgelegene Stelle erreichten, gab ich ihr ein Zeichen und hielt die Mulis an.

»Ich hab versucht, einer anderen spanischen Tänzerin namens Selia aus dem Weg zu gehen. Hübsche kleine Person mit ihren Kastagnetten und sogar noch eindrucksvoller mit einem Fleischmesser in der Hand. Sie wird aber jetzt keine Männer mehr aufreizen – und auch keine mehr ermorden. Momentan lernt sie neue Tanzschritte im Hades. Ihr ist die Luft abgequetscht worden.«

»Was Sie nicht sagen!« staunte Perella. »Von Unbekannten, oder?«

»Das nehme ich an.«

»Dann sollte es auch besser so bleiben.«

Ich musterte sie offen. Sie war zusammengeschnürt wie ein nasser Käse. Eine Waffe konnte ich nicht entdecken. Falls sie eine mit sich führte, konnte die überall sein. In ihrer Schultertasche vielleicht. Aber wenn sie Selia umgebracht hatte, war sie auch ohne Waffe gefährlich genug.

»Ich bin nicht hinter Ihnen her, Falco.«

»Sie haben versucht, mich aufzuspüren.«

»Nur, wenn ich Zeit dazu hatte. Sie sind ja ständig unterwegs. Falco, falls Sie ein gemütliches Plauderstündchen planen, sollten wir absteigen und uns unter einen Baum setzen.«

»Fern sei es mir, den Austausch süßer Nichtigkeiten mit einer Frau im Walde auszuschlagen!«

»Auf einem Muli machen Sie keine sonderlich gute Figur.«

Stimmt, aber ich war mir nicht so sicher, ob ich es mir mit Perella gemütlich machen wollte. Trotzdem hatte sie recht, was meine Abscheu für das Leben im Sattel anging. Ich stieg von meinem Muli. Perella sprang von ihrem Pferd. Sie wickelte sich aus einem langen, stabilen Schal, der eine Lage ihrer Kleidung bildete, und breitete ihn auf dem Boden aus. Für alles ausgerüstet. Wenn ich es mit einer solchen Spezialistin aufnehmen wollte, mußte ich offensichtlich noch einiges lernen.

Wir setzten uns nebeneinander wie ein Liebespaar auf einer Picknickdecke; ein Liebespaar, das sich noch nicht sehr lange kennt. Sofort begannen die Mücken sich für uns zu interessieren.

»Na, ist das nicht nett? Jetzt brauchen wir nur noch eine Flasche Wein und einige altbackene Brötchen, dann könnten wir uns einbilden, ein paar Müßiggänger auf Urlaub zu sein.« Wie deutlich zu erkennen war, hatte Perella nichts für leichtherzige Späße übrig. »Als ich Sie das letzte Mal sah, glaubte ich, Sie wären eine reguläre Tänzerin, der aufgrund einer Gaunerei ein Engagement verloren gegangen war. Sie haben mir nie erzählt, daß Sie beim Oberspion angestellt sind.«

»Natürlich habe ich Ihnen das nicht erzählt. Ich bin Profi.«

»Trotzdem, die hübsche Selia auszuschalten, nur weil sie Ihnen Ihre Essensverabredung weggeschnappt hat, scheint mir die Rivalität doch ein bißchen zu weit getrieben.«

Die Frau betrachtete mich mit diesen schlammfarbenen Augen. »Was bringt Sie auf den Gedanken, daß ich sie umgebracht habe?«

»Es war sehr sauber ausgeführt. *Professionell.*« Ich legte mich zurück, faltete die Hände unter dem Kopf und blickte hinauf zu den Eichenzweigen. Blätterstückchen trudelten herab und versuchten, in meinen Augen zu landen, während ich spürte, wie die Kühle des Waldbodens in meine Glieder kroch. Den Gedanken, nach Hause zurückzukehren und in Weinschenken meine Unterhaltungen zu führen, empfand ich plötzlich sehr verlockend.

Sie seufzte und rutschte auf dem Schal herum, damit sie mich weiter im Blick hatte. »Zu auffällig, diese Selia. So aufgedonnert, daß sie überall, wohin sie ging, nicht zu übersehen war.«

»Gute Geheimagenten wissen, wie sie sich unauffällig unter die Menge mischen, nicht wahr? Genau wie Privatermittler! Also hat sich das aufgetakelte Wesen die Lampe von einem anständigen, hart arbeitenden Mädchen auspusten lassen?«

Perella wich immer noch einer direkten Antwort aus. »Ihre Zeit war um. Ich nehme an, dieser junge, dämliche Quästor hat sie von Hispalis kommen lassen, damit sie Ihnen den Garaus macht, Falco.«

»Dann schulde ich jemandem ein Dankeschön.«

Sie zeigte kein Interesse an meiner Dankbarkeit. »Ich wette, Selia dachte, er würde die Nerven verlieren und hatte vor, auch ihn aus dem Weg zu räumen. Wenn er geredet hätte, wäre sie in Schwierigkeiten gewesen.«

»Wenn sie Quadratus beseitigt hätte, gäbe es ein Problem weniger auf der Welt.«

»Wenn Sie das sagen, Falco.«

»Na gut, lassen Sie uns praktisch denken. Es ist natürlich zweifelhaft, ob irgend jemand einen Richter dazu bewegen kann, Quadratus vor Gericht zu stellen, da jeder Richter, der sich dazu durchringen könnte, erstmal den gewaltigen Bestechungssummen von Attractus widerstehen muß. Und vorher muß man den Mistkerl ja zunächst mal erwischen. Sie jagen hier durch die Minen, genau wie ich. Ich bin jedenfalls auf der Suche nach Quadratus, und Sie sind entweder hinter ihm her – oder hinter mir.«

Sie sah mich an und grinste.

»Was steckt dahinter?« fragte ich drohend. »Sie haben sich an all meine Verdächtigen herangemacht – Annaeus, Licinius, Cyzacus – alle hatten Besuch von Ihnen. Soviel ich weiß, wollten Sie sogar zu mir.«

»Ja, die meisten hab ich vor Ihnen erwischt. Wieso haben Sie so rumgetrödelt?«

»Romantische Veranlagung. Ich schau mir gern die Gegend an. Sie mögen zwar vor mir dagewesen sein, aber mit mir haben die meisten länger geredet.«

»Und, haben Sie was erfahren?« höhnte sie.

Ich ging nicht darauf ein. »Sie wußten, daß ich in offiziellem Auftrag unterwegs bin. Warum haben Sie keinen Kontakt mit mir aufgenommen? Wir hätten uns die Arbeit teilen können.«

Perella tat meine Kritteleien als bloßes Gehabe ab. »Kontakt mit Ihnen aufzunehmen war für mich zweitrangig! Bevor ich nicht wußte, ob ich Ihnen trauen kann, wollte ich Ihnen keinen Tip geben, wer ich bin oder was ich hier tue. Am Abend der Parilia hätte es beinahe geklappt.«

»Waren Sie das, die den Felsbrocken nach mir geworfen hat?«

»Nur ein kleines Steinchen«, grinste sie.

»Warum haben Sie sich dann hinterher unsichtbar gemacht?«

»Weil sich Quadratus weiter vorne auf der Straße herumtrieb.«

»Er war in einer Kutsche mit zwei anderen weggefahren.«

»Quadratus hatte die Kutsche angehalten, weil er sich angeblich übergeben mußte. Das Mädchen« – Aelia Annaea – »kümmerte sich um den Jungen, der sich tatsächlich die Seele aus dem Leib kotzte. Quadratus war langsam die Straße zurück gewandert, als wolle er frische Luft schnappen, aber für mich sah es so aus, als würde er auf jemanden warten. Deswegen habe ich den Stein geworfen, damit Sie nicht versehentlich in ihn hineinstolpern. Ich dachte, er wartete auf Selia, und ich wollte hören, was sie sich zu sagen hatten.«

»Ich habe weder ihn noch Sie gesehen.«

»Sie haben ja auch Selia nicht gesehen! Sie schlich da in der Dunkelheit herum. Genaugenommen hat sich in jener Nacht nur einer nicht vor Ihnen versteckt, Falco: Selias Schaf!«

»Hat Selia sich mit Quadratus getroffen?«

»Nein, das Mädchen in der Kutsche rief nach ihm, und er mußte mit ihr und dem Jungen wegfahren.«

»Und es waren wirklich nicht Sie, die sich da als Schäferin verkleidet hat?« meinte ich. Doch das war ganz unmöglich. Perella hätte nie mit den wunderbaren braunen Augen des toten Mädchens mithalten können.

Sie lachte. »Keine Bange. Können Sie sich vorstellen, Anacrites dazu zu bringen, die Quittung für die Miete eines Schafes abzuzeichnen?«

Also meinte sie, der Oberspion sei immer noch im Amt.

»Lassen Sie uns über Rom reden«, schlug ich vor. »Da laufen irgendwelche schmutzigen Betrügereien, soviel ist klar. Es liegt in unserem beiderseitigen Interesse herauszufinden, wer da was mit wem macht und warum zwei völlig vernünftige Agenten wie Sie und ich in derselben Provinz gelandet sind, mit zwei unterschiedlichen Missionen, bei denen es um dasselbe Spektakel geht.«

»Sie meinen«, hauchte Perella, »ob wir uns auf derselben Seite befinden?«

»Ich wurde von Laeta hergeschickt. Soviel kann ich Ihnen gratis verraten.«

»Und ich nicht.«

»Damit erhebt sich eine interessante Frage, Perella, denn ich hatte mir schon gedacht, daß Sie für Anacrites spionieren – aber das letzte Mal, als ich ihn sah, lag er im Haus meiner Mutter und hielt das Fahrgeld für den Fährmann zum Hades schon abgezählt in der ausgestreckten Hand.«

»Die Prätorianer haben ihn in ihr Lager geholt.«

»Dafür hatte ich gesorgt.«

»Ich habe ihn dort besucht.«

»Oh, also hab ich es mit einem Mädchen zu tun, das sich mit den Männern der Garde einläßt. Da zeigt sich der *echte* Profi!«

»Ich tue, was ich tun muß.«

»Hören Sie auf, bevor ich rot werde. Ich bin ein schüchternes Bürschchen.«

»Wir arbeiten alle sehr gut zusammen.« Was gewöhnlich eine fromme Lüge war.

»Wie vorteilhaft«, sagte ich. Aber es stimmte, der Geheimdienst war der Garde angeschlossen. »Haben die Prätorianer Ihnen erzählt, daß Anacrites bei ihnen ist?«

»Ich habe ihn selbst aufgespürt, nachdem Sie mir gesagt hatten, er sei zusammengeschlagen worden. Das war nicht ganz einfach, muß ich zugeben. Schließlich bin ich zu Ihnen gegangen, um Sie zu fragen, wo er ist ...« Ich konnte mich dunkel erinnern, ihr meine Adresse gegeben zu haben. »Sie hatten Rom gerade verlassen, aber jemand hat mich auf Ihre Mutter hingewiesen. Sie hat mir nichts verraten, doch sie hatte einen großen Topf Suppe auf dem Herd stehen, und ich erriet, daß er für den Kranken war. Als sie mit einem Korb über dem Arm losging, bin ich ihr gefolgt.«

»Mama bringt Anacrites immer noch Suppe?« fragte ich verblüfft.

»Laut den Prätorianern fühlt sie sich für ihn verantwortlich.«

Das mußte ich erstmal verdauen. »Und als Sie selbst mit Ihrem Blumenstrauß an sein Krankenbett traten, wie verhielt sich da Ihr unsympathischer Vorgesetzter?«

»Genauso durchtrieben wie immer.« Diese Dame hatte es faustdick hinter den Ohren. »Er stöhnte und jammerte, wie das kranke Männer so tun. Vielleicht lag er im Sterben. Vielleicht sammelte der Mistkerl aber auch nur neue Kräfte, um zurückzuschlagen.«

»Und Mama pflegt ihn immer noch? Ich kann's nicht fassen! Im Prätorianerlager?«

»Die Prätorianer sind doch alle Weicheier. Sie bewundern mütterliche Tugenden und all diesen altmodischen Quatsch. Aber trotzdem, Anacrites ist bei ihnen sicher. Wenn er überlebt, wird er Ihre Mutter anbeten.«

Mir schoß der grauenhafte Gedanke durch den Kopf, daß ich zurück nach Rom kommen und meine Mutter mit dem Oberspion verheiratet finden würde. Aber nein, das ging nicht, sie müßte sich erst von Papa scheiden lassen. Und das würden die zwei nie hinkriegen, solange sie nicht einmal miteinander redeten.

»Sie haben also mit Anacrites gesprochen? Was hat er gesagt?«

»Nichts Brauchbares.«

»Das sieht ihm ähnlich!«

»Sie haben ja gesehen, in welchem Zustand er sich befand. Ich besuchte ihn nur ein paar Tage nachdem Sie Rom verlassen hatten.«

»Und wer hat Sie dann hierher geschickt?«

»Eigene Initiative.«

»Sind Sie autorisiert?«

»Jetzt ja!« lachte Perella, kramte in ihrer Schultertasche und hielt mir etwas hin. Ein Siegelring aus ziemlich miesem Chalzedon, darauf zwei Elefanten mit verschlungenen Rüsseln eingraviert. »Selia hatte ihn. Ich fand ihn, als ich sie durchsuchte. Sie muß ihn gestohlen haben, nachdem sie Anacrites eins übergebraten hatten.«

»Sie haben sie durchsucht?« fragte ich höflich. »War das, bevor oder nachdem Sie ihr den perlweißen Hals etwas zu kräftig zugedrückt hatten?« Sie gönnte mir nur einen abschätzigen Blick. »Mir war aufgefallen, daß der Ring fehlte, Perella. Da ich Anacrites kenne, nahm ich an, daß er gehört hatte, wie sich Selia und ihre Schläger anschlichen, und rasch den Ring verschluckte, um die Staatskasse zu schützen.«

Das gefiel Perella. Nachdem sie zu lachen aufgehört hatte, warf sie den Ring in die Luft und schleuderte ihn dann so weit wie möglich über die Straße in das gegenüberliegende Gebüsch. Ich spendete ihr leisen Beifall. Für Rebellen hatte ich schon immer etwas übrig. Und da Selia tot war, konnte der Ring auch nicht mehr als brauchbarer Beweis verwendet werden. »Ich werde Anacrites sagen, daß Sie ihn haben, Falco. Er wird Sie die nächsten fünfzig Jahre nicht mehr in Ruhe lassen.«

»Damit kann ich leben. Was genau tun Sie hier?« wollte ich erneut wissen.

Perella verzog den Mund und machte ein kummervolles Gesicht. Ich hatte immer noch Schwierigkeiten, mir vorzustellen, daß diese dickliche Vogelscheuche in ihren ungepflegten Klamotten eine äußerst tüchtige Agentin war – nicht nur ein Dämchen in einem kurzen Tanzröckchen, das bei Festessen die Gäste belauschte, um sich nebenbei ein paar Denarii zu verdienen, sondern eine Frau, die wochenlang auf sich selbst gestellt arbeitete, reiste und, wenn sie das für nötig hielt, erbarmungslos Leben auslöschte.

»Was geht hier vor, Perella?«

»Haben Sie Valentinus gekannt?« fragte sie.

Als sich ihre Stimme bei dieser Frage senkte, überlief mich ein Frösteln. Für eine Sekunde war ich wieder im Feuerwehrhaus der Zweiten Kohorte, wo Valentinus steif in einem Leintuch schaukelte, mit diesem grausigen Eimer über dem Kopf, der das Blut auffing. »Kaum. Ich bin ihm nur einmal begegnet, bei jenem Essen. Und da habe ich leider die Chance verpaßt, mit ihm zu reden. Als ich ihn das zweite Mal sah, war er tot.«

»Er war ein netter Kerl.«

»So kam er mir auch vor.«

»Wir haben ein paar Mal zusammengearbeitet. Anacrites hatte uns beide auf den Baetica-Fall angesetzt. Am Anfang nur mich, aber Quinctius Attractus muß spitzgekriegt haben, daß wir ihm auf die Schliche gekommen waren, und hat dafür gesorgt, daß ich durch dieses andere Mädchen ersetzt wurde. Daher hat Valentinus für mich an jenem Abend Dienst getan. Nachdem er ermordet wurde, beschloß ich, die Sache auf eigene Faust zu verfolgen. Das war ich ihm schuldig. Nun ja, und Anacrites auch. Er macht seine Arbeit auf seine Weise – was immer noch besser ist als die Alternative.«

»Claudius Laeta?«

Perellas Augen wurden schmal. »Offensichtlich muß ich aufpassen, was ich sage, Falco – ich weiß, daß Sie beide dicke Freunde sind.«

»Er hat meine Überfahrt bezahlt, aber er hat mich nicht in der Tasche.«

»Sie arbeiten normalerweise unabhängig?«

»Freiberufler. Genau wie Valentinus. Darum bin ich auch nicht in Tränen ausgebrochen, als ich die tote Selia fand. Ich habe auch Ihr Piktogramm erkannt – Valentinus hatte genau so eins an seiner Wohnungstür … Ich schätze, Sie teilen meine Skepsis gegenüber Laeta?«

Perella zog die Schultern hoch. Sie wählte ihre Worte äußerst sorgfältig. Das Ergebnis war eine recht farbige Charaktereinschätzung, bei der Laeta sicher nicht gern zugegen gewesen wäre, wenn man sie zur Zeit der Geburtstagszuwendungen dem Kaiser vorgetragen hätte: »Laeta ist ein betrügerischer, dilettantischer, verräterischer, verlogener Emporkömmling.«

»Eine Perle des Sekretariats«, stimmte ich mit einem Lächeln zu.

»Von Laeta hat Quinctius Attractus erfahren, daß ich die Gesellschaft der Olivenölhersteller im Auge hatte, dessen bin ich mir ziemlich sicher. Sie wissen, was da zwischen den Palastbüros läuft?«

»Laeta will Anacrites in Verruf bringen. Mir war nicht klar, daß er seine Pfoten so tief drin hat, aber man sagt, daß er auf die Auflösung des Spionagenetzwerks hinarbeitet, damit er es übernehmen kann. Die geheime Macht im Reich. Der Wächter, vor dem wir uns mit Freuden fürchten.«

»Sie könnten von ihm eine feste Anstellung bekommen, Falco.«

»Genau wie Sie«, gab ich zurück. »Anständigen Agenten und Ermittlern mangelt es nie an Arbeit. Da draußen laufen zu viele Nieten herum, die anderen die Chancen vermasseln. Die neuen Dienstpläne werden genügend freie Stellen bieten. Laeta würde uns beide mit Kußhand aufnehmen. Aber wollen wir uns auf seinen schleimigen Charme einlassen, Perella? Es bleibt immer noch unsere Entscheidung.«

»Ich halte mich wahrscheinlich lieber an den Mistkerl, den ich kenne.«

»Wenn er überlebt. Und wenn seine Abteilung überlebt.«

»Wir werden sehen.«

»Ich werde selbständig bleiben, wie gehabt.«

»Gut, dann wissen wir ja beide, wo wir stehen!« grinste sie.

»Oh, durchaus. Wenn wir auch nicht stehen, sondern sitzen. Unter einem Baum in einem Wald in Baetica ohne Picknickkorb.«

»Sie sind ein alter Miesmacher, Falco.«

Anscheinend redeten wir ganz offen miteinander, aber deshalb traute ich ihr keinen Deut mehr. Und erwartete auch nicht, daß Perella es tat.

»Wenn ich ehrlich mit Ihnen bin, Falco, kann ich dann von Ihnen dasselbe erwarten?« Ich rang mir ein halbherziges Schulterzucken ab. »Ich bin aus zwei Gründen nach Baetica gekommen«, verkündete sie. »Zum einen wollte ich sehen, daß Selia ihr Fett wegkriegt, aber vor allem will ich diesen Kartellblödsinn aus der Welt schaffen und sicherstellen, daß der Geheimdienst dafür den Ruhm einstreicht.«

»Sie wollen Laeta überlisten?«

»Und auch Sie, wenn Sie auf seiner Seite stehen, Falco.«

»Oh, ich wurde ebenfalls hergeschickt, um das Kartell zu blockieren. Inzwischen halte ich die Sache für gegessen.« Ich schenkte ihr ein ganz und gar nicht bescheidenes Lächeln. »Da ich einige Vorschläge in gewisse einflußreiche Ohren geflüstert habe, nehme ich den Ruhm, die Sache im Keim erstickt zu haben, für mich in Anspruch!«

Perella runzelte die Stirn. »Sie täten besser daran, rasch ein Abführmittel zu nehmen!«

»Zu spät. Geben Sie auf. Die Sache ist erledigt. Jetzt bleibt nur noch der junge Quadratus übrig. Er ist verrückt und unberechenbar – bestens geeignet für den Palast, um damit den eigentlichen Schlamassel zu überdecken. Was Rom braucht, ist ein saftiger Patrizierskandal, der die Seiten des *Tagesanzeigers* füllt. Sowas eignet sich immer gut, den Druck von der Regierung zu nehmen. Einen fehlgeleiteten Jüngling wie Quadratus wegen seiner unsäglichen Vergehen außer Gefecht zu setzen erlaubt den Großen davonzukommen, ohne daß ihre Stellung angekratzt wird.«

Perella stieß ein leises, höhnisches Lachen aus. »Da gibt es nur ein Problem, das Sie offenbar nicht erkannt haben.«

»Sie meinen, daß der edle Quadratus aus einer reichen und angesehenen Familie stammt? Glauben Sie, er kann sich einer Anklage entziehen?«

»Wer weiß? Nein, ich meine, daß das Kartell nie lediglich eine Sache war, die sich ein paar Honoratioren aus Baetica für ihren persönlichen Gewinn ausgedacht haben«, sagte Perella. Ich dachte, sie spielte damit auf Attractus an. Er wollte zweifellos über mehr herrschen als nur über das Kartell. Doch ich hielt den Mund. Da war dieser unheilvolle Ton in ihrer Stimme. »Laeta will das Kartell auch, Falco.«

»Tut er das? Nun, ich weiß auch, aus welchem Grund. Er will die Ölhersteller damit wissen lassen, daß er vorhat, das Ganze unter staatliche Kontrolle zu bringen. Attractus versucht, ihn zu bestechen, damit er sich ruhig verhält.«

»Ich dachte, Laeta hätte einen anderen Plan«, sinnierte Perella. »Oh, falls der Ölmarkt unter staatliche Kontrolle kommt, will er bestimmt der Mann sein, der das Kommando übernimmt – und den Goldschaum für sich selbst einstreicht.«

»Das würde mich nicht überraschen. Als erstes müßte er den Kaiser überreden, das Ölgeschäft zu übernehmen und staatliche Mittel dafür zur Verfügung zu stellen.«

»Ich kann mir schon vorstellen, wie er das bewerkstelligen will.« Perella genoß ihren Wissensvorsprung.

»Na gut, ich kann Ihnen nicht mehr folgen.« Auch ich konnte offen sein, denn ich starb vor Neugier.

»Laeta will das Ölgeschäft tatsächlich monopolisieren. Und zwar für den Kaiser.«

LXV

Ich schluckte verstohlen. Mir ging sofort auf, warum das seinen Reiz haben könnte. Ja, Vespasian wollte als aufrechter Staatsdiener in die Geschichte eingehen. Aber gleichzeitig war er berüchtigt für seinen Geiz.

Er stammte aus einer Familie von mittlerem Rang, Bauern aus dem Sabinerland, die zu Steuereinnehmern aufgestiegen waren: Hart arbeitende, intelligente Leute auf ihrem Weg nach oben – aber nie mit genug Geld, um auf gleichem Fuß mit den alten Patrizierfamilien zu stehen. Vespasian und sein älterer Bruder hatten sich ihren Weg durch den Senat bis zu den höchsten Ämtern erkämpft, stets in verhältnismäßiger Armut, stets gezwungen, die Erlöse des letzten Jahres zu verpfänden, um den nächsten Magistratsposten einzunehmen. Als Vespasian, der es irgendwie zum Konsul gebracht hatte, die Statthalterschaft für die Provinz Afrika erhielt, mußte sein Bruder ihm die Geldmittel zur Verfügung stellen – und während Vespasian diese gehobene Stellung innehatte, wurde er für was berühmt? Für die Einrichtung eines Liefermonopols von gesalzenem Fisch …

Warum sollte er sich geändert haben? Von Nero hatte er eine leere Staatskasse geerbt. Er besaß den Eifer des neuen Mannes, dem Ganzen seinen Stempel aufzudrücken. Sich den Markt für eine wichtige Handelsware unter den Nagel zu reißen war vielleicht wirklich der Traum des Kaisers. Er regierte zwar jetzt das gesamte Römische Reich, aber es fehlte ihm nach wie vor an Geldmitteln für seine Herrschaft, und er war vermutlich begierig darauf, sie in die Hand zu bekommen.

»Es gäbe verschiedene Möglichkeiten, wie Laeta an sein Ziel kommt«, meinte ich gedehnt. »Die einfachste ist die bereits erwähnte – unter der Führung von Attractus wird ein baetisches

Kartell gegründet, und Laeta erklärt sich einverstanden, daß Rom es duldet, vorausgesetzt, Laeta selbst bekommt eine hohe Bestechung. Das nächste Stadium, schon raffinierter, besteht darin, daß er noch mehr Druck ausübt, erklärt, das Kartell dürfe nur weiterbestehen, wenn *der Kaiser* einen hohen Prozentsatz der Gewinne erhält.«

»Das ist das, woran ich gedacht habe«, sagte Perella. »Für beides mußte Anacrites von der Bildfläche verschwinden. Weil er versuchte, die Kartellgründung zu unterbinden.«

»So eine simple Seele! Anacrites zu erledigen hat noch einen zusätzlichen Vorteil für Laeta. Dann kann *er* das Spionagenetz übernehmen.«

»Also stimmen Sie mir zu. Oder?«

»Ich glaube, Laeta spielt mit noch ausgefuchsteren Plänen. Zum einen kann ich mir nicht vorstellen, daß es ihn glücklich macht, Attractus als die Haupttriebfeder des Kartells zu sehen. Das erklärt vermutlich, warum er mich engagiert hat, um die Verschwörung aufzudecken: Er hat sich heftig darüber beschwert, daß Attractus sich zuviel herausnähme. Also will er vielleicht in Wirklichkeit von mir, daß ich Attractus ausschalte. Aber was passiert dann mit dem Kartell?«

Perella griff voraus. »Angenommen, die Kartellbildung wird ans Licht gezerrt und verboten – und die Besitztümer der Verschwörer werden alle konfisziert. Das würde Vespasian bestimmt reizen!«

»Ja, aber was würde dann geschehen? Wir reden hier nicht über ein neues Ägypten. Augustus schaffte es, Ägypten an sich zu reißen, sich dessen wunderbares Korn zu sichern und daraus nicht nur hohe Profite für sich selbst zu schlagen, sondern auch Macht in Rom zu gewinnen, indem er den Kornnachschub kontrollierte. Und das Ganze nutzte er dann noch für Propagandazwecke und stellte sich als der große Wohltäter dar, der die Versorgung der Armen garantierte.«

Vespasian hatte bewiesen, daß er den Wert der Kornversorgung durchaus verstand, als er während des Kampfes um den Thron in Alexandria blieb und indirekt damit drohte, die Kornschiffe zurückzuhalten, bis Rom ihn als Kaiser akzeptierte. Würde er einen ähnlichen Schritt mit dem Öl in Erwägung ziehen? Und wenn ja, würde das tatsächlich funktionieren?

»Und wieso soll das nicht auch mit dem Öl aus Baetica klappen, Falco?« Vielleicht gehörte Perella doch mehr zum tatendurstigen Agententyp, weniger zu denen, die gern kniffelige Rätsel lösten. Sie war Expertin darin, ihre Rivalen zu erwürgen, aber es fehlte ihr an Verständnis für politische Ränke. In dem komplexen Spinnennetz aus Täuschungen und Hinterlist, in dem wir jetzt zappelten, war aber beides vonnöten.

»Baetica ist bereits eine römische Provinz, Perella. Und das ist genau das Problem. Es könnte der Grund sein, warum am Ende gar nichts passiert. Alles in Baetica, was offiziell übernommen, konfisziert oder ansonsten durch Rom kontrolliert wird, kommt nur der Staatskasse zugute. Dagegen kann der Kaiser kaum etwas haben. Denn der Senat kontrolliert die Staatskasse ja nur nominell; der Kaiser selbst kann bestimmen, wofür das Geld verwendet wird. Aber das Olivenöl-Monopol könnte er nie persönlich kontrollieren, und es brächte ihm keinen Ruhm ein, Öl als Almosen an die Bevölkerung zu verteilen. Nein, für ihn wäre es besser, wenn alles nur unter der Hand geschieht. Auf diese Weise wären Profite herauszuschlagen.«

»Sie wollen damit also sagen, Falco, daß es für Laeta am idealsten wäre, Anacrites aus dem Weg zu räumen, die Quinctii auszuschalten – und das Kartell trotzdem zu unterstützen?«

»Offenbar!« Ich konnte mir auch vorstellen, wie sich das organisieren ließ. »Bestimmt wird Laeta etwas in dieser Art vorschlagen: Die Gutsbesitzer und alle anderen im Ölgeschäft, die sich der Sache anschließen wollen, werden Mitglieder der in Rom firmierenden Gesellschaft der Olivenölhersteller von Baetica, die sie als Deckmantel für ihre Operationen benutzen. Die Gesellschaft wird dem Kaiser dann große persönliche Geschenke machen – und natürlich wird auch Laeta welche erhalten, wenn auch kleinere, aber immer noch beträchtliche. Das alles hätte den Anschein der üblichen Aufmerksamkeiten unter Geschäftsfreunden, wie sie ja schließlich erlaubt sind.«

»Und was können Sie und ich dagegen unternehmen?«

»Das hängt davon ab«, sagte ich nachdenklich, »ob Vespasian in diesen fragwürdigen Plan eingeweiht ist.« Wenn ich an die mit Laeta geführten Unterhaltungen zurückdachte, konnte ich mir nicht vorstellen, daß er dem Kaiser seine Ideen bereits unterbreitet hatte. Er würde sichergehen wollen, daß seine Pläne auch funktionierten. Es würde Laeta besser in den Kram passen, seine Ideen zuerst in die Tat umzusetzen und sie dann seinem kaiserlichen Herrn zu präsentieren. Auf diese Weise konnte er sicherstellen, den Ruhm für sich einzuheimsen. Solange sich das Kartell noch formierte, hielt sich Laeta einen Fluchtweg offen für den Fall, daß etwas schiefging. Sollte das passieren, war es ihm immer noch möglich, auf den rechten Weg zurückzukehren, die Finger aus allem herauszuhalten und sich damit zu brüsten, er habe die Verschwörung aufgedeckt. Aber wenn alles gut ging, konnte er für seinen kaiserlichen Herrn den ausgeklügelten Plan mit einer großartigen – wenn auch geheimen – Sekretärsgeste aus dem Ärmel ziehen.

Er hatte von vornherein Ausweichmanöver parat gehabt, falls es zu Schwierigkeiten kam. Wie zum Beispiel, daß ich im Laufe des Versuchs, Attractus kaltzustellen, zuviel herausfand. Also hatte er Selia engagiert und auch weiterhin bezahlt, falls er mich aus dem Weg räumen mußte.

Nur hatte er sich in mindestens einem Punkt schwer verrechnet: damit sein Plan funktionierte, mußten die Ölhersteller selbst das Kartell wollen. Wenn sie sich insgeheim für den geraden Weg entschieden, hatte Laeta das Nachsehen.

Und er hatte sich ebenfalls geschnitten, falls Vespasian beschloß, sich nun *seinerseits* als Kaiser nicht die Hände schmutzig zu machen.

»Anacrites hatte begriffen, was im Schwange war.« Perella war immer noch zum Reden aufgelegt. »Er wußte von Anfang an, daß Laeta das Kartell unterstützte, um es dem Kaiser dann als Trumpfkarte anzubieten – und seine Belohnung dafür zu kassieren, in Form von noch mehr Macht und einem neuen Geheimdienstimperium.«

»Geschickt eingefädelt, das Ganze. Laeta wird nachweisen, daß Anacrites mit seiner Herumpfuscherei den Erfolg eines lukrativen Plans bedroht hat – weil er in seiner tölpelhaften Geheimdienstlerart nicht kapierte, wo die Interessen des Kaisers liegen. Im Gegensatz dazu zeigt Laeta einen hervorragenden, spekulativen Verstand und stellt sich als der bessere Mann dar. Außerdem ist er loyal – also präsentiert er seine Idee einem glücklichen und dankbaren Kaiser.«

Perella machte ein angewidertes Gesicht. »Hübsch, nicht wahr?«

»Widerwärtig! Und Sie wollen mir sagen, daß Anacrites all dem bereits auf der Spur war, bevor die ihm den Schädel zermatscht haben?«

»Ja.«

»Mir wurde gesagt, es sei Quinctius Quadratus gewesen, der die Nerven verlor und dafür sorgte, daß man Anacrites zusammenschlug. Ist es möglich, daß in Wirklichkeit Laeta selbst hinter dem Überfall steckte?«

Perella dachte darüber nach. »Verderbt genug ist er dazu – aber angeblich wurde er grün vor Entsetzen, als er hörte, was passiert war. Er ist ein Schreiber«, sagte sie kalt. »Ich nehme an, er haßt Gewalt!«

»Er wirkte auch ganz durcheinander, als er deswegen zu mir kam.«

»Vielleicht war ihm endlich aufgegangen, daß er sich auf etwas Gefährlicheres eingelassen hatte als das Herumschieben von Schriftrollen.«

»Was ihn aber nicht veranlaßt hat, den Plan ganz fallenzulassen«, bemerkte ich.

»Nein. Wie Sie schon ganz richtig sagten, Falco, alles hängt davon ab, ob Vespasian über die Sache unterrichtet ist. Sobald er Bescheid weiß, wird er begeistert sein. Und dann gibt es kein Zurück.«

»Was gedachte Anacrites denn zu tun, um Laetas Plan zu vereiteln?«

»Das, womit ich gerade beschäftigt bin«, erwiderte sie knapp. »Der Geheimdienst wird einen Bericht vorlegen, in dem es heißt: ›*Schaut her! Diese Leute hatten vor, die Preise für Olivenöl in die Höhe zu treiben. Ist das nicht skandalös?*‹ Dann weisen wir nach, daß wir die Verschwörung im Keim erstickt haben. Wenn genug Leute davon wissen, ist der Kaiser gezwungen, diese korrupte und keinesfalls wünschenswerte Angelegenheit öffentlich anzuprangern. Wir bekommen das Lob dafür, die Sache entdeckt und gestoppt zu haben. Laeta muß sich zurückziehen – vom Kartell und von uns.«

»Für den Augenblick!«

»Oh, klar, der wird es wieder versuchen. Außer«, meinte Perella in einem Ton, der Laeta gar nicht gefallen hätte, »jemand macht ihm vorher den Garaus!«

Ich atmete tief durch und pfiff dann vor mich hin.

Ich hatte keine Meinung dazu, ob Anacrites oder Laeta besser für die Führung des Geheimdienstes geeignet war. Mir war diese ganze Einrichtung stets zuwider gewesen, und ich nahm solche Aufträge nur an, wenn ich das Geld brauchte, aber auch dann mißtraute ich allen Beteiligten. Sich auf jemandes Seite zu stellen war reinste Narretei. Bei meinem Glück landete ich dabei garantiert auf der falschen Seite. Besser, ich zog mich jetzt aus der Sache heraus und wartete die weitere Entwicklung ab. Zuzuschauen, wie diese beiden Beamtenschwergewichte ihre Rivalität ausfochten, konnte vielleicht sogar ganz amüsant sein.

Das Sitzen auf dem Boden machte mich allmählich steif. Ich stand auf. Die Frau folgte meinem Beispiel, hob ihren Schal auf und schüttelte Blätter und Zweige davon ab. Wieder war ich verblüfft, wie klein sie war, stämmig und nach außen hin so gar nicht einer Spionin ähnlich. Aber sie sah auch nicht wie eine Tänzerin aus; doch alle, die sie hatten tanzen sehen, bestätigten, daß sie gut war.

»Perella, ich bin froh, daß wir unser Wissen ausgetauscht haben. Wir kleinen Lichter müssen zusammenhalten!«

»So ist es«, stimmte sie zu – mit verkniffenen Lippen, die mir sagten, daß sie mir genau so offen mißtraute wie ich ihr. »Und Sie arbeiten immer noch für Laeta, Falco?«

»Oh, ich arbeite für Gerechtigkeit, Wahrheit und Anständigkeit!«

»Wie edel. Bezahlen die gut?«

»Miserabel.«

»Dann bleib ich lieber beim Geheimdienst!« Wir gingen hinüber zu unseren Reittieren, Perella warf den Schal über den Rücken des Pferdes und lehnte sich dann an den Sattel, bevor sie aufstieg. »Und wer von uns verfolgt jetzt Quadratus?«

Ich seufzte tief. »Nichts wäre mir lieber, als ihn zu erwischen. Ich hasse diesen jungen Dreckskerl – aber, Perella, ich sitze wirklich in der Klemme. Er ist in der vollkommen falschen Richtung unterwegs – westwärts, zurück nach Corduba. Ich habe mein Mädchen zur Ostküste geschickt und sollte mich ihr schnellstens wieder anschließen.«

Sie schaute mich erstaunt an. Meine Hartnäckigkeit schien berühmter zu sein, als ich dachte. »Das meinen Sie doch wohl nicht ernst, Falco!«

»Mir bleibt kaum eine andere Wahl! Ich möchte Quadratus unbedingt stellen, aber mir graust davor, mich mit Helena – ganz zu schweigen von ihrer wütenden Familie – auseinanderzusetzen, falls ich mich verspäte und ihr irgendwas passiert. Ihre Familie ist einflußreich. Wenn ich sie verärgere, können die mich fertigmachen.«

»Und was nun, Falco? Sind Sie nicht Manns genug, das Risiko auf sich zu nehmen?«

Gereizt stocherte ich an einem Zahn herum und ließ mir kurz Zeit für eine gequälte Überlegung. »Nein, es hat keinen Zweck. Ich muß es Ihnen überlassen, die Ehre einzustreichen. Anacrites' Gruppe braucht die Anerkennung, und ich habe einfach nicht die Zeit, Quadratus in die entgegengesetzte Richtung hinterherzujagen. Ich kann Ihnen sagen, was Sie wissen müssen. Sie haben mich ja dort oben in der Silbermine gesehen. Im Büro hörte ich, er sei gestern dort gewesen. Er ließ sie wissen, daß er sich als nächstes die Minen bei Hispalis ansehen wollte.«

»Und Sie schaffen das nicht?«

»Für mich ist es unmöglich. Das ist die falsche Richtung. Ich muß ihn laufen lassen, weil mir schlicht und ergreifend die Zeit ausgegangen ist. Meine Frau steht kurz vor der Niederkunft, und ich habe ihr versprochen, sie auf ein Schiff zu bringen, damit sie rechtzeitig zu einer guten römischen Hebamme kommt. Sie ist vorausgefahren, und ich soll ihr folgen.«

Perella hatte vielleicht sogar Helenas unförmige Gestalt auf dem Camillus-Gut bei Corduba gesehen, während ich in Hispalis war. Jedenfalls schnaubte sie, daß ich mich dann wohl besser beeilen solle. Ich warf ihr den üblichen genervten Blick eines Mannes zu, den seine vergangenen Verfehlungen reuen. Dann schwang ich mich wieder auf mein Muli. Diesmal war ich derjenige, dem das elegant gelang, während Perella sich mühsam hochhievte.

»Soll ich Ihnen helfen?«

»Verpissen Sie sich, Falco.«

Und so ritten wir in entgegengesetzte Richtungen davon, Perella nach Westen. Ich schlug in gemütlichem Tempo die Straße nach Osten ein und tat so, als sei ich zur tarraconensischen Küste unterwegs.

Das war ich auch. Aber, wie ich es von Anfang an vorgehabt hatte, würde ich zuerst die Minen bei Castulo besuchen.

LXVI

Diesmal konnte mir die Furcht nichts anhaben. Die alten Ängste, die mich wohl mein Leben lang nicht verlassen würden, stiegen in mir auf, aber ich behielt die Oberhand.

Der Quästor war schnell gefunden. Niemand hätte diese stattliche, vor Gesundheit strotzende Erscheinung übersehen können. Er redete mit einem der Grubenunternehmer, der über mein Auftauchen nur allzu froh schien und sich eilends davonmachte. Quinctius Quadratus begrüßte mich voller Wärme, als seien er und ich alte Freunde, die oft zusammen würfelten.

In dieser Mine wurde weniger untertage als übertage gearbeitet. Wir standen am oberen Eingang zu einer Erzader, und das Ganze glich mehr einem Spalt im Berghang als einem richtigen Schacht. Unter uns waren offene Gänge aus dem Fels geschlagen, die langen Höhlen mit überhängendem Dach glichen. Das konstante Klirren und Schlagen der Spitzhacken drang an unsere Ohren. Sklaven mit hervortretenden Rippen, dürren Gliedern und übergroßen, knochigen Ellbogen, Knien und Füßen kletterten eine wackelige Holzleiter hinauf und hinunter. In einer dichten Menschenkette schleppten sie die schwergewichtigen, sackartigen Erzeimer hinauf, während sich Quadratus oben an der Leiter wie ein Koloß auftürmte und gar nicht merkte, daß er ihnen im Weg stand.

Er dachte nicht daran, sich vor mir zu verstecken. In seinen Augen gab es absolut keinen Grund, sich wie ein Flüchtiger zu verhalten.

»Wollen Sie lieber drinnen reden, Quästor?«

»Hier ist es doch sehr schön. Was kann ich für Sie tun?«

»Mir ein paar Fragen beantworten, bitte.« Ich würde die Fragen äußerst einfach formulieren müssen. Sein Hirn war wie ein Bleibarren. Ich verschränkte die Arme und redete ganz freimütig wie ein Mann, dem er vertrauen konnte. »Quinctius Quadratus, ich habe einige schwerwiegende Anschuldigungen gegen Sie vorzubringen, wie Sie gleich erkennen werden. Unterbrechen Sie mich, wenn Sie etwas für ungerecht befinden.«

»Ja, in Ordnung«, meinte er mit demütigem Gesicht.

»Ihnen wird vorgeworfen, entweder die treibende Kraft oder ein Helfershelfer bei der Verfälschung eines offiziellen Berichtes über Korruption gewesen zu sein, der von Ihrem Vorgänger Cornelius verfaßt wurde. Sie nahmen wesentliche Änderungen daran vor, während sich das Dokument im Hause Ihres Vaters befand, nachdem es von Camillus Aelianus dorthin gebracht worden war.«

»Oh!« sagte er.

»Des weiteren wird Ihnen vorgeworfen, Rufius Constans – einen Jugendlichen, der unter Ihrem Einfluß stand – dazu verleitet zu haben, eine Tänzerin für die Gesellschaft der Olivenölhersteller aus Baetica engagiert zu haben. Das Mädchen überfiel und tötete daraufhin einen kaiserlichen Agenten, einen Mann namens Valentinus, und verletzte Anacrites, den Oberspion, schwer. Die Anschuldigung lautet, daß Sie Rufius angestiftet haben, gemeinsam mit Ihnen die Tänzerin mit den Morden zu beauftragen, und daß Sie sich mit ihm im Dunkeln versteckten und den ersten Mord mit ansahen. Danach haben Sie sich betrunken und später falsche Angaben über Ihren Aufenthalt an jenem Abend gemacht. Rufius Constans hat das alles einem Zeugen gestanden, der das vor Gericht aussagen wird.«

»Das hört sich ja düster an«, sagte er.

»Es gibt Beweise, daß Sie bei Rufius Constans waren, als er von einem Mahlstein zerquetscht wurde und Sie ihn dann mit seinen schweren Verletzungen alleingelassen haben.«

»Das hätte ich nicht tun sollen«, entschuldigte er sich.

»Außerdem besitze ich eindeutige Beweise, daß Sie meine Kutsche nahmen, um ihn zu besuchen. Ich muß Sie fragen, ob Sie diesen angeblichen Unfall absichtlich herbeigeführt haben oder nicht?«

»Ach!« erwiderte er leise. »Natürlich war es ein Unfall.«

»Die Tänzerin Selia ist erwürgt auf dem Gut Ihres Vaters in der Nähe von Corduba aufgefunden worden. Wissen Sie irgendwas darüber?«

Quadratus schaute bestürzt. »Nein, weiß ich nicht!«

Nun gut, zumindest das glaubte ich ihm.

»Es gibt gewisse Leute, die Sie als Quästor für ungeeignet halten, obwohl es Sie sicher freuen wird zu hören, daß ich bloße Unfähigkeit nicht für eine Straftat halte.«

»Warum sollte ich irgendwas von dem getan haben, was Sie mir da vorwerfen?« fragte er in verwundertem Ton. »Soll ich daraus etwa persönliche Vorteile gezogen haben?«

»Finanzielle Motive spielen sicherlich mit hinein. Ich bin aber fast davon überzeugt, daß alles einfach auf Ihre himmelschreiende Unverantwortlichkeit zurückzuführen ist.«

»Ein ziemlich hartes Urteil über meinen Charakter!«

»Und eine armselige Entschuldigung für Mord.«

»Ich habe für alles eine plausible Erklärung.«

»Natürlich haben Sie die. Es gibt immer Rechtfertigungen – und ich fürchte, am Ende werden Sie sogar selbst daran glauben.«

Wir standen nach wie vor am oberen Rand der Silberader. Quinctius trat abwesend zur Seite, als ein weiterer Strom von Sklaven die Leiter hinaufzuklettern begann, alle mit gesenktem Kopf und schwer beladen. Ich gab dem Quästor ein Zeichen, mit mir ein Stück weiterzugehen, wenn auch nur, um den armen Seelen Platz zu machen, aber er blieb wie angewurzelt stehen. Sie schafften es irgendwie, an ihm vorbeizukommen, dann kletterten andere die Leiter wieder hinunter, die meisten wie die Seemänner, mit dem Rücken zu den Sprossen und dem Gesicht nach vorne.

»Vielen Dank für Ihre Offenheit, Falco.« Quadratus fuhr sich mit der Hand durch das volle, modisch geschnittene Haar. Er sah beunruhigt aus, was vielleicht aber nur daran lag, daß er seine selbstauferlegte Mission der Minenüberprüfung unterbrechen mußte. »Ich werde das, was Sie gesagt haben, sehr sorgfältig überdenken und Ihnen dann für alles eine Erklärung geben.«

»Das reicht nicht. Hier handelt es sich um Kapitalverbrechen.«

Quadratus stand immer noch da, ein kräftiger, muskulöser Mann mit etwas leerem Ausdruck, aber einem angenehmen, gutaussehenden Gesicht. Er besaß alles, was einen Mann beliebt macht – nicht nur bei Frauen, sondern auch bei Wählern, Fremden und vielen Gleichaltrigen. Es war ihm unverständlich, warum er seine Vorgesetzten nicht für sich einnehmen konnte. Und er würde nie begreifen, warum er mich nicht beeindruckte.

»Können wir später darüber sprechen?«

»Jetzt, Quadratus!«

Offenbar hörte er mich nicht. Er lächelte schwach, trat auf die Holzleiter zu und kletterte nach unten. Ahnungslos wie er war, wählte er dabei die Methode, die die wesentlich geübteren Sklaven benutzt hatten – mit dem Gesicht nach vorne, statt sich zuerst umzudrehen und nach einem sicheren Halt zu suchen.

Ich hatte ihn weder eingeschüchtert noch bedroht. Das kann ich in völliger Aufrichtigkeit sagen. Außerdem gab es jede Menge Zeugen. Als sein Fuß abrutschte und er fiel, war es genau das, was er über Rufius Constans gesagt hatte – ein Unfall, nichts weiter.

Er lebte noch, als ich zu ihm gelangte. Er war gegen den ersten Vorsprung geprallt und dann auf den darunter liegenden gekracht. Arbeiter strömten von allen Seiten herbei, und wir machten es ihm bequem, obwohl es von Anfang an klar war, daß er den Sturz nicht überleben würde. Darum ließen wir ihn, wo er war, und bald darauf war es zu Ende. Er erlangte das Bewußtsein nicht wieder.

Da ein Mann zu seinen Prinzipien stehen muß, blieb ich bei ihm, bis er starb.

TEIL VIER

BARCINO

25. Mai 73 n.Chr.

In manchen Teilen der Stadt gibt es keine sichtbaren Anzeichen vergangener Zeiten mehr, keine Gebäude oder Steine, die Zeugnis für die Vergangenheit ablegen ... Aber die Gewißheit bleibt immer erhalten, daß sich hier alles abgespielt hat, an diesem speziellen Ort, der einen Teil der Ebene zwischen zwei Flüssen, den Bergen und dem Meer bildet.

Albert Garcia Espuche, Barcelona, Veinte Siglos

LXVII

Die Strecke von Castulo zur Nordküste zieht sich unendlich und beträgt mindestens fünfhundert römische Meilen. Das hängt nicht nur davon ab, von welchem Meilenstein an man zählt, sondern wohin man am Ende gelangen will – und ob der Ort, in dem man landet, auch tatsächlich der ist, zu dem man wollte. Ich hatte mein zusätzliches Muli zurückgelassen, benutzte meinen amtlichen Paß für den *cursus publicus* und ritt in forschestem Tempo wie ein Kurier – einer, der die Aufgabe hat, die Invasion von Barbarenhorden oder den Tod eines Kaisers zu verkünden. Nach mehreren Tagen erreichte ich die Küste bei Valentia. Damit hatte ich etwa die Hälfte der Strecke hinter mir. Dann ging es, mit dem Meer zu meiner Rechten, weiter nach Norden. durch eine Hafenstadt nach der anderen, durch die Provinzhauptstadt Tarraco an der Mündung des großen Flusses, bis ich endlich kurz vor Iluro, Barcino und Emporiae war.

Bis Emporiae kam ich nie, und nun werde ich diesen Ort auch niemals zu sehen bekommen.

In jeder Stadt hielt ich an und ging in den Haupttempel, wo ich nach Botschaften für mich fragte. Auf diese Weise verfolgte ich die Spur von Helena, Aelia und Claudia von Ort zu Ort, jedesmal ermutigt durch die Bestätigung, daß sie vor mir hier durchgekommen waren – wenn mir auch auffiel, daß die kurzen, mit Datum versehenen Nachrichten alle von Aelia Annaea geschrieben waren, nicht von Helena. Ich versuchte, mir keine Sorgen zu machen. Bald würde ich sie einholen, also redete ich mir ein, daß ich sie wie geplant in Emporiae treffen würde. Dann konnte ich Helena sicher nach Hause bringen.

Aber in Barcino war die Nachricht persönlicher: Vor den Stufen des Tempels wartete Claudia Rufina auf mich.

Barcino.

Der einzige Ort dieser verzweifelten, zermürbenden Reise, der mir in Erinnerung geblieben ist. All die anderen, so wie die vielen Meilen über Land und am Meer entlang, wurden in dem Moment aus meinem Gedächtnis gelöscht, als ich Claudia erkannte und sah, daß sie in ihren Schleier hineinweinte.

Barcino war eine kleine, von Mauern umgebene Stadt auf einem Küstenstreifen, ein Rastplatz auf der Via Augusta. Umgeben von einem Kreis von Hügeln nahe am Meer, lag sie an einem kleinen Berg, an dem Kalkstein abgebaut wurde. Ein Aquädukt brachte Wasser in die Stadt, ein Kanal trug die Abwässer wieder hinaus. Die Gegend war ländlich. Das Hinterland war in gleichmäßige Landparzellen aufgeteilt, typisch für eine römische Siedlung, die als Kolonie für Armeeveteranen begonnen hat.

Hier wurde in großem Maßstab Wein angebaut, und jeder Bauernhof besaß seinen eigenen Brennofen zur Herstellung von Amphoren. Laeitana – der Wein, den ich zuletzt bei dem Festessen der Olivenölhersteller von Baetica getrunken hatte. Der Weinexport blühte dermaßen, daß die Stadt einen amtlichen Zollposten besaß, der auf einer Brücke über einen der Flüsse untergebracht war. Der Hafen befand sich in einem furchtbaren Zustand, doch da er praktischerweise an der Hauptverbindungsstraße nach Gallien und weiter nach Italien lag, wurde er viel benutzt. Niedrige Brecher rollten auf die Strände hinter der Hafenbucht, ohne bedrohlich zu wirken. Ich hätte hier mit Helena fröhlich ein Schiff nach Rom besteigen können, aber die Parzen hatten andere Pläne.

Ich war durch das südöstliche Tor mit seinen drei Bögen in die Stadt eingeritten. Von dort nahm ich den direkten Weg zum Bürgerforum, an schlichten, zweistöckigen Häusern vorbei, in denen vielfach Wein gekeltert oder ein Handwerk ausgeübt wurde. Ich hörte die Mahlgeräusche von Korn- und Ölmühlen, gelegentlich unterbrochen vom Blöken der Tiere. Nie hätte ich gedacht, daß meine Reise hier enden würde. Emporiae, von wo aus ich unsere

Abreise geplant hatte, lag nur noch einen Katzensprung entfernt. Es schien lächerlich, daß nun noch irgend etwas schiefgehen könnte. Ich glaubte, wir würden es schaffen.

Dann erreichte ich das Forum mit seiner bescheidenen Basilika, den verführerischen Imbißstuben und Schenken und einem offenen, für das Aufstellen von Ehrenmonumenten gedachten Platz. In diesem Moment sah ich Claudia. Sie lehnte an einer der aus dem örtlichen Sandstein gefertigten korinthischen Säulen des Tempels und hielt ängstlich nach mir Ausschau.

Als sie mich entdeckte, brach sie in heftiges Schluchzen aus – was nicht eben zu meinem Seelenfrieden beitrug. Ich konnte sie soweit beruhigen, daß sie schließlich mit dem herausplatzte, was passiert war: »Wir haben hier angehalten, weil Helena merkte, daß das Baby kam. Man hat uns gesagt, es gäbe eine gute Hebamme, aber sie scheint auf die andere Seite der Berge gefahren zu sein, um Zwillinge zu entbinden. Aelia Annaea hat ein Haus gemietet und ist dort mit Helena. Ich bin zum Tempel gegangen, um Sie abzufangen, falls Sie ankommen.«

Vergeblich versuchte ich, mich zusammenzureißen. »Warum weinen Sie, Claudia?«

»Helena liegt in den Wehen. Es dauert viel zu lange, und sie ist erschöpft. Aelia meint, das Baby hätte vielleicht einen zu großen Kopf ...«

Wenn das stimmte, würde das Kind sterben. Und Helena Justina wahrscheinlich auch.

Claudia führte mich so schnell wie möglich zu einem bescheidenen Stadthaus, wo wir durch einen kurzen Gang zu einem offenen Atrium mit Springbrunnen gelangten. Vom Atrium gingen ein Empfangsraum, ein Eßzimmer und die Schlafzimmer ab. Ich wußte augenblicklich, in welchem Helena sich befand, weil Nux lang ausgestreckt vor der Tür lag, die Nase an den Türspalt gedrückt, und jämmerlich winselte.

Das von Aelia gemietete Haus war sauber und hätte einnehmend sein können, aber es war voll von fremden Frauen, die entweder laut jammerten – was schon schlimm genug war – oder sich ihrer Stickerei widmeten, als erfordere das Leiden meines Mädchens nur die Anwesenheit des örtlichen Nähkränzchens. Eine neue Welle unerträglicher Schmerzen mußte Helena ergriffen haben, denn ich hörte sie so furchtbar schreien, daß es mich bis ins Mark erschütterte.

Aelia Annaea war mit aschfahlem Gesicht zu uns ins Atrium getreten. Ihre Begrüßung bestand nur aus einem Kopfschütteln. Sie schien nicht in der Lage, etwas zu sagen.

Mir gelang es, krächzend hervorzustoßen: »Ich geh zu ihr.«

Wenigstens brachte diese männliche Dreistigkeit einige der Klageweiber zum Schweigen. Ich war müde und erhitzt, also wusch ich mir im Vorbeigehen das Gesicht im Springbrunnen – offenbar ein weiteres Sakrileg. Die Sticknadeln blieben stecken, während die Weiber den Atem anhielten.

Ich hob Nux auf, deren einzige Begrüßung in einem schwachen Schwanzwedeln bestand. Ihr war nur daran gelegen, zu Helena zu kommen. Genau wie mir. Rasch drückte ich den winselnden Hund in Aelias Arme und griff nach der Türklinke. Als ich eintrat, unterbrach Helena ihr Schreien gerade lange genug, um mir zuzubrüllen: »Falco, du Mistkerl! Wie konntest du mir das antun? Geh weg, geh weg, ich will dich nie wiedersehen!«

Ich verspürte plötzlich ungeheure Sympathie für unsere primitiven Vorfahren. Männer, die in Hütten lebten. Männer, die wirklich fähig waren, alles zu tun. Weil ihnen gar nichts anderes übrig blieb.

Hinter mir keuchte Aelia: »Falco, sie schafft es nicht, sie ist zu müde. Das Baby muß festgeklemmt sein …«

Es war ein heilloses Durcheinander. Die totenbleiche Helena, deren Tränen sich mit dem Schweiß auf ihrem Gesicht vermischten. Aelia, die mit dem wie wild zappelnden Hund kämpfte.

Fremde Frauen, die sinnlos herumflatterten. Ich stieß ein Brüllen aus. Kaum die geeignete Methode, die Ruhe wieder herzustellen. Dann, wütend über den Krach und das Theater, schnappte ich mir einen Besen und scheuchte mit weitausholenden Schwüngen alle Frauen hinaus. Helena schluchzte. Egal. Wir konnten genau so gut allein in Panik geraten und leiden, brauchten dazu keine Störungen irgendwelcher Idiotinnen. Mit großen Schritten verfolgte ich sie bis zur Tür. Aelia Annaea war die einzig Vernünftige weit und breit, also bellte ich ihr meine Befehle zu.

»Olivenöl, jede Menge Olivenöl!« rief ich. Dann, ein wenig bedächtiger: »Und wärmen Sie es bitte etwas an.«

EPILOG

An L. Petronius Longus von der Zweiten Kohorte Vigilorum, Rom:

Lucius Petronius, ich grüße dich aus dem Land des Laeitaner Weins, von dem ich dir versichern kann, daß er seinem Ruf gerecht wird, besonders, wenn er von einem Mann unter Streß in großen Mengen getrunken wird. Ich habe den Mord im Revier der Zweiten Kohorte aufgeklärt (siehe beiliegenden verschlüsselten Bericht; die Kreuzchen stehen für »arroganter Bastard«, aber in der Kopie für den Präfekten sollten sie mit »irregeleiteter junger Mann« übertragen werden). Für den Augenblick werde ich noch an diesem Ort festgehalten. Durch ein Mädchen, wie du zweifellos schon vermutet hast. Sie ist wunderschön, und ich glaube, ich bin verliebt ... Genau wie früher, was?

Tja, alter Freund, alles, was du dreimal fertigbringst, schaffe ich zumindest einmal. Hier noch ein weiterer Bericht, den du mit etwas Glück hoffentlich *nicht* auf dem Forum im *Tagesanzeiger* lesen wirst:

Sensationelle Nachrichten direkt aus Tarraconensis! Wie wir soeben aus Barcino erfahren, könnte die Familie eines engen Vertrauten des Kaisers Grund zum Feiern haben. Nähere Einzelheiten folgen, aber Gerüchte, das Baby sei vom Vater entbunden worden, während die Mutter brüllte: »Ich brauch dich nicht! Ich mach es selbst, so wie ich alles selbst machen muß!« werden für übertrieben gehalten. M. Didius Falco, ein Privatermittler, der behauptet, bei der Geburt zugegen gewesen zu sein, wollte nicht mehr sagen, als daß sein Dolch schon vieles mitgemacht habe, er aber nie erwartet hätte, eines Tages damit eine Nabelschnur zu durchtrennen. Das blaue Auge, das er sich bei seinen Bemühungen als Geburtshelfer zuzog, ist bereits wieder abgeschwollen. Sein Finger wurde nur versehentlich gebrochen, als die edle Dame seine Hand packte. Die Beziehung zwischen den beiden ist absolut herzlich, und er hat nicht vor, auf Schadenersatz zu klagen …

Helena und ich sind total erschöpft. Im Moment sieht es so aus, als würden wir uns nie wieder erholen. Unsere Tochter zeigt bereits Anzeichen ihrer zukünftigen Persönlichkeit: Sie verschließt die Augen vor einer Krise und schläft auf der Stelle ein.

DANKSAGUNG FÜR RECHERCHEHILFEN

Während ich dieses Buch schrieb, erfuhr ich vom Tode Sam Brysons, der mir einst vorführte, wie sich Falco wohl eines Gegners erwehren würde, der mit einem Messer auf ihn losging. Wir stellten die Szene in einem Restaurant nach, was die anderen Gäste, die dort gleichzeitig mit uns speisten, vielleicht in Erstaunen versetzt haben mag …

Weder die Bücher, die ich durchstöbert, noch die archäologischen Werke, die ich herangezogen habe, werden je als formelle Quellen genannt werden, weil die Falco-Serie reine Fiktion ist und ausschließlich unterhalten soll. Aber abgesehen von Bibliothekspersonal, Autoren und Reiseleiter, deren Beruf das ist, hat es in meinem Umkreis immer Menschen gegeben, die mir großzügig ihr Interessengebiet und ihre Hilfe zur Verfügung stellten. Dies scheint mir die richtige Gelegenheit, einige beispielhaft zu erwähnen – wie Sue Rollin für ihre Bestätigung über die Dekapolis, Mick McLean für eine Liste von Metallen, die ich *bestimmt* eines Tages verwenden werde, Janet für ihre Hinweise bezüglich Hypotheken, Oliver für den schmutzigen Witz über das Kamel und Nick Humez für das noch derbere Lied (einschließlich Melodie). Ich möchte Sally Bowden danken, die mich nicht nur als erste verlegt hat, sondern dann auch noch so aufmerksam war, ihren Sohn als Archäologen auszubilden – und Will Bowden, der mir eine Reise in die Domus Aurea ermöglicht hat und nicht mit der Wimper zuckt, wenn man ihn fragt, ob ein Abstieg in die Kloaken möglich sei … Die Angestellten des Reptilienhauses vom Londoner Zoo waren mir eine enorme Hilfe bei allen Fragen über Schlangen; und dann beschrieb Bill Tyson mir, was tatsächlich passiert, wenn man von einem Skorpion gestochen wird …

Bei dem vorliegenden Buch war ich in starkem Maße auf Janet Laurence angewiesen, die mir selbstlos ihre sämtlichen Notizen über Olivenöl überließ, und auf Robert Knapp, der äußerst freundlich auf die Bitte einer völlig Fremden reagierte, ihr eine Ausgabe seines maßgeblichen Buches über das römische Corduba zu überlassen, ganz zu schweigen von Senor José Remesal Rodrigez, der mir aus freien Stücken seine Unterlagen über den baetischen Ölhandel schickte. Am selbstlosesten war wohl Ginny Lindzey, die für mich jede Einzelheit von Jonathans Geburt und der versehentlichen Verletzung von Jeff bei Tobins Geburt niederschrieb – nur um dann zu erleben, daß alles dem Stift des Lektors zum Opfer fiel …

Und wie gewöhnlich gilt mein Dank dir, Richard, der du durch die Straßen wanderst, auswärts ißt, Getränke einschenkst, für einen maskulinen Ton sorgst, den Fisch trägst, den Hund fotografierst, Kämpfe (und andere technisch schwierige Szenen) probst und mich zu den besten Texten inspirierst.